formkanonen, Desintegratoren mit Zielautomatik und Speicherbänken
14. Zentrale mit Steuerung, Panoramabildschirm und Mathelogische Positronik mit Supspiralschaltung des mathelogischen Kreises, Mannschaftsräume
15. Funk- und Ortungszentrale, Mannschaftsräume, Krankenstation, Hangars mit 3-Mann-ZERSTÖRER
16. Feuerleitzentrale, Hangars mit 5-Mann-FLUGGLEITER und SHIFTS, Laderäume
17. 3. Stufe
18. 4. Stufe
19. Observatorium, wissenschaftliche Abteilung und Labors im Bug
20. Kugelschiff von 300 m ⌀ in einer Stufe (4 Stück)

Zeichnung: Rudolf Zengerle

Perry Rhodan

Schrecken der Hohlwelt

Perry Rhodan

Schrecken der Hohlwelt

**Verlagsunion Erich Pabel-
Arthur Moewig KG, Rastatt**

2. Auflage
Alle Rechte vorbehalten
© 1985 by Verlagsunion Erich Pabel-
Arthur Moewig KG, Rastatt
Redaktion: Horst Hoffmann
Beratung: Franz Dolenc
Satz: Utesch Satztechnik, Hamburg
Druck und Bindung: Mohndruck
Graphische Betriebe GmbH, Gütersloh
Printed in Germany 1991
ISBN 3-8118-2036-2

Einleitung

Kurt Bernhardt, dem früheren Cheflektor und verlagsseitigen „Vater"
von Perry Rhodan, wird der Anspruch zugeschrieben: „Die Perry-
Rhodan-Buchausgabe wird eines Tages das sein, was für meine Generation Karl May war."

Ich weiß nicht recht, ob sich das eine mit dem anderen so ohne
weiteres vergleichen läßt. Kurt Bernhardts Prophezeiung war auch
eher ein Ausdruck der Begeisterung über die damals noch sehr junge
Perry-Rhodan-Bibliothek als ein Zeichen von Überheblichkeit. Allerdings klingt sie mir noch manchmal im Ohr, wenn ich in Kaufhäusern
und Buchhandlungen einen Blick auf die Verkaufsregale werfe.

Davon soll hier nicht weiter die Rede sein. Als – natürlich! – Karl-
May-Belesenem drängte sich mir der Vergleich bei der Arbeit an dem
vorliegenden Buch in anderer Hinsicht auf. Ich meine die Figuren, die
„Helden", die sich hier wie da die Herzen der Leser erobert haben.
Wer kennt sie nicht mehr, Old Shatterhand, Winnetou, Sam Hawkins,
Hadschi Halef Omar, Kara Ben Nemsi und die vielen anderen, die so
lebendig und überzeugend geschildert sind, daß man in seinen Aben-
teuer-Tagträumen oft selbst in ihre Rolle schlüpfte? Mit denen man
bangte und zitterte, hoffte und verwegene Pläne schmiedete.

Und genauso ging es mir jetzt mit einem Omar Hawk, einem Don
Redhorse, einem Icho Tolot und – in den vorherigen Bänden – einem
Lemy Danger und einem Melbar Kasom, Tyll Leyden oder dem
kleinen Mausbiber Gecko, der doch immer nur einmal größer sein will
als sein berühmter Artgenosse Gucky.

Diese kurze Aufzählung beinhaltet, wohlgemerkt, nur einige Nebenfiguren der Perry-Rhodan-Serie, und fast jede von ihnen wurde
von einem anderen Autor mit dem erfüllt, das kein Exposé hergeben
kann: Leben, Glaubwürdigkeit, Identifizierungsmöglichkeit. Mit solchen Figuren steht und fällt eine Serie, sie geben den kompakten
Hintergrund her, vor dem die eigentlichen Protagonisten handeln

können. Sie alle sind so angelegt, daß sich der Leser in sie hineinversetzen kann, mit ihnen bangen und zittern, hoffen und Pläne schmieden. Wie es auch die Autoren taten, die ihnen ein Stück von sich mitgaben.

Es ist die Aufgabe des Bearbeiters, eine bestimmte Anzahl von thematisch zueinandergehörenden Originalromanen zu einem Ganzen zu schmieden, wobei wegen der Geschlossenheit und des Vorankommens der Buchausgabe leider immer wieder auf ganze Passagen oder Romane verzichtet werden muß, die oft zu Unrecht als „Lückenfüller" abgetan werden. Und dabei kann es auch vorkommen, daß gerade die Episoden um wertvolle Nebenfiguren, die nicht direkt zur Haupthandlung gehören, unter den Tisch fallen.

Ich habe mich bei diesem Buch wieder darum bemüht, hier eine möglichst große Ausgewogenheit herzustellen. Deshalb und wegen der wachsenden Komplexität der Handlung kann die Buchausgabe die Schauplätze der Serie nicht so schnell „abklappern", wie manche Leser dies am liebsten hätten. Gerade der MdI-Zyklus beinhaltet so viele Verzahnungen, daß dem eigentlichen Buchtext ab dieser Ausgabe zur besseren Orientierung ein Prolog vorgeschaltet ist.

Dieser 22. Band der Perry-Rhodan-Bibliothek enthält – ungeachtet der vorgenommenen Kürzungen und Bearbeitungen – die folgenden Originalromane: *Die blauen Herrscher* von *Kurt Brand; Im Bann der Scheintöter* von *Clark Darlton; Auf den Spuren der CREST* von *H. G. Ewers; Geheimwaffe Horror* von *K. H. Scheer; Die Mikro-Festung* von *William Voltz; Giganten am Südpol* von *H. G. Ewers* und *Der Kampf um die Pyramiden* von *Kurt Mahr.*

Ich habe zu danken: Franz Dolenc für seine, wie immer, gründliche und engagierte Vorarbeit; den vielen Lesern, die ihre Wünsche und Anregungen in vielen Briefen formulierten; und den Perry-Rhodan-Autoren für die großartigen Romane, die mir die Bearbeitung – trotz aller Schweißperlen – wieder zu einer Freude machten.

Rastatt, im Januar 1985   Horst Hoffmann

Zeittafel

1971: Die STARDUST erreicht den Mond, und Perry Rhodan entdeckt den gestrandeten Forschungskreuzer der Arkoniden.

1972: Aufbau der Dritten Macht und Einigung der Menschheit.

1976: Perry Rhodan löst das galaktische Rätsel und entdeckt den Planeten Wanderer, wo seine Freunde und er von dem Geisteswesen *ES* die relative Unsterblichkeit erhalten.

1984: Der Robotregent von Arkon versucht die Menschheit zu unterwerfen.

2040: Das Solare Imperium ist entstanden. Der Arkonide Atlan taucht aus seiner Unterwasserkuppel im Atlantik auf. Die Druuf dringen aus ihrer Zeitebene in unser Universum vor.

2044: Die Terraner verhelfen Atlan zu seinem Erbe.

2102: Perry Rhodan entdeckt das Blaue System der Akonen.

2103: Perry Rhodan erhält den Zellaktivator von *ES*.

2104: Der Planet Mechanica wird entdeckt. Vernichtung des Robotregenten von Arkon.

2114: Entdeckung der Hundertsonnenwelt und Bündnis mit den Posbi-Robotern.

2326: *ES* verstreut 25 Zellaktivatoren in der Galaxis, und es kommt zur Invasion der Hornschrecken. Sie hinterlassen die Schreckwürmer und das geheimnisvolle Molkex.

2327: Entdeckung des Zweiten Imperiums und der Blues. Die Suprahet-Gefahr kann gebannt werden. Kampf gegen die Blues.

2328: Mit Hilfe der Anti-Molkex-Bomben kann der galaktische Krieg beendet werden. Friedensvertrag zwischen beiden Imperien. Entführung Perry Rhodans durch Iratio Hondro.

2329: Perry Rhodan heiratet Mory Abro.

2400: Entdeckung der Transmitterstraße nach Andromeda. Überlebenskampf der CREST II im Twin-System. Das solare Flaggschiff erreicht nach erfolgter Transmitterjustierung nicht, wie erhofft, die heimatliche Milchstraße, sondern findet sich im Innern der künstlichen Hohlwelt Horror wieder.

Prolog

Es begann mit dem überraschenden Auftauchen des Haluters Icho Tolot gerade zu der Zeit, als Perry Rhodan die Suche nach dem geheimnisvollen Planeten Kahalo mit aller Intensität vorantrieb. Tolots vage Hinweise führten die CREST II, Rhodans neues Flaggschiff, tiefer in das galaktische Zentrum hinein und zur Entdeckung des gigantischen Sonnentransmitters aus sechs blauen Riesensternen.

Von unheimlichen Kräften eingefangen, wurde die CREST 900 000 Lichtjahre tief in den Leerraum zwischen den Galaxien geschleudert. Das Twin-System, bestehend aus zwei gelben Sonnen und acht Planeten, entpuppte sich sehr rasch als eine einzige Falle für Fremde, die die Transmitterstraße nach Andromeda gegen den Willen der mysteriösen Erbauer benutzen. Von einem Wesen auf der Verbanntenwelt Quarta erhielt Perry Rhodan erste Hinweise auf diese Erbauer, die offenbar die Andromeda-Galaxis beherrschen und sich „Meister der Insel" nennen.

Weitere Hinweise führten zur Entdeckung der Justierungsstation für den Twin-Sonnentransmitter. Unter größten Mühen gelang es, das Transportfeld auf das galaktische Sonnensechseck zu schalten. Der „Wächter von Andromeda" jedoch, ein plötzlich auftauchender bleistiftförmiger Raumer, veränderte die Justierung im letzten Augenblick abermals. Die CREST mit ihren 2000 Mann Besatzung rematerialisierte nicht in der Milchstraße, sondern im Zentrum der – wie das Twin-System – künstlich angelegten Hohlwelt Horror, ebenfalls 900 000 Lichtjahre vom Rand der Galaxis entfernt.

Nach der Erforschung des Kunstplaneten durch den Mutanten Wuriu Sengu wußte man, daß es außer dem Zentrumshohlraum drei Ebenen zwischen dem Zentrum und der eigentlichen Oberfläche gibt, jede von ihnen eine Welt für sich mit tödlichen Gefahren für alle Fremden. Um in den freien Weltraum zu entkommen, blieb Perry Rhodan und seinen Getreuen nichts anders übrig als zu versuchen, die Kugelschalen zwischen den einzelnen Etagen gewaltsam zu durchbrechen.

Doch bereits in der ersten, der „Grün-Etage", zeigte sich, daß die Meister der Insel und deren Werkzeuge nicht gewillt waren, ihre Gefangenen entkommen zu lassen. Die Besatzung der CREST geriet unvermittelt in einen sich ständig wiederholenden Kampf zwischen den Bewohnern der Grün-Etage hinein, den Eskies und den Gurus, die mit Hilfe ihrer parapsychischen Gaben die 73. Eiszeit auslösten und dem terranischen Schiff durch Unterbindung jeglicher Kernprozesse sämtliche Energie entzogen. Nur der unbedingte Überlebenswille der Menschen ließ sie auch dieser Falle entkommen.

Wie wenig damit aber gewonnen ist, das beweisen die weiteren Schrecken der Hohlwelt...

1.

Sie waren zu dritt und schimmerten im intensiven Blau. Seit Äonen schwebten sie über ihrer Welt, die in dunkelrotes Licht getaucht war. Lautlos war ihr Flug, obwohl sie riesengroß waren. Sie flogen keinen bestimmten Kurs, nur ihr Erscheinen über Kraa, der größten Stadt ihrer Welt, war regelmäßig. Hundertzwanzigmal hintereinander kamen sie einzeln, um dann zu dritt aufzutauchen.

Dann aber näherten sie sich Kraa nicht im lautlosen Schwebeflug. Im Gegenteil. Mit hoher Geschwindigkeit rasten sie heran, daß die Luftmassen um sie herum aufbrüllten und das Heulen und Brausen bis in die tiefsten Winkel der vielen Waben und Hohlräume drang.

Stunden vor ihrer Ankunft veränderte sich das Aussehen des Himmelsgewölbes; sonst in dunkler Rotglut strahlend, stand es nun in heller Lohe, als wolle es alles verbrennen. Aber die drei Blauen Herrscher konnte es nicht verbrennen – nicht einmal blenden. Sie sahen in grellster Helligkeit ebensogut wie in dunkelster Nacht. Sie sahen und erkannten, was sich in tausend Kilometer Entfernung abspielte, wie auch die Vorgänge unter ihnen.

Sie wurden nie müde zu beobachten.

Waren sie deshalb unersättlich?

Wenn über ihnen der Himmel zu brennen schien und sie zu dritt über der Stadt auftauchten, dann verlangten sie ihre Opfer, die ihnen von zitternden Kreaturen dargeboten wurden.

Sie dankten nie für die Gaben.

Sie nahmen sie an und verschwanden mit ihnen.

Wußten sie um die entsetzliche Angst der Wesen unter ihnen?

Wußten sie, wie furchtbar sie aussahen, wenn über ihnen das Gewölbe in lohender Glut stand und sie in einem Blau schimmerten, das die Augen schmerzen ließ?

Man konnte den Blauen Herrschern nicht ansehen, ob sie überhaupt Empfindungen besaßen. Nie veränderten sie ihr Aussehen. Die

Zeit ging spurlos an ihnen vorüber. Sie schienen aus der Ewigkeit gekommen zu sein, um ewig zu leben.

Generationen hatten die Herrscher beobachtet, und schon die Urväter hatten gelernt, sich vor ihnen zu fürchten. Sie gaben ihre Geheimnisse nicht preis. Und sie wurden in den Herzen derjenigen, die sich unterdrückt fühlten, zu Göttern.

War es nicht allein Göttern möglich, das dunkle Rot des Himmelsgewölbes zu lohender Rotglut zu verändern? Sie schwiegen sich aus. Man hätte sie für stumm halten können, wenn sie nicht ab und zu mit Stentorstimme, dicht über der Stadt schwebend, hinabgerufen hätten: „Stellt die Opfer bereit!"

Sie hatten sich keine Namen gegeben, trotzdem wußte jeder, mit wem er in Verbindung stand und wer ihm Nachrichten übermittelte. Ununterbrochen standen sie miteinander in Verbindung. Die drei Herrscher waren aufeinander so gut eingespielt, daß es niemals Mißverständnisse gab.

Plötzlich horchten alle drei auf. Sie empfingen eine Mitteilung, die von außen kam. Sie war einmalig in ihrem Inhalt. Aber die Nachricht traf sie nicht unvorbereitet.

Sie begriffen, daß die Stunde ihrer großen Aufgabe nahte.

Langsam setzten sie sich in Bewegung.

Perry Rhodan, der in der Zentrale der CREST II die Vorbereitungen für die bevorstehende Aktion mitverfolgte, ließ die vergangenen Tage in seinen Gedanken nochmals aufleben.

Vor zehn Tagen war das terranische Flaggschiff auf einem Hochplateau der Grün-Etage von Horror gelandet, die ihren Namen dem überall herrschenden grünen Licht verdankte. Diese zehn Tage hatten in erster Linie dazu gedient, der Besatzung eine dringend notwendige Erholungspause zu verschaffen. Gleichzeitig war die CREST generalüberholt und instand gesetzt worden. Die Gurus hatten sich nicht mehr blicken lassen. Ständig waren Beobachtungssonden unterwegs gewesen, um die Umgebung zu überwachen. Vor allem aber wollte man wissen, ob die Polarschächte inzwischen benutzbar oder noch immer von einem Schutzschirm verschlossen waren. Was die Sonden zeigten, war ernüchternd. Die Schutzschirme existierten nach wie vor. Aber darüber hinaus hatten sich zusätzlich Hunderttausende Gurus bei den Schachtöffnungen eingefunden, um eine zusätzliche Absicherung zu erreichen. Jedem war noch zu gut in Erinnerung, welche Fähigkeiten diese Wesen besaßen. Rhodan war daher nichts anderes übriggeblieben, als einen anderen Weg nach oben zu suchen. Es gab nur einen einzigen: durch die Hohlraumwandung hindurch, die den Boden dieser Etage der Hohlwelt bildete und sie gleichzeitig von der nächsthöheren trennte.

Der Spähermutant Wuriu Sengu hatte zwei Tage damit verbracht, nach einer geeigneten Stelle Ausschau zu halten, die der CREST II beim Durchbruch den geringsten Widerstand entgegensetzen würde. Schließlich glaubte er diese Stelle gefunden zu haben. Kurz darauf war das terranische Flaggschiff zu der von Sengu angegebenen Position geflogen – und nun hatte man diese erreicht.

Unter der CREST tauchte eine zerrissen wirkende Felsformation auf. Hier befand sich ein weitverzweigtes Höhlensystem, das tief in die Kugelwandung hineinreichte. Langsam senkte sich die CREST auf dieses Höhlensystem hinab.

„Das ist ja ein verteufeltes Labyrinth", sagte Oberst Cart Rudo ein ums andere Mal, wenn hinter einer tragenden Felsstütze, kaum daß er sie angeflogen hatte, ein Wald von anderen Hindernissen gleicher Art auftauchte.

Nur ein Mann mit dem Fingerspitzengefühl, wie es dieser Epsaler besaß, war in der Lage, einen Kugelraumer von gigantischen Dimensionen sicher an allen Hindernissen vorbeizubringen. Mehr als einmal hielten die Offiziere, die gewiß viel gewohnt waren, den Atem an, wenn Rudo das 1500 Meter durchmessende Schiff fast ausschließlich mit den Antigravfeldern in der Schwebe hielt und es dabei buchstäblich Meter für Meter zwischen den Stützen unglaublicher Felsdome vorwärtsschob.

Nur seinen Fähigkeiten und Sengus Gabe war es zu verdanken, daß die CREST das Ziel relativ schnell erreichte. Unter ihr lag der Höhleneingang, der fast dreitausend Meter durchmaß und den Beginn eines tief in den Boden hinabreichenden natürlichen Schachtes bildete. Während die CREST in tausend Meter Höhe über der Öffnung zum Stillstand kam, setzte die Ortung ein. Die ersten Werte kamen herein.

Demnach besaß die unzählige Windungen vollführende Höhle eine Tiefe von knapp 80 Kilometern, ehe sie von etwa 20 Kilometer dickem Gestein abgeschlossen wurde. Der mittlere Durchmesser betrug zweitausendvierhundert Meter – groß genug, um die CREST bis zum Ende des Schachtes einfliegen zu lassen. Zwar verengte er sich an einigen Stellen bis auf wenige hundert Meter und wies unzählige Vorsprünge auf, doch die Desintegratoren des Schiffes würden diese Hindernisse ohne Schwierigkeiten beseitigen können.

Perry Rhodan wandte sich an Sengu, wie so oft in den letzten Stunden.

„Können Sie feststellen, ob die Felsschicht, die den Schacht abschließt, aus massivem Gestein besteht?"

Sengu konzentrierte sich. Wenige Minuten später antwortete er: „Die Felsdecke ist nicht massiv. Sie weist in unregelmäßigen Abständen viele kleinere Hohlräume auf, die untereinander verbunden sind."

„Danke", sagte Rhodan knapp. In diesem Augenblick meldete sich Gucky erregt zu Wort.

„Perry! Ich empfange einen starken Psi-Impuls. Der Ausgangspunkt ist der Südpolschacht, und der Impuls stammt ganz eindeutig von den Gurus!" Der Mausbiber spreizte die Ärmchen. „Ich kann mit dem Impuls nichts anfangen. Aber ich könnte schwören, daß er an jemand gerichtet ist!"

Rhodan warf Atlan einen merkwürdigen Blick zu. Der Arkonide nickte nachdenklich.

„Das sind Überraschungen, Barbar! Wem könnten die Gurus wohl etwas mitzuteilen haben?"

„Das werden wir hoffentlich noch erfahren", antwortete Rhodan. Ehe sich jemand dazu äußern konnte, meldete sich die Ortungszentrale:

„Große Fahrzeugpulks nähern sich unserem Standort. Entfernung etwa zweihundert Kilometer. Zweifellos Gurus. Anscheinend wollen sie mit allen Mitteln verhindern, daß wir diese Etage verlassen."

Rhodan überlegte nicht lange. Er gab den Startbefehl. Langsam senkte sich die CREST II auf die Höhlenöffnung hinab und drang in den Schacht ein. Rhodan wollte so schnell wie möglich eine große Distanz zu den anrückenden Guruverbänden schaffen, um sich nicht einem neuerlichen Angriff durch ihre Parakräfte auszusetzen.

Niemand ahnte, daß die Gurus keineswegs mehr beabsichtigten, die CREST in dieser Etage festzuhalten.

Die drei Blauen Herrscher strebten einem gemeinsamen Punkt zu. Dabei entfernten sie sich immer weiter vom dunkelroten Himmelsgewölbe.

Die Zahl der Mitteilungen, die sie sich zusandten, stieg nicht. Über die Nachricht, die sie empfangen hatten, brauchte nicht diskutiert zu werden. Jeder wußte, was er zu tun hatte.

Im Abstand von hundert Kilometern blieb jeder in der Luft stehen. Ihre Standpunkte bildeten ein gigantisches gleichseitiges Dreieck. Vom Boden aus waren sie kaum zu erkennen.

Stunde um Stunde verging. Die Blauen Herrscher veränderten ihre Position nicht. Dann aber setzten sich alle drei gleichzeitig in Bewegung und trieben in einer Richtung davon. Tragenden Felsgiganten wichen sie aus. Aber es waren immer gemeinsame Kursveränderungen. Sie bewiesen, daß sie jede Stelle kannten und auch wußten, wie es hinter Felstürmen und Wänden aussah.

Unmerklich bremsten sie ab. Weder der Himmel noch der Boden zeigte irgendwelche charakteristischen Merkmale, die ein Verharren erklärt hätten.

Kaum standen die Blauen Herrscher in der Luft still, als sie sich langsam senkten, bis sie zwanzig Kilometer Höhe erreicht hatten.

Erneut begann ihr Warten. Sie waren sich ihrer großen Aufgabe, die sie zu erfüllen hatten, bewußt.

Eine Stunde nach der anderen verging; die Desintegratorstrahlen der CREST II brannten den gewaltigen Schacht immer tiefer in das Gestein ein, nachdem das Ende des natürlichen Stollens erreicht worden war. Immer größere Staubmassen wurden von den Traktorstrahlen aus der sich erweiternden Höhle gerissen. Wie erwartet, hatten die vereinzelten Hindernisse während der ersten achtzig Kilometer keine besonderen Schwierigkeiten bereitet. Die kurz vor dem Aufbruch des Flaggschiffs gestarteten Guru-Verbände waren zurückgeblieben und hatten seltsamerweise keine weiteren Anstalten getroffen, der CREST zu folgen.

Auch da hatte sich noch niemand besondere Gedanken darüber gemacht.

Vor vier Stunden war die CREST II dann auf das massive Gestein gestoßen und hatte mit der Desintegrierung der unter ihr liegenden Felsmassen begonnen. Selbst jetzt noch mußte sich mancher an Bord klarmachen, daß „unten" auch wirklich unten war und nicht das steinerne Firmament dieser Hohlwelt-Etage. Von den Geologen ausgewertete positronische Berechnungen sollten verhindern, daß der gewaltsame Durchbruch zu Störungen im komplizierten Gefüge der Trennwand führte. Jetzt trennten nur noch wenige Kilometer die gestrandeten Terraner von der nächsten Etage.

Ununterbrochene Fernmessungen ergaben, daß die Temperatur unaufhaltsam anstieg. Die überhitzten Gas- und Staubwolken gaben einen Teil ihrer Wärme an die Höhlenwandung ab, die sie gierig aufnahm. Das Gas-Staubwolken-Gemisch selbst war noch glühheiß, wenn es am Raumschiff vorbei nach oben jagte. Höllentemperaturen aber herrschten dort, wo die gebündelten Desintegratorstrahlen wirksam wurden.

Im Maschinenteil des Superschlachtschiffes kamen die Ingenieure und Techniker nicht zur Ruhe. Ohne einen ausdrücklichen Befehl erhalten zu haben, fühlte sich jeder dafür verantwortlich, daß der Durchbruch ohne Panne vor sich ging. Zusammen mit Spezial-Robotern kontrollierten sie ununterbrochen die gewaltigen Aggregate, die die Desintegratorgeschütze mit Energien versorgten. Der Leitende Ingenieur, Major Dipl.-Ing. Bert Hefrich, war stolz auf die Leistung seiner Männer.

In dem Inferno an Energie und Strahlen, das vor und hinter dem Schiff herrschte, wurden die Ortungswerte immer ungenauer. Die Blenden des Panoramaschirmes waren soweit geschlossen worden, daß nur noch ein Minimum an Licht in die Zentrale fiel.

Auf dem Instrumentenpult flammten warnend Rotsignale auf. Mehrere Sirenen begannen ihr schauerliches Lied zu singen. Oberst

Cart Rudos Bewegungen wirkten so ruhig wie sonst. Er schaltete die Sirenen aus.

Noch drei Kilometer bis zum Höhlenende!

Unbeweglich stand der Haluter Icho Tolot da. Er hatte seinem gigantischen Körper die stahlharte Kristallstruktur gegeben, aber nicht deshalb, weil er Angst hatte, sondern aus der Ahnung heraus, daß es bald auch für ihn eine Situation geben könnte, in der er um sein Leben zu kämpfen hatte.

Perry Rhodans waghalsiges Unternehmen bereitete ihm ein köstliches Vergnügen. Am liebsten hätte er schallend gelacht, doch seine Erfahrungen mit den Terranern rieten ihm, es in dieser Situation nicht zu tun.

Schließlich war es soweit.

Die Desintegratoren der CREST durchbrachen die letzten Meter Gestein.

„Durch...! Durch, Sir!" Major Cero Wiffert, der Chef der Feuerleitzentrale, schrie triumphierend.

„Durch, ja...! Wir sind durch!... Da, Rotlicht! Es wird heller!... Wir sind in der zweiten Etage von Horror!" In erregten Ausrufen befreiten sich die Menschen in der Zentrale von der Spannung der letzten Stunden.

Cart Rudo und Rhodan hatten in die jubelnden Rufe nicht eingestimmt. Icho Tolot auch nicht. Er dachte nicht einmal daran, seinem Körper wieder die primäre Form zu geben. Etwas war ihm unheimlich.

Die Geschütze der CREST II schwiegen.

Rudo beschleunigte das Schiff. Er schien auch glücklich zu sein, diese enge Röhre hinter sich zu wissen. Dann brach das Superschlachtschiff in den unbekannten Raum ein. Die Sicht war schlecht, überall wildbewegte Gas- und Staubwolken. Das eigenartige und hier allgegenwärtige dunkle Rotlicht zwang die Optik, auf andere Frequenzen zu gehen. Die Automatik schaltete. Schlagartig wurde die Sicht gut. Etwa zehn Kilometer tief, geradewegs aus dem nach innen gewölbten steinernen „Himmel" dieser Hohlschale kommend, war der Raumer in die Rot-Etage eingedrungen, als Rhodan die Augen leicht zusammenkniff und einen bestimmten Punkt auf dem Bildschirm betrachtete.

Da schrie auch schon ein Offizier an der Ortung: „Großer Himmel, was ist denn das?"

Woher sollte er wissen, daß er einen der drei Blauen Herrscher geortet hatte?

Sie zuckten nicht, als das Himmelsgewölbe aufbrach, ein glühendes, fauchendes Strahlenbündel ausstieß, das Tonnen Staub und große Gasmengen mitriß. Sie hatten gewußt, daß es so kommen würde.

Und sie wußten auch, was dem Staub und dem Gas folgen würde. Die Mitteilung von außen, die sie vor vielen Stunden empfangen hatten, war von keinem der drei Blauen Herrscher vergessen worden.

An der gleichen Stelle und in der gleichen Höhe standen sie und beobachteten, was aus dem Himmelsgewölbe in ihr Reich vorstieß. Sie zeigten keine Reaktion, als sie feststellten, daß sie nun auch beobachtet wurden.

Sie waren ja auch nicht zu übersehen, denn genau in den Mittelpunkt ihrer Dreiecksposition flog das Raumschiff, auf das sie gewartet hatten. An ihm sollten sie ihre große Aufgabe lösen.

Ein breites Feld wie ein Fächer reichte plötzlich von einem Blauen Herrscher bis zu dem kugelförmigen Raumschiff, dessen Außenhülle nicht mehr dunkel schimmerte, sondern nun einen klaren Blauton hatte, der leicht glänzte.

Der Blaue Herrscher, der den Fächer hielt, klappte ihn blitzschnell zusammen, so daß ihn nur noch eine blaue Bahn mit dem Kugelschiff verband. Auf dieser blauen Bahn raste das Schiff direkt auf den Herrscher zu.

Der Aufprall schien unvermeidlich, doch dicht davor wurde es, trotz seiner hohen Geschwindigkeit, umgelenkt und zum nächsten Blauen Herrscher gestoßen. Der nahm es an, lenkte es auch um, und stieß es im Winkel von sechzig Grad zum dritten. Als das Raumschiff auf seinem dreieckförmigen Umlaufweg zum Ausgangspunkt zurückkam, war seine Geschwindigkeit schon bedeutend höher als zu Anfang, obwohl die Impulsmotoren mit maximaler Leistung liefen und versuchten, den Raumer aus dieser fürchterlichen Bahn zu bringen.

Die Herrscher strengten sich nicht einmal an, als sie sich nacheinander, gegen den Uhrzeigersinn, die große Kugel zuschleuderten.

18

2.

Als die Vergrößerung des Rundsichtschirmes auf maximale Leistung sprang, sahen die Offiziere der CREST II drei gigantische, kreisrunde Plattformen. Die Ortungen hatten sie erfaßt. Ihre Ausmaße wurden bekannt: drei Kilometer Durchmesser. Über dem Mittelpunkt ein halbkugelförmiger Aufbau von hundertfünfzig Metern Höhe, während die Basis einen Durchmesser von dreihundert Metern besaß.

„Energieortung! Große Milchstraße, das sind ja unglaubliche Werte!" Major Enrico Notami, seines Zeichens Chef der Ortungszentrale, hatte die Fassung verloren.

„Nicht die Ruhe verlieren", riet Rhodan seinen Männern, obwohl ihm beim Anblick dieser drei Stationen unheimlich war. Von einer Ahnung getrieben, drehte er sich nach dem Haluter um und erkannte, daß dessen Körper immer noch die Kristallstruktur besaß.

Blitzschnell wandte er sich Rudo zu. „Flucht, Oberst...!"

Rudo hatte darauf gewartet. Die Impulsmotoren der CREST II brüllten auf. Der riesige Kugelraumer begann schneller zu werden. Wie der Hohlraum aussah, in dem dunkelrotes Licht herrschte, konnte noch niemand sagen. Zu einem Rundblick war einfach keine Zeit gewesen.

Plötzlich strahlte es in der Zentrale in weichem Blaulicht.

Im nächsten Moment flog die Besatzung der Zentrale kreuz und quer durcheinander. Überall im Schiff geschah das gleiche.

Trotz der auf Vollast laufenden Impulsantriebe wurde das Schiff von ungeheurer Gewalt erfaßt und von einer der blauschimmernden Stationen mit wahnsinniger Beschleunigung angezogen. Rhodan wollte sich gerade aufrichten, als ihn eine mörderische Schwerkraft überfiel und regelrecht zusammenbrechen ließ. Die Andruckabsorber, die mit dem von außen ausgelösten Bremsmanöver kaum noch fertig wurden, heulten schrill auf.

So plötzlich wie die CREST II abgebremst worden war, so schnell wurde sie auch wieder beschleunigt. In der Zentrale gab es nur einen, der den Halt nicht verloren hatte: Icho Tolot.

Sein Planhirn arbeitete exakt. Seine geübten Sinne nahmen tausend wichtige Einzelheiten wahr. Er hatte die Kraft, zum Panoramaschirm zu blicken. Er sah, wie der Raumer, in blaues Licht gehüllt, auf eine andere Station zuflog. Wieder kam der schreckliche Andruck bei abruptem Bremsvorgang. Jetzt erfolgte die Umlenkung, und nun das Abstoßen im Winkel von sechzig Grad zur dritten kreisförmigen Station.

Der Haluter hatte begriffen, was dem Riesenschiff bevorstand.

Zwischen drei Stationen, auf einem dreieckförmigen Umlaufweg, würde das Superschlachtschiff immer schneller und schneller angezogen, umgelenkt und abgestoßen werden, bis die Kugelhülle die Belastung nicht mehr aushielt und auseinanderflog.

Ein kleiner Körper wurde von Tolots Beinen aufgehalten. Den Anprall hatte er bei seiner Kristallstruktur nicht gespürt, aber er hatte einen Schatten auf sich zufliegen sehen. Blitzschnell nahm er seine primäre Form an. Mehr als drei Gravos zu ertragen, war er gewohnt. Er bückte sich und hob den Mausbiber auf, der noch bei Bewußtsein war.

Wieder erfolgte eins der furchtbaren Umlenkmanöver. Die Absorber drohten auseinanderzufliegen. Jetzt wurde das Schiff wieder beschleunigt. Mit einem Satz befand sich Tolot neben Mory Rhodan-Abro, Perry Rhodans junger Frau. Er legte Gucky daneben. „Ich hole Rhodan."

Sekunden später lag auch dieser neben Mory und Gucky.

„Glaubst du, eine Kurzteleportation wagen zu können?" fragte Icho den Mausbiber. Nur zu gut erinnerte er sich an den Versuch in der Zentrumsebene. Die Ausstrahlung des Zentrumskerns verhinderte jede gezielte Teleportation, was selbst in der Grün-Etage noch wirksam gewesen war und Gucky daran gehindert hatte, von seiner Para-Fähigkeit Gebrauch zu machen. Doch vielleicht war es hier anders.

„Ich riskiere es", sagte Gucky gequält. „Ich spüre den Einfluß des Zentrumskerns zwar noch, aber nicht mehr so stark. Kurze Sprünge müßten möglich sein."

Tolot musterte ihn eindringlich. Durfte er dies von ihm verlangen?

„Wohin?" kam der Ilt einer Frage zuvor.

„Nimm Rhodan und Mory und bringe sie in die Korvette von Don Redhorse."

Gucky nickte grimmig. Dann stellte er den Körperkontakt zu Perry und dessen Frau her und entmaterialisierte.

Tolot starrte nachdenklich auf die Stelle, an der sie sich gerade noch befunden hatten. Seine Gewissensbisse waren noch nicht richtig zurückgekehrt, als der Mausbiber wieder erschien.

„Keine Schwierigkeiten, Großer", piepste er. „Sonst noch jemand, den ich von hier wegbringen soll?"

Tolot deutete auf Atlan und Goratschin. „Diese beiden noch. Um mich brauchst du dich nicht zu kümmern. Wartet in der Korvette. Ich folge aus eigener Kraft und bringe Melbar Kasom mit."

Abermals verschwand Gucky, diesmal mit den beiden Bezeichneten.

Tolot blickte zu dem Ertruser, der sich aus seinem Sitz erhob.

„Kommen Sie", forderte er ihn auf.

Sie warteten den nächsten Abstoßimpuls ab, dann rannten beide los. Auf dem Weg zum Hangar, in dem die Beiboote Captain Redhorses standen, ging Kasom noch fünfmal in die Knie.

„Das ist teuflisch...", stöhnte er in ohnmächtiger Wut, als sie auf die C-11 zurannten.

„Schnallen Sie alle fest, Kasom", erwiderte der Haluter. „Ich versuche, die Korvette aus dem Hangar zu bringen."

Der Ertruser tat, was ihm der Haluter befohlen hatte.

„Fertig!" rief er mit letzter Kraft. Auch für ihn, der an hohe Schwerkraft gewöhnt war, waren die fürchterlichen Abbrems- und Beschleunigungsmanöver kaum noch zu ertragen.

Der Haluter jedoch hatte die Übersicht noch nicht verloren. Er besaß sogar die Geduld, auf den rechten Moment zu warten. Er benutzte die Kräfte, die beim Umlenkmanöver entstanden, und ließ in diesem einzig günstigen Moment die C-11 starten, ohne zu ahnen, daß das Kraftfeld nur innerhalb des Umlenkkurses eine neutrale Zone besaß. Und durch diese Zone wurde die C-11 regelrecht in den freien Raum geschleudert, während das Triebwerk der Korvette mit zweihundert Prozent Belastung arbeitete. Dadurch war eine Beschleunigung entstanden, die dem Haluter für Sekunden die Besinnung nahm. Als er wieder zu sich kam, stellte er fest, daß sie die drei Stationen hinter sich gelassen hatten.

Er drehte sich um, um zu erfahren, ob der Ertruser wieder einsatzfähig war. Dabei unterlief ihm der folgenschwere Fehler, die hohe Fährt des Beiboots nicht berücksichtigt zu haben.

21

„Kasom?" rief er und erhielt keine Antwort. Wieder drehte er sich. Abermals kostete diese Bewegung Zeit, da er seinen kristallinen Zustand angenommen hatte. Als er die Kontrollen vor sich sah, war es fast zu spät.

Die C-11 raste direkt auf einen wuchtigen Felsturm zu, der den Boden mit dem Himmelsgewölbe verband. Es gelang ihm noch, die Korvette nach links zu steuern, doch den Anprall konnte er nicht mehr verhindern.

Sein stahlharter Körper traf die Steuerungseinrichtung der C-11 und zerstörte sie.

Dann gab es einen Kurzschluß, als er sich auf das Schaltpult der Notsteuerung lehnte. Die C-11, die nach der Kollision mit dem Felsturm in trudelnden Bewegungen dem Boden entgegenraste, stürzte nun senkrecht ab.

Tolot sah, was kommen mußte, wenn ihm nicht wenigstens eine Notlandung gelang. Das Triebwerk lief noch. Die C-11 war immer noch zwanzig Kilometer hoch. Er schaltete den Antrieb aus. Der Antigravfelderzeuger sprach nicht an. Tolot veränderte seinen Zustand wieder.

Das Beiboot war noch fünfzehn Kilometer hoch.

Die Notsteuerung brannte. Er konnte sich nicht darum kümmern. Blitzschnell schaltete er wieder das Triebwerk ein, als die C-11 zu schlingern begann. Sein Reaktionsvermögen war einmalig. Die Korvette richtete sich auf, ging aus senkrechtem Sturz in Steilflug über. Der Haluter verlor seine Ruhe nicht. Der Bildschirm war in Ordnung. Er zeigte ihm, daß es in der Richtung, in der er flog, keine Hindernisse gab.

Höhe elf Kilometer!

Im Maschinenraum krachten Explosionen, neben ihm brannte die Notsteuerung immer stärker.

„Tolot . . .?" Durch die donnernden Explosionen klang die gewaltige Stimme des Ertrusers. Die C-11 drohte erneut senkrecht in die Tiefe zu stürzen. Das Boot war dem Untergang geweiht. Die Zelle bebte, wurde geschüttelt und ächzte in den überbelasteten Verstrebungen.

Höhe drei Kilometer!

Stichflammen schossen aus der Notsteuerung. Im Maschinenraum gab es eine Kettenreaktion von Explosionen. Die C-11 drohte jetzt dicht über dem Boden auseinanderzubrechen. Kasom hatte erkannt, daß er hier nichts tun konnte. Es war überhaupt ein Wunder, daß der Kommandogeber zum Triebwerk noch funktionierte.

Fünfhundert Meter Höhe!

Steil raste die Korvette abwärts.

In wilder Entschlossenheit dachte der Haluter: Ich muß die Besatzung gesund zu Boden bringen! Ich muß!

Der Bildschirm war auch noch intakt. Plötzlich schien er sich halb um die eigene Achse zu drehen. Die Korvette hatte abrupt ihren Steilkurs geändert.

„Eine Stadt, Tolot! Da, eine Stadt...!" rief der Ertruser.

Hundert Meter Höhe!

Die Impulsmotoren brüllten auf. Icho Tolot hatte alles auf eine Karte gesetzt. Die angeschlagene C-11 richtete sich auf, als sie in diesem Moment Bodenberührung bekam. Der überlastete Antrieb verhinderte, daß sie sich in ihn hineinbohrte.

„Kasom, die Schleuse öffnen!" schrie der Haluter.

Das wracke Beiboot war kaum gelandet, als Icho Tolot dem Ertruser, der draußen vor der Schleuse stand, den ersten Bewußtlosen zuwarf.

Die beiden Riesen arbeiteten wie Roboter. Der Tod saß ihnen und allen anderen im Nacken. Im zerstörten Maschinenraum fauchten die Energieblitze durchgegangener Reaktoren. Wie ein gefräßiges Ungeheuer war die Atomglut dabei, sich über das gesamte Schiff auszubreiten.

„Der vorletzte...!" schrie Tolot. „Schaffen Sie die anderen weit vom Schiff fort!" Der Haluter verschwand wieder in der C-11. Sekunden darauf verließ er mit dem letzten Mann in weitem Sprung die Korvette.

Ein Wettlauf gegen den Atomtod begann. Das Wrack brannte immer heller. Die harte Strahlung breitete sich aus. Die beiden Riesen rannten hin und her, schafften Bewußtlose über zwei Kilometer weit fort, und dann hatten sie auch die letzten in Sicherheit gebracht, als haushohe Energiebahnen mit donnerndem Knall aus der C-11 schossen.

„Was mag aus der CREST geworden sein?" fragte Melbar Kasom.

„Haben wir richtig gehandelt, die Besatzung im Stich zu lassen?"

„Das wird sich bald herausstellen", erwiderte der Haluter. „Das Schiff gehorchte keinem Befehl. Wem hätte es etwas genützt, wenn wir an Bord geblieben wären? Niemandem! Nur von außen können wir vielleicht helfen. Die C-11 ist nur noch ein Schrotthaufen, aber möglicherweise finden wir in dieser Stadt etwas."

Unwillkürlich starrten sie auf die Silhouette, die im dunklen Rotlicht gerade noch zu erkennen war.

3.

Zweiundzwanzig Personen blickten zur unbekannten großen Stadt hinüber, die am Eingang zu einem gigantischen Felsdom lag. Einundzwanzig standen, die zweiundzwanzigste, Gucky, saß. Er war der schwächste von allen und hatte unter den Nachwirkungen noch zu leiden. Das hinderte ihn aber nicht, seine paranormalen Fähigkeiten einzusetzen.

Während er zu Boden starrte und nicht zuhörte, was gesprochen wurde, begann er auf telepathischer Basis nach fremden Gedanken zu orten.

Er traf auf einen Wirrwarr von Gedankenimpulsen. Hunderttausende mußte er erfaßt haben.

„Die kenn' ich doch . . ." piepste er vor sich hin.

Mory Rhodan-Abro, blasser als sonst, hörte ihn sprechen. Sie ließ sich neben ihm nieder und legte den Arm um ihn, während sie mit der anderen Hand das Nackenfell zu kraulen begann.

„Klar kenn' ich die! Perry, in der Stadt wohnen die Eskies!"

Jedes Gespräch verstummte. Mory betrachtete den Kleinen erstaunt. Rhodan und Atlan kamen heran. Gucky wiederholte seine Behauptung. „Und wenn ihr mich noch so mißtrauisch anseht – vor uns liegt eine Stadt der Eskies!"

„Aber die gehören doch zur Grün-Etage, Kleiner!" erinnerte ihn der Arkonide. „Hier befinden wir uns im Rot-Hohlraum."

„Und doch wohnen Eskies in der Stadt, Atlan!" piepste Gucky energisch. „Es befinden sich sogar Eskies darunter, die früher schon einmal in der Grün-Etage vor der Kälte geflüchtet sind. Außerdem besitzen sie schwache telepathische Fähigkeiten. Sie können zwar sicher unsere Gedanken nicht lesen, aber vermutlich gezielt an sie gerichtete telepathische Botschaften aufnehmen."

Rhodan zeigte Betroffenheit, als er fragte: „Kannst du auch Gedankenimpulse von der CREST orten, Kleiner?"

Gucky richtete sich etwas auf. Seine kraftlos wirkende Armbewegung kündete seine Aussage an. „Keine, Perry. Ich komme nicht durch. Ich habe es schon ein paarmal versucht. Aber das hat noch nichts zu besagen. Diese drei Riesenräder haben ein paraphysikalisches Feld um unser Schiff gelegt, und durch diese Sperre komme ich nicht."

„Willst du mich nur beruhigen, Gucky", fragte Rhodan streng, „und mir dosiert beibringen, daß die Besatzung tot ist?"

„Nein, Perry. Was im Moment wichtiger ist – wir sollten uns darauf vorbereiten, bald Besuch von den Eskies zu haben. Einige hundert sind schon zu uns unterwegs."

Einige Männer zogen schon ihre Strahlwaffen, andere schlossen die Klarsichthelme ihrer Kampfanzüge.

„Laßt die Dinger stecken!" piepste Gucky ihnen zu. „Wozu die Eskies erschrecken, die nur kommen, um uns vor den Blauen Herrschern zu schützen?"

„Blaue Herrscher, Kleiner. Wer ist das denn?" verlangte Rhodan zu wissen.

„Diese drei Riesenräder. Vor denen haben die Eskies eine Heidenangst. Oh – das auch noch! Unter den Eskies ist ein Verrückter! Lamon heißt er. Er macht sich Gedanken darüber, wie er uns den Blauen Herrschern als Opfer ausliefern kann!"

„Opfer, die an die Blauen Herrscher ausgeliefert werden? An diese kreisrunden Robotstationen?" fragte Rhodan zweifelnd.

„Dieser Lamon sieht in ihnen so etwas wie Götter, die in bestimmten Abständen über der Stadt erscheinen und sich Eskies aushändigen lassen. Dieser alte Bursche ist durchtrieben. Er will uns einladen, seine Gäste zu sein, und das soll uns nach seinen alten Überlieferungen zwingen, den Blauen Herrschern geopfert zu werden..."

„Kleiner, da stimmt doch etwas nicht", mischte sich Atlan ein. „Hast du nicht erzählt, wir würden Besuch erhalten, der uns vor diesen Herrschern schützen wolle?"

„Natürlich, Atlan. Die anderen haben es vor, nur dieser Lamon hat seinen eigenen Plan. Ich . . ."

Von der Stadt her kam ein eigenartiges Geräusch. Es näherte sich schnell und wurde dabei lauter. Am dunkelroten Himmel tauchte ein Punkt auf, der sich senkte. Aus dem Punkt wurde ein propellergetriebenes Flugzeug, das eine verblüffende Ähnlichkeit mit den ersten Aeroplanen der Erde hatte.

„Sir, sie lassen Panzer auffahren!" rief Redhorse, der mit vier Mann die kleine Gruppe sicherte.

„Kommen lassen!" erklärte Gucky. „Auch der Eskie im Flugzeug ist harmlos. Du lieber Himmel, ist das ein wackeliges Ding, aber der Eskie ist ganz stolz darauf."

Mit knatterndem Motor und brummendem Propeller zog der Aeroplan über ihnen seine Kreise. Von der Stadt her drangen neue Geräusche. Die leichte Bodenwelle vor ihnen, die mit fremdartigen roten Sträuchern bewachsen war, verbarg, was sich näherte. Redhorse aber, der auf dem höchsten Punkt stand, kündigte an: „Acht Panzer kommen . . . die klapprigsten Ungetüme, die ich jemals gesehen habe."

Einige Männer hatten doch ihre Hand am Kolben der Strahler liegen. Sie trauten der Friedfertigkeit der Eskies nicht ganz. Zu frisch war noch in ihrer Erinnerung der wütende Angriff der vermummten Wesen gegen die Stadt der schlangenköpfigen Gurus in der Grün-Etage.

Auch Redhorse hatte seine Strahler griffbereit, aber er zog die Waffen nicht. Aufmerksam spähte er in die Richtung der Stadt. Jetzt trat er zur Seite. Rote Büsche wurden platt gewalzt. Ein klobiges Fahrzeug, das auf vielen metallenen Rädern lief, schob sich quietschend und rumpelnd heran, rollte die Bodenwelle hinab und hielt zwanzig Meter von den Menschen entfernt an.

An der linken Seite schwang eine Tür auf, und ein menschenähnliches Wesen ohne Kopf trat heraus. Ihm folgten noch drei andere, alle gleich groß. Zwei-Meter-Riesen ohne Kopf! Die Schultern waren flach und glichen einer ebenen Auflage. Die Geschöpfe verfügten

26

über zwei menschliche Arme und Beine. Wo die Haut von graugetönter Kleidung nicht bedeckt war, war sie lederartig und rotbraun.

„Die haben das Gesicht mitten auf der Brust sitzen", meinte Melbar Kasom.

Der Ertruser war das Opfer eines Irrtums geworden.

Der erste Eskie fuhr seinen froschgesichtigen Kopf aus, der auf einem meterlangen, armdicken Tentakel saß. Dreiviertel Meter über der flachen Schulter stand der etwa fußballgroße Kopf jetzt, wurde um hundertachtzig Grad gedreht, und der Mund begann zu sprechen.

Gucky hatte sich in die Gedanken des Eskies eingeschaltet.

Die übrigen Panzer der Eskies rollten die Bodenwelle herunter. Gucky sprang auf, wagte eine Kurzteleportation und landete auf dem Dach des vierten metallenen Fahrzeuges, zwischen zwei Stahlrohren, die an die Läufe von Maschinengewehren erinnerten.

Der Mausbiber hatte im vierten Panzer Lamon entdeckt. Aber sein Vorhaben, Lamon ein für allemal die Idee auszutreiben, sie den Blauen Herrschern zu opfern, konnte er nicht so ausführen, wie es ihm gefallen hätte.

Er mußte jetzt, da sie infolge der überstürzten Flucht keine Translatoren besaßen, die Rolle des Vermittlers spielen.

Die vier Eskies aus dem ersten Panzer hatten alle Scheu verloren. Es störte sie nicht, daß ein kleines Wesen ihre Gedanken las und ihnen seine Gedanken zustrahlte.

Als Rhodan den Befehl gab, in die Panzer zu steigen, staunte Lamon, warum keiner der Fremden trotz Einladung sein Fahrzeug benutzte. Er achtete nicht auf das kleine Pelzwesen mit dem Löffelschwanz. Gucky aber sah ihn heimlich an, konzentrierte sich kurz auf ihn, und der Kleine grinste spitzbübisch, als Lamon, wie von tausend Teufeln gehetzt, in seinen Panzer stolperte, die Tür hinter sich zuschlug und Hals über Kopf das Weite suchte.

Rhodan hatte den Mausbiber beobachtet.

„Was hast du mit dem Eskie angetellt, Gucky?"

Der Nagezahn verschwand blitzschnell. „Perry, besteh' nicht darauf, daß ich dir antworte! Ich habe diesem durchtriebenen Lamon telepathisch zugerufen, welch ein übler Kerl er ist!"

„Nur das, Gucky?"

Der Ilt sah ihn prüfend an und stöhnte dann. „Natürlich nicht. Aber müssen wir nicht einsteigen? Wir sind die letzten."

Als die Panzer sich in Bewegung setzten, um zur Stadt zurückzufahren, wurde die Gruppe wild hin und her geschüttelt.

Eine kurze Pause nutzte Atlan aus, um auf das veränderte Aussehen der Eskies zu sprechen zu kommen. Gucky, in dieser Lage der einzige Informierte, erklärte:

„Wir haben den Eskies einen falschen Namen gegeben. Ihre Vermummung hatte nur den Zweck, in der Grün-Etage die Kältefront der Gurus abzuwehren. Müßten wir sie nicht wegen ihres schnorchelartigen Tentakels Schnorchel nennen?"

Icho Tolot, der gebückt hinter ihnen stand, stimmte Guckys Vorschlag zu, um dann sofort das Thema zu wechseln. Er bat den Mausbiber, noch einmal zu versuchen, telepathischen Kontakt mit der Besatzung der CREST II zu bekommen.

Der Kleine konzentrierte sich, schüttelte dann den Kopf und sagte: „Ich komme immer noch nicht durch. Ist das nicht ein gutes Zeichen? Wenn alle tot wären, dann wäre eine Sperre dieser Art doch sinnlos, oder nicht?"

„Hoffentlich hast du recht, Kleiner", sagte Atlan.

Die Stadt Kraa, die vor dem Eingang eines gigantischen Felsdomes lag, mußte einige Millionen Einwohner haben. Die Terraner hatten nicht viel davon zu sehen bekommen, aber schon der erste flüchtige Eindruck hatte ihnen gezeigt, wie großzügig die Stadt angelegt war.

Als die rumpelnden Panzer aber nun anhielten und sie durch Gesten aufgefordert wurden, diese zu verlassen, blickten sie sich draußen erstaunt um.

Sie mußten sich tief unter der Oberfläche befinden, in einem Hohlraum, der vor Äonen von den Meistern der Insel geschaffen worden war, als sie Horror aushöhlten.

Gucky, der ständig die Gedanken der Fremden belauschte, wandte sich an Rhodan: „Die Schnorchel behaupten, die Blauen Herrscher könnten uns hier nicht sehen. Von diesem Raum wüßte nicht einmal Lamon und auch keiner der vier Statthalter."

„Warum helfen uns diese Leute, Gucky?"

Rhodan mußte sich gut eine Minute gedulden, bis der Kleine ihm antwortete. In der Zwischenzeit sah er sich um. Achtzig oder hundert Meter über ihnen wölbte sich eine Felsdecke, die noch deutliche Spuren der Bearbeitung zeigte. Scheinwerfer warfen grelles Licht nach allen Seiten. Die Blase im Fels war mehrere Kilometer breit; nicht abzuschätzen war ihre Länge.

Häuser, wie sie sie bei der Durchfahrt in der Stadt gesehen hatten, standen auch hier; mehrgeschossige Bauten, breit angelegt, sich mit jeder Etage verjüngend, bis ein schalenförmiges Gebilde sie abschloß.

Später wurde klar, wozu diese Schalen einmal gedient hatten. Während sie in der Jetztzeit den Schnorcheln nur noch Symbol waren, hatten sie in grauer Vergangenheit die Aufgabe gehabt, das Kostbarste, was es damals auf ihrer Rot-Hohlwelt gab, aufzufangen – Regenwasser.

Ziemlich ungläubig hatten die Terraner dann vernommen, daß die Schnorchel es den Blauen Herrschern zu verdanken hatten, wenn sie wieder über Quellwasser verfügten, das plötzlich versiegt war, als der Boden tagelang gezittert und gebebt hatte.

Mit welchen Mitteln die drei Robotstationen die Quellen wieder zum Fließen gebracht hatten, konnte nicht erklärt werden.

Gucky antwortete endlich:

„Alle Schnorchel, bis auf die Besatzung des vierten Panzers, in dem sich auch Lamon aufgehalten hat, beklagen den Verlust naher Verwandter, die den Blauen Herrschern geopfert worden sind. Jetzt haben sie die irrsinnige Hoffnung, wir könnten über Mittel verfügen, die Robotstationen zu zwingen, von ihrer grausamen Forderung abzulassen."

Rhodan wollte Atlan und den Haluter zu Rate ziehen und mit ihnen diesen Fall besprechen, als Schnorchel erschienen und sie aufforderten, ihnen zu folgen.

Zwischen den Häusern, die alle unverputzt waren und einen tristen Eindruck machten, gingen sie auf einen Platz zu, der über dreihundert Meter durchmaß. An der Peripherie stand ein Haus neben dem anderen. Jedes trug als Dach das Schalensymbol.

„Perry", flüsterte der Ilt, „man bringt uns zu einem Schnorchel, den sie Loorn nennen. Soweit ich alles verstanden habe, ist dieser Loorn der Anführer einer Untergrundbewegung, welche die Dynastie der

Lamons stürzen will. Wir sollen natürlich dabei aktiv werden. Schöne Aussichten! Dieser Loorn scheint ein rabiater Bursche zu sein."

Sie betraten ein Gebäude. Im Gänsemarsch gingen sie eine Treppe hoch. Sie erwarteten, Zimmertüren zu sehen, statt dessen fanden sie vor sich eine breite, schnurgerade verlaufende Straße, die von mehr als fünfzig Schnorcheln versperrt war. Sie hielten klobige Waffen in den Händen, die an plumpe Maschinenpistolen erinnerten.

„Keine Angst!" sagte Gucky schnell. „Sieht nur so wild aus."

Rhodan blickte sich um. Neben ihm ging Mory. Fast auf Tuchfühlung folgte ihr der Ertruser Melbar Kasom. Mißtrauisch musterte er die bewaffneten Schnorchel, die sie nun umringt hatten. Er war für Mory Rhodan-Abros Sicherheit verantwortlich, und in seinen riesigen Händen hielt er die schweren Strahler schußbereit. Er glaubte nicht an die Harmlosigkeit ihrer Begleittruppe. Auch der Haluter spähte unentwegt nach rechts und links.

Die Straße, die sie entlanggingen, wurde von Tiefstrahlern beleuchtet. Die Häuser zu beiden Seiten wirkten wie eine stumme Drohung.

„Nichts Neues, Perry. Das ist die stumpfsinnigste Gesellschaft, der ich jemals begegnet bin", erklärte der Mausbiber.

Plötzlich flammten Scheinwerfer seitlich von ihnen auf und beleuchteten eine Hauswand, die nur einen Eingang besaß, aber kein Fenster. Das Dach trug auch kein Schalensymbol.

Über einen breiten Gang betraten sie einen großen Raum. Die Schnorchel waren an der Tür rechts und links stehengeblieben und hatten die Milchstraßenbewohner durch unmißverständliche Gesten aufgefordert, einzutreten.

Der Raum, kaum erleuchtet, war leer. Der Boden fiel sanft zur Mitte ab. Die Mitte aber war eine ovale Schale, die schwach leuchtete.

Am Rand der Schale blieben sie stehen, einer neben dem anderen, nur Kasom stand hinter Mory.

Mit fiebernder Spannung warteten sie auf das, was folgen würde.

Die Schale öffnete sich; in der Öffnung erschien ein Schnorchel. Im schwachen Licht funkelte seine umhangartige Kleidung. Der Kopf, vom Tentakel weit ausgefahren, drehte sich nach rechts und links. Im gleichen Moment hörten die Besucher hinter ihrem Rücken Schritte.

„Achtung, unsere Bewacher kommen!" rief Gucky.

„Und? Was denken sie?"

„Nichts! Das ist es ja eben. Natürlich denken sie, aber es ergibt keinen Sinn. Aber dieser Loorn denkt! Großer Himmel, der spinnt!"

Es kostete Rhodan Kraft, nicht die Ruhe zu verlieren.

Gucky zuckte nicht einmal zusammen, als er entdeckte, daß Loorn ein starker Telepath war, der versuchte, seine Gedanken zu lesen. Er begriff im gleichen Moment, wieso Loorn der Chef einer Untergrundbewegung werden konnte. Mit seiner starken telepathischen Fähigkeit, die er vor allen anderen Schnorcheln verborgen gehalten hatte, war er ihnen weit überlegen.

Aber gegen Guckys Parakräfte kam er nicht an, und die sechs Bewacher Guckys störten den Kleinen nicht.

Das Schweigen in dem schwach beleuchteten Raum wurde bedrükkend. Am tiefsten Punkt der ovalen Schale stand Loorn und drehte auf seinem Tentakel langsam den Kopf von links nach rechts.

„Also schön!" rief Gucky in die Stille hinein, obwohl er wußte, daß Loorn ihn nicht verstand. Aber Loorn begriff dafür um so besser, daß er keinen Boden mehr unter den Füßen hatte. „So", sagte Gucky, als der Schnorchel dicht unter der Decke zappelte, „jetzt wollen wir uns einmal mit dir unterhalten. Ein Teil deines Planes hat Hand und Fuß, aber uns zu betäuben, um uns dann gegen fünfzehn bereits ausgewählte Opfer auszutauschen und an ihrer Stelle den Blauen Herrschern auszuliefern, ist ein niederträchtiges Vorhaben . . . Perry, je länger er unter der Decke zappelt, um so vernünftiger werden wir uns mit ihm unterhalten können. Dieser Bursche träumt davon, daß wir in der Lage sein könnten, die drei Blauen Herrscher zu vernichten, wenn wir uns einmal auf einer Station befinden. Das ist der eine Teil seines Planes, und den finde ich nicht schlecht. Wie er uns auf die Stationen schaffen will, habe ich ja schon erklärt."

Loorn verfügte über eine ungeheure Beherrschung. Er hatte keinen Ton über die Lippen gebracht, als Gucky ihn kraft seiner Telekinese zur Decke schweben ließ.

Die Bewacher schienen nicht zu begreifen, was sich vor ihren Augen abspielte. Düster starrten sie aus ihren Froschaugen die Terraner und ihre Verbündeten an.

Es stellte sich durch Guckys Gedankenforscherei bald heraus, daß Loorn nicht aus niedrigen Motiven handelte. Zwei seiner Brüder waren vor vielen Intervallen an die Blauen Herrscher ausgeliefert

31

worden. Es wurde auch bekannt, daß die Bewacher der Terraner Opfer des Blauen-Herrscher-Kultes waren, die in den Zellen des sogenannten Reinen Hauses den Verstand verloren hatten.

Die Milchstraßenbewohner erfuhren, daß in einem Abstand von vierzig Wochen Standardzeit in der Rot-Etage die Rotlicht-Epoche einsetzte. Wenn dann die lohende Rotglut des Himmelsgewölbes den höchsten Stand erreicht hatte, kamen die Blauen Herrscher unter dem Donnerknall des Schallmauerdurchbruchs über Kraa, um ihre Opfer zu verlangen.

Die nächste Opferung stand unmittelbar bevor. Fünfzehn Schnorchel waren zu diesem Zweck von Lamon, der so etwas wie ein Zeremonienmeister war, ausgewählt und im Reinen Haus kaserniert worden. Was es mit der Bezeichnung „Reines Haus" auf sich hatte, war den Menschen noch ebenso unklar wie der Zweck der Opferungen aus der Sicht der Blauen Herrscher. Auch Loorn schien die Hintergründe nicht zu kennen. Was fingen die Blauen Herrscher mit ihren Opfern an, wozu benötigten sie sie? Welche Bedeutung besaßen für die Terraner die von Gucky aufgefangenen, aber nach wie vor unklaren Begriffe wie die vier Stadthalter und Lamon? Mußten sie sie überhaupt kennen, um sich ihrer Haut wehren zu können? Denn eines war Perry Rhodan klar. Sie mußten hier wieder heraus, und je schneller, desto besser. Vielleicht bot sich mit Loorn eine echte Chance. Noch keines der vielen Opfer war bisher je wieder zurückgekehrt.

„Laß Loorn wieder herunter", befahl Rhodan dem Mausbiber.

Dann fügte er hinzu: „Teile ihm mit, daß wir helfen werden, soweit wir dazu in der Lage sind."

Die drei Robotstationen hatten die Flucht des kleinen Raumschiffes nicht übersehen. Auch der Absturz und die nachfolgende atomare Explosion waren ihnen nicht entgangen. Alle Vorfälle waren registriert und gespeichert worden, und gleichzeitig hatte diese Speicherung den Befehl ausgelöst, sich um die fremden Wesen zu bemühen, wenn die große Aufgabe gelöst war.

Wie ein Ball raste die CREST II auf ihrem dreieckigen Umlaufweg von Station zu Station. Die Blauen Herrscher maßen, daß die fremden mentalen Impulse immer schwächer und schwächer wurden, je mehr sie die Geschwindigkeit, in der das Schiff herumgewirbelt wurde, steigerten.

Sie hatten einen schwachen paraphysikalischen Kontaktversuch festgestellt und sofort ihr großes Dreieck in ein abschirmendes Parafeld gehüllt. Ihre Orter machten den Punkt aus, von der der telepathische Versuch gestartet worden war. Die riesigen Robotstationen begriffen, daß die Besatzung in dem flüchtenden kleinen Schiff nicht umgekommen war.

Auch diese Daten wurden gespeichert, und abermals erging an alle drei Blauen Herrscher der Befehl, sich eingehend darum zu bemühen, wenn sie ihre große Aufgabe gelöst hatten.

Aber diese hatte Vorrang vor allen anderen. Sie waren von den Meistern der Insel geschaffen worden, die rote Hohlwelt im Planeten Horror nicht nur zu beherrschen, sondern sie auch gegen jeden Eindringling zu schützen.

Sie erinnerten sich noch daran, wie ihre Schaltwege aktiviert wurden und sie sich vom Boden lösten, um so lange über dieser Welt zu schweben, solange sie *und* die Schnorchel existierten.

Sie lebten von den Schnorcheln. Ohne gesundes lebendes Zellgewebe konnten sie nicht aktiv sein.

Ihre Erbauer hatten ihnen kein Mitleid mitgegeben.

Die Meister der Insel hatten damals geglaubt, so handeln zu müssen, als sie das gesamte Volk der Schnorchel in die Rot-Hohlwelt des Planeten Horror deportierten.

Seit dieser Zeit waren die Blauen Herrscher alle vierzig Wochen erschienen. Gab man ihnen nicht freiwillig die Opfer, dann holten sie sich diese gewaltsam.

Die Zeit der Opferung nahte wieder. Aber noch mußten sie ihre große Aufgabe vollständig lösen.

Wie ein Tennisball flog die gigantische Kugel von Station zu Station. Ununterbrochen wurde nach Impulsen geortet. Erst als nach drei weiteren Umwegläufen ihre Mental-Ortungen auf Null stehenblieben, sahen die Blauen Herrscher die große Aufgabe als gelöst an.

Eingehüllt in ein fächerartiges Grünfeld, das die Hülle der CREST II schimmern ließ und gleichzeitig im Schiff alle Funktionen lahmlegte, sank das stolze Flaggschiff der Solaren Flotte langsam zu Boden. Der Fels knirschte, als die Millionen Tonnen schwere Kugelhülle aufsetzte, hin und her pendelte und unter sich aus Felsen Staub machte.

Abrupt endete das Pendeln, als die Farbe des Kraftfeldes sich änderte und so blaß wurde, daß ein menschliches Auge es kaum wahrnehmen konnte.

Ein magnetisches Fesselfeld umhüllte die CREST II und preßte sie zu Boden. Das Feld blieb auch konstant, als die drei Blauen Herrscher ihre Positionen verließen und nach verschiedenen Richtungen davonschwebten.

Eine Robotstation nahm Kurs auf die Stadt Kraa.

Lamon, der Diener der Blauen Herrscher, meditierte.

Vergeblich hatte er die Blauen Herrscher gebeten, ihm ein Zeichen zu schenken, an dem er erkennen konnte, wie er zu handeln hatte. Plötzlich aber glaubte er wieder diese Geisterstimme zu hören, die ihn vor den Fremden in seinen Panzer und in die panische Flucht getrieben hatte. Er schrak aus tiefem Nachdenken auf, blickte um sich und sah den vertrauten, armselig eingerichteten Raum, in dem er schon so viele Jahre seines Lebens verbracht hatte.

„Bin ich wirklich das, was mich diese Stimme genannt hat?" Wie oft hatte er sich diese Frage schon gestellt, die ihm fast jedesmal wieder die gleichen quälenden Schmerzen bereitete und ihn fast um den Verstand brachte – so wie beim Empfang der Fremden. „Bin ich tatsächlich derjenige, den alle verabscheuen müssen? Bin ich ein Verbrecher?"

Er suchte Trost und Sicherheit bei den Überlieferungen. Er holte sich die Vorschriften der Zeremonien ins Gedächtnis zurück. Er suchte in beiden, um seine Unsicherheit abzuwerfen, aber sie gaben ihm heute keinen seelischen Halt.

Lamon dachte an seinen ältesten Sohn, der einmal sein Amt übernehmen würde.

Sollte er zurücktreten und alle Macht heute schon in dessen Hände legen?

„Ein Zeichen, ihr Blauen Herrscher! Ein Zeichen!" flehte er und trat ans Fenster.

Sein Tentakel schob den Kopf in die Höhe. Die beiden Froschaugen spähten durch die Straßenschlucht und sahen ein kleines Stück des dunkelroten Himmelsgewölbes. Ziellos glitt sein Blick daran entlang. Da sah er es!

Einer der drei Blauen Herrscher näherte sich Kraa!

„Euer Zeichen! Euer Zeichen!" stammelte der alte Schnorchel ergriffen und hielt sich an der Fensterbrüstung fest.

Ein Blauer Herrscher erschien über Kraa, bevor die Rot-Epoche den höchsten Stand erreicht hatte.

Lamon machte auf der Stelle kehrt, eilte die Treppe hinunter und rannte dem Reinen Haus zu. Er keuchte, als er sich die letzten Stufen zum Flachdach hinaufschleppte. Seine Beine zitterten, als er den Blauen Herrscher still über Kraa stehen sah.

„Ein Wunder", sagte er. Viel tiefer als sonst stand der Blaue Herrscher über dem Häusermeer. Näher als jemals zuvor, schwebte er vor dem Eingang zum gigantischen Felsdom.

Den Blick starr auf die Scheibe mit der mächtigen Kuppel gerichtet, beobachtete Lamon, wie sie jetzt langsam zur Stadtmitte schwebte.

Erneut überlief ihn Unsicherheit.

Kam einer der Blauen Herrscher, um zur ungewöhnlichen Zeit seine Opfer zu verlangen? Er überquerte die Stadt und flog dorthin, wo das seltsame Fahrzeug der Fremden unter Feuer und Donner am Boden verglüht war.

Da glaubte Lamon zu wissen, warum einer der Blauen Herrscher nach Kraa gekommen war: Die Fremden wurden gesucht, diese Wesen, die ganz anders aussahen als er.

Und diese Wesen hatten ihn geschmäht – ihn, Lamon, den Diener der Blauen Herrscher! Und wer ihn angriff und schmähte, der verhöhnte auch die Blauen Herrscher! Und Lamon wußte, was er zu tun hatte. Kein Zweifel und keine Angst nagten mehr an ihm.

Sein Plan, schon einmal gefaßt, wurde wieder in ihm wach. Er mußte die Fremden finden, sie in seine Macht bekommen und sie nach dem nächsten Intervall den Blauen Herrschern als Opfer anbieten.

Er verließ das Dach, rief seine Mit-Diener und sagte zu ihnen:

„Ich werde die vier Stadthalter aufsuchen und ihnen aus den Überlieferungen vortragen. Sie werden sich der Macht der Blauen Herrscher beugen, wie es ihre Pflicht ist. Geht und sucht die Fremden zu fassen!"

Lamon sah seine Mit-Diener davoneilen. Vom Atrium aus blickte er zum Himmel empor. Langsam schob sich ein Blauer Herrscher in sein Blickfeld. Alles schien von einem blitzenden Strahlenkranz umgeben zu sein. Noch nie hatte Lamon diese Erscheinungen beobachtet. Aber sie beunruhigten ihn nicht mehr.

Lamon verließ das Reine Haus. Sein Weg führte ihn zu den vier Stadthaltern. Man ließ ihn sofort vor. Mitten in der Rede wurde er gestört. Er blickte zur Seite. Von dort war das störende Geräusch gekommen. Vom Schreck erfaßt, zog sich sein ausgefahrener Tentakel ein. Furchtlos kam einer der unheimlichen Fremden auf ihn zu. Neben ihm watschelte ein kleines Wesen, das ihn aus großen Augen durchdringend ansah.

Lamon gewann seine Ruhe wieder. In demonstrativer Geste wies er auf die beiden unterschiedlichen Fremden. Dabei zitierte er Sätze aus der Überlieferung und sah die vier Stadthalter herausfordernd an.

Die aber reagierten nicht. Sie ließen zu, daß Rhodan und Gucky hinter ihnen Platz nahmen. Lamon sprach aufs höchste erregt von der Strafe der Blauen Herrscher, und er erinnerte daran, wie diese in grauer Vergangenheit gehandelt hatten, als man ihnen keine Opfer mehr ausliefern wollte.

Lamons Froschaugen drohten ihm plötzlich aus dem Kopf zu fallen. Er schnappte nach Luft und stieß unartikulierte Laute aus. In seinem Kopf hatte er eine Stimme sagen hören: *„Lamon, wir werden diesem Opferspuk ein Ende machen!"*

Mit Gelassenheit beobachtete Gucky die panische Bestürzung des alten Schnorchels.

„Lamon, deine Mit-Diener werden auf uns keine Jagd machen können, und bald wird der letzte von Loorn und seinen Freunden festgenommen sein!"

Zornig rief der Diener den vier Statthaltern zu, die unbeweglich saßen: „Warum verteidigt ihr nicht die Rechte der Blauen Herrscher? Warum laßt ihr dieses frevlerische Handeln zu?"

Die Statthalter blieben ihm die Antwort schuldig, aber der Schnorchel, der gerade den Raum betrat, antwortete ihm: „Lamon, warum die Rechte der Blauen Herrscher verteidigen, wenn fünfzehn Fremde anstelle der vorgesehenen Opfer den Blauen überreicht werden und . . ."

„Loorn!" schrie Lamon, mühsam um seine Fassung kämpfend und die vier Statthalter verzeifelt anstarrend. „Loorn steht vor euch, und ihr ruft nicht die Wachen, diesen Abtrünnigen zu verhaften? Und unreine Fremde, deren Geist nicht gewaschen worden ist, sollen den Blauen Herrschern überantwortet werden? Unreine Fremde, die nicht den Vorschriften der Überlieferung unterworfen sind?"

Loorn stellte sich zwischen die Statthalter und Lamon: Sein Kopf schwebte in Höhe der flachen Schulter und war Lamon zugekehrt.

„Lamon, du wirst das Haus der vier Statthalter nicht früher verlassen, bis die Rotlicht-Epoche zu Ende ist. Meine Wachen werden jeden Fluchtversuch vereiteln, aber sie werden dich nicht hindern, zuzusehen, wie die Fremden sich deinen Blauen Teufeln ausliefern . . ."

„Du wagst . . .?" Weiter kam Lamon nicht.

Scharf fiel Loorn ihm ins Wort: „Ich handle im Einverständnis der Statthalter. Begreifst du nun, daß du nicht mehr das Recht hast, kraft deines Amtes über Leben und Tod zu entscheiden? Wenn bald die Rotlicht-Epoche einsetzt, werden die Zimmer im Reinen Haus leer sein. Meine Wachen stehen schon davor, um die Opfer vor dem Zugriff deiner Mit-Diener zu schützen."

„Ist der Wahnsinn denn über euch alle gekommen, oder haben die Fremden euch verzaubert?" schrie Lamon verzweifelt. „Die Blauen Herrscher werden Kraa und alle anderen Städte bestrafen. Zittern wir nicht alle seit Ewigkeiten vor ihren Strafen? Wollt ihr fahrlässig das Leben von Millionen aufs Spiel setzen? Wer hat euren Verstand vernebelt?"

Gucky unterrichtete Perry Rhodan über den erregten Wortwechsel zwischen Lamon und Loorn.

„Perry, ich habe den Alten für einen Schurken gehalten, aber jetzt muß ich mein Urteil revidieren. Lamon glaubt felsenfest, was er gesagt hat, und er glaubt immer richtig gehandelt zu haben. Die Überlieferungen, an die er denkt, sind sein Wegweiser durch sein Leben."

„Er ist kein Fanatiker, Gucky?"

„Nein! Er ist tief gläubig. Er fürchtet sich vor dem in seinen Augen frevlerischen Plan Loorns. Seine Weltfremdheit entschuldigt einfach alles."

„Misch dich nicht ein, solange alles so verläuft, wie wir es mit Loorn und den vier Statthaltern vereinbart haben, Kleiner!"

Loorns Wachen waren erschienen und hatten Lamon umringt. Die Beschwörungen des alten Schnorchels waren verstummt. Er hatte eingesehen, daß er sich beugen mußte. Als Loorn ihm anklagend vorhielt, daß durch seine Schuld die Bewacher – früher einmal als Opfer auserwählt – den Verstand verloren hätten, zitierte Lamon mit fester Stimme Sätze aus den Überlieferungen.

Er begriff nicht, daß die vier Statthalter Loorns frevlerisches Spiel uneingeschränkt mitmachten. Er hörte auch nicht, daß es draußen auf der Straße lauter und lauter geworden war. Loorn befahl den Wachen, Lamon ans Fenster zu führen.

Erstaunt blickte der Diener der Herrscher nach unten und sah das Volk durch die Straße strömen. Alle bewegten sich in derselben Richtung. Mit harter Stimme klärte Loorn ihn auf. „Sie sind auf dem Weg zum Reinen Haus, um die Quelle ihrer Furcht zu zerstören! Lamon, kannst du nicht sehen, daß wir alle ein Recht haben, unser Leben frei von Furcht zu leben?"

Lamons Kopf zitterte. Seine Stimme klang verzweifelt, als er zitierte: *„Die Meister haben die Blauen Herrscher als Wächter und Richter über euch eingesetzt. Sie werden wachen und richten, bis ans Ende der Zeit; sie werden strafen immerfort . . .* Und ihr glaubt, die Überlieferungen Lügen strafen zu können? Ihr stürzt uns alle in den Untergang!"

„Oder die Blauen Teufel werden vom Himmel stürzen und sich selbst dabei vernichten!" triumphierte Loorn.

„Ihr Narren", sagte Lamon hoffnungslos. „Ihr könnt den Blauen Herrschern ebensowenig etwas anhaben, wie es euch bisher gelungen ist, die Gurus in der Grün-Etage zu vernichten, um vor den Blauen Herrschern zu entfliehen!"

Rhodan hatte sich kerzengerade aufgerichtet. Mit einem Satz hatte der alte Schnorchel die Erklärung für den Kampf der Vermummten in der Grün-Etage gegen die Gurus geliefert.

Neben ihm sagte Gucky: „Perry, wir müssen ihnen helfen, wenn wir uns selbst helfen wollen. Aber ist es draußen nicht heller geworden?"

Rhodan sah zum Fenster hinüber.

Die Rotlicht-Epoche hatte begonnen. Wenn sie ihren Höhepunkt erreicht hatte, kamen die drei Robotstationen, um ihre Opfer in Empfang zu nehmen. Perry Rhodan erhob sich, Gucky ebenfalls.

„Kleiner, sage den vier Statthaltern und Loorn, daß wir gehen müssen, um unsere Zusage einzuhalten."

Der Mausbiber teilte es ihnen auf telepathischer Basis mit. Loorn antwortete auf gleichem Weg: *„Ich zittere um euer Leben!"*

In diesem Augenblick hatte der Ilt das Gefühl, telepathisch geortet zu werden. Loorn kam nicht in Frage. Gucky konzentrierte sich und entdeckte, wer auf paraphysikalischer Ebene nach ihm griff.

Die Robotstation über Kraa hatte ihn ausgemacht!

Perry Rhodan begriff sofort, in welcher Gefahr sie schwebten, als Gucky ihm seine Beobachtungen mitgeteilt hatte.

Es ging um Sekunden. Von irgendwoher, aber in der Nähe der Stadt Kraa, raste eine Robotstation heran. Das gewaltige Gebilde brachte mit seiner Beschleunigung die Luftmassen in wilde Bewegung. Das Brausen und Heulen wurde immer lauter. Die Schnorchel blieben erschreckt stehen und starrten in die Höhe.

Gucky umklammerte Perry Rhodan, konzentrierte sich und sprang. Auf einem Hinterhof kamen sie an. Der Teleportersprung war nur einige Kilometer weit gewesen. Wiederum hatte der Mausbiber das qualvolle Ziehen gespürt, das ihn in den im Zentrumsraum schwebenden Eneregiekern zerren wollte. Er krümmte sich vor Schmerzen, sagte aber keinen Ton, sondern wagte den zweiten Sprung. Rhodan und Gucky achteten nicht darauf, wo sie nun gelandet waren. Beide starrten zum Himmelsgewölbe hoch und suchten die kreisrunde Station zu finden. Das Brüllen der aufpeitschenden Luftmassen zerriß ihnen fast die Trommelfelle.

Rhodan trieb den Mausbiber nicht zur Eile an. Er wußte, daß Gucky alles wagte, um sie in Sicherheit zu bringen.

Gucky wurde zum stummen Helden. Die Schmerzen rasten noch durch seinen Körper, als er mit Perry Rhodan zum dritten Sprung ansetzte.

Sie kamen in Loorns Versteck heraus, in dem tief im Boden liegenden Hohlraum. Hier, so hatte Loorn behauptet, sollte jeder vor dem Zugriff der Blauen Herrscher sicher sein, aber er hatte nicht angeben können, warum es so war. Daran dachte Rhodan, als er den zusammenbrechenden Freund auffing und in seine Arme nahm.

Ihre Ankunft war nicht unbemerkt geblieben. Mory kam die Straße hinuntergelaufen. Aus der anderen Richtung raste der Haluter heran, gefolgt von Melbar Kasom.

Rhodan sah das besorgte Gesicht seiner Frau und lächelte schwach. „Gucky und ich sind von einer Station geortet worden."

„Und was ist mit ihm?" fragte Mory und deutete auf Gucky, der sich nicht rührte.

„Er hat Unglaubliches geleistet. Wenn wir hier tatsächlich nicht von der Station geortet werden, dann habe ich nur ihm allein meine Freiheit zu verdanken." Von nun an stellte Perry Rhodan alles Persönliche zurück. Es ging um das Leben der Menschen, die zu ihm gehörten. Es mußten Vorbereitungen getroffen werden für den Fall, daß die Station doch zu ihnen vordringen konnte.

Sie unterschätzten die drei Riesenanlagen der Meister der Insel nicht. Wie weit deren Technik der ihren überlegen war, hatte ihnen bereits das künstlich errichtete Twin-System, der galaktische Sonnentransmitter und Horror, gezeigt.

Captain Don Redhorse kam mit seiner Besatzung heran. Der Doppelkopfmutant Goratschin traf als letzter ein. Die Besprechung fand auf der Straße statt. An der Felsdecke brannten die grellen Scheinwerfer.

Rhodan trug immer noch den Mausbiber auf seinen Armen, als er dem Zünder Goratschin genaue Anweisungen gab. Mit großem Interesse lauschte der Haluter.

Gucky wurde wach. Er rührte sich. Rhodan unterbrach seine Anweisungen. „Was hast du gesagt, Kleiner?"

„Ich muß wieder zurück. Loorn versucht telepathisch mit mir Kontakt aufzunehmen. Damit *muß* er ja die verdammte Station auf sich hetzen!"

„Was? Du willst behaupten . . .?"

Gucky unterbrach ihn. „Das Riesending verfügt über eine unheimlich exakte telepathische Ortung. Also bis gleich . . ."

Rhodan hatte den Teleporter nicht aufhalten können. Seine Arme waren leer. Unzufrieden sagte er: „Das ist doch Selbstmord! Er kann das eigenmächtige Handeln selbst jetzt nicht lassen!" Seine Worte hörten sich schlimmer an, als sie gemeint waren. An Guckys Stelle hätte er nicht anders gehandelt. Für ihn war es ebenfalls undenkbar, einen Kameraden im Stich zu lassen, selbst wenn der Hilfeversuch das Leben kostete.

„In zwei Stunden hat die Rotlicht-Epoche ihr Maximum erreicht. Dann stehen alle drei Stationen über der Stadt, und jede wird fünf Schnorchel an Bord nehmen. Mit den vier Statthaltern von Kraa und Loorn bin ich übereingekommen, daß fünfzehn Mann von uns sich anstelle der Schnorchel zur Verfügung stellen. Ich sage aber gleich, daß das Unternehmen ein Himmelfahrtskommando ist. Wer meldet sich freiwillig dazu?“

Auch Mory hob die Hand.

Es gab nur Freiwillige. Niemand stand abseits.

Die Luft flimmerte. Gucky brachte Loorn mit. Der wußte nicht, wie ihm geschehen war. Seine Froschaugen waren hervorgequollen, und sie starrten den Kleinen bewundernd an.

Gucky schien sich trotz seiner starken Schmerzen sehr wohl zu fühlen. Schließlich hatte er sich in Morys Arme teleportiert. „Ich habe ganz kleine und viele Sprünge gemacht, Perry“, gab er stockend seinen Bericht ab. „Das Ding saust über der Stadt herum und löst dabei starke Druckwellen aus. Wenn das oben noch lange so weitergeht, dann bekommt der alte Zaubermeister Lamon wieder Oberwasser.“

Bevor Rhodan dazu etwas sagen konnte, fuhr der Mausbiber fort: „Laß mich mit Iwan zu der Station hinaufspringen. Wir beide werden damit schon fertig. Einverstanden, Doppelkopf?“

Hastig und gleichzeitig sagten Iwan und Iwanowitsch ja.

„Nein!“ widersprach Rhodan. „Wir dürfen den beiden anderen Robotstationen, die nicht über der Stadt kreuzen, keine Gelegenheit zum Angriff geben. Das tun wir aber automatisch, wenn wir die dritte Station über Kraa vernichten. Das heißt dann auch noch: Wir können erst eingreifen, wenn alle drei über der Stadt zum Empfang der Opfer erschienen sind.

Für uns bedeutet es ein nicht zu berechnendes Risiko, aber wir können doch unseren Plan nicht auf Kosten der Schnorchel ausführen und dabei am Tod von Tausenden schuldig werden.

Es bleibt so, wie besprochen. Gucky, hast du Loorn gesagt, daß er seine telepathischen Fähigkeiten unter keinen Umständen mehr einsetzen darf?“

„Er ist unterrichtet, und er ist auch davon überzeugt, daß er mir sein Leben zu verdanken hat."

„Und wann bist du wieder fit?" fragte Rhodan.

„Von mir aus kann es sofort losgehen", erklärte Gucky keck.

Loorns Untergrundbewegung, die inzwischen von den vier Statthaltern von Kraa akzeptiert worden war, funktionierte einwandfrei. Die Verständigung zwischen den Schnorcheln und den Terranern war jetzt allerdings nur noch durch Zeichensprache möglich.

Die hektische Suche der Robotstation nach Telepathen hatte nur die eine Deutung zugelassen, daß der Gigantroboter nicht in der Lage war, zwischen Schnorcheln, Terranern und anderen Lebewesen zu unterscheiden. Diese Tatsache gab Rhodans Vorhaben einen etwas günstigeren Ausgangspunkt.

Mory bestand darauf, die sichere Höhle zu verlassen. Rhodan stimmte schließlich zu, und auch die Männer, die als Freiwillige nicht berücksichtigt werden konnten, durften sie auf ihrer Fahrt zur Stadt hinauf in den rumpelnden Fahrzeugen begleiten.

Es war eine Stunde vor dem Maximum der Rotlicht-Epoche, als die Fahrzeuge auf jenen Hof rollten, der zum Haus der vier Statthalter gehörte. Wieder tauchten Loorns Wachen auf. Sie vertrieben jeden Schnorchel, der in den Plan nicht eingeweiht war, und sorgten dafür, daß die Terraner unbemerkt ins Haus gelangen konnten.

Loorns Organisation hatte alle erforderlichen Vorbereitungen getroffen. Kein Schnorchel hatte sich um die Proteste des festgesetzten Lamon gekümmert, als sie die umhangartige Opferkleidung heranschafften. Geschickte Handwerker hatten Gestelle gebaut, die sich die Freiwilligen auf die Schulter setzten, Opferkleidung darüber legten und so eine schwache Ähnlichkeit mit den Schnorcheln bekamen. Gucky benötigte eine besonders leichte Spezialanfertigung.

Die Welt über Kraa hatte sich erschreckend verändert. Es lag nicht daran, daß die Robotstation noch immer über der Stadt stand, sondern es hatte seine Ursache am Himmelsgewölbe. Die sonst dunkelrotes Licht spendende Felsdecke stieß nun grell lohende Glutbahnen nach allen Seiten aus.

Es war ein geschickter Schachzug der Meister der Insel, das Auftauchen der Blauen Herrscher zu einer unvergeßlichen Demonstration zu machen. Einfache Naturen, wie es die Schnorchel fast alle waren, mußten darin göttliche Zeichen sehen. Allein aus diesem Grund war es gar nicht verwunderlich, daß die Robotstationen wie Götter verehrt wurden.

Loorn meldete sich. Mit Gesten machte er klar, daß seine Vorbereitungen alle getroffen seien. Die vier Statthalter im Hintergrund wunderten sich, warum die Fremden sich nicht mehr auf gedanklichem Wege mit ihnen in Verbindung setzten. Rhodan wollte Loorn bitten, es ihnen zu erklären, aber dieser Wunsch war durch Gesten nicht verständlich zu machen.

Dann kam für die fünfzehn Verkleideten das Zeichen zu gehen.

Von Loorns Vertrauten eskortiert, näherten sie sich dem großen Platz, dessen Mitte frei war, während am Rand Tausende von Schnorcheln standen, um wieder einmal das für sie deprimierende Schauspiel mitzuerleben, wie fünfzehn aus ihren Reihen im gewaltigen Leib der Blauen Herrscher verschwanden.

Drei Fünfergruppen stellten sich auf ihren vorgeschriebenen Platz. Sie standen in großem Abstand hintereinander. Ihre Stellung gab zugleich auch die Reihenfolge an, in der sie an Bord der Stationen genommen werden würden. Zwischen jeder Übernahme hatte bisher immer eine Pause von mehreren Minuten gelegen.

Rhodan, Gucky, Tolot und zwei Leutnants der zerstörten C-11 bildeten die Gruppe eins. Atlan führte mit dem Doppelkopfmutanten Goratschin, Major Kasom und zwei Sergeanten seine Gruppe an. Don Redhorse hatte die besten Männer ausgesucht. In dieser Gruppe befand sich kein Mutant, und sie war damit die gefährdetste.

Redhorse hatte abgewinkt, als Rhodan ihn darauf aufmerksam gemacht hatte. „Sie holen uns schon raus!" hatte die Antwort des Captains gelautet.

Und nun warteten sie auf das Erscheinen der Blauen Götter, während das Himmelsgewölbe eine einzige Flammenwand war, aus der an unzähligen Stellen lange, grell rot leuchtende Feuerzungen herausschossen. In Höhe ihrer Augen hatten die Männer Löcher in die Opferkleidung geschnitten. Unter dem Umhang war der Helm des Raumanzuges geschlossen, und die Hände lagen um die Kolben der Strahlwaffen.

Loorn hatte ihnen beschrieben, wie sie sich zu verhalten hatten, wenn die Blauen Götter über Kraa erschienen. Lamon mußte den Opfern kurz vor der Übergabe immer ein Mittel eingeflößt haben, das ihren Widerstand lähmte. Und so standen die Männer auch und schienen düster vor sich hinzustarren. Sie hatten sich gut in der Gewalt und hoben nicht einmal den Kopf, als zwei Donnerschläge die Ankunft der restlichen Blauen Herrscher ankündigten. Gucky, der unmerklich zum Himmel hinaufgeschaut hatte, beobachtete, daß die Station, die über Kraa stand, sich seitlich absetzte und einige tausend Meter höher stieg.

Kurz danach brüllte es in der Höhe auf, und der zweite und dritte Robotgigant kamen mit stark abgebremster Fahrt heran, um seitlich von der Stadt Position zu beziehen.

4.

Das magnetische Fesselfeld um die CREST II preßte den Kugelraumer nach wie vor gegen den felsigen Boden.

Es war stärker als alle Impulsmotoren des Schiffes, aber es war nur ein Fesselfeld und nichts anderes. Es verfügte über keine Kontrollmöglichkeiten und auch nicht über die Möglichkeit, Nachrichten an eine der Stationen abzustrahlen. So blieb es ihm verborgen, daß in der riesigen Kugelhülle hier und dort Bewegung aufkam.

Roboter, durch einen energetischen Eingriff von den drei Blauen Herrschern aus stillgelegt, wie alle Aggregate und Funktionen zum gleichen Moment auch, bewegten sich nach Stunden der Starre. Es waren nur einige. Äußerlich unterschieden sie sich nicht von den anderen, aber in der Konstruktion waren sie grundverschieden. Die sich bewegten, gehörten zu den neuesten Versuchsexemplaren mit einem bio-positronischen Gehirn.

Ihr Bio-Teil hatte die Positronik mit Reizimpulsen wieder angeregt. Nach dem ersten Aufkommen einer Funktion hatte es dann nur noch Sekunden gedauert, bis die Roboter wieder im Einsatz waren. Über ihre Linsensysteme erkannten sie, daß ein chaotischer Zustand im Schiff herrschte.

Drei bio-positronische Versuchsexemplare wurden im Schiffslazarett aktiv. Jeder Robot war auf seinem programmierten Spezialgebiet ein Experte.

Die ersten Bewußtlosen wurden untersucht. Wie routinierte Spezialisten stellten die Maschinen die Diagnose. Sie fragten nicht nach dem Warum, als sie bei jedem Menschen die gleiche Ursache für die Bewußtlosigkeit erkannten.

Während andere an die Reparatur zerstörter medizinischer Geräte gingen, manipulierten sie mit den intakten Einrichtungen und versuchten die ersten Menschen wieder zur Besinnung zu bringen. Mit einer Geduld, wie sie nur Roboter haben können, gingen sie vor, systematisch und behutsam. Über Normalfunk verständigten sie sich, und das vereinigte Wissen dieser Robotergruppe ließ erkennen, daß für die Bewußtlosen höchste Gefahr bestand.

Dieser Augenblick war entscheidend für rund zweitausend Menschen in der CREST II, die sich nicht mehr rührten. Alle Reserveroboter wurden aktiviert. Eine Gruppe, die sonst Hilfsdienste im Lazarett leistete, begab sich in andere Abteilungen des Schiffes. Überall fanden sie das gleiche Bild: Roboter und Menschen bewegungs- und besinnungslos am Boden.

Das Heer der unermüdlichen mechanischen Hilfskräfte war bald überall im Einsatz, aber fast alle spezialprogrammierten Roboter, die in Notfällen Kommandogewalt hatten, entschieden, nichts zu tun. Dadurch wurde keine lebenswichtige Funktion der CREST II wirksam. Ohne es zu ahnen, hatten sie damit der Besatzung die einzige Überlebenschance erhalten.

Die Spezialisten unter den Arbeiterrobotern aber schufteten, reparierten und überprüften, jedoch schalteten sie kein einziges Aggregat ein. Ausgebrannte Andruckabsorber wurden ausgewechselt, Stromreaktoren überholt, und viele tausend andere Maschinen, die zu Bruch gegangen waren, als die CREST zum Spielball der Blauen Herrscher wurde.

Der schwere Schritt der Maschinen dröhnte durch das Schiff. Sie arbeiteten in Kabinen, Hallen, Depots, Hangars und Zentralen, aber die unheimlichste Geschäftigkeit herrschte im Lazarett. Die ersten

Ärzte erwachten, schwer mitgenommen von den hohen Andruckkräften, die sie besinnungslos hatten werden lassen. Sie injizierten sich stimulierende Mittel und übernahmen die Leitung der perfekt arbeitenden medizinischen Roboter.

Als Chefarzt Dr. Ralph Artur zu sich kam, sorgte er dafür, daß man sich sofort um die Besatzung der Zentrale bemühte.

„Warum läuft nur das Notstromaggregat?" fragte er mit schwacher Stimme. Sein Gesicht hatte noch nie so mißmutig ausgesehen wie in diesem Augenblick. Die Antwort verblüffte ihn. Er wiederholte seine Frage und hörte die gleiche Antwort. „Unglaublich! Die Kommandoroboter weigern sich, die Maschinen laufen zu lassen? Meine Herren, jetzt ist aber höchste Eile geboten, daß Oberst Cart Rudo wieder fit wird. Geben Sie mir mal die Spritze mit dem Aufputschmittel!"

Er injizierte es sich selbst. Er hatte keine Zeit, sich die Schulterprellung behandeln zu lassen. „Später", wehrte er ab und erhob sich von der Liege. Beim ersten Rundgang durch sein Lazarett sträubten sich ihm die Haare. Ungläubig fragte er: „Sieht es überall im Schiff so aus wie hier? Was zum Teufel ist denn eigentlich mit der CREST passiert?" Seine Frage war berechtigt, denn er hatte zu den ersten gehört, die die Besinnung verloren hatten, als die CREST II in die dreieckförmige Umlaufbahn gerissen wurde.

Dann kletterte der Chefarzt mit einem kleinen Hilfsteam über die Nottreppen zur Zentrale hoch. Die Antigravlifte waren ausgefallen wie alles andere im Schiff. Obwohl auch die Heizung nicht lief und es im Raum kühler war als sonst, lief ihm das Wasser von der Stirn, als sie die Zentrale erreichten. Das Schott mußte von Hand geöffnet werden. Artur nickte nur, als er die bewußtlosen Männer sah. Er bemühte sich selbst um den Epsaler.

„Donnerwetter", sagte er bewundernd, als Cart Rudo schon nach der ersten Spritze die Augen aufschlug und sich verwirrt umblickte, „haben Sie eine Natur! Hallo, Oberst, nicht so stürmisch. Bleiben Sie liegen. Ihnen fehlen noch ein halbes Dutzend Injektionen. Keine Widerworte! Jetzt habe ich noch zu kommandieren. Gleich sind Sie wieder dran, verstanden?"

Rudo fügte sich und ließ sich die noch fehlenden Spritzen geben. Währenddessen aber blickte er sich nach allen Seiten um. „Doktor, was ist aus Rhodan geworden? Wie geht es ihm?"

Der Chefarzt zögerte mit seiner Antwort. „Die Bordverständigung liegt lahm. Wir können nicht nach ihm rufen. Aber ich weiß nicht, woher das Gerücht kommt, er solle gar nicht an Bord sein."

Eine Stunde später stand fest, daß die Korvette C-11 mit der Alarmbesatzung unter Redhorse und Perry Rhodan, Mory, Atlan, der Haluter, Kasom und zwei Mutanten fehlten.

Rudo war zum Chefingenieur hinuntergestiegen, um ihn zur Rede zu stellen, weil die Bordverständigung immer noch ausgefallen war und nur in wenigen Räumen durch Notaggregate die Beleuchtung brannte. Er traf ihn in seiner Arbeitskabine untätig an. Hefrich brauste nicht auf, wie es sonst seine Art war, als der Oberst ihm Vorhaltungen machte. Er ließ ihn ausreden und erklärte dann lakonisch: „Wir haben alle Urlaub. Befohlen von meinen Roboterspezialisten."

„Was heißt das? Sprechen Sie klar!"

„Meine Roboter warnen mich, auch nur ein einziges Aggregat in Betrieb zu setzen, und ich beabsichtige nicht, die Warnung in den Wind zu schlagen."

„Aber wer hat denn alles im Schiff ausgeschaltet, Hefrich?"

„Das fragen Sie noch, Oberst? Wer schon! Diese drei Riesenstationen, die mit uns Ball gespielt haben. Ich hatte geglaubt, als unser Schiff herumgejagt wurde, unsere letzte Stunde wäre gekommen. Na, viel hat ja auch nicht mehr daran gefehlt."

„Was beabsichtigen Sie zu tun, Hefrich?" fragte Rudo scharf.

„Die Schäden zu beseitigen; mehr nicht. Und warten, bis Rhodan draußen steht und anklopft."

Auf der Stelle machte der Epsaler kehrt. Er stampfte aus der Kabine des Chefingenieurs und warf die Tür hinter sich ins Schloß.

Rudo stand vor einem folgenschweren Entschluß, während er hastig über die Nottreppen zur Zentrale hinaufstieg. Von einigen stromerzeugenden kleinen Notaggregaten abgesehen, lag alles in der CREST II still, auch die Lufterneuerung! Die Situation auf diesem Gebiet war noch nicht gefährlich, wenngleich die Luft im Schiff nicht gerade gut war. Der Luftvorrat reichte noch für Tage aus.

Rudo grübelte, faßte einen Entschluß nach dem anderen und verwarf jeden wieder. Dann suchte er die Wissenschaftler auf.

Auch sie arbeiteten nicht. Auch sie hatten die gleiche Ansicht wie Chefingenieur Hefrich: Kein Aggregat laufen lassen!

47

„Oberst", sagte einer der Experten nachdrücklich, „wer in der Lage ist, von außen alle Funktionen unseres Schiffes auszuschalten, dem fällt es auch nicht schwer, mit Hilfe der Ortung festzustellen, wann sich bei uns wieder etwas rührt. Und was passiert mit uns, wenn wir die Aggregate wieder in Betrieb setzen? Denken Sie daran, daß unsere Impulsmotoren es nicht fertigbrachten, aus dieser dreieckigen Umlaufbahn herauszukommen, obwohl sie mit maximaler Schubleistung arbeiteten."

Oberst Rudo beugte sich widerstrebend der Einsicht. „Gut. Der jetzige Zustand wird beibehalten und im Schiff wieder Ordnung geschaffen. Aber benachrichtigen Sie mich sofort, wenn Sie einen Vorschlag haben, der es uns ermöglicht, unsere Lage zu ändern."

Die Stille auf dem großen Platz in Kraa wurde vom Heulen unerträglich lauter Sirenen unterbrochen. Die Blauen Herrscher kündigten den Beginn der Zeremonien an.

Jetzt war es soweit. In den nächsten Sekunden mußte die erste Fünfergruppe von einem Traktorstrahl ergriffen und zu einer Station gerissen werden.

Da verloren Rhodan und seine Männer den Boden unter den Füßen. Von allen Seiten erfaßt, wurden sie in die Höhe gezogen. Kraa lag schon tief unter ihnen, als sie einen Blick auf die Stadt warfen. Sie pendelten im Traktorstrahl hin und her und sahen nun die kreisrunde Bodenfläche der Blauen Station größer werden. Sie nahm schon ein Drittel des Deckengewölbes ein. Die Ausmaße wuchsen mit jeder Sekunde. Rhodan und seine Begleiter konnten schon Einzelheiten erkennen. Genau im Mittelpunkt der blauen Bodenplatte sahen sie einen leuchtenden Fleck, dessen Strahlen immer intensiver wurde, je näher sie herankamen.

Ein Schock ging durch ihren Körper wie bei einer Transition.

Sie befanden sich im Inneren des Robotgiganten. Sie hingen immer noch im Traktorstrahl. Ihr Flug verlief weiterhin senkrecht in die Höhe.

Sie schleppen uns in die Kugel, dachte Rhodan, während sie in einer mächtigen Röhre, die diffuses Licht ausstrahlte, weiterflogen und nichts anderes als die Wandung sahen.

Ein zweiter Schock traf sie. Niemand war darauf vorbereitet, aber selbst der körperlich schwache Mausbiber überstand ihn so gut, daß er in der Lage war, sofort zu reagieren.

Sie waren in einem Saal angekommen, in dem blitzende Aggregate unbekannter Konstruktion standen. Nirgendwo schien ein Roboter zu sein. Dieser Blaue Herrscher mit seinen Milliarden Schaltwegen war ein einziger Roboter.

Nach dem zweiten Schock hatte sie der Traktorstrahl freigegeben. Sie hatten wieder Boden unter den Füßen. Sie machten sich keine Gedanken darüber, daß sie eine Metallfläche, die jetzt wieder stabil war, durchflogen hatten.

Rechts neben ihnen hatte sich eines der blitzenden Aggregate lautlos geöffnet. Grünes, irisierendes Leuchten kroch daraus hervor und kam auf sie zu.

Da hatte der Mausbiber schon gehandelt. Ein kurzer Sprung hatte ihn auf das Gerät gebracht.

„Nicht schießen, Gucky!" rief Perry Rhodan ihm über Helmfunk zu.

Der Haluter hatte den Metabolismus seines Körpers verändert, als er in die geöffnete Anlage hineinsprang und durch das irisierende grüne Leuchten flog. Sein Körper war im Sprung zu einer stahlharten Granate geworden.

Direkt nach Rhodans Warnung an Gucky prallte der Haluter in der Maschine auf Einrichtungen. Im gleichen Augenblick war das Leuchten verschwunden.

„Hinter euch!" schrie Gucky und schoß gleichzeitig aus seiner Desintegratorwaffe über die Köpfe der Männer hinweg.

Rhodan wirbelte herum, in jeder Hand einen Desintegrator, und schoß aus beiden in das irisierende grüne Leuchten hinein, das aus dem Aggregat kam, dem sie eben noch ahnungslos den Rücken gekehrt hatten.

Gaswolken wirbelten auf, das Leuchten verschwand auch hier, und dann sahen sie etwas, das ihnen einen schwachen Eindruck davon vermittelte, in welch aussichtsloses Unternehmen sie sich eingelassen hatten.

Das Aggregat, in das der Haluter hineingesprungen war, und das andere, auf das geschossen wurde – sie bewegten sich abwärts, um im

Boden zu verschwinden. Gucky erkannte die Gefahr, in der Icho Tolot schwebte. Er hatte keine Zeit, abzuwägen, ob er ein großes Risiko einging oder nicht, als er die Telekinese einsetzte und den fast nicht mehr bewegungsfähigen Giganten aus der Maschine herausholte, bevor sie ganz im Boden verschwunden war.

„Schutzschirme einschalten!" ordnete Rhodan an.

„Ortung!" schrie der Haluter, der wieder seinen primären Körperzustand eingenommen hatte, über seinen Helmfunk. Aus seinem Dreifach-Kombinationsstrahler, den er auf Kern-Fernzündung geschaltet hatte, schoß er in die über hundert Meter lange Maschinengasse hinein und traf eine schwarze mehr als zehn Meter durchmessende Kugel, die in dieser großen Kuppelhalle alles andere überragte.

Das menschliche Auge war nicht in der Lage zu verfolgen, wie schnell er an seiner karabinerähnlichen Strahlwaffe die Elementeinstellungen veränderte. Er mißtraute dem Aussehen der schwarzen Kugel, von der er zu weit entfernt war, um zu erkennen, aus welchem Stoff sie gebaut war. Tolot schaltete nicht wahllos, aber innerhalb weniger Sekunden verzweifelte er fast, weil er bei der Kugel keine Fusion auslösen konnte, in der sie sich selbst vernichtete.

Hinter ihm brach Gucky besinnungslos zusammen. Rhodan und die beiden Leutnants fühlten, wie sie immer stärker von einer Lähmung beherrscht wurden. War das die Auswirkung der Ortung, vor der Icho Tolot gewarnt hatte? Sie waren jetzt kaum mehr in der Lage, die Strahlwaffen zu halten.

Der Haluter stellte jetzt seine Kombiwaffe auf Iridium ein. Er glaubte an keinen Erfolg mehr. Neben ihm, kaum noch Herr seines Körpers, jagte Rhodan einen Desintegratorstrahl auf die Kugel.

An einem Schutzfeld prallte er wirkungslos ab!

„Fusion!" schrie Tolot begeistert. „Wir müssen die Stellung räumen!"

Schlagartig ließ die Lähmung bei den Terranern nach. Der bedeutend widerstandsfähigere Haluter hatte nicht einmal eine Belästigung verspürt. Er sah Gucky am Boden liegen und hob ihn auf.

„Gefahr von rechts!" rief ein Leutnant. Sie schossen durch eine meterbreite Gasse und wurden alle gleichzeitig von einem Schock überfallen. Sie fühlten keinen Boden mehr unter den Füßen und stürzten in die Tiefe.

50

Mory Rhodan-Abro, die am Rand der Menge stand, hatte ihren Mann und seine vier Begleiter zur Robotstation hinaufsteigen sehen. Sie starrte diese Station unentwegt an.

Dort oben veränderte sich nichts. Unbeweglich schwebte die Station, seitlich von der Stadt abgesetzt, während das Himmelsgewölbe noch immer in greller Rotglut strahlte.

Sie sah nicht die Gruppe um Atlan zum zweiten Robotgiganten hinauffliegen. Sie hörte nicht das verzweifelte Aufstöhnen, das durch die Menge der Zuschauer lief.

Ihre Angst um den geliebten Mann wurde größer, je mehr die Zeit dahinraste. Kam jetzt nicht der Augenblick, in dem auch die dritte Gruppe von einem Traktorstrahl erfaßt werden mußte? Verzweifelt fragte sie sich, warum die Riesenstation sich nicht bewegte und Perry und seine Freunde wieder herausgab.

Da schrie sie auf – gellend.

Die Station kippte. Sie wurde schneller, schwankte, als wolle sie versuchen, in die horizontale Lage zurückzukommen. Das Schwanken war so stark, daß der Blaue Herrscher jetzt über die andere Seite abzustürzen drohte.

Was ging dort oben vor?

Es gab keinen Schnorchel, der nicht seinen Tentakel ausgefahren und den Kopf dem hin und her wippenden Blauen Herrscher zugewandt hatte.

Ein greller Blitz schoß aus der Station dem in lohender Rotglut stehenden Himmelsgewölbe zu, ein zweiter folgte, ein dritter, und dann brach die riesige Anlage in fünf Teile auseinander, um, weit von der Stadt entfernt, dem Boden zuzurasen.

Mein Gott! dachte Mory verzweifelt und schlug die Hände vors Gesicht.

„Die zweite Station brennt...!" brüllten um sie herum die Männer der C-11-Besatzung, die den Einsatz nicht hatten mitmachen können. „Sie brennt an allen Ecken...!"

Über Kraa stand eine Sonne, die mit ihrem Leuchten die lohende Rotglut des Deckengewölbes zu übertreffen schien – der zweite von den drei Blauen Herrschern ging seinem Untergang entgegen.

Dann war das eigene Wort nicht zu verstehen. Nacheinander krachten die zerbrochenen Stationsteile zu Boden. Fünfzig, sechzig Kilometer weit entfernt entstanden gewaltige Krater, in denen es glühte, brannte, explodierte und der aufgerissene Felsen unter der hohen Hitzeeinwirkung zu schmelzen begann.

Mory hielt sich die Ohren zu. Ihre eiserne Selbstbeherrschung war zu Ende. In Gedanken schrie sie verzweifelt nach Perry.

„Da kommen zwei Männer herunter . . . Nein, drei! . . . Nein, es sind nur zwei, aber dahinten schweben vier heran . . . Vier aus der Gruppe Atlan! Seht ihr sie denn nicht?" Von rechts und links kamen die sich zum Teil widersprechenden Rufe.

Zwei Männer von fünfen der Gruppe Rhodan kamen in ihren flugfähigen Kampfanzügen zurück. Zwei!

Und als auch der letzte begriff, was das heißen konnte, brachte keiner den Mut auf, Mory Rhodan-Abro anzusehen.

Der zwei Meter fünfzig große Doppelkopfmutant Goratschin sah sein Ziel und entfesselte wieder seine Geistesströme, die Kalzium- und Kohlenstoffverbindungen zur Explosion brachten.

Gucky war mit Rhodan und dem Haluter dicht neben ihm aus dem Teleportersprung herausgekommen. Atlan und Melbar Kasom schossen Dauerfeuer aus ihren Desintegratorblastern. Die beiden Sergeanten der C-11 sicherten hinter ihnen ab.

In dem Kuppelsaal, der ein Ebenbild zu dem Maschinenraum war, in den Perry Rhodan und seine Begleiter geschafft worden waren, gingen reihenweise die verkleideten Geräte unter donnerndem Krachen hoch. „Alle bis auf Goratschin die Station verlassen! Iwan, sprengen Sie die Halbkuppel auseinander!" befahl Rhodan scharf.

Die Schutzfelder der Kampfanzüge hatten sie davor bewahrt, von der überall durch die Explosionen frei gewordenen Strahlung getötet zu werden. Aber als hoch über ihnen ein Teil der transparenten Kuppel detonierte, brach um sie herum ein Atombrand aus, der so gewaltig war, daß die Strahlung die Schirme zu durchdringen drohte.

„Raus! Auf dem kürzesten Weg! Alle, außer Iwan!" Rhodans Stimme donnerte. Jeder hatte verstanden, daß sie durch das riesengroße Loch in der Kuppel die Robotstation zu verlassen hatten. Gucky wußte, daß jetzt wieder die Reihe an ihm war, Perry, Tolot und Goratschin zur dritten Station zu teleportieren.

Atlan, Kasom und die beiden Männer von der C-11 handelten sofort. Sie stiegen zur zerfetzten Kuppel hoch und stellten fest, daß der Blaue Herrscher der dunklen Öffnung des viele Kilometer breiten Felsdomes zuraste und dabei immer mehr an Höhe verlor.

Gleich einer Sonne, die immer heller wird, jagte der Robotgigant seinem Untergang entgegen.

Gucky hatte mit Rhodan, Tolot und Goratschin den Schauplatz längst gewechselt. Dieser zweite Teleportersprung über mehr als fünfzehn Kilometer hatte den Mausbiber so mitgenommen, daß er abermals die Besinnung verlor, als er mit seiner Last rematerialisierte. Icho fing ihn auf und drückte ihn behutsam an sich.

Der Zündermutant wandte seine Erfahrungen an und ließ die transparente Kuppel explodieren. Was Goratschin in Station II vermutet hatte, traf auch hier zu. Die Zerstörung der Kuppel mußte in dem Robotgiganten einen Selbstmord-Impuls ausgelöst haben. Ringsumher explodierten Aggregate, die weder von einem Desintegratorstrahl noch von einem Strahl aus der Waffe des Haluters getroffen worden waren.

Icho Tolot suchte die schwarze Kugel, deren Mantel aus Iridium bestand. Während Perry Rhodan und auch Goratschin aus allen Waffen feuerten, um die Zerstörung der Steueranlage in wenigen Sekunden so weit zu bewerkstelligen, daß sie keine Gegenaktion mehr ausführen konnte, raste Tolot davon, mit Gucky auf einem Arm.

Er benutzte sein Plangehirn, um sich zu orientieren. Der Mausbiber hatte sich sowohl beim Sprung zur zweiten wie auch hier zur dritten Station gehütet, auch nur in der Nähe der beiden Maschinen zu rematerialisieren, die sich lautlos öffneten und irisierend grünes Leuchten ausstießen. Tolot hatte erkannt, was das Leuchten bedeutete, und gleichzeitig das Rätsel gelöst, wozu die Stationen ihre Opfer brauchten.

Sie waren tatsächlich nichts anderes als gigantische Roboter, deren Funktionsfähigkeit jedoch von lebendem Zellgewebe abhing. Irgendwo außerhalb des positronischen Komplexes mußte es eine Organschaltung geben, die für die Steuerung aller Systeme verantwortlich war. Sie mußte mit Zellgewebe versorgt werden, dessen begrenzte Lebensfähigkeit die Station dazu zwang, es in bestimmten Abständen zu erneuern. Die bedauernswerten Schnorchel-Opfer wurden von dem grünen Leuchten aufgelöst, die dadurch gewonnene Substanz gelangte in das Innere der schwarzen Kugel, die wahrscheinlich identisch mit der Organschaltung war.

Hinter ihm flog ein Maschinensatz in die Luft. Um ihn herum war die Hölle. In dieser Hölle sah er hinter einer Metalldecke die Kugel. Blitzschnell schaltete er von Desintegrator auf Kern-Fernzündung. Der Strahl, absolut vernichtend, wenn er auf das richtige Element eingestellt war, löste auch hier wieder eine Fusion aus.

Da hörte er in seinem Empfänger Perry Rhodan schreien: „Tolot, wir sind eingeschlossen!"

Der letzte der Blauen Herrscher hatte in der Phase seines Unterganges zugeschlagen. Der Haluter erlebte das gleiche wie Rhodan, als er zur weitaufgerissenen Öffnung der Kuppel hochschwebte. Eine unsichtbare Sperre gebot ihm Halt. Sie trotzte jedem Beschuß.

Der Haluter schob seine Waffe in die Tragtasche. Er blickte Gucky an. Der war immer noch ohne Bewußtsein. Von dem Kleinen war nichts mehr zu erhoffen. Das Wunder, das geschehen war, als sie auf Station I durch die Röhre in einen anderen Raum fielen – Gucky war bei dem Sturz erwacht und teleportierte sie sofort –, würde sich hier nicht wiederholen.

Icho Tolots Plangehirn war bis zum Maximum seiner Leistungsfähigkeit aktiv. Ihn konnte Rhodans Zuruf nicht stören: „Die Station stürzt ab!" Mit seinem Ordinärgehirn hatte er diese Feststellung auch schon gemacht.

War er einem Irrtum zum Opfer gefallen, in der Kugel das Herzstück des Gigantroboters zu sehen? Woher kam das energetische Feld, das sie zwingen wollte, mit dem letzten Blauen Herrscher unterzugehen?

Zufällig blickte er noch einmal zu der schwarzen Kugel. Er glaubte seinen Augen nicht trauen zu können. Die ausgelöste Fusion war erloschen! Die Kugel bestand immer noch und war unbeschädigt.

Sein Plangehirn teilte ihm in Zahlengruppen mit: *Umwandlung der Materie. Station I und II haben III noch von der Vernichtung ihrer schwarzen Kugel berichten können. Diese hier besteht jetzt aus einem anderen Element.*

Der Haluter lief zu der Kugel und starrte sie an. Er konnte nicht sagen, aus welchem Material sie nunmehr bestand. Aber er entdeckte,

54

daß sie von einem dünnen Iridiummantel umgeben gewesen war. Darauf hatte er eine Fusion auslösen können, aber sie war nicht in der Lage gewesen, das durch einen energetischen Schirm geschützte Innere zu vernichten.

Er schoß wieder aus seinem Karabinerstrahler. Es ging um Sekunden. Nichts geschah. Der schwarze Kugelmantel zeigte sich unverletzbar. Tolots Plangehirn konnte ihm keine Auskunft geben.

Narrte ihn die schwarze Farbe? War sie eine Maske? Sah das Material in Wirklichkeit ganz anders aus?

Da packte ihn die Erkenntnis. Er rief: „Rhodan, Goratschin, steigen Sie zum Kuppelloch hinauf! Die Kernzündung bricht aus! Es ist Aluminium, schwarz gefärbt!"

„Wir sind durch!" verstand er trotz des Krachens in seiner Sprechanlage.

„Ich komme mit Gucky! So... das genügt. Diese Kugel erzeugt kein Sperrfeld mehr, und..."

„Tolot, schnell!" Rhodan befand sich mit Goratschin in Sicherheit. Mit höchster Beschleunigung rasten beide in Richtung auf das lodernde Deckgewölbe der Rotlicht-Ebene zu. Sekunden vergingen, bis Rhodan eine Möglichkeit hatte, abzuschätzen, wie hoch sich die brennende Station noch befand. Und jetzt entdeckte er, daß sie jeden Moment aufprallen würde.

Reichte diese kurze Frist noch für den Haluter und Gucky aus, dem Blauen Herrscher zu entkommen?

Tolot hatte die Gefahr erkannt, in der er und Gucky schwebten. Er nahm sich den Mausbiber. Mit der kurzen rechten Lauf- und Sprunghand schaltete er an seinem Kampfanzug. Im gleichen Moment wurde er nach oben gerissen.

Als er die Öffnung durchflog, die Goratschin mit seinen Geistesströmen geschaffen hatte, krachte die Station gegen die beiden Wandungen einer tiefen, langen Felsschlucht und brach beim Aufprall in viele Stücke auseinander.

Bruchteile, so groß wie Straßenzüge, rasten an dem Haluter in Steilkurven vorbei, erreichten den Gipfel, von wo sie dann wieder in die Tiefe stürzten. Tolot benutzte sein Plangehirn, um die Flugbahnen der Sprengstücke zu berechnen und danach seine Ausweichmanöver zu vollführen, als er Rhodans Stimme über den Funk hörte:

„Tolot, leben Sie noch?"

Der Haluter schätzte die Höhe, in der er und Gucky sich jetzt befanden, auf gut acht Kilometer. Er gab seinem Körper den primären Zustand zurück, hielt Ausschau, konnte aber weder eine Spur von Rhodan noch vom Doppelkopfmutanten Goratschin entdecken.

Er führte es auf das grelle Licht aus der langen, tiefen Schlucht zurück, in der ein gleißender Feuerorkan tobte.

„Tolot . . .?" Er hörte wieder Rhodans Stimme.

Da antwortete er: „Ich komme mit Gucky. Setzen Sie einen Peilstrahl ab, damit ich Sie finden kann, Rhodan."

Mory schwankte, als sie in einem der Männer, die auf den Platz der Stadt herunterschwebten, ihren Mann erkannte. Sie mußte gehalten werden, um nicht zu fallen, dann aber riß sie sich los und rannte mit ausgebreiteten Armen auf ihn zu. Er hatte gerade noch Zeit, seinen Raumhelm zurückzuklappen, als ihre Arme ihn umschlangen.

Als Loorn auf sie zutrat, befand sich Lamon in seiner Begleitung. Der Diener der Blauen Herrscher war verzweifelt.

Perry Rhodan fühlte Mitleid mit diesem Schnorchel in sich aufsteigen.

Seine Götter waren nicht mehr. Die Überlieferungen und Vorschriften der Zeremonien waren Schall und Rauch geworden.

Gucky, der sich inzwischen wieder erholt hatte, musterte den alten Schnorchel eindringlich und teilte ihm schließlich telepathisch mit: *„Lamon, sieh dich um. Die Blauen Herrscher sind nicht mehr. Kein Schnorchel wird mehr sein Leben opfern müssen. Die Zeit der immer wiederkehrenden Opferungen ist vorbei. Dein Volk darf aufatmen, und deine Aufgabe als Diener der Blauen Herrscher ist beendet. Aber du hast nun eine neue Aufgabe: du sollst Diener deines Volkes werden. Verkünde ihm ein freies Leben, ohne Angst vor weiteren Opferungen."*

Gucky unterbrach den telepathischen Kontakt und informierte Rhodan über das, was er Lamon mitgeteilt hatte.

Inzwischen war es dunkel geworden. Das rote Licht am Himmelsgewölbe ließ die Landschaft in einer eigenartigen Dämmerung erscheinen.

Rhodan dachte an das Schicksal der CREST. Es war höchste Zeit, sich um das Schiff und seine Besatzung zu kümmern. Er informierte Gucky von seinen Überlegungen und ersuchte ihn, Loorn um Hilfe zu bitten.

Gucky schaltete sich in die Gedanken Loorns ein. Der Schnorchel reagierte dankbar und prompt. Nur wenige Minuten später standen den Terranern die schnellsten Fahrzeuge zur Verfügung, die Loorns Volk besaß. Nach zwei Stunden holpriger Fahrt war die CREST II erreicht. Wie ein gigantischer Ball lag das Schiff auf dem Felsboden.

Die Schnorchel, die mitgekommen waren, starrten ehrfürchtig auf die riesige Kugel, in deren Innerem – wie Gucky inzwischen festgestellt hatte – die Besatzung soeben dabei war, sich von den Folgen der vorangegangenen Ereignisse zu erholen.

Doch obwohl die Besatzung anscheinend wohlauf war, reagierte die CREST nicht auf die Funksprüche, die Rhodan senden ließ. Schließlich wurde es Gucky zu dumm.

Er konzentrierte sich und rematerialisierte auf Oberst Cart Rudos Schoß, der im Pilotensitz saß und regelrecht vor sich hindöste.

„Hallo, Cart, einen schönen Gruß von Perry. Er läßt fragen, wann du so freundlich bist, dein Schiff aufzumachen! Oder soll er sich die Finger wundklopfen?"

Der Epsaler stieß einen Schrei aus, sprang auf, rannte mit Gucky zur Funkzentrale und schrie die überraschten Männer an: „Perry Rhodan steht draußen. Los, laßt den Funk laufen!"

„Oberst", sagte einer, „wir haben doch keinen Strom . . ."

Gucky hatte die Lage erfaßt. Er nahm Oberst Cart Rudo im Teleportersprung zur Hauptschleuse mit.

„Zum Teufel, Gucky, was war das?" fragte Rudo und rieb sich seinen Stiernacken.

„Das ist bei jedem Sprung hier in Horror ein Gruß vom Energiekern, Cart. Jetzt hast du auch mal erlebt, was ich in diesem verdammten Hohlplaneten schon alles mitgemacht habe. Aber gib schon den Befehl, die Schleuse zu öffnen. Ich springe zu Bert Hefrich, damit er Strom herunterschickt!"

Der Kleine war verschwunden. Oberst Rudo sah sich von Männern seiner Besatzung umringt.

Da leuchteten neben der Hauptschleuse die Kontrollen auf. Strom war vorhanden. Oberst Rudo schaltete. Er sah, wie das gewaltige

Schleusentor sich öffnete; er sah, wie die Rampe langsam ausfuhr, und er erkannte auf einen Blick, daß sein stolzes Schiff ohne Teleskopstützen auf nacktem Fels lag.

Aber das alles zählte jetzt nicht.

Perry Rhodan kam mit seiner Frau die Rampe herauf. Neben Rudo erschien der Mausbiber wieder. Er watschelte bis an die Außenkante der Schleuse heran, hob seine Pfote zum Gruß und meldete, als Rhodan und Mory herankamen: „Sir, die Besatzung der CREST wartet auf Sie!"

5.

Rhodans erste Maßnahme, nachdem er die Zentrale der CREST II betreten hatte, war, daß er das Schiff auf seine Landestützen stellen ließ. Danach ordnete er eine mehrtägige Ruhepause an. Die Mannschaft sollte, wenn man in die nächste Etage vordringen würde, ausgeruht sein, um die auf sie zukommenden Anforderungen erfüllen zu können. Er ließ eine Space-Jet ausschleusen, die die beiden Polarschächte untersuchen sollte. Es stellte sich schnell heraus, daß sie auch auf dieser Etage durch Energiefelder blockiert waren. Daraufhin mußte Sengu neuerlich eine Stelle in der Wandung suchen, die einen gewaltsamen Durchbruch in die nächste Etage zuließ.

Drei Tage benötigte der Mutant. Danach begannen die Berechnungen und Analysen. Der von Sengu entdeckte Durchgang wies ähnliche Bedingungen auf, wie man sie in der Grün-Etage vorgefunden hatte. Die im Durchschnitt einhundert Kilometer dicke Trennwand war von unzähligen Kammern, Höhlen und Gängen durchsetzt.

Auf Terra schrieb man Ende Oktober 2400, als die CREST II startete und sich anschickte, die Rot-Etage zu verlassen.

Wieder traten die Desintegratoren in Aktion und beseitigten Schicht um Schicht der Gesteinsformation. Dreißig Stunden lang war rings um das terranische Flaggschiff nichts als Staub und das Getöse des Auflösungsvorganges. Dann war die letzte Schicht beseitigt. Beobachtungssonden wurden ausgeschickt, und als diese keine erkennbare Gefahr signalisierten, nahm die CREST Fahrt auf.

Vorsichtig tastete sich das Schiff in den Himmel der unter ihm liegenden Etage vor. Ehe es den Schacht vollends verließ, wurde die C-3, eine sechzig Meter durchmessende Korvette unter dem Kommando von Leutnant Orson ausgeschickt, um Sicherungsaufgaben durchzuführen. Danach drangen beide Schiffe in die fremde Welt ein.

Oberst Cart Rudo hatte die manuelle Steuerung der CREST II übernommen. Neben ihm saßen Rhodan und Atlan und beobachteten gespannt den Bildschirm.

„Ein gelber Himmel diesmal", sagte der Arkonide. „Damit hätten wir gleich den Namen für diese Zwischenstation: Gelb-Etage."

„Unseres Wissens", bemerkte Rhodan, „müßte es die letzte Etage sein. Wenn wir erneut die Schale durchstoßen, müßten wir die Oberfläche von Horror erreichen."

„Hoffentlich", meinte Atlan skeptisch. „Ich bin auf alle Überraschungen gefaßt."

Melbar Kasom räusperte sich. Er schob sich ein wenig in den Vordergrund, obwohl man ihn wahrhaftig nicht übersehen konnte.

„Werden wir den Vorstoß gleich unternehmen, Sir?"

Atlan schüttelte den Kopf. „Wir dürfen nichts übersehen, Kasom. Vielleicht finden wir in dieser Etage den Hinweis, der uns weiterbringt. Wenn wir diese gelbe Etage durchsucht haben, dringen wir zur Oberfläche vor. Aber erst dann."

Rhodan nickte, sagte aber nichts. Er schaute immer noch gebannt auf die Bildschirme. Der gelbe Himmel blieb oben zurück. Unter der CREST lag eine grünblaue Landschaft mit verstreuten Städten voll verfallener Ruinen. Dazwischen ragten die Gebirgspfeiler in die Höhe und stützten den künstlichen Himmel ab.

Oberst Rudo sah auf die Instrumente.

„Draußen herrscht eine starke Strahlung", sagte er zu Rhodan gewandt. „Ziemlich gefährlich. Sieht so aus..."

Er brauchte nicht weiterzusprechen, denn sie sahen es alle. Hier hatte ein atomarer Krieg getobt und alles Leben vernichtet. Erst genaue Messungen würden verraten, wie lange dieser Krieg schon zurücklag, und vielleicht erhielt man damit einen wertvollen Hinweis auf das Alter des Hohlplaneten.

Rhodan stand auf und ging zur Funkzentrale. Nach wenigen Sekunden hatte er Verbindung mit der Korvette.

„Leutnant Orson, halten Sie sich in unserer Nähe, aber immer mehr als drei Kilometer entfernt. Wenn irgend etwas geschehen sollte, was Sie nicht verstehen, oder wenn wir keine Antwort mehr geben sollten, so handeln Sie selbständig, aber kommen Sie nie näher als drei Kilometer heran. Ist das klar?"

„Klar, Sir. Entfernung konstant drei Kilometer."

„Gut. Wir behalten vorläufig unsere Position bei und nehmen die notwendigen Analysen vor. Dann umrunden wir die Etage. Wenn wir kein Leben finden, werden wir zur Oberfläche durchbrechen. Verstanden?"

„Verstanden."

Rhodan kehrte in die Zentrale zurück.

„Ich bin sicher", sagte Icho Tolot, „daß wir die Lösung des Rätsels auf der Oberfläche finden werden, nicht hier. Warum verschwenden wir kostbare Zeit?"

Rhodan lächelte.

„Wir würden mehr Zeit verschwenden, übersähen wir etwas, Tolot. Was vermuten Sie draußen?"

Tolot schaute auf die Bildschirme.

„Eine gestorbene Welt – ob mit Absicht ihrer Erbauer oder nicht, das entzieht sich meiner Kenntnis. Jedenfalls hat hier ein Atomkrieg stattgefunden. Und zwar ein gesteuerter Atomkrieg mit langsamen Kettenreaktionen, sonst wäre der Planet von innen her zerrissen worden."

„Sehen wir uns also diese Welt an."

Die Untersuchungen begannen. Sie würden in einer halben Stunde beendet sein.

Rhodan bat Atlan und die anderen zu einer Besprechung in die Messe.

Um den Tisch saßen außer Oberst Rudo, Melbar Kasom, Icho Tolot und einigen Offizieren noch die beiden Mausbiber Gucky und Gecko und die anderen Mutanten.

„Sie alle wissen, worum es geht", sagte Rhodan kurz. „Noch niemals hat ein Schiff wie das unsere einen Planeten vom Mittelpunkt her durchflogen. Wir haben den zentralen Hohlraum und zwei Etagenschalen durchstoßen. Nun sind wir bei der letzten Schale angelangt und werden bald die Oberfläche erreichen. Wenn wir Glück haben, finden wir dort eine Möglichkeit, zur eigenen Milchstraße zurückzukehren. Darf ich um Anregungen bitten?"

„Ich hätte eine", sagte Gucky vorlaut.

Alle sahen ihn an, gespannt und belustigt. Welchen Vorschlag konnte Gucky schon machen? Er wußte ja nicht einmal, was sie draußen in der Gelb-Etage erwartete.

„Und die wäre?" fragte Rhodan ernst.

„Es wird doch allgemein angenommen, hier hätte ein Atomkrieg stattgefunden, nicht wahr? Ein Atomkrieg, der alles Leben vernichtet hat. Das kann doch ein Irrtum sein, oder? Die gelbe Etage kann genausogut bewohnt sein."

„Und die Ruinenstädte?"

„Trotzdem! Gecko kann es bestätigen, daß ihr euch irrt. Wir haben nämlich Gedankenimpulse aufgefangen – ganz schwache nur, aber doch Impulse. Sie weisen eindeutig auf Leben hin. Ein Zweifel ist ausgeschlossen. Daher lautet unsere Anregung, die gelbe Etage noch genauer als vorgesehen zu untersuchen und nicht gleich wieder zu verschwinden."

„Verschwinden ist gut", rief Melbar Kasom. „Davon kann überhaupt keine Rede sein."

„Gedankenimpulse?" Rhodan horchte auf. „Was für Gedankenimpulse?"

„Schlecht zu definieren. Sie waren verworren und undeutlich. Eigentlich ergaben sie überhaupt keinen Sinn. Außerdem konnten wir die Impulse nur ein paar Minuten auffangen. Jetzt ist nichts mehr."

„Könnten es keine Impulse aus der CREST gewesen sein?"

„Nein. Das auf keinen Fall."

„Hm", machte Atlan und lächelte. „Das nenne ich wirklich eine Sensation. Leben in dieser gelben Hölle! Wer hätte das gedacht?"

Ein Offizier kam in die Messe. Er überreichte dem Kommandanten einen Zettel. Oberst Rudo warf einen kurzen Blick darauf, dann sagte er:

„Aha, die Ergebnisse der Analytischen Abteilung. Darf ich vorlesen?"

„Wir bitten sogar darum", sagte Rhodan.

„Radioaktive Stürme erster Größenordnung. Nach der Halbwertzeitanalyse zu urteilen, muß der Krieg vor etwa 9000 Jahren stattgefunden haben. Die Strahlung ist für kurze Zeit unschädlich, würde sich jedoch schon nach fünf Stunden für den menschlichen Organismus schädlich auswirken. Starke Strahlungsballungen kommen aus der Richtung, in der die Ruinenstädte liegen. Zusammensetzung der Atmosphäre erdähnlich. Atembar, unschädlich – von der Strahlung abgesehen. Keine sichtbare Vegetation auf der Oberfläche. Die Stützpfeiler sind mit Höhlen ausgestattet. Dicke der letzten Trennschale zur Oberfläche einhundert Kilometer."

„Das ist ja eine niedliche Welt", stellte Tolot sarkastisch fest. „Na, wenigstens mir sollte die Strahlung nichts ausmachen."

„Und jenen auch nicht, die schon hier leben", sagte Gucky störrisch und ein wenig beleidigt, daß man seine These unter den Tisch fallen ließ.

„Glaube nur nicht", sagte Rhodan beruhigend, „daß wir das nicht überprüfen werden. Und achte mit Gecko auf weitere Impulse. Sagt mir sofort Bescheid, wenn ihr etwas merkt."

Es wurden noch einige Routineangelegenheiten besprochen, dann gab Rhodan den Befehl zum Weiterflug. Die Ebene sollte in einer Höhe von zehn Kilometern durchkreuzt werden. Leutnant Orson erhielt die Anweisung, sich mit der C-3 immer im gleichen Abstand zu halten und die Funkverbindung nicht abreißen zu lassen.

Wie ein dreidimensionaler Film rollte die unwirkliche Landschaft vor ihnen ab. Immer wieder tauchten Ruinenstädte auf, die vom hervorragenden technischen Können ihrer Erbauer zeugten. Auf dieser Welt – oder in dieser Etage – mußte einst eine großartige Zivilisation bestanden haben. Von ihr war nichts mehr geblieben, nur Trümmer und eine tödliche Radioaktivität.

„Was mag geschehen sein?" fragte Atlan. Seine Stimme verriet Bewegung, obwohl es nicht die erste vernichtete Welt war, die er sah. „Wer mag hier eingedrungen sein, um ein wahrscheinlich friedliches Volk auszulöschen?"

„Eingedrungen?" fragte Rhodan und sah ihn an. „Du meinst, es sind Fremde gewesen?"

„Ich nehme an. Warum sollten sie sich selbst vernichtet haben?"

Rhodan schwieg. Das war eine Frage, die niemand beantworten

konnte. Auch der Mensch hatte einmal nahe davor gestanden, sich selbst zu vernichten.

Es gab einige niedrige Gebirge mit schroffen Felsen und tiefen Schluchten. Selbst die Grate strahlten radioaktiv. Auf dem Grund der Schluchten glühte es grünlichblau.

„Eine Welt, wie sie es eigentlich überhaupt nicht geben dürfte", bemerkte Major Jury Sedenko, der Zweite Offizier der CREST, unsicher.

„Aber es gibt sie, und wir müssen uns mit ihr abfinden." Rhodan deutete auf den Hauptschirm. „Sehen Sie die Stadt dort – oder das, was von ihr übrigblieb? So unwirklich diese Welt auch zu sein scheint, einst lebten auf ihr oder besser *in* ihr Intelligenzen. Sie schufen eine beachtliche Zivilisation. Jemand vernichtete sie, grausam und ohne Erbarmen. Mit Atomwaffen, die nur langsam wirkten. Eine Panne? War die Vernichtung von den unbekannten Erbauern der Transmitter beabsichtigt? Dann wären sie noch furchtbarer, als wir bisher vermuteten. Wir wissen es noch nicht, aber eines Tages werden wir es wissen." Rhodan drehte sich zu Gucky um. „Immer noch nichts, Kleiner?"

„Keine Impulse, Perry."

Atlan, der rechts von Oberst Rudo saß, sah an diesem vorbei und Rhodan an.

„Es hat keine Druckwellen bei den Atomexplosionen gegeben, Perry. Die Städte wurden nicht flachgelegt. Ich würde behaupten, die Strahlung hat sie zerfressen."

„Es gab verschiedene Reaktionen, wie die Überreste beweisen. An vielen Stellen müssen enorme Temperaturen geherrscht haben, anders sind die zusammengeschmolzenen Stützpfeiler nicht zu erklären. Wir können von Glück reden, daß der Himmel nicht einstürzte."

„Eine phantastische Vorstellung", sagte Major Sedenko. „Der Himmel stürzt ein! Wäre das möglich?"

„Hier ja, Major." Rhodan schaute auf die Landschaft hinab, die langsam vorüberzog. „Hier kann der Himmel einstürzen, und es würde mich nicht einmal besonders wundern."

Aus dem Hintergrund kam ein schriller Piepser. Gucky rutschte von der Couch, auf der er neben Gecko gesessen hatte, und watschelte vor zum Kommandostand.

„Impulse, Perry, aber nur sehr schwach. Und verworren. Ich werde nicht klug daraus. Sie denken und denken doch nicht."

„Wer?"

„Nun – die Bewohner dieser Welt. Jetzt sind die Impulse übrigens wieder weg."

„Sollen wir umkehren?"

„Nein, nicht nötig. Ich werde neue aufspüren. Es gibt mehr, als ihr alle glaubt."

Gucky sprang auf die Couch zurück, schloß die Augen und hüllte sich erneut in Schweigen. Er konzentrierte sich.

Drei Kilometer von der CREST entfernt zog die C-3 ihre Bahn. Leutnant Orson meldete alle fünf Minuten, daß keine besonderen Vorkommnisse zu berichten seien.

„Abstand auf fünf Kilometer vergrößern", befahl Rhodan. „Vielleicht ist das besser."

Stundenlang glitten die beiden Raumschiffe unter dem gelben Himmel dahin. Die Landschaft veränderte sich kaum. Sie sah überall gleich aus. Tot, leer und verlassen. Ein Bild der Zerstörung und des Todes.

Endlich gab Oberst Rudo bekannt:

„Wir haben die gelbe Etage einmal umrundet, Sir. Sollen wir einen neuen Kurs festsetzen, vielleicht senkrecht zum bisherigen, und noch einmal..."

„Impulse!" sagte Gucky in diesem Augenblick.

„Jawohl, Impulse!" bestätigte auch Gecko neben ihm.

„Nicht nötig, Oberst. Landen Sie. Möglichst in der Nähe des Pfeilers dort."

Die CREST landete. Genau fünf Kilometer entfernt setzte auch die C-3 auf. Die Triebwerke verstummten. Langsam sank der aufgewirbelte Staub wieder auf den Boden zurück. Die Sicht wurde klarer.

Erst jetzt hatte Rhodan Zeit, sich Gucky und seinen Beobachtungen wieder zu widmen. „Die gleichen Impulse wie vorher?"

„Genauso verrückt und sinnlos", bestätigte der Mausbiber ratlos.

Rhodan stand auf und ging zur Couch. Er setzte sich neben Gucky und streichelte ihm das Fell.

„Nun paß mal gut auf, Kleiner. Es hängt sehr viel davon ab, daß wir die Natur und den Ursprung der Impulse herausfinden. Ich glaube dir

64

ja, daß du sie auffängst, aber deine Angaben sind viel zu vage, um etwas daraus schließen zu können. Kannst du denn nicht feststellen, was die unbekannten Absender der Impulse denken?"

„Das ist es ja eben", zeterte Gucky wütend. „Sie denken überhaupt nichts! Sie empfinden nur! Völlig unmöglich so was!"

„Finde ich auch. Und was ist mit dir, Gecko? Auch nichts?"

„Dasselbe wie bei Gucky. Wahrscheinlich sind es auch dieselben Impulse, die wir beide auffangen. Aber jemand lebt hier, der sie erzeugt. Das steht fest."

„Konzentriert euch weiter. Am besten ist es, ihr geht in eure Kabine, da habt ihr mehr Ruhe. Gebt mir Bescheid, wenn etwas Neues eintritt. Vielleicht..."

Er beendete den Satz nicht. Gucky sah ihn an, grinste kurz, nahm Gecko bei der Pfote – und war dann mit ihm verschwunden.

Leutnant Orsy Orson wurde es bald leid, immer auf den Bildschirm zu sehen, der nichts Neues zeigte. Die C-3 war so gelandet, daß der Gebirgspfeiler knapp anderthalb Kilometer entfernt war. Er bildete die einzige Abwechslung in der sonst trostlosen Landschaft.

In der anderen Richtung lag die Stadt.

Ihr Rand war von der C-3 nur zwei Kilometer entfernt und auf den Vergrößerungsschirmen deutlich in allen Einzelheiten zu erkennen. Dort mußten einmal sehr hohe und gradflächige Häuser gestanden haben, die nun zum größten Teil eingestürzt waren. Immerhin standen noch einige Fassaden. Sie wirkten wie aus weichem Material errichtet, das in der Wärme geschmolzen war.

„Was war das?" fragte Orson plötzlich und deutete auf den mittleren Vergrößerungsschirm. „Haben Sie es gesehen, Bender?"

Leutnant Bender, Zweiter Kommandant der C-3, verneinte.

„Ich sah gerade in die andere Richtung. Was war denn?"

„Bewegung! Irgend etwas in den Trümmern dort hat sich bewegt."

„Das ist unmöglich."

„Ich bin nicht so sicher. Wir sollten die CREST davon unterrichten."

„Wenn wir uns da nur nicht lächerlich machen. Wollen wir nicht lieber warten, bis wir sicher sind?"

Orson zögerte. Er ließ den Schirm nicht aus den Augen.

„Vielleicht", sagte er schließlich.

Auf dem Gestein waren noch die Reste einer einstigen Straße zu erkennen. Sie verband die Stadt mit dem Gebirgspfeiler. Sie mußte aus einem relativ widerstandsfähigen Material bestanden haben, denn die Risse und Abschmelzstellen waren nur unbedeutend. Die Straße mündete in einem Haufen zusammengestürzter Gebäude und endete dort.

„Sie haben recht, Orson", sagte Bender plötzlich. „Neben dem ausgezackten Pfeiler hat sich etwas bewegt. Aber es ist nur klein, vielleicht ein Tier. Wie kann in dieser Strahlung ein Tier existieren?"

„Vielleicht eine Mutation, der die Strahlung nichts ausmacht. Ich denke, wir müssen Rhodan nun doch unterrichten."

„Soll ich . . .?"

„Lassen Sie, ich mache das selbst." Orson grinste. „Wenn sich schon einer blamiert, will ich das sein."

Zu seiner Überraschung wurde er nicht ausgelacht.

„Sie sind also sicher, ein Lebewesen beobachtet zu haben?" fragte Rhodan sachlich. „Wie groß etwa?"

„Schlecht zu sagen, Sir. Ich würde sagen – wie ein Hund."

„Lief es auf vier Beinen?"

„Es war nur eine flüchtige Bewegung, am Stadtrand. Sie können dieses Gebiet von Ihrem Standort aus nicht sehen. Sollen wir einen Shift ausschleudern und nachsehen?"

„Nein, Sie bleiben unter allen Umständen im Schiff. Wenn es in der Stadt Leben gibt, dann warten wir ab und lassen es zu uns kommen. Beobachten Sie weiter, und geben Sie Nachricht."

Bender resignierte.

„Also gut, Orson, warten wir ab. Viel kann uns ja nicht passieren, wenn es wirklich nur Hunde sind."

6.

Der Mutant Ralf Marten war Teleoptiker. Er war fähig, sein Bewußtsein für eine begrenzte Zeitspanne in den Körper eines fremden Lebewesens zu versetzen. So war es ihm möglich, durch die Augen einer anderen Person zu sehen und mit ihren Ohren zu hören. Der Betroffene bemerkte das nicht, denn Marten ließ das fremde Bewußtsein unangetastet.

Als Träger eines Zellaktivators war er jung geblieben. Groß und schlank, sah er immer noch wie dreißig aus. Er war Mitglied des Mutantenkorps und hatte Rhodan auf diesem Flug begleitet.

Als Gucky und Gecko erneut meldeten, daß sie verworrene Telepathieimpulse auffingen, ließ Perry Rhodan kurz entschlossen den Teleoptiker zu sich rufen.

„Vielleicht können Sie uns helfen, Marten. Telepathieimpulse, die keine sind. Fremde, die eine ganze Menge Empfindungen und Gefühle haben, aber dabei nicht denken. Fremde in einer Welt, die eigentlich tot sein müßte. Haben Sie eine vernünftige Erklärung?"

„Es gibt keine", sagte Marten vorsichtig. „Wenn ich eines dieser sogenannten Lebewesen zu Gesicht bekäme, könnte ich meine Fähigkeiten einsetzen. Ich kann es aber auch so versuchen, wenn mir Gucky ungefähr den Ausgangspunkt der Impulse angibt."

„Na, Gucky, was ist damit?" Rhodan ging zu ihm. „Sei gefälligst nicht beleidigt, weil wir nicht so übereilt handeln, wie du es am liebsten hättest, sondern vorsichtig bleiben. Hilf Marten, damit wir endlich weiterkommen. Woher kommen die Impulse?"

„Von da!" Gucky drehte sich zweimal um seine eigene Achse und streckte den Arm aus, was bedeutete, daß die Impulse von überall und nirgends kamen. Jedenfalls aber nicht von oben oder unten.

„Sehr aufschlußreich", äußerte Rhodan enttäuscht, hütete sich aber, den Mausbiber zu rügen. Mit einem beleidigten Gucky ließ sich erfahrungsgemäß überhaupt nichts mehr anfangen. Auch kam Rhodan nicht auf den Gedanken, Gecko gegen sein Vorbild Gucky auszuspielen. Er seufzte nur und fügte hinzu: „Schade, ich dachte, du hättest uns den entscheidenden Hinweis geben können. Sie werden es allein versuchen müssen, Marten."

Gucky wurde um drei Zentimeter größer.

„Versuchen, pah! Da kann er lange suchen. Ich weiß, woher die Impulse kommen. Von der Stadt. Es sind Tausende von Impulsen, aber sie ergeben keinen Sinn. Und sie kommen nicht nur aus der Stadt, sondern auch aus den Felsenpfeilern."

„Also aus der Stadt", sagte Rhodan befriedigt. „Dann hat Orson sich doch nicht geirrt, als er behauptete, dort eine Bewegung gesehen zu haben. Marten, können Sie es in der Stadt versuchen?"

Marten nickte und legte sich auf die breite Couch, den von den Mausbibern bevorzugten Sitzplatz. Unwillig rückte Gecko beiseite und rutschte auf den Boden, als Marten die Beine ausstreckte.

Dann schloß der Teleoptiker die Augen, und einige Sekunden später schlug sein Herz nur noch ganz schwach.

Sein Geist hatte den Körper verlassen und fand in einem anderen Unterschlupf.

Eine Sekunde später schlug er die Augen wieder auf und sah Rhodan erschrocken an. Er setzte sich hin.

„Ich habe einen Gastkörper gefunden, aber ich wurde sofort wieder verdrängt. Hinausgeworfen, wenn Sie so wollen. Und gesehen habe ich auch nicht viel. Eine Herde kleiner Tiere, verschwommen und undeutlich. Höchstens einen halben Meter groß. Aber – die Zeit war zu kurz. Ich konnte nicht viel beobachten."

„Versuchen Sie es noch einmal, Marten. Es ist wichtig."

Gucky und Gecko blinzelten einander zu. Wie unabsichtlich nahmen sie sich bei den Händen.

Marten schloß die Augen. Diesmal blieb er fast zehn Sekunden lang fort, ehe er sich erneut aufrichtete.

„Es sind Tiere! Sie sehen harmlos aus, fast wie kleine Bären. Aber es sind keine Bären. Sie haben ein bemerkenswertes Gehirn, wie mir scheint. Nicht in bezug auf den Intelligenzquotienten – der scheint recht gering zu sein. Aber in parapsychologischer Hinsicht. Bisher hat mich noch niemand aus seinem Bewußtsein verdrängen können. Die Tiere in der radioaktiven Stadt können es. Ich finde keine Erklärung."

„Was haben Sie gesehen oder gehört?"

„Gehört nichts, aber gesehen. Die Tiere sitzen inmitten der strahlenden Trümmer und fühlen sich wohl. Ich muß mich getäuscht haben. Niemand kann in einer so intensiven Strahlung existieren!"

„Hiergeblieben!" befahl Rhodan, der sah, wie sich die beiden Mausbiber zur Teleportation konzentrierten, aber seine Warnung kam zu spät.

Gucky und Gecko entmaterialisierten.

„Sie hätten es nicht verhindern können, Sir", tröstete Marten, ohne daß seine Stimme Besorgnis verraten hätte. „Es ist ungefährlich, glaube ich, wenn sie sich nicht zu lange draußen aufhalten. Aber das weiß Gucky selbst."

„Er wird es vergessen. Außerdem können Ereignisse eintreten, die seine und Geckos Rückkehr verzögern. Atlan, laß eine Space-Jet startbereit machen. Drei Mann Besatzung außer dem Kommandanten."

Atlan wollte ohne Kommentar gehen.

Er war nicht ganz aus der Tür, da standen Gucky und Gecko wieder in der Zentrale. Gecko watschelte zur Couch und lehnte sich dagegen. Sein Gesicht verriet ungläubiges Staunen.

„Ihr habt eine Art . . .!" drohte Rhodan, brach aber unvermittelt ab. Guckys Gesichtsausdruck gefiel ihm nicht. „Was ist los? Warum kommt ihr so schnell zurück?"

„So schnell zurück?" fauchte Gucky empört und stemmte die Fäuste in die Hüften.

„Das Theater hätte ich nicht erleben wollen, wenn wir länger geblieben wären. Man kann machen, was man will, niemals ist es richtig. Ich werde demnächst . . ."

„Spanne uns nicht auf die Folter", unterbrach ihn Rhodan. „Was war?"

„Hunde oder Bären mit gelben Pelzen", knurrte Gucky. „Kleine Köpfe mit Facettenaugen. Die Biester sind Mutanten!"

„Mutanten?"

Rhodan und Marten riefen es wie aus einem Mund. Dann erkundigte sich Rhodan:

„Welche Art von Mutanten? Und – wie kommst du darauf?"

„Ich habe es gefühlt. Zwar ließen sich ihre Gedanken nicht lesen, denn sie hatten keine, wohl aber ihre Empfindungen. Und die schwankten stark, Freude und Glück auf der einen, Trauer und Haß auf der anderen Seite. Ihrem emotionellen Selbstverständnis nach verstehen sie sich als ‚Scheintöter', was immer darunter zu verstehen sein mag. Als sie Gecko und mich erblickten, stürzten sie sich auf uns. Sie waren nicht bewaffnet, und wir hätten sie leicht abwehren können, aber wir zogen es vor, in die CREST zurückzukehren. Ja, noch etwas: Diese merkwürdigen Pelztiere sind Teleporter."

Rhodan fragte verblüfft:

„Was sagst du? Teleporter?"

„Ja, ich konnte es beobachten, obwohl uns nicht viel Zeit blieb. Sie können teleportieren, aber ich weiß nicht, ob sie große Sprünge machen können."

Augenblicklich befahl Rhodan Oberst Cart Rudo, die Energieschirme des Flaggschifffes einzuschalten.

Gucky grinste müde und watschelte zur Couch. Er nahm Geckos Hand.

„Komm, wir verschwinden hier. Ich habe etwas gegen teleportierende Hunde. Du auch?"

Gecko bestätigte das eifrig. Die beiden Mausbiber verschwanden.

Rhodan sah Marten an.

„Ich wollte es eben nicht gleich zugeben, aber ich glaube, wir werden noch Ärger bekommen. Wenn die merkwürdigen Lebewesen schon immer im Einfluß starker Strahlung standen, können sich die unglaublichsten Fähigkeiten entwickelt haben. Teleportation wird nicht die einzige sein."

„Ich habe das bereits festgestellt. Wir sollten . . ."

Weiter kam Marten nicht.

Der Interkom schrillte. Einer der kleinen Bildschirme, die die Verbindungen zu den einzelnen Abteilungen des Riesenschiffes herstellten, leuchtete auf. Das Gesicht eines Offiziers erschien.

„Sir . . . Fremde im Schiff!"

„Was?" Oberst Rudo schaute Rhodan entgeistert an. Marten setzte sich wortlos auf die Couch und schlug die Hände vors Gesicht. Atlan blieb ausdruckslos. „Was sagen Sie? Fremde?"

„Ja, kleine Tiere. Gelber Pelz, kleine Köpfe, vier Beine . . ."

„Wir haben die Schirme zu spät aktiviert", sagte Rhodan wütend. „Sie hätten Teleporter abgewehrt, aber nun haben wir sie schon an Bord, und wer weiß, wie viele." Er nickte Rudo zu. „Befehlen Sie den Einsatz von Narkosewaffen, falls die Eindringlinge sich als gefährlich erweisen. Und warnen Sie die Korvette."

Er drehte sich um und ging zur Tür. Noch bevor er sie erreichte, hörte er den Kommandanten sagen:

„Marten, was haben Sie denn da auf der Schulter?"

Rhodan blieb stehen und sah sich um.

Auf Martens Schulter hockte ein possierlich anzuschauendes kleines Wesen, das wie ein winziger Bär aussah, wäre der Kopf nicht so klein gewesen. Die ovalen Netzaugen standen senkrecht in dem behaarten Gesicht. Das Tier war gelb gefärbt und hatte ein dichtes Fell.

„Marten!" rief Rhodan. „Schütteln Sie es ab, schnell!" Rhodan hatte den Strahler gezogen und auf geringste Stärke eingestellt. Er hoffte, der Strahl würde das fremde Wesen nur betäuben und nicht töten. „Los, worauf warten Sie denn?"

Der Teleoptiker lächelte. In seinen Augen leuchtete Freude.

„Warum sollte ich ihn abschütteln? Er ist völlig harmlos und gutmütig. Ich fühle mich wohl. Ich habe mich in meinem ganzen Leben noch nicht so wohl gefühlt."

Rhodans Pupillen verengten sich. Langsam schob er die Waffe in den Gürtel zurück. Als er in Oberst Rudos Richtung blickte, sah er zu seinem Entsetzen, daß auch auf dessen Schulter eins der gelben Lebewesen hockte. Es schmiegte sich dicht an den Kopf des Kommandanten, als wollte es ihm etwas zuflüstern. Rudos Gesicht verklärte sich und nahm einen friedlichen und glücklichen Ausdruck an.

Rhodans Ahnung bestätigte sich.

Mutanten! Die kleinen Biester mußten Hypnos sein. Ihre Absicht war noch nicht klar zu erkennen, aber das würde sich bald zeigen.

„Oberst Rudo!" rief Rhodan scharf und beobachtete Rudos Reaktion. „Schalten Sie den Interkom ein – sofort! Ich will mit der Mannschaft sprechen."

Der Kommandant streichelte das Tier und lächelte arglos.

„Warum denn? Was wollen Sie den Leuten sagen? Sie wollen sie doch nicht etwa vor unseren kleinen Freunden warnen oder ihnen gar befehlen, sie zu töten? Nein, dann ist es wirklich besser, wir lassen das mit dem Interkom. Wenn Sie wüßten, was ich jetzt empfinde. Die reinste Glückseligkeit, Freude am Leben und unglaublich viel Zuversicht. Wir werden bald unser Ziel erreicht haben. Die *Oberen*..."

„Wer?" Rhodan trat auf ihn zu und ergriff seinen Arm. „Wovon reden Sie, Oberst? Wer sind die *Oberen*? Was ist mit ihnen?"

„Das weiß ich nicht. Ich weiß nur, daß wir ihnen bald begegnen werden. Und dann . . .“

Er sprach nicht weiter, aber sein Gesicht veränderte sich. Es war auf einmal nicht mehr friedlich, sondern das genaue Gegenteil. In den Zügen zeigte sich Haß und grenzenlose Wut. Unwillkürlich wich Rhodan einen Schritt zurück, aber dann erkannte er, daß diese Wut nicht ihm galt, sondern etwas anderem.

Das gelbe Pelztier!

Es erzeugte im Gehirn eines Menschen nicht nur Freude, sondern auch Haß.

Gefühle! Empfindungen!

Rhodan spürte plötzlich das leichte Gewicht auf seiner linken Schulter. Mit einer schnellen Bewegung seiner rechten Hand fegte er den Hypno, oder was immer das Wesen auch war, zu Boden, sprang schnell hinzu und bückte sich. Mit beiden Fäusten hielt er das Tier fest. Dabei entging ihm, daß Rudo die Schutzschirme abschaltete.

Wenn doch Gucky jetzt hier wäre, dachte Rhodan verzweifelt, als er die ersten tastenden Versuche seines Gefangenen spürte, in sein Bewußtsein einzudringen. Oder Melbar Kasom! Der Riese würde ihm helfen können, das kleine Biest zu zähmen. Wo steckte denn Tolot?

Aber weder Gucky noch Kasom oder Tolot kamen zu Hilfe. Sie hatten genug mit sich selbst zu tun.

Rhodan konnte das nicht wissen. Für einen Augenblick fühlte er sich von seinen Freunden verlassen, aber dann schockte ihn die klare Erkenntnis, daß es im ganzen Schiff so aussehen mußte wie in der Kommandozentrale.

In der Zentrale gab es keinen Offizier mehr, auf dessen Schulter nicht so ein kleines, gelbes Pelzwesen hockte.

Rhodan packte fest zu und stand auf. In seinen Fäusten zappelte der kleine Kerl und versuchte freizukommen. Erneut schickte er seine Hypnoimpulse aus, aber Rhodan hatte sein Bewußtsein abgeschirmt. Zwar sandte er nun auch keine Gedankenwellen mehr aus, und Gucky würde ihn nicht orten können. Aber dazu würde er auch keine Zeit haben. Wichtig war nur, daß der Fremde sein Ziel nicht erreichte.

Der Gefangene sah ihn an, und dann war er verschwunden.

Rhodans Hände waren leer.

Rhodan ging zu der Tür, die in den Funkraum führte. Er öffnete sie und sah, daß alle Offiziere und Mannschaften bereits unter dem Einfluß der merkwürdigen Besucher standen. Auf jeder Schulter hockte einer der kleinen Bären. Sie schmiegten sich liebevoll gegen die Männer, in deren Gesichtern nichts als Freude und Glück zu lesen war.

Noch einmal spürte Rhodan das plötzliche Gewicht, als ein Scheintöter auf seiner linken Schulter materialisierte, und noch einmal gelang es ihm, das Tier mit einer blitzschnellen Handbewegung auf den Boden zu werfen. Sein Stoß war so kräftig gewesen, daß das Tier keine Zeit mehr fand, zu teleportieren. Es verlor das Bewußtsein.

Rhodan bückte sich und nahm es vorsichtig auf. Der Atem ging regelmäßig und schwach. Die Augen waren geschlossen. Die Gliedmaßen hingen schlaff herab.

Rhodan legte das bewußtlose Tier auf einen freien Sessel. Von einer Sekunde zur anderen begriff er die ungeheure Gefahr, in der er sich befand – und mit ihm alle Menschen, die in der CREST II waren.

Rhodan lief in die Kommandozentrale zurück, näherte sich Oberst Rudo und schlug mit der Faust zu. Der gelbe Bär fiel zu Boden und rührte sich nicht mehr.

Oberst Rudo betrachtete Rhodan, als erwache er aus einem Traum.

„Was ist los, Oberst? Kommen Sie zu sich! Reden Sie schon, was haben Sie erlebt?"

„Erlebt? Ich . . . ich weiß nicht recht . . ."

„Ihre Gefühle! Wie waren sie? Haben Sie vergessen . . .?"

„Ich war glücklich." Er sah auf den Boden. „Nein, ich habe nicht vergessen. Wie könnte ich. Aber ich hatte plötzlich keine Sorgen mehr. Alles war so gut und wunderbar. Sie meinen es gut mit uns. Wir sollten . . ."

Weiter kam er nicht.

Auf seinen Schultern saßen gleichzeitig zwei der gelben Tiere.

Rhodan wollte hinzuspringen, um sie aus der gefährlichen Nähe Rudos zu beseitigen, aber er wurde daran gehindert. Er spürte das zusätzliche Gewicht sofort und blieb wie gebannt stehen.

Trotz seines Gehirnblocks drangen die Empfindungsimpulse bis in sein Bewußtsein vor. Er wußte genau, was geschah, aber er konnte sich nicht gegen die Beeinflussung wehren. Er wollte es auch nicht mehr.

Die gelben Hypnos wollten nur das Gute. Sie wollten ihm die Illusion des Glücks vermitteln; eines Glücks, das es sonst nirgendwo in der Galaxis geben konnte. Im ganzen Universum nicht.

Warum sollte er sich dagegen wehren?

Seine erhobene Hand sank wieder herab.

Oberst Rudo lächelte schon wieder. Es war ein befreites und zufriedenes Lächeln, das keine Sorgen mehr kannte. Das Leben war wunderbar, es war einmalig und schön.

Ein Glücksgefühl durchströmte Rhodan. Wo war Mory jetzt, seine Frau? In seiner Kabine. Hoffentlich hatte auch sie einen Hypno gefunden, einen niedlichen, kleinen Bären.

Er mußte sofort zu ihr.

Rhodan nickte Rudo zu und verließ die Zentrale. Draußen auf den Gängen begegnete er einigen Offizieren, die leichten Schritts einhergingen, auf den Schultern die glückbringenden Eindringlinge. Sie lächelten Rhodan freundlich zu, nicht wie einem Vorgesetzten, sondern wie einem guten Freund, von dem einen nichts mehr trennte. Rhodan lächelte zurück und war mit sich und der Entwicklung zufrieden.

Bevor er die Kabine seiner Frau erreichen konnte, wurde er aufgehalten. Melbar Kasom kam um eine Ecke des Korridors, wutschnaubend und mit drohend erhobenen Fäusten. In ihnen zappelte einer der gelben Bären, aber nicht lange. Er teleportierte sich in Sicherheit, und Kasom blieb verdutzt stehen. Er sah Rhodan.

Mit einem Schrei stürzte er sich auf ihn und wollte ihm die beiden Hypnos von den Schultern reißen.

Rhodan wich zurück.

„Lassen Sie das, Kasom. Wagen Sie es nicht, die Tiere anzurühren." Mit einer schnellen Bewegung hatte Rhodan den Strahler aus dem Gürtel gerissen. „Kommen Sie mir nicht näher, Kasom. Ich warne Sie."

Kasom wich zurück. Er schaute Rhodan fassungslos an.

„Sie auch?" rief er entsetzt. „Himmel, Sie auch!" Er trat einen Schritt näher, entschlossen und wütend. „Seien Sie doch vernünftig, Sir. Ich will Ihnen ja nur helfen. Diese kleinen Biester bringen uns alle noch um den Verstand. Sie wissen das genau, aber Sie wollen nichts dagegen tun. Niemand will etwas dagegen tun."

„Sie haben recht, Kasom. Ich will mir die kleinen Glücksbringer nicht rauben lassen. Ich fühle mich wohl. Ich war noch nie in meinem Leben so glücklich. Und nun gehen Sie mir aus dem Weg. Ich will zu meiner Frau."

Zögernd wich Kasom zurück.

Rhodan richtete den Strahler auf ihn und ging an ihm vorbei. Ohne sich noch einmal umzudrehen, verschwand er in seiner Kabine.

Kasom schaute ihm erbittert nach. Als wieder eins der gelben Pelztiere auf seiner Schulter materialisierte, fegte er es mit einer entschlossenen Handbewegung gegen die Wand.

„Mich kriegt ihr nicht!" brüllte er. „Mich nicht!"

Dann lief er weiter, um noch zu retten, was zu retten war.

Viel war das nicht.

Es gelang Kasom zwar, dem einen oder anderen der Mannschaft den Hypno mit Gewalt oder List abzunehmen, aber kaum war der arme Kerl einigermaßen bei Verstand und man drehte ihm den Rükken zu, saß wieder ein neuer Glücksbringer auf seiner Schulter und verzauberte ihn.

Sie tauchten einfach aus dem Nichts auf. Ihre Zahl war unerschöpflich, und sie schienen sich darum zu reißen, den Menschen glückliche Empfindungen bringen zu dürfen. Kasom mußte entsetzt feststellen, daß sie gegen Narkosestrahlen völlig immun waren.

Außer Kasom gab es nur noch zwei andere Lebewesen, die sich bisher erfolgreich gegen die merkwürdigste aller Invasionen in der CREST verteidigt hatten: Icho Tolot, der Haluter, und der Mausbiber Gucky. Melbar Kasom fand beide in der Leitstelle des Maschinenraumes, nachdem ihn Tolots Rundruf erreicht hatte.

Tolot stand breit und wuchtig vor den Kontrollen, in der Hand seinen überdimensionalen Strahler. Einige verbrannte Stellen auf dem Kunststoffboden und an den Wänden ließen vermuten, was geschehen war. Der Haluter machte mit den Hypnos kurzen Prozeß.

„Das ist sinnlos", belehrte ihn Melbar. „Es muß in dieser Ebene Tausende von ihnen geben, vielleicht Millionen. Wenn wir ihrer Herr werden wollen, dann nur durch List. Mit Gewalt ist hier nichts zu machen."

„Was schlagen Sie denn vor?" erkundigte sich der Haluter und schob die Waffe in den Gürtel zurück. „Soweit ich feststellen konnte, gibt es außer uns keine unbeeinflußte Person mehr im Schiff."

„Das ist es ja eben", sagte Melbar grimmig. „Und darum meine ich: Wir müssen hier raus!" Er stockte und wischte dann mit der linken Hand einen der kleinen Quälgeister von seiner Schulter, der sofort entmaterialisierte. „Es gibt keine andere Möglichkeit, sonst sind wir verloren."

„Und die anderen?" Gucky sah ratlos von einem zum anderen. „Wir können sie doch nicht im Stich lassen." Er schüttelte energisch den Kopf. „Nein, ohne mich! Ich bleibe in der CREST und werde . . ."

„Nichts wirst du!" unterbrach ihn der Haluter, der Melbars Absicht sofort begriffen hatte. „Schon was von einem Entlastungsangriff gehört, Kleiner?"

„Entlastungsangriff? Ihr meint, wir sollten das Schiff verlassen, um es dann von außen her anzugreifen?"

„So ähnlich. Vergiß nicht Leutnant Orson und die Korvette. Sie ist leichter zu erobern als die CREST. Wenn wir erst die Korvette haben, sehen wir weiter."

„Ein guter Gedanke", stimmte Kason zu. „Hierbleiben hat wenig Sinn. Zwar sind wir ziemlich immun gegen die Einflüsterungen der Hypnos oder Scheintöter. Trotzdem ist es uns unmöglich, Rhodan oder sonst jemand von ihnen zu befreien. Es gelingt immer nur für wenige Sekunden, dann trifft Ersatz ein. Ja, wenn die kleinen Biester wenigstens nicht teleportieren könnten . . .!"

„Weit schaffen sie es nicht, höchstens zehn Kilometer."

„Bist du sicher, Gucky?"

„Ganz sicher. Ich war ja draußen und verfolgte einen von ihnen. Intelligenter Bursche übrigens."

„Nur zehn Kilometer also. Immerhin ein Lichtblick."

„Ein großer", warf Gucky ein. „Ein Teleportationsvorgang kann nicht beliebig oft wiederholt werden. Die Scheintöter benötigen zwischen den Sprüngen stets einige Zeit, um Kräfte zu sammeln."

„Und was ist mit dir?" fragte Tolot. „Hast du noch Schwierigkeiten beim Springen?"

Gucky schüttelte heftig den Kopf. Er ließ sich nicht gern an unangenehme Dinge erinnern.

„Zum Glück nicht mehr. Die Anziehungskraft des Energiekerns im Mittelpunkt des Planeten ist kaum noch spürbar. Meine letzte Teleportation verlief reibungslos."

„Ausgezeichnet", sagte Melbar erfreut und kam auf den Ausgangspunkt des Gesprächs zurück. „Dann rücken wir am besten gleich aus und statten Orson einen Besuch ab."

„Wir sollten uns vorher draußen umsehen und die Lage in der unmittelbaren Nähe der CREST sondieren", warnte Tolot.

Die beiden anderen waren einverstanden. Wenige Minuten später hatten sie strahlungssichere Kampfanzüge angelegt und unterhielten sich über Helmfunk. Tolot trug seine Kampfmontur.

Gucky stellte den Körperkontakt zu den beiden Riesen her und konzentrierte sich.

Sie materialisierten unweit der CREST, am Fuß des gewaltigen Gebirgsmassivs, dessen Spitze bis zum Himmelsgewölbe ragte. Überall zeigten sich deutliche Spuren des verheerenden atomaren Krieges, der hier vor etwa neuntausend Jahren stattgefunden hatte.

Unmittelbar vor ihnen stand ein Scheintöter, der bei ihrem Auftauchen erschrocken zur Seite gehüpft war. Er machte aber keine Anstalten zu fliehen oder einem von ihnen auf die Schulter zu springen, um ihn mit seinen Gefühlsimpulsen zu überfluten. Scheinbar interessiert beobachtete er die drei Freunde.

Gucky erkannte, daß sich ihnen hier eine Chance bot, mehr über diese Wesen herauszufinden. Außerdem glaubte er, in diesem Scheintöter jenen wiederzuerkennen, zu dem er schon einmal flüchtigen Kontakt hatte.

Der ursprüngliche Plan, die C–3 zu befreien, konnte noch etwas warten. Zuerst galt es, den Versuch zu unternehmen, Kontakt mit diesem Burschen hier herzustellen. Wenn er auch nur einen Funken Intelligenz besaß, müßte der Versuch gelingen.

Gucky ließ Melbar und Tolot los. Er versuchte, ein freundliches Gesicht zu machen, obwohl er ja nicht ahnen konnte, was so ein Gelbpelz unter einem freundlichen Gesicht verstand. Für einen Uneingeweihten mochte der blitzende Nagezahn des Mausbibers alles andere als ein gutes Vorzeichen sein.

Dabei begann Gucky angestrengt zu denken und intensive Gedankenmuster auszusenden. Wenn der andere auch nur die Spur einer telepathischen Begabung besaß, mußte er die Signale empfangen.

Und das schien auch der Fall zu sein.

Er wandte Gucky sein pfiffiges Gesicht zu; seine großen Augen waren weit geöffnet und kaum noch oval. Die Fühler dazwischen, haarig und fein, streckten sich vor und begannen zu vibrieren.

Gucky spürte das Tasten in seinem Unterbewußtsein und bereitete sich darauf vor, einen Mentalblock zu errichten. Es war nicht notwendig. Die Gedanken des Hypnos waren freundlich, doch keineswegs aufdringlich und besitzergreifend. Vielmehr forschend. Aber es waren keine direkten Fragen, die auf Gucky einströmten, sondern nur fragende Empfindungen.

„Es muß doch eine direkte Verständigung möglich sein", sagte Gucky zu Melbar und Tolot, ohne seinen Blick von dem Hypno zu lassen. „Er denkt, aber gewissermaßen auf der falschen Wellenlänge. Wenn es mir gelingt, seine Gedankensendung richtig einzufangen und zu ordnen, müßte ich ihn verstehen."

„Wir verschwenden unsere Zeit", sagte Melbar ungehalten. „Was hätte er uns schon zu sagen?"

„Das weiß ich nicht, aber auf jeden Fall hätten *wir* ihm einiges zu erzählen. Meinst du nicht auch?"

Kasom und Tolot widmeten ihre Aufmerksamkeit der näheren Umgebung. Unten lag die leblose Geröllebene. Die CREST war immer noch am gleichen Platz. Rechts ruhte die kleinere Korvette, deren oberer Pol die Höhle immer noch um zehn Meter überragte. Dahinter lag die Ruinenstadt, und darüber spannte sich der gelbe Himmel.

„Kannst du mich verstehen?" fragte Gucky laut, um die Stärke des Gedankenstoßes zu erhöhen. „Antworte, wenn du mich verstehst. Gib mir ein Zeichen – richte dich auf."

Der Hypno zögerte einen Augenblick, dann richtete er sich auf.

„Na also", seufzte Gucky erleichtert auf. „Der erste Erfolg. Und nun versuche, deine Gedanken zu intensivieren. Denke langsam und konzentriert. Nein, nicht so schnell. Und viel konzentrierter."

Man sah dem Hypno an, daß er sich Mühe gab. Er hockte wieder auf seinen vier Gliedmaßen und hatte alle Furcht verloren.

Plötzlich empfing Gucky den ersten klaren Gedanken.

„Seid ihr also wirklich zurückgekehrt?" fragte er.

Für einen Moment war Gucky verwirrt, denn er glaubte, sich verhört zu haben, wenn man bei dieser Art der Verständigung überhaupt von hören sprechen konnte. Aber die Frage wurde wiederholt. Sie war deutlich und unmißverständlich. Der Hypno verwechselte sie mit jemand anderem.

Aber mit wem?

Gucky beschloß, nicht um den Brei herumzureden. Er wollte die Wahrheit wissen, und er konnte sie nur dann erfahren, wenn er selbst auch die Wahrheit sagte.

„Wir sind das erstemal im gelben Teil des Planeten Horror", sagte er laut, damit auch Melbar und Tolot ihn verstanden. „Wir sind vorher noch niemals hier gewesen, also können wir auch nicht zurückgekehrt sein. Mit wem verwechselst du uns?"

Die Antwort war eine verwirrende Folge der verschiedensten Empfindungen. Es dauerte fast eine Minute, ehe die Impulse wieder verständlicher wurden.

„Die Herren – wir dachten, ihr wäret die Herren. Wir haben sie schon lange zurückerwartet. Ihnen gehörte einst diese Welt. Wir wissen nicht, wie sie ausgesehen haben, aber wir wissen, daß sie uns brauchten. Sie brauchten uns deshalb, weil sie nur denken konnten, aber sie konnten weder fühlen, noch empfinden. Wir taten das für sie."

Gucky begann zu begreifen, was geschehen war. Gleichzeitig verstand er auch, warum die Hypnos in die CREST eingedrungen waren. Es war kein böser Wille gewesen, sondern pure Nächstenliebe. Das war kein Trost, sondern es machte die Situation nur noch schwieriger.

„Ihr habt euch geirrt", sagte er ruhig. „Ist es dir möglich, deine Freunde zurückzurufen?"

„Ich habe es schon versucht. Es gelang mir nicht. Sie hören nicht auf mich, denn ich bin nur Hajo Kuli."

„So, du bist also Hajo. Vielleicht kannst du uns helfen. Doch berichte von dem, was hier geschah. Es gab einen Krieg?"

„Das ist lange her, so lange, daß sich keiner von uns mehr daran erinnern kann. Auch unsere Vorfahren nicht. Vom Krieg wissen wir nichts, auch nicht von den Herren. Wir leben in den Städten und in den Gebirgshöhlen. Das Leben ohne die Herren ist trostlos und einsam. Sie

gaben uns damals alles, was wir zum Leben benötigten, dafür gaben wir ihnen Träume und Gefühle. Dann kamen die Oberen."

Also einwandfreie Symbiose, dachte Gucky. Der eine ergänzt die fehlenden Eigenschaften des anderen.

„Wer sind die *Oberen?*" fragte er.

„Sie waren es, die unsere Welt zerstörten und die Herren vertrieben oder töteten. Wie sie aussahen, wissen wir auch nicht. Aber es ist überliefert, daß sie schreckliche Waffen besaßen. Sie kamen aus dem Boden zu uns, und dorthin verschwanden sie auch wieder. Das verstehen wir nicht. Aber es ist so."

„Es ist wirklich so", bestätigte Gucky ernst. „Ihr lebt auf einer merkwürdigen Welt – oder besser ihr lebt in ihr. Ihr wißt nichts von dem Universum, aus dem wir kommen. Es besteht aus unzähligen Planeten, aber die Bewohner halten sich meist auf der Oberfläche auf. Ihr seid die Gefangenen eurer Welt, die euch von allen Seiten umgibt. Uns gelang es, die Mauern zu durchbrechen, und bald werden wir auch noch die letzte Grenze überwinden. Aber vorher müssen deine Artgenossen in die Städte zurückkehren."

„Sie werden es nicht tun, denn sie sind glücklich, wieder dienen zu dürfen."

Gucky sah ein, daß er so nicht weiterkam. Bevor er seine Taktik jedoch änderte, wollte er noch einiges wissen.

„Ihr nahmt an, wir seien die zurückgekehrten Herren. Warum vermutete niemand, daß wir die *Oberen* wären? Ihr wißt doch nicht, wie sie aussahen?"

Hajo Kuli antwortete nicht sofort. Doch dann war sein Argument so entwaffnend einfach, daß Gucky für eine Weile sprachlos blieb.

„Wir wünschten uns immer, daß die Herren zurückkehren. Wir haben niemals gewünscht, daß die Oberen *kämen, obwohl unsere Gefühle für sie voller Haß sind. Da ihr vom Himmel und nicht aus dem Boden gekommen seid, konntet ihr also nicht die* Oberen *sein."*

„Ziemlich logisch", erklärte Melbar, nachdem Gucky ihn und Tolot über den Inhalt der telepathischen Botschaft informiert hatte.

Gucky konzentrierte sich wieder und versuchte weitere Informationen von Hajo zu erhalten. Es war eine mühselige Prozedur, doch schließlich ergab sich aus den komplizierten Gedankeninhalten des Scheintöters folgendes Bild:

Seit jeher war es die Aufgabe der Scheintöter gewesen, ihren Herren als Gefühlssymbionten zu dienen, bis diese Symbiose schließlich durch einen barbarischen Krieg, der die Denker ausgelöscht hatte, jäh beendet wurde. Seither lebten die Scheintöter allein, in steter Hoffnung, daß eines Tages ihre Herren wieder zurückkehren würden. Die atomare Hölle, die dieser Krieg in der Gelb-Etage verursacht hatte, führte zu einer genetischen Veränderung und Anpassung der Scheintöter an die veränderte Umwelt. Sie lernten mit ihrer neuen Umgebung zu leben und ihre körperlichen Bedürfnisse umzustellen. Wahrscheinlich war es auch diese genetische Anpassung, die die Scheintöter zu Teleportern machte, wogegen ihre hypnotischen Gefühlsschwingungen einer natürlichen Fähigkeit entsprangen, die schon immer vorhanden gewesen war.

Die von Natur aus kaum intelligenten Scheintöter begriffen nie, welche tragischen Umstände ihre Welt verwüstet hatten, sie lernten aber eine gewisse Selbständigkeit, die sie schließlich dazu befähigte, auch ohne die ehemals schützende Obhut ihrer Herren auszukommen und ihre Art zu erhalten. Wie viele Scheintöter es in der Gelb-Etage gab, war unbekannt, aber in der nahegelegenen Ruinenstadt lebten einige Millionen von ihnen. Jedes dieser Wesen trachtete danach, einem der so plötzlich aufgetauchten Fremden als Gefühlsspender zu dienen. Getragen von der tief in ihrem Gefühlsleben verwurzelten Hoffnung auf die Rückkehr der Herren, waren die Scheintöter in helle Aufregung geraten, als die CREST II in ihrer Welt erschien und in ihnen die Assoziation weckte, die Herren wären gekommen. Lediglich Hajo Kuli war von Anfang an mißtrauisch gewesen – was kein Wunder war, denn anscheinend verfügte er als einziger über eine gewisse Intelligenz. Ob diese lediglich ein Zufallsprodukt war, oder ob es sich hier um den Beginn einer evolutionären Entwicklung handelte, die schließlich alle Scheintöter erfassen würde, war fraglich. Eines stand jedoch fest: Die Scheintöter dürften inzwischen instinktiv erkannt haben, daß die terranischen Raumfahrer nicht identisch mit den Erwarteten waren. In ihrem Erbgut saß die genetische Information, daß ihre Herren reine Vernunftswesen bar jeder Gefühlsregung gewesen waren. Nun mußten sie aber intuitiv erfaßt haben, daß ihre Gefühlsausstrahlungen mit denen der Fremden kollidierten; daß die Fremden ebenfalls ausgeprägte Gefühle besaßen.

Diese Erkenntnis mußte dann zwangsläufig in absehbarer Zeit die zweite Gefühlsebene der Scheintöter aktivieren und die Glücksgefühle verdrängen. Diese zweite Gefühlsebene war – der Haß! Der Haß gegen die *Oberen*, die ihnen ihre Herren genommen hatten. Nunmehr waren Wesen in ihrer Welt aufgetaucht, die dazu in der Lage waren, die *Oberen* für ihre Taten zu bestrafen. Das intuitive Begriffsvermögen der Scheintöter würde, getrieben durch den grenzenlosen Haß, dazu führen, daß sie die Terraner für einen Rachefeldzug gegen die *Oberen* mißbrauchen würden.

Bedingt durch die mangelnde Intelligenz, war dieser Racheplan auch nicht auf rationaler Ebene zu begreifen. Vielmehr war es ein emotionaler Rückkopplungseffekt, der die Terraner dazu zwingen würde, den Haßimpulsen der Scheintöter Folge zu leisten.

Dazu durfte es nicht kommen! Gucky, Tolot und Kasom waren fest entschlossen, alles in ihren Kräften Stehende zu tun, um den Rachefeldzug zu verhindern.

Doch was? Die CREST II war unter der emotionalen Beeinflussung durch die Scheintöter außer Kontrolle geraten. Der C–3 mußte es genauso ergangen sein. Und von Hajo war kaum brauchbare Hilfe zu erwarten. Mit rational erfaßbaren Argumenten würde man bei den Scheintötern nichts ausrichten können. Also mußte man Wege finden, diesen Wesen auf andere Weise beizukommen. Gewalt, die die Existenz dieser Wesen bedrohte, schied aus.

Fieberhaft überlegten die drei Freunde. Schließlich glaubten sie, eine Lösung gefunden zu haben, die Chancen auf Erfolg versprach.

Die Scheintöter waren Mutanten, die auch über telepathische Fähigkeiten verfügten. Diese Fähigkeit war auf die Übertragung von emotionalen Gefühlsschwingungen spezialisiert. Außerdem beherrschten sie die Teleportation, wenn auch in einem eng begrenzten Rahmen. Nach jedem Sprung mußten sie eine Ruhepause einlegen. Wenn sie in Richtung Himmelsgewölbe teleportierten, konnten sie dies nur bis zu einer Höhe von zehn Kilometern. Innerhalb dieser Reichweite muß sich etwas befinden, worauf – oder worin – sie sich ausruhen konnten, um nicht wieder zum Boden zurückzufallen. Es war ihnen also nicht möglich, eine Entfernung von beispielsweise 20 Kilometern in zwei rasch hintereinander erfolgenden Sprüngen zu überwinden.

Darauf und auf dem Umstand, daß weder die CREST II noch die C–3 durch Energieschirme geschützt waren, beruhte der Plan der drei noch Unbeeinflußten.

7.

Leutnant Orson wollte sich gerade wieder mit der CREST II in Verbindung setzen, als es geschah. Tausende Pelzwesen materialisierten plötzlich überall in der C–3. Allein in der Kommandozentrale waren es mehr als zweihundert. Sie stürzten sich auf die Männer und begruben sie regelrecht unter sich. Ihre Gedankenimpulse überschwemmten die Gehirne der Offiziere und lähmten deren Tätigkeit. Orson kam nicht einmal dazu, eine Reflexbewegung durchzuführen. Sein Strahler blieb im Gürtel.

Es dauerte keine zehn Sekunden, dann waren alle Männer in der C–3 in der Gewalt der Hypnos, aber die Eindringlinge brachten diesmal kein Glück und keine Zufriedenheit mit, sondern nur glühenden Haß. Nicht Haß gegen die Menschen, deren Können sie nun für ihre Zwecke auszunutzen dachten, sondern Haß gegen die *Oberen*.

Von einer Sekunde zur anderen übertrug sich dieser Haß auf Orson und alle Terraner in der C–3. Es war ein bohrender und zum Handeln zwingender Haß, der ein Ziel vor sich sah, ohne das Ziel zu erkennen. Aber er kannte den Weg.

Orsons Stimme klang unverändert, als er seine ersten Kommandos gab:

„Leutnant Dischel und Fähnrich Lopakat werden das Schiff mit einem Flugpanzer verlassen und versuchen, direkten Kontakt mit Oberst Rudo herzustellen. Dann schleusen wir die C–3 in die CREST ein. Wir werden angreifen! Die *Oberen* haben lange genug auf ihre Bestrafung warten müssen. Nun ist es soweit! Wir werden unseren kleinen Freunden helfen. Ihre Rache wird für uns die Glückseligkeit bedeuten."

Dischel und Lopakat sprangen in den Antigravlift und sanken zum

83

Verladeraum hinab. Einer der Shifts stand dort immer startbereit. Ohne ein Wort zu wechseln, kletterten die beiden Männer in die druckfeste Kabine. Im gleichen Augenblick drückte Orson in der Kommandozentrale auf einen Knopf.

Die Luken zum Schiff schlossen sich, während die Luft aus der Bodenschleuse abgesaugt wurde.

Aber noch bevor die Außenluke sich öffnete, materialisierten Gukky, Tolot, Melbar Kasom und Hajo Kuli in der Korvette.

Der Plan war einfach, und doch versprach er den größten Erfolg. Es war sinnlos, die Besatzungsmitglieder der C–3 von ihren Scheintötern einzeln befreien zu wollen. Eine derartige Aktion würde zu lange dauern. Das einzige Mittel war, die C–3 zu starten und aus der Reichweite der Scheintöter zu bringen.

Und zwar ohne Mannschaft!

Ohne zu zögern gingen Kasom, Tolot und Gucky ans Werk. Mit entsicherten Paralysewaffen stürmten sie durch die Korvette und narkotisierten alle Besatzungsmitglieder. Die Scheintöter, gegen diese Waffen immun, waren außerstande, die Situation zu begreifen. Kaum zehn Minuten später waren alle sechzehn Männer bewußtlos. Rasch wurden ihnen Raumanzüge übergestreift und die Helme verschlossen. Danach trug man sie nach draußen und legte sie etwas abseits der C–3 auf den Boden. Es wäre zu riskant gewesen, sie an Bord zu behalten, da man sie nicht ständig unter Kontrolle halten konnte, ohne dabei in der Aufmerksamkeit auf das wirklich Wichtige nachzulassen. Dort draußen waren sie in relativer Sicherheit, und man konnte sie später, wenn alles klappte, wieder an Bord holen.

Kasom startete das Schiff. Auf ihren Antigravfeldern schwebend, gewann die Korvette an Höhe. An Bord befanden sich noch viele Scheintöter, die vergeblich versuchten, die drei Eindringlinge mit ihren Gefühlsimpulsen zu überschwemmen. Hajo, der die Aktionen der vergangenen Minuten fassungslos beobachtet hatte, ohne für irgendeine Seite Partei zu ergreifen, hielt sich regungslos im Hintergrund der Zentrale auf.

Als die C–3 sich immer mehr vom Boden entfernte, gaben die Scheintöter schließlich auf und verließen sie.

Tolot, der jetzt als Pilot fungierte, hatte den Kurs der Korvette so gewählt, daß sie schräg zum gelben Himmel flog und dann in einer Höhe von fünfzehn Kilometern über der CREST zum Stillstand kam. Das terranische Flaggschiff lag ungeschützt unter ihr.

„Wir gehen wie besprochen vor", dröhnte Tolots Stimme durch die Zentrale. „Wir werden mit den Narkosegeschützen der C–3 die Besatzung der CREST paralysieren. Danach springst du in die Zentrale und aktivierst den Autopiloten, Gucky. Sobald die CREST eine Höhe von mindestens zehn Kilometern, außerhalb der Reichweite der Scheintöter, erreicht hat, soll sie zum Stillstand gebracht werden. Danach kümmern wir uns um die Hypnos, die sich noch an Bord befinden. Möglicherweise verlassen die meisten das Schiff bereits vorher, da sie vielleicht glauben werden, die Menschen seien tot."

Ehe Gucky und Melbar etwas erwidern konnten, wurden sie auf eine neue Entwicklung aufmerksam. Sie starrten erschrocken auf den Bildschirm, auf dem die CREST zu sehen war.

Der gewaltige Kugelraumer, völlig in der fremden Gewalt, hatte die Triebwerke eingeschaltet. Langsam und scheinbar schwerelos erhob er sich vom Boden und stieg in die Höhe.

Immer schneller werdend, glitt er in südlicher Richtung davon.

„Hinterher!" brüllte Kasom und sprang zu den Kontrollen.

Es war ein eigenartiger Zustand. Perry Rhodan wußte, daß er nicht mehr Herr seines eigenen Willens war. Er wußte, daß sein logisches Handlungsvermögen durch die Gefühlsimpulse des gelben Bären auf seiner Schulter überlagert wurde, aber er tat nichts dagegen. Er hatte überhaupt kein Bedürfnis, etwas gegen die aufgepfropfte Gefühlswelt zu unternehmen. Im Gegenteil. Er fand Gefallen daran.

Und so wie ihm erging es der gesamten Mannschaft.

Längst hatte Kommandant Oberst Rudo die Alarmbereitschaft aufgehoben. Die Mannschaft lag faul auf den Betten oder vergnügte sich mit den pausenlos laufenden Mikrofilmen und Musikbändern. In der Bordbar war die Rationierung ebenfalls aufgehoben worden. Offiziere und Kadetten hatten sich in überschwenglicher Lebensfreude verbrüdert und feierten das nicht endende Gefühl der Unbeschwertheit mit Strömen von Synthocol und Vurguzz.

Atlan und Major Jury Sedenko, der zweite Offizier der CREST, saßen in einer kleinen Bar, die sich neben der Hauptmesse befand, und sangen mit heiserer Stimme ein fröhliches Lied. Tief im Unterbewußtsein des unsterblichen Arkoniden bohrten Zweifel, aber sie waren viel zu schwach, um bis an die Oberfläche dringen zu können. Manchmal fand sein Blick den gelben Bären, der auf Jurys Schulter hockte und verzückt die ovalen Augen verdrehte. Der Bär, das wußte Atlan noch, hatte etwas mit dem unbeschwerten Leben zu tun, das er und alle an Bord der CREST jetzt führen durften. Alle Sorgen waren vergessen; die Gegenwart war herrlich.

Und dann, von einer Sekunde zur anderen, kam die Wandlung.

Die Tür zur Bar öffnete sich. Herein stürmten Oberst Rudo und Rhodan. Sie beachteten die Anwesenden nicht, sondern gingen direkt auf Atlan zu, der nun nicht mehr lächelte, sondern sehr zielbewußt aussah.

„Rache!" rief Rhodan. „Wir werden unsere kleinen Freunde nicht im Stich lassen, wenn sie die Vernichtung ihrer Welt rächen wollen. Wir haben das Mittel dazu, ihnen zu helfen. Auf die Gefechtsstationen, Männer! Die CREST startet in zehn Minuten! Wir stoßen zur oberen Welt vor und bringen den *Oberen* Tod und Zerstörung. Die *Oberen* sind die Todfeinde unserer Freunde, also sind sie auch unsere Feinde."

„Tod den *Oberen!*" riefen die Offiziere und Mannschaften wie aus einem Mund. Das Glück und die Freunde waren vergessen. Unbeachtet standen die Gläser auf den Tischen. „Tod den *Oberen!* Rache!"

Der Sinnesumschwung war so plötzlich geschehen, daß der Übergang alle Erinnerung an das Vergangene löschte. In weniger als zwanzig Sekunden war die Bar wie leergefegt. Atlan und Oberst Rudo eilten in die Kommandozentrale. Selbst Major Bernard raste, so schnell es ihm seine Beleibtheit erlaubte, zum Antigravlift und hinauf in die Waffenzentrale, um den Einsatz der Geschütze zu überwachen. Für die Energievorräte war er schließlich genauso verantwortlich wie für alle anderen Vorräte.

Rhodan blieb einige Schritte zurück. Er sah auf die Rücken von Atlan und Rudo. Darauf hockten die Bären. Bisher war ihre Gegenwart mit Glück und erfreulichen Gefühlen verbunden gewesen, doch nun hatte sich das geändert.

Leise bohrten in Rhodan Zweifel. Irgend etwas stimmte da doch nicht! Wo blieb sein klarer Verstand, sein nüchternes Denken – aber das war es ja gerade! Er dachte nüchtern und klar. Viel zu nüchtern und viel zu klar. Alle Gefühle hingegen kamen von den Bären – oder was immer sie auch waren. Rhodan *wußte* das, aber ihm fehlte einfach die Willenskraft, es zu verhindern.

Perry Rhodan betrat nach Atlan und Cart Rudo die Zentrale. Alle Offiziere waren bereits auf ihren Posten. Die Funkzentrale war voll besetzt.

„Start in vier Minuten", sagte Rudo energisch.

„In vier Minuten", wiederholte Rhodan entschlossen. „Zeit für eine kurze Lagebesprechung. Das Ziel ist klar. Wir werden in einer Höhe von fünf Kilometern diese Ebene umrunden. Dabei werden wir einen Kurs wählen, der uns zu den Polarschächten führt. Sollten diese passierbar sein, dann stoßen wir durch einen von ihnen an die Oberfläche Horrors vor. Gleichzeitig wird auch Wuriu Sengu nach einer geeigneten Durchbruchsmöglichkeit Ausschau halten, die wir benützen können, falls die Polarschächte unpassierbar sind."

Die Triebwerke begannen zu summen. Auf den Bildschirmen war nur die kahle Landschaft der gelben Etage zu sehen. Oben am Himmel war ein kleiner, dunkler Punkt. Niemand achtete auf ihn.

„Noch eine Minute."

Dann riß Oberst Rudo den Fahrthebel vor, und die CREST hob langsam vom Boden ab.

„Richtung Süden", befahl Rhodan. Er sah auf den Bildschirm. „Sind das nicht Leute dort unten?"

In der gelben Wüste standen sechzehn einsame Gestalten und winkten zur CREST empor. Auf ihren Schultern hockten die gelben Bären.

„Leutnant Orson und seine Leute", sagte Rudo gleichgültig. „Sie müssen die C–3 verlassen haben. Warum wohl?"

„Nehmen wir sie auf?" fragte Atlan.

Rhodan schüttelte den Kopf.

„Keine Zeit." Er wunderte sich selbst über seine Entscheidung, denn es war keineswegs seine Art, Männer einfach im Stich zu lassen, aber seine klare Überlegung wurde von hypnotisch aufgezwungenen Rachegefühlen überlagert. „Unsere Aufgabe geht vor. Wir holen sie später ab."

Die sechzehn Gestalten blieben zurück. Sie winkten, bis die CREST am gewölbten Horizont der Hohlwelt verschwand.

Ihr folgte ein Schatten.

Die Korvette.

Niemand achtete auf sie. Auch Rhodan nicht, obwohl er sie bemerkte. Er machte sich zwar Gedanken darüber, wer sie wohl steuerte, aber wiederum war der Wille, die *Oberen* zu finden und zu bestrafen, viel stärker. Er bestimmte alle seine Handlungen und sein ganzes Denken.

Die CREST hatte etwa 200 Kilometer zurückgelegt, als es geschah. Rhodan verspürte eine plötzliche Müdigkeit. Wie Schleier legte es sich vor seine Augen, und seine Knie zitterten, als könnten sie die Last seines Körpers nicht mehr tragen. Sie knickten ein.

Noch während er zu Boden sank, erkannte er, daß es ihm nicht allein so ging. Atlan war im Sessel in sich zusammengesackt.

Tot war er nicht, das wußte Rhodan plötzlich. Für einen Augenblick spürte er, wie die Haß- und Rachegefühle des Bären auf seiner Schulter in Angst und Panik umschlugen, dann kehrte der Haß zurück.

Narkosestrahler!

Nur mit übermenschlicher Anstrengung blieb Rhodan wach. Er wehrte sich mit aller Kraft gegen die Beeinflussung von außen, und da er die Ursache kannte, schaffte er es für eine gewisse Zeit. Er verstärkte seinen Hypnoblock und vermochte sogar, die Gefühlsempfindungen des gelben Bären auszuschalten. Plötzlich wunderte er sich, warum er das nicht schon früher getan hatte. Und er erkannte auch mit einem Schlag das Verhängnis, in das die CREST hineingeflogen wäre.

Und die Narkosestrahler. Das konnte nur bedeuten – die Korvette!

Da die gesamte Besatzung einschließlich Leutnant Orson nicht mehr in der C–3 war, mußte das Schiff von anderen gesteuert werden.

Rhodan spürte, wie die CREST durchsackte und stürzte. Im Fallen mußte Oberst Rudo die Kontrollen berührt haben.

Rhodan versuchte sich zu erheben, aber auf die Dauer war es ihm unmöglich, die Narkosestrahlen abzuwehren. Langsam drangen sie bis zu seinem Bewußtseinszentrum vor und setzten es außer Gefecht. Aber mit einem letzten Aufflackern seiner Willenskraft öffnete Rhodan noch einmal seine Augen, und da sah er etwas, das alle seine Fragen beantwortete.

In der Kommandozentrale materialisierte eine kleine Gestalt.

Gucky! Er trug den Kampfanzug mit eingeschaltetem Energieschutzschirm.

Der Mausbiber sprang zu den Kontrollen der CREST und schob den Fahrthebel in die ursprüngliche Haltestellung – und dann ein Stück weiter.

Das Schiff reagierte sofort und begann langsam wieder zu steigen. Auf den Bildschirmen sackte die gelbe Etage nach unten. Dann verschob sie sich, als Gucky die Flugrichtung änderte und die CREST schließlich anhielt.

Rhodan wollte sich aufrichten, aber genau in diesem Augenblick verlor er das Bewußtsein.

Er sah nicht mehr, wie Gucky wieder entmaterialisierte und verschwand.

Es bereitete Tolot und Kasom keine Schwierigkeiten, der CREST II in geringer Entfernung zu folgen. Als sie die günstigste Schußposition erreicht hatten, löste der Ertruser alle Narkosegeschütze der C-3 aus.

Unsichtbare Strahlen durchdrangen die Schiffshülle und setzten innerhalb weniger Minuten die gesamte Besatzung außer Gefecht.

Doch dann kam es zu einem unerwarteten Zwischenfall. Der langsame Horizontalflug der CREST II wurde jäh gestoppt, und das terranische Flaggschiff begann mit zunehmender Geschwindigkeit dem Boden entgegenzustürzen.

„Verdammt!" rief Tolot bestürzt aus. „Jemand muß im Fallen an die Kontrollen gekommen sein. Schnell, Gucky, sonst gibt es ein Unglück."

Als Gucky kurz darauf wieder in die C-3 zurückkehrte, stand die CREST ruhig und bewegungslos gute zehn Kilometer über dem Boden der Gelb-Etage – und damit außerhalb der Reichweite der dort unten befindlichen Scheintöter.

„Da sieht es vielleicht drin aus", berichtete der Mausbiber und schüttelte sich. „Überall liegen die Herren Terraner auf dem Boden herum, als hätten sie nichts anderes zu tun. Und die Hypnos haben einen furchtbaren Schrecken bekommen. Sie bemühen sich um ihre Denker und versuchen, sie wieder zum Leben zu erwecken. Ich freue mich schon jetzt auf die dummen Gesichter später, wenn die Herrschaften wach werden und ihre kleinen Freunde vermissen. Aber erst müssen wir die los sein."

Hajo Kuli sah seine große Stunde gekommen. Natürlich schlummerte auch in ihm der tiefverwurzelte Haß gegen die *Oberen,* aber er hatte erkannt, daß es den Scheintötern nie gelingen würde, die Fremden auf Dauer unter ihre Gefühlsausstrahlung zu zwingen. Irgendwann würde der Zeitpunkt kommen, wo dies zu einer Katastrophe für alle führen würde. Deshalb wollte er den Fremden helfen, sich vom Einfluß seiner Gefährten zu lösen. Er unterbreitete Gucky telepathisch seine Absicht.

„Wie willst du deine Gefährten davon überzeugen, von uns abzulassen?" fragte Gucky laut. „Deine Freunde besitzen nicht annähernd deine Intelligenz. Sie werden dich nicht verstehen."

„Doch", erwiderte Hajo bestimmt. *„Zwar vermögen sie tatsächlich nicht, klare Gedanken zu formulieren oder zu verstehen, aber auf emotionaler Basis werden sie begreifen, daß ihr Vorhaben falsch ist."*

„Na schön", entgegnete Gucky. „Was willst du als erstes tun?"

„Ich werde jetzt in die große Kugel springen", teilte er mit.

„Ich werde dich begleiten."

„Warum?"

„Ich . . . ich will mich überzeugen, wie großartig du deine schwere Aufgabe lösen wirst, Hajo."

Hajo lächelte geschmeichelt.

„Ja, überzeuge dich. Du wirst sehen, wie gut und schnell mir das gelingt."

Sie faßten einander bei den Händen und teleportierten.

Die Hypnos waren verzweifelt. Vergeblich bemühten sie sich, ihre neugefundenen Denker wieder zum Leben zu erwecken. Aufgeregt hüpften sie um die bewußtlosen Männer herum und streichelten sie. Ihre Gefühlsempfindungen wurden so intensiv, daß eine Welle vermischter Empfindungen alle Räume des Schiffes überschwemmte, aber sie fanden kein Echo, da die Empfänger fehlten.

90

Kein menschliches Wesen in der CREST war noch fähig, Gefühle zu empfinden oder gar zu empfangen. Sie schliefen alle unter der anhaltenden Wirkung der Narkosestrahlen, und die Gehirne ruhten.

Gucky und Hajo materialisierten in der Kommandozentrale. Es waren gleich drei Hypnos, die sich um Rhodan bemühten.

Gucky hielt sich zurück und wehrte die mentalen Angriffe einiger Hypnos ab, die ihn bemerkten und sich auf ihn stürzten. Wahrscheinlich hielten sie die Denker wirklich für tot und waren froh, einen Ersatz gefunden zu haben.

„Fang endlich an", sagte er laut zu Hajo. „Halte dein Versprechen."

Der Hypno schien sich seiner Sache nicht mehr ganz so sicher zu sein wie vorher. Zögernd nur näherte er sich der Gruppe um Rhodan und begann, auf sie einzuwirken. Gucky stellte zu seinem Erstaunen fest, daß Hajo tatsächlich nur Gefühlsimpulse ausschickte, keine klaren Gedanken oder Befehle.

Gucky warf einige der auf ihn eindringenden Scheintöter kurzerhand aus der Zentrale. Zu seiner Überraschung kehrten sie nicht zurück. Gleichzeitig bemerkte er, daß die drei Hypnos, die sich mit Rhodan beschäftigt hatten, ebenfalls verschwunden waren.

„Sie sind weg?" fragte er Hajo.

„Ja, aber es war schwer, sie zum Rückzug zu bewegen. In ein paar Tagen haben wir es geschafft."

„Du bist übergeschnappt!", brauste Gucky auf. „Du mußt deine Freunde schneller überzeugen. Wir haben maximal zwei Stunden Zeit, bis die Narkose abklingt, dann muß der letzte von euch dieses Schiff verlassen haben."

„Es ist völlig unmöglich, daß ich es in dieser kurzen Zeitspanne schaffe", gab Hajo kläglich zu verstehen.

Gucky fühlte, daß er es ehrlich meinte. Er wußte tatsächlich keine andere Möglichkeit, seine Gefährten aus dem Schiff zu bringen, als sie einzeln zu überzeugen – und das konnte Tage dauern. Sicherlich, sie konnten Roboter gegen die Scheintöter einsetzen. Da sich die CREST in einer Höhe befand, die ein weiteres Eindringen der Hypnos verhinderte, würde es den Robotern schließlich gelingen, auch das letzte dieser Wesen zu töten oder zu vertreiben. Aber diese Aktion würde ebenfalls mehrere Tage dauern und große Verwüstungen in der CREST anrichten, ganz abgesehen davon, daß sich Guckys Gewissen dagegen sträubte, mit derartigen Methoden gegen die im Grunde harmlosen Burschen vorzugehen. Er mußte zu einer List greifen, und er wußte plötzlich auch zu welcher!

Kommentarlos wandte er sich ab und ging zur Funkzentrale. Dabei öffnete er seinen Geist für Hajo, der ihm auf dem Fuß folgte. Gucky hatte vor, die Worte, die er mit Melbar Kasom an Bord der C–3 wechseln würde, gleichzeitig auch Hajo verständlich zu machen. Hajo sollte verstehen, *was* er zu Kasom sagte, damit er eine Vorstellung von dem erhielt, was da angeblich auf seine Artgenossen zukommen würde. Vielleicht gelang es ihm dadurch, seine Gefährten wirkungsvoller zum Abzug zu bewegen.

„Hör zu, Großer", sagte Gucky, nachdem die Verbindung hergestellt war. „Die Scheintöter werden nicht so ohne weiteres die CREST verlassen. Hajo gibt sich zwar alle Mühe, aber er wird es nicht schaffen. Schalte den Lungenvibrator ein." Er hüstelte und betonte das Wort. Dabei zwinkerte er sich bald die Augen aus.

Für einige Sekunden unterbrach er den telepathischen Kontakt zu Hajo und schirmte seine Gedanken ab. Mit knappen Worten informierte er den verblüfften Kasom von seiner List. Er wußte, daß Hajo seine gesprochenen Worte nicht verstehen konnte. Kasom begriff und ging grinsend auf Guckys Spiel ein. Als der Ertruser zu sprechen begann, stellte Gucky den telepathischen Kontakt zu Hajo wieder her und signalisierte ihm gleichzeitig die Antwort Melbar Kasoms.

„Den . . . den Lungenvibrator?" tat Melbar entsetzt.

„Den Lungenvibrator, was denn sonst? Die Ultraschallwellen zerreißen die Lungen der kleineren Hypnos, aber die Terraner halten die Beanspruchung schon eine Weile aus. Tut mir ja leid um die Kerle, aber es gibt keine andere Lösung. Ich teleportiere dann rechtzeitig. Sagen wir – in genau zwei Stunden. Klar?"

„Klar. Also den Lungenvibrator. Mein Gott, tun mir die armen Wesen leid. Der Lungenvibrator ist ja noch viel schlimmer als die Todesstrahlen."

„Aber wenigstens fließt kein Blut", sagte Gucky todernst und nickte grimmig in Richtung des Scheintöters, der an der Tür stand. Die ovalen Augen waren vor Schreck fast kugelrund. „Die toten Hypnos können wir dann ja später aus dem Schiff schaufeln."

„Wir nehmen die Roboter zu dieser Arbeit", schlug Melbar vor.

„Einverstanden. In zwei Stunden also."

Gucky tat so, als schalte er den Interkom an, und drehte sich um.

„Das würdest du wirklich tun?" fragte Hajo entsetzt.

„Natürlich, – hast du vielleicht gelauscht? Oh, ich vergaß. Du bist ja Telepath. Na, mach dir nichts draus. Du kannst ja mit mir aus dem Schiff verschwinden."

„Du willst zweitausend und mehr meiner Rassegefährten ermorden, Gucky! Ich dachte, wir wären Freunde."

„Siehst du eine andere Möglichkeit? Draußen auf eurer Welt warten sechzehn meiner Freunde darauf, wieder ins Schiff zu können. Sie sterben, wenn wir sie nicht abholen. Und was ist mit den Leuten hier in der großen Kugel? Sollen sie die Sklaven eurer Rachegelüste bleiben? Sorge dafür, daß sie frei sind, und ich werde den Vernichtungsbefehl zurückziehen."

„Und wie soll ich das?"

„Dir wird schon etwas einfallen."

Hajo fixierte Gucky, aber dessen Gesichtsausdruck mußte ihn davon überzeugen, daß er es ernst meinte. Sehr ernst sogar.

Und in diesem Augenblick wuchs Hajo über sich selbst hinaus.

Er konzentrierte sich und stellte einen emotionalen Kontakt zu seinen Gefährten an Bord dieses Schiffes her. Mit eindringlichen Gefühlsbildern machte er ihnen klar, was ihnen bevorstand. Seine Phantasie reichte aus, sich die schrecklichen Folgen des Lungenvibrators auszumalen und sie den anderen zu vermitteln. Binnen weniger Minuten gelang es ihm, auf diese Weise, einige Dutzend seiner Freunde in Angst und Schrecken zu versetzen. Was dann folgte, war eine Art Dominoeffekt. Wie ein Lauffeuer gingen die Schreckensbilder von einem zum anderen – immer größer wurde die Zahl jener, die panikartig das Schiff verließen. Zwar würden die Scheintöter die letzten Meter bis zum Boden in abstürzendem Zustand verbringen, aber sie würden es ohne Schaden überstehen, wenn Melbar Kasom mit den Traktorstrahlern der C–3 für eine weiche Landung sorgte.

Nach knapp zwei Stunden war auch der letzte von der „grauenhaften Gefahr" überzeugt und verließ das Schiff. Aber nicht nur das. Die Schreckensvision breitete sich auch in der Ruinenstadt aus und führte dazu, daß sich alle Hypnos fluchtartig in die weitverzweigten Kavernen der Stadt zurückzogen.

Nur Hajo war geblieben. Erschöpft sank er zu Boden. Sanft nahm ihn Gucky in die Arme, ging zum Hyperkom und stellte die Verbindung zur C–3 her.

„Kommando zurück!" sagte er, als Melbar gespannt vom Bildschirm heruntersah. „Die Scheintöter sind in die Flucht geschlagen und haben sich in der Ruinenstadt verkrochen."

„Was ist mit dem Lungenvibrator?" erkundigte sich Melbar scheinheilig. „Ich habe ihn bereits angeheizt."

„Dann kühle ihn wieder ab", riet Gucky jovial. „Ich sehe mich inzwischen in der Zentrale der CREST um. Sobald Rhodan wieder bei Bewußtsein ist, melde ich mich wieder. Inzwischen behältst du deine Position bei."

Gucky schaltete ab und materialisierte gemeinsam mit Hajo in der Zentrale. Er sah, daß Cart Rudo sich bereits zu regen begann. Auch Rhodan schlug die Augen auf und betrachtete den Mausbiber mit einem Ausdruck der Verwunderung. Atlan richtete sich auf, sah sich forschend um, erblickte Gucky und lachte befreit auf.

„Also wieder einmal du!" sagte er und schüttelte den Kopf. „Ich möchte wissen, was aus Terra geworden wäre, wenn wir dich nicht hätten. Da ist ja noch so ein gelber Satan."

„Unser Freund Hajo, Atlan. Er hat mitgeholfen. Nun ja, Melbar und Tolot auch ein bißchen."

Allmählich erwachten auch die anderen Offiziere. Die Erinnerung an das Vergangene war keineswegs verblaßt, und jeder wußte genau, was geschehen war. Jeder aber wunderte sich auch darüber, daß er den aufgezwungenen Empfindungen widerstandslos erlegen war. Rhodan kam herbei und klopfte Gucky auf die Schulter.

„Gut gemacht, Kleiner. Danke."

Mehr sagte er nicht, aber Gucky wußte, was hinter den paar Worten steckte. Er drückte Rhodans Hand, als wolle er sie zerquetschen, dann äußerte er bescheiden:

„Oh, macht fast gar nichts. War eine Kleinigkeit. Schleusen wir die Korvette gleich ein? Tolot und Melbar sind an Bord."

„Und Orson?"

„Wartet irgendwo zweihundert Kilometer von hier entfernt."

In kurzen Worten schilderte Gucky, was vorgefallen war. Er versprach, später eine ausführliche Darstellung der Ereignisse zu geben,

94

und drängte zur Eile. Er hatte allen Grund dazu, denn die Hypnos sollten keine Zeit finden, sich von ihrem ersten Schrecken zu erholen. Als Gucky an den erfundenen Lungenvibrator dachte, mußte er grinsen.

Hajo betrachtete ihn plötzlich aus ganz runden Augen.

„So also ist das?" telepathierte er empört. *„Es gibt so eine Waffe überhaupt nicht? Wir sind davongelaufen vor einer Waffe, die nicht existiert? Das finde ich . . . "*

„Ruhig Blut!" mahnte Gucky väterlich und beugte sich zu dem kleinen Kerl hinab, um ihm freundschaftlich auf die Schulter zu klopfen. „Dafür gibt es viel wirksamere Waffen. Im Grunde genommen habe ich nicht geblufft. Glaube mir das, bitte. Im Interesse deines Volkes."

Hajo spazierte um Gucky herum und betrachtete Rhodan. Er mußte sich auf die Zehenspitzen stellen, und dann reichte er ihm gerade bis zu den Knien.

„Ist das ein wichtiger Mann?" fragte er den Mausbiber.

Gucky nickte.

„Frage ihn, ob ich euch begleiten darf. Ich möchte wissen, wie es da aussieht, wo kein gelber Himmel ist."

Rhodan, dem Gucky die Frage übersetzte, schüttelte den Kopf und ließ Gucky mitteilen:

„Das geht nicht, Hajo. Du hast uns einen großen Dienst erwiesen. Aber nun kannst du deinem Volk einen noch größeren erweisen. Du kannst es vor einer Dummheit bewahren. Du kannst es führen und leiten. Du bist klüger als alle deine Freunde. Du hast immer gewußt, daß wir nicht die zurückgekehrten Denker sind. Vielleicht gelingt es euch eines Tages, den Weg zur oberen Welt zu finden, und dann mußt du dafür sorgen, daß ihr ohne Rachegelüste mit den *Oberen* zusammentrefft. Sie sind unschuldig an dem, was ihre fernen Vorfahren getan haben. Verbündet euch mit ihnen, und ihr werdet vielleicht neue Denker gefunden haben, die ihr glücklich machen könnt."

Hajo dachte darüber nach, während die C–3 eingeschleust wurde und Kasom und Tolot Rhodan Bericht erstatteten. Er unterhielt sich noch lange mit Gucky, und als er sich endlich verabschiedete, machte er einen sehr nachdenklichen und dabei doch entschlossenen Eindruck.

Dann war er plötzlich verschwunden.

Eine halbe Stunde später wurden Leutnant Orson und seine fünfzehn Männer aufgenommen. Schon längst hatten die Hypnos sie verlassen, und verzweifelt waren sie durch die Wüste geirrt, um nach einer Spur der verschwundenen Schiffe zu suchen.

Die CREST stieg hinein in den gelben Himmel und nahm erneut Kurs nach Süden.

Gucky watschelte gemessenen Schrittes quer durch die Kommandozentrale zu Melbar und Tolot, klopfte ihnen mit gönnerhafter Miene auf die riesigen Rücken und sagte:

„Nochmals besten Dank für eure Unterstützung. Ich hätte es ja auch allein geschafft, aber so ging es auch. Es ist immer gut, wenn man ein paar Hilfskräfte zur Verfügung hat. Ich gehe jetzt schlafen."

Sprach's und war verschwunden.

Melbar und Tolot sahen sich an, dann lachten sie dröhnend auf.

Es war seit vielen Stunden das erste echte Lachen in der CREST.

Sechs Stunden später stand fest, daß die Polarschächte auch hier unpassierbar waren. Wieder mußte Sengu einspringen. Die Suche dauerte drei Tage und führte schließlich zum Erfolg.

Es war der 4. November 2400, als die Desintegratoren neuerlich in Aktion traten und sich Meter um Meter durch das Gestein fraßen – der Oberfläche Horrors entgegen.

8.

Einige Wochen vorher, Anfang Oktober 2400, auf dem Planeten Opposite

Undurchdringliche Dampfschwaden schlugen Korps-Leutnant Omar Hawk entgegen.

Unwillkürlich faßte er die Kette aus Plastikmetall fester, als der Okrill hinter ihm nieste.

„Ruhig, Sherlock!"

Sherlock trommelte mit seinen acht krallenbewehrten Füßen auf dem feuchten Beton. Es gab ein lautes, schabendes Geräusch, als er seinen einen Meter langen Körper hinter sich herzog. Wieder nieste er. Irgendwo aus dem Dampf rief eine spöttische Stimme:

„Gesundheit!"

Omar Hawk grinste. Wenn der unsichtbare Rufer gewußt hätte, wer da nieste, würde er wohl kaum etwas zu sagen gewagt haben. Der Okrill war nicht jedermanns Geschmack, auch nicht in einer Welt, die an allerlei Kuriositäten gewöhnt war. Sherlock glich rein äußerlich einem etwas zu dünn geratenen, einen Meter langen und einen halben Meter hohen terranischen Frosch. Allerdings besaß der Okrill acht Beine. Das hintere Beinpaar war am kräftigsten entwickelt und befähigte den Körper, unter der Norm-Schwerkraft von einem Gravo bis zu zwanzig Meter weit zu springen. Die beiden mittleren Beinpaare waren außerordentlich kurz; sie dienten dem Tier dazu, sich mittels Saugvorrichtungen an harten, glatten oder schlüpfrigen Wänden festzuhalten. Das vordere Beinpaar dagegen war lang und mit zwei tellergroßen Krallentatzen bewehrt. Alles in allem schien Sherlock ein wehrhaftes Tier zu sein – für den, der nicht wußte, daß diese Beurteilung eine glatte Untertreibung darstellte ...

Für Sekunden wehten die Dampfschleier ein wenig zur Seite. Ein Teil eines breiten, indirekt beleuchteten Flures wurde erkennbar.

Eine hochgewachsene Frau in der Uniform der weiblichen Polizei von Hondro ging an Omar Hawk vorüber. Der Korps-Leutnant grüßte. Sie nickte lächelnd zurück.

Aber ihr Lächeln gefror, als sie das laute Schnalzen vernahm.

Hawk glaubte förmlich zu hören, wie sie nach Luft schnappte. Verlegen wollte er sich durch die Tür entfernen, über der in Leuchtbuchstaben SAUNA FOR MEN stand.

Ihre schrille Stimme hielt ihn auf.

„Was soll das bedeuten, Leutnant?"

Schuldbewußt senkte er den Kopf. Da klang das Schnalzen erneut auf, diesmal noch lauter als vorher.

Die Polizistin zuckte zusammen. Dann erblickte sie den Okrill. Hawk glaubte im ersten Moment, sie würde einen Nervenzusammenbruch erleiden, aber offenbar hatte er sie unterschätzt.

„Hat das... Ding da geschnalzt, Leutnant?" Sie errötete. „Was ist das überhaupt für ein Tier? Es ist doch eines, oder...?"

„Hiih!" schrie Hawk, als der Okrill die Hinterbeine zum Sprung spannte. „Hiih, Sherlock!" Sherlocks Haltung entspannte sich. Mit seinen großen, blauschwarzen Augen schien er durch die Polizistin hindurchzustarren.

„Verzeihung!" sagte Hawk und verbeugte sich leicht. „Das ist ein Okrill, ein Tier vom Planeten Oxtorne, meiner Heimat. Es tut mir leid, wenn Sie sein Schnalzen so ausgelegt haben..." Er geriet ins Stottern.

Die Polizistin errötete noch mehr.

„Oxtorne...", erwiderte sie nachdenklich, „mir ist, als hätte ich schon einmal davon gehört. Ist das nicht der achte Planet der Sonne Illema?"

„Stimmt!" sagte Hawk. Sein hellbraunes Gesicht glänzte vor Freude so stark wie der von Natur aus ölige Schädel.

Die Polizistin schüttelte nachdenklich den Kopf.

„Wenn ich mich recht entsinne, hat Oxtorne eine Schwerkraft von 4,8 Gravos. Und Sie sagen, er wäre Ihre Heimat...?"

Omar Hawk seufzte.

„Sie zweifeln daran, weil ich wie ein gewöhnlicher Mensch aussehe." Er seufzte noch einmal. „Es stimmt trotzdem, Madam. Wir von Oxtorne sind Umweltangepaßte mit Kompakt-Konstitution. Es ist die einzige Möglichkeit des Überlebens, denn Oxtorne ist ein Planet mit extremen Klimaschwankungen."

Sherlock nieste bestätigend. Danach streckte er seine grellrote Zunge aus. Das ursprünglich dick und rund wirkende Gebilde dehnte sich wie Gummiband und zuckte dann gegen die Wand. Von einer Steckdose sprang ein Lichtblitz über. Die Beleuchtung erlosch. Nur die blauen Notlampen brannten weiter.

Im Schein des Notlichtes wirkte das Gesicht der Polizistin totenbleich.

„Was war das?"

„Die Sicherung ist herausgesprungen", antwortete Hawk. Im nächsten Augenblick ging das Licht wieder an und gab ihm anscheinend recht.

Die Polizistin schien durch diesen „Beweis" jedoch nicht überzeugt zu sein. Mit einem scheuen Blick auf Sherlocks pendelnde Zunge verließ sie das Gebäude durch die Glastür.

Vorwurfsvoll blickte Omar Hawk auf seinen Okrill hinab.

„Ich werde dir die Futterration entziehen, wenn du mich noch einmal so blamierst!" schimpfte er.

Sherlock schnalzte und ließ seine Zunge wieder verschwinden.

Im Hintergrund öffnete sich eine Tür. Erneut füllte sich der Flur mit feuchtheißem Brodem.

Leutnant Hawk zerrte den Okrill an der Kette hinter sich her und schritt durch die selbsttätig aufschwingende Pendeltür der Männer-Sauna. Dahinter zweigten die Eingänge zu den Umkleideräumen ab, unterteilt nach den unterschiedlichsten Variationen, denn hier verkehrten Männer vieler Welten, und ihre Ansprüche an eine Sauna waren so verschieden wie die klimatischen Bedingungen ihrer Heimatplaneten.

Omar Hawk glitt in die Umkleidekabine. Rasch war er entkleidet. Er dehnte seinen mächtigen Brustkorb und reckte sich. Omar Hawk war groß für einen Durchschnittsterraner, aber nicht zu groß. Von Kopf bis Fuß maß er 1,90 Meter. Aber die immer etwas ölige, hellbraune Haut war straff und fest wie die Metallplastik eines Raumanzuges, und die 120 Zentimeter breiten Schultern zeugten von großer Körperkraft. Dieser Eindruck wurde etwas abgemildert durch die unwahrscheinlich langen Füße. Hawk trug Schuhgröße 61.

Omar Hawk massierte seinen völlig kahlen Schädel. Nichts deutete darauf hin, daß er jemals Haare auf dem Kopf besessen hatte. Völlig bart- und haarlos war auch sein Gesicht, nur die borstigen schwarzen Augenbrauen über den vorstehenden Brauenwülsten machten eine

Ausnahme. Unter dieser buschigen Zier blickten zwei graugrüne, wachsame Augen hervor.

„Komm, Sherlock!"

Er hatte die Kette von Sherlocks Halsband gelöst. Sie war ohnehin nur als Beruhigung für ängstliche Gemüter geeignet. Der Okrill hopste mit unbeholfen anmutenden Bewegungen hinter ihm her.

Nach dem Verlassen der Schleuse schlug heißer Dampf den beiden Besuchern der Sauna entgegen. Hawks Füße platschten über den nassen Boden, während der Okrill jetzt unablässig nieste, bei Wesen seiner Art stets ein Zeichen höchsten Wohlbehagens.

Dröhnendes Lachen drang aus dem Dampf hervor.

„Bademeister, schalten Sie die Klimaanlage um zehn Grad höher!" dröhnte eine Baßstimme. „Hier friert jemand."

Hawk grinste, sagte aber nichts. Er stützte sich mit der Rechten auf den Kopf des Okrill und ließ sich von dem fähigen Infrarot-Superspürer führen. Im Vorbeigehen klatschte er mit der Linken auf den Rücken des Mannes, der gerufen hatte.

Ein erschrockener Fluch war die Antwort.

„Welcher Sohn einer räudigen Hündin hat hier einen Roboter mitgebracht?" stöhnte es.

Jetzt lachte Omar Hawk.

„Wie kommen Sie darauf?"

„Mann, wer sind Sie?" keuchte der andere zurück. „Untersagen Sie Ihrem Robot diese Scherze. Er hat mir bald das Rückgrat zerschmettert."

„Ich habe Sie nur mit meiner Hand gestreichelt", erwiderte Hawk mit ironischem Unterton. „Wenn Sie nicht einmal eine sanfte Berührung vertragen können, was suchen Sie dann in der Extrem-Sauna, Sie verweichlichter Playboy?"

Ringsum lachten einige Männer.

Von dorther, wo der andere stehen mußte, drang jetzt drohendes Schnauben. Omar Hawk, der ahnte, wie der andere reagieren würde, klopfte seinem Okrill beruhigend auf den Kopf.

„Hiih, Sherlock, hiih!"

Der Okrill preßte sich an den Boden und ließ alles über sich ergehen. Und das war eine ganze Menge. Zuerst stolperte ein zorniger Mann über ihn und wurde dadurch um den Schwung seines Hawk zugedachten Angriffs gebracht. Dann trommelten Fäuste auf ihm herum, und zum Schluß bekam er einen Fußtritt und die lakonische Bemerkung:

„Verdammt! Wenn das Vieh mich gebissen hätte . . .!" Unbeholfene Schritte klatschten über die Nässe und entfernten sich.

Omar Hawk schlug seinem Okrill lobend auf das breite Maul. Danach streckte er sich behaglich auf einer der Stufen aus und ließ den heißen Dampf in seine Poren dringen. Nach zehn Minuten wurde der Dampf jählings durch Eiswasser abgelöst, das wie ein Wolkenbruch aus den Deckenöffnungen brauste. Sherlock nieste immer lauter. Heiße Wasserstrahlen schossen aus den Wänden und massierten die Körper derjenigen, die sich in die Extrem-Sauna gewagt hatten. Danach kam Schnee, dann wieder Dampf, dann grobkörniger Hagel – Omar Hawk und sein Okrill genossen die Raffinessen der Extrem-Sauna und träumten von ihrer Heimatwelt.

Nach einer Stunde erinnerte sich Omar Hawk eines Termins und brach, wenn auch widerwillig, auf.

Draußen im Freien hörte der Okrill auf zu niesen.

Folger Tashit löste sich wie ein Schatten von der mit bunten Lämpchen übersäten Schaltwand der Schiffspositronik. Aufreizend langsam ging er zum Kartentisch. Doch er hatte nicht einmal die Hälfte der Strecke zurückgelegt, als er stehenblieb. Murmelnd bewegten sich seine Lippen, dann kehrte er wieder um.

Pawel Kotranow, Oberst der Solaren Flotte und Kommandant der ANDROTEST I, fuhr mit dem Finger zwischen Kragen und Hals. Sein stets etwas gerötetes Gesicht lief blaurot an. Vor fünf Minuten hatte er den Chefwissenschaftler der ANDROTEST I und Mathelogiker Tashit zu sich befohlen – und nun, nachdem dieser sich in seinem aufreizenden Phlegma endlich bequemt hatte, dem Befehl zu folgen, fiel ihm anscheinend eine neue Frage für seine Positronik ein!

Kotranows Augen wanderten hin und her, von den Zeitmessern zum Hauptzentraleschott, von dort zu Tashit und wieder zur Uhr.

Hinter ihm klang verhaltenes Räuspern auf.

„Bitte, Oberst, nehmen Sie doch Platz", sagte eine dunkle Stimme vorwurfsvoll. „Sie rauben mir ja die Ruhe."

Oberst Kotranow drehte sich um und sah in ein Paar wäßrigblaue Augen. Er entdeckte das Funkeln darin und fragte sich, ob das ein Zeichen milden Spotts war. Aber wer konnte das schon wissen – bei einem Mann wie Allan D. Mercant, dem Chef der Solaren Abwehr.

Oberst Kotranow seufzte. „Dieser Mathelogiker macht mich noch wahnsinnig, Sir. Jeden Augenblick kann Reginald Bull eintreffen, und Tashit beschäftigt sich mit der Positronik."

Er setzte sich, dabei zuckte es schmerzlich um seine Mundwinkel.

„Nanu?" fragte Mercant. „Die Bandscheibe, Oberst?" Kotranow lächelte verlegen.

„Nein, Sir. Ich bin heute morgen einem Verrückten begegnet." Er streckte vorsichtig den Oberkörper, wobei er die Zähne zusammenpreßte. „In der Extrem-Sauna", fügte er hinzu. „Der Kerl muß ein Umweltangepaßter von einer Welt mit hoher Schwerkraft gewesen sein. Er schlug mich auf den Rücken, daß ich glaubte, ein Roboter hätte mit voller Wucht zugeschlagen."

Allan D. Mercant lächelte. Er wußte um Kotranows Leidenschaft, jede erreichbare Sauna bis zur Grenze ihrer Möglichkeit auszukosten. Er wußte auch, wie Kotranow in dem geschilderten Fall reagiert hatte, denn Mercant war nicht nur ein vorzüglicher Psychologe, sondern zugleich ein Empath, der die Gefühlsströmungen eines Menschen erfassen konnte.

„Sie haben es ihm natürlich heimgezahlt...?"

Kotranow senkte den Blick.

„Ich hätte es gern getan. Leider war in dem Dampf nichts zu sehen. Ich stolperte über das ‚Haustier' dieses Burschen." Er schüttelte sich. „Ein solches Monstrum möchte ich niemals zu Gesicht bekommen. Mir genügt das, was ich erfühlt habe. Es war glatt wie eine Riesenkröte und besaß Muskeln wie Stahl. Gott sei Dank blieb es zahm."

„Glatt wie eine Riesenkröte", murmelte Mercant nachdenklich. „Hm! Ich kann Ihnen den Schreck nachfühlen. Trotzdem... aber lassen wir das! Ich glaube, da kommt ein Interkomgespräch für Sie."

Hastig schaltete Kotranow das Bildsprechgerät ein.

Die Funkzentrale meldete sich.

„Sir, soeben fährt der Gleiter mit Admiral Hagehet und Reginald Bull vor. Der Pilot gab mir Bescheid. Außerdem teilt die Bodenkontrolle die Landung der Space-Jet von Solarmarschall Tifflor mit."

102

„Danke. Geben Sie dem Chefingenieur Bescheid, er möchte sofort zur Zentrale kommen!"

Kotranow unterbrach die Verbindung. Er erhob sich halb, sank dann jedoch wieder auf seinen Platz zurück. Seine Finger trommelten einen Marsch auf der Tischplatte, während er wütend zu Folger Tashit starrte.

Mercant bemerkte es.

„Er wird an einem wichtigen Problem arbeiten", versuchte er Kotranow zu beschwichtigen.

„Wann arbeitet er nicht an einem wichtigen Problem!"

Mercant faltete die Hände über dem Leib und seufzte.

„Was kann Tashit dafür, daß das Universum voller ungelöster Probleme steckt, Oberst?"

„Wenn es keine gäbe, dieser Mann suchte sich welche!"

„Eben darum wurde er zum Chefwissenschaftler der ANDRO-TEST I ernannt, Oberst."

Der Wachposten am Eingang des Militärraumhafens Hondro gab Omar Hawk den Ausweis zurück und schielte dabei aus den Augenwinkeln zu dem Okrill.

„Sie dürfen passieren, Sir. Darf ich Ihnen ein Gleitertaxi rufen?"

„Nicht nötig, Sergeant." Hawk winkte ab und spähte mit zusammengekniffenen Augen nach Süden. Die hochstehende Sonne blendete ihn, dennoch erkannte er die turmförmige Metallkonstruktion, die auffällig gegen die kugelförmigen Gebirge zweier Schlachtkreuzer abstach und deren Spitze sich im dunstigen Sonnenglast verlor.

„Es sind vier Kilometer bis zur ANDROTEST I...", gab der Sergeant zu bedenken.

„Sie sind sehr aufmerksam, Sergeant." Hawk verzog die Lippen zu einem freundlichen Lächeln. „Aber wir brauchen wirklich keinen Gleiter. Da ich in zehn Minuten dort sein möchte, machen wir halt ein wenig längere Schritte."

Der Wachposten legte erneut die Hand an den Helmrand, als Hawk grüßte. Dann blickte er mit offenem Mund der mit weiten, flachen Sprüngen über das Raumfeld gleitenden Gestalt nach. Noch mehr aber wunderte er sich über den Okrill. Das seltsame Tier hatte eben noch den Eindruck erweckt, als könnte es mit einem normal gehenden Fußgänger nur mühsam Schritt halten. Seine jetzige Fortbewegung wirkte um keinen Deut eleganter. Dafür war sie jedoch mindestens zehnmal schneller als zuvor. Der Sergeant schätzte die Geschwindigkeit des ungleichen Paares auf mindestens zwanzig Stundenkilometer.

Zehn Minuten später wunderte sich erneut ein Wachposten über Omar Hawk und seinen Okrill.

Leutnant Fran Misko lehnte am Geländer der zu schwindelnden Höhen aufsteigenden Gleitrampe, die in die dreizehnte Nebenschleuse der ANDROTEST I mündete. Die Besatzung des Schiffes war fast vollzählig an Bord. Nur zwei Mann fehlten noch: ein Triebwerksspezialist und ein sogenannter Korps-Leutnant. Über letzteren hatte Fran Misko sich bereits den Kopf zerbrochen, als er vor Antritt seiner Wache die Liste der zum Betreten des Schiffes befugten Personen einsah.

Omar Hawk, Leutnant des Special Patrol Corps, hatte da gestanden . . .

Ganz abgesehen davon, daß Fran Misko kein Special Patrol Corps kannte, war Leutnant Hawk demnach der einzige Mann der Besatzung, der nicht aus dem Experimentalkommando der Solaren Abwehr hervorgegangen war. Fran Misko war neugierig geworden.

Und nun sank ihm die Kinnlade ebenso herunter wie zuvor dem Sergeanten am Eingang des Raumfeldes.

Als Leutnant Hawk den Fuß der Gleitrampe erreichte, hatte Fran Misko sich jedoch wieder gefaßt.

Omar Hawk erwiderte seinen Gruß lässig.

„Leutnant Hawk, abkommandiert zur ANDROTEST I – mit Okrill!"

Fran Misko ließ die Hand sinken. In steifer Haltung stand er da. Er verzog keine Miene. Seine Augen blinzelten allerdings verwirrt das häßliche Tier an, das dieser Leutnant mitgebracht hatte.

„Sie dürfen passieren." Er räusperte sich. „Aber da wäre noch eine Formalität zu erledigen, denke ich. Sie müßten mir eine kleine Vollmacht unterschreiben, damit ich Ihren Mandrill von einem Roboter zur Quarantänestation des Zivilhafens bringen lassen kann. Sie können . . . ähem . . . völlig beruhigt sein, Leutnant Hawk. Man kennt sich dort mit der Pflege fremdartiger Tiere recht gut aus."

Hawk runzelte die Stirn.

„Verzeihung, Leutnant. Aber der Okrill ist genauso zur ANDRO-TEST abkommandiert wie ich."

Leutnant Misko trat einen Schritt zurück.

„Ich bin der Wachhabende, Leutnant. Als solcher kenne ich selbstverständlich die Liste der Besatzung und anderer Personen, die das Schiff betreten dürfen. Ein Quadrill stand jedenfalls nicht darauf."

„Okrill", verbesserte Hawk sanft. „Ich will mich nicht streiten, aber Sie sind schlecht informiert, Leutnant." Er blickte auf seine Armbanduhr. „Es ist jetzt 13.25 Uhr. Für 13.30 Uhr bin ich zur Hauptzentrale bestellt – und zwar mit Sherlock!"

„Sherlock . . .?"

„Sherlock ist der Name meines Okrill. So hieß ein berühmter terranischer Detektiv, Leutnant. Er war natürlich ein unbedeutendes Lebewesen gegen den Okrill . . ."

Hawk schlenkerte den Arm, als wollte er damit andeuten, daß weitere Diskussionen nutzlos seien. An dem völlig verblüfften Misko vorbei schritt er auf das laufende Band der Gleitrampe zu. Der Okrill folgte ihm mit unbeholfen wirkenden Bewegungen.

Fran Misko überwand seine Verblüffung schnell. Er wirbelte bleich herum.

„Bleiben Sie stehen, Leutnant!" schrie er. „Der Roboter! Er wird den Okrill töten!"

Direkt neben dem Laufband stand ein Kampfroboter. Bisher hatte er sich nicht geregt, doch jetzt kam Leben in ihn. Zwar gehörte er nur zum leichten Typ, der für Polizeiaufgaben gebaut war, aber er konnte einem organischen Wesen auch dann gefährlich werden, wenn er den Impulsblaster nicht benutzte. Und der Okrill war nur ein Tier. Tiere aber wurden durch die Programmierung nicht gleichermaßen geschützt wie Menschen.

Der Robot ließ Hawk vorbei, denn er hatte gehört, daß er passieren durfte. Als aber der Okrill ebenfalls an ihm vorüberhopsen wollte, griff er mit beiden Händen zu. In seinen Fingern steckte die Gewalt hydraulischer Schraubstöcke.

Der Okrill zuckte zusammen, als die stählernen Fäuste ihn packten. Er empfand Schmerz – und er reagierte entsprechend.

Leutnant Misko erkannte keine Einzelbewegung. Er sah nur das

Resultat einer ganzen Serie von Bewegungsabläufen. Nach Bruchteilen einer Sekunde stürzte ein total verbeulter Roboter gegen das Geländer. Natürlich konnte ein Roboter so einfach nicht ausgeschaltet werden. Die Blechschäden hinderten ihn nicht daran, seinen Impulsblaster zu ziehen.

Trotz seines Schreckens behielt Leutnant Misko einen klaren Kopf. Er sah, daß der Roboter schießen würde, denn der Kampfroboter stand ja hier, um Unbefugte am Betreten der ANDROTEST I zu hindern. Aber Fran Misko fürchtete plötzlich, daß er tatsächlich falsch informiert sei. In dem Falle würde der Tod des Okrill möglicherweise ein großer Verlust sein.

Fran Misko zog den Blaster, als der Robot gegen das Geländer fiel. Er hatte die Mündung oben, als der Robot die eigene Waffe zog.

Aber er brauchte nicht mehr zu schießen.

Aus den Augenzellen der Maschine knallten jählings zwei blauweiße Stichflammen, dann sank der Robot mit lose pendelnden Gliedern zu Boden.

Der Okrill zog seine lange Zunge zurück. Er betrachtete sein Werk. Dann nieste er.

Leutnant Misko hob den Taschen-Telekom an die Lippen...

Reginald Bull ließ seinen Blick über die Männer rund um den Kartentisch gleiten.

Oberst Pawel Kotranow, 36 Jahre alt, blond, 1,90 groß, schwer gebaut, hellblaue Augen, die den Sibirier verrieten – Kommandant der ANDROTEST I;

Major Tong Jaho, 34 Jahre alt, klein, zart gebaut, lebhaft, fast immer leicht offenstehender Mund mit riesigen Pferdezähnen, schwarze, strähnige Haare – Chefingenieur und Stellvertreter des Kommandanten;

Major Ez Hattinger, neunundzwanzig Jahre alt, mittelgroß, vierschrötig, vorstehende Hakennase, wuchtiges Kinn, braune Augen, klobige Fäuste – Erster Offizier des Schiffes;

Mathelogiker Folger Tashit, 34 Jahre alt, schlank, mittelgroß, braungewellte Haare, braune Augen, phlegmatische Haltung, scharfdenkender Geist – Chefwissenschaftler der Expedition.

Das waren die wichtigsten Männer der ANDROTEST I.

Bull nickte vor sich hin. Ebenfalls am Tisch saßen noch Allan D. Mercant, Julian Tifflor und Onton Hagehet. Sie würden genausowenig wie er selbst am Flug teilnehmen, aber sie waren entscheidend an der Vorbereitung der Versorgungsexpedition beteiligt gewesen.

Reginald Bull gab Tifflor einen Wink.

Tifflor räusperte sich.

„Bevor wir auf Detailfragen eingehen, möchte ich kurz die bekannten Tatsachen erwähnen.

Das Andro-Test-Group-Programm, kurz ANTEG genannt, ist bereits vor einigen Jahren in Angriff genommen worden. Es war damals nur eines unter vielen anderen Forschungsprogrammen. Seit dem Verschwinden der CREST wurde es aber zum wichtigsten.

Das Ziel dieses Programmes war es, Raumschiffe zu bauen und zu erproben, die die mehr als zwei Millionen Lichtjahre bis zum Andromedanebel zurücklegen können. Wir waren uns von Anfang an klar darüber, vor einer der schwierigsten Aufgaben zu stehen, die der Menschheit je gestellt waren. Dennoch glaubten wir daran, daß Andromeda für uns eines Tages erreichbar sein würde.

Dann, Mitte August dieses Jahres, verschwand die CREST II durch das Sonnensechseck des galaktischen Zentrums. Am 28. August schickten wir die BOX 8323 los, um den Standort der CREST zu erfahren. Am 31. August registrierte unsere Beobachtungsstation EINSTEIN schließlich die Explosion der SIGNAL und ermittelte den Aufenthaltsort der CREST. Inzwischen wissen wir, daß sie sich 900 000 Lichtjahre vom Rand der Galaxis entfernt im Leerraum befindet und aus eigener Kraft nicht zurückkehren kann.

Daraufhin begannen wir das ANTEG-Programm zu beschleunigen und auf diese spezielle Problemlösung auszurichten. Aus der sich daraus ergebenden Situation entsprang der Plan zum Bau des ersten ANDROTEST-Schiffes, der ANDROTEST I. Da wir technisch nicht in der Lage sind, Raumschiffe herzustellen, deren Lineartriebwerke mehr als 600 000 Lichtjahre zurücklegen können, mußten wir auf einen uralten Trick der terranischen Raumfahrt zurückgreifen. Dabei hatten wir zuerst große Schwierigkeiten zu überwinden. Doch schließlich gelang es uns, den Prototyp dieses Stufenraumschiffes zu erbauen und statisch zu stabilisieren.

Doch nicht nur die Statik war unser Problem. Wir mußten die Erfahrung machen, daß sich nur bestimmte Schiffe aneinanderkoppeln ließen. Wir machten Computerversuche mit allen möglichen Typen, bis hin zum eintausendfünfhundert Meter durchmessenden Superschlachtschiff. Doch alle diese Versuche scheiterten. Bei den großen Einheiten verschlang die Masse, die zu bewegen war, zuviel Energie, so daß trotz der großen Reichweite diese bei einer Aneinanderkopplung bis zu 60% der vorhandenen Energie aufwenden mußten, um das Stufenschiff in den Linearraum zu bringen. Lediglich mit einem einzigen Schiffstyp war der Computertest zufriedenstellend. Bei ihm handelt es sich um die dreihundert Meter durchmessenden Einheiten.

Nach mühevollen Experimenten und Testversuchen gelang es uns schließlich, die Probleme der Statik und der Masseträgheit bei diesem Schiffstyp zu überwinden. Das Ergebnis ist die ANDROTEST I. Weitere derartige Schiffe sind bereits im Bau und werden in zwei bis drei Monaten zur Verfügung stehen.

Die ANDROTEST I ist ein vierstufiges Raumschiff, 1200 Meter lang und 300 Meter durchmessend. Jede Stufe ist, wenn man die Verbindung absprengt, eine Kugel von 300 Metern Durchmesser. Wir haben es also mit vier miteinander verbundenen Schiffseinheiten zu tun, in deren oberster Kugel die Zentrale und die Mannschaftsräume sowie die Versorgungseinrichtungen untergebracht sind. Die restlichen drei Kugeln dienen lediglich als Antriebsstufen, die von der Zentrale aus gesteuert werden. Die Kapazität der Lineartriebwerke ist so angelegt, daß jede einzelne Stufe eine Reichweite von 250 000 Lichtjahren besitzt. Zusammen mit dem Linearantrieb der Kommandokugel ergibt das eine Gesamtreichweite von einer Million Lichtjahren. Dies stellt das Maximum dar. Es ist nicht möglich, eine fünfte oder sechste Stufe hinzuzufügen, denn diese Konstruktion würde der Belastung nicht mehr standhalten. Daraus folgt, daß wir zwar damit den Andromeda-Nebel noch nicht erreichen können, wohl aber das Empfängersystem, in dem Perry Rhodan sich befinden muß, wie aus dem Schockwellensignal der ersten Hilfsexpedition hervorging.

Wenn die ANDROTEST I startet, wird sie von zwei Posbiraumschiffen begleitet werden. Notgedrungen muß sie den gleichen Weg wählen wie die CREST II mit Rhodan, nämlich den durch den Sechsecktransmitter. Aber im Unterschied zum Flaggschiff der Flotte wird die ANDROTEST in der Lage sein, das Empfängersystem ohne erneuten Transmitterdurchgang zu verlassen und mit eigener Kraft in die heimatliche Galaxis zurückkehren.

Für den Fall, daß irgend etwas schiefgehen sollte, führt die ANDROTEST eine Space-Jet mit sich. Diese befindet sich in einem Hangar der Kommandokugel und hat zweihundert Gravitationsbomben an Bord. Bei Bedarf kann die Space-Jet ausgeschleust und die Bomben gezündet werden. Unsere am Rand der Galaxis stationierten Beobachtungsstationen werden die Explosion orten und feststellen, wie weit sich die ANDROTEST von der Galaxis entfernt befindet. Liegt die Entfernung innerhalb der Reichweite unserer Raumschiffe, wird ihr Hilfe entgegengeschickt, um die Besatzung aufzunehmen und hierher zurückzubringen."

„Und was ist, wenn die Entfernung nicht innerhalb dieser Reichweite liegt?" wandte Oberst Kotranow ein.

Tifflor musterte Kotranow und erwiderte: „Dann müssen Sie an der betreffenden Position warten, bis wir Ihnen auf anderem Weg – etwa mit der ANDROTEST II – zu Hilfe kommen können. Sie haben Wasser und Proviant an Bord, das Ihnen das Überleben auf mehrere Monate hinaus sichert."

Kotranow nickte. Julian Tifflor blickte einige Sekunden nachdenklich zu Boden und wandte sich schließlich an Admiral Hagehet, den Kommandanten des Stützpunktes auf Oppisote.

„Sie haben die Verladung des Nachschubs organisiert, Admiral. Konnten die geplanten Mengen untergebracht werden?"

Onton Hagehet lächelte verkrampft.

„Was die beiden Fragmentraumer der Posbis betrifft, so haben die Nachschubtechniker der Erde dort ganze Arbeit geleistet. Ehrlich gesagt, ich habe nicht einmal geahnt, was man alles aus so einem Schiff ausbauen kann, ohne daß es auseinanderfällt. Praktisch sind die Fragmenter nur noch gigantische Nachschubdepots. Immerhin: Es fehlt nichts, um die CREST II wieder voll flugtauglich zu machen, falls sie schwer beschädigt sein sollte. Zudem haben die Posbis Nahrungsmittel, Medikamente und Nachschubgüter aller Art in ihren Schiffen verstaut. Darunter auch 15 Düsenflugzeuge, wie man sie auf Terra gegen Ende des 20. Jahrhunderts verwendete. Weiß der Teufel, was

NATHAN bei der Zusammenstellung der Ausrüstungsliste dazu bewegte. Die Ladung hat ungefähr 12 Millionen Tonnen. Damit könnte ich eine ganze Schlachtflotte versorgen. Und die ANDROTEST . . ."

Hagehet blickte zu Kotranow hinüber und schüttelte sich. „Als ich dachte, sein Schiff hätte soviel geladen, daß es bald aus den Nähten platzen müßte, meinte er: Nun wollen wir mal sehen, daß wir auch die ANDROTEST beladen!"

Reginald Bull lachte schallend.

Tifflor wandte sich Folger Tashit zu.

„Wie steht es mit der neuen mathelogischen Positronik?"

Folger Tashit wiegte den Kopf.

„Sie ist ganz sicher die leistungsfähigste Kontruktion, die jemals in dieser Größenordnung erbaut wurde." Er zuckte die Schultern. „Nun, dafür ist sie auch auf Siga hergestellt worden. Aber es wird Zeit, daß die Siganesen sich um ein besseres ML-Gehirn bemühen. Lange kann ich mit dem Kasten nicht auskommen."

Julian Tifflor schnappte vor Verblüffung nach Luft.

Allan D. Mercant räusperte sich plötzlich vernehmlich, nachdem er einen Blick auf die Uhr geworfen hatte.

„Schon 13.35 Uhr, meine Herren. Ich schlage vor, daß wir unsere Diskussion abbrechen. Ich möchte Ihnen einen Mann vorstellen, der nicht aus dem Experimentalkommando der Solaren Abwehr kommt wie die übrigen neunundvierzig Mann der ANDROTEST."

Er drückte eine Wähltaste des Interkoms nieder.

„Hat sich Leutnant Hawk schon gemeldet?"

„Ein Leutnant Hawk mit Okrill möchte eintreten", meldete die mechanische Stimme des Pforten-Computers.

„Schicken Sie ihn herein!"

Allan D. Mercant erhob sich und ging dem athletisch gebauten Mann in der dunkelblauen Uniformkombination entgegen, der im geöffneten Schott erschien. Er steuerte ihn auf den Kartentisch zu, ohne das Tier zu beachten, das unbeholfen hinterdreinhumpelte.

„Omar Hawk, Leutnant des Special Patrol Corps", stellte Mercant den Blaugekleideten vor. „Und hier ist sein Okrill. Wie heißt er doch gleich, Leutnant?"

„Sherlock, Sir."

„Sherlock . . . ähem . . . ein gutes Omen, wie? Na schön! Über Tiernamen läßt sich streiten." Mercant wandte sich wieder an die versammelten Offiziere. „Sowohl Leutnant Hawk wie auch Sherlock stammen von Oxtorne, einer 4,8-Gravo-Welt im System der roten Sonne Illema. Die Okrills wurden bisher noch nicht eingesetzt, da sie sich nicht zähmen lassen. Leutnant Hawk ist es als erstem gelungen, einen Okrill abzurichten. Das Tier besitzt insofern großen Wert für uns, als es ein sogenannter Infrarot-Superspürer ist. Selbst noch nach Jahren kann es Ereignisse und Spuren in Details rekonstruieren, wie es die besten Infrarot-Detektoren nicht vermögen."

Mercant legte dem verlegen zu Boden blickenden Leutnant die Hand auf die Schulter.

„Nicht so bescheiden, junger Mann!"

„Bescheiden...!" platzte Oberst Kotranow, dessen Gesicht sich immer mehr gerötet hatte, heraus. „Ich habe selten einen arroganteren Kerl kennengelernt, wie diesen... diesen Tierbändiger. Ja, schauen sie mich nicht so unschuldig an!" brüllte er Hawk an. „Ich habe Sie sofort an der Stimme wiedererkannt – und Ihr Riesenfrosch kommt mir auch bekannt vor. Der Kerl", wandte er sich an die anderen, „hat mir in der Extrem-Sauna die Fäuste in den Rücken gerammt, daß ich glaubte, mittendurch zu brechen!"

Hawk betrachtete angelegentlich seine Hände.

„Tut mir leid, Sir. Ich habe wirklich nur ganz leicht mit der Handfläche zugeschlagen."

„Können wir weitermachen?" fragte Reginald Bull und blickte zur Uhr. „Wir wollen den Starttermin doch möglichst einhalten."

Mercant wandte sich an Hawk, der noch immer mit seinem Okrill vor dem Kartentisch stand. „Setzen Sie sich, junger Mann. Aber denken Sie daran, daß auch unsere Kontursessel nicht unzerstörbar sind!"

9.

Omar Hawk sah den Mächtigen des Solaren Imperiums noch lange über die Außenbeobachtung nach, als sie die Zentrale verlassen hatten. Er beobachtete, wie Solarmarschall Allan D. Mercant zusammen mit Vize-Administrator Reginald Bull einen Verbindungsgleiter bestieg, der die beiden Männer zum Kreuzer der Staatenklasse IRELAND hinüberbrachte.

Hawk seufzte sehnsüchtig. Er kannte die Erde nur von Mikrofilmen und Schilderungen anderer Raumfahrer her. Naturgemäß stellte er sie sich als *das* Paradies schlechthin vor, obwohl ihm seine Vernunft sagte, daß es so etwas niemals geben konnte.

„Achtung! Achtung!" plärrte die Automatenstimme der robotischen Programmkontrolle. „Start in X minus zehn Minuten, vierzig Sekunden. Die Besatzung wird gebeten, die Konturlager und die Funktionskontrolle der Raumanzüge vorzunehmen!"

Hawk drehte sich gemächlich um und rief seinen Okrill. Er überlegte noch, ob er seine Kabine aufsuchen oder das Observatorium für die nächsten Stunden zu seiner Wirkungsstätte machen sollte, als eine barsche Stimme ihn anrief.

„Was stehen Sie noch herum? Haben Sie nichts zu tun?"

Hawk wandte sich Oberst Kotranow zu, denn er war es, der ihn angerufen hatte.

„Ich war gerade auf dem Weg zum Observatorium." Er sagte es in gleichgültigem Ton, aber ohne jede Herausforderung. Immerhin war Oberst Kotranow für die Dauer dieses Einsatzes sein Kommandant und Vorgesetzter.

„Dann gehen Sie hin! Nehmen sie aber Ihren Riesenfrosch mit; ich möchte nicht, daß er die Zentrale demoliert!"

Das Observatorium der ANDROTEST I befand sich in schwindelnder Höhe über dem Raumfeld.

Omar Hawk nickte dem diensttuenden Chefastronomen des Schiffes zu und ließ sich in den nachgebenden Kontursessel sinken. Er tat es äußerst vorsichtig. Dennoch knirschte das Gestell in allen Fugen. Der

112

Okrill streckte sich einfach neben ihm aus und starrte mit seinen pupillenlosen Augen, die zartbesaiteten Gemütern regelmäßig einen Schreikrampf entlockten, auf die Bildschirme.

Es schien, als musterte der Okrill interessiert die Vorgänge draußen auf dem Raumfeld. Hawk wußte, daß das nicht der Fall war. Okrills waren Tiere ohne Vernunft im menschlichen Sinne. Sie besaßen etwa die Intelligenz eines terranischen Schäferhundes, vielleicht auch ein wenig mehr, aber sie als vernunftbegabte Wesen zu bezeichnen, wäre glatte Übertreibung gewesen.

Die ANDROTEST I war ein äußerst kompliziert zusammengesetzter Mechanismus. Kaum etwas außer einigen Arbeitsprinzipien hatte von anderen Linearschiffstypen übernommen werden können. Hier war tatsächlich in mühevoller Kleinarbeit etwas nahezu völlig Neues geschaffen worden.

„X minus zehn Sekunden!" schnarrte die Stimme des Automaten.

Hawk wandte den Kopf und sah dem Chefastronomen zu, der ebenso wie er selbst mit beiden Händen die Refraktorsteuerung berührte, die sich an den vorderen Enden der Armlehnen befand. Hawk bewunderte den Mann. In diesen Augenblicken schickte sich ein Schiff an, das erregendste Experiment aller Zeiten zu wagen, und der Astronom beobachtete die Sterne einer fremden Galaxis, als befände er sich auf einem stationären Observatoriumsschiff.

Leichtes Vibrieren durchlief den gigantischen Schiffsleib.

„Fünf... vier... drei... zwei... eins... Null! – Start!" quäkte die mechanische Stimme. „Start!"

Zerflatternde Fetzen hellgrüner Zirruswolken wanderten über die Bildschirme, von oben nach unten. Ein blendender Sonnenstrahl zuckte durch die gewölbte Klarsichtplastkuppel rund um den Refraktor und erlosch wieder. Übergangslos wurde der Horizont zu einer schwarzen Mauer. Immer mehr Sterne tauchten flimmernd auf, bis der Himmel damit angefüllt schien.

Das Vibrieren des Schiffes ließ nach.

Omar Hawk mußte plötzlich wieder an Oxtorne denken, an die pulsierende rote Sonne Illema und an die Blizzards, die sich unaufhörlich mit heißen Wirbelstürmen ablösten. Die undurchdringlichen, eisenharten Wälder der Messerbäume, die tosenden Wasserfälle zwischen berstenden Felsen und niedergehenden Steinlawinen, die Herden der Mamus, verfolgt von Okrill-Rudeln, das im Tosen der Stürme stehende Kuppelhaus auf dem Felsbuckel am Rande der Chliit-Sümpfe, die Ansiedlung in der Geröllwüste mit ihren zahllosen Kuppelbauten, die saurierhaft im Gelände herumkriechenden Baumaschinen, die Quadratkilometer um Quadratkilometer die Natur unterwarfen – das war Oxtorne. Menschen, die ihr hartes Dasein verfluchten, Menschen, die täglich neu den Kampf gegen eine unbarmherzige Natur aufnahmen. Die junge Generation, zu der auch er gehörte, die völlig angepaßt war an die Bedingungen dieser Extremwelt und die dabei war, Pläne zur Zähmung der Sonne zu verwirklichen – auch das war Oxtorne.

Hawk lächelte.

Und ein Raumschiff, das sich anschickte, die erste Etappe auf dem Weg nach Andromeda zurückzulegen – war das nicht auch Oxtorne...?

Ein berauschendes Glücksgefühl durchströmte ihn, während die ANDROTEST I durch die Abgründe von Raum und Zeit dahinjagte, während immer wieder die metallisch klingende Stimme des Automaten ertönte, den Eintritt in den Linearraum ankündigte – und das Verlassen des Linearraums...

Der Lautsprecher der Rundsprechanlage sprach an. Kommandant Kotranow gab seine Anweisungen an die Besatzung durch.

„Ich habe die Sechseck-Konstellation im Refraktor", sagte der Astronom neben Hawk wie beiläufig.

Hawk trat neben den hageren Mann mit den ausdrucksvollen Glutaugen. Behutsam legte er die Hand auf seine Schulter.

Er war froh, zu diesen Menschen zu gehören.

Major Ez Hattinger erhob sich vom Platz des Kommandanten und erstattete Oberst Kotranow Meldung. Er hatte das Schiff kommandiert, während der Oberst im Verlauf seiner Freiwache ein wenig auf Vorrat geschlafen hatte.

„Wir werden den Sonnentransmitter in etwa zwanzig Stunden erreichen. Geschwindigkeit 0,5 Licht. Keine besonderen Vorkommnisse."

„Danke." Kotranow nahm Platz und überflog die Kontrollen. „Sie können sich auch noch etwas ausruhen."

„Wenn Sie gestatten, bleibe ich hier", erwiderte Hattinger. „Ich möchte mir nichts entgehen lassen."

Kotranow lächelte, wurde aber gleichzeitig ein wenig blasser.

„Die entscheidenden Ereignisse werden wir sowieso nicht miterleben. Sie wissen ja: Tiefkühlnarkose."

„Ich würde es auch vorziehen, die Transmission bewußt zu erleben. Aber Sie wissen ja, daß man durch den Schock den Verstand verlieren kann. Die ‚Gefrierfleischnarkose' gibt uns wenigstens in der Beziehung etwas Sicherheit."

Major Hattinger ließ sich auf einem der Notsitze nieder und begann sich eine Pfeife zu stopfen. Als er fertig war, deutete er mit dem Pfeifenstiel auf den Frontbildschirm.

„Das da vorn könnte der Sonnentransmitter sein."

Kotranow hob den Kopf.

„Ich kann nichts erkennen. Wenn ich nicht das laufende Diagramm des Schwerkraftfeld-Orters sähe, würde ich die Sechseckkonstellation nie herausfinden."

„Ich auch nicht. Es ist wie bei einem Fixierbild. Je länger man hinsieht, desto mehr verschieben sich die Konstellationen. Mindestens neun verschiedene Sternensechsecke habe ich vorhin ausgemacht. Hinterher war alles nur optische Täuschung. Man sieht halt mit bloßem Auge die Entfernungen nicht."

Kotranow nickte. Mit angespanntem Gesicht beobachtete er das Schwerefelddiagramm, dann betätigte er die elektronischen Markierungsschaltungen. Auf dem Frontbildschirm entstanden sechs rotglühende Dreiecke, deren Spitzen jeweils auf einen blauschimmernden Riesenstern zeigten.

„Da! Das sind sie. Wir nähern uns der Sechseckebene schräg von oben. Leider sind sie zu nah, als daß wir noch ihre symmetrische Stellung erkennen können."

Hattinger blinzelte und beugte sich ein wenig vor. Er blies eine blaue Qualmwolke auf einen der Ortungsschirme.

„Dort sind die Posbis, Sir. Vielleicht sollten wir sie noch einmal anrufen."

Kommentarlos schaltete der Kommandant sein Bildsprechgerät zur Funkzentrale durch.

„Kanalverbindung zu BOX-9780 und BOX-9781, synchron!"

Sekunden später erschienen auf zwei Bildschirmen des Telekoms die Symbole der beiden Posbi-Kommandanten. Der Einfachheit halber hatte Kotranow sich mit ihnen auf die Bezeichnung P-1 und P-2 geeinigt.

„ANDROTEST I an P-1 und P-2! Wir nähern uns dem Zentrum des Sonnensechsecks. Bitte schließen Sie näher auf. Wie klappt es mit der Kurs-Koordination?"

„Hier ist alles in Ordnung", antworteten die beiden unsichtbaren Posbi-Kommandanten gleichzeitig. „Wir sind bereit zum Durchgang. Aufschließung erfolgt auf eine Distanz von vier Kilometern. Vergessen Sie nicht die Tiefkühlnarkose – Ende."

„Ende!" sagte Kotranow. Er wandte sich zu Hattinger um. „Somit wäre alles klar. Sie können mir bei der letzten Überprüfung der Selbststeuer-Programmierung helfen. Vorher werde ich noch einige Anweisungen an die Besatzung durchgeben."

Omar Hawk beruhigte seinen Okrill. Das Tier sträubte sich gegen die Bemühungen des Medo-Robots, ihn an den Wiedererweckungskreislauf anzuschließen.

Endlich lag der Okrill still und ließ alles mit sich geschehen. Hawk legte sich ebenfalls auf ein Konturbrett. Das Innere seiner Kabine glich einem medizinischen Behandlungsraum. Alle Kabinen in der ANDROTEST I sahen so aus.

Winzige Nadelstiche rannen durch seine Adern, als der Robot bei ihm die Anschlüsse an das TK-Narkose-Aggregat vornahm. Eine Hochdruckdüse zischte. Der Roboter beugte sich über ihn.

„Alles in Ordnung, Sir."

Hawk grinste. Ihm kam es vor, als gehorchten ihm die Gesichtsmuskeln nicht mehr. Er atmete in immer größeren Abständen. Eiseskälte breitete sich im Körper aus.

Omar Hawk wunderte sich nach einer Weile, daß er immer noch bei Bewußtsein war. Hatte die Tiefkühlnarkose nicht gewirkt? Zwar besaß er weder Gefühl noch Kontrolle über seinen Körper, aber er war sich seiner Existenz bewußt. Bunte Schleier bildeten rasch wechselnde Konturen vor seinen Augen. Ihm schien es, als stürzte er einmal darauf zu und entfernte sich ein andermal wieder.

116

Die Dosis war zu gering für meinen Metabolismus! Hawk erkannte mit Schrecken den Fehler, der dem Medo-Robot unterlaufen war, unterlaufen sein mußte. Als Extremwelt-Geborener war er um einen Faktor drei widerstandsfähiger als alle Erdwelt-Geborenen. Das traf natürlich nicht nur auf Naturbedingungen zu, sondern auch auf künstlich hervorgerufene. Die Tiefkühlnarkose war eine solche künstlich hervorgerufene Bedingung. Sie hatte zwar seinen Körper erstarren lassen, doch sein Geist war lebendig geblieben.

Ein flimmernder Regenbogen zerfloß zu schillernden, öligen Lachen. Das monotone Donnern eines Wasserfalls nahm an Heftigkeit zu. In dieses Geräusch mischte sich eine schrille Melodie, dicht an der oberen Grenze des menschlichen Hörvermögens.

Ein Gesicht tauchte aus den bunten Kreisen und rotierenden Flekken auf – und zerfloß, bevor seine Konturen deutlich geworden waren. Ein zweites Gesicht bildete sich, wurde zu einem Kreis höhnisch grinsender Fratzen, tauchte unter, kam zurück, verschwand in einem Wirbel wogender Farben und rauschender Sinfonien. Tausende Flammen züngelten plötzlich aus dem Farbkreisel hervor, griffen mit spitzen, heißen Fingern nach Omar Hawks Augen, krochen hinein und verteilten sich von dort aus im ganzen Körper. Es war, als würden Tausende Nadeln zustechen, wieder und wieder.

Abrupt entfernte sich der Schmerz.

Der Farbkreisel stand still.

Nun formten sich deutliche Konturen aus der ursprünglich amorphen Masse. Die Konturen besaßen Ähnlichkeit mit einem menschlichen Gesicht, dennoch wirkten sie unmenschlich in ihrer lächelnden Starre. Nur in den rötlich leuchtenden Augenzellen herrschte Bewegung.

Omar Hawk wollte sich aufrichten.

Sofort wurde das Gesicht undeutlich.

„Bleiben Sie liegen, Sir!" Die mechanische Stimme besaß einen sanften Klang. Psychologen hatten sie auf spezifische Wirkung abgestimmt. Omar Hawk wußte plötzlich, wem das Gesicht gehört hatte. Er beruhigte sich und versuchte zu lächeln. Das Gesicht des Medo-Robots wurde deutlicher. „Sie haben es gut überstanden."

Hawk schloß seufzend die Augen.

Aber nur für Sekunden.

Dann fuhr er in jählings erwachter Erinnerung hoch. Einen Herzschlag lang drohten die Konturen des Medo-Robots und der Kabine wieder zu verschwimmen, doch Hawk kämpfte die Schwäche nieder.

„Wo... wo... sind wir? Ist die... die..."

„Die ANDROTEST I befindet sich im Empfängersystem, Sir. Bitte, legen Sie sich wieder hin. Sie brauchen noch Ruhe. Sie sind der einzige, der bisher aus der Tiefkühlnarkose erwacht ist."

„Kann ich mir denken!" Unwirsch schüttelte Hawk den Kopf. „Ich bin ein Umweltangepaßter von einer Extremwelt. Kein Wunder, daß ich als erster erwachte. Ich war übrigens gar nicht bewußtlos."

„Doch, Sir. Sie zeigten keinerlei Reaktionen."

Hawk winkte ungnädig ab und schob den Roboter, der ihn sanft auf das Konturlager zurückdrücken wollte, beiseite. Er grinste unwillkürlich, als der von seiner Körperkraft überraschte Medo-Robot strauchelte.

„Nun, bin ich wieder fit oder nicht?" fragte er. Er stand völlig auf und reckte sich.

„Sie scheinen gesund zu sein, Sir", erwiderte der Roboter sachlich. „Bitte, melden Sie sich in einer Stunde zur Nachuntersuchung im Krankenrevier."

Omar Hawk sah dem durch die Kabinentür verschwindenden Medo-Robot verblüfft nach, dann lachte er.

Doch sein Gelächter brach ab, als er den ersten Blick auf die eingeschaltete Bildübertragung warf.

In geringer Entfernung pulsierten zwei Sonnen, als müßten sie sich von einer gewaltigen Anstrengung erholen. Das aber war es nicht, was das Gefühl eisiger Kälte in Hawk hervorrief.

Es war das, was sich hinter den Doppelsonnen befand.

Es war der gähnende Abgrund des Nichts...

Als Omar Hawk die Kommandozentrale betrat, erschauerte er. Hier sah es aus wie in einem Totenschiff.

Das einzige, was zu leben schien, waren die rötlichen Augenzellen der Medo-Roboter. Unbeweglich standen die Maschinen neben den steif auf den zurückgeklappten Kontursesseln liegenden Leuten der Zentrale-Besatzung. Hawk wünschte, er hätte seinen ebenfalls erwachten Okrill mitgebracht, dann wäre der Eindruck vielleicht weniger gespenstisch gewesen.

Hawk drückte sich an Oberst Kotranow vorbei, ohne mehr als einen flüchtigen, scheuen Blick auf dessen wächsernes Antlitz zu werfen. Er beugte sich vor und betätigte die Einstellung der Ortungsschirme. Trotz beachtlicher Störfelder der beiden Sonnen erhielt er ein brauchbares Resultat. Nach einer Viertelstunde besaß er einen ersten Überblick. Die beiden gelben Doppelsonnen wurden von einem Ring aus sieben Planeten umlaufen.

Es mußte sich um ein künstlich geschaffenes System handeln, denn jeder Planet hielt sowohl den gleichen Abstand vom nächsten wie auch von den Sonnen – bis auf eine Ausnahme. Zwischen zwei Planeten existierte ein doppelt so großer Abstand wie zwischen allen anderen. Es schien Hawk, als hätte dort einst ein achter Planet gestanden, der dann verschwunden war.

Es gab keinen Zweifel, dies mußte das Empfängersystem sein!

Aber wenn es so war, wo befand sich dann die CREST II . . .?

Hawk schüttelte den Kopf über seine eigene Ungeduld. Niemand konnte erwarten, sofort nach dem Auftauchen das Flaggschiff der Solaren Flotte zu orten. Es konnte sowohl auf einem der Planeten gelandet sein wie auch hinter einem Planeten oder einer Sonne stehen. Dann würde die Ortung vergeblich laufen. Der nächste Schritt war die Absetzung eines Hyperkomspruchs. Aber Hawk kannte den derzeitigen Kode der Solaren Flotte nicht, und unbefugt wollte er sich nicht in der Funkzentrale zu schaffen machen. Schließlich mußten die anderen neunzig Mann der Besatzung auch bald erwachen.

Er atmete auf, als er die Echodiagramme der überlichtschnellen Hyper-Funkmessung als typisch für Fragmentschiffe erkannte. Die beiden Posbiraumer waren demnach ebenfalls gut durch den Sonnentransmitter gekommen. Die Anwesenheit der biopositronischen Roboter mit ihren gigantischen fliegenden Nachschubdepots gab ihm ein Gefühl der Sicherheit.

Bald jedoch machte sich wieder Nervosität bemerkbar. Die gähnende Leere hinter den Sonnen wirkte bedrückend. Hawk erinnerte sich, als kleiner Junge einmal eine Nacht lang in den von dunklen Wolken bedeckten Tonsümpfen Oxtornes umhergeirrt zu sein. Dort war er sich ebenso verlassen vorgekommen wie hier.

Er klappte einen Notsitz auf und aktivierte das große Elektronen-Teleskop. Der Projektorschirm vor ihm begann zu glühen, dann flatterten streifige Muster darüber hinweg, die sich schließlich zu einem postkartengroßen, silbrig schimmernden Lichtfleck ballten.

Omar Hawk war nicht als Navigator ausgebildet. Mit Hilfe der Navigations-Positronik stellte er jedoch rasch fest, daß es sich bei dem silbrig schimmernden Nebelfleck um die heimatliche Milchstraße handelte.

Dann lieferte die Positronik das Bild eines zweiten Nebels, der bei gleicher Vergrößerung kleiner und undeutlicher erschien.

Es war die Galaxis Andromeda!

Und zwischen beiden Sterneninseln, im Bannkreis eines künstlichen Sonnensystems, schoß die ANDROTEST I in freiem Fall durch den Raum.

Die Kommandozentrale der ANDROTEST I glich einem Hexenkessel.

Nachdem die gesamte Besatzung des Schiffes aus der Tiefkühlnarkose erwacht und von den Medo-Robotern auf die Beine gebracht worden war, hatte Oberst Pawel Kotranow niemanden mehr zur Ruhe kommen lassen.

In allen Abteilungen des Schiffes wurde fieberhaft und konzentriert gearbeitet. Überall dort, wo Leute entbehrt werden konnten, hatte Kotranow sie jedoch den Stationen zugeteilt, die seiner Meinung nach Schwerpunktarbeit zu leisten hatten.

Das waren die Ortungszentrale mit den verschiedenen angeschlossenen Meßstationen, die Funkzentrale und die Mathelogisch-Positronische Datenauswertung unter der Leitung von Chefwissenschaftler Folger Tashit.

Omar Hawk hatte auf seine Bitte, ihm eine Aufgabe zuzuweisen, nur die lakonische Antwort erhalten, sich bis auf Abruf bereitzuhalten. Daraufhin kam er sich reichlich überflüssig vor, bis ihn Oberst Kotranow nach einigen Stunden zu einer Besprechung an den Kartentisch rief. Anwesend waren außerdem Major Tong-Jaho, Major Ez Hattinger und Chefwissenschaftler Folger Tashit.

„Kurz zur Lage, meine Herren: Zweifellos befinden wir uns im

120

Empfängersystem des galaktozentrischen Sechsecktransmitters. Es kann auch kein Zweifel daran bestehen, daß es mit dem identisch ist, von dem aus der Großadministrator uns das Signalschiff geschickt hat. Entfernung und Position relativ zu unserer Milchstraße und Andromeda stimmen mit den Werten überein, die die Raumstation EIN-STEIN bei der Explosion der SIGNAL bestimmte und die von NA-THAN rekonstruiert wurden."

„Dann hätten wir aber entweder die CREST II oder die BOX-8323 finden müssen", warf Hattinger ein.

Über Kotranows Gesicht flog ein Schatten.

„Ganz recht. Unsere Ortungszentrale verfügt über die beste Ausrüstung, die die Solare Flotte überhaupt besitzt. Dazu kommen die Ortungsspezialisten, die dort sitzen. Solarmarschall Tifflor rechnete anscheinend bereits mit Schwierigkeiten. Deshalb stellte er uns die ausgesuchtesten Leute zur Verfügung. Dennoch wurde weder eine Spur der CREST II noch der BOX-8323 gefunden. Das allein würde mich nicht weiter beunruhigen. Zwei Raumschiffe, und wenn es Giganten für unsere Begriffe sind, stellen relativ zu einem Sonnensystem nur unscheinbare Stäubchen dar. Wir müßten schon jeden Planeten einzeln absuchen, um einigermaßen sicher zu sein, daß sich dort kein Schiff befindet.

Schwerwiegender ist schon die Meldung der Funkzentrale. Zuerst wurde nur der Koderuf der Flotte gesendet. Als das nichts half, stellten wir jegliche Vorsicht hintenan und sendeten auf allen Frequenzen, sowohl im Hyperkombereich wie auch im Telekom-, Ultrakurzwellen- und Neutrino-Schwingungsbereich. Nichts . . ."

„Ich habe die Daten ausgewertet", sagte Folger Tashit gleichmütig.

„Und?" fragte Kotranow.

Tashit zuckte die Schultern. Umständlich zog er eine Symbolschablone hervor und legte sie auf den Tisch. Die zweipolige, mit einer verwirrenden Fülle eingestanzter Symbole bedeckte Magplastkarte wurde von Kotranow und Hattinger enttäuscht gemustert.

Folger Tashit würdigte sie keines Blickes. Er faltete die Hände und starrte mit seinen verträumt wirkenden Braunaugen über die anderen hinweg.

„Mann, nun reden Sie endlich!" Hattinger knallte die Faust auf den Tisch.

Vorwurfsvoll schüttelte Tashit den Kopf.

„Nicht so stürmisch, junger Mann! Schließlich habe ich noch andere Probleme im Kopf. Da muß man erst einmal sortieren." Er rieb sich über den schmalen Nasenrücken. „Aha! Jetzt habe ich's! Die ML-Positronik gibt mit 71,8 Prozent Wahrscheinlichkeit an, daß Perry Rhodan dieses System bereits verlassen hat. Mit 19,1 Prozent errechnete sie den möglichen Untergang beider Schiffe und mit 9,1 Prozent die Möglichkeit, daß die Schiffe sich auf einem der Planeten verbergen und die Funkgeräte ausgefallen sind."

Oberst Kotranow erbleichte bis unter die Haarwurzeln.

„Ihre neuartige Mathelogische Positronik in Ehren, Tashit, aber ich kann nicht glauben, daß Rhodan dieses System schon verlassen hat. Zugegeben, die Explosion der SIGNAL wurde am 31. 8. registriert. Jetzt schreiben wir den 5. 10. 2400. Inzwischen kann viel geschehen sein, aber die lunare Inpotronik NATHAN hat errechnet, daß er sich noch hier befindet. Solarmarschall Tifflor und Vize-Administrator Bull waren übrigens der gleichen Meinung. Sie meinten, daß Rhodan das Empfängersystem nur verlassen würde, wenn mit größter Wahrscheinlichkeit die Rückkehr in die Heimatgalaxis möglich sei – und sie müssen ihn am besten kennen."

„Das will ich nicht abstreiten", sagte Folger Tashit aufreizend langsam und bedächtig, „aber es gibt ja immerhin noch zwei andere Möglichkeiten. Der errechnete Wahrscheinlichkeitsgrad ist so lange zweitrangig, wie wir der ML-Positronik keine lückenlosen Fakten geben können."

„Was ist Ihre Meinung, Tong-Jaho?" fragte Kotranow.

Der Chefingenieur strich sich über die schwarzen, strähnigen Haare und entblößte sein Pferdegebiß.

„Ich meine, daß Perry Rhodan auf jeden Fall, welche der theoretischen Möglichkeiten auch zutreffen sollte, irgendwelche Spuren hinterlassen hat – wenn nicht im Raum, dann auf einem Planeten."

Kotranow nickte.

„Das ist auch meine Meinung. Wir werden also systematisch suchen. Das Schicksal möge uns davor bewahren, daß Tashits zweite Möglichkeit zutrifft." Er straffte sich. „Major Hattinger! Sie übernehmen die startbereite Space-Jet mit der normalen Besatzung; zusätzlich wird Leutnant Hawk mit seinem Okrill Sie begleiten. Ziel ist der größte Planet dieses Systems. Es handelt sich um einen dreifach jupitergroßen Giganten mit einer Schwerkraft von 5,9 Gravos. Die Atmosphäre ist atembar, aber benutzen Sie dennoch die Schutzanzüge. Die Oberfläche ist durchweg eine heiße Wüste, mit tätigen Vulkanen bedeckt und voller Aschenregen, Lavaströme und giftiger Gasschwaden.

Was mich stutzig machte, war eine eng begrenzte Stelle starker, radioaktiver Strahlung genau auf der Äquatorlinie.

Die ANDROTEST wird sich auf einen stationären Orbit über dieser Stelle begeben, während die Space-Jet ausschleust und zur Oberfläche vorstößt. Eine Landung wird nur nach vorheriger Rücksprache mit mir durchgeführt. Ist das klar, Major?"

Hattinger erhob sich.

„Klar." Er grinste Hawk unsicher an. „Kommen Sie, Leutnant. Für Sie wird ein 5,9 Gravo-Planet ein Labsal sein, wenn ich nicht irre. Aber wir anderen . . .?"

„Ziehen einen Einsatzanzug mit Antigrav an", erwiderte Hawk schlagfertig.

Hattinger verzog das Gesicht.

10.

Die Space-Jet vollführte eine scharfe Schwenkung, als in Fahrtrichtung eine rotleuchtende Glutwolke emporschoß und sich in den obersten Schichten der Atmosphäre pilzförmig ausbreitete.

„Das war ein Vulkanausbruch", bemerkte Hawk.

„Ich weiß." Hattinger drehte sich nicht um. Er konzentrierte sich ganz auf die Steuerung des bewaffneten Aufklärers. „Wir hätten nicht auszuweichen brauchen. Es war eine reine Reflexreaktion."

Der Kopilot neben ihm lachte nervös.

„Es hat verdammt echt nach einer Atomexplosion ausgesehen."

„Die Natur hat stärkere Sachen auf Lager als Atomexplosionen", gab Hattinger spöttisch zurück. „Verlieren Sie mir die Quelle der

Radioaktivität nicht aus den Augen. Wir müssen so nahe heran wie möglich."

Der Schutzschirm des relativ kleinen Raumschiffes leuchtete gelblichrot, als sie einen mit Sand vermischten, dahinrasenden Aschenwirbel durchstießen. Darunter kamen von wabernder Luft bedeckte nackte Gesteinsformationen zutage.

„Kurskorrektur drei Strich nach Backbord", meldete der Kopilot.

Hattinger führte mit schlafwandlerischer Sicherheit das Manöver durch. Die Space-Jet raste dicht über einen glühenden Lavastrom dahin, peitschte violette Gasschwaden auseinander und wich dem Kegel eines tätigen Vulkans aus. Die beständig überquellende Lava rief den Eindruck eines brodelnden Kessels hervor. Der Funker warf einen Blick darauf und seufzte.

„Massetasterausschlag!" schrie der Kopilot plötzlich.

„Halten Sie die Position fest und lassen Sie das Diagramm durch den Analyseautomaten gehen!" befahl Hattinger. „Ich kann jetzt nicht so schnell bremsen."

Omar Hawk drehte sich um, als der Okrill gurgelnde Laute auszustoßen begann. Das Tier hatte das Maul leicht geöffnet. Die Beinmuskeln zuckten. Wahrscheinlich spürte es instinktiv die Gefahr, die auf dieser Welt lauerte.

Hawk legte ihm die Hand auf den Kopf.

„Hiih, Sherlock, hiih!"

Langsam entspannte sich der Okrill wieder, Hawks Stirn bedeckte sich mit feinen Schweißperlen. Bisher hatte der Okrill noch nie Schwierigkeiten bereitet, aber bisher hatten sie beide auch noch keinen ernsthaften Einsatz absolviert. Dies hier würde vielleicht die Feuertaufe werden, und dann erst mußte sich herausstellen, ob er das als unzähmbar geltende Tier tatsächlich fest in seiner Gewalt hatte.

Zwischen Hattinger und dem Kopiloten flogen abgehackte Sätze und Zahlenwerte hin und her.

„Achtung!" schrie Hattinger über den jählings anschwellenden Ton der Triebwerke. „Wir landen!"

Wirbelnde, schwarze Aschewolken, glühender Staub und aufflammende Gasschwaden zogen an den Bildschirmen der Panoramagalerie vorüber. Es war, als tauche die Space-Jet in einen Höllenschlund. Aus den achtzehn Projektionsfelddüsen des Ringwulstes brach blauweißes

Feuer. Das ohrenbetäubende Dröhnen der Triebwerke stieg noch einmal an, kippte in schrillem Diskant über und lief in immer dumpfer werdendem Röhren aus.

„Fertig!" sagte Hattinger.

Omar Hawk sah auf den Bildschirmen nichts als eine aufgewirbelte schwarze Wand, die sich rasend schnell von der Space-Jet entfernte. Die urweltlichen Geräusche, von den Außenmikrophonen aufgenommen und in die Zentrale übertragen, verebbten jedoch nicht völlig. Übrig blieb auch nach dem Abschalten der Triebwerke und dem Auslaufen der davongeschleuderten Schuttwalze ein an- und abschwellendes Orgeln, Prasseln, Knistern und Heulen.

„Willkommen auf der Welt für harte Männer!" kommentierte Hattinger sarkastisch. „Ich erwarte Klarmeldungen. Inzwischen sollte es möglich sein, die Strahlung zu analysieren."

„Der Massetasterausschlag, Sir", erinnerte der Kopilot.

„Ach ja! Nun, was haben Sie herausbekommen?"

„Nicht klar zu definieren. Es könnte sich um Metallplastik handeln. Andererseits liegen hier eine Menge Erzadern offen, und die Atmosphäre ist beinahe gesättigt mit Kohlenstoffverbindungen, so daß wir es durchaus mit einer Überlagerung zweier Naturerscheinungen zu tun haben könnten."

„Masse?" fragte Hattinger leise.

„Etwa achtzehn Tonnen."

Hattingers Wangenmuskeln begannen zu arbeiten. Ansonsten rührte sich nichts in dem kantigen, etwas brutal wirkenden Gesicht.

„Zu wenig für natürliche Vorkommen, mein Lieber", stellte er endlich fest. „Wissen Sie, was eine Masse von achtzehn Tonnen hat?"

Der Kopilot riß die Augen weit auf.

„Ein Shift . . .!"

„Ja." Hattingers Lippen wurden zu einem blutleeren Strich. „Ein Shift der Solaren Flotte . . .

Aber zuerst möchte ich wissen, was die radioaktive Strahlung da vorn zu bedeuten hat."

Es könnte sich um nicht restlos verglühte Triebwerksmeiler eines Raumschiffes handeln – eines sehr großen Raumschiffes . . .

Hawk hatte die Bemerkung schon auf der Zunge. Aber er schluckte sie wieder herunter.

Major Ez Hattinger stand breitbeinig in der Hauptzentrale der Space-Jet und ließ den Symbolstreifen der Analyseautomatik durch seine Finger gleiten. Er hielt die Augen geschlossen. Nur die Lippen bewegten sich in stummem Selbstgespräch.

Omar Hawks Blicke hingen erwartungsvoll an dem Major. Er sah, daß Hattingers stark ausgeprägter Adamsapfel auf und nieder hüpfte. Die Spannung lud die Atmosphäre in der Zentrale förmlich auf. Hawk wußte, wie Hattinger die Symbole des Analyseautomaten entzifferte – und auswertete. Er erfühlte die Informationen mit den Fingerspitzen, als handle es sich dabei um Blindenschrift. Es gab nur wenige Leute, die dazu fähig waren. Hawk begann zu ahnen, warum der relativ junge Mann Erster Offizier eines Spezialschiffes der Solaren Flotte geworden war.

Ein seltsamer Laut entrang sich so unverhofft Hattingers Kehle, daß Hawk sein Herz schmerzhaft bis zum Halse schlagen hörte. Er wurde weich in den Knien.

Da lachte der Major.

„Es war nicht die CREST II!" Er schwenkte den Symbolstreifen wie eine Siegestrophäe. „Die Strahlung stammt von einem gigantischen Fusionskraftwerk, das nach einem ganz anderen Prinzip gearbeitet hat als die bekannten Schiffsmotoren.

Dennoch haben wir hier den Zipfel einer Spur gefunden. Das Kraftwerk wurde nämlich von Waffen vernichtet, wie sie die CREST II mitführte."

„Das ... das ..." Der Kopilot geriet ins Stottern. „Das kann doch nicht aus dem Streifen hervorgehen. Er ist doch noch gar nicht von der Positronik ausgewertet!"

Major Hattinger drückte ihm, übermütig lachend, den Streifen in die Hand.

„Bewahren Sie ihn wie Ihre Seele, mein Lieber! Folger Tashit kann ihn später auswerten." Sehr ernst setzte er hinzu:

„Nicht, daß ich leichtfertig urteile, aber für die Auswertung dieser Automat-Analyse brauche ich keine Positronik."

Nein, du nicht! dachte Hawk. *Und ich glaube dir!* Er merkte nicht, daß ihm die Freudentränen über die Wangen liefen.

Ein gezischter Befehl, das vage Huschen eines Schattens, ein dumpfer Aufprall . . .

Der zusammengeduckte Körper des Okrill landete unmittelbar neben Omar Hawk. Sofort legte der Leutnant dem Tier die Hand auf den Kopf. Er blickte durch die dahinjagenden Dunstschwaden zur geöffneten Bodenschleuse der Space-Jet hinauf. Ein Glutorkan pfiff und stöhnte um das Hindernis, um die vier Teleskopstützen und die beiden am Boden hockenden Gestalten, den Menschen und das Tier.

Omar Hawk schob die Mikrophonleiste des Funkhelms über die Lippen. Er hatte sich geweigert, einen Raumanzug anzuziehen. Das glaubte er der Ehre seiner Heimatwelt zu schulden, daß er vor den relativ geringen Unbequemlichkeiten nicht gleich kapitulierte. Gewiß, Oxtorne war dagegen ein klimatisiertes Sanatorium, aber wenn die Ausbrüche der Sonne Illema ihr Maximum erreichten, herrschten in den Bergen seiner Heimat ähnliche Bedingungen – und die jungen Männer zogen zu diesen Zeiten aus den festen Ansiedlungen hinauf, um sich zu bewähren.

„Wollen Sie nicht lieber oben bleiben, Sir?" fragte Hawk.

„Unsinn!" krachte es aus den enganliegenden Empfängern. Gleich darauf prallte neben ihm die in den Einsatzanzug gehüllte Gestalt Hattingers auf den felsigen Boden.

Hawk lächelte. Er packte den Major am Arm, zog ihn hoch und befestigte seine Leine an dem Karabinerhaken von Hattingers Schultergurt. Nun konnten sie wenigstens nicht getrennt werden. Zwar traute er Hattinger keine Unvorsichtigkeit zu, aber mit der Zeit würde es ihm schwerfallen, gegen die Schwerkraft des Planetengiganten anzukämpfen. Dann wäre er versucht, seinen Antigrav auf Erdschwere einzustellen – und das durfte man bei den jäh hereinbrechenden Wirbelstürmen nicht. Mindestens zwei Gravos wurden benötigt, um einen Körper nicht zum Spielball des Sturmes werden zu lassen. Diese Welt war nicht für Menschen geschaffen.

„Kommen Sie, Sir!" sprach er ohne sichtbare Anstrengung ins Mikrophon. „Der Shift muß ganz in der Nähe liegen."

Als sie zehn Minuten gegangen waren, ohne weiter als einen halben Meter sehen zu können, fragte Hattinger atemlos:

„Woher wissen Sie überhaupt, daß wir uns auf dem richtigen Weg befinden?"

„Ich folge nur dem Okrill. Er sieht den Shift bereits. Das Fahrzeug liegt auf der rechten Seite. Die Luke ist offen."

Hattinger keuchte.

„Woher wissen Sie das?"

Hawk lachte mühsam.

„Zwei Hirnschwingungsverstärker. Einer bei mir und einer bei Sherlock. Ich kann indirekt an seinen Wahrnehmungen teilnehmen. Die Apparate sind direkt ins Sehzentrum einoperiert. – Ah! Nur noch fünf Meter etwa. – Vorsicht! Hinlegen! Glühender Sand!"

Hawk warf sich vornüber und zerrte gleichzeitig an dem Seil, um Hattinger auf den Boden zu zwingen. Kaum lagen die beiden Männer, da donnerte ein mit glühenden Sandkörnern vermischter Orkan über sie hinweg. Hawk barg den Kopf zwischen den Armen und ließ mit stoischer Ruhe alles über sich ergehen. Hattinger dagegen war ein wenig auf die Seite gerollt und fluchte, weil der glühende Sand einen Teil der Helmscheibe undurchsichtig gemacht hatte.

Dann – ohne Übergang – war der Sturm vorüber. Es wurde relativ ruhig. Nur einzelne leuchtende Gasschwaden zogen rasch über den wie ein abstraktes Gemälde wirkenden Himmel.

Deutlich war das Niesen des Okrill zu hören.

Hattinger stöhnte.

„Ich glaube gar, Ihr ‚Spürhund' hat sich erkältet!"

„Nein." Hawk lachte. „Er niest immer, wenn er sich besonders wohl fühlt."

Er erhob sich und folgte dem voranhüpfenden Okrill schneller als zuvor. Hattinger hatte Mühe, das Tempo mitzuhalten. Dennoch murrte er die ganze Zeit unzufrieden vor sich hin. Er schien es nicht fassen zu können, daß ein Lebewesen sich in einem glühenden Sandsturm wohl fühlen sollte.

Hawk wäre gegen den Shift gerannt, wenn er die klaren Wahrnehmungsbilder des Okrill nicht mitgesehen hätte.

Plötzlich ragte eine schwarze, von Glutstürmen und Gasen zerfressene Metallplastikwand vor ihm auf. Undeutlich war ein Loch mit bröckeligen Rändern zu erkennen.

„Mein Gott!" stöhnte Hattinger keuchend. „Das soll ein Shift sein!"

„Man könnte auch sagen, es war einer", murmelte Hawk erschüttert. Er griff mit beiden Händen über den unteren Rand der Einstiegluke. Seine Fingerspitzen stießen in schwarze, pulverige Asche. Er schüttelte sich. Dann schwang er sich mühelos hinauf.

Eine Aschewolke entstand vor ihm, zerteilte sich wieder, und der Okrill tauchte auf. Er begann, die Asche aus der winzigen Schleusenkammer zu scharren.

Als Sherlock seine Arbeit beendet hatte, zog Hawk den Major nach. Er mußte dabei behutsam vorgehen, denn der Rand der Schleuse war so brüchig, daß er mehrmals mit einem Fuß durchbrach.

Hattinger, der es gesehen hatte, atmete hörbar ein.

„Mann! Wenn ich das nicht mit eigenen Augen sehen würde, ich könnte es nicht glauben. Die Wandung eines Shifts kann doch unmöglich von einer Atmosphäre zerfressen worden sein, die von Ihren Lungen einwandfrei vertragen wird!"

Hawk hüstelte.

„Nun, erstens sind meine Lungen nicht Ihre Lungen, Sir – und zweitens scheint das Fahrzeug von einer Energiewaffe ausgeglüht worden zu sein, bevor die chemischen Beimengungen der Atmosphäre ihm gefährlich werden konnten. Genaueres werden wir aber erst dann wissen, wenn wir die Kabine untersucht haben."

Er ergriff das für Notfälle angebrachte Handrad des Innenschotts und rüttelte daran. Die Hälfte davon splitterte knirschend ab. Hawk fluchte. Das Rad ließ sich nicht drehen. Er zögerte eine Sekunde, dann warf er sich mit der Schulter gegen das Schott.

Im nächsten Augenblick lag er in der Kabine des Shifts – oder vielmehr in dem, was einmal eine Kabine gewesen war.

Die Weichplastikverkleidung der Innenwand war nur noch in wenigen, schwarzen, schaumig gekräuselten Flecken vorhanden. Die Sessel vor den zersprungenen Bildschirmen glichen Gerippen fremdartiger Tiere, und außer dem ausgeglühten Rahmen war nichts mehr von den stahlharten Glasplastikplatten der vorgewölbten Fahrerkuppel vorhanden.

Hattinger wollte einen Schritt in die Kabine tun. Doch Hawk richtete sich schnell auf und hielt den Major fest. Mit dem Kopf deutete er auf den Okrill, der zusammengekrümmt neben ihnen stand und mit seinen runden, pupillenlosen Facettenaugen das Innere der Kabine musterte.

„Der Shift befand sich auf der Fahrt zum derzeitigen Zentrum der

129

radioaktiven Strahlung", murmelte Hawk wie in Trance. „Etwa hundert Meter von hier entfernt erfolgte ein erster Angriff, der den Schutzschirm nicht ganz durchschlug, aber die Projektoren überlastete. Die Shift-Besatzung wehrte sich mit dem Desintegrator-Geschütz. Dann brach der Schutzschirm völlig zusammen. Etwas, das achttausend Grad Hitze ausstrahlte, drang in die Kabine ein und ließ sie ausbrennen, während von außen einwirkende thermische Energie eine Flucht der Besatzung verhinderte."

„Wieviel Mann waren . . .?" Hattingers Stimme klang heiser.

„Sechs. Sie trugen die Uniform der Solaren Flotte und auf dem Ärmel ein Schild mit der Aufschrift CREST II."

Hattinger schluckte.

„Wie können Sie das jetzt noch feststellen, Hawk?"

„Es ist der Okrill. Er kann vergangene Ereignisse aus den Infrarot-Spuren rekonstruieren, die sie stets hinterlassen."

„Und Sie sehen das mit?"

Hawk nickte.

„Hoffentlich ist dieser Shift die einzige Spur, die wir auf diesem Planeten finden."

Es war nicht die einzige. Sie fanden innerhalb von zweieinhalb Stunden noch drei weitere ausgeglühte Shifts.

„Auf dem Planetengiganten hat es also etwas gegeben, das den Männern der CREST II feindlich gesinnt war", bemerkte Oberst Kotranow sinnend.

„Und jetzt ist es nicht mehr vorhanden", sagte Hawk. „Demnach ist die CREST II mit der Gefahr fertig geworden."

„Es kann nicht einfach gewesen sein", meinte Hattinger. „Ich frage mich nur, warum Perry Rhodan offenbar nur mit Shifts angriff, anstatt die viel wirkungsvolleren Waffen der CREST einzusetzen."

Kotranow zuckte die Schultern.

„Wir wissen es nicht. Spekulationen führen zu nichts. Eines steht fest: Rhodan hätte niemals vierundzwanzig Mann geopfert, wenn es einen besseren Weg gegeben hätte, mit der Gefahr fertig zu werden. Nun, wir wissen jedenfalls jetzt, daß der CREST auf diesem Planeten nichts Ernstes zugestoßen ist."

Der Telekom schrillte.

Oberst Kotranow stellte die Verbindung her. Seine Augen wurden hart. Die Haut spannte sich straff über den Wangenknochen.

Als er die Verbindung trennte, blickte er in gespannte Mienen.

„Es war die Ortungszentrale", sagte er langsam. „Mit Spezialgeräten konnten Individualimpulse auf dem viertgrößten Planeten des Systems festgestellt werden."

„Menschen...?" Hattinger beugte sich vor.

„Das konnte nicht ermittelt werden. Wie mir der Cheforter erklärte, wurde ein heilloses Durcheinander unterschiedlicher Mentalimpulse empfangen. Das dürfte praktisch unmöglich sein. Tashit, ich möchte Sie bitten, sich alle Daten von der Ortungszentrale geben zu lassen und auszuwerten!"

Der Mathelogiker erhob sich gemächlich.

„Hm!" sagte er. „Da bin ich doch wirklich gespannt." Ohne sich im geringsten zu beeilen, ging er hinüber zur Schaltwand der ML-Positronik, aktivierte das Gerät und ließ sich anschließend eine Verbindung zur Ortungszentrale geben. Als er ebenso lässig zurückkehrte, erklärte er langsam:

„Die Positronik ist zu dem Ergebnis gekommen, daß der viertgrößte Planet etwa tausend verschiedene intelligente Völker beherbergt. Mit einer Einschränkung, wie ich betonen möchte. Die tausend Völker unterscheiden sich in ihren Individualimpulsen recht extrem voneinander. Es dürfte noch mehr Spezies dort geben, falls sie sich psychisch gleichen. Dann nämlich könnte nur ein Telepath sie auseinanderhalten. Eine Maschine ist dazu nicht fähig."

Oberst Kotranow war blaß geworden. Doch dann faßte er sich als erster.

„Major Hattinger! Machen Sie ein Beiboot startklar. Sie erhalten zehn Mann als Landekommando zur Verfügung gestellt, außerdem Leutnant Hawk mit seinem Okrill!"

„Keine Schiffsortung, keine Hyperkomimpulse, keine Schutzschirme!" Oberst Pawel Kotranow, der die ANDROTEST I manuell steuerte, blickte mit mürrischem Gesicht von den kleinen Bildschirmen hoch, die ihm die von der Ortungszentrale ermittelten Daten zeigten.

131

Tong-Jaho lächelte unsicher.

„Sollten wir uns nicht darüber freuen, Sir?"

„Vielleicht ...", erwiderte Kotranow diplomatisch, „vielleicht aber auch nicht. Der viertgrößte Planet hat Erdcharakter, wenn er auch sehr heiß ist. Gravitation 1,06 Gravos, drei Hauptkontinente mit riesigen Gebirgen, weiten Ozeanen ... hm! Ich weiß nicht, das alles kommt mir zu einladend vor."

Der Interkom schrillte.

„Ortung an Kommandant!" kam eine aufgeregte Stimme aus dem ständig eingeschalteten Gerät. „Wir haben auf dem kleinsten Kontinent eine Stadt entdeckt. Sie bedeckt den Kontinent fast völlig."

„Na also!" sagte Tong-Jaho. „Dort werden wohl auch die Impulse herkommen."

„Abwarten!" gab Kotranow zurück.

Erneut schrillte der Interkom.

„Ortung an Kommandant: In der Nähe der Stadt an der Küste wurde ein metallisches Objekt von der Größe eines Beibootes geortet, Typ Korvette."

„Was sagt die Energiepeilung?"

„Alle Maschinen des Beibootes sind außer Betrieb, Sir."

„Alle ...?" fragte Kotranow zweifelnd.

„Jawohl. Wir übermitteln Ihnen eine Lagekarte durch den Televisor."

„Gut, danke." Kotranow drehte sich wieder zu Tong-Jaho um. „Da haben wir schon den Salat! Was sagen Sie dazu, Major?"

Der LI fuhr sich mit einer nervösen Geste durch seine strähnigen Haare.

„Das schaut böse aus. Auf dem Giganten vier Shifts – hier ein ganzes Beiboot ..." Er leckte sich die Lippen. „Wir sollten die Finger von diesem Planeten lassen."

Kotranow lächelte verächtlich.

„Was Sie nicht sagen!" Er griff zum Interkom und schaltete auf Runddurchsage. „Kommandant an Besatzung. Alle Mann auf Gefechtsstationen. Major Hattinger, halten Sie sich zum Start bereit. Rechnen Sie mit Widerstand bei der Landung. Auf dem viertgrößten Planeten wurde eine Korvette entdeckt – außer Betrieb. Sobald wir nahe genug heran sind, gebe ich das Zeichen zum Start!"

Schon wollte er abschalten, da fiel ihm noch etwas ein.

„Kommandant an Funkzentrale! Rufen Sie die Posbi-Kommandanten an. Die Fragmentraumer sollen zurückbleiben und dem Planeten auf keinen Fall zu nahe kommen. Ihre Bewaffnung ist viel zu schwach für einen wirklichen Kampf, seit die famosen Nachschubtechniker fast alle Waffen ausgebaut haben."

„Unsere Bewaffnung ist nicht viel besser", bemerkte Tong-Jaho. „Trotz der Gravobomben, die wir an Bord haben."

Oberst Kotranow erwiderte nichts darauf. Er starrte nur unverwandt die von der Ortungszentrale übermittelte Karte an. Wenn sie stimmte, dann mußte auf jenem Planeten die gigantischste Ansiedlung stehen, die ein Mensch jemals gesehen hatte.

Mit Bewegungen, die den großen Könner verrieten, betätigte er die Manuellschaltung des Schiffes und steuerte es in einen stabilen, stationären Orbit über der Gigant-Stadt. Dabei warf er immer wieder erwartungsvolle Blicke auf die Ortungsschirme und den Interkom-Lautsprecher. Er brauchte nicht mehr lange zu warten.

Wieder meldete sich die Ortungszentrale.

„Sir, wir haben ein recht klares Bild der Korvette bekommen können. Es wird übermittelt."

Kotranow fühlte ein unangenehmes Ziehen im Nacken. Die Stimme des Cheforters hatte in unterdrückter Panik vibriert, dabei kannte er ihn als den kaltschnäuzigsten Mann, der ihm je begegnet war – außer Hattinger.

Die Übermittlerschirm in der Mitte der Reihe leuchtete auf. Sehr deutlich und plastisch war die Korvette zu sehen. Kotranow stockte der Atem. Das Beiboot hatte einen flachen Trichter in den sandigen Boden gebohrt, ein Zeichen dafür, daß es mit großer Wucht abgestürzt war. Nun erkannte Kotranow auch die verbogenen und umgeknickten Teleskopstützen. Offensichtlich war das Schiff auch noch gekippt, denn die Schleusenöffnung befand sich an der falschen Stelle, nur wenige Meter über dem Boden.

Unvermittelt wurde Kotranow ruhig. Jetzt, im Angesicht der Gefahr, war nichts mehr von Nervosität oder Angst an ihm zu erkennen. Sein kantiges Gesicht wirkte wie aus Marmor gemeißelt, und die wasserblauen Augen funkelten kalt und drohend. Die Mundwinkel wurden von einem dünnen, grimmigen Lächeln umspielt.

Er verglich die Entfernung mit dem Kurs und der Geschwindigkeit des Schiffes, nahm eine winzige Korrektur vor und schaltete dann den Interkom zum Beiboothangar durch.

„Kommandant an Major Hattinger. Die Korvette auf dem Planeten ist ein Wrack. Von der Besatzung sind keine Anzeichen zu bemerken. Ich lasse Ihnen sofort alle Ortungsunterlagen übermitteln. Anschließend starten Sie. Verhalten Sie sich so, als wenn Sie sich in die heimtückischste Falle wagten, die Sie jemals gesehen haben. Alles klar?"

Omar Hawk klammerte sich unwillkürlich an die Seitenlehnen seines Kontursessels und schloß die Augen.

Er war gewiß eine ganze Menge gewöhnt. Wie jedoch Hattinger das Beiboot der ANDROTEST I in die Landekurve zwang, das grenzte schon nahe an Irrsinn.

Als er die Augen wieder öffnete, raste das Beiboot gerade in die Atmosphäre hinein. Die Schutzschirme flammten blauviolett auf und schleuderten die ionisierten Luftmassen beiseite. Schrilles Jaulen und Kreischen wurde durch die Außenmikrophone übertragen. Dann mischte sich ein alles verschlingendes Dröhnen und Donnern in das Höllenkonzert.

Hattinger bremste das Beiboot mit der vollen Kraft aller Triebwerke ab.

Gleich einer gewaltigen Schüssel schnellte der Kontinent in die Bildschirme hinein. Hawk konnte keine Einzelheiten der gewaltigen Stadt ausmachen. Doch es schien ihm, als wäre dieses Gebilde ein Konglomerat aus den unterschiedlichsten Baustilen verschiedenster Völker.

Ruckartig verkleinerte sich der sichtbare Bildausschnitt, dann stand er still. Sie waren gelandet.

Hawk löste seine Anschnallgurte und beugte sich vor.

Nur etwa hundert Meter entfernt lag das Wrack der Korvette. Die Zerstörungen schienen auf den ersten Blick nicht sonderlich groß zu sein, aber die verbogenen und zersplitterten Landestützen und der flache Aufschlagkrater zeugten von einem heftigen Aufprall. Sicher würde es im Innern des Schiffes schlimmer aussehen als außen.

Major Hattinger steckte sich seine Pfeife an.

„Haben Sie die Beschriftung gesehen, Leutnant?" fragte er.

Hawk schüttelte den Kopf.

„Es ist die C-5", fuhr Hattinger fort, „ein Beiboot der CREST II. Wollen wir uns die Bescherung aus der Nähe ansehen?"

Hawk nickte. Alle Beklemmung wich von ihm, nachdem er eine Möglichkeit sah, dem Fremden und Gefahrvollen direkt gegenüberzutreten. Er rief seinen Okrill, schnallte einen schweren Impulsstrahler um und folgte dem Major zur Schleuse.

Hattinger bestimmte sechs Männer, die ihn begleiten sollten. Die übrigen mußten im Beiboot zurückbleiben, Verbindung mit der AN-DROTEST I halten und sollten im Notfall ohne Rücksicht auf die Zurückbleibenden starten.

Während des kurzen Marsches schwiegen die Männer. Omar Hawk legte die Hand auf den Kopf seines Tieres, schritt neben Hattinger her und starrte zur nahen Stadt hinüber. Die helleren Dächer reflektierten die Sonnenstrahlen wie große Spiegel. Zwei große Gebäude fielen dadurch auf, daß auf ihnen eine Reihe sich langsam drehender Lichter brannte. Andere Gebäude wären in anderer Umgebung überhaupt nicht als solche zu erkennen gewesen. Sie standen da wie riesige, dick mit Farbe bekleckste Fliegenpilze. Die dunklen Flecken schienen Bullaugen zu sein. Eine Art gigantischer Haube erhob sich auf einer einzigen, dünnen Stange; dicht daneben drehte sich eine anscheinend durchsichtige und von roter Flüssigkeit wie von Fäden durchzogene Spirale wie ein überdimensionaler Korkenzieher.

Hawk zuckte zusammen, als einer der Männer erschrocken aufschrie.

Die Hand am Kolben seines Strahlers blickte Hawk irritiert von seinem Okrill auf die offene Schleuse der C-5 und zurück. Dort, unmittelbar unter der Öffnung, hockte ein Wesen, das frappierende Ähnlichkeit mit Sherlock besaß. Nur war es fast doppelt so groß.

Sherlock stieß einen gellenden Pfiff aus. Bevor Hawk den Okrill zurückrufen konnte, war er über der anderen Riesenschildkröte. Ein wirbelndes Knäuel wälzte sich unter der offenen Schleuse der C-5 über den Boden. Eine Sandwolke stieg auf.

Dann, wie auf Kommando, trennten sich die Kämpfer. Mit fünf Metern Abstand hockten sie sich gegenüber.

„Sherlock!" schrie Hawk besorgt.

Der Okrill drehte sich zu seinem Herrn um – und nieste.

Das brachte Hawk völlig außer Fassung. Sein Okrill nieste nur, wenn er sich besonders wohl fühlte. Wie vereinbarte sich das damit, daß nur wenige Schritte von ihm ein mindestens gleichwertiger Gegner hockte?

„Schalten Sie bitte Ihren Translator ein, Sir!" rief er in plötzlicher Ahnung dem Major zu.

Hattinger schüttelte den Kopf, kam aber der Aufforderung nach.

Im gleichen Augenblick begann die mechanische Stimme des komplizierten Übersetzergerätes zu schnarren.

„Wenn ihr die Freunde derer seid, die dieses Raumschiff zurückließen, dann seid auch meine Freunde."

Hawk sandte Hattinger einen triumphierenden Blick.

„Wir sind es. Wer bist du?"

„Krash. Ich freue mich, euch zu sehen. Eure Freunde haben mir einen großen Dienst erwiesen. Deshalb möchte ich euch warnen. Flieht von dieser Welt, solange es noch möglich ist. Bald werden die Roten Dreier auftauchen."

Hattinger hatte seine Fassung vollends zurückgewonnen.

„Vielen Dank, Krash. Aber wir können nicht fliehen. Wir sind auf der Suche nach unseren Freunden. Und wer sind die Roten Dreier überhaupt?"

„Die Roten Dreier sind die Herrscher dieser Stadt", erklärte Krash. „Und was eure Freunde betrifft: Sie sind schon lange fort."

„Erzähle uns der Reihe nach, was sich hier ereignet hat und was dies für eine Welt ist", bat Hattinger.

Das fremde Wesen richtete sich auf und blickte sich um. Es war offensichtlich, daß es nach irgendwem Ausschau hielt.

„Der Reihe nach", wiederholte Krash. „Na schön. Von den Roten Dreiern ist noch nichts zu sehen, so daß wir noch etwas Zeit haben. Quarta, wie diese Welt von euren Freunden genannt wurde, ist ein Strafplanet. Die Meister der Insel haben ihn vor langer Zeit errichtet und deportierten Angehörige unzähliger Völker Andromedas hierher. Wesen, die gegen die Gesetze der Meister verstoßen haben."

„Meister der Insel?" entfuhr es Hattinger. „Wer ist das? Was weißt du über sie?"

„Nichts", erwiderte Krash. „Nur daß sie die Konstrukteure dieses Sonnensystems sind und es durch verschiedene Fallen vor ungebetenen Besuchern absichern."

Man sah es Hattinger an, daß es in ihm arbeitete. Meister der Insel, dachte er. Wer waren diese Wesen, die derartiges zu vollbringen imstande waren?

„Wir alle sind Nachkommen der Deportierten", hörte er Krash sagen. „Und die Roten Dreier zwingen uns ein grausames Leben auf. Regelmäßig finden hier Jagden statt. Während einer solchen Zeit stürzte das von einem Zugstrahl zur Landung gezwungene Schiff eurer Freunde vom Himmel. Kurz darauf entstand um Quarta ein planetarischer Schutzschirm. Nachdem das Schiff gelandet war, erschienen die Roten Dreier und nahmen zwei von euren Freunden, die Perry Rhodan und Melbar Kasom hießen, mit in die Stadt. Die Roten Dreier sind parapsychisch begabt. Niemand kann ihrer Macht widerstehen.

Nach einer gewissen Zeit muß es Rhodan und Kasom gelungen sein, die Energiestation zu vernichten, die für die Errichtung des planetarischen Schutzschirmes verantwortlich war. Das Energiefeld verschwand. Unmittelbar darauf erschien ein gewaltiges Raumschiff und landete auf dem unbewohnten Küstenstreifen. Eure Freunde wurden von einem kleineren Schiff von hier abgeholt und zu dem großen gebracht, mit dem sie dann Quarta verließen. Soviel ich weiß, waren sie auf der Suche nach der Schaltstation für den Sonnentransmitter."

Hattinger und Hawk blickten sich an. Beide waren sichtlich erleichtert. Das große Schiff war zweifellos die CREST II gewesen.

„Kannst du uns sagen, ob sie diese Schaltstation gefunden haben?" fragte Omar Hawk.

„Das ist mir nicht bekannt", erwiderte Krash. „Hier auf Quarta gibt es eine derartige Station jedenfalls nicht. Den Gerüchten nach dürfte sie sich aber auf einer Wasserwelt befinden, auf deren nördlicher Halbkugel der einzige Kontinent liegt."

„Du bist erstaunlich intelligent und gut informiert", warf Hattinger ein. „Wie kommt es, daß du über unsere Freunde so gut Bescheid weißt?"

Krash blickte ihn durchdringend an und erwiderte dann:

„Ursprünglich waren Rhodan und ich Todfeinde. Ich suchte einen Ort, an dem ich meine Eier ablegen konnte. Leider ist diese Welt zu

137

heiß, als daß sich auf natürlichem Wege Trockeneis bilden kann. Das aber brauche ich, denn nur darin kann sich meine Brut entwickeln. Ich hatte mir in der Stadt eine Trockeneismaschine gebaut. Die Roten Dreier kamen jedoch dahinter und zerstörten sie. Ich hoffte, das Raumschiff Rhodans benutzen zu können, um mir aus seinen Maschinen eine Eismaschine zu bauen. Ich hätte alle eure Freunde getötet, wenn ich dazu in der Lage gewesen wäre. Während der Zeit der Eiablage werden wir Irrsucher nämlich nur vom Instinkt regiert."

Krash reckte den nach unten zu spitz verlaufenden Kopf in Richtung der Stadt, dann wandte er sich erneut Hattinger zu.

„Ich fürchte, uns bleibt nicht mehr viel Zeit. Die Roten Dreier können jeden Moment auftauchen. Ich muß euch bitten, so rasch wie möglich von hier zu verschwinden, damit sie meine Brut nicht entdekken und vernichten, die sich im Wrack befindet." Er fuhr hastiger fort: „In Rhodans Raumschiff befinden sich noch wichtige Unterlagen. Am besten geht jemand von euch hinein und holt sie sich schnell."

Hattinger rief zwei Mann zu sich und befahl ihnen, in die C-5 einzusteigen und alle auffindbaren Aufzeichnungen herauszuholen.

Krash grunzte zufrieden.

„Weshalb hilfst du uns eigentlich, wenn du doch ursprünglich Rhodans Feind warst?" fragte Hattinger plötzlich mißtrauisch.

„Ich hätte vielleicht besser sagen sollen, ich glaubte, sein Feind sein zu müssen. Später, nachdem Rhodan und seine Leute abgeholt worden waren, erkannte ich in ihnen meine wahren Freunde. Sie hatten insgeheim eine Trockeneisanlage in der Zentrale des Schiffes gebaut. Als ich hineinkam, fand ich mehr als genug Eis für meine Brut."

Hattinger nickte. Er sah auf, als die zwei Männer aus der offenen Schleuse der C-5 auf den Boden sprangen. Offenbar funktionierte die Rampe nicht mehr.

„Haben Sie etwas gefunden?" rief er.

„Mehr als genug."

Hattinger lächelte schwach, als er die Menge der Computerfolien und Bänder sah.

„Da ist immer noch das Posbi-Schiff", wandte er sich an Hawk.

„Was meint ihr mit einem Posbi-Schiff?" fragte Krash interessiert.

„Wir hatten Rhodan ein Roboter-Schiff zu Hilfe geschickt. Es war noch größer als Rhodans Flaggschiff."

„Zwei Schiffe", sagte Krash nachdenklich. „Da fällt mir etwas ein. In der Stadt geht das Gerücht um, daß vor einiger Zeit zwei gigantische Raumschiffe in der Nähe unseres Nachbarplaneten explodiert seien, eben jener Wasserwelt, von der ich sprach. Ich habe es nie geglaubt, weil ich dachte, daß Rhodan nur mit einem einzigen Riesenschiff gekommen war. Aber wenn noch ein zweites Schiff dabei war . . ."

Zwei Raumschiffe waren explodiert! Gab es überhaupt noch eine Möglichkeit, daß es sich dabei nicht um die CREST II und die BOX-8323 gehandelt hatte . . .?

Wie im Traum vernahm Hawk Krashs Warnung vor den Roten Dreiern. Eine Hand legte sich auf seine Schulter. Hattingers Hand. Taumelnd gingen die Männer auf ihr Beiboot zu. Für sie war mit Krashs Mitteilung eine Welt untergegangen.

Nachdem Folger Tashit vor einer Stunde seine phlegmatische Haltung abgelegt und die anderen Männer in der Zentrale, einschließlich seines Vorgesetzten, angebrüllt hatte, sie sollten ihn gefälligst in Ruhe arbeiten lassen und sich still verhalten, war die bis dahin vorherrschende Spannung und Nervosität gemildert worden.

Oberst Kotranow steuerte die ANDROTEST I in einer Ellipse zwischen Quarta und seinen beiden Nachbarplaneten hindurch, Major Hattinger hatte sich in die Ortungszentrale begeben, und Leutnant Hawk saß mit seinem Okrill im Observatorium. Hawk hatte es fertiggebracht, dem Chefastronomen den großen Refraktor abspenstig zu machen. Jetzt beobachtete er damit den Nachbarplaneten Quartas, der zur Zeit am nächsten war.

Immer wieder aber ertappte er sich bei dem Gedanken an das Schicksal der CREST II. Sollte sie tatsächlich nicht mehr existieren? Hawk redete sich ein, das sei unmöglich. Aber immer, wenn er soweit gekommen war mit seinen Gedanken, tauchte der andere Aspekt auf. Und der schien ihm noch schrecklicher.

Bisher war in diesem Doppelsonnensystem noch nichts aufgetaucht, was die ANDROTEST I und die beiden begleitenden Posbi-Raumschiffe ernstlich gefährdet hätte. Und die CREST II, und auch die BOX-8323, besaßen im Gegensatz zu ihnen noch alle Waffen, vor allem die Transformgeschütze. Sie hätten auch Gefahren nicht zu scheuen brauchen, die für die Hilfexpedition tödlich gewesen wären. Was konnte das modernste Superschlachtschiff der Imperiumsflotte und einen gigantischen Fragmentraumer der Posbis denn wirklich ernsthaft gefährden? Doch höchstens eine ganze Flotte feindlicher Raumschiffe! Bei einem Kampf, der zum Untergang der CREST II und des Fragmenters führte, wären aber sicher auch einige feindliche Schiffe vernichtet worden.

Krash aber hatte nur von zwei explodierenden Schiffen berichtet!

Omar Hawk schrak auf, als der Interkom-Melder summte. Erst jetzt merkte er, daß er mit offenen Augen hinter dem Refraktor geträumt hatte.

„Für Sie, Leutnant!" rief der Chefastronom, der das Gespräch entgegengenommen hatte.

Hawk zog das Mikrophon zu sich heran.

„Leutnant Hawk!"

„Hier Oberst Kontranow! Kommen Sie bitte sofort in die Zentrale. Folger Tashit hat seine Auswertung der Computeraufzeichnungen beendet – außerdem konnte die Ortungszentrale noch etwas Wichtiges feststellen."

Hawk und Hattinger trafen sich vor dem Hauptzentralschott.

In der Zentrale selbst hatten sich die führenden Offiziere und Wissenschaftler um den Kartentisch versammelt.

„Setzen Sie sich!" forderte Kotranow sie auf. Er wandte sich an Folger Tashit. „Fangen Sie an!"

„Ich möchte mit der letzten Meldung der Ortungszentrale beginnen." Tashit lächelte. „Die Auswertung der Messungen bestätigt, daß in der Nähe des Planeten, von dem unser Freund sprach, zwei Raumschiffe explodierten. Und zwar fand die eine Explosion in einiger Entfernung vom Planeten, die andere in seiner unmittelbaren Nähe statt."

Hawk klammerte sich an die Lehne seines Sessels. Mit trockenem Knall brach die Armstütze ab.

Niemand kümmerte sich darum. Alle hingen mit den Augen gespannt an Tashits Lippen.

„Keines von beiden Schiffen war die CREST II."

Ein hörbares Aufatmen ging durch die Runde.

„Die Analyse der sich immer noch ausdehnenden Materieanreicherung", fuhr Tashit fort, „ergab, daß eines der beide Schiffe ein Fragmentraumer der Posbis war. Das andere muß so fremdartig gewesen sein, daß wir seine Zusammensetzung nicht genau rekonstruieren können. Wahrscheinlich wurden bei seinem Bau Metalle und Materialien verwendet, die wir nicht kennen. Das heißt, daß sie in dem bekannten Teil unserer Galaxis nicht vorkommen. Soweit der erste Teil, meine Herren."

Folger Tashit machte eine Pause, während es in seinem Gesicht arbeitete. Wahrscheinlich hatte ihn die Auswertung geistig mehr angestrengt, als er je zugegeben hätte.

„Teil zwei: Die geborgenen Computeraufzeichnungen und das Logbuch der C-5, das ebenfalls geborgen werden konnte, geben Auskunft über alles, was die CREST II bis zum Absturz der Korvette in diesem System erlebte. Es gibt eine Fülle von Hinweisen, von denen ich nur die wichtigsten aussortiert und der Mathelogischen Positronik eingegeben habe. Die Ergebnisse weisen eindeutig darauf hin, daß Rhodan die Justierungsstation für den hiesigen Sonnentransmitter suchte. Sie müßte nach Krashs Worten auf dem Wasserplaneten stehen.

Wenn Sie meine eigene Meinung dazu hören wollen, meine Herren: Rhodan hat die Justierungsstation nicht nur gefunden, sondern auch benutzt. Andernfalls befände sich die CREST II noch innerhalb des Systems. Er nannte es übrigens Twin-System."

Oberst Kotranow erhob sich nach kurzer Pause.

„Ich danke Ihnen, Tashit. Wenigstens haben wir nun die Gewißheit, daß keines der explodierten Schiffe die CREST war. Ob Rhodan allerdings die Justierungsstation benutzte, ist eine andere Frage. Meiner Meinung nach wäre er dann längst in der Heimatgalaxis angekommen, und wir würden nicht nach ihm suchen."

„Es ist denkbar, daß es bei der Einjustierung der Transmitterschaltung zu einer Panne kam, die von der Besatzung der CREST nicht bemerkt wurde", gab Tashit zu bedenken. „Die CREST könnte sich dem Transmitter anvertraut haben, in der Meinung, daß dieser sie in die Galaxis zurückbringen würde. Tatsächlich dürfte sie jedoch an einem anderen Ort materialisiert sein. Jemand, der in der Lage ist, gigantische Sonnentransmitter zu bauen, wird auch an anderen Stellen zwischen Andromeda und der Milchstraße ähnliche Konstruktionen errichtet haben."

Kotranow nickte.

„Das wäre natürlich ein schwerer Schlag für uns. Wie sollten wir ein einzelnes Schiff im Nichts suchen? Aber ganz gleich, was dabei herauskommt. Wir fliegen sofort den Wasserplaneten an und suchen ebenfalls die Justierungsstation. Dort, so hoffe ich stark, werden wir mehr über den Verbleib der CREST erfahren."

Während die Versammlung auseinanderging, murmelte Hawk vor sich hin:

„Ich fürchte, wir werden nichts Erfreuliches erfahren!"

11.

Das schrille Aufheulen der Alarmsirenen durchlief das Innere der ANDROTEST I wie ein elektrischer Schlag.

Oberst Pawel Kotranow zog die Hand vom Alarmknopf zurück. In seinem kantigen Gesicht spiegelten sich die Lichtreflexe der gleich bunten Lichterketten über die Instrumentenbühne huschenden Kontrollampenblitze. Dunkle Schatten lagen unter seinen Augen.

Seine Brust dehnte sich, als er tief einatmete. Endlich schien das gefunden zu sein, wonach man gesucht hatte.

Oberst Kotranow blickte auf die Tele-Projektion des Elektronen-Teleskops.

Die Wasserwelt!

Nur der nördliche Pol wurde von unfruchtbaren Landmassen wie von einem flachen Hut bedeckt. Nackte Felsen, staubbedeckte Ebenen und mit Geröll gefüllte riesige Mulden waren in der Vergrößerung deutlich erkennbar.

Aber noch etwas anderes zeigte die Projektion.

Zwölf kuppelförmige Bauwerke, jedes von ihnen etwa hundert Meter hoch, waren zu einem Kreisring von viertausend Metern

Durchmesser angeordnet. Genau im Mittelpunkt reckte sich ein fünfhundert Meter hoher und fünfzig Meter starker Metallturm empor.

Wie die Trittspuren eines überdimensionalen Sauriers aber lag da unten ein Ring tiefer Löcher. Der Ringdurchmesser betrug rund 1500 Meter.

„Dort unten hat die CREST II gestanden", bemerkte Major Hattinger.

„Und ist wieder gestartet, Major. Mit unbekanntem Ziel."

„Werden Sie da unten landen, Sir?"

Oberst Kotranow schüttelte den Kopf. Er drehte sich um.

„Hallo, Tashit! Wie denken Sie über den Fall? Ist das dort unten die gesuchte Justierungsstation?"

„Ich glaube nicht. Eher könnte das ein Kraftwerk sein."

„Tong-Jaho?"

„Der radioaktiv strahlende Krater auf dem Planetengiganten besaß etwa den gleichen Durchmesser wie der Kuppelring dort unten."

„Also die Kraftwerksanlage für einen Schutzschirm. Es ist außer Betrieb, sonst wären wir nicht so nahe herangekommen. Wir suchen weiter!"

Der Interkom schrillte.

„Hier Ortungszentrale!" klang es klar und deutlich aus den Lautsprechern. „Wir haben nördlich des Kuppelrings Ruinenstädte entdeckt. In einigen von ihnen haben offenbar vor einigen Wochen heftige Kämpfe getobt. Die Spuren sind deutlich zu sehen."

„Vielen Dank!" sagte Kotranow. Er wandte sich zu Hattinger um und lächelte. „Wir werden also noch weiter zum Pol vordringen. Sie veranlassen inzwischen, daß alle Shifts und Beiboote startklar gemacht werden. Unter Umständen gibt es eine ziemlich lange Suche."

Als Hattinger verschwunden war, meldete sich Tong-Jaho zu Wort.

„Ich kann mir nicht denken, daß man nach einer Justierungsstation eines Sonnentransmitters lange suchen muß. Es muß doch eine gewaltige Anlage sein."

„Sicher", erwiderte Kotranow gelassen. „Aber gerade weil es eine so gewaltige Anlage sein muß, und vor allem, weil sie so wichtig ist, wird man sie gut verborgen haben. Ich denke an unterirdische Anlagen."

Er legte die Hände auf die Steuertastatur und manövrierte das

Schiff, während er laufend Meldungen der einzelnen Stationen empfing und Befehle erteilte.

Die ANDROTEST I gehorchte ihm, als wäre sie ein kleiner Raumjäger und nicht eine gigantische Walze von dreihundert Metern Durchmesser und zwölfhundert Metern Länge.

„Geben Sie mir eine Verbindung mit den Posbi-Kommandanten!" befahl Kotranow der Funkzentrale.

Als die beiden Posbis sich meldeten, befahl er ihnen, in einen stationären Orbit über den nördlichen Pol zu gehen und auf keinen Fall in die Operationen der ANDROTEST I einzugreifen. Dann widmete er sich wieder ganz der Steuerung des Schiffes.

Zehn Minuten später war der Pol erreicht. Er lag siebzigtausend Kilometer unter dem Schiff.

Dann meldete sich die Ortungszentrale wieder.

„Eine Glocke aus undefinierbarem Material, sieht wie Glas aus, ist aber undurchsichtig. Höhe siebzig Meter. Lage: Genau auf dem Pol."

Kotranows Brust entrang sich ein Seufzer.

„Das ist die Station!" Er schaltete den Interkom auf Rundruf. „Achtung, Kommandant an alle! Wir landen neben der mutmaßlichen Justierungsstation. Volle Gefechtsbereitschaft herstellen. Bitte anschnallen und größte Disziplin bewahren!" Den Bruchteil einer Sekunde zögerte er, dann befahl er auch Major Hattinger in die Zentrale. Es war für erfahrene Kommandanten wie ihn relativ einfach, einen Kugelraumer zu landen. Ein Walzenschiff wie die ANDROTEST I, das wegen der Mehrstufenkonstruktion in vertikaler Stellung landen mußte, brachte einige Probleme mit sich.

Unendlich langsam drehte sich die ANDROTEST I um ihre Vertikalachse, bis die Triebwerksmündungen der ersten Stufe auf die Oberfläche des Planeten wiesen. Unaufhörlich rasten glühende Plasmaströme aus den Projektionsfelddüsen, verfärbten sich, wo sie auf die Lufthülle des Planeten trafen, und balancierten das Schiff auf ihrem Rückstoß in die Tiefe.

Einen halben Kilometer neben der Justierungsstation bohrten sich die gewaltigen Landeteller knirschend ins Gestein, gaben Teleskopstützen stöhnend und ächzend nach und raste die Druckwelle der allmählich verebbenden Triebwerksstrahlen mit infernalischem Pfeifen davon, Staub, Erde und Steinbrocken vor sich herschiebend.

144

Kotranow beobachtete konzentriert den künstlichen Horizont. Die Atmosphäre der Wasserwelt war atembar. Wegen der Schwerkraft von 1,76 Gravos würden die außerhalb der ANDROTEST operierenden Männer Mikrogravitatoren tragen müssen. Die Landeautomatik arbeitete zufriedenstellend. Die letzten Schlingerbewegungen des 1200 Meter hohen Turmes aus Terkonitstahl wurden durch Korrekturschübe und Antigrav-Projektionen ausgeglichen.

Leutnant Omar Hawk steuerte den Shift selbst. Neben ihm, auf dem Beifahrersitz, saß Sherlock.

Sie waren allein.

Fünfzig Mann Besatzung waren zuwenig für ein Raumschiff; vor allem dann zu wenig, wenn man mehr zu tun hatte, als nur ein vorbestimmtes Ziel anzufliegen, zu landen und zu sagen: Hier bin ich!

Oberst Kotranow hatte davon abgesehen, sofort die mutmaßliche Justierungsstation zu untersuchen, nachdem die Ortungszentrale Spuren heftiger Kämpfe in der Nähe entdeckt hatte. Solange man nicht wußte, ob sich hier noch Gegner verbargen, wäre es Leichtsinn gewesen, die Kräfte zu zersplittern.

Die Shifts waren ausgeschleust worden, um die nähere Umgebung der funkelnden Kuppel zu untersuchen.

Leutnant Hawk trat mit voller Wucht auf die Bremse, als ein gezacktes, schwarzes Hindernis vor ihm auftauchte. Die Gleisketten rutschten noch ein Stück über den Boden, wirbelten Sand und Staub auf, und dann stand der Shift.

Hawks Linke schwebte dicht über den Feuerknöpfen. Vorgebeugt starrte er das seltsame Hindernis an. Es gehörte nicht in diese Gegend, soviel war ihm sofort klar gewsen. Es war aber auch kein Gebäude.

Plötzlich wußte Hawk, worum es sich handelte.

Er stieß die Luke auf und sprang hinaus. Gefahr war seiner Meinung nach nicht zu erwarten, wenn seine Annahme stimmte. Neben ihm schnalzte Sherlock.

Zuerst zögernd, dann immer schneller ging Hawk die etwa zwanzig Meter bis zum Hindernis. Als er ankam, wußte er bereits, was sein Fund zu bedeuten hatte.

Er schaltete den Telekom ein und hielt ihn vor die Lippen.

„Leutnant Hawk an Oberst Kotranow! ANDROTEST bitte melden!"

„Hier ANDROTEST I, Funkzentrale! Wir verbinden!"

Hawk wartete und sah sich indessen um. Das, was ihn aufgehalten hatte, war eigentlich nicht mehr als ein gezackter Metallsplitter, auch wenn es etwa fünfzehn Meter lang und einen halben Meter hoch war. Es hatte sich mit Wucht in den felsigen Boden gebohrt. Möglicherweise steckte es einige Meter tief darin, denn es sah ganz so aus, als hätte es den Fels so leicht zerschnitten wie Brot.

Aber da war ein spezifisches Merkmal, das Hawk das Geheimnis des Metallsplitters verriet. Winzige, hauchdünne Verfärbungen in der glänzenden Oberfläche, und zwar auf der nach außen gewölbten Seite, die wirkten, als wäre die Glasur eines Porzellangefäßes von Tausenden spinnwebhaften Sprüngen durchsetzt. So sahen die Wandungen von Raumschiffen aus, die bei hoher Geschwindigkeit von Milliarden Partikelchen in der Sekunde bombardiert wurden. Winzige energetische Wirbelstürme spielten sich dabei auf der Hülle eines Raumschiffes ab, und ihre Entladungen erzeugten das charakteristische, immaterielle Sprungmuster.

„Kotranow spricht!" schallte eine barsche Stimme aus dem Lautsprecher des Telekoms. „Bitte, melden Sie sich, Hawk!"

„Ich habe eine wichtige Entdeckung gemacht. Vor mir liegt das Stück einer Raumschiffwandung. Es stammt, soviel ich erkennen kann, weder von einem Imperiumsschiff noch von einem Fragmentraumer der Posbis."

Hawk hörte das heftige Atmen Kotranows.

„Gehen Sie in den Shift zurück. Geben Sie Peilzeichen. In wenigen Minuten lande ich mit einer Space-Jet neben Ihnen. Gibt das Trümmerstück Aufschluß auf die Herkunft des Raumschiffes?"

Hawk schüttelte den Kopf. „Ich kenne kein Volk, das derartige Raumschiffe baut. Ich kenne nicht einmal die Legierung. Es handelt sich um tiefschwarzes Material."

Der Überfall begann in dem Augenblick, in dem Hawk zur Uhr schaute und feststellte, daß Kotranow sich verspätet hatte.

In den schrillen Alarmpfiff des Okrill mischte sich ohrenbetäubendes Donnern. Doch da fühlte Hawk sich bereits von einem Glutsturm eingehüllt und davongewirbelt.

Nur seine besondere Konstitution bewahrte ihn davor, an der Wandung des eigenen Shifts zerschmettert zu werden. So gelang es ihm trotz des rasenden Schmerzes, sich aus dem Wirkungsbereich des Glutsturmes zu schnellen.

Schwer stürzte er neben den Gleisketten des Shifts zu Boden.

Ohne lange zu überlegen, kroch er schlangengleich hinter die meterbreite Kette, zerrte den schweren Impulsblaster unter sich hervor und spähte nach denen aus, die ihm den Garaus hatten machen wollen.

Hinter einer schmutziggrauen Bodenwelle glaubte er Bewegung zu erkennen. Er legte an – und zögerte. Ebensogut konnte es der Okrill sein, der sich hinter der Bodenwelle verkrochen hatte!

Aber dann sah er Metall aufblitzen.

Als er den Finger vom Feuerknopf nahm, brodelte an Stelle des flachen Hügels eine blasenwerfende Glutmasse.

Irgendwo pfiff der Okrill. Eine lautstarke Entladung donnerte.

Jetzt entdeckte Hawk die metallisch glitzernde Gestalt eines seltsamen, unsymmetrischen Roboters, der sich schwebend in einer Bodenrinne fortbewegte. Er versuchte, dessen Ziel zu erkennen. Als er es sah, wurde er blaß. Der Roboter versuchte in den Rücken des Okrill zu gelangen.

Wieder schoß Hawk.

Der Robot verging in einer ohrenbetäubenden Explosion. Sherlock schnellte plötzlich aus seiner Deckung hoch und landete auf einem anderen Maschinenwesen.

Hawk sah, wie er es außer Gefecht setzte. Er schnellte seine lange Zunge vor und setzte es unter Strom. Und Sherlock konnte ziemlich starke Stromstöße austeilen. Nach einer Entladung sackte der Robot zusammen.

Omar Hawk erhob sich in gebückter Haltung, sah sich um und sprang dann in weiten Sätzen davon.

Das rettete ihm das Leben, denn hinter ihm explodierte der Shift. Die Sogwelle riß Hawk die Luft aus der Lunge. Er verlor die Besinnung.

Als er wieder zu sich kam, lag er in einem Konturlager.

Er richtete sich ungeachtet der Schmerzen, die er dabei empfand, auf und blickte um sich.

Die Umgebung kam ihm sehr vertraut vor. Er erkannte sie aber erst dann richtig, als er den Okrill schlafend auf seinem gewohnten Platz entdeckte.

Er lag auf seinem Bett – in seiner Kabine an Bord der ANDRO-TEST I!

Beruhigt wollte er wieder zurücksinken. Doch dann fielen ihm die letzten Ereignisse ein. Blitzartig sprang er hoch, zog seine Stiefel an, schnallte im Laufen den Waffengurt um und eilte zur Zentrale.

Der Okrill hob den Kopf, zuckte zusammen, als das Schott zuknallte, kuschelte sich wieder unter den Quarzstrahler und nieste.

In der Zentrale standen sich Oberst Kotranow und Major Hattinger wie zwei Kampfhähne gegenüber.

„Und ich sagte, Sie gehören ins Bett!" schrie Kotranow aufgebracht.

Hattinger faßte mit beiden Händen an seinen blutdurchtränkten Kopfverband, schlenkerte abwehrend die Arme und blieb stehen.

„Die Verwundung ist nicht der Rede wert. Gerade jetzt brauchen Sie jeden Mann. Wir haben keine Zeit zu verlieren, wenn wir Rhodan helfen wollen!"

Hawk schob verwundert einen lose herumstehenden schweren Kontursessel mit dem Fuß beiseite und trat zwischen die beiden Offiziere.

„Leutnant Hawk meldet sich wieder zur Stelle, Sir."

Hattinger grinste.

„Sie sehen, Sir, auch der ‚Kahle' will wieder mitmachen. Dabei hat er ein fast meterlanges Gleiskettenstück mit voller Wucht gegen den Rücken bekommen."

Hawk kratzte sich am Rücken. Er hatte zwar die Schmerzen gespürt, sie aber verbeißen können.

„Was ist denn überhaupt gewesen?"

Kotranow berichtete:

„Kurz nach Ihrem Anruf, Leutnant, meldeten sich noch vier Suchkommandos. Sie hatten ebenfalls Raumschifftrümmer entdeckt. Ich startete sofort, und ich wäre auch pünktlich bei Ihnen eingetroffen, wenn man mich nicht beschossen hätte. Ich wehrte mich meiner Haut,

148

so gut es ging. Da aber schon ohnehin zuviel Männer unterwegs waren, hatte ich nur noch einen einzigen mitgenommen, obwohl normalerweise vier in eine Space-Jet gehören. Deshalb zog ich mich schnellstens wieder in die ANDROTEST zurück und organisierte von dort aus die Gegenoffensive.

Nun, es ist keine große Ehre für uns, daß letzten Endes alles gut ausging. Die zweifellos vorhandenen automatischen Abwehreinrichtungen dieser Planeten-Anlage setzten nur etwa einhundert verschiedene Roboter ein, mit denen wir uns herumzuschlagen hatten." Kotranow blickte zu Boden. „Dennoch hat uns dieser Angriff zwei Shifts gekostet. Vierzehn Mann wurden verletzt, drei getötet."

„Besteht schon eine Theorie über die Herkunft der schwarzen Metallsplitter?" fragte Hawk in die betretene Stille.

„Da fragen Sie noch? Tashit hat natürlich längst alle Fakten ausgewertet.

Er kam zu folgendem Ergebnis: Die Trümmerstücke stammen von einem großen, bleistiftförmigen schwarzen Raumschiff, das über diesem Planeten explodierte, vermutlich nachdem es die BOX-8323 vernichtet hatte."

Kotranow straffte seine Schultern.

„Was stehen wir noch herum? Los, Major! Kommen Sie mit! Wir müssen in die Station eindringen und feststellen, was aus der CREST geworden ist. Sie auch Leutnant!"

Dreihundert Meter über der Gruppe schwebte eine Space-Jet, und je zwei Shifts waren links und rechts aufgefahren.

Oberst Kotranow wollte jeder weiteren Überraschung vorbeugen.

Die Gruppe bestand aus Kotranow, Hattinger, Hawk und seinem Okrill. Zwei Kampfroboter steuerten eine Antigrav-Plattform mit einem atomaren Kombinations-Schneidgerät heran. Damit sollte versucht werden, die Kuppel aufzubrechen, denn niemand hatte einen normalen Eingang entdecken können.

„Sie können auch keine Spuren sehen, die hineinführen?" fragte Kotranow Hawk.

„Nichts."

Kotranow kratzte sich hinter dem Ohr.

„Natürlich. Ich hätte es mir denken sollen. An Bord der CREST befanden sich die Mausbiber Gucky und Gecko. Für die war es ein Kinderspiel, in die Kuppel zu teleportieren. Leider sind wir nur ganz gewöhnliche Menschen."

Er winkte den beiden Robotern.

„Los! Versucht alle Kombinationen. Irgend etwas muß doch dieses verflixte Metall durchschneiden."

Die beiden Roboter steuerten die Antigrav-Plattform durch behutsame Stöße bis dicht an die Kuppelwandung heran und richteten eine Schmalseite des Aggregats gegen die Wand. Eine runde Öffnung erschien in dem Schneider.

Die Männer schlossen geblendet die Augen, als ein haarfeiner, sonnenhell leuchtender Energiestrahl aus der Öffnung schoß. Völlig lautlos geschah alles. Der Strahl prallte auf die Kuppelwandung – und verschwand. Es sah aus, als dränge der Energiestrahl ungehindert durch die Wand, ohne die geringste Beschädigung hervorzurufen.

Bis dann mit einem Male das Aggregat zu glühen begann.

„Abschalten!" schrie Kotranow den beiden Robotern zu.

Doch es war bereits zu spät.

Das Schneid-Aggregat war nur noch ein formloser Klumpen. Es verschwand in einer kalten Lichterscheinung.

Die Männer sahen sich ratlos und betroffen an. Sie dachten alle das gleiche: Wie sollen wir jemals feststellen, wohin Rhodan verschlagen wurde, wenn wir nicht in die Justierungsstation hineinkommen? Schwere Waffen hätten die Kuppel sicher aufgebrochen. Aber dabei wäre die Inneneinrichtung mit zerstört worden.

Plötzlich ertönte ein Knall.

Im nächsten Augenblick hatten die Männer ihre Waffen in der Hand. Mit wachsamen Augen musterten sie die Umgebung. Dennoch sahen sie nicht das, was ganz offensichtlich war.

Bis Hawk es bemerkte.

„Sherlock muß sich in der Kuppel befinden. Das Übermittlergerät vermittelt mir die Wahrnehmung einer hufeisenförmigen Schaltbank. Jetzt setzt der Okrill sein Infrarot-Spürorgan ein. Die Infra-Spuren sind noch etwas undeutlich. Aber die eine Gestalt-Wiedergabe müßte der sagenhafte Haluter Icho Tolot sein. Du meine Güte! Ist das ein Riese! Perry Rhodan ist auch dabei, und auch zwei Mausbiber."

150

Kotranow schüttelte Hawk an den Schultern.

„Hören Sie auf damit! Das bringt uns nicht weiter. Erst müssen wir den Eingang haben. Irgendwo muß Ihr Okrill doch hineingekommen sein!"

„Besitzt das Tier vielleicht auch die Fähigkeit der Teleportation?" fragte Hattinger.

Hawk schüttelte den Kopf.

„Auf gar keinen Fall. Da bin ich völlig sicher. Er kann den Eingang nur durch Zufall gefunden haben. Uns bleibt weiter nichts übrig, als die Kuppel genauestens abzusuchen."

Kotranow wollte gerade entgegnen, daß das zwecklos sei. Die Instrumente der Ortungszentrale hätten seiner Meinung nach jede verborgene Tür entdecken müssen. Da wurde er über Telekom von einem der zur Flankensicherung eingesetzten Shifts angerufen.

„Suchen Sie den Okrill, Sir?" fragte der Beobachter des Fahrzeuges.

Kotranow horchte auf.

„Haben Sie ihn gesehen?"

„Ja. Er lehnte sich gegen die Kuppelwand. Plötzlich war er verschwunden."

„Wie bitte? Bezeichnen Sie die Stelle genau!"

„Das dürfte nicht schwer sein. Dort ist ein orangefarbener Fleck und . . . Nanu! Der Fleck ist nicht mehr da!"

Kotranow räusperte sich.

„Haben Sie vielleicht nur geträumt?"

„Ich bitte Sie, Sir . . .!"

Kotranow grinste verlegen.

„Schon gut. Entschuldigen Sie. Kommen Sie bitte herüber und zeigen Sie mir die Stelle."

Das war allerdings nicht mehr nötig, wie sich in der gleichen Sekunde herausstellte. Leutnant Hawk hatte in dem Sand zwischen den Geröllbrocken die charakteristische Spur seines Okrills entdeckt.

Er rief die anderen zu sich.

„Hier!" Hawk zeigte in eine winzige Mulde. „Dort endet die Spur, direkt an der Wand."

Kotranow nickte. Er faßte einen verwegenen Entschluß. Rasch trat er dorthin, wo nach Hawks Aussage Sherlocks Spur endete.

151

„Falls ich verschwinden sollte, dann folgen Sie mir! Jetzt müßte sich eigentlich an dieser Stelle . . ."

Hattinger und Hawk starrten blaß auf die Stelle, an der eben noch ihr Vorgesetzter gestanden hatte. Für wenige Augenblicke war dort ein orangefarbener Fleck erschienen und wieder verschwunden.

Ein heftiger Knall ließ sie zusammenfahren.

„. . . ein orangefarbener Fleck zeigen!"

Kotranow hatte weitergesprochen, obwohl ein Lichtfleck ihn geblendet hatte und ein Schock wie von einer Transition ihn durchfuhr.

Im nächsten Moment flüchtete er mit einem Satz auf die hufeisenförmige Schaltbank. Von unten herauf glotzten ihn die gierigen Augen des Okrill an. Das Tier war offentsichtlich erregt. Es hatte sein breites Maul geöffnet, und die zusammengerollte Zunge, die, wie Kotranow wußte, tödliche Stromschläge austeilen konnte, rollte abwechselnd vor und zurück.

Kotranow wurde blaß, als die Zunge sich ihm entgegenstreckte.

„Kusch!" schrie er. „Setz dich! Bist ein braves . . . braves . . . Biest", ergänzte er in Ermangelung eines anderen Begriffes.

Der Okrill schnalzte.

Gleich darauf fauchte ein heißer Luftstrom an Kotranow vorbei und traf die Wand zu seiner Linken. Es knisterte verdächtig.

„Geschafft!"

Oberst Kotranow fuhr herum und sah Hawk neben dem Okrill stehen. In der Hand hielt er eine winzige Thermowaffe, die wie ein umgebauter Nadelstrahler aussah.

„Hat er Ihnen arg zugesetzt, Sir?"

„Das kann man wohl sagen", grollte Kotranow, während er mit weichen Knien von der Schaltbank kletterte. „Wie haben Sie ihn so schnell beruhigt?"

Hawk wog seinen Strahler in der Hand.

„Breiteste Fächerung bei minimaler Abstrahlung. Der Okrill liebt Hitze, und ich habe ihn mit mindestens hundertfünfzig Grad ,überbraust'. Er ist sonst ganz brav. Anscheinend hat ihn die fremde Umgebung beunruhigt, und als Sie dann so überraschend durch die Wand kamen . . ."

152

„Hoppla!" Hattinger stolperte auf die beiden Männer zu. Er tauchte aus dem Nichts auf. Kotranow hatte es genau gesehen.

„Ich glaube nicht, daß wir *durch* die Wand hindurchgegangen sind", sagte Kotranow. „Eher könnte es sich um eine Art Transition handeln."

„Ein Transmittertor sozusagen", ergänzte Hawk.

„Hm!" machte Kotranow. Überraschend wechselte er das Thema. „Wir sollten uns nicht damit aufhalten, technische Probleme zu klären, sondern an unser eigentliches Problem herangehen. Leutnant Hawk, Sie suchen mit Ihrem Okrill nach Spuren, während Major Hattinger und ich uns mit der Funktionsweise des Justierungsgerätes befassen."

Hattinger räusperte sich vernehmlich.

„Vielleicht sollten wir auch überlegen, wie wir hier wieder hinauskommen, Sir."

Kotranow winkte ab.

„Das hat Zeit bis nachher." Er überlegte kurz. „Immerhin könnten Sie versuchen, ob wir Funkverbindung mit der ANDROTEST bekommen!"

Die Telekomverbindung mit der ANDROTEST I funktionierte ausgezeichnet.

So konnten die ermittelten Daten sofort und laufend zum Schiff weitergegeben werden, wo Folger Tashit augenblicklich mit der Auswertung durch die ML-Positronik begann.

Omar Hawk erzielte die besten Ergebnisse. Als er sie Kotranow mitteilte, nickte der nur und sagte:

„Das wollen wir noch für uns behalten, Leutnant. Vielleicht bekommt die ML-Positronik das gleiche Ergebnis durch reine Kombination heraus. Dann hätten wir eine großartige Bestätigung."

Hattinger setzte sich und verschränkte die Arme. Nachdenklich blickte er auf seine wippenden Fußspitzen. Dann sah er mit listigem Lächeln auf Hawk.

„Vielleicht können wir Ihre Ergebnisse sofort überprüfen, Kahler."

„Wie meinen Sie das?" fragte Kotranow.

„Ich denke mir, wenn wir einen kleinen unbemannten Drei-Mann-

Zerstörer opfern und in den Twin-Transmitter schicken, dann müßte auf der Karte hier", er machte eine umfassende Handbewegung über die Innenwand der Kuppel, auf der eine Projektion des Leerraumes mit den beiden Galaxien Milchstraße und Andromeda zu sehen war, „der rote Dreieckspfeil aufleuchten, der für das Empfängersystem in Frage kommt."

„Übermäßig sparsam sind Sie gar nicht, was?" fragte Kotranow.

Hattinger zuckte die Schultern.

„Ich denke, wir können es verantworten."

Kotranow nickte.

„Gut! Ich werde die Posbis anrufen. Dann können sie einen Zerstörer aus ihrem Ausrüstungslager ferngelenkt in den Twin-Transmitter schicken. Hoffentlich funktioniert der Transmitter überhaupt noch."

Die Posbis bestätigten Kotranows Anweisung. Fünf Minuten später meldeten sie Vollzug. Ein Zerstörer war auf dem Weg in den Sonnentransmitter.

Kaum war diese Meldung eingegangen, da rief Major Tong-Jaho an, der während Kotranows Abwesenheit die ANDROTEST I befehligte.

„Neuer Roboterangriff auf die Shifts, Sir."

„Shifts zurückziehen!" befahl Kotranow. „Die Space-Jet soll auf tausend Meter Höhe gehen. Sobald sie ernsthaft in Gefahr gerät, muß sie ebenfalls eingeschleust werden. Wir wollen keine neuen Verluste riskieren. An der ANDROTEST dürften die Robots sich die Zähne ausbeißen."

Tong-Jaho lachte trocken über den Vergleich. Dann aber wurde er wieder ernst.

„Und was ist mit Ihnen? Wenn ich alles zurückziehe . . ."

„Machen Sie sich um uns keine Sorgen", unterbrach Kotranow. „Ich glaube, in der Kuppel sind wir genauso sicher wie im Schiff. Anscheinend ist das Innere für die Robotwächter tabu, sonst hätte schon Rhodan Schwierigkeiten mit ihnen gehabt."

Kaum hatte Tong-Jaho abgeschaltet, meldete sich Folger Tashit.

„Aha, Sie wollen die Auswertungsergebnisse durchsagen?"

„Freuen Sie sich nicht zu früh", sagte Tashit verdrossen. „Offenbar war es der Haluter, der die Leuchtanzeige der Transmitterjustierung auf den Sechsecktransmitter im galaktischen Zentrum eingestellt hat. Später muß etwas geschehen sein, das diese Justierung rückgängig machte. Ich vermute, es hängt mit dem explodierten schwarzen Raumer zusammen. Vielleicht hat der Kommandant noch einen Fernsteuerimpuls geben können. Jedenfalls kann Rhodan mit der CREST II nur dort herausgekommen sein, wo der Leuchtzeiger der Karte jetzt hinzeigt. Das wäre dann irgendwo im Leerraum."

„Hawks Okrill hat inzwischen das gleiche herausgefunden. Tashit, Sie lassen jetzt ausrechnen, auf welche Position im Leerraum der Leuchtpfeil zeigt. Wir führen unterdessen ein Experiment durch. Ein Zerstörer ist unterwegs zum Twin-Transmitter. Wenn er verschwindet, sollte eigentlich der Pfeil aufleuchten. Angenommen, niemand hat nach dem Verschwinden der CREST II erneut etwas verstellt, müßten wir dadurch das richtige Empfängersystem ermitteln."

Da geschah es auch schon. Genau dort, wohin der Leuchtpunkt wies, flammte jetzt ein roter Punkt auf. Der Zerstörer war angekommen.

In einem Empfänger mitten im Leerraum, der auf der Karte als Tripelsystem gekennzeichnet war...

„Jetzt wissen wir, wohin die Reise geht", sagte Kotranow. „Wollen sehen, ob wir wieder so hinauskommen, wie wir hereingekommen sind." Es glückte. Der Okrill machte den Anfang und die anderen folgten. Draußen war von den Robotern nichts mehr zu sehen. Sie ließen sich von einem Schiff abholen.

Noch zweimal wiederholte Kotranow das Experiment mit einem unbemannten Zerstörer.

Dann hatte Folger Tashit mit der mathelogischen Positronik von Siga die Position des Empfängersystems ziemlich genau bestimmt.

Die nächste Transmitterstation war etwa 300 000 Lichtjahre vom Twin-System entfernt. Von der Milchstraße trennte sie jedoch genau die gleiche Entfernung wie im Fall Twin.

Oberst Kotranow rief sich nochmals das Bild der Projektion im Inneren der Schaltkuppel in Erinnerung. Die auf ihr verzeichneten Leuchtpunkte befanden sich sowohl in der Milchstraße als auch im Leerraum. Einen dieser Punkte konnte man einwandfrei als das galaktische Sonnensechseck identifizieren. Alle diese Lichtpunkte waren nichts anderes als Transmitterstationen, die vor langer Zeit von den geheimnisvollen Meistern der Inseln errichtet wurden. Diese Transmitter, von denen sich einige parallel zu den Grenzen der Milchstraße befanden, waren so etwas wie eine Straße nach Andromeda. Es lag auf der Hand, daß ihre Erbauer sie vor unbefugten Eindringlingen schützen wollten und deshalb mit verschiedenen Fallen versehen hatten.

Major Hattinger drückte es treffend aus, als er sagte:

„Wer immer sich auf die Straße nach Andromeda begibt, der wird von einer Falle zur anderen geschleudert. In einer muß er schließlich scheitern."

Oberst Kotranow dachte eine Weile nach, dann lächelte er.

„Wir jedenfalls werden uns nicht zur nächsten Falle *schleudern* lassen, Major. Glücklicherweise liegt die nächste Station parallel zur Milchstraße, so daß wir uns quasi immer in der gleichen Entfernung zur Heimatgalaxis befinden. Wir können es also riskieren, das Tripelsystem nicht durch den Transmitter, sondern mit dem Linearantrieb zu erreichen.

Allerdings – oft können wir ein solches Manöver nicht durchführen."

Damit stand der Plan fest.

Unberührt von den immer noch rollenden Robotangriffen startete die ANDROTEST I und vereinigte sich wieder mit den beiden Posbischiffen. Die Kursautomatiken wurden programmiert und untereinander koordiniert, dann nahmen die drei Raumschiffe Fahrt auf und rasten aus dem Twin-System hinaus.

Die ANDROTEST I flog jeweils 10 000 Lichtjahre im Linearraum, wobei sie ein Vielfaches der Lichtgeschwindigkeit erreichte, trat danach wieder in den Normalraum ein und verschwand nach mehrstündiger Pause wieder in der Librationszone.

Sie hatte 240 000 Lichtjahre zurückgelegt, als sie erneut in den Normalraum einbrach.

Diesmal spürte Oberst Kotranow sofort, daß etwas mit dem Antrieb nicht stimmte. Die Kalup-Konverter dröhnten so laut wie immer, aber da war ein nur zu erfühlender Unterton dazwischen, der dem erfahrenen Kommandanten zu denken gab.

Er rief über Interkom den Leitenden Chefingenieur an.

156

„Major, überprüfen Sie bitte den Kalup der ersten Stufe. Geben Sie mir anschließend einen Bericht. Ich möchte wissen, ob er schon ausgebrannt ist."

Tong-Jahos Gesicht auf dem Bildschirm wirkte abgespannt.

„Das kann ich Ihnen auch so sagen. So etwas höre ich heraus. Ich empfehle, die erste Stufe abzustoßen und mit der zweiten Stufe weiterzufliegen."

Kotranow schüttelte den Kopf.

„Auf unser Gefühl wollen wir uns lieber nicht allein verlassen. Wir haben noch sechzigtausend Lichtjahre vor uns – und einen langen Heimweg. Wenn möglich, benutzen wir den Kalup noch für die nächste Zehntausend-Lichtjahr-Etappe."

Tong-Jahos Bericht kam nach zehn Minuten. Der Chefingenieur teilte mit, daß die Konverter der ersten Stufe unter Umständen noch 10 000 Lichtjahre durchhielten, wenn die Geschwindigkeit innerhalb des Linearraumes um fünf Prozent herabgesetzt würde.

„Einverstanden", sagte Kotranow. „Lassen Sie die notwenigen Überholungsarbeiten durchführen. Sobald die erste Stufe wieder anlaufbereit ist, geben Sie mir Nachricht."

Dumpf röhrten die Lineartriebwerke.

Unbeweglich wie Statuen saßen die Männer in der Zentrale der ANDROTEST I. Sie erlebten nun schon zum fünfundzwanzigsten Male das Gefühl, ins bodenlose Nichts zu fallen.

Kotranow wurde immer stiller. Hattinger dagegen fluchte nur mehr halblaut vor sich hin, seit der vierzehnte Mann der Besatzung mit Ara-Mitteln in einen Psycho-Heilschlaf versetzt worden war. Omar Hawk tat für einen ausgefallenen Mann in der Ortungszentrale Dienst.

Ein gewaltiger Ruck ging kurz nach dem erneuten Wiedereintritt in den Normalraum durch die ANDROTEST I.

Die erste Stufe war nach 250 000 Lichtjahren Linearflug völlig ausgebrannt, und ihr Material zeigte starke Ermüdungsschäden. Nun hatte man sie abgesprengt.

Das Tosen der anlaufenden zweiten Stufe klang Oberst Kotranow wie Musik in den Ohren. Er rief die beiden Posbiraumer an und überzeugte sich davon, daß sie zum Weiterflug bereit waren.

Fünfmal noch wurde der Schiffsverband vom Zwischenraum geschluckt, fünfmal tauchte er wieder daraus hervor – und hatte beim fünftenmal die ungeheuerliche Strecke von insgesamt 300 000 Lichtjahren zurückgelegt.

Durch die ANDROTEST I gellten die Alarmsirenen.

In knapp viertausend Lichtjahren Entfernung hatten die empfindlichen Spezial-Ortungsgeräte ein System aus drei Sonnen ausgemacht. Es konnte sich nur um das gesuchte Tripelsystem handeln, die Empfängerstation, die das unfreiwillige Ziel der CREST II geworden war.

Von den vierzehn Mann, die infolge psychischer Überlastung schlappgemacht hatten, kehrten zwölf wieder an ihren Platz zurück.

Oberst Kotranow atmete auf. Die psychische Gefahr war vorüber. Nun aber stellte sich ein neues Problem.

Würde man in dem Tripelsystem auf Rhodan treffen – oder mußte die Suche weiter und immer weiter gehen?

„Fünfter November zweitausendvierhundert, Terrazeit." Oberst Kotranow lauschte auf das schwache Summen des Aufzeichnungsgerätes. „Am heutigen Tage erreichte die ANDROTEST I das Tripelsystem, in dem sich vermutlich die CREST II mit dem Großadministrator des Solaren Imperiums an Bord aufhält.

Am neunzehnten August dieses Jahres verschwand die CREST II durch den galaktozentrischen Sechsecktransmitter. Am einunddreißigsten August wurde durch die Explosion eines Signal-Schiffes die erste Nachricht Rhodans übermittelt.

Am dritten Oktober startete die ANDROTEST I vom Raumhafen Hondro auf Opposite, um nach dem Verbleib der CREST II und des Großadministrators zu forschen. Heute, nachdem ein Monat und zwei Tage vergangen sind, hoffen wir, nur noch wenige Stunden von unserem Ziel entfernt zu sein.

Unsere Funkzentrale arbeitet auf allen Wellenbereichen. Die Ortungszentrale mit ihren Spezialgeräten sucht den Raum rings um die drei Sonnen und auf dem Planeten ab. Dieses System ist ein Kuriosum. Nicht der Planet umläuft seine Sonnen, sondern die drei Sonnen umlaufen einen Planeten, der nicht einmal eine Rotation besitzt. Es muß sich wiederum um ein künstliches System handeln.

In diesem Augenblick stößt die ANDROTEST I mit feuerklaren Geschützen, begleitet von den Posbi-Raumschiffen BOX-9780 und BOX-9781, in den Innenraum zwischen den Sonnen vor.

Wir müssen Rhodan ganz einfach finden, oder . . ."

Oberst Kotranow stoppte das Gerät, als die Alarmsirenen heulten. Fassungslos starrte er auf den Bildschirm, auf dem soeben das Ortungsbild des einzigen Planeten eingeblendet wurde.

Noch war man zu weit entfernt, um ein exaktes Bild zu erhalten, doch die Hypertaster registrierten in einem eng begrenzten Sektor des Planeten einen Energieausstoß ungeheuren Ausmaßes. Dann, urplötzlich, schälte sich aus diesem Energiechaos eine flammende Kugel und kam mit irrsinniger Beschleunigung auf die ANDROTEST I zu.

Die Ortungszentrale meldete sich mit höchster Lautstärke.

„Tausendfünfhundert Meter Durchmesser, Sir. Das ist die CREST II!"

Kotranows blasse Lippen bewegten sich in stummem Selbstgespräch. Für Sekunden überstieg die Erscheinung auf dem Bildschirm das Fassungsvermögen seines Verstandes.

Das sollte die CREST II sein? Diese flammende Kugel, die anscheinend in einer feurigen Orgie von einem Planeten geboren wurde?

Als er dann endlich glaubte, was seine Augen sahen und was die Ortungszentrale meldete, als er endlich der Funkzentrale die nötigen Befehle geben wollte, da rasten flimmernde Energiebahnen von dieser planetengeborenen Kugel heran, schlugen in die Schutzschirme der ANDROTEST I und entfesselten einen Orkan von durchschlagenen Sicherungen, schrillenden Warnautomatiken und jählings aufbrüllenden Strommeilern.

„Mein Gott! Sie vernichten uns!" flüsterte Major Hattinger.

Kotranow hatte sich wieder gefaßt. Und wenn er seine klare Überlegung wiedergewonnen hatte, gab es keinen Rückschlag mehr. Er befahl gleichzeitig der Funkzentrale, den Kode der Solaren Flotte zu senden, und dem Chefingenieur, alle verfügbare Energie in die Schutzschirme zu leiten.

Sekunden später stellte die CREST II das Feuer ein. Für die ANDROTEST I kam es buchstäblich im letzten Augenblick.

Der Lautsprecher des Hyperkoms krachte. Eine rauhe, vibrierende Stimme meldete sich.

„Hier CREST II an ANDROTEST I! Seid ihr es wirklich? Kommandant, antworten Sie! Hier sind Männer, die direkt aus der Hölle kommen. Ich kann für meine Leute an den Geschützen nicht mehr garantieren!"

„Hier Oberst Kotranow von der ANDROTEST I. Ich melde die Ankunft der Hilfsexpedition unter meinem Kommando. Mit uns sind zwei Posbischiffe mit Nachschubgütern gekommen." Er besann sich einen Augenblick, dann fragte er:

„Was Sie auch immer durchgemacht haben, beantworten Sie mir eine einzige Frage: Was ist mit Perry Rhodan?"

Wie zur Antwort flammte der bis dahin tote Bildschirm auf.

„Sie . . . Sir . . . ?" stammelte Kotranow.

Rhodans verschwitztes, abgemagertes Gesicht lächelte dünn.

„Ich glaube Ihnen, daß ich vorhin nicht an der Stimme zu erkennen gewesen war, Oberst. Aber Sie ahnen ja nicht, was wir hinter uns haben."

Kotranow nickte stumm.

„Oberst", sagte Rhodan, „ziehen Sie sich bitte in den Leerraum zurück. Auch die Posbis sollen umkehren. Wir folgen Ihnen. Es wäre psychologisch unklug, mit meinen Leuten derzeit auf dem Planeten zu landen. Sie haben nur den einen Wunsch: so schnell wie möglich fort! Und ich kann es ihnen nicht verdenken."

Der Okrill nieste, als Omar Hawk die Quarzlampe auf maximale Leistung stellte.

Zufrieden lächelte Hawk.

Er setzte sich in seinen Kontursessel. Wohlig reckte er sich. Die ANDROTEST I würde in spätestens drei Tagen wieder zu Hause sein. Vor zwei Tagen hatte man mit der letzten Stufe, dem Kommandoschiff, eine Position erreicht, die 200 000 Lichtjahre vom Rand der Galaxis entfernt war. Danach war die mit Gravobomben beladene Space-Jet ausgeschleust und in sicherer Entfernung zur Explosion gebracht worden.

Vor anderthalb Stunden war schließlich ein Hyperfunkspruch empfangen worden, der die baldige Ankunft eines Schlachtschiffes der Stardust-Klasse ankündigte.

Die Lineartriebwerke der vierten Stufe waren vollständig ausgebrannt, so daß man auch dieses Kugelschiff würde aufgeben müssen. Die Besatzung würde das Kommandoschiff verlassen und an Bord des Schlachtschiffes gehen. Danach konnte die vierte Stufe der ehemaligen ANDROTEST I gesprengt werden. Ihre Maschinen besaßen nur mehr Schrottwert und ließen sich nicht mehr reparieren.

Omar Hawks Gesicht wurde ernst, als er an die ausgemergelten und abgekämpften Gestalten dachte, die sie in der CREST II angetroffen hatten. Aber die Ara-Heilmittel und die Fachärzte, die man mitgebracht hatte, konnten die Leute relativ schnell wiederherstellen. Anschließend hatte, während Posbis und Spezialisten der ANDROTEST I die Schäden an der CREST II behoben, der Erfahrungsaustausch begonnen.

Perry Rhodan war trotz aller vorangegangener Strapazen einer der aktivsten. Unter seiner Leitung und auf seine Initiative wurde ein großangelegtes strategisches Programm erarbeitet. Folger Tashit hatte keinen geringen Anteil daran, obwohl es ihn innerlich schmerzte, daß er von seiner ML-Positronik Abschied nehmen mußte, da diese an Bord der CREST II gebracht wurde.

Danach hatte Rhodan dem Kommandanten der ANDROTEST I das ausgearbeitete Programm übergeben und das Stufenschiff zur Galaxis zurückgeschickt mit dem Auftrag, es Reginald Bull zu übergeben, damit dieser die notwenigen Schritte einleiten konnte.

Omar Hawk warf noch einen Blick auf den Okrill. Sherlock schlief.

Langsam ging Hawk zur Kabine hinaus und schlug den Weg zum Observatorium ein.

Dann saß er hinter dem großen Refraktor und hielt den Blick in die Leere des Abgrundes zwischen zwei Galaxien gerichtet. Irgendwo da draußen, nicht einmal bei maximaler Vergrößerung sichtbar, kreisten drei Sonnen um einen höllischen Planeten. Aber dort draußen schwebten auch die beiden noch längst nicht ausgeladenen Posbischiffe – und das Flaggschiff der Solaren Flotte.

Jemand tippte ihm auf die Schulter.

Es war Major Hattinger.

„Nun, Kahler! Was gibt es zu sehen?"

Hawk lächelte.

„Nichts. Muß man denn immer mit den Augen sehen?"

„Nein!" sagte Hattinger und starrte wie geistesabwesend in die Schwärze hinaus. „Nein, Hawk." Er dreht sich wieder um. „Was ich noch sagen wollte, Kahler: Soeben haben wir den ersten Ortungskontakt mit dem Schlachtschiff gehabt, das uns abholen soll. Wir hätten es aus eigener Kraft auch nicht mehr geschafft."

Hawk lächelte glücklich.

„Was hat das schon zu sagen! Wichtig allein ist, daß mit der ANDROTEST I die erste Brücke zwischen Perry Rhodan und der Heimatgalaxis geschlagen wurde . . ."

12. Atlan

Man hätte meinen sollen, es gäbe nichts Schwärzeres als eine planetarische Nacht mit einem wolkenverhangenen Himmel.

Das, was sich vor den elektronischen Bildabtastern des terranischen Flottenflaggschiffes CREST II ausbreitete, war noch schwärzer.

Ich konnte nicht mehr auf die Bildschirme sehen, ohne von der Trostlosigkeit des Anblicks zermürbt zu werden.

Die drei Sonnen waren die einzigen selbstleuchtenden Himmelskörper, die weit und breit zu sehen waren. Da sich mein wissenschaftlich geschulter Verstand dagegen auflehnte, ihre Existenz anzuerkennen, beraubte ich mich des letztes Haltes. Ich verzichtete darauf, das einzig Wirkliche im Umkreis von einigen Lichtjahren zu sehen, und so kam es, daß ich mich immer tiefer in ein Gefühlschaos hineinsteigerte. Es sagte mir, die CREST II und die beiden vor vier Wochen angekommenen Nachschubtransporter müßten verloren sein.

Vier Wochen war es her, daß die ANDROTEST I in Begleitung von zwei Fragmentraumern im Horror-System erschien. Waren Rhodan und die gesamt Besatzung der CREST II noch während des erzwungenen Aufenthaltes in den Horror-Etagen darauf bedacht gewesen, diese Höllenwelt möglichst unbeschadet zu verlassen und endlich nach Hause zurückzukehren, hatte sich die Stimmung schlagartig geändert. Nunmehr war von einer raschen Heimkehr keine Rede mehr. Rhodan hatte plötzlich andere Pläne, und ein Großteil der Besatzung schloß sich diesen Plänen an.

Vergessen waren die unwirklich erscheinenden, aber dennoch realen Abenteuer in den Horrorebenen. Vergessen die Beinahe-Katastrophen, denen die CREST oft nur im letzten Augenblick entkommen konnte. Die Männer hatten durch das Erscheinen der ANDROTEST neuen Mut gefaßt, der mich fatal an Übermut erinnerte. Man begann sich hier wie fast zu Hause zu fühlen.

Die ANDROTEST I war mit dem Auftrag in die Galaxis zurückgeschickt worden, die Eroberung des Twin-Systems durch das Solare Imperium einzuleiten. Die Transmitterstraße nach Andromeda war für Rhodan von so großer Wichtigkeit, daß er beabsichtigte, sie für einen Vorstoß zur Nachbargalaxis nutzbar zu machen und sie der Kontrolle der geheimnisvollen Meister der Insel zu entreißen. War einmal das Twin-System in terranischer Hand, würde auch Horror folgen.

Der große Unsicherheitsfaktor hierbei war jedoch das Verhalten der Meister der Insel. Diese unbekannten Wesen aus Andromeda würden der Eroberung ihrer Transmitterstationen nicht tatenlos zusehen. Sie würden reagieren. Und wie eine derartige Reaktion aussehen könnte, vermochte noch niemand genau zu sagen.

Dennoch waren Rhodans Überlegungen, zumindest Teile der Transmitterstraße unter Kontrolle zu bringen, richtig. Es war notwendig, eine potentielle Gefahr, wie sie die Sonnentransmitter für die Milchstraße darstellten, zu entschärfen, zumal die Meister der Insel inzwischen darüber informiert waren, daß Milchstraßenbewohner in ihr Transmittersystem eingedrungen waren. Es war nicht auszuschließen, daß sie bereits Gegenmaßnahmen eingeleitet hatten. Angesichts dieser Umstände hatte sich Perry Rhodan dazu entschlossen, vorerst mit der CREST II im Horror-System zu bleiben.

In den vergangenen vier Wochen waren unzählige Ausrüstungsgegenstände von den Fragmentschiffen in die CREST umgeladen worden. Alle schadhaften und überbeanspruchten Aggregate waren ausgetauscht und Medikamente, Wasser und Nahrungsmittellager aufgefüllt worden. Unter den Gütern, die wir erhalten hatten, befanden sich auch einige auf chemischer Basis arbeitende Notstromaggregate sowie eine große Zahl altertümlich anmutender Handfeuerwaffen, deren

Funktionsweise auf der mechanischen Abfeuerung von chemischen Sprengsätzen basierte. Zusätzlich hatten wir auch fünfzehn Flugzeuge erhalten, die mit Düsenstrahltriebwerken ausgerüstet waren, welche mit Kerosin betrieben wurden. NATHAN hatte es anscheinend für notwendig erachtet, uns derartige Ausrüstungsgegenstände zu schikken, die für Extremfälle vorgesehen waren.

Vor vier Stunden war die letzte Reparatur an Bord der CREST abgeschlossen worden. Dabei hatte sich endgültig bestätigt, was bereits, noch ehe die ANDROTEST zu ihrem Rückflug aufgebrochen war, befürchtet wurde: Die Linearantriebe waren irreparabel beschädigt!

Die Ereignisse in den Horror-Etagen waren an den Lineartriebwerken der CREST und allen ihren Beibooten nicht spurlos vorübergegangen. Es wurde zur bitteren Gewißheit, daß sie trotz des umfangreichen Ersatzteilmaterials nicht mehr umfassend instand gesetzt werden konnten. Der Aktionsradius der CREST war dadurch stark eingeschränkt, und selbst dieser rechnerisch ermittelte Bewegungsspielraum barg unzählige Risiken in sich, so daß niemand exakt voraussagen konnte, welche Strecke die CREST tatsächlich zurücklegen konnte.

Dies mochte mit ein Grund für Rhodans Entschluß gewesen sein.

Seit unserem Durchbruch durch die letzte Etage standen wir regungslos einige Lichtstunden außerhalb des Systems im Leerraum. Wenn alles nach Plan verlief, würde in einigen Wochen, in den ersten Januartagen des Jahres 2401, das nächste Stufenschiff, die ANDROTEST II hier erscheinen und die Besatzungsmitglieder der CREST übernehmen, um sodann zum Twin-System und von dort aus durch den Sonnentransmitter in die Milchstraße zurückzukehren. Lediglich eine Handvoll Spezialisten würde zurückbleiben, um die Beobachtungen des Horror-Systems durchzuführen – bis es von den terranischen Einheiten unter Kontrolle gebracht wurde.

Obwohl es Rhodan einem Teil der Besatzung freigestellt hatte, mit der ANDROTEST I in die Galaxis zurückzukehren, hatte sich niemand gefunden, der dieses Angebot angenommen hätte. Alle fieberten den kommenden Ereignissen entgegen. Nicht vergessen war die Tatsache, daß sich irgendwo auf der Oberfläche Horrors vermutlich eine Transmitterschaltstation befand. Diese Station war für die Pläne der Terraner von großer Bedeutung, denn Horror ließ sich nur dann unter Kontrolle bringen, wenn es gelang, die Station zu finden und zu besetzen.

Es war mir klar, daß Rhodan nicht die Absicht hatte, untätig hier draußen im Leerraum abzuwarten, bis die ANDROTEST II erscheinen würde. Wie ich die Terraner einschätzte, würden sie früher oder später die Untätigkeit satt haben und sich wieder näher an Horror heranwagen.

Die in den letzten Wochen ausgeschickten Beobachtungssonden hatten uns viele Details über die Oberfläche des Planeten vermittelt. Wir wußten nun über die klimatischen Verhältnisse und die Bodenbeschaffenheit Bescheid. Doch der Nachweis über die Existenz einer Schaltstation konnte bisher nicht erbracht werden. Die Sonden waren vergleichsweise primitive Geräte, deren Aufklärungstätigkeit von der überragenden Technik der Erbauer dieses Systems getäuscht werden konnte. Und die CREST stand zu weit entfernt, um brauchbare Ortungsergebnisse durch die wesentlich leistungsfähigeren Bordgeräte zu erzielen. Die hyperdimensionalen Störfelder der drei Sonnen überlagerten die Peilimpulse.

Was lag also näher, als daß sich Rhodan mit dem Gedanken trug, die CREST näher an das System heranzuführen, um den Planeten besser erforschen zu können?

Ich hatte vergeblich gewarnt und darauf hingewiesen, daß das Horrorsystem und seine weiteren tückischen Fallen, die noch auf uns warten mochten, für das terranische Flaggschiff eine Nummer zu groß sein könnten.

Ich wollte und konnte nicht verstehen, warum die CREST eine Aufgabe durchführen sollte, die auch die terranische Flotte bewältigen konnte, wenn es ihr gelang, nach Horror vorzustoßen. Ich war fest davon überzeugt, daß die Meister der Insel in irgendeiner Form auf den terranischen Vorstoß in das Twin-System reagieren würden. Und nach allen Erfahrungen, die wir bisher auf unserer Irrfahrt gewonnen hatten, würde diese Reaktion so ausfallen, daß ein einzelnes Raumschiff, auch wenn es sich dabei um die CREST handelte, keine Chance hatte, dies unbeschadet zu überstehen. Ein großer Schiffsverband konnte da wahrscheinlich mehr bewirken. Ich war nicht bereit aufzugeben, deshalb beschloß ich, nochmals mit Rhodan zu reden, obwohl mir mein Extrasinn klarzumachen versuchte, daß ich auch diesmal keinen Erfolg haben würde.

Solcherart „ermutigt" machte ich mich auf den Weg in die Kommandozentrale.

Sie waren alle anwesend, als ob sie auf mich gewartet hätten.

Mory Abro-Rhodan saß auf einem Pneumosessel. Neben ihr stand Melbar Kasom. Die mächtige Gestalt des Haluters Icho Tolot, für den es in der Zentrale keine passende Sitzgelegenheit gab, stand hinter dem Kommandanten Cart Rudo. Perry Rhodan befand sich neben dem Eingabepult der Positronik und blickte mich nachdenklich an, als ich eintrat.

Ich versuchte mit logischen Argumenten meine Bedenken vorzubringen und das Für und Wider einer neuen Aktion der CREST in diesem Sektor abzuwägen. Ich kam auf die Risiken zu sprechen, und als ich geendet hatte, wußte ich instinktiv, daß meine Mission gescheitert war. Rhodans Stimme klang ernst, als er mir antwortete:

„Ich habe nicht die Absicht, leichtfertig zu handeln und die Existenz der CREST und ihrer Besatzung zu gefährden.

Wir haben hier jedoch eine Aufgabe zu erfüllen, die uns die einmalige Chance eröffnet, uns den Weg nach Andromeda zu sichern. Und ich bin nicht bereit, diese Chance ungenützt verstreichen zu lassen. Die Zeit bis zur Ankunft der ANDROTEST II werden wir dazu nützen, die Transmitterschaltstation zu suchen. Wir werden Mittel und Wege finden, diese Erkundungen so durchzuführen, daß die Gefahr für das Leben der Besatzung auf ein Minimum reduziert wird. Nur wenn uns besondere Umstände dazu zwingen, werden wir mit der CREST selbst in unmittelbare Nähe des Horror-System zurückkehren. Aber selbst dies wird unter allen erdenklichen Sicherheitsvorkehrungen geschehen."

„Die besonderen Umstände dürften von eurer eigenen Unrast konstruiert werden, und die Suche nach der Schaltstation wird euch dazu verleiten, alle Bedenken über Bord zu werfen", entgegnete ich wütend. „Eure Neugierde und euer Wissensdrang werden euch dabei zum Verhängnis werden. Nun gut, widme dich den Geheimnissen Horrors, fliege in das System zurück und laß dich von den letzten

Rätseln dieser Welt überraschen. Aber sage mir nicht, ich hätte euch nicht rechtzeitig gewarnt."

Zornig blickte ich Rhodan an, der auf meine Worte betroffen schwieg. Zwischen mir und dem Terraner schien es zum erstenmal seit langer Zeit zu einer ernsten Verstimmung gekommen zu sein.

In der Zentrale herrschte bedrücktes Schweigen, das plötzlich durch das Wimmern der Alarmsirene unterbrochen wurde. Rhodan fuhr herum und blickte zum Interkomschirm, auf dem der Kopf von Major Enrico Notami, dem Chef der Ortungszentrale, sichtbar wurde.

„Fremdkörperortung", gab er durch. „Entfernung 9,3 Lichtjahre, halb metallisch, halb taubes Gestein. Es scheint sich um einen der ganz seltenen Meteore in dieser Gegend zu handeln. Fahrt kaum meßbar. Knapp dreißig Kilometer pro Sekunde. Anweisung, Sir?"

Ich stellte mich neben Rhodan vor den Schirm.

„Ja", entgegnete ich an seiner Stelle. „Berechnen Sie annähernd die Flugbahn. Ich werde mir den Fremdkörper ansehen."

„Verstanden."

Ich hörte Perry stoßartig ausatmen. Wieder trafen sich unsere Blicke. Die anderen Männer schwiegen. Sie schienen peinlich berührt zu sein.

„Man ist immer ganz genau, nicht wahr?" meinte Perry spöttisch. „Was verspricht man sich davon? Oder hält man den Nickelbrocken für ein Raumschiff?"

Ich beherrschte mich nur mühsam.

„Man verspricht sich allerlei davon. Vor allem ist man sicher, für einige Stunden nicht dein Gesicht sehen zu müssen."

Er schaute mich ungehalten an.

„Ich will dir einmal etwas sagen, Arkonide", begann Perry. „Ich liebe keine unerforschten Festungen in meinem Rücken! Niemand weiß, was sich auf der Oberfläche befindet und was dort ausgebrütet wird. Ich will Gewißheit haben. Und jetzt fliege los. Es wird mir ebenfalls guttun, dein Genörgel für einige Stunden nicht hören zu müssen. Suche dir einen zweiten Piloten aus. Wen willst du haben?"

„Einen der besten Männer der Flotte", entgegnete ich aufsässig. „Sergeant Miko Shenon."

Perry nickte zustimmend.

„In Ordnung, also Miko Shenon. Sonst noch jemand?"

„Wenn Sie gestatten, fliege ich mit", meldete sich Icho Tolot.

Ich war überrascht.

Was bewegte den Haluter, die CREST zu verlassen? Wollte er versuchen, mich umzustimmen?

„Bitte sehr. Die Besatzung der CREST hat Ihnen ihr Leben zu verdanken. Vielleicht können Sie es ein zweites Mal erhalten, wenn Sie mir jetzt folgen. Start in fünfzehn Minuten."

Ich ging ohne Gruß.

„Verdammter Dickschädel", sagte jemand. Ich glaubte, Rudos Stimme gehört zu haben.

Dreizehn Uhr Bordzeit, am 5. Dezember 2400.

Die Space-Jet stand startklar auf den geschliffenen Leichtstahlschienen des Kraftfeldkatapultes.

Icho Tolot saß hinter den beiden Pilotensesseln auf dem Boden. Die Kanzel des Beibootes war fast zu klein für den halutischen Giganten, über dessen Heimatwelt wir nichts wußten.

Der zweite Mann meiner Besatzung war also Sergeant Miko Shenon, ein 1,96 Meter großer Muskelberg mit einem sommersprossigen Babygesicht und fuchsroten Stachelhaaren.

Wir waren ein gutes Team. Ein halutischer Überriese, ein tollkühner, alles riskierender Terraner mit dem Verstand eines Hochschulprofessors und dem Leichtsinn eines Schuljungen – und ein abgedankter Arkonidenimperator und ehemaliger Flottenadmiral, der schon viel zu lange gelebt hatte, um das Unheil nicht kommen zu sehen.

Der Prallfeldschlag erfaßte mich um 13.04 Uhr Bordzeit. Die in der Längsachse fünfunddreißig Meter durchmessende Diskusmaschine wurde aus den Schleusentoren des Hangars gestoßen und von der ewigen Nacht des Leerraumes aufgenommen.

Das Impulstriebwerk sprang automatisch an. Als es zu dröhnen begann, war die 1500 Meter durchmessende CREST bereits unsichtbar geworden.

Icho Tolot sang ein Kampflied seines Volkes.

Ich lauschte auf die tiefen Töne, die verhalten und doch grollend über die monströsen Lippen kamen. Tolots rote Augen glühten im schwachen Licht der Armaturenbeleuchtung. Seine tiefschwarze Lederhaut ließ ihn zu einem konturlosen Schatten im Hintergrund der Kanzel werden.

Shenon schaute sich um. Grinsend tippte er dem Haluter gegen das rechte Säulenbein und meinte dazu ungerührt:

„Wenn Sie es noch etwas fester gegen die Sesselverankerung pressen, können wir gleich in herausspritzender Druckflüssigkeit baden. Dieser Stuhl wird nämlich hydraulisch bewegt."

Tolot unterbrach seinen Gesang nicht. Immerhin zog er das Bein so weit an, daß der Sockel außer Gefahr war. Shenon hatte mit seiner Warnung durchaus nicht übertrieben. Tolot wog unter der Schwerkraft von einem Gravo 39,8 Zentner. Seine Kräfte waren unvorstellbar groß. Es bereitete ihm keine Mühe, ein tonnenschweres Gerät aus den Verankerungen zu reißen.

Die optische Kontrollmarke wanderte in den Zielkreis ein. Das Eintauchmanöver stand bevor. Ich hatte es noch vor dem Start anhand der Ortungsunterlagen berechnet und in den positronischen Automaten getippt, der das feldabschirmende Kalup-Aggregat steuerte.

Zwei Minuten später tauchte die Space-Jet in den Linearraum ein.

13.

„Freiwache auf Stationen, Schiff klar zum Gefecht", dröhnte die tiefe Stimme des epsalischen Kommandanten aus den Lautsprechern der Interkom-Anlage. „Anfrage Ortung: Wo entsteht der Energiesturm?"

Die CREST II verwandelte sich in einen wimmelnden Ameisenhaufen. Die bedingte Gefechtsbereitschaft der letzten Stunden und Tage wurde aufgehoben und in den Klarschiff-Zustand umgewandelt. Knapp zwanzig Minuten waren seit Atlans Start vergangen, als etwas eintrat, womit niemand gerechnet hatte. Die Ortungen meldeten einen gigantischen Energieorkan auf Horror.

Rudo hatte seinen Platz eingenommen. Neben ihm saßen der Erste und Zweite Kosmonautische Offizier.

Rhodan ließ sich in den Kontursessel des Flottenadmirals fallen. Die Anschnallgurte schnappten über seinen Körper und rasteten magnetisch ein.

Auf den Bildschirmen der Normalerfassung war nichts Besonderes zu sehen. Dafür schien auf den Relieflächen der Energieorter ein Hexentanz stattzufinden.

Der Planet Horror war in wenigen Augenblicken zu einem feuerspeienden Körper geworden. Eine der drei gelben Sonnen schien sich entgegen allen Naturgesetzen im Zeitraum von nur drei Minuten in eine Nova verwandelt zu haben.

Rhodan sah auf die Schirme. Sein Gehirn weigerte sich, das Geschehen als Tatsache aufzufassen.

Die nördliche Halbkugel des Planeten glich einem Vulkan, aus dessen Zentrum eine orangerote Energiesäule von unvorstellbarer Stärke hervorbrach.

Sie raste in den Raum, breitete sich dabei geringfügig aus und trat in Kontakt mit der pulsierenden Sonne.

Horror wurde, wie jeder an Bord wußte, von einem riesigen Schacht durchzogen, der die beiden Pole des Planeten miteinander verband.

Auf der südlichen Halbkugel war alles ruhig. Nur der Nordpol spie nach wie vor eine Flammensäule aus.

Der orangerote Energiestrahl erinnerte Rhodan fatal an die Ereignisse im Twin-System, die mit der Auflösung des Planeten Power begonnen hatten. Sollte nun Horror dasselbe Schicksal ereilen? Rhodan bezweifelte dies. Der Energiestrahl mußte eine andere Funktion erfüllen.

Er dachte an den Zentrumskern Horrors, der nach den Berechnungen als Empfangsstation arbeitete, um ungebetene Eindringlinge zu vernichten. Was ging dort jetzt vor? Die Energiesäule war womöglich ein Transportstrahl. Aber welche Aufgabe hatte er? Wurde im Zentrumskern Horrors etwas empfangen oder in den Raum transportiert, und diente der Strahl dazu, diesen Transport durchzuführen?

Rhodans Überlegungen wurden unterbrochen, als sich die Ortungszentrale meldete. „Irgend etwas kommt im Zentrumstransmitter Horrors an und wird nach draußen befördert", erklärte Notami aufgeregt.

Also doch! durchfuhr es Rhodan. „Läßt sich feststellen, was es ist?" fragte er.

170

„Leider nein", erwiderte Notami. „Wir konnten lediglich Struktur-erschütterungen registrieren. Die hyperenergetische Impulsverdich-tung erfolgt über dem Nordpolgebiet. Dort wurde der Aufbau energe-tischer Kraftfelder festgestellt."

Rhodan beugte sich vor.

„Bitte . . .? Kraftfelder? Etwa Schutzschirme?"

„Vielleicht. Die Auswertung läuft. Auf Horror sind sehr starke Kernprozesse eingeleitet worden. Sie werden trotz der Hyperausbrü-che erkennbar. Noch eine Meldung. Kommt eben herein. Die Masse-und Materietaster sprechen an. Auf dem Pol werden metallische Körper ausgemacht. Sehr groß, Auswertung läuft ebenfalls an."

„Wieso sind diese Körper nicht schon vor Tagen und Wochen er-kannt worden?"

„Das ist zur Zeit unser Problem. Um stationäre Masseeinheiten kann es sich nicht handeln, oder wir hätten sie durch die zahlreichen Beobachtungssonden entdeckt. Hier – die ersten Daten. Die Positro-nik stellt fest, die erkannten Körper könnten jetzt erst aufgetaucht sein."

Rhodan gelang es kaum, die in ihm aufsteigende Erregung zu unter-drücken. Tausend Gedanken und Vermutungen schossen ihm durch den Kopf. Welche Körper konnten so unvermittelt erscheinen?

„Konnten Sie herausfinden, ob der Transportstrahl irgendwelche Gegenstände auch in die verrückt spielende Sonne befördert?" fragte er den Ortungschef, einer spontanen Eingebung folgend. „Oder ob sie ausschließlich an der Oberfläche Horrors das Transportfeld ver-lassen?"

„Dazu läßt sich leider nichts Konkretes sagen", erwiderte Notami. „Möglich wäre es schon. Die Hyperortung läßt keine genauen Aus-wertungsergebnisse zu, da der Energiestrahl starke Störungen der Hypertaster hervorruft."

Rhodan nickte nachdenklich. Das Horror-System schuf abermals eine Reihe von Rätseln. Eines war jedoch offensichtlich. Der eigentli-che Sonnentransmitter, dessen Transmissionsfeld sich irgendwo ober- oder unterhalb der Bahnebene der drei Sonnen befand, war nicht aktiv geworden. Alles, was nach Horror kam, materialisierte in der Zentrumsebene der Hohlwelt und wurde von dem Transportstrahl nach außen befördert.

Rhodan dachte einen Augenblick daran, daß der Beginn des Energieausbruchs auf Horror in einem zeitlichen Zusammenhang mit der befohlenen Eroberung des Twin-Systems stehen könnte. Hatte die terranische Flotte das Twin-System bereits besetzt, und war es zu einer unvorhergesehenen Panne gekommen?

Rhodan blickte zu Cart Rudo, der schweigend vor seinem Kommandopult stand.

„Lassen Sie uns nachsehen, was auf Horror vor sich geht", sagte der Epsaler gepreßt. „Unsere Beobachtungssonden helfen uns jetzt nicht viel. Wir können sie nicht ausschicken, da die Störfelder innerhalb des Systems zu groß sind, um brauchbare Ergebnisse zu erzielen."

Rhodan zögerte. Konnte er es verantworten, sich in dieser Situation in das Horror-System zurückzuwagen? Er fühlte die Blicke der anderen Männer in der Zentrale auf sich ruhen.

Er wollte zu einer Antwort ansetzen, als sich die Funkzentrale meldete.

„Horror funkt", rief die aufgeregte Stimme von Major Kinser Wholey. Sein erschrockenes Gesicht erschien auf dem Schirm.

„Was?" entfuhr es Rhodan.

„Horror funkt", wiederholte der Afro-Terraner. „Hyperwelle, Flottenfrequenz. Eingangsleistung nur 0,56 Mikrowatt verzerrt. Wortlaut kann nicht ermittelt werden. Es kommen nur Streuschwingungen durch, aber die liegen einwandfrei auf der Flottenfrequenz."

Rhodan sah sich um. Cart Rudo bebte vor Ungeduld. Fordernd, das Befehlsmikrophon bereits an den Lippen, schaute er Rhodan an.

Die Logikzentrale meldete sich. Das mathelogische Gehirn, das mit der ANDROTEST I angekommen war, hatte Wholeys Durchsage bereits ausgewertet. Dr. Holfing war am Apparat.

„Die Möglichkeit, daß es sich bei den erkannten Körpern um eigene Fahrzeuge handelt, wird mit fünfzig Prozent eingestuft", erklärte der Physiker.

„Horror funkt immer noch. Streustrahlung", meldete Wholey. „Kein Wortlaut erkennbar, Impulsintervalle völlig ungleichmäßig – aber Flottenfrequenz!"

„Machen Sie mich nicht wahnsinnig mit Ihren betonten Hinweisen auf die Flottenfrequenz", rief Rhodan wütend. „Ortung – haben Sie die metallischen Massen noch immer in Ihren Tastern?"

„Einwandfrei, Sir. Vorwiegend Stahl oder stahlähnliche Legierungen. Auswertung liegt jetzt vor. Dazu werden Hochleistungskonverter angemessen. Die Energiekurve ist eindeutig. Auf dem Pol . . .!"

„Nicht *über* dem Pol?" unterbrach Rhodan.

„Nein, Sir, *auf* dem Pol, also auf der Oberfläche laufen gesteuerte Kernprozesse ab."

„Schiffsmaschinen!" behauptete Cart Rudo. „Was sonst?"

Rhodan erblaßte. Wie gehetzt blickte er zu den Schirmen der Bordkontrolle. Die Werte der einzelnen Hauptstationen wurden direkt in die Zentrale übertragen.

„Sir . . .!" mahnte der Kommandant. „Lassen Sie uns endlich nachsehen!"

Rhodan entschloß sich innerhalb einer Sekunde. Es gab kein Zurück mehr.

„Dann starten Sie; aber riskieren Sie nicht zuviel. Eine Landung auf Horror kommt nicht in Frage. Funkraum: Nachricht an Atlan absetzen. Situation schildern. Stellen Sie eine Direktverbindung mit den Posbiraumschiffen her."

„Klar zum Alarmstart", ertönte Rudos Stimme. Seine Erleichterung schwang in den Worten mit. „Fertigmachen zum Kurzstrecken-Linearflug, Rechenwerte eintippen."

Eine halbe Minute später dröhnten die Triebwerke des Superschlachtschiffes auf. Zusammen mit der anruckenden CREST II nahmen auch die Posbiraumschiffe Fahrt auf. BOX–9780 sicherte die linke Flanke, BOX-9781 stand im Grünsektor querab.

Die Plasmagehirne an Bord der beiden Fragmentgiganten hatten Rhodans Anweisungen ohne Vorbehalte angenommen.

Als die CREST II nach einer wilden Beschleunigung von sechshundert Metern pro Sekundenquadrat ein Drittel der einfachen Lichtgeschwindigkeit erreicht hatte, schaltete die Überlichtautomatik.

Das Schiff verschwand mit einer irrlichternden Leuchterscheinung im linearen Zwischenraum. Die Posbis folgten. Schon wenige Sekunden später tauchten die drei schweren Einheiten ins Normaluniversum zurück.

Der Planet Horror erchien als glitzernde Scheibe auf den Bildschirmen der Außenbordpositronik.

Jetzt flammten alle drei Sterne. Nummer B und C schienen sich dem

173

Pulsieren der als A bezeichneten Sonne angeglichen zu haben. Die Entfernung zu Horror betrug nach dem Eintauchmanöver noch hundertfünfzig Millionen Kilometer. Cart Rudo war exakt im errechneten Sektor angekommen.

Die gewaltige Energiesäule, die immer noch aus dem nördlichen Pol hervorschoß und Kontakt mit der A-Sonne suchte, war jetzt auch auf den Normalbildschirmen zu sehen. Der von ihr entfesselte Energiesturm war geringfügiger als angenommen. Die auftreffenden Impulse wurden von den Schutzschirmen der CREST mühelos abgewehrt.

Rudo sah sich triumphierend um. Rhodan schaute ausdruckslos auf die Monitore.

„Na also", sagte Rudo über die Sprechanlage des Raumanzuges. „Kleine Fische, Sir. Wir sollten nur nicht in die Transportzone hineinfliegen."

„Es wäre kaum ratsam. Bleiben Sie auf Kurs. Polgebiet anfliegen. Anweisung an die Posbis durchgeben. Beide Schiffe sollen vorstoßen und die Lage sondieren. Wir fliegen im freien Fall mit einem Drittel LG."

Wieder reagierten die beiden Fragmentraumer mit der Präzision eines Uhrwerks. Ihre flammenden Triebwerksströme wurden auf den Echoschirmen der Energietaster sichtbar.

Sie waren in wenigen Augenblicken verschwunden. Die CREST raste hinter ihnen her.

In den einzelnen Abteilungen liefen die spezialisierten Rechengehirne. Daten über Daten wurden in die Hauptpositronik weitergeleitet, die sie koordinierte und einen Abschlußbericht gab.

Die georteten Masseeinheiten standen tatsächlich auf der Planetenoberfläche. Eine optische Erfassung war wegen der ultrahellen Leuchterscheinungen noch nicht möglich. Es stand aber fest, daß die Körper sehr groß waren. Die Konturzeichner der überlichtschnellen Orter zeichneten die Umrisse von vier Objekten ab.

„Wenn das Raumschiffe sind, gehe ich zu Fuß bis zur Milchstraße", erklärte Brent Huise.

Sein Kommandant schaute ihn verweisend an. Rudo hatte auch schon bemerkt, daß er sich geirrt hatte.

Die Ortung meldete sich.

„Die Körper bestehen aus vier gleichartigen Kuppelbauten, kreis-

174

förmig, etwa zehn Kilometer durchmessend, ebenfalls zehn Kilometer hoch. Sie stehen an den Eckpunkten eines Quadrats von etwa vierzig Kilometern Seitenlänge. Zwischen den Kuppeln befinden sich sechs Kilometer hohe und fünf Kilometer breite Verbindungselemente, die von Mittelpunkt zu Mittelpunkt jeder Kuppel führen. Die Kuppeln erhalten dadurch das Aussehen von miteinander verbundenen Hanteln.

Der nordpolare Schacht mündet genau im Mittelpunkt des so gebildeten Vierecks. Damit wird klar, daß wir uns bisher, was den Durchmesser des Polarschachtes betrifft, geirrt haben. Der Durchmesser beträgt nicht konstant fünfzig Kilometer, sondern verjüngt sich knapp vor seinem Ende auf etwa zwanzig Kilometer. Die Gebäude scheinen Kraftwerke zu sein. Ende."

Perry sagte lediglich vor sich hin:

„Jetzt möchte ich nur wissen, wieso wir diese Gebilde nicht schon früher ausgemacht haben. Zehn Kilometer durchmessend – zehn Kilometer hoch; das ist immerhin ein beachtlicher Aufwand! Dr. Hong Kao – kennen Sie die Lösung?"

Der Chefmathematiker verneinte.

„Möglicherweise wurden die vier Kuppeln durch ein Tarnfeld derart abgeschirmt, daß die Beobachtungssonden getäuscht wurden und uns falsche Informationen lieferten. Dieses Tarnfeld verschwand, als der Zentrumstransmitter zu arbeiten begann und das Transportfeld entstand."

„Akzeptiert. Danke sehr. Anfrage Funkraum: Hat Atlan Ihren Spruch bestätigt?"

„Nein, Sir."

„Kann er ihn mit Sicherheit empfangen haben?"

„Ganz sicher. Atlans Position ist bekannt. Die Richtstrahler wurden genau auf ihn eingeschwenkt."

„Rufen Sie ihn nochmals an. Schildern Sie die Situation im Klartext."

„Das dürfte leider zwecklos sein. Wir befinden uns jetzt in einer extremen Störzone. Der Transportstrahl überlagert alle Hyperfrequenzen. Wir können keine weiteren Funksignale auf Flottenfrequenz empfangen."

Die CREST II flog weiter auf den Planeten zu. Die Energiesturm-

Ausläufer wurden nach wie vor mühelos von den Schutzschirmen absorbiert. Durchkommende Hyperimpulse waren ungefährlich. Sie verursachten lediglich eine Störung der auf fünfdimensionaler Basis laufenden Geräte.

Die Distanz zwischen dem relativ unbeweglichen Planeten und seinen drei Sonnen betrug 95 Millionen Kilometer. Die gelben G 1-Sterne umliefen die eigenartige Welt auf einer genauen Kreisbahn, in der es nicht die geringsten Librationserscheinungen gab.

Es war eine unvorstellbare Konstellation, und doch war sie gegenständlich. Es „gab nichts daran zu rütteln", wie sich die Wissenschaftler des Superschlachtschiffes ausgedrückt hatten.

Rhodan hatte minutenlang gezögert, ehe er einer Überquerung der Sonnenbahn zugestimmt hatte. Nun befand man sich innerhalb des fiktiven Kreises, der von den Umlaufsternen gebildet wurde.

Die Energietürme waren stärker geworden; aber sie bildeten noch immer keine Gefahr für die Defensivwaffen des terranischen Schiffes. Die stromerzeugenden Aggregate waren erst zu 3,4 Prozent ausgelastet. Seit der Überquerung der Kreisbahn waren erst wenige Minuten vergangen. Die beiden Posbiraumer waren längst verschwunden. Wenn sie mit voller Schubleistung Fahrt aufgeholt hatten, konnten sie nun dicht über der planetarischen Oberfläche stehen und mit der Erkundung beginnen.

Die CREST mußte bei gleichbleibender Geschwindigkeit in etwa fünfzehn Minuten im Zielgebiet eintreffen. Es lag dreihunderttausend Kilometer von Horror entfernt. Dieser Sicherheitsabstand war von der Bordpositronik auf Grund der Erfahrungswerte ermittelt worden.

Während des Anfluges geschah nichts, was auf besondere Gefahren hingedeutet hätte. Auch am Pulsieren aller drei Sonnen hatte sich nichts geändert. Es konnte noch kein Beweis dafür erbracht werden, daß ein Transmissionsfeld aufgebaut wurde.

Die CREST II bewegte sich auf einer Bahn in das System hinein, die jedes Risiko ausschließen sollte, daß sie dabei zufällig in ein derartiges Feld hineingeriet.

Der Transportstrahl stach nach wie vor in die Schwärze des Raumes und mündete in die Sonne, der man die Bezeichnung A verliehen hatte. Er konnte der CREST nicht gefährlich werden, da er sich zu weit seitlich des terranischen Flaggschiffes befand.

Die Distanz schrumpfte zusammen. Horror wurde größer, bis der Planet schließlich die Bildschirme ausfüllte.

Die CREST verlangsamte ihre Geschwindigkeit und schwenkte in der errechneten Sicherheitsentfernung von 300 000 Kilometern in eine Umlaufbahn ein.

Viele Rätsel hatten sich geklärt, andere hatten sich ergeben. Die ersten Ortungsergebnisse waren falsch gewesen. Es gab weder einen Schutzschirm, noch waren Raumschiffe zu erkennen. Die Energiestrahlung der Kraftwerke war jedoch so hoch, daß man Rückschlüsse auf ihre Leistung ziehen konnte. Sie lag bei zwanzig Millionen Megawatt.

Jetzt ergaben sich einige primäre Fragen. Wer hatte auf der Flottenfrequenz gefunkt? Welche Aufgabe hatten die vier riesigen Bauwerke zu erfüllen, die wie dickbauchige Wassertürme aussahen?

Dienten sie möglicherweise dem Energieaustausch zwischen den drei Sonnen und dem Zentrumskern? Waren es lediglich Transformstationen, oder hatten sie andere Funktionen?

Es konnte keine befriedigende Antwort gefunden werden. Nach dem Einschwenkmanöver war auf dem Südpol eine zweite Riesenkonstruktion entdeckt worden. Auch hier standen vier gigantische Bauten, von denselben Ausmaßen wie am Nordpol. Die Ortung war schwierig gewesen, was wieder auf die Existenz eines Tarnfeldes hinwies. Wenn man bedachte, daß es den Ortungsgeräten der CREST bei gezieltem Einsatz nur mühsam gelang, die Südpolkuppeln zu entdecken, konnte man ermessen, welche Wirkungsweise dieses Tarnfeld besaß.

Die Frage, wofür die enorme Stromerzeugung vorgesehen war und wer auf der terranischen Hyperfrequenz unverständliche Zeichen ausgeschickt hatte, blieb ungeklärt.

Die beiden Fragmentraumschiffe hatten schon eine halbe Stunde zuvor den Planeten erreicht. BOX-9780 und 9781 umflogen Horror in einer wesentlich engeren Kreisbahn als die CREST. Die Funkverbindung zu den Posbis war so stark gestört, daß ein Erfahrungsaustausch

177

unmöglich war. Rhodan hoffte jedoch auf die Intelligenz des Steuerplasmas. Wahrscheinlich würden die Kommandogehirne ihre beiden Versorger abdrehen lassen, sobald alle Einzelheiten ermittelt waren.

Horror stand als leuchtende Scheibe auf den Bildschirmen der Normerfassung. Im Verhältnis zu der großen Entfernung war die Restfahrt der CREST so gering, daß mit einer schnellen Umkreisung des Planeten nicht gerechnet werden konnte.

Rhodan rief die Ortungszentrale und fragte: „Können Sie die beiden Posbis erkennen?"

„Undeutlich", erhielt er zur Antwort. „Sie stehen kaum hundertfünfzig Kilometer über der Oberfläche."

„Leichtsinn", rief Rudo aufgebracht. „Da drüben hat man wohl vergessen, daß wir auf die Vorräte angewiesen sind? Wenn sie in eine Salve hineinfliegen, sind sie erledigt."

„Woher sollte diese Salve wohl kommen?" erkundigte sich Rhodan. „Aus den beiden Polkraftwerken?"

Der Epsaler schwieg. Auch das war eine Frage, auf die man keine Antwort fand.

Rhodan widmete sich den Ausschnittsvergrößerungen der Bildschirme, die eine exakte Oberflächendarstellung des Planeten lieferten. Er rief sich die Auswertungsergebnisse der Beobachtungssonden in Erinnerung und verglich sie mit den nun sichtbaren Bildern. Sie stimmten überein.

Die Oberfläche Horrors war völlig eben und wurde nur hier und da von einem Wasserrinnsal durchzogen. Die höchste Bodenerhebung betrug zwölf Meter, sonst herrschte eine nahezu brettflache Prärielandschaft vor, die keinerlei Anzeichen von Leben aufwies.

„Öde und leer", sagte Cart Rudo. „Die durchschnittlichen Dünenkämme ragen höchstens bis zu sechs Meter empor. Ich habe noch nie eine so gleichmäßig geformte Welt gesehen."

„Ich weiß nicht recht, was ich davon halten soll", erklärte Rhodan nachdenklich. „Ist das, was wir da sehen, tatsächlich die Realität, oder werden wir durch Tarnschirme genauso genarrt, wie es bereits im Twin-System geschehen ist? Auch die Polstationen waren beziehungsweise sind durch Tarnfelder abgeschirmt." Er schüttelte den Kopf. „Es ist da noch etwas anderes, das mich stutzig macht, Oberst. Auf der Oberfläche dieser Welt lebte vor einigen Jahrtausenden ein Volk, das für die Verwüstungen in der dritten Etage verantwortlich war. Diese *Oberen,* wie sie von den Scheintötern genannt wurden, müßten doch noch irgendwo existieren. Selbst wenn sie schon seit langem ausgestorben sein sollten, müßten sich Spuren ihrer Zivilisation finden lassen. Doch hier gibt es nichts, was darauf hinweist."

Rhodan erinnerte sich an die Diskussionen, die aufgeflammt waren, nachdem die Beobachtungssonden zum ersten Mal Details von der Oberfläche Horrors gemeldet hatten.

Als die CREST die oberste Planetenschale durchstieß, war keine Gelegenheit gewesen, sich um diese näher zu kümmern. Man hatte den künstlich geschaffenen Durchbruch mit rasender Geschwindigkeit verlassen und war, ohne sich weiter um Horror zu kümmern, sofort in den Raum vorgestoßen. Unmittelbar darauf war der Kontakt zur ANDROTEST I zustande gekommen, und das Flaggschiff war in den Linearraum gegangen.

Rhodan unterbrach seine Überlegungen und wollte gerade nach Gucky und Gecko rufen lassen, als sich die Ortungszentrale wieder meldete.

„Posbiraumer drehen ab, nehmen Fahrt auf!" rief Notami erregt. „Sie kommen verteufelt nahe an der polaren Energiesäule vorbei. Sind die verrückt geworden?"

„Wieso? Das ist eine friedliche Welt", meinte Brent Huise sarkastisch. Er neigte sich in seinem Sessel vor, um besser sehen zu können. Der Erste Offizier lachte.

Er lachte auch noch, als der Überfall erfolgte – nur mit dem Unterschied, daß die Töne nicht mehr herzhaft klangen, sondern gequält.

Es kam plötzlich – urplötzlich! Niemand hatte etwas geahnt, niemand hatte etwas geortet, und niemand hatte etwas gesehen.

Auf Horror hatte sich nichts verändert, und die flammende Energiesäule stach nach wie vor in den Raum empor.

Nirgends war ein Raumschiff aufgetaucht, und nirgends hatten sich die getarnten Kuppeltürme eines kosmischen Abwehrforts geöffnet.

Die CREST II stand immer noch allein im Raum. Ihre Schutzschirme ragten weit in die Schwärze hinaus, und die flimmernden Kraftfeldmündungen der verschiedenartigen Geschütze waren auf die vier Bauwerke am Nordpol der Hohlwelt gerichtet.

Trotzdem brach das Unheil über zweitausend Menschen herein. Es war, als hätte sich im Bruchteil einer Sekunde eine Falltür geöffnet, aus der etwas Unheimliches, nicht Erfaßbares hervorschoß.

Rhodan bemerkte noch das qualvoll verzerrte Gesicht des Ersten Offiziers. Dann wurde er selbst von einer Welle des Schmerzes getroffen.

Er schrie. Jedermann an Bord der CREST II schrie.

Da war der ertrusische umweltangepaßte Melbar Kasom. Um nichts in der Welt hätte dieser Mann geschrien, wenn die Qualen für ihn nicht wirklich unerträglich gewesen wären. Ertruser begannen ohnehin erst dann auf Schmerzempfindungen zu reagieren, wenn Normalmenschen schon längst am Boden lagen.

Jetzt brüllte auch der Ertruser. Die zahllosen Abteilungen, Schaltstationen und Gefechtsstände des Superschlachtschiffes glichen plötzlich einem Irrenhaus.

Rhodan hatte das Gefühl, als bohrten sich in jede einzelne Nervenzelle glühende Nadeln hinein. Er krümmte sich in seinem Sessel zusammen, suchte nach einem Halt, sprang dann auf und lag anschließend ebenso wie zweitausend andere Männer auf dem Boden.

Seine Reaktion bestand in diesen wenigen Augenblicken nur darin, mit dem Rest seines klaren Verstandes an die Gnade einer Ohnmacht zu denken. Auch seine blitzschnelle Auffassungsgabe half ihm jetzt nicht, die Situation zu meistern, Überlegungen über die Herkunft der Tortur anzustellen oder gar die nötigen Gegenmaßnahmen einzuleiten.

Es hatte alles seine Grenzen. Diese Grenze war erreicht.

Das ungeheure Tosen einer vollen Breitseite nahm Rhodan nur noch instinktiv wahr. Das Rütteln der Schiffszelle spürte er nicht mehr. Der andere Schmerz, der ihn von innen her zu zerreißen drohte, überlagerte alle anderen Empfindungen.

Trotzdem schoß das terranische Schiff aus allen Rohren der Grünbreitseite!

Die Ursache für diese schlagartige Feuereröffnung war ein Zufall! Auch Major Cero Wiffert war nicht mehr fähig gewesen, im entscheidenden Moment auf den roten Knopf der Koppelschaltung zu drücken.

Der Erste Feuerleitoffizier hatte lediglich das Glück oder auch das Unglück gehabt, bei der konvulsivischen Verkrümmung seines Kör-

180

pers mit der Stirn auf den Koppelschalter zu schlagen, der dadurch in Impulsstellung gedrückt wurde.

Die Folge davon war die Feuereröffnung der eingeschwenkten Geschütze.

Die CREST löste nur eine Breitseite aus. Sie genügte, um den Nordpol des Planeten Horror in eine glutflüssige Hölle zu verwandeln, in der die gigantischen Türme abschmelzend zusammenbrachen, um anschließend vom Atomorkan einer Fusionsbombe in die Leere des Raumes gerissen zu werden.

Die Bombe hatte eine Energie von zehn Gigatonnen TNT entwikkelt und war als überlichtschnelles Impulsbündel von einer Transformkanone abgestrahlt worden.

Nach diesem schlagartigen Feuerüberfall schwiegen die Waffen des terranischen Großkampfschiffes. Cero Wiffert hatte den Koppelschalter nur einmal berührt.

Dies aber spürten, hörten oder sahen die Männer der CREST II längst nicht mehr. Sie waren nach fünf Sekunden besinnungslos geworden.

Die zweitausend Mann der Besatzung rührten sich nicht mehr. Die CREST II, ein Produkt bester terranischer Schiffsbautechnik, glitt unbeschädigt auf ihrer Kreisbahn weiter.

Die vollpositronische Ortungsautomatik registrierte die Vernichtung der beiden Posbiraumschiffe BOX-9780 und BOX-9781.

Im Augenblick des unheimlichen Überfalls waren die Fragmentraumer von einem orangeroten Strahl erfaßt worden, der sich unvermittelt aus der Transportsäule herausgebogen hatte. Die beiden Fragmentraumer wurden in die A-Sonne gerissen und dort als winziger Massenbestandteil aufgenommen.

„BOX-9780 und 9781 Kontakt mit Transportstrahl. Totalverlust, Ende", plärrte eine unmodulierte Robotstimme aus der Lautsprechergruppe der automatischen Registratur.

Niemand hörte die Meldung. Es war 16.00 Uhr Bordzeit.

14. Atlan

Dieser Vermessene hatte es gewagt – er hatte es tatsächlich gewagt! Ich war eigentümlich ruhig. In mir schien jedes Gefühl erstorben zu sein. Das grenzenlose Vertrauen, das ich seit einigen Jahren in Perry Rhodan gesetzt hatte, war schwer erschüttert worden.

Er war *doch* gestartet! Irgendein Enthusiast, der – psychologisch betrachtet – schon seit Wochen nach einem Betätigungsfeld für seinen Tatendrang gesucht hatte, war der Meinung gewesen, jemand hätte die terranische Flottenfrequenz für eine Notmeldung benutzt.

Niemand war auf die Idee gekommen, diese angeblichen Notrufe einer kritischen Analyse zu unterziehen. Dabei war es doch so einfach, wenn man mit nüchternem Verstand an die Sache herangegangen wäre.

Unsere Aktivitäten innerhalb der Horroretagen waren den Meistern der Insel oder ihren verlängerten Handlungsarmen sicherlich nicht verborgen geblieben. Sie hatten erfahren, daß wir die Höllenwelt verlassen konnten. Es mußte ihnen auch gelungen sein, herauszufinden, daß sich die CREST nach wie vor in der Nähe des Systems aufhielt. Sie brauchten also nichts anderes zu tun als eine simple, aber psychologisch äußerst wirksame Falle aufzubauen, in der sich die CREST fangen lassen würde. Sich in den Besitz der terranischen Flottenfrequenz zu bringen, dürfte nicht schwergefallen sein. Wir hatten während unseres Aufenthaltes in Horror unzählige Funksprüche auf dieser Frequenz gewechselt. Sie brauchten also nur herzugehen, ein hyperphysikalisches Spektakel zu veranstalten und dieses durch Impulse mit Notrufcharakter zu untermalen – fertig war die Falle.

Und diese verblendeten Terraner, allen voran Perry Rhodan, fielen darauf herein. Sie waren losgeflogen, und die beiden Posbischiffe hinterdrein.

Zweitausend gesunde, ausgeruhte und erstklassig geschulte Spezialisten waren durch das Entstehen der orangefarbenen Energiesäule ungeduldig geworden. Dann waren die verstümmelten Funkzeichen aufgefangen worden. Anschließend hatte man die metallischen Massen geortet.

Es war zuviel auf einmal geschehen, um die Terraner noch weiterhin duldsam sein zu lassen. Sie wollten einfach wissen und sehen, was auf Horror gespielt wurde. Nur dieser drängende Wunsch konnte die Ursache für Rhodans Abflug gewesen sein.

Icho Tolot, Miko Shenon und ich hatten vor drei Minuten die Space-Jet wieder betreten. Es war jetzt 16:48 Bordzeit.

Der Funkspruch, den Major Kinser Wholey unterzeichnet hatte, war laut Automataufzeichner um 14:23 Uhr aufgefangen und auf Band gespeichert worden.

Wir hatten kurz zuvor die Space-Jet verlassen, um den Meteoriten zu erkunden.

Er war unregelmäßig geformt, besaß etwa den Umriß eines Keiles und war groß genug, um selbst einem Superschlachtschiff Platz zu bieten.

Wir hatten auf seiner Oberfläche und in den verschiedenen Hohlräumen nichts entdeckt, was von aktueller Bedeutung gewesen wäre. Die Gesteinsformationen des Meteoriten wiesen jedoch Parallelen zu Horror auf. Wir waren schließlich zu der Vermutung gekommen, daß der Meteorit demselben Ursprung entstammte wie Horror. Vor vielen Jahrtausenden, als Horror ausgehöhlt und die einzelnen Etagen eingerichtet worden waren, dürfte durch irgendeinen Umstand ein kleiner Teil der Planetenmasse abgesprengt worden sein und sich aus dem Gravitationsfeld der drei Sonnen gelöst haben. Seither trieb dieser Brocken im Leerraum umher.

Immerhin hatten wir uns aufgehalten. Als wir zum Boot zurückgekehrt waren, hatten uns die Ergebnisse noch so beschäftigt, daß wir kaum auf die Registratur geachtet hatten. Shenon war schließlich darauf aufmerksam geworden, daß Perry es für notwendig gefunden hatte, mich über Hyperfunk anzurufen.

Seit dem Eingang der Nachricht waren fast zweieinhalb Stunden vergangen. Das bedeutete, daß die CREST vor ebenfalls zweieinhalb Stunden, oder sogar schon früher, gestartet war.

Was konnte in dieser Zeit geschehen sein? Wahrscheinlich war Rhodan dicht vor dem System in den Normalraum zurückgekehrt, um zu versuchen, die neuen Fragen zu beantworten.

Miko Shenon saß in eigentümlich gespannter Haltung im Sitz des Zweiten Piloten. Das Triebwerk lief bereits. Shenon konnte seine terranische Abstammung nicht verleugnen. In ihm spielte sich ein Wettstreit der Gefühle ab. Er bedauerte es zutiefst, nicht ebenfalls an Bord der CREST II zu sein, um die Erkundung des Teufelsplaneten mitzuerleben. Er saß vor den Funkgeräten und versuchte, die CREST zu erreichen. Außer heftigen Störungen im gesamten hyperkurzen Frequenzbereich nahmen wir aber nichts auf.

Ich blickte auf die Uhr. Es waren schon wieder fünf Minuten vergangen.

„Start, Sir . . .?" fragte Shenon. Seine Hand umklammerte den Stufenschalter.

„Warten Sie gefälligst ab!" fuhr ich ihn an. „Sie werden noch früh genug mit der Hölle Bekanntschaft machen. Rhodan kann froh sein, daß Sie nicht auf der CREST sind. Dann gäbe es dort noch einen Übergeschnappten mehr."

Shenon seufzte. Wahrscheinlich wünschte er mich zum Teufel; mich, meine vorgetäuschte Ruhe und den Befehl, der ihn zu diesem unwichtigen Himmelskörper gebracht hatte.

„Zwecklos", erklärte der Haluter. Er richtete sich vorsichtig auf und setzte sich mit gespreizten Beinen auf den Boden. Die vier Arme hielt er weit vom Körper ab.

„Wir sollten die alte Position anfliegen und dort versuchen, einen Funkkontakt herzustellen."

Ich nickte ihm zu. Natürlich wußte Tolot ebensogut wie ich, daß wir die CREST auf der alten Position nicht mehr finden würden. Vorerst kam es aber darauf an, näher zum Horrorsystem aufzuschließen. Wir waren 9,3 Lichtjahre davon entfernt.

Wir starteten. Ich flog die Space-Jet selber. Der Zeuge einer unwirklichen Vergangenheit verschwand, und der Linearraum nahm uns auf.

Das Manöver dauerte nur wenige Augenblicke. Die Positronik führte uns mit einer kaum meßbaren Abweichung an der Stelle in das Normaluniversum zurück, wo die CREST wochenlang gewartet hatte.

Ich hemmte mit hoher Bremsbeschleunigung die Fahrt, brachte die Space-Jet zum Stillstand und drehte mich zu Icho Tolot um.

Die Augen des Haluters leuchteten wieder wie glühende Kohlen. Er ahnte, was in mir vorging. Mein Verstand hatte mir gesagt, daß wir die CREST nicht mehr vorfinden würden; und trotzdem hatte ich darauf gehofft, Rhodan hätte sich doch noch im letzten Augenblick besonnen und das Unternehmen abgeblasen.

„Also schön – fliegen wir Horror an", rief Icho Tolot. „Was bleibt Ihnen sonst noch übrig? Oder wollen Sie mit der Space-Jet an dieser Stelle auf die Ankunft der ANDROTEST II warten?"

Nein, das hatte ich nicht vor.

Miko Shenon begann schleunigst mit der Programmierung des Linearflugautomaten. Das Ziel war unverkennbar. Weit vor uns, etliche Lichtstunden entfernt, leuchteten die drei Sonnen. Sie standen wie Glühwürmchen im Schwarz des intergalaktischen Raumes.

Schon zehn Minuten später nahmen wir Fahrt auf. Ich hatte angeordnet, das künstlich aufgebaute System so vorsichtig wie nur möglich anzufliegen. Auch wir hatten den hyperenergetischen Sturm geortet. Die lohende Energiesäule schien jedoch schwächer geworden zu sein.

Wir stießen in die Zwischenzone vor, unterwarfen uns ihren veränderten Gesetzen und tauchten hundert Millionen Kilometer vor der Kreisbahn der drei Sonnen in das Einsteinuniversum zurück.

Die Vergrößerungsschaltung der optischen Bilderfassung arbeitete exakt. Die drei Sterne und der von ihnen umlaufende Planet erschienen formatfüllend auf den Bildschirmen.

Der Transportstrahl war jetzt vollkommen erloschen. Auch das Pulsieren der Sonnen hatte aufgehört, und gleichzeitig damit waren die Energiestürme zum Erliegen gekommen.

Shenon fungierte zur Zeit als Erster Pilot. Ich kümmerte mich um die Ortung. Tolot rechnete mit seinem phantastischen Planhirn.

Nach einer Weile meinte er:

„Warum erhalten wir keine Peilzeichen?"

Ich sah den Riesen durchdringend an. Mußte er meine Unruhe noch steigern? Warum hielt er nicht den Mund?

Der Haluter reagierte nicht auf meine wortlose Bitte. Ausdruckslos beobachteten mich die drei Augen. Das Stirnauge, das etwas höher angeordnet war als die beiden Schläfenorgane, schien besonders intensiv zu leuchten.

„Rufen Sie die CREST an", forderte Tolot erstaunlich leise.

Ich versuchte es. Nach zehn Minuten gab ich es auf. Das Schiff meldete sich nicht.

Tolot kreuzte die kurzen Sprungarme über der Brust.

185

„Auswertung", sagte er mit der unpersönlichen Stimme eines Automaten. „Die Besatzung ist nicht mehr fähig, sich mit uns in Verbindung zu setzen. Die Möglichkeit, daß infolge technischer Störungen alle Sender ausgefallen sind, ist geringfügig. Wir müssen in das Horrorsystem vorstoßen."

Einen Augenblick glaubte ich, den Haluter hassen zu müssen. *Mußte* er die furchtbare Gewißheit, die ich im verzweifelten Versuch eines Selbstbetrugs gerne als Verdacht einstufen wollte, so überdeutlich aussprechen?

Tolot streckte die langen Handlungsarme aus. Die Handflächen waren mir zugewandt.

„Fangen Sie sich, Arkonide. Ein Unheil ist geschehen. Fliegen Sie in das System hinein. Schnell!"

Shenon schaltete schon. Er wartete meinen Befehl nicht mehr ab. Sein Gesicht war kalkweiß. Wahrscheinlich sah ich auch nicht besser aus.

Die Space-Jet nahm Fahrt auf. Nach zehn Minuten hatten wir neunzig Prozent Lichtgeschwindigkeit erreicht. Shenon verbrauchte fünfzig Prozent unseres Stützmassenvorrates, um die hohe Geschwindigkeit halten zu können.

Wir überquerten die Bahn der drei Sonnen und rasten unbehelligt auf den Planeten zu.

Ich funkte ununterbrochen auf allen gängigen Normal- und Hyperfrequenzen. Die Materialortung sprach nicht an. Ich war darüber sehr froh. Wenn die CREST abgeschossen worden wäre, wären bestimmt einige Bruchstücke übriggeblieben. Ein Raumer der terranischen Imperiumsklasse war nur dann restlos zu atomisieren, wenn es gelang, innerhalb seiner Energiefeldhülle eine schwere Kernexplosion herbeizuführen. Das war bei einem Schiff vom Range der CREST so gut wie unmöglich.

„Unmöglich . . .?" sprach mich mein Extrahirn mit gewohnter Sachlichkeit an. *„Woher willst du wissen, womit sie angegriffen wurde?"*

„Fliegen Sie weiter auf den Planeten zu", wies ich Shenon an. „Machen Sie das Impulsgeschütz feuerklar."

„Schon längst geschehen – Sie haben keinen Säugling an Bord genommen", entgegnete der Terraner aggressiv.

Ich verzichtete auf eine Antwort.

186

Icho Tolot begann wieder zu singen. Ich erschauerte. Sein ungeheurer Körper schien von innen heraus aufgepumpt zu werden. Wahrscheinlich begann er soeben mit einer molekularen Verdichtung seiner wandlungsfähigen Zellverbände.

Nach einer Minute schwieg er. Ich tippte ihn mit dem Finger an. Die schwarze Haut seiner Hände fühlte sich an wie kalter Terkonitstahl.

Ich wendete mich von Tolot ab. Wahrscheinlich rechnete er mit einem Angriff. Er wollte gerüstet sein. Wenn wir alle unser Leben lassen mußten – Icho Tolot würde aktiv bleiben. Wehe dem Gegner, der dieser lebenden Kampfmaschine über den Weg lief.

Die CREST meldete sich noch immer nicht. Horror war nun schon so nahe, daß Shenon das Bremsmanöver einleitete. Unsere Ortung tastete den Raum und die Oberfläche ab.

Zweitausend Kilometer über Horror schwenkten wir auf eine Kreisbahn ein. Da bemerkten wir endlich die Zerstörungen am Nordpol. Es sah verheerend aus. Von der Polkuppe war nichts mehr da.

„Das war die CREST", behauptete Shenon. „Wenn da unten etwas gestanden hat, so ist es atomisiert worden."

Wir umkreisten Horror mit hoher Fahrt. Über dem Südpol angekommen, orteten wir die Streustrahlung einer stationären Kraftstation. Auf den Bildschirmen erschienen vier gigantische Turmbauten.

Ohne ein Wort zu verlieren, hieb ich auf den Stufenschalter des Triebwerks und zwang die Space-Jet mit höchster Beschleunigung in den Raum zurück.

Shenon schaute mich skeptisch an.

„Warum das, Sir?"

„Warum? Sie können sich wohl nicht vorstellen, was Rhodan am Nordpol angegriffen hat, wie?"

Der Sergeant erblaßte.

„Sie – Sie meinen, es hätte dort eine gleichartige Anlage gegeben?"

„Genau das! Erinnern Sie sich an den Stollen, der Horror von Pol zu Pol durchzieht? Wenn über seinem südlichen Ende eine solche Station steht, dann hat es im Norden auch eine gegeben. Jede hat oder hatte die Aufgabe, die Schachtmündung abzusichern, oder das Transportgut auf Zielkurs zu bringen."

„Ich pflichte Ihnen bei", meldete sich Tolot plötzlich. Er hatte die Verdichtung seiner Zellen wieder aufgehoben. „Die Erklärung ist durchaus einleuchtend. Hüten Sie sich, der Südpolstation zu nahe zu kommen. Halten Sie sich nur über der nördlichen Halbkugel auf. Dort scheint keine Gefahr mehr zu drohen. Die CREST hat dafür gesorgt, daß die dortigen Energieaggregate vernichtet wurden. Haben Sie immer noch keine Antwort auf Ihre Funkanrufe erhalten?"

Ich schüttelte den Kopf. Miko fing die davonrasende Maschine mit einem riskanten Bremsmanöver ab und steuerte sie wieder auf den Planeten zu.

Als wir abermals über dem zerstörten Nordpol angekommen waren, begannen wir mit einer planmäßigen Umkreisung der Oberfläche.

Die Ortung arbeitete ununterbrochen. Wir setzten alles ein, was die kleine Space-Jet an Bord hatte.

Die Energietaster schwiegen. Die Masseortung zeigte auch nichts an. Der Hyperfunk brachte nur Störungen.

Nie hatte ich eine Welt gesehen, die derart wüst und leer war wie Horror. Das Gelände war so glatt wie ein Tennisplatz. Die winzigen Bodenerhebungen, die hier und da angemessen wurden, waren völlig unbedeutend.

15.

Rhodan richtete sich von seinem Konturlager auf, streifte den Ärmel der Uniform über den Arm, schaute unmutig auf die Injektionsspritze des Medorobots und schüttelte sich.

Melbar Kasom saß auf dem Boden neben dem Lager, auf dem Mory ruhte. Sie war noch besinnungslos. Die anderen Männer gaben nach und nach Lebenszeichen von sich.

Rhodan sah sich um. Die Bildschirme hatten sich verdunkelt. Die Maschinen schwiegen. Über der CREST lag ein tödliches Schweigen. Tödlich . . .?

Perry stand auf und massierte seine Waden. Außer einer rasch abklingenden Übelkeit fühlte er keine Beschwerden.

Cart Rudo fixierte ihn. Der Ertruser sagte auch nichts. Es war, als müßten sie sich erst einmal sammeln und die unwahrscheinliche Tatsache verarbeiten, daß sie überhaupt noch lebten.

Perry blickte auf seine Formstiefel. Dann tastete er mit den Zehenspitzen den Boden ab.

„Keine Vibrationen", stellte er fest. „Hier läuft keine einzige Maschine mehr. Rudo, haben Sie schon festgestellt, wo wir sind?"

„Noch nicht. Ich wollte Ihr Erwachen abwarten. Wir dürften wohl im freien Fall in den Raum hinaustreiben."

„Was ist geschehen?" fiel Kasom mit seiner grollenden Stimme ein. „Womit hat man uns angegriffen und schachmatt gesetzt? Teufel auch – solche Schmerzen habe ich im Leben noch nicht erdulden müssen. Es war grauenhaft. Ich frage mich nur, wieso wir uns jetzt so wohl fühlen! Oder haben Sie etwa Schmerzen, Sir?"

„Ich spüre nichts. Mir ist nur etwas übel."

„Mir auch, aber das ist nach einer derartigen Quälerei nicht ungewöhnlich. Medizinisch, meine ich."

„Natürlich. Sie sagen es überdeutlich, Kasom. Ist meine Frau in Ordnung?"

Der Ertruser winkte beruhigend ab. Nebenan richtete sich Brent Huise auf. Verwundert sah er sich um. Seine erste Reaktion bestand ebenfalls in der Feststellung, daß die Maschinen schwiegen.

Rhodan stieg über die verkrümmt am Boden liegenden Körper der noch besinnungslosen Männer hinweg. Die elektrischen Bordchronometer waren auf 16:09 Uhr stehengeblieben. Zu dieser Zeit war die CREST angegriffen worden. Gleichzeitig mußte es zu einem totalen Stromausfall gekommen sein.

Die mechanischen Uhren liefen noch. Wenn sie exakt arbeiteten, dann war es jetzt 18:11 Uhr Bordzeit. Also war man etwa zwei Stunden narkotisiert gewesen.

Rudo tappte auf seinen Kommandantensitz zu. Die Kontrollzeiger standen auf Nullwerten, obwohl die Schalter für Fernsteuer- und Manuellbetrieb noch auf „Ein" wiesen.

Der Epsaler blieb vor dem Hufeisenpult stehen und überprüfte seine Tastatur. Rhodan trat zu ihm. Die Blicke der Männer trafen sich. Brent Huise atmete laut und schwer. Kasom half zwei anderen Erwachenden auf die Beine.

189

Da meinte der Kommandant tonlos:

„Wir sind mit einer Art Narkosewaffe angegriffen und ausgeschaltet worden. Die Strahlung durchschlug unsere Schutzschirme, obwohl sich unsere Schirme bisher auch für Narkosestrahlen als undurchdringbar erwiesen haben. Das kann ich ja alles noch akzeptieren. Wieso aber durch diesen auf das Nervensystem wirkenden Beschuß sämtliche Maschinen ausfallen konnten, obwohl unsere Endschaltungen unangetastet blieben – das ist mir rätselhaft. Ich fühle mich in meiner Haut nicht wohl!"

Rhodan drückte auf die Knöpfe der Bilderfassung. Die Schirme blieben dunkel.

„Die Kraftwerke liefern kein einziges armseliges Watt", stellte der Erste Offizier fest.

„Blind wie junge Ratten", fügte Kasom hinzu. „Ich werde versuchen, ein Notkraftwerk in Betrieb zu setzen. Wir brauchen Strom für die Ortung. Wer weiß, wohin wir fliegen."

Im gleichen Augenblick begann es weit unter der Zentrale zu donnern. Rhodan horchte auf. Ein Lachen überflog sein Gesicht. Das war das typische Arbeitsgeräusch von anlaufenden Stromreaktoren.

Die Normalbeleuchtung flammte wieder auf. Die batteriegespeisten Notlämpchen erloschen. Also funktionierte auch die allgemeine Betriebsautomatik wieder.

„Wer sagt es denn", murmelte Perry vor sich hin und drückte den Sprechschalter des Interkoms nach unten. Die Grünlampen leuchteten auf.

„Zentrale an Energieschaltstation, Rhodan spricht. Wer ist auf die glorreiche Idee gekommen, auf die Anlaufschalter zu drücken?"

Jemand lachte. Ein Verbindungsschirm begann zu flimmern. Dann wurde das Bild klar. Der Leitende Ingenieur war am Apparat.

„Ich war der Held", berichtete Major Hefrich. „Bei mir ist alles in Ordnung. Die Männer kommen zu sich. Wo sind wir?"

„Das frage ich mich auch."

Ein wilder Aufschrei ließ Rhodan verstummen. Er drehte sich hastig um.

Cart Rudo stand unter der aufleuchtenden Panoramagalerie und blickte nach oben. Der Schrei war wohl unbewußt über seine Lippen gekommen.

190

Dann begann der Epsaler in seinem Heimatdialekt zu schimpfen. Rhodan verstand nicht alles, aber sehr vornehm drückte sich der Oberst nicht aus.

„Ich werde wahnsinnig!" stöhnte der Erste und umklammerte eine Sessellehne. „Wir sind ja auf dem Planeten gelandet worden! Wer hat das veranlaßt? Vor allem: *Wie* wurde es gemacht?"

„Traktorstrahl", vermutete Kasom. „Fragen Sie nicht wie ein Anfänger. Zerbrechen Sie sich lieber darüber den Kopf, wieso es hier unten auf einmal gigantische Gebirge, Wälder und breite Flüsse gibt. Ich dachte, Horrors Oberfläche wäre so glatt wie ein Kuchenbrett. Die höchsten Erhebungen sollten zwölf Meter messen, nicht wahr? Und jetzt? Schauen Sie sich *das* an!"

Rudo fluchte immer noch. Sein Zorn richtete sich gegen diejenigen, die sämtlichen Ortungsgeräten der CREST und den Sonden etwas vorgetäuscht hatten, was es nicht gab.

Rhodan verzichtete auf eine Bemerkung. Er hatte sich rasch wieder gefangen. Die CREST II stand völlig unbeschädigt in einem riesigen Tal, das ringsumher von unglaublich hohen Gebirgsketten eingeschlossen wurde.

In westlicher Richtung schien es einen Paß zu geben. Dort wurden die Bergriesen von einem breiten Einschnitt unterbrochen. Das Tal selbst durchmaß in seiner annähernden Kreisform etwa zwanzig Kilometer.

Ein zirka zwanzig Kilometer langer und halb so breiter Binnensee beanspruchte einen großen Teil der vorhandenen Bodenfläche. Er wurde von einem mächtigen Fluß gespeist, der als tosender Wasserfall aus den Flanken der nördlichen Berge hervorschoß und im Süden erneut in die Tiefe stürzte.

Der Himmel über der unwirklichen Landschaft war von einem düsteren Schwarzblau, in dem eine der drei Horror-Sonnen wie ein funkelndes Götterauge leuchtete. Die beiden anderen Sterne waren nicht zu sehen.

Rhodan achtete nicht auf die Fragen der Männer. Er griff auch nicht in die lautstarken Diskussionen ein, die überall, besonders aber in der Hauptzentrale aufklangen.

Die Frage, wie das modernste Superschlachtschiff der terranischen Flotte in dieses Gebirgstal hineingekommen war, blieb nach wie vor ungelöst. An Bord schien nichts beschädigt zu sein. Die Kraftwerke liefen einwandfrei, und die Triebwerkeinheiten gaben ebenfalls Grünwert. Es war eine verrückte Situation.

Das Land vor dem Schiff war lieblich und mit dichten Baum- oder Buschbeständen bewachsen. Wo die Gehölze keinen Fuß gefaßt hatten, erstreckten sich wellige Savannen, deren saftstrotzende Gräser ebenfalls darauf hinwiesen, daß es sich auf Horrors Oberfläche gut leben ließ.

Die Sauerstoffhülle war einwandfrei atembar, die Temperaturen lagen bei dreißig Grad Celsius, und die Schwerkraft von 1,01 Gravos war auch angenehm. Rhodan schüttelte den Kopf.

Als er sich endlich von den Bildschirmen abwendete, war auf der CREST der normale Dienstbetrieb wieder angelaufen. Man diskutierte aber immer noch, nur war man jetzt schon ruhiger geworden, obwohl es inzwischen als sicher galt, daß die beiden Fragmentraumer der Posbis nicht mehr existierten.

Cart Rudo hatte die Gefechtsbereitschaft sofort wiederherstellen lassen. Das Superschlachtschiff war eine waffenstarrende Festung, in der zweitausend Männer auf einen Angriff warteten.

Dr. Spencer Holfing, der cholerische Chefphysiker, kam in die Zentrale. Sein Gesicht war hektisch gerötet.

„Unverschämtheit", rief er Rhodan zu. „Wir sind genasführt worden. Unsere Ortungsergebnisse waren einwandfrei. Ich habe sämtliche Aufzeichnungen nochmals überprüft. Horror war so glatt wie ein Brett! Wie hat man die optische Aufnahme, die Funkmeßortung und die hyperschnellen Impulstaster derart täuschen können? Das ist mir schleierhaft."

„Mir ist noch viel mehr schleierhaft, Doktor! Ich frage mich zum Beispiel, womit man uns aufgefischt und so sanft abgesetzt hat, daß nicht einmal ein Landebein angebrochen ist. Überhaupt – wer hat die Landebeine ausgefahren?"

Es wurde still. Rhodan lachte humorlos auf.

„Rätsel über Rätsel. Wollten Sie etwas sagen, Huise?"

„Jawohl. Einige Techniker behaupten, sie hätten noch vor der beginnenden Ohnmacht bemerkt, daß die Triebwerke und Kraftstationen ausgesetzt hätten."

„Es ist anzunehmen, daß dies geschah", meinte Perry ärgerlich.

„Sicher, aber die Beobachtung deutete doch darauf hin, daß wir nicht nur mit einem Narkosestrahl angegriffen worden sind. Zur gleichen Zeit muß man uns in ein energieabsorbierendes Feld eingehüllt haben, das die Maschinen abstellte."

„Wir haben aber noch eine volle Breitseite ausgelöst und die Kraftstationen auf dem Nordpol vernichtet, wie Major Wiffert bekanntgab. Er schlug mit der Stirn auf den Koppelschalter."

„Das muß um einen Sekundenbruchteil *vor* dem Auslaufen der Maschinen geschehen sein", beharrte der Erste auf seiner Meinung.

„Und wie sind wir, Ihrer Meinung nach, auf Horror gelandet?" fiel Rudo ein.

Huise meinte zögernd:

„Die Polstation muß uns mit einem Traktorstrahl heruntergeholt haben."

„Ach! Obwohl sie zu der Zeit im Thermofeuer der Grünbatterien abschmolz und von einer Transformbombe anschließend atomisiert wurde? Ich möchte das kosmische Fort sehen, das unter solchen Umständen noch einwandfrei arbeitet! Hier *ist* aber einwandfrei gearbeitet worden, oder wir wären nicht hier."

Huise zog es vor zu schweigen.

Dr. Hong Kao meldete sich über Visiphon.

„Keine einwandfreien Ergebnisse", stellte er fest. „Es kann jedoch nicht daran gezweifelt werden, daß wir aus dem Raum heruntergeholt und sanft abgesetzt wurden. Die Landebeine wurden von der batteriegespeisten Notautomatik ausgefahren, als die Kontaktnähe erreicht wurde. Das wäre also klar. Sie hat in einer Höhe von zehn Kilometern angesprochen. Es sollte festgestellt werden, wo das kosmische Fort mit den Traktorprojektoren zu finden ist. Unsere Mathelogik hält es für ausgeschlossen, daß es ebenfalls auf dem Pol steht. Wir müssen von wenigstens zwei verschiedenen Waffeneinheiten angegriffen worden sein. Die Leistung des Traktorstrahlers war enorm. Wir standen dreihunderttausend Kilometer von Horror entfernt. Allerdings besaß die CREST keine Maschinenleistung mehr. Sie wurde ein leichtes Opfer, das sich nicht mehr wehren konnte. Man legte zuerst die Besatzung lahm, zapfte dann soviel Energie ab, daß die Überlastungsautomatik alles abstellte, und erst dann holte man uns herunter. Es waren lediglich unsere Fahrt aufzuheben und die Masse des Schiffes zu

193

bewältigen. Unter diesem Gesichtspunkt ist die Einwirkung eines weitreichenden Traktorfeldes denkbar."

Rhodan nickte sinnend. Er sagte auch nichts, als der noch nervöser werdende Kommandant den Befehl zum Aufbau der Schutzschirme gab.

Vor der Außenhülle der CREST flammte die Vegetation auf und verkohlte. Die Schirme waren dreifach gestaffelt und so hoch verdichtet, daß sie nur noch tausend Meter weit ins Gelände hineinreichten.

Melbar Kasom kniff die Augen zusammen. Holfing hielt die Luft an. Rhodan schaute wieder auf die Bildschirme.

„Oberst Rudo, lassen Sie das Schiff startklar machen. Hier ist etwas faul. Ich fühle es. Weshalb hat man uns nicht vernichtet? Was soll die Zwangslandung bedeuten? Ich möchte sehen, wie weit wir kommen. Fertigmachen."

Die Männer nahmen ihre Manöverstationen ein. Die Strommeiler rumorten. Als die Triebwerke zu laufen begannen, schloß Rhodan seinen Druckhelm. Die Besatzung der CREST II war bereit.

Rudos Startbefehl kam über Helmfunk. In den Schirmfeldern der Impulsdüsen donnerte es noch lauter.

Rhodan wartete auf das Abheben. Die CREST rührte sich aber nicht von der Stelle.

Rudo wirbelte seinen Sessel herum. Fassungslos überflog er seine Fernkontrollen, die mit den Hauptanzeigen des Leitstandes synchron geschaltet waren.

Die Triebwerke des Schiffes liefen mit einer Startschubleistung von dreihundertausend Megapond. Die Gravitations-Neutralisatoren hoben die auf den Körper einwirkende Schwerkraft von nur 1,01 Gravos auf. Die Schubwerte hätten demzufolge völlig ausreichen müssen, um die Masse des Schiffskörpers zu bewegen – gleichgültig in welcher Richtung.

Trotzdem blieb die CREST an Ort und Stelle stehen, als wäre nichts geschehen.

„Das – das ist doch . . .!" stotterte Rudo.

„Schubleistung erhöhen. Gehen Sie auf fünfhunderttausend Megapond", befahl Perry.

Die Triebwerke tosten. Hefrich fuhr sie höher und höher aus, bis die Maximalleistung erreicht war. Die CREST wollte nicht abheben.

„Oberst Rudo, lassen Sie die Startbereitschaft aufheben", ordnete Rhodan an. „Haben Sie übrigens schon einmal Ihre Abwehrschirme kontrolliert?"

Rudo riß wieder seinen Sessel herum.

„Verd . . .!"

„Schimpfen Sie nicht. Das nützt auch nichts. Sie sind verschwunden, nicht wahr? Hefrich – Kraftwerke abschalten. Sie speisen nur eine unbekannte Zapfstelle."

Perry klappte den Helm zurück und stand auf. Die Wissenschaftler kamen in die Zentrale.

Gegen neunzehn Uhr Bordzeit stand es fest, daß die überlichtschnellen Hypersender des Schiffes ebenfalls ausgefallen waren. Die CREST wurde von einer unbekannten Maschinerie energetisch ausgelaugt.

Um 19:20 Uhr erteilte Rhodan den Befehl, die Normalsender betriebsbereit zu machen. Drei Einsatzkommandos unter Führung der Captains Noro Kagato, Don Redhorse und Sven Henderson erhielten Sonderanweisungen.

Die Shifts konnten nicht mehr ausgeschleust werden, da die energetischen Rampen versagten.

„Funkzentrale – schwenken Sie Ihre Richtstrahler auf den Raumsektor ein, in dem wir wochenlang gewartet haben. Senden Sie mit höchstzulässiger Leistung auf einfach lichtschneller Kurzwelle, solange wir noch Strom haben", sagte Perry in die Befehlsübermittlung.

Er wirkte beherrscht. Nur die Männer, die ihn besonders gut kannten, wußten, welcher seelische Aufruhr jetzt in ihm tobte.

„Rufen Sie Atlan an", sprach Perry weiter. „Versuchen Sie es immer wieder. Er dürfte bereits den Planeten angeflogen haben. Unter Umständen steht er schon im System. Fangen Sie an."

Kinser Wholey schaltete. Die Automaten der Funkzentrale sprangen an. Die Sendestation erhielt von Kraftwerk I zwanzigtausend Kilowatt. Die Röhrenkraftfelder der drahtlosen Stromleiter flammten ultrahell auf.

Dann begann Kinser Wholey zu funken. Auf einen Sprechverkehr verzichtete er von vornherein. Im Vergleich zu den intergalaktischen Entfernungen war die Senderleistung gering. Außerdem waren die Impulse nur einfach lichtschnell.

Nach zehn Minuten schaltete Wholey die Richtstrahler ab und setzte statt dessen die Normalantennen ein. Wenn Atlan bereits im Horrorsystem stand, konnte er nur mit einem Fächerstrahl erreicht werden.

Die Zeit verging. Die gigantischen Reaktoren der Kraftwerke lieferten immer noch genügend Strom. Ein Leistungsabfall war noch nicht festzustellen. Es würde aber dazu kommen.

Major Jury Sedenko versuchte, eine Korvette auszuschleusen. Es war zwecklos. Die Triebwerke entwickelten keine Schubkräfte.

Es stellte sich heraus, daß die Ursache in den Konvertern lag, in denen die thermischen Kräfte der Triebwerksreaktoren zu hochverdichteten Impulsen umgewandelt wurden. Die Konverter liefen auf hyperenergetischer Basis.

Um 20 Uhr Bordzeit ließ Rhodan die Ausschleusungsmanöver einstellen. Nur Kraftwerk I blieb weiterhin in Betrieb. Kinser Wholey brauchte Strom – viel Strom! Man wußte nämlich seit einer Minute, daß die Abgabeleistung der Antennen so geringfügig war, als hätte man dem Sender nicht zwanzigtausend Kilowatt, sondern nur *zehn* Kilowatt zugeführt. Es war klar, daß die Sendeenergie in dem Moment aufgesogen wurde, wenn sie in die Antennen geleitet wurde.

Rhodan verlor seine Ruhe noch immer nicht. Er war nur bleicher geworden. Auf die Männer machte er einen unheimlichen Eindruck. Seine Lippen wirkten wie ein blutleerer Strich in einem maskenstarren Antlitz.

„Funken Sie weiter", befahl Perry. „Sie haben immer noch eine Ausgangsleistung von zehn Watt. Das ist eine ganze Menge für hochempfindliche Empfänger. Zu Beginn unseres Raumfahrtzeitalters hatten wir in den Meßsonden auch keine stärkeren Geräte. Es ging trotzdem. Funken Sie also. Atlans Space-Jet ist mit den modernsten Geräten terranischer Technik ausgerüstet! Funken Sie!"

Immer wieder gebrauchte er den Begriff ,funken Sie'. Er gab sich der Hoffnung hin, der Arkonide wäre bereits im System eingetroffen und hätte mit der Suche begonnen.

Mory trat neben ihren Mann und legte ihm die Hand auf den Arm.

„Er kommt", stellte sie in aller Ruhe fest. „Er wird dich verfluchen; er wird dich einen Idioten nennen – aber er kommt! Nie hattest du einen besseren und aufrichtigeren Freund als Atlan. Wenn er aber

196

kommt – was versprichst du dir davon? Dürfte sein winziges Boot nicht ebenfalls abgeschossen oder zwangsweise heruntergeholt werden?"

Rhodan fühlte die brennenden Blicke der Männer. Auf diese Frage wußte er keine Antwort. Er hoffte nur, daß Atlan vorsichtig ans Werk gehen und ihn jene noch unbekannte Station, die für den Traktorstrahl verantwortlich war, nicht entdecken würde. Eine schwache Hoffnung, gewiß, aber dennoch eine Hoffnung.

16. Atlan

„Sie leben, Sir! Sie leben!" sagte Miko Shenon mit fester Stimme.

„Ich bin sehr gern bereit, Ihre Erklärung zu akzeptieren, Miko", antwortete ich. „Mein Verstand sagt mir allerdings klar und deutlich, daß wir die CREST längst hätten orten müssen. Ein so gewaltiger Körper, der obendrein noch Eigenstrahlung von hoher Intensität abgibt, kann auf dieser flachen Wiese einfach nicht übersehen werden. Sogar die primitiven Radargeräte Ihres zwanzigsten Jahrhunderts hätten da nicht versagt, Miko, ich . . .!"

Icho Tolot meldete sich. Er konnte in der Kanzel des diskusförmigen Flugkörpers nicht viel tun. Seine Beine, Schultern und Arme waren ihm überall im Weg. Er befaßte sich deshalb mit mathematischen Auswertungen, die uns schon viel geholfen hatten.

Er hatte den 13 812 Kilometer durchmessenden Planeten in Längen- und Breitengrade eingeteilt. Als Bezugspunkt für den Nullmeridian hatten wir eine charakteristische Stelle des Polgebietes genommen.

Nach dieser geographischen Einordnung hatte Tolot die Suchquadrate errechnet, die wir bei einer Flughöhe von siebzig Kilometern noch einwandfrei überschauen konnten.

Nach seinen Angaben hatten wir Horror immer wieder umflogen. Wir hatten am zerstörten Nordpol angefangen. Die einzelnen Kreisbahnen waren immer weiter geworden. Nun standen wir schon in der Höhe des Polarkreises, aber von dem Superschlachtschiff war noch immer nichts zu sehen.

Shenon flog die in ihrer Hauptachse fünfunddreißig Meter durchmessende Maschine. Sie war klein genug, um unerhört wendig zu sein.

Ich kümmerte mich um die Ortung und Funk. Bisher hatten wir jedoch noch kein einziges Zeichen aufgenommen, das ich als Peilsignal oder gar als verständlichen Notruf hätte identifizieren können.

Horror war eine wie glattgeschliffen wirkende Welt, auf der es bestenfalls Mikroorganismen und Moose oder Flechten gab.

Noch vor wenigen Stunden hatten wir den Verdacht gehabt, daß uns möglicherweise ein Tarnfeld eine falsche Realität vorgaukelte. Nun jedoch hatte sich dieser Verdacht zerstreut. Wir waren so nahe über dem Planeten, daß eine Täuschung unserer Instrumente durch irgendwelche Tarnfelder ausgeschlossen war. Das was wir unter uns sahen war Realität!

Eine Landung hatte ich bisher noch nicht riskiert. Sie wäre auch überflüssig gewesen. Nach der neunten Umkreisung war ich kurz in den Raum vorgestoßen, um nochmals zu versuchen, etwas von der CREST zu entdecken. Die Energie- und Massetaster hatten wiederum nicht angesprochen.

Dann war ich erneut auf die von Tolot empfohlene Kreisbahnhöhe von siebzig Kilometern eingeschwenkt. Die Entfernung zur Oberfläche war gering genug, um jeden Körper von der Größenordnung einer zehn Meter durchmessenden Metallkugel einwandfrei ausmachen zu können. Die CREST durchmaß jedoch fünfzehnhundert Meter.

Sie mußte hoch über die flachen Auffaltungen hervorragen, die auf Horror die Gebirge ersetzten. Die weiten Ebenen waren ohnedies so flach, daß man noch mit einem starken Fernglas eine Kaulquappe hätte sehen können.

Wir hatten aber nichts gefunden. Meine Skepsis war daher berechtigt. Miko Shenon klammerte sich an einer aussichtslosen Hoffnung fest, der ich ebenfalls gar zu gern nachgegeben hätte.

Tolot schwieg beharrlich. Ich ahnte, daß er die Vernichtung des Schiffes längst rechnerisch ermittelt hatte. Er wollte nur nicht darüber sprechen, um unsere Verzweiflung nicht noch zu steigern. Er war ein feiner Kerl, auch wenn er wie ein Ungeheuer aussah.

Tolot schien meine innere Verzweiflung zu spüren. Shenons Schultern zuckten. Ich wußte, daß dieser starke, tollkühne Terraner weinte. Er glaubte selbst nicht an seine beharrliche Behauptung.

So genau und exakt wie Miko Shenon hätte kein anderer Mann die Suchquadrate abfliegen können. Er kehrte lieber zehnmal um, als ein zufälliges Mineralvorkommen unbeobachtet zu lassen. Vielleicht hoffte er darauf, wenigstens ein abgestürztes Bruchstück des Schiffes zu entdecken.

Unsere Diskussion war schon wieder beendet. Es gab eben nicht mehr viel zu sagen.

Ich dachte an die Mutanten, die Rhodan an Bord genommen hatte. Wenn sie noch lebten, würde sich Gucky mit mir in Verbindung setzen. Ich besaß keine parapsychischen Gaben, aber ich konnte es infolge meines Extrahirns spüren, wenn mich ein Telepath aufs Korn nahm.

Gucky kannte meine Individualfrequenz. Weshalb meldete er sich nicht? Ein Impuls hätte mir schon genügt; ein winziges Bohren in meinem Logiksender hätte mich aufmerksam werden lassen.

Es geschah jedoch nichts. Meine Freunde konnten nicht mehr leben.

Shenon flog unentwegt weiter. Unsere Fahrt war relativ hoch, aber darauf kam es nicht an. Die Ortungsgeräte der Space-Jet waren empfindlich genug, um selbst bei halber Lichtgeschwindigkeit einen metallischen Körper auszumachen.

Shenon schwenkte auf den Polarkreis ein. Der Pol lag schon hinter dem Sichthorizont.

Wieder sah es so aus, als rollte sich das trostlose Flachland unter uns auf. Grünbemooste Flächen erinnerten an kurzgeschorenen Rasen. Hier und da sahen wir eine Dünenformation, ab und zu einen Wassertümpel und noch seltener einen kleinen See von höchstens einem Quadratkilometer Ausdehnung. Diese Welt war wirklich mit einem glatten Plastikball zu vergleichen.

„Sie werden nicht umhin kommen, doch noch die südliche Halbkugel anzufliegen und sie ebenfalls systematisch abzusuchen", sagte der Haluter plötzlich. „Wenn wir von der Annahme ausgehen, daß die CREST abgestürzt oder infolge schwerer Volltreffer notgelandet ist, bleibt Ihnen keine andere Wahl. Sie müssen die von der Südpolstation drohende Gefahr ignorieren."

„Selbstverständlich wird auch die südliche Halbkugel abgesucht", begehrte Shenon auf. „Haben Sie vielleicht etwas dagegen?"

Er fixierte mich scharf. Seine Augen waren feucht und verschleiert. Ich holte tief Luft.

„Ihr seid beide Narren. Ja – Sie auch, Tolot! Wie kann ein fähiger Wissenschaftler von Ihrem Rang den Rat erteilen, auf dieses unnötige Risiko einzugehen?"

„Unnötig?" schrie Miko außer sich, mit verzerrter Miene. „Sir, ich habe mich noch nie gegen einen Vorgesetzten aufgelehnt; aber wenn Sie..."

„Halten Sie den Mund und geben Sie Ihre drohende Haltung auf", warnte ich ihn. „Ich bin schon mit stärkeren Männern fertig geworden. Ich lasse es nicht zu, daß Sie unser Schiff ins Verderben steuern. Wenn wir die CREST in Äquatorhöhe noch immer nicht gefunden haben, drehen wir ab, gehen auf Sicherheitsabstand und überprüfen die südliche Planetenhälfte vom Raum aus. Das würde auch jetzt schon völlig ausreichen. Ein Stahlkörper von dieser Größe ist aus einer halben Million Kilometer ohne weiteres auszumachen."

„Wenn – wenn im Süden aber nur kleine Trümmerstücke liegen sollten, dann..."

„Dann –", unterbrach ich Shenon, „dann können wir ohnehin nicht mehr helfen, Miko. Sie sind doch Raumoffizier! Sie sollten wissen, was von der Besatzung übrigbleibt, wenn ein Schiff in Trümmer geht. Wir unternehmen alles, was menschenmöglich ist. Ich gebe nicht eher auf, als bis ich die gesamte nördliche Halbkugel peinlich genau abgetastet habe. Hier droht keine Gefahr mehr. Über dem Äquator drehen wir jedoch ab. Es genügt, wenn zweitausend Männer ums Leben gekommen sind. Haluter – halten Sie meine Erklärungen für richtig?"

„Für vollkommen richtig – mathematisch betrachtet. Gefühlsmäßig lehne ich sie ab."

„Bedenken Sie noch etwas", erklärte ich. „Wir müssen da sein, wenn die ANDROTEST II erscheint. Ich bin daran gewöhnt, etwas weiter in die Zukunft zu blicken als andere Leute. Hier geht es um die gesamte Menschheit und überdies um einen Gegner, den wir noch nicht kennen. Jemand muß übrigbleiben, um die ANDROTEST II zu warnen. Verdammt noch mal – sehen Sie das gefälligst ein! Oder glauben Sie, mir würde nicht das Herz bluten?"

Ich kämpfte um meine Fassung. Shenon schwieg verbissen, und Tolot sah mich aus seinen glühenden Augen an.

„Begreifen Sie doch meine Gründe", bat ich niedergeschlagen. „Ich . . .!"

„Ortung!" brüllte Shenon mit einer Lautstärke, daß ich wie unter einem Hieb zusammenzuckte. „Achten Sie doch auf Ihre Ortung. Da ist etwas!"

Ich schwenkte den Sitz herum. Tatsächlich – auf dem Echoschirm des Massentasters war ein winziger Punkt erschienen. Er wanderte rasch nach Westen aus.

Ehe ich Shenon darüber belehren konnte, daß dieser Gegenstand niemals die CREST sein konnte, riß er bereits die Space-Jet mit aufbrüllenden Maschinen herum.

Er jagte sie steil in den Himmel, drehte mit Vollschub ab und ging auf Westkurs. Ich rügte ihn nicht, sondern gab ihm den genauen Kurs nach dem Ortungsergebnis an.

Nach einigen Augenblicken heulte das Triebwerk der Space-Jet erneut auf. Shenon stoppte mit Werten, als gelte es, dem Wirkungs-feuer eines angreifenden Verbandes auszuweichen. Dann kamen wir zum Stillstand. Das Metallsplitterchen erzeugte auf dem Echotaster noch immer einen grünen Punkt.

Ich beugte mich vor und sah durch die transparenten Scheiben der Kanzel. Aus dem Ringwulst zuckten blaue Plasmaflammen hervor. Sie hielten das Boot in der Schwebe.

Ich erkannte die unausgesprochene Aufforderung. Icho Tolot hatte sich so weit aufgerichtet, daß sein in Schulternähe achtzig Zentimeter durchmessender Halbkugelkopf die Rohrleitungen der Klimaanlage berührte. Seine faustgroßen Augen fixierten den Schirm.

„Hmmm . . .!" brummte er. Shenon wurde schon wieder hysterisch.

„Also wenn Sie jetzt nicht landen wollen, um wenigstens einmal nachzusehen, was da unten liegt, dann – dann . . ."

Er hob die Fäuste und verschluckte den Rest des Satzes. Ich schaute ihn kühl an.

„In Ordnung, Sergeant, landen Sie die Maschine vor der Hügel-gruppe. Wir haben Zeit, nicht wahr?"

Er lachte stoßartig und schwenkte seinen Sitz herum. Er stieß im Sturzflug auf die Oberfläche nieder, fing die Jet erst tausend Meter über dem Boden ab und ließ sie dann sanft nach unten schweben.

Ich fuhr die Landebeine aus. Wir setzten auf einer weiten Ebene

201

auf. Einige hundert Meter entfernt wurde das Flachland von der Dünenformation unterbrochen. Es handelte sich um ein ausgedehntes Buckelgelände mit schroffen Einschnitten. Shenon war vernünftig genug, nicht zwischen den aufgehäuften Geröllmassen zu landen.

Ich sah hinüber. Es tat dem Auge wohl, wenigstens einmal etwas anderes zu erblicken als die endlosen Ebenen. Eine Hügelgruppe im Sinne des Wortes war das aber trotzdem nicht. Die höchsten Erhebungen ragten nur zwölf Meter weit in die klare Luft empor. Hier und da entdeckten wir einige Wasserpfützen.

Die Lufthülle des Planeten war längst automatisch analysiert worden. Sie war stark sauerstoffhaltig und gut atembar. Die Temperatur betrug in dieser Breite etwa dreißig Grad Celsius. Wir konnten auf die Raumanzüge verzichten und uns mit den Einsatzmonturen begnügen.

Icho Tolot überprüfte seine riesige Kombinationswaffe. Sie war so groß und so schwer wie ein kleines Energiegeschütz terranischer Fertigung. Tolot ging damit um, als hätte er eine Taschenpistole in der Hand.

Diese Waffe war auch eine Konstruktion, die wir noch nicht kannten. Sie wirkte als molekülauflösender Desintegrator, auf rein thermischer Basis und letztlich als Kern-Fernzünder. Tolot hatte erklärt, er könnte damit jedes Element bis zur Ordnungszahl zweiundneunzig zum Kernprozeß zwingen. Er besaß – praktisch betrachtet – damit einen Anregungsstrahler für die Zertrümmerung von Atomen.

Der Haluter verließ die Space-Jet zuerst. Ich war ihm behilflich, sich durch die Schleuse hindurchzuzwängen. Einer seiner beiden Schultergurte verhakte sich im Schließgestänge. Ich löste den fünfzig Zentimeter breiten Gurt und stellte dabei fest, daß er große Innentaschen besaß. Tolots Kampfanzug schien mit Angriffs- und Verteidigungswaffen gespickt zu sein.

Ich war froh, daß wir ihn bei uns hatten.

Miko Shenon weigerte sich beharrlich, als Wache in der Maschine zurückzubleiben. Ich konnte und wollte ihn nicht dazu zwingen.

Dann standen wir auf dem Savannenboden der unheimlichen Welt. Weit über uns lohte eine der drei Sonnen. Es war kurz nach 21:30 Uhr Bordzeit.

Das Gelände trug einen dichten Pflanzenwuchs. Es waren grüne Beläge und Miniatur-Gehölze, wie ich sie noch nie gesehen hatte. Als

202

Tolot einige Schritte machte, krachte und splitterte es unter seinen riesigen Füßen.

Anschließend ließ er den Körper auf die kurzen Sprungarme absinken.

„Wollen Sie auf meinen Rücken steigen?" bot er an.

Ich lehnte ab. Die wenigen hundert Meter bis zu der Dünengruppe konnte ich selbst laufen. Außerdem tat es gut, wieder einmal auszuschreiten.

Shenon schulterte seinen schweren Strahler. Ich trug nur meine Gürtelwaffe. Ich rechnete nicht mit einem Angriff. Hier war alles wüst und leer.

Icho Tolot spurtete plötzlich davon. Seine Füße und Laufhände erzeugten einen unwirklichen Trommelwirbel. Er verschwand mit unerhörter Geschwindigkeit hinter den Bodenwellen.

Ehe wir ihre ersten Ausläufer erreichten, tauchte er auf der anderen Seite schon wieder auf. Er hatte sie umgangen.

„Keine Gefahr", berichtete er.

„Die Dünen sind etwa drei Kilometer lang, halbmondförmig und gekrümmt und niemals höher als zwölf Meter. Soll ich Sie nicht doch tragen? Sie sehen abgespannt aus."

Ich lehnte erneut ab und begann mit der Ersteigung des ersten Hügels. Er war knapp fünf Meter hoch und bestand aus bröckeligem Felsgestein von so feiner Struktur, als hätte jemand eine Schutthalde aufgetürmt. Von dem georteten Trümmerstück war noch nichts zu sehen.

Wir stellten die Richtung fest und sprangen von der Bodenwelle nach unten. Diesmal krachte und knirschte es auch unter Shenons und meinen Füßen.

Ich bückte mich und betastete die Gräser. Sie waren holzartig fest, tausendfaltig ineinander verwuchert und bildeten teilweise einen so dichten Teppich, daß wir bis zu den Knöcheln darin versanken.

Winzige Rinnsale schienen für die Bewässerung des Bodens zu sorgen.

Miko Shenon blickte auf die Anzeigen seines tragbaren Orters. Als ich den Sergeanten anschaute, schüttelte er den Kopf.

„Nichts! Wenn ich vorhin etwas heftig gewesen sein sollte, so bitte ich um Ent...!"

Ich winkte ab. Shenon grinste verlegen und deutete auf einen Einschnitt zwischen zwei höheren Dünen, die man schon als Hügel bezeichnen konnte.

„Dahinter muß die Bodensenke mit dem Bruchstück liegen. Sehr weit brauchen wir nicht in das Gelände vorzudringen."

Ich sah mich um. Tolot rannte soeben eine steile Halde hinauf und blieb auf dem Kamm stehen. Er rührte sich nicht. Starr blickte er nach unten.

„Hat er etwas entdeckt?" flüsterte Shenon erregt. Mir war, als scheute er sich, laut zu sprechen.

„Das werden wir sehen. Kommen Sie."

Als wir weitergingen, war es 22:30 Uhr – nach terranischer Standardzeit. Auf Horror wurde es nicht dunkel. Dafür sorgten die drei Sonnen, die abwechselnd nacheinander über das Firmament zogen.

17.

Eine Funksprechverbindung mit Hilfe der tragbaren Geräte, die ihre Energie aus winzigen Fusionsbatterien bezogen, war nicht mehr möglich. Sie hatten versagt.

Die noch kleineren Armbandgeräte, die ohnehin nur mit einer Leistung von 0,1 bis 0,5 Watt arbeiteten, waren schon gegen 20:30 Uhr unbrauchbar geworden.

Zu diesem Zeitpunkt waren die drei Erkundungskommandos unter der Führung der Captains Kagato, Redhorse und Henderson ausgeschleust worden.

Wenig später waren Rhodan, Melbar Kasom, der Doppelkopfmutant Iwan Goratschin und zwanzig weitere Spezialisten aufgebrochen, um den Südabschnitt des weiten Tales zu erkunden.

Die Shifts konnten nicht mehr benutzt werden. Die Männer waren allein auf ihre Beine angewiesen.

Die vier Trupps waren seit zwei Stunden unterwegs. Das Gelände innerhalb des Tales war gut begehbar. Nur die dichten Wälder, die immer wieder von hügeligen Savannen unterbrochen wurden, behinderten den Marsch.

Don Redhorse, ein Terraner aus dem Volk der Cheyenne-Indianer, war bisher am weitesten vorgedrungen. Er hatte das Gebirge im Südwesten erreicht und begann soeben mit dem Aufstieg.

Redhorse hatte eine Stunde lang darüber nachgedacht, was er bei dem wildromantischen Anblick vermißte. Man hätte auf der Erde sein können; irgendwo im zerklüfteten Teil der Rocky Mountains oder im kahlen Hochgebirge des Himalaja.

Die Bergriesen türmten sich unübersehbar hoch vor den Männern auf. Was war an diesem Anblick falsch – unterbewußt gespürt falsch?

Redhorse entdeckte es, als er mit seinen zwanzig Leuten den ersten Kamm erklommen hatte.

Diese bis zu zwölf Kilometer hohen Gipfel trugen keine Schneekappe! Don konnte sich nicht erinnern, auf der Erde jemals einen Berg über sechstausend Meter Höhe gesehen zu haben, der keine Schneekappe getragen hatte.

„Verdammtes Land", sagte der hochgewachsene Offizier vor sich hin. „Verdammtes Land. Etwas stimmt hier nicht."

Redhorse strich sich mit der Hand über die schweißnassen Haare und griff noch einmal zu seinem Funksprechgerät. Es war zwecklos. Der Kontakt zu den anderen Trupps war endgültig abgerissen.

Don Redhorse, der verwegenste Draufgänger unter den speziell geschulten Kommandoführern der CREST, warf das Gerät einem Sergeanten zu und setzte sich auf einen Felsblock.

„Pause", ordnete er an. „Laben Sie sich an dem Anblick unseres stolzen Schiffes und essen Sie etwas."

Er deutete in die weite Ebene hinunter, aus der sich die fünfzehnhundert Meter durchmessende Kugel der CREST hervorhob. Redhorse war erst acht Kilometer von dem Schiff entfernt. Die anderen Trupps konnten auch nicht weiter vorgedrungen sein. Je näher man an die Berge herankam, um so schwieriger wurde das Gelände.

Redhorse drückte auf den Erwärmungskontakt einer Automatkonserve und wartete auf das Aufspringen des Deckels. In diesem Augenblick schienen irgendwo jenseits des Gebirges Vulkane auszubrechen.

Redhorse horchte auf. Als sich das Grollen zu einem rhythmischen Getöse steigerte und von mehreren Steilhängen Gesteinslawinen in

205

die Tiefe stürzten, stellte er die Konservendose vorsichtig auf den Boden und griff zur Waffe. Sein bronzefarbenes Gesicht blieb unbewegt.

Der Boden begann zu schwanken. Weitere Steinlawinen polterten in das Tal hinab. Es war, als würde diese Welt plötzlich untergehen.

Korporal Tchinta, ein lethargisch wirkender Mann mit abstehenden Ohren, sagte zaghaft: „Hmmm – da scheinen aber allerhand Vulkane ausgebrochen zu sein. Vor einer Viertelstunde ist etwas über uns hinweggeflogen."

Sergeant Sougrin kniff die Augen zusammen und blinzelte zum Himmel empor.

„Was?"

„Keine Ahnung. Es war hinter den Bergen. Wie verhält man sich bei einem eventuellen Beschuß durch Fernraketen?"

„Du hast eine krankhafte Phantasie. Hier gibt es niemand, der die Kunst eines gezielten Fernwaffenbeschusses beherrscht."

„Das war aber sehr vornehm ausgedrückt", sagte Tchinta. „Auf alle Fälle ist ein riesiges Ding nördlich von uns durch die Luft gesaust. Der Schlagschatten verdunkelte die Sonne. Ob es hier wohl Flugsaurier gibt?"

Sougrin tippte sich an die Stirn.

Das Dröhnen hielt an. Es klang, als schlügen Giganten mit tonnenschweren Hämmern auf den Boden.

Don Redhorse nickte.

„Sie haben recht, Tchinta! Etwas ist hinter den Bergen vorbeigeflogen. Und jetzt kommt schon wieder etwas. Wenn mich mein Adlerauge nicht täuscht, ist das ein Ungeheuer, das wohl nur mit den Impulsgeschützen der CREST besiegt werden kann."

Redhorse deutete mit dem Daumen über die Schulter. Zwanzig Männer fuhren sprungbereit herum. Zwanzig mehr oder weniger heftige Ausrufe klangen auf. Zwanzig Hände griffen nach den Waffen, und zwanzig schwere Thermostrahler richteten sich auf den Schatten, der plötzlich die sonnenbeschienenen Steilwände der Berge verdunkelte.

Eine unübersehbare Masse tauchte hinter den Bergriesen auf. Steinlawinen polterten in die Tiefe. Die Masse wuchs und wuchs, bis sie die höchsten Gipfel zwei Kilometer weit überragte.

Eine Druckwelle raste über das Land hinweg. Redhorse ging zuerst in Deckung. Sein Blickwinkel reichte nicht aus, um die Konturen des Ungeheuers in vollem Umfang erfassen zu können. Er sah immer nur Ausschnitte.

Sergeant Sougrin umklammerte seinen Strahler.

„Ich habe schon eine Menge Saurier gesehen", stellte er fest. „So einen aber noch nicht. Wenn der noch zehn Schritte macht, geht für uns die Welt unter."

„Tröste dich, Bruder, es kommen noch ein paar von der Sorte", behauptete der Captain. „Wir wollen den Gipfelstürmer etwas kitzeln. Feuer frei!"

Redhorse schoß. Sein Energiestrahl peitschte aus der Rohrmündung, röhrte steil an den zerklüfteten Hängen hinauf und traf sieben Kilometer über dem Standort der Männer eine vorhängende Wand.

Dort verpuffte er nahezu wirkungslos. Der Energieverlust über solche Distanzen war extrem hoch.

Im Westen trommelte es immer noch. Das Geräusch kam näher. Als unter Redhorses Füßen die Felsplattform zu wanken begann und an den Steilhängen hausgroße Felsbrocken ins Rollen kamen, sah er sich nach einer besseren Deckung um. Das Ungeheuer füllte jetzt den westlichen Horizont aus.

Ein Grollen machte die Männer fast taub. Als sich die Schallwellen verliefen, äußerte Sergeant Sougrin:

„Mir scheint, der hat etwas gegen die Kitzelei."

Melbar Kasom ging mit seinem überschweren USO-Strahler ins Ziel und zog ab. Der Ertruser verwendete ein für seine Zwecke umgebautes Kampfroboter-Modell, das drei Erdgeborene zusammen gerade noch tragen konnten.

Der 2,51 Meter große Ertruser fing den Rückschlag mit der Schulter ab und schaute geblendet seinem armdicken Thermostrahl nach, der genau dort einschlug, wo das Monstrum sichtbar geworden war.

Rhodan lag neben dem USO-Spezialisten. Der Doppelkopfmutant Iwan Goratschin bemühte sich verzweifelt, seine Zünder-Gabe zum Einsatz zu bringen und dort oben einen Kernprozeß einzuleiten.

Es war zwecklos! Die auf fünfdimensionaler Basis beruhende Fähigkeit war von dem auf Horror vorhandenen Absorberfeld aufgehoben worden. Keiner der Mutanten konnte noch eingesetzt werden.

Die Mausbiber Gucky und Gecko waren bei Rhodans Aufbruch noch besinnungslos gewesen. Ralf Marten, der Teleoptiker des Korps, hatte sich Cart Rudo und Mory zur Verfügung gestellt. Wahrscheinlich würde es ihm aber auch nicht gelingen, seine parapsychischen Kräfte einzusetzen.

Kasom schoß noch zweimal. Beim dritten Schuß versagte seine Waffe. Er drückte nochmals ab, schaute wie teilnahmslos auf die Kontrollmarke des Deuteriumspeichers und drehte sich nach Perry um.

„Vorbei! Es war zu erwarten. Das Absorberfeld greift nun auch die relativ primitiven Kernprozesse an. Haben Sie zufällig einen dicken Knüppel bei sich?"

Rhodan richtete sich auf. Der im Westen sichtbare Paß – Rhodans eigentliches Ziel – war noch zwanzig Kilometer entfernt. Als in dem Einschnitt ein weiteres Ungeheuer von wenigstens zwei Kilometer Höhe erschien und ein Bergrutsch nach dem anderen auf die Ebene niederpolterte, befahl Rhodan den Rückzug.

Ein Mann seines Begleitkommandos schoß die vorbereitete Signalrakete ab. Sie zerplatzte in drei Kilometer Höhe zu roten Sternen. Sie mußte von den Chefs der anderen Kommandos gesehen werden.

Das gigantische Monstrum, das man zuerst gesichtet hatte, begann mit der Übersteigung der höchsten Gipfel, Rhodan glaubte, zwei kilometerlange Greifarme zu sehen.

Der Boden bebte immer stärker. Eine Druckwelle nach der anderen orgelte von den Höhen herab und brachte die Männer zu Fall.

Zum gleichen Zeitpunkt befahl Oberst Cart Rudo, das Ungetüm unter Beschuß zu nehmen. Der Erste Feuerleitoffizier drückte mit zehn Fingern auf zehn Waffenknöpfe. Wiffert setzte zusätzlich die schweren Transformkanonen der Polstation ein, aber auch diese Waffen versagten. Die CREST konnte keinen Schuß auslösen.

Cart Rudo klammerte sich an seinem Kommandantensessel fest. Die Bildschirme arbeiteten noch einwandfrei. Die Stromreaktoren liefen aber bereits mit einem deutlich erkennbaren Leistungsverlust von vierzig Prozent. Etwas griff nach dem letzten Hilfsmittel der CREST.

208

Der Angriff der Titanen konnte nicht mehr gestoppt werden. Da ließ Rudo ebenfalls rote Signalraketen schießen, anschließend grüne. Das bedeutete, die ausgeschleusten Soldaten der Kommandos sollten in Deckung gehen und auf einen Rückzug vorbereitet sein.

In dem Westpaß tauchte das zweite Monstrum auf. Rudo schaltete die Optik um auf Weitwinkelerfassung, und da wurde er leichenblaß.

Entsetzt starrte er auf die Bildschirme.

„Nein!" rief er entsetzt aus. „Nein, das nicht! – Bitte, *das* nicht!"

Don Redhorse hatte Rhodans Signalrakete gesehen, jedoch hatte der Cheyenne-Indianer nicht daran gedacht, panikartig zur CREST zurückzukehren. Dann bemerkte er Rudos Grünsignale.

„In Ordnung", sagte er. „Bleiben wir, wo wir sind. Sie werden das Schiff zertrümmern. Tchinta – haben Sie in Ihrem Beobachtungssektor etwas von Captain Kagato gesehen?"

„Er hat zweimal Rot geschossen. Er zieht sich auf die CREST zurück."

„Blödsinn, und Henderson?"

„Er steht hinter dem Schiff. Nichts bemerkt, Sir."

Eine neue Druckwelle pfiff über das Tal hinweg. Sie wurde von dem Ungeheuer erzeugt, das nun mit atemberaubender Geschwindigkeit von den Bergen herabstieg. Es erreichte mit drei bis vier Schritten die Ebene. Damit begann auch wieder das Trommeln und Beben.

Ein zweites Grollen klang auf, diesmal noch lauter. Redhorse lag in einer Bodensenke und preßte die Handflächen gegen die Ohren.

Nur einen Kilometer von ihm entfernt waren Rhodan und Kasom ebenfalls in Deckung gegangen. Perry hatte Rudos Grünsignal nicht widerrufen. Der Doppelkopfmutant weinte. Es war grauenhaft.

Kasom griff nach einem Stein. Er wog einen Zentner und bedeutete in der Hand des Ertrusers eine fürchterliche Waffe.

Die Druckwellen nahmen kein Ende mehr. Jedesmal, wenn das Monstrum ein Glied bewegte, entstand ein orkanartiger Sturmwind.

Sekunden später sah auch Rhodan das zweite Wesen, das seine ungeheure Masse durch den Paßeinschnitt zwängte und dabei kilometerhohe Geröllhänge zum Einsturz brachte.

Jetzt wußte man, wie die Oberflächenintelligenzen des Planeten Horror aussahen! Sie hatten die schweren Waffen des Schiffes lahmgelegt und die Startbereitschaft unterbunden. Sie hatten gerade so lange gewartet, bis das von ihnen erzeugte Absorberfeld die CREST energetisch ausgelaugt hatte. Nun kamen sie!

Sie kamen mit dem gelassenen Gleichmut von Riesen, die noch um fünfhundert Meter größer waren als das neueste Superschlachtschiff der Solaren Flotte. Sie würden es mit Felsbrocken zertrümmern können. Sie konnten Berge abtragen und riesige Gipfel umfangen, als handelte es sich um Kieselsteine.

Rhodan gab auf. Er wußte, daß er den Kampf verloren hatte.

Das vom Hochgebirge herabsteigende Ungeheuer blieb stehen. Mit einem Tentakel berührte es bereits den Grund des fünfzig Kilometer durchmessenden Tales. Die anderen Gliedmaßen, undefinierbar, weil nicht voll übersehbar, klammerten sich an den Bergen fest.

Rhodan schaute unbewegt auf die konturlose Masse, die tiefe Krater und Ausbuchtungen aufwies. Das zweite Riesengeschöpf kam aus dem Hochpaß hervor, dicht hinter ihm folgte ein drittes. Als Rhodan einen Warnruf ausstoßen wollte, griff dieses Ungeheuer an.

Don Redhorse sprang auf und rannte zur nächsten Deckung hinüber. Ein riesiger, walzenförmiger Körper flog auf ihn zu. Er schlug an der Stelle auf, wo Redhorse soeben noch gelegen hatte. Seine Männer zogen sich ebenfalls fluchtartig zurück.

Der weiße Körper spie weißblaue Qualmwolken von solcher Dichte aus, daß sich der Himmel sofort vernebelte.

„Gas – zurück", keuchte Redhorse und zerrte einen Mann seines Kommandos aus der Deckung hervor.

„Zurück ins Tal. Das Gas steigt nach oben."

Einundzwanzig Terraner, Don Redhorse voran, liefen auf den schmalen Pfad zu, den sie für den Aufstieg benutzt hatten. Der Gasausbruch war ungeheuer. Halberstickt erreichten sie eine vorstehende Felsplattform, die von einem erfrischenden Luftzug umweht wurde. Hier wurde die Luft besser.

Redhorse sah nach oben. Die Gasbombe war wenigstens fünfundvierzigmal so lang wie ein ausgewachsener Terraner.

Sie brannte in vernichtender Glut ab. Redhorse stellte erbittert fest, daß der Gegner sich anscheinend einen Spaß daraus machte, die Männer der CREST auszuräuchern.

18. Atlan

Miko Shenon warf eine Zigarette weg. Sie fiel einige Meter entfernt im staubfeinen Geröll nieder. Ich achtete nicht darauf.

Icho Tolot stieg langsam von dem Hügel herab, den er vorher erklommen hatte. Er hatte mir zweimal etwas zugerufen, was ich aber nicht verstanden hatte. Tolot hatte so leise gesprochen, wie ich es von ihm nicht gewöhnt war. Warum verständigte er sich nicht lauter?

Unter meinen Füßen knirschte der Sand. Shenon schob mit der Stiefelspitze einige Holzgewächse zur Seite. Es krachte und splitterte.

Tolot deutete nach vorn. Ich folgte seinem ausgestreckten Arm, und da sah ich ebenfalls das geortete Metallstück. Es war kugelförmig und durchmaß etwa eineinhalb Meter.

Meine Hände begannen zu zittern. Tolot rührte sich nicht. Er lag auf dem Steilhang der Düne, als hätte man ihn darauf festgeklebt.

Das kugelförmige Gebilde war zu symmetrisch und zu einwandfrei rund, um ein Bruchstück des Schiffes sein zu können. Es glänzte wie eine polierte Kugel aus bläulichem Metall. Ich ging noch einen Schritt nach vorn. Die Senke zwischen den Dünen durchmaß etwa fünfzig Meter.

„Vorsicht!" erreichte mich Tolots Ruf. Nein, es war kein Ruf gewesen. Der Haluter hatte nur geflüstert.

Noch einige Schritte. Dann stand ich nur noch zehn Meter von dem Kugelkörper entfernt.

Das Blut schien in meinen Adern zu gerinnen. Gebannt, ungläubig und von einem Gefühlssturm aufgewühlt, las ich die Schriftzeichen, die auf dem Kugelkörper angebracht waren.

„CREST II" stand dort. Ich preßte die Hände gegen den Hals, da ich zu ersticken glaubte.

„Sir!" stöhnte Shenon wie von Schmerzen geplagt. „Sir – das ist unsere CREST! Das ist sie! Das ist kein Bruchstück – das ist das ganze Schiff!"

Mein Extrahirn sandte mir einen schmerzhaften Impuls.

„Narr, sie sind verkleinert worden. Etwa ums Tausendfache. Die CREST durchmißt noch eineinhalb Meter. Vorsicht, jeder Schritt muß durch seine Luftverdrängung auf die Mikromenschen wie eine Atomex-

plosion wirken. Nur flüstern, besser gar nichts sagen. Du erzeugst Druck- und Schallwellen von ungeheurer Kraft. Tolot hat das längst erkannt. Oder warum, glaubst du, rührt er sich nicht mehr?"

Ich zog mich mit äußerster Vorsicht zurück. Mein Verstand weigerte sich, das Ungeheuerliche zu akzeptieren. Mein Gehirn war wie ausgelaugt. Dennoch begriff ich in vollster Konsequenz, was geschehen war. Kein Wunder, daß wir die CREST nicht augenblicklich geortet hatten. Auf einen Körper, der nur noch 1,50 Meter durchmaß, hatten die Geräte aus größerer Entfernung nicht angesprochen.

„Vorsicht, ganz behutsam bewegen", flüsterte Tolot. Der Haluter rührte sich noch immer nicht.

Miko Shenon atmete so flach wie möglich. Tolot und ich ebenfalls. Jede Bewegung unserer Körper mußte für die Männer der CREST einem Wirbelsturm gleichkommen.

Ich versuchte nicht, in diesen Augenblicken die Ursache der Verkleinerung zu ergründen. Jetzt kam es nur auf schnellste Hilfeleistung an. Mein Extrahirn sagte mir, daß die Schrumpfung nicht um ihrer selbst willen herbeigeführt worden war. Wahrscheinlich warteten Unbekannte auf die Vollendung des Prozesses, um anschließend etwas zu unternehmen, was wir nicht einmal ahnen konnten.

Ich wurde ganz ruhig. Nur eine Sorge quälte mich noch. Was war mit meinen vielen Freunden geschehen? Waren sie von der Verkleinerung ebenfalls betroffen worden? Wenn ja – hatten ihre Körper diese unglaubliche Prozedur überstehen können? Lebten sie noch, oder lagen sie wie ausgedörrte Mikroben in den Hallen und Kommandoständen der CREST? Wie war eine solche Schrumpfung überhaupt zu erklären? War es eine Massenverdichtung wie in überschweren Zwergsternen? In diesem Falle hätte die CREST ihr ursprüngliches Gewicht besitzen müssen; oder wenigstens annähernd.

Tolot, der halutische Wissenschaftler würde schon eine Erklärung finden. Er hatte ja blitzartig erkannt, was geschehen war.

Die primäre Frage lautete für mich:

Lebten sie noch, hatten sie uns gehört und gesehen, und wo waren sie?

Wenn Perry noch aktiv war, dann hatte er garantiert einige Kommandos ausgeschickt. Ich lief also Gefahr, die für mich unsichtbaren Terraner zu zertreten.

212

Ich hob vorsichtig das Bein an und stellte den Fuß noch behutsamer in das Wasserrinnsal, das für meine Freunde wahrscheinlich ein gewaltiger Fluß war.

Im Mittelpunkt der Dünenvertiefung, direkt neben der CREST, sah ich einen Tümpel, von dem das Rinnsal ausging.

Wenn Perry überhaupt einige Kommandos ausgeschleust hatte, dann befanden sie sich bestimmt nicht auf dem Wasser. Ich konnte es also riskieren, meine Füße in dem Bächlein niederzusetzen.

„Gut so!" hauchte der Haluter. „Shenon – gehen Sie vorsichtig in den Dünenspalt zurück."

Miko gehorchte so prompt wie noch nie. Er brauchte zehn Sekunden, um die Schuhsohle vom Boden zu lösen. Ich dachte an seine stinkende Zigarette, deren Qualm steil emporstieg. Hatte er den Glimmstengel wegwerfen müssen?

Als ich in der Pfütze stand und einigermaßen sicher war, niemand zu zertrampeln, ging ich im Zeitlupentempo in die Hocke. So leise, wie es mir überhaupt möglich war, flüsterte ich:

„Rhodan – Zeichen geben."

Ich hatte extra nicht Perry gesagt, um bei dem P-Laut nicht eine Druckwelle zu erzeugen.

„Hier Atlan, Rhodan – Zeichen geben."

19.

Als die Gasbombe dort niederfiel, wo Don Redhorse mit seinen Männern liegen mußte, war Rhodan aufgesprungen. Bebend, in hilflosem Zorn schaute er zu der Qualmwolke hinüber. Dann begann er plötzlich zu taumeln, als hätte ihn ein Hieb getroffen.

Melbar Kasom hielt den Chef des Solaren Imperiums fest. Rhodan war weit genug von dem Walzenkörper entfernt, um ihn in voller Länge überblicken zu können.

Dicht hinter dem in Weißglut brennenden Teil waren riesige Schriftzeichen zu erkennen.

„Rotring", stammelte Rhodan, um dann zu schreien:

„Rotring – eine terranische Zigarettenmarke! Sehen Sie es denn nicht? Kasom, lesen Sie die Aufschrift, ehe sie verbrennt. Das ist eine Rotring-Zigarette von Sergeant Miko Shenon! Nur er raucht dieses furchtbare Kraut!"

Sekunden später begriffen die Männer, was mit ihnen geschehen war. Rhodan fing sich zuerst. Er sah in bleiche Gesichter, in denen Entsetzen und Unglauben standen.

„Jetzt – jetzt verstehe ich endlich, was die scheinbare Spiegelfechterei zu bedeuten hat", sagte Rhodan mit abnormaler Ruhe. Er war bleich, aber schon wieder beherrscht.

„Die Oberfläche ist glatt wie ein Kuchenbrett! Unsere Ortung wurde *nicht* getäuscht. Nur wir haben uns täuschen lassen. Als wir erwachten, hatten wir einen Prozeß überstanden, für den mir jeder passende Ausdruck fehlt. Die lächerlichen Bodenwellen, die wir vor dem Angriff gesehen hatten, waren für uns zu gigantischen Gebirgen geworden. Ich ahne auch, warum die Hypermaschinen nicht mehr funktionieren und weshalb die Strommeiler mehr und mehr an Leistung verlieren. Wir sind nicht einfach komprimiert worden, sondern jedes einzelne Atom in uns, in der Hülle der CREST und in jedem nur denkbaren Gegenstand ist in seinem Aufbau angegriffen worden. Es kam zu einer Potentialverdichtung. Die Atome wurden nicht zusammengepreßt, sondern sie wurden in ihrer gesamten Struktur ebenfalls verkleinert. Ein Wunder, daß es nicht zu einer explosiven Energiefreigabe gekommen ist. Wir sind von einer unglaublichen Technik schachmatt gesetzt worden. Die Verringerung unserer Masse proportional zur erfolgten Schrumpfung beweist eindeutig, daß sich die Atomkerne mit ihren Protonen und Neutronen sowie die umlaufenden Elektronen mitsamt ihrem Energiehaushalt verkleinert haben, oder ich müßte jetzt noch achtzig Kilogramm wiegen. Das wäre etwas zuviel für meine winzig gewordene Beinmuskulatur!"

Rhodan hatte den Schock überwunden. Seine Männer schauten noch fassungslos zu den drei Giganten hinüber, deren Gesichter für die Mikroaugen der verkleinerten Menschen wie Kraterlandschaften aussahen. Die winzigsten Hautunreinheiten wurden zu pfannengroßen Geschwüren; Nasen-, Ohren- und Mundöffnungen zu stadiongroßen Schlünden. Erst jetzt, nach der schrecklichen Erkenntnis, glaubte man hier und da eine Ähnlichkeit zu erkennen. Trotzdem waren die Riesen noch nicht voneinander zu unterscheiden.

Einer von ihnen hob das Bein und setzte den Fuß im rauschenden Fluß nieder. Es kam zu einer Flutwelle, obwohl erkenntlich wurde, daß sich der Gigant bemühte, sehr behutsam vorzugehen. Dann ging er in die Hocke. Wieder kam es zu einer Druckwelle.

„Kasom, Signalraketen klarmachen, schnell!" schrie Rhodan außer sich. Sein Gesicht war plötzlich hektisch gerötet. Er wußte, daß Atlan angekommen war, und er wußte auch, daß der Arkonide die Situation erfaßt hatte. Die CREST war immerhin noch groß genug, um selbst von normalen Augen als Raumschiff terranischer Bauart erkannt zu werden.

Zum gleichen Zeitpunkt wies Lordadmiral Atlan Miko Shenon an, zur Space-Jet zurückzulaufen und ein starkes Vergrößerungsglas zu holen. Shenon zwängte sich zentimeterweise durch den Dünenspalt, der für Rhodan ein unübersehbarer Hochpaß war.

Als er jenseits der Bodenwellen angekommen war, begann der Sergeant zu rennen. Wieder wurde das dumpfe Trommelwirbeln hörbar; wieder bebte das Land.

Es entsprach der harten Schulung und dem schnellen Auffassungsvermögen der terranischen Raumfahrer, Verzweiflungsausbrüche zu unterdrücken und sich sofort auf die Sachlage einzustellen. Atlan war angekommen. Er hatte sie entdeckt. Alles weitere würde sich finden. Offenbar war er nicht von dem Verkleinerungsprozeß betroffen worden, was Rhodans Theorie eindeutig erhärtete. Mit der Vernichtung der Nordpolstation war auch die Waffe zerstört worden, die man wenig später *Potentialverdichter* nannte.

Auch an Bord der CREST wurde die Lage richtig beurteilt. Oberst Cart Rudo hatte schon vorher durch die verkleinernde Weitwinkelaufnahme Atlans Einsatzkombination erkannt und daraus die richtigen Schlüsse gezogen.

Jetzt hörte man in dem riesigen Tal, das für den Arkoniden nur eine Sandmulde war, eine dröhnende Stimme:

„Rhodan – Zeichen geben. Hier Atlan. Rhodan – Zeichen geben."

Perry hörte die Worte, Don Redhorse vernahm sie, und auf der CREST wurden sie ebenfalls verstanden.

Drei Kommandeure begannen gleichzeitig zu handeln. Rudo, Redhorse und Rhodan ließen fast im gleichen Augenblick rote Signalraketen in die Luft zischen, die etwa einen Meter über der Gesichtshöhe des Arkoniden zerplatzten und ihren Sternregen versprühten.

Cart Rudo ging noch weiter. Er war ein praktisch denkender Mann, der sich jetzt nur wenige Minuten nach dem fürchterlichen Schock auf seine jahrelange Praxis besann und genau das Richtige veranlaßte.

Die Techniker des Schiffes erhielten den Befehl, sämtliche Außenbordlautsprecher auf das Zentralmikrophon zu schalten.

Als Rudo zu sprechen begann, setzten die Männer die Schalldämpfer auf, die normalerweise beim Salventakt getragen wurden. Die Lautsprecher begannen zu brüllen, zumal sich der stimmgewaltige Epsaler noch bemühte, möglichst laut in sein Mikrophon zu rufen.

„Atlan, wir haben Sie verstanden. Rudo spricht. Ich habe eine Koppelschaltung vornehmen lassen. Können Sie mich verstehen?"

Atlan, der angestrengt lauschte, vernahm ein Wispern. Er beugte sich weit vor, stemmte die Hände in den Boden und kam somit der CREST um einen Meter näher. Für die Begriffe der Mikromenschen war es ein Kilometer.

Dann verstand der Arkonide die Worte. Wieder hauchte er:

„Verstanden, Rudo. Gute Idee. Keine Erklärungen jetzt. Sind Kommandos draußen?"

Auf der CREST wurden die Worte wiederum deutlich vernommen. Die Lautstärke war erträglich. Für die Männer im Freien klang es wie Donnergrollen, aus dem kaum ein Sinn herauszuhören war.

„Verstanden, Atlan. Haben Sie Vorschläge? Vier Kommandos sind draußen."

„Ja, sofort ins Schiff zurückrufen. Wir bringen Sie zur Space-Jet. Verstanden?"

„Verstanden", gab Rudo zurück. Bei dem Gedanken, das Flottenflaggschiff des Solaren Imperiums könnte auf die Schulter genommen und hinweggetragen werden, sträubten sich ihm die Haare.

Minuten später zischten weitere Raketen aus der oberen Polkuppel der CREST. Es wäre nicht mehr nötig gewesen. Die vier Erkundungstrupps befanden sich bereits auf dem Rückzug. Die Männer rannten, wie sie nie im Leben gerannt waren. Sie wußten zwar, daß Unglaubliches mit ihnen geschehen war; aber jetzt war der Arkonide erschienen. Eine Lösung konnte vielleicht gefunden werden.

In diesem Vielleicht lagen alle Hoffnungen begründet. Terraner gaben so leicht nicht auf; auch dann nicht, wenn sie nur noch 1,7 bis 2 Millimeter groß waren!

20. Atlan

Icho Tolot und Miko Shenon lagen auf den Hängen eines Hügels und spähten in die Senke hinunter. Ich war allein bis in die unmittelbare Nähe der CREST vorgekrochen.

Shenon hatte mir das Vergrößerungsglas gebracht. Es gehörte zur Notausrüstung unserer Maschine. Ich suchte damit den Boden ab, um niemand zu verletzen.

Vor einigen Minuten war Don Redhorse mit seinen Männern eingetroffen. Sie hatten mir zugewinkt und waren dann in den Luftschleusen verschwunden.

Durch das Glas hatte ich sie recht gut sehen können. Das biologische Phänomen der Verkleinerung war noch aufregender als die anderen Gegebenheiten. Wie konnte es möglich sein, daß ein derart winzig gewordenes Gehirn noch ganz normal dachte?

Schließlich hatte mich Perry mit Hilfe der Außenlautsprecher angerufen. Seine Theorie über den Potentialverdichter klang einleuchtend, soweit auf Horror überhaupt etwas einleuchtend sein konnte.

Ich kniete vor dem Schiff und hielt das Vergrößerungsglas über Perry. So konnte ich einigermaßen deutlich sein Gesicht erkennen. Er hatte sich ein Mikrophon aus der unteren Mannschleuse reichen lassen und sprach hinein. Da er dicke Schalldämpfer über den Ohren trug, begann ich zu ahnen, welches Getöse aus den Lautsprechern klang.

Der Leistungsverlust war sehr hoch. Es wurde verständlich, warum wir die Funksignale des Schiffes nicht mehr hatten auffangen können. Die wenigen Watt, die noch von den Antennen ausgingen, hatten sich im Verlauf der Ereignisse nochmals ums Tausendfache verringert. Diese Tatsache war bis zu unserem Erscheinen von den Männern der

CREST nicht erkannt worden. Ihnen hatte tatsächlich jeder Bezugs-punkt gefehlt.

Es stand jedoch fest, daß es kein Absorberfeld gab, von dem die CREST energetisch ausgelaugt wurde. Der Schwund resultierte in der Potentialverkleinerung der Atome, die dadurch eine gewisse Trägheit erlangt hatten. Um so verwunderlicher war es, daß die Organismen der Menschen nicht versagten. Wir waren einem der größten Geheim-nisse unserer unbekannten Gegner auf der Spur, nur konnten wir nichts damit anfangen.

Icho Tolot hatte die Logikauswertung der Mathelogik bestätigt. Sein Planhirn konnte zwar zur gleichen Zeit nicht mehr als eine Berechnung anstellen, die Geschwindigkeit der einzelnen Rechen-operationen lag jedoch nur wenig unter der des spezialisierten positro-nischen Gehirns.

Ich sah durch das zehnfach vergrößernde Glas, daß sich Perry an der Greifkralle eines Landefußes mit Armen und Beinen festklammerte. Obwohl ich so leise wie möglich sprach und meinen Mund von ihm abwendete, hatte er mit den von mir erzeugten Druck- und Schallwel-len zu kämpfen.

Schließlich preßte ich versuchsweise ein Taschentuch vor den Mund, doch da verstand er meine Worte nicht mehr.

Die letzten Männer des wissenschaftlichen Teams verschwanden in der unteren Polschleuse. Sie hatten Bodenproben mitgenommen, um in den Labors zu versuchen, Mikrolebewesen zu entdecken.

Rhodan hatte mich darüber belehrt, daß die gesamte Umwelt pro-portional zur jetzigen Größe der Menschen durchaus akzeptabel war. Rhodan behauptete, er hätte Urwaldbäume von wenigstens hundert Metern Höhe gesehen.

Das waren wohl die holzartigen Gräser gewesen, die unter meinen Schuhen zersplittert waren.

Auf Grund dieser Berichte konnte angenommen werden, daß die Oberfläche von Horror nicht immer verkleinert gewesen war. Tolot hatte an die enorm großen Kuppelbauten auf dem Südpol erinnert. Sie waren dem Schrumpfungsprozeß anscheinend nicht unterlegen. Ich konnte mir jedenfalls nicht vorstellen, daß die ohnehin zehn Kilome-ter hohen Türme ebenfalls tausendfach kleiner sein sollten! Dann hätten sie im Normalzustand zehntausend Kilometer hoch sein müssen, und das war technisch absurd. Kein vernunftbegabtes Wesen hätte jemals solche Bauwerke errichten können.

Wir zogen daraus den Schluß, daß eine dünne Oberflächenschicht des Planeten vor unbekannter Zeit durch Einwirkung zweier Potentialverdichter zum Schrumpfen gebracht worden war. Diese „Haut" mußte dadurch geplatzt sein, wodurch tieferliegende Schichten in die Zwischenräume getreten waren. Diesem teuflischen Effekt mußten demnach auch die ehemaligen Oberflächenbewohner, die *Oberen*, zum Opfer gefallen sein. Ob sie noch existierten, war äußerst zweifelhaft.

Tolots Auswertung war verblüffend. Ich hatte noch vor einer Stunde angenommen, die CREST wäre nach der Ausschaltung der Besatzung mit einem Traktorstrahl eingefangen worden, und dann hätte der Verkleinerungsprozeß begonnen.

Rhodans Schilderung über die Schmerzsymptome hatten Tolot jedoch die richtigen Ausgangsdaten gegeben. Die CREST *mußte* schon im Raum, und zwar dreihunderttausend Kilometer von Horror entfernt, mit einem gebündelten Potentialstrahl angegriffen worden sein. Dadurch war es auch zu dem Maschinenausfall gekommen. Erst danach war sie in tausendfach verkleinerter Form von einem Traktorstrahl erfaßt und in dieser Bodenmulde abgesetzt worden. Ich war jetzt sehr froh, daß ich mich nach der Entdeckung der Südpolstation fluchtartig aus dem Wirkungsbereich zurückgezogen hatte.

Soweit schienen die Ereignisse geklärt zu sein. Das größte Rätsel blieb jedoch ungelöst. Niemand konnte sich eine Technik vorstellen, mit der man Atome zwingen konnte, unter Aufgabe ihrer ursprünglichen Masse einfach ums Tausendfache kleiner zu werden, ohne jedoch ihre Funktion zu verlieren.

Der Ausfall der Maschinen war nicht verwunderlich. Hyperkraft konnte es unter solchen Bedingungen nicht mehr geben. Selbst die einfachen Kernprozesse wurden jetzt schon in Mitleidenschaft gezogen, oder die Leistungsreaktoren hätten nicht mehr und mehr nachgelassen.

„Fertig", hörte ich Perrys Stimme aus den Lautsprechern flüstern. Ich mußte scharf aufpassen.

„Die Verstärker fallen aus. Hörst du mich noch?"

„Gerade noch so", wisperte ich hinter der vorgehaltenen Hand.

„In Ordnung", brüllte der Mikromensch in sein Mikrophon. „Ich steige ein. Tolot soll versuchen, das Schiff in die Bodenschleuse der Space-Jet zu bringen. Nehmt uns auf keinen Fall mit einem Zugstrahl auf! Das ist zu grob. Vorsichtig anfassen und noch vorsichtiger absetzen. Die Andruckneutralisatoren arbeiten nicht mehr. Beim geringsten Stoß haben wir mindestens zehn Gravos zu erdulden. Wir werden uns festschnallen. Was hast du anschließend vor?"

„Weg von der Oberfläche", flüsterte ich. „Ich befürchte einen Angriff. Man wird sich ausrechnen können, wie lange der Verdichtungsprozeß braucht, um auch die letzte Maschine lahmzulegen. Wir starten sofort und fliegen zur alten Wartepositon zurück. Dort werden wir in Ruhe versuchen, das Rätsel zu lösen."

„Hält es der Haluter für wahrscheinlich, daß sich die Potentialverdichtung von selbst aufhebt, sobald wir aus der Einflußsphäre der Oberfläche herauskommen?"

Ich hielt das Vergrößerungsglas so, daß ich nur noch sein Gesicht sah. Es war angespannt und von scharfen Falten durchfurcht.

„Ja", log ich, „wir hoffen darauf."

„Großartig. Einstweilen vielen Dank, alter Freund."

Er winkte und sprang zum mechanisch bewegten Aufzug hinüber. Der Antigravlift funktionierte nicht mehr.

Ich wartete, bis sich die Panzerschalen der Schleuse geschlossen hatten. Sie wurden von der Nothydraulik bewegt, deren Pumpsystem gerade noch genug Arbeitsstrom für die E-Motoren erhielt.

Ich richtete mich auf und rieb meinen schmerzenden Rücken. Tolot kam vorsichtig über den Hang. Mit zwei weiten Schritten erreichte er die Talsohle. Mit nochmals zehn Schritten war er bei mir.

Er schaute mich intensiv an. Er wußte, daß ich den Freund belogen hatte. Es bestand nicht die geringste Wahrscheinlichkeit für eine Rückbildung der Potentialverdichtung. Perry hatte übersehen, daß er sich durchaus nicht im Einflußbereich eines Kraftfeldes befand, oder wir wären ebenfalls davon angegriffen worden. Die Potentialverdichtung war ein einmaliges Ereignis gewesen, das mit der Zerstörung der Nordpolstation nicht mehr hatte aufgehalten werden können. Sobald die in ihren Einflußbereich geratende Materie verkleinert war, hatte sie ihre Aufgabe erfüllt, und die um das Tausendfache verkleinerte Materie behielt ihren Miniaturzustand bei. Die Tatsache, daß sich die

Nordhalbkugel Horrors nicht verändert hatte, obwohl der für diesen Bereich zuständige Potentialverdichter nicht mehr existierte, war eindeutig ein Beweis dafür. Die Geschütze hatten nach unseren Berechnungen um zehn Sekunden zu spät zu feuern gegonnen.

„Ich wollte barmherzig sein", flüsterte ich dem Haluter niedergeschlagen zu. Er nickte nur. Dann bückte er sich, schaltete seinen Antigravprojektor auf volle Leistung und hüllte damit die 1,5 Meter durchmessende Kugel ein. Wahrscheinlich hatte er die CREST auch ohne Absorbierung der Schwerkraft anheben können; aber das wäre nicht ruckfrei möglich gewesen.

So zog er das Schiff mit äußerster Behutsamkeit hoch und legte es mit den gespreizten Landebeinen über seine linke Schulter. Seine beiden langen Handlungsarme hielten den Stahlkörper fest, die kürzeren Laufarme berührten den Boden.

Langsam begann der Haluter auszuschreiten. Auf seinem Rücken lag das Flaggschiff der Solaren Flotte – mitsamt seiner zweitausendköpfigen Besatzung. Es war ein atemberaubender, unwirklicher Anblick.

Ich folgte in einigen Metern Abstand. Wahrscheinlich würden die Mikromenschen trotz des wirksamen Antischwerfeldes gehörig durchgeschüttelt werden.

Als wir vor dem Taleinschnitt standen und Tolot den Körper drehte, um besser hindurchschlüpfen zu können, begann Miko Shenon zu schreien. Er schien zu vergessen, daß unsere Helmfunkgeräte einwandfrei arbeiteten.

Ohne auf Tolots Reaktion zu warten, rannte ich die Hügel hinauf, übersprang die Kuppen und schwang mich ins jählings beginnende Flachland hinab.

Shenon rannte auf die Space-Jet zu. Ich spurtete hinter ihm her. Tolot würde sich selbst zu helfen wissen.

Ehe ich Shenon erreichen konnte, verschwand er schon zwischen den kurzen Landebeinen der Space-Jet und zog sich in die geöffnete Lastenschleuse hinauf.

„Ortung", brüllte er. „Die Automatik gibt Alarm. Fremdkörper im Anflug."

Da wußte ich, daß meine Befürchtungen nicht unbegründet gewesen waren. Tolot erschien in dem Dünenspalt. Als er mich verzweifelt winken sah, begann er zu rennen. Die Männer der CREST mußten jetzt die Hölle erleben. Wahrscheinlich wurden die meisten besinnungslos.

Tolots Pranken trommelten über die Prärie hinweg. Zehn Zentimeter hohe Holzgräser, in Wirklichkeit hundert Meter hohe Urwaldgiganten, zerbarsten unter seinen Füßen. Die angebliche Savanne war nichts anderes als ein ungeheurer Dschungelwald, in dem wahrscheinlich Hunderttausende von Tieren lebten.

Der Haluter fragte nicht lange. Er nahm die CREST von der Schulter, streckte seinen riesigen Körper und setzte die Kugel im Laderaum ab. Eine Minute später waren wir im Schiff.

Shenon hatte schon die Kanzel erreicht. Das Triebwerk begann zu dröhnen. Entsetzt dachte ich an die Mikromenschen. Konnten sie diesen Höllenlärm überhaupt ertragen? Mußten sie nicht von den Vibrationen der Space-Jet zermalmt werden?

Uns blieb keine andere Wahl, als den Start zu riskieren. Auf den Echoschirmen zeichneten sich die Umrisse eines fremden Raumschiffes ab. Es besaß die ungewöhnliche Form eines auf seiner Nabe stehenden Rades mit acht Speichen, auf denen je zehn kugelförmige Körper aufgereiht waren. Somit trug das Schiff insgesamt achtzig Kugelkörper, deren Funktion nicht ersichtlich war.

Die „Nabe" war ein aufrecht stehender zylindrischer Körper von etwa zweihundert Metern Höhe und fünfzig Metern Durchmesser. Die Speichen waren ebenfalls fünfzig Meter lang, die daran montierten Kugelkörper durchmaßen zwei Meter.

Diese seltsame Konstruktion schoß mit hoher Fahrt aus dem Blauschwarz des Horrorhimmels herab und hielt genau auf uns zu. Sie war in einen grünen Schutzschirm gehüllt, wie wir ihn schon von den Erlebnissen im Twin-System her kannten. Einen Rotationseffekt konnte ich nicht beobachten, obwohl ich zuerst angenommen hatte, die seltsame Speichenanordnung wäre für Stabilisierungszwecke des Zylinderkörpers vorgesehen.

Shenon startete. Der Andrucksabsorber lief mit vorschriftswidriger Manuellschaltung. Wir unterdrückten viel mehr Beharrungskräfte, als tatsächlich erzeugt wurden, da wir nicht wußten, wie die Mikromenschen darauf reagieren würden.

Bisher hatten sie sich aber den Umweltbedingungen ausgezeichnet

222

angepaßt. Sie hatten auch keine Schwierigkeiten mit der Gravitation gehabt, obwohl ein Laie annehmen könnte, die 1,01 Gravos des Planeten hätten sie zerquetschen müssen.

Meinen Freunden war es wie Ameisen ergangen, die trotz ihrer Kleinheit auch die irdische Schwerkraft ertragen. Dennoch gab es in dieser Hinsicht noch einige physikalische Phänomene. War Horrors Schwerkraft früher auch einmal ums Tausendfache höher gewesen?

„Unsinn!" tadelte mich das Extrahirn.

Ich wandte mich um. Der Haluter zwängte sich aus dem zentralen Antigravschacht und rief mir zu:

„Fliegen Sie die erforderlichen Manöver. Ich habe die CREST in ein stoßabsorbierendes Gravitationsfeld gehängt. Es kommen keine Belastungen durch."

Ich bewunderte dieses Geschöpf. Tolot dachte an alles. Shenon atmete auf. Dann raste er wie der Teufel persönlich davon, aber das nützte ihm nicht mehr viel.

Das unheimliche fremde Raumschiff holte auf. Sekunden später wurden die Schutzschirme der Space-Jet von blauen Flammen umwabert. Wir wurden aus dem Steigkurs gerissen und so hart zur Seite geschleudert, daß die Absorber aufheulten.

Shenon war jetzt die Ruhe selbst. Dieser Mann kannte keine Furcht, wenn es darum ging, ein kleines Schiff durch den Feuerorkan einer größeren Einheit zu fliegen.

Der zweite Streifschuß durchdrang unsere relativ schwachen Schirme und schlug in Deck II ein. Unter meinen Füßen brodelte Stahlplastik. Wieder wurden wir aus dem Kurs gerissen.

Die Oberfläche des Planeten kam näher.

Wir rasten im Sturzflug dem Boden entgegen. Als Shenon die Space-Jet mit den Hilfsdüsen und dem kaum noch funktionsklaren Antigrav abfing und zu einer spitzwinkeligen Bauchlandung nach Flugzeugart ansetzte, bemerkte ich anhand des automatischen Kursschreibers, daß wir den Äquator längst überflogen hatten. Wir standen ungefähr auf 45 Grad südlicher Breite.

Dann kam der Aufschlag. Er war weniger heftig, als ich angenommen hatte. Die Maschine glitt infolge ihrer Diskusform über das brettflache Gelände hinweg, rasierte auf einer Bahn von fünfhundert Metern die Mikro-Urwälder des Planeten ab und kam dann am Abhang einer Hügelgruppe zum Stillstand. Sie sah genauso aus wie jene, die wir erst kurze Zeit zuvor verlassen hatten.

Ich hieb auf den Kontaktschalter der Sprengautomatik. Die Panzerplastkanzel flog unter einer starken Explosion davon. Die Qualmwolken zogen ab.

Tolot war nicht mehr zu sehen. Ich wußte, daß er die CREST holte. Ich sprang auf, schwang mich über den heißen Rand der Kabine und ließ mich auf die geneigte Fläche der oberen Rumpfverkleidung fallen.

Als ich nach unten rutschte und schließlich auf den Boden schlug, wurde ich von gräßlichen Schmerzen überfallen. Mit einem Rest des schwindenden Bewußtseins merkte ich noch, daß der Haluter mit riesigen Sprüngen an mir vorbeiraste und hinter den Hügeln verschwand. Auf seiner Schulter lag die CREST II.

Dann wurden die Schmerzwellen so stark, daß ich das Bewußtsein verlor.

Es war geschehen, was niemals hätte geschehen dürfen. Wir waren um zehn Minuten zu spät gestartet.

Ich erwachte übergangslos. Außer einer leichten Übelkeit, die rasch abklang, empfand ich keine Beschwerden. Ich richtete mich auf.

Icho Tolot saß vor mir auf dem Boden. Die langen Handlungsarme hatte er gegen einen Felsen gestemmt. Die Sprungarme hielt er vor der gewölbten Tonnenbrust verschränkt.

„Hallo, Arkonide!" dröhnte seine Stimme.

„Hallo, Freund", entgegnete ich schwach. „Ich schätze, Sie haben Shenon und mich im letzten Augenblick aus der Nähe der explodierenden Maschine getragen?"

„Genau. Wie stark sind Ihre Nerven?"

Ich preßte krampfhaft die Augen zusammen und versuchte, Perrys Schilderung über den Schrumpfungsprozeß zu vergessen. Es gelang mir nicht.

„Sehen Sie sich um", sagte der Haluter leise. „Ich habe schon die Umgebung erkundet. Infolge einer Zellverdichtung meines Körpers konnte ich dem Angriff länger Widerstand leisten als Sie und Shenon. Ich bin auch etwas früher erwacht. Sehen Sie sich um, Atlan."

Ich öffnete die Augen. Die CREST stand in einem weiten Tal, das ebenfalls von Bergen umschlossen wurde. Nur waren sie nicht ganz so hoch wie jene, die dem Schiff vorher einen guten Ortungsschutz geboten hatten.

Shenon wachte ebenfalls auf. Als er begriff, daß er nur noch 1,96 Millimeter groß war und die Holzgräser, die er noch eine Stunde zuvor zertrampelt hatte, fast hundert Meter hoch emporragten, fluchte er erbittert.

Wir brauchten eine halbe Stunde, um den Zorn über unser Versagen und unsere Verzweiflung über die erfolgte Schrumpfung abzureagieren. Jeder tat es auf seine Weise.

Dann stand ich auf und drehte mich um. Vor mir ragte ein Gebirge aus Stahl aus der Ebene hervor. Die CREST II durchmaß für uns wieder fünfzehnhundert Meter.

Zwei Männer kamen auf mich zu. Es waren Perry Rhodan und der Ertruser Melbar Kasom. Perry hatte mir Zeit zur Erholung gegeben und sich vorerst zurückgehalten.

„Tolot hat mir alles berichtet, Atlan", sagte er leise. „Es tut mir leid, sehr leid. Nun gehörst du auch zu den Verdammten. Ich hätte den Planeten niemals anfliegen dürfen. Wie fühlst du dich?"

„Den Umständen entsprechend. Vergiß deinen Schuldkomplex. Damit kommen wir nicht weiter. Und außerdem, Terraner – wenn du meinst, nur die Menschen besäßen unerschütterliche Zuversicht und den eisernen Willen zum Durchhalten, so werde ich dir einen Arkoniden vorführen, der unter Umständen noch mehr Willenskraft aufbieten kann. Wo sind die Flugzeuge? Warum werden sie nicht schon erprobt? Sie dürften das einzige sein, was jetzt hier noch funktioniert."

Und ich fragte mich insgeheim, ob NATHAN unsere jetzige Situation auf irgendeine unfaßbare Art und Weise hatte voraussehen können, als er vorschlug, die Oldtimer an Bord der ANDROTEST zu bringen.

Er schmunzelte. Natürlich erkannte er meine Verzweiflung, die ich mit groben Worten vertuschen wollte.

„Du bist ungeduldig, mein Freund", erwiderte Rhodan. „Die Existenz dieser altmodischen Flugzeuge ist eine Sache, die praktische Erprobung unter den gegenwärtigen Bedingungen eine andere. Wir werden noch einige Tage benötigen, um alle notwendigen Vorbereitungen abzuschließen. Erst dann kann der erste Testflug erfolgen. Du kannst dir sicherlich vorstellen, was unser nächstes Ziel sein muß?"

Ja, ich konnte es mir vorstellen. Das Bild der südpolaren Kuppelstation hatte sich in meinem Gedächtnis eingeprägt. Ihr galt unsere Aufmerksamkeit. Ich teilte Rhodan meine Überlegungen mit.

„Richtig, die Station muß ausgeschaltet werden", erwiderte er. „Gleichgültig, ob wir dadurch die möglicherweise dort vorhandene Justierungsanlage für den Horror-Sonnentransmitter ebenfalls vernichten. In der Südpolstation befindet sich zweifellos der zweite Potentialverdichter, den es unschädlich zu machen gilt. Nur dann haben wir eine Chance, von den Männern der ANDROTEST II gefunden und aufgenommen zu werden, ohne daß diese dasselbe Schicksal erleiden wie wir." Er machte eine kurze Pause und fragte dann: „Tolot sagte mir, ihr wäret von einem fremden Raumschiff angegriffen worden. Was war das für ein Schiff?"

Ich schilderte ihm das Aussehen des fremden Gebildes, das die Space-Jet abgeschossen hatte.

„Ich habe den ganz bösen Verdacht, daß dieses Raumschiff ebenfalls um das Eintausendfache verkleinert ist", schloß ich dann – und erschrak vor meinen eigenen Worten.

„Wie kommst du darauf?", fragte Rhodan entgeistert.

„Nun, die Gesamtkonstruktion ergibt für mich in der Größe, in der sie sich mir präsentiert hatte, keinen Sinn", antwortete ich leise. „Ich kann mir beispielsweise nicht vorstellen, welche Funktion die nur zwei Meter durchmessenden Kugeln, die an den Speichen montiert sind, erfüllen sollten. Wenn mein Verdacht stimmt, dann ist dieses Raumschiff im Originalzustand um das Tausendfache größer. Dann ist der Nabenzylinder 200 Kilometer lang und hat einen Durchmesser von 50 Kilometern. Die Speichenlänge beträgt dann ebenfalls 50 Kilometer, und die darauf befestigten Kugeln haben eine Größe von zwei Kilometern, also größer als die CREST – und das fremde Schiff hat achtzig Stück davon."

Rhodan wurde blaß. Ich lachte gequält auf.

„Keine Panik, Barbar", sagte ich mit erzwungener Ruhe. „Das fremde Schiff ist derzeit für den normal großen Betrachter tatsächlich nur 200 Meter hoch und 50 Meter dick. Aber für uns geschrumpfte

Mikromenschen ist es eine Festung von ungeheuerlichen Ausmaßen. Wenn diese Festung jetzt über uns erscheinen würde, dann hätte sie für uns tatsächlich eine Ausdehnung von zweihundert Kilometern Höhe, und der Nabenzylinder besäße einen Durchmesser von fünfzig Kilometern, auf dessen ebensolangen Speichen je zehn zweitausend Meter große Kugeln befestigt sind."

„Das Ganze wird mir immer unheimlicher", gestand Rhodan, nachdem er seinen Schrecken überwunden hatte.

„Alles, was mit den Sonnentransmittern und den Meistern der Insel zusammenhängt, ist unheimlich", erwiderte ich. „Und dennoch funktioniert alles auf allgemeingültigen physikalischen Gesetzen, die lediglich uns noch nicht bekannt sind."

„Ich frage mich nur, warum wir diese Festung nicht schon früher entdeckt haben, wo wir doch Horror ständig beobachteten", sagte Rhodan nachdenklich.

„Das ganze Spektakel, das mit der Entstehung des Transportstrahls auf Horror begonnen hatte, diente nach meinem Dafürhalten zweierlei Zwecken. Erstens sollte die CREST angelockt werden, was auch gelang, und zweitens diente es dazu, die Ankunft der Festung zu verschleiern. Du erinnerst dich noch, daß während des Einfluges der CREST in das System alle drei Sonnen zu pulsieren begannen. Ich glaube, daß in diesem Augenblick irgendwo ein Transmitterfeld entstanden ist, welches die Festung hierher versetzte. Durch das n-dimensionale Gewitter, das zu dieser Zeit im System tobte, konnte die Festung nicht geortet werden, so daß sie sich seelenruhig nach Horror zurückziehen und die weitere Entwicklung beobachten konnte. Sie ist meines Erachtens ein von den Meistern der Insel hierher geschickter Wächter, ähnlich wie jener Bleistiftträumer, der im Twin-System aufgetaucht ist und für die Fehltransition der CREST verantwortlich war."

„Und warum präsentiert sich uns die Festung in verkleinertem Zustand? Wenn sie im Auftrag der Meister der Insel hergeschickt wurde, um hier nach dem Rechten zu sehen, warum ließen sie es zu, daß sie ebenfalls um den Faktor 1000 miniaturisiert wurde?"

„Diese Frage kann dir vermutlich niemand beantworten. Wir dürfen die Handlungsweise der Unbekannten nicht nach menschlicher Logik messen. Zu vieles, was wir bisher erlebt haben, entzieht sich dieser Logik. Möglicherweise wurde die Verkleinerung bewußt herbeigeführt, um die Festung dadurch ortungstechnisch abzusichern. Vieles spricht für diese Möglichkeit, zumal die Energieaggregate der Festung trotz ihrer Verkleinerung nach wie vor voll aktionsfähig sind – im Gegensatz zur CREST. Frage mich nicht, wie dies möglich ist. Ich kann nur vermuten, daß die Festung über Möglichkeiten verfügt, die durch die Potentialverdichtung entstehende Trägheit der Atome auszugleichen, so daß sie trotz Verkleinerung ihre volle Aktivität beibehält. Eines scheint aber sicher zu sein. Die Festung hat eine ganz bestimmte Aufgabe, die weit über die Vernichtung der Space-Jet hinausgeht."

„Die ANDROTEST II!" entfuhr es Rhodan.

„Schon möglich. Die Meister der Insel, oder deren Helfer, haben die Ankunft der ANDROTEST I registriert. Aus der Tatsache, daß wir knapp außerhalb des Systems gewartet haben, während die ANDROTEST I wieder abflog, werden sie geschlossen haben, daß noch weitere derartige Schiffe hier auftauchen werden. Und mit dieser Annahme haben sie recht. Die ANDROTEST II wird in den ersten Januartagen des kommenden Jahres hier erscheinen und uns an der vereinbarten Position nicht vorfinden. Was liegt also näher, als uns auf Horror zu suchen. Dabei wird sich ihr eine doppelte Gefahr entgegenstellen: der Potentialverdichter der Südpolstation und die Festung."

„Oberst Kotranow ist ein umsichtiger Mann", erwiderte Rhodan. „Er wird die notwendige Vorsicht walten lassen."

„Dennoch entbindet uns das nicht von der Verpflichtung zu versuchen, unsere Situation zu verändern. Denn trotz aller Vorsicht, die Kotranow an den Tag legen wird; er wird in sein Verderben fliegen, da er von der Existenz des Potentialverdichters und der Festung keine Ahnung hat."

Rhodan nickte. Er wußte nur zu gut, daß unsere Chancen nicht besonders günstig standen. Trotzdem würde man handeln müssen, um aus dieser schrecklichen Falle zu entkommen. Die Frage war nur, wie sich die Festung uns gegenüber verhalten würde. Sie würde bei unserer Planung ein unkalkulierbarer Risikofaktor sein.

Schweigend gingen wir auf die Bodenschleuse der CREST II zu.

Dort erwarteten uns die Offiziere des Schiffs. Sie waren bei dem Transport durch Tolot wie erwartet beinahe bewußtlos geworden.

Unsere Flugmanöver hatten sie infolge des Prallfeldes nicht gespürt. Auch die Bauchlandung war kaum bemerkt worden.

Ich winkte ihnen zu und sah mich nach Don Redhorse um. Das war der richtige Mann für den ersten Erkundungsflug mit einer F-913 G, wie die Typenbezeichnung für die Flugzeug-Oldtimer lautete. Wir mußten wissen, ob die Maschinen noch ihre alte Geschwindigkeit und Reichweite erzielen konnten, oder ob sie den Umständen entsprechend tausendfach langsamer waren.

21.

Irgendein Mitglied der Besatzung, das einen Sinn für makabren Humor besaß, hatte der Gebirgskette, die die CREST II im Norden, Osten und Westen umschloß, den Namen *Sandkuchenberge* gegeben. Was den Männern an Bord als achttausend Meter hoher Gebirgszug erschien, war in Wirklichkeit nur eine Hügelgruppe mit einer tatsächlichen Höhe von acht Metern, die sich hufeisenförmig um einen Talkessel schloß.

Nach Süden hin war das Tal offen, dort gab es für die Begriffe der Mikromenschen nur noch kleine Anhöhen. Für die winzigen Besatzungsmitglieder durchmaß das Tal fünfzig Kilometer. Im Norden der Sandkuchenberge entsprang ein fünf Kilometer breiter Strom in Form eines gewaltigen Wasserfalls. Der Fluß wurde *Südfluß* genannt, da er dem Talausgang im Süden zuströmte.

Für die Raumfahrer war es schwer vorstellbar, daß der tosende Südfluß in Wirklichkeit nur ein harmloser Bach von fünf Metern Breite war, den jeder normal große Mensch durchwaten konnte.

Das verkleinerte Land war für die Terraner von vielfältiger Schönheit. Der Talkessel, für einen Normalgewachsenen nichts weiter als eine größere Vertiefung, wurde von sanften Hügeln, kleinen Wasserläufen und weiten Savannen durchzogen.

Die Temperatur betrug in dieser Gegend knapp fünfzig Grad Celsius. Die Atmosphäre war gut atembar. Die Lufthülle wurde kaum von einem Windhauch bewegt. Der Himmel leuchtete in einem düsteren Schwarzblau, aus dem die gelben Sonnen wie riesige Dämonenaugen hervorstachen.

Icho Tolot hatte die CREST II dicht an den Hängen im Norden der Sandkuchenberge abgesetzt. Für die Augen der Besatzung ragten die Felswände in nur wenigen hundert Metern Entfernung steil in den Himmel.

Die Landschaft hätte als paradiesisch bezeichnet werden können, doch die Besatzung der CREST konnte sich mit diesem scheinbaren Paradies nicht recht anfreunden. Tief im Innern eines jeden bohrte die nagende Ungewißheit über die Zukunft. Es war keineswegs eine ermunternde Erkenntnis, nur noch die Größe von terranischen Ameisen zu besitzen. Die psychologische Krise war vorprogrammiert, und eines Tages würde es zu einer seelischen Entladung kommen, deren Auswirkungen kaum abschätzbar waren.

Die Tatsache, daß alle an Bord befindlichen Mutanten durch den Verkleinerungseffekt praktisch ihre Fähigkeiten verloren hatten, trug zur seelischen Belastung der Menschen ebenfalls bei.

Lediglich Wuriu Sengu war noch in der Lage, seine Fähigkeiten in beschränktem Ausmaß einzusetzen, wenn er sich unmittelbar vor dem Gegenstand befand, durch den er „hindurchsehen" sollte. Sein Blickwinkel und die Reichweite seines Sehens waren proportional zur Verkleinerung eingeschränkt.

Zu allem Überfluß war die Reichweite der Normalfunksender ebenfalls um den Faktor Tausend vermindert worden, so daß es selbst auf diese Weise nicht möglich war, die ANDROTEST II wirksam und rechtzeitig zu warnen. Da auch alle tragbaren Funkgeräte, die statt durch atomare Fusionszellen mit chemischen Batterien betrieben werden konnten, diesem Leistungsverlust ausgesetzt waren, hatte man in den vergangenen Tagen viel Zeit und Mühe dafür verwendet, entsprechende Umbauten vorzunehmen. Nun standen einige Geräte zur Verfügung, die unter den gegebenen Umständen einen Funkverkehr auf größere Distanz ermöglichten, auch wenn diese lediglich einige Normkilometer betrug.

Zwei Tage nach der Bruchlandung waren schließlich die wichtigsten Anlagen der CREST an die Notstromaggregate angeschlossen worden. Da man auf die Funktionsfähigkeit des ML-Positronengehirns nicht verzichten wollte, waren allein drei Notaggregate hierfür erforderlich.

Die ML-Positronik, deren analytische Fähigkeit durch die Verkleinerung nicht beeinträchtigt wurde, hatte inzwischen bestätigt, daß die Südpolstation der Sitz des zweiten Potentialverdichters war. Sie hatte außerdem zu verstehen gegeben, daß der Potentialverdichter nicht eine simple Waffe war, die lediglich an einem Punkt der Kuppelanlage stationiert war. Ein Gerät, das imstande war, die gesamte südliche Planetenhälfte zu verkleinern, mußte Dimensionen besitzen, die sich der menschlichen Vorstellungsweise entzogen. Es war daher davon auszugehen, daß der Potentialverdichter die gesamte Station ausfüllte.

Er war immer noch ein Gigant. Ein dreieinhalb Millimeter großer Gigant, der Mühe hatte, seinen mächtigen Körper durch die Schotte zu schieben, wenn er die Zentrale der CREST II betreten wollte.

Niemand hätte zu sagen vermocht, ob der Haluter auch dieses Abenteuer noch reizvoll fand oder ob er vorgezogen hätte, in normaler Größe durch das unbekannte Land außerhalb der CREST II zu laufen.

Mory Rhodan-Abro betrachtete den Koloß, der vor ihr, Rhodan und dem Arkoniden Atlan stand und mit reglosem Gesicht den Diskussionen folgte.

Rhodans Frau hatte nichts von ihrer Schönheit eingebüßt, doch wer sie genau kannte, wußte den bitteren Zug um ihren Mund richtig zu deuten.

„Warum sagen Sie nichts, Tolot?" fragte sie den Haluter. „Sie hören zu, wie wir stundenlang reden und reden. Sie sind genau wie wir in einer fürchterlichen Lage. Welche Vorschläge haben Sie zu unterbreiten?"

Tolot hörte den gereizten Unterton aus ihrer Stimme heraus. Er verstand diese Frau. Längst hatte er die Unruhe der Besatzung gespürt. Im ganzen Schiff gab es Anzeichen für eine beginnende Verzweiflung. Rhodan würde bald eingreifen müssen, wenn er eine Panik vermeiden wollte.

„Was ich zu sagen habe, wird nicht dazu beitragen, Ihre Stimmung

231

zu heben", meinte Tolot. „Ich habe einige grobe Berechnungen aufgestellt und bin dabei auf unangenehme Ergebnisse gestoßen."

„Sprechen Sie, Tolot", forderte Rhodan. „Wir müssen uns mit den Gegebenheiten abfinden."

„Der Durchmesser des Planeten Horror beträgt, wie wir alle wissen, knapp vierzehntausend Kilometer", begann Tolot ohne Einleitung. „Sein durchschnittlicher Umfang liegt somit bei über dreiundvierzigtausend Kilometer. Atlan, Sie haben kurz vor dem Absturz der Space-Jet noch einige Messungen vorgenommen. Sagen Sie uns, wo die Bruchlandung ungefähr vonstatten ging."

Der Arkonide dachte einen Augenblick nach.

„Fünfundvierzig Grad südlicher Breite", gab er dann bekannt.

„Das stimmt ungefähr", sagte Tolot. „Es ist leicht zu errechnen, daß dieses Raumschiff im Augenblick zehntausendachthundertundvierzig Kilometer von der Südpolstation entfernt steht."

10 840 Kilometer!

Rhodan und Atlan schauten sich bedeutungsvoll an.

Der von Tolot angegebenen Entfernung lag die Normalgröße eines Menschen zugrunde. Da sich die Raumfahrer jedoch um das Tausendfache verkleinert hatten, wurden bei subjektiver Betrachtung aus diesen 10 840 Kilometern 10 840 000 Kilometer.

Eine unermeßliche Entfernung, solange die CREST II funktionsunfähig war.

„Sie schweigen", bemerkte Tolot. „Das bedeutet, daß Sie die Konsequenzen aus den vorliegenden Ergebnissen zu ziehen vermögen."

„Um Himmels willen!" rief Oberst Cart Rudo stöhnend. „Wir können doch nicht unser ganzes Leben in diesem Zustand verbringen, wie . . . wie Insekten, die hilflos über den Boden kriechen."

„Jetzt wissen wir endlich, wie einem Käfer zumute ist, den unsere Füße achtlos zertreten", sagte Atlan.

„Der Käfer hat den Vorteil, daß er von Geburt an nicht größer ist", widersprach Mory. „Er ist es nicht anders gewöhnt. Seine gesamten Lebensgewohnheiten sind seiner Größe entsprechend eingerichtet. Das ist bei uns nicht der Fall."

„Terraner sind anpassungsfähig", sagte Atlan spöttisch. „Vielleicht sind wir dazu ausersehen, eine Kolonie von Mikromenschen in diesem Tal zu gründen."

232

Rhodan stand auf. „Ich muß Sie alle davon unterrichten, daß Atlan und ich bereits vor Tagen einen Plan entwickelt haben", sagte er. „Sie wissen, daß seit kurzem fünfzehn Spezialflugzeuge zu unserer Ausrüstung gehören, die mit normalen chemischen Strahltriebwerken fliegen."

„Du meinst die Oldtimer?" fragte Mory.

„Das ist der volkstümliche Ausdruck für diese Maschinen", stimmte Perry zu. „Die Flugzeuge haben einen schlanken Rumpf und stark gepfeilte Tragflächen, an deren Enden die beiden Hub- und Schwenktriebwerke sitzen."

Die Flugzeuge, von denen Rhodan sprach, gehörten bereits seit zwanzig Jahren zur Ausrüstung von Raumschiffen mit Sonderaufgaben. Sie vermochten senkrecht zu landen und zu starten. Bei einer Länge von 26 Metern erreichten sie eine Geschwindigkeit von 3,2 Mach.

„Ich habe eine Frage", meldete sich Melbar Kasom aus dem Hintergrund der Zentrale. „Ich setze voraus, daß Sie versuchen wollen, mit diesen Maschinen die Südpolstation zu erreichen. Ihre chemischen und elektrischen Anlagen sind nach wie vor funktionsfähig. Trotzdem muß Ihr Plan scheitern. Die Oldtimer sind nach der Verkleinerung noch sechsundzwanzig Millimeter lang. Wie wollen Sie mit diesen winzigen Dingern bis zum Südpol gelangen?"

„Gute Frage", meinte Rhodan. „Ich habe schon darüber nachgedacht und mit Icho Tolot gesprochen. Tolot, sagen Sie uns bitte, wie Ihre Theorie lautet."

„Der Aktionsradius der Flugzeuge mit vollen Tanks und der höchstzulässigen Besatzungsstärke von fünf Personen beträgt unter terranischen Verhältnissen dreizehntausendundvierhundert Kilometer", sagte Tolot. „Jetzt wirft sich vor allem die Frage auf, ob diese Maschinen trotz der erfolgten Verkleinerung noch genauso schnell oder wenigstens annähernd so schnell sein können, wie dies auf der Erde bei normaler Größe der Fall ist. Das gleiche gilt für ihre Reichweite. Ich glaube, diese Frage mit einem Ja beantworten zu können."

Von Major Hefrich, dem Leitenden Ingenieur, kam ein ungläubiger Ausruf.

Tolot hob beschwichtigend die Sprungarme.

„Was ich Ihnen jetzt sage, ist nicht allein das Ergebnis meiner

Berechnungen, sondern es wurde auch von der Mathelogischen Positronik bestätigt. Es ist Tatsache, daß die Strahlgeschwindigkeit der ausgestoßenen Treibstoffpartikel nicht unter dem Verkleinerungsprozeß leidet. Die Schubleistungen der Triebwerke, die normalerweise achtzehntausendfünfhundert Kilopond pro Motor betragen, sind zwar gesunken, aber dies proportional zur geringer gewordenen Masse des Flugzeuges."

„Das müßte in der Praxis erprobt werden", sagte Rhodan. „Ich habe Captain Don Redhorse beauftragt, mit vier Männern einen ausgedehnten Testflug zu unternehmen. Redhorse ist gerade dabei, seine Begleiter auszusuchen."

Hefrich schüttelte bedächtig den Kopf. „Seine Rückkehr wird uns um eine Enttäuschung reicher machen", sagte er.

„Denken Sie doch einmal an die Insekten", sagte Icho Tolot. „Die meisten fliegen viel schneller, als man es auf Grund ihrer Körpergröße annehmen sollte. Ich bin überzeugt, daß die Oldtimer mindestens noch eine Geschwindigkeit von zwei Mach erreichen können. Die allgemeine Leistungsverringerung der chemischen Stromaggregate hat keine Auswirkung auf die Leistungsfähigkeit der Flugzeuge, da diese nicht mit Strom, sondern mit Kerosin betrieben werden. Und dieses Kerosin hat lediglich verkleinerte Form angenommen, ohne daß dabei seine Energieentfaltung in demselben Ausmaß zurückgegangen wäre. Dies bedeutet, daß wir mit den uns zur Verfügung stehenden Kerosinmengen in der Lage sein müssen, die Flugzeuge bis zur Südpolstation zu fliegen, sie dort mit dem mitgeführten Reservetreibstoff aufzutanken und wieder hierher zurückzukehren."

„Warum behaupten Sie nicht gleich, daß die Maschinen nach wie vor über dreifache Schallgeschwindigkeit fliegen?" erkundigte sich Atlan mit schwachem Sarkasmus.

„Ganz einfach", erwiderte der Haluter ernsthaft. „Die geringere Masse ist einem starken Luftwiderstand ausgesetzt, der leider nicht proportional abgesunken ist. Das zehrt einen Teil der Effektivleistung auf."

„Versuchen werden wir es auf jeden Fall", bestimmte Rhodan. „Wenn Tolot recht hat, können wir die Station am Südpol erreichen. Inzwischen hat Hauptzahlmeister Major Bernard eine Reihe von modernen mechanischen Projektilwaffen bereitgestellt, mit denen wir die

234

Oldtimer ausrüsten werden, wenn der Test erfolgreich verläuft. Selbstverständlich erhält auch Redhorses Mannschaft diese Waffen, denn es besteht immerhin die Möglichkeit, daß sie angegriffen wird."

Die Vorstellung, daß ein 26 Millimeter langes Flugzeug angegriffen werden könnte, war keineswegs absurd. Auf der Oberfläche Horros mußte immer noch mit Nachkommen der *Oberen* gerechnet werden, die ebenfalls dem Verkleinerungsprozeß erlegen waren.

Dennoch mußte der Versuch unternommen werden. Anhand der zurückgelegten Distanz würde festgestellt werden, wie hoch der Treibstoffverbrauch und die erreichbare Geschwindigkeit war. Verlief der Test positiv, dann würde man der Südpolstation einen Besuch abstatten und versuchen, diese soweit zu beschädigen, daß der Potentialverdichter außer Gefecht gesetzt wurde.

Rhodans Gesichtszüge bekamen einen bitteren Ausdruck, als er an die Möglichkeiten dachte, die ihnen zur Verfügung standen. Wie sollte es ihnen je gelingen, die gigantische Kuppelstation ernsthaft zu gefährden und dabei auch noch den Potentialverdichter zu zerstören, von dem sie weder wußten, *wie* er aussah, noch *wo* sich sein verwundbarer Punkt befand.

Inzwischen wußte jeder an Bord, daß der Verkleinerungsprozeß durch bloße Ausschaltung des Potentialverdichters *nicht* rückgängig gemacht werden konnte. Atlan hatte reinen Wein eingeschenkt, und sowohl die ML-Positronik als auch Tolot hatten seine Ausführungen bestätigt. Man wußte also, daß man auch dann nicht seine normale Körpergröße zurückerhalten würde, wenn die Mission der Oldtimer Erfolg haben sollte. Dennoch war dies die einzige Chance, der ANDROTEST II das Schicksal der CREST zu ersparen. Nur dann bestand Hoffnung, daß die CREST II und ihre Besatzung gerettet wurden. Man rechnete damit, daß die ANDROTEST II sie finden und aufnehmen würde. Gelang dies, konnte man noch immer nach Wegen suchen, den Verkleinerungsprozeß rückgängig zu machen.

Ein großer Unsicherheitsfaktor war die fliegende Festung. Niemand wußte, ob es der ANDROTEST II gelingen würde, diese Gefahr rechtzeitig zu entdecken und ihr zu begegnen.

Es schien jedoch offensichtlich, daß die verkleinerte CREST keine Rolle mehr für die Festung spielte, denn seit der Zerstörung von Atlans Space-Jet ließ sie sich nicht mehr blicken.

Es war der 18. 12. 2400 Terrazeit, als der erste Testflug unternommen wurde.

Don Redhorse hatte seine vier Begleiter nach psychologischen Gesichtspunkten ausgewählt, um sicherzugehen, daß sie während des bevorstehenden Einsatzes weitgehend ohne seelische Belastung handeln konnten.

Da war Lope Losar, Waffenmeister in der Feuerleitzentrale. Lope war ein großer, wuchtiger Mann mit mürrischem Gesichtsausdruck. Dann kam Oleg Sanchon, ein Techniker, dessen Bewegungen schwerfällig wirkten und dessen herabhängende Mundwinkel ihm ein nahezu arrogantes Aussehen vermittelten.

Into Belchmann, der dritte im Bunde, wirkte dürr und häßlich. Er besaß eine gewaltige Hakennase und arbeitete an Bord der CREST als medizinischer Assistent.

Schließlich war da noch der Astronom Zantos Aybron, ein korpulenter, kleiner, kränklich wirkender Mann. Zantos besaß statt den Rückenknochen ein künstliches Korsett aus Silberstahl, das seine brüchige Wirbelsäule zusammenhielt. Im Gegensatz zu den drei anderen war er ein Mensch, der sich schwer einordnen ließ. Redhorse hatte vergeblich versucht, seinen Gemütszustand auszuloten. Dennoch hatte er sich für Zantos entschieden.

Ausgerüstet waren die fünf Raumfahrer mit Pistolen und Karabinern, die Explosionsgeschosse abfeuerten. Die Karabiner besaßen Trommelmagazine mit insgesamt 60 Schuß Munition. Die Minirakgeschosse verließen den Lauf, nachdem die Zündung auf mechanischem Weg durch Schlagbolzen ausgelöst wurde. Sie hatten ein Kaliber von sechs Millimetern – unter normalen Verhältnissen. Die handlicheren Pistolen arbeiteten auf dieselbe Weise.

Derart ausgerüstet, bestiegen die fünf Männer die vorbereitete F-913 G.

Die Energie von drei Notaggregaten war in die für Notfälle vorgesehene Hebebühne umgeleitet worden, mit der das Flugzeug auf den Boden gebracht werden sollte. Mit leisem Knirschen schwang die Plattform aus dem Hangar hinaus und glitt der Planetenoberfläche entgegen.

Redhorse setzte sich im Pilotensessel zurecht. Er dachte an die letzten Worte Rhodans, der ihn eindringlich ermahnt hatte, sofort nach Beendigung des Tests zurückzukehren, gleichgültig, wie der Flug ausfiel.

Die Anspannung von Redhorses Nerven hatte spürbar nachgelassen. Es war ein beruhigendes Gefühl, wieder innerhalb eines funktionierenden Flugzeuges zu sein.

Der Captain blickte zurück. Lope Losar fungierte als Copilot, Sanchon hatte die Rolle des Mechanikers übernommen, und Into Belchmann saß hinter den Bedienungsknöpfen der Raketengeschütze des Oldtimers.

Zantos Aybron bediente das Funkgerät, das innerhalb seines Leistungsbereichs den Kontakt zur CREST ermöglichen sollte. Redhorse konnte den Astronom von seinem Platz aus nicht sehen.

Die F-913 G setzte auf dem Boden auf.

Redhorse dachte nicht länger daran, daß er in einem winzigen Flugkörper von nur 26 Millimeter Länge saß. Er vergaß, daß er selbst nur 1,9 Millimeter groß war, ein unbedeutendes Stäubchen auf der Oberfläche eines unheimlichen Planeten.

„Losar?" fragte er laut.

„In Ordnung, Captain."

Die beiden Strahltriebwerke an den Flügelenden wurden mit den Düsen senkrecht zum Boden geschwenkt. Redhorses Blicke umfaßten die Kontrollen.

„Sanchon?"

„Fertig."

Redhorse betätigte die Zündung. Die Maschine begann zu vibrieren. Die Umwelt versank im aufsteigenden Qualm. Das Dröhnen und Heulen der Strahltriebwerke erzeugte einen dumpfen Druck in den Ohren des Captains.

„Belchmann?" fragte er mit verkniffenen Lippen.

„Bereit", sagte der Mediziner.

„Aybron?"

„Alles klar, Captain." Eine kalte unpersönliche Stimme, die Stimme eines Fremden.

Der Oldtimer hob vom Boden ab, stieg senkrecht in die Höhe, während Redhorses Herz schneller zu schlagen begann. Langsam kippten die Triebwerke in die Horizontale zurück, und das Flugzeug nahm Fahrt auf.

Don Redhorse beschleunigte. Die F-913 G schoß den Bergen entgegen. Redhorse fühlte, wie ihm das Blut in den Schläfen pochte. Erregt schaute er auf den Geschwindigkeitsmesser.

„Es funktioniert!" rief er überrascht. „Tolot hatte recht."

Wie ein Geschoß raste der Oldtimer den fernen Bergen und damit dem Verhängnis entgegen.

Perry Rhodan war sich bewußt, daß jeder Mann innerhalb der Zentrale in seine Richtung blickte und darauf wartete, daß der Funkkontakt mit dem Oldtimer begann. Niemand sprach. Vielleicht ahnten die Männer, daß in diesen Sekunden über ihr Schicksal entschieden wurde. Alles hing davon ab, ob der Test erfolgreich verlaufen würde.

„Hier Redhorse!" wurde eine leise Stimme im Lautsprecher hörbar.

„Ich kann Sie hören, Captain", gab Rhodan sofort zurück. „Bitte sprechen Sie."

„Der Start verläuft normal", berichtete Redhorse. „Wir sind jetzt in einer Höhe von sechstausend Metern."

Jemand, der unmittelbar hinter Rhodan stand und mitgehört hatte, lachte schrill.

Diese Reaktion, das wußte Rhodan, wurde durch die Höhenangabe des Captains ausgelöst. Denn jene sechstausend Meter waren in Wirklichkeit nur sechs Meter.

Gleich darauf meldete Redhorse: „Jetzt beschleunige ich."

Als könnte er den Test durch seine Stimme gefährden, begnügte sich Rhodan mit einem Nicken.

„Wir nähern uns den nördlichen Gebirgen und..." Redhorses Stimme verstummte plötzlich.

„Captain!" rief Rhodan. „Captain! Ich kann Sie nicht hören."

Wie aus unermeßlicher Ferne klang die Stimme noch einmal auf.

„... Raketengeschosse ... getroffen ..."

Dann war Stille. Noch nicht einmal Störgeräusche kamen aus dem Empfänger. Rhodans Hände umklammerten das Mikrophon, bis seine Knöchel weiß wurden. Nur sehr langsam wandte er sich um. Er mußte der Besatzung sagen, daß etwas geschehen war, womit bei diesem Testflug niemand gerechnet hatte. Der Oldtimer war angegriffen worden.

Rhodan sah in die erwartungsvollen Gesichter ringsum.

„Der Test ist mißlungen", sagte er ruhig.

22.

Sieben von acht Raketengeschossen hatte Don Redhorse ausweichen können, das achte jedoch traf die F-913 G und erschütterte sie schwer. Die Berge wirbelten unter Redhorse weg, als das Flugzeug sich seitlich abrollte. Verbissen umklammerte er die Steuerung. Von hinten kam ein knisterndes Geräusch, und es roch nach verbrannten Kabeln.

„Treffer im Rumpf", meldete Lope Losar. „Unmittelbar am hinteren Leitwerkansatz auf der linken Seite."

Redhorse fing die Maschine ab und zog sie fast senkrecht an den Bergen hinauf. Seine Gedanken waren in Aufruhr. Die Geschosse waren irgendwo vom Kamm der Sandkuchenberge aus abgefeuert worden.

„Maschine brennt!" schrie Belchman.

Redhorse blickte aus der Kanzel. Sie zogen eine Rauchspur hinter sich her. Das Flugzeug verlor rasch an Geschwindigkeit. Sie rasten über die Gipfel der nördlichen Gebirgskette hinweg. Das Land unter ihnen wurde zu einem graubraunen Schemen.

„Keine Funkverbindung zur CREST", meldete Aybron.

Redhorse biß sich auf die Unterlippe.

„Fertigmachen zum Absprung!" befahl er.

Der Oldtimer verlor mit einem Ruck an Höhe. Das Höhensteuer fiel aus. Redhorse katapultierte die Kanzel der Maschine davon. Mit unverminderter Wucht prallte der Wind gegen seinen Körper.

Redhorse schlug Losar auf die Schulter und deutete mit dem Daumen nach oben. Losar zögerte keine Sekunde. Er schoß sich mit dem Sitz aus der brennenden Maschine. Die F-913 raste der Oberfläche entgegen, als kurz hintereinander Belchman, Sanchon und Aybron

239

sich aus dem Flugzeug katapultierten. Angespannt kauerte Redhorse im Pilotensitz. Der Testflug war am Ende angelangt, bevor er richtig begonnen hatte. Die Maschine drohte abzusacken. Wahrscheinlich war die Treibstoffzufuhr unterbrochen. Einen winzigen Augenblick lang sah Redhorse die aufgeblähte Hülle eines Fallschirms unter sich vorbeihuschen. Das mußte Losar sein.

Redhorse erkannte, daß das Flugzeug nicht mehr zu retten war. Er drückte den Katapultschalter. Mit einem Ruck wurde er aus der Kanzel geschleudert. In Rauch und Flammen gehüllt, sackte die F-913 G unter ihm weg. Mit schrillem Pfeifen durchschnitt die Maschine die Luft. Redhorse öffnete mit geschlossenen Augen den Fallschirm.

Er hörte die Maschine in einer donnernden Explosion zwischen den Felsen aufschlagen. Er hätte keine zehn Sekunden länger mit dem Aussteigen zögern dürfen.

Als er die Augen öffnete, sah er zwei Fallschirme in seiner unmittelbaren Nähe den Berghängen jenseits des Talkessels entgegenschweben. Weiter entfernt sah er den dritten Schirm. Das mußte Losar sein, denn er hatte den Boden schon fast erreicht. Unter Redhorse brannten die Trümmer des Oldtimers.

Aus den Wolken von aufsteigendem Rauch pendelte der vierte Schirm in Redhorses Blickfeld. Der Captain atmete auf. Es sah so aus, als hätten alle Männer den Absprung überlebt. Niemand schien auf den Gedanken zu kommen, auf sie zu schießen.

Don Redhorse drehte den Kopf, um die Berggipfel zu beobachten. Im Norden bedeckten Festungswerke ein Gipfelplateau der Sandkuchenberge. Diese unterschieden sich grundlegend von der Felsenstadt Tata, die der Captain in der ersten Etage des Hohlweltplaneten gesehen hatte.

Hier hatten unbekannte Baumeister ein gewaltiges Gebäude errichtet, ein kompaktes Gebilde, mit hochaufragenden Mauern und massiven Türmen. Redhorse erinnerte sich daran, daß die Bergfestung in Wirklichkeit auf einem acht Meter hohen Hügel stand und einem normalen Menschen fast wie eine Spielzeugburg erscheinen mußte. Sofort unterdrückte er diese Gedanken, denn er wußte, daß sie früher oder später zum Irrsinn führen mußten.

Für Redhorses Begriffe landeten sie ungefähr sieben Kilometer von der Festung entfernt. Der Captain zweifelte nicht daran, daß das

240

Flugzeug von den Bewohnern dieser Bergstadt abgeschossen worden war.

Die Oberfläche kam näher. Redhorse sah, daß man sie bereits erwartete. Einige Dutzend fremdartig aussehende Roboter mit auffallend großen Köpfen hatten sich an der vermutlichen Landestelle versammelt.

Losar, der den Boden zuerst erreichte, wurde von den unheimlichen Gestalten sofort umringt. Redhorse atmete auf, als er erkannte, daß der Waffenmeister vernünftig genug war, keinen Widerstand zu leisten.

Lope Losar wurde in die Mitte genommen und davongeführt. Sein Fallschirm mit dem Sitz blieben unbeachtet zwischen den Felsen zurück. Belchman, Sanchon und Aybron erlitten das gleiche Schicksal.

Redhorse versuchte erst gar nicht, durch Ziehen an den Leinen die Richtung zu ändern. Es gab zu viele Roboter, als daß er ihnen hätte entgehen können.

Als er noch zwanzig Meter über dem Boden schwebte, liefen sie bereits auf die Stelle zu, wo er niedergehen würde. Jetzt konnte Redhorse die Roboter aus der Nähe betrachten. Sie besaßen zwei kurze Beine mit einem verdickten Kugelgelenk, die in einen ovalen Unterkörper übergingen. Dieser lief konisch nach oben zu, fast bis zum Halsansatz, wo er sich wieder verbreitete, um den großen Kopf stützen zu können. Die Köpfe der Roboter machten einen komplizierten Eindruck – ganz im Gegensatz zu den Körpern. Eine Unzahl von Linsen, Antennen und seltsam geformten Öffnungen bedeckten die Schädel.

Die Roboter bewegten sich schwerfällig, wesentlich langsamer als ein Mensch. Auch sie, ebenso wie die Festung, waren wahrscheinlich vor vielen Jahrtausenden dem Verkleinerungsprozeß zum Opfer gefallen.

Redhorse prallte auf den Boden. Er kam sofort auf die Beine. Sieben Roboter hatten ihn umstellt. Der Captain sah, daß die Roboterschädel in einer Art Halsmulde sorgfältig gelagert waren. Redhorse folgerte daraus eine große Stoßempfindlichkeit der Schädel. Wahrscheinlich sollten durch diese Vorsichtsmaßnahmen die Erschütterungen abgefangen werden, wenn die Roboter sich durch das unebene Berggelände bewegten.

241

Zu seinem Erstaunen nahm ihm niemand die Waffe ab. Weit vor sich sah er seine Begleiter inmitten einer Robotergruppe der Festung entgegenmarschieren.

Redhorse fragte sich, ob er dort die eigentlichen Herren der Stadt sehen würde – und damit endlich jene, die die Scheintöter die *Oberen* genannt hatten –, oder ob er nur die vollmechanisierten Überreste einer längst ausgestorbenen Zivilisation entdecken würde. Zwischen den Robotern schien es eine lautlose Verständigung zu geben. Zwei der Fremden nahmen den Captain in die Mitte und dirigierten ihn sanft, aber unmißverständlich den Berg hinauf. Ein dritter blieb unmittelbar hinter Redhorse, während die anderen schweigend davongingen.

Der Cheyenne dachte nicht darüber nach, was man mit ihnen vorhatte. Es war unwahrscheinlich, daß man sie töten würde, denn das hätte man gleich an der Absprungstelle tun können. Die Tatsache, daß die Festung nicht so weit von der CREST II entfernt war, daß das Raumschiff für ihn und seine Begleiter unerreichbar gewesen wäre, gab ihm die Zuversicht, daß es ihnen gelingen würde, sich irgendwie zu befreien.

Redhorse hoffte, daß er bald wieder mit den anderen Männern zusammensein konnte. Er beglückwünschte sich dazu, daß er seine Begleiter sorgfältig ausgewählt hatte. Keiner der vier Raumfahrer würde in einer solchen Situation die Nerven verlieren. Bisher hatten sie sich alle so verhalten, wie es Redhorse erwartet hatte. Keiner hatte bei der Gefangennahme durchgedreht und geschossen.

Der Weg, den die Roboter einschlugen, war steil und beschwerlich. Sie mußten ständig zerklüftete Schluchten umgehen oder Bodenspalten ausweichen. Bald hatte Redhorse herausgefunden, daß dies für ihn wesentlich einfacher war als für seine Wächter. Wenn eine der Maschinen strauchelte, so versuchte sie immer, den Kopf vor Schaden zu bewahren.

Die Festung war – immer vom Standpunkt eines Mannes, der noch nicht einmal zwei Millimeter groß war – etwa hundert Meter lang, aber nur halb so breit.

Jetzt erkannte Redhorse, warum man von der CREST aus die Stadt nicht hatte sehen können. Das Raumschiff stand zu dicht an den nördlichen Berghängen direkt im toten Winkel. Unter Umständen konnte dies ein Vorteil für die Besatzung sein, denn es war durchaus möglich, daß man von der Burg aus auch das Raumschiff angegriffen hätte, wenn es sichtbar gewesen wäre.

Die Felsenstadt lag außerdem noch in einer ausgedehnten Vertiefung des Gipfelplateaus. Sie besaß insgesamt sechs Türme, von denen vier die äußersten Punkte der Stadt begrenzten, während die beiden anderen inmitten der Stadtmauer aufragten. Die Mauern waren von schmutzig-gelber Farbe. Sie mußten uralt sein, denn Wind, Regen, Sonnenglut und Kälte hatten deutliche Spuren auf ihrer Außenfläche hinterlassen. Redhorse konnte einen Schauder nicht unterdrücken, als sie näher an die Festung herankamen. Hier lag das Zeugnis einer unbekannten, uralten Kultur vor ihm. Fremdartig, mysteriös und unheimlich. Eines von Millionen unlösbarer Rätsel, die das Universum für die Menschheit bereitzuhalten schien, um ihr Macht und Ohnmacht eines raumfahrenden Volkes begreiflich zu machen.

Wußten die Roboter noch von der Zeit, da sie um das Tausendfache größer gewesen waren? Redhorse bezweifelte das. Mit einem Male schien ihm die Festung ein riesiges Grabmal zu sein, ein unzerstörbares Zeugnis verzweifelten Lebenskampfes, klein und bedeutungslos geworden, aber nicht nachlassend in seiner stummen Mahnung gegen alle Unterdrückung.

Eine Stunde später marschierten sie in den Vorhof eines der Ecktürme ein.

Sie standen nebeneinander an einer von Moosen und Flechten überzogenen Wand, fünf Männer in der lindgrünen Uniform der Solaren Flotte. Vier hatten die Hände auf dem Rücken verschränkt, und der fünfte, weil er einen Rücken aus Silberstahl besaß, ließ seine Arme einfach herabhängen.

Ihre Waffen lagen zu ihren Füßen.

Der Hof durchmaß zehn mal zehn Meter, sein Boden war gestampfte Erde. Der Durchgang zum Turm war durch eine rostige Metalltür versperrt. Zwei Roboterwächter standen bewegungslos am Hofeingang.

„Da wären wir also", sagte Belchman und durchbrach damit als erster das Schweigen, das seit Redhorses Ankunft geherrscht hatte.

„Erst haben sie uns abgeschossen, dann nahmen sie uns gefangen und schleppten uns hierher. Und jetzt stehen wir hier und warten auf das, was sie noch mit uns tun werden."

Losar spuckte auf den Boden. Der Waffenmeister war der älteste unter ihnen. Er war stolz darauf, jede Handfeuerwaffe terranischer Bauart mit geschlossenen Augen bedienen zu können. Dabei wirkten seine Hände plump.

„Mir juckte es in den Fingern, als ich vor ihnen landete", sagte er. „Ich denke, daß sie irgendeine Teufelei vorhaben."

Sanchon lächelte gekünstelt, und der arrogante Zug um seine Mundwinkel verstärkte sich. Er sagte nichts. Auch Aybron schwieg. Seine großen Augen schienen jede winzige Bewegung wahrzunehmen. Es waren Augen, denen nichts entging und die selbst die Fähigkeit zu haben schienen, die Tiefe einer menschlichen Seele auszuloten.

Belchman kratzte mit den Spitzen seiner Stiefel den Boden auf.

„Wir können ausbrechen", bemerkte er beiläufig. „Die beiden Burschen am Hofeingang werden uns nicht aufhalten."

„Ich wäre dafür – wenn es *zwanzig* wären", erklärte Losar mürrisch.

„Wir warten", entschied Redhorse. „Wir müssen herausfinden, was hier vorgeht. Diese Festung beherrscht das gesamte Tal. Von hier aus könnte jede startende Maschine beschossen werden. Das allein ist Grund genug, daß wir uns hier einmal umsehen."

„Ja", stimmte Sanchon zu. „Es interessiert mich, was sich hinter den Mauern verbirgt."

Redhorse vermutete, daß man sie bald hier abholen und ins Innere des Turmes bringen würde. Irgendwo wurde offenbar noch über ihr Schicksal beraten.

„Was glauben Sie, Captain? Gibt es hier außer diesen Robotern noch andere Wesen?" Belchman hatte die Frage scheinbar gleichgültig an Redhorse gerichtet, aber der Cheyenne spürte die Spannung, mit der die anderen auf seine Antwort warteten.

„Das werden wir bald wissen", sagte er zurückhaltend. Er hatte vier seltsame Männer bei sich, die nur eine Gemeinsamkeit zu haben schienen: Sie kannten keine Furcht.

Redhorse schnalzte leise mit der Zunge. Was war er doch für ein Narr, daß er sich unentwegt Gedanken über die Eigenart dieser Män-

244

ner machte. War er nicht selbst eine Ausnahme, ein Einzelgänger, der eine Sonderstellung einnahm?

„Wir werden die Bergfestung *Llalag* nennen", sagte Redhorse unvermittelt.

Llalag, wiederholte er im stillen. Einst blutiger Mythos der Bergindianer aus dem Norden Amerikas – und jetzt unheimliche Wirklichkeit zwischen den Milchstraßen.

Llalag, das Reich der Toten.

Quietschend öffnete sich die Turmtür. Zehn Roboter kamen heraus. Sie trugen Waffen in ihren plumpen Händen.

Einer der Roboter sammelte die Maschinenkarabiner der Terraner ein. Er hielt beim Bücken den Kopf hoch. Die schweren Pistolen in den Stiefeln der Männer übersah er. Die Waffen der neun übrigen Burgbewohner waren drohend auf die Gefangenen gerichtet.

„Das Exekutionskommando", bemerkte Lope Losar. „Ich bin dafür, daß wir etwas unternehmen, bevor sie uns erschießen."

Ihre Waffen wurden davongetragen. Redhorse beobachtete aufmerksam die zehn Roboter, um sofort Feuerbefehl zu geben, wenn Losars Vermutung sich bestätigen sollte.

Einer der Roboter trat vor und zeigte gebieterisch auf das offene Turmtor. Redhorse zögerte nicht, dem klaren Befehl nachzukommen. Er war sich darüber im klaren, daß ihre Fluchtchancen sanken, wenn sie sich tiefer in die Festung bringen ließen. Doch nur im Innern der Burg hatten sie Aussichten, jene Waffen zu vernichten, mit denen die Roboter oder ihre Herren den Talkessel beherrschten.

Als Redhorse durch den Eingang in den Turm trat, nahm er ein dumpfes Dröhnen wahr, das aus der Tiefe des Berges zu kommen schien. Dieses Geräusch deutete auf subplanetarische Maschinenanlagen hin. Der untere Turmraum wurde von Glühlampen erhellt.

„Elektrizität", flüsterte Redhorse dem hinter ihm gehenden Belchman zu. „Wahrscheinlich von konventionellen chemischen Kraftwerken erzeugt."

Die massiven Mauern waren mit Platten überzogen. Überall waren Teile der Verkleidung abgebröckelt. Nur noch stellenweise sah man den Glanz ehemaliger Farbe. Es gab keinerlei Einrichtungsgegenstände. Unter der Decke liefen dicke Kabelstränge. Ein schmaler Gang führte in steilen Windungen zur Turmspitze hinauf. Es gab keine

Stufen, sondern halbrunde Mulden, die versetzt zueinander in den Boden eingelassen waren.

Die Roboter trieben ihre Gefangenen weiter. Sie verließen den Turm durch einen düsteren Gang. Von irgendwoher kam das Summen elektrischer Anlagen. Der Boden unter Redhorses Füßen war naß und glitschig. Überall hatten sich Schimmelpilze gebildet.

Die Roboter führten die Terraner in eine ausgedehnte Halle, die aus drei Teilen bestand. Jeder Teil wurde von mächtigen Eisenträgern begrenzt, die gleichzeitig als Stützen der Flachdächer dienten. Die Hallen waren mit Metallkesseln und Rohrleitungen vollgestopft. Unter den Dächern glitten automatische Kräne geräuschlos mit ihren Lasten hin und her. Überall blitzten die Lichtbögen elektrischer Schweißgeräte. Blauer Dunst schien die Halle auszufüllen, die Luft war trocken und warm.

Rund um die Halle führte eine Empore aus Metallrosten. Kleine Hebeplattformen konnten jede Last dort hinauftragen.

Redhorse vermutete, daß er hier eine halbautomatisierte Werkstatt vor sich sah.

Die Roboter brachten die Gefangenen bis zu einer der Plattformen. Der Platz reichte gerade für die fünf Terraner aus.

„Die Sache gefällt mir nicht, Captain", bemerkte Losar, als sie in die Höhe glitten. „Warum lassen die Burschen uns plötzlich allein?"

Redhorse deutete schweigend zur Empore hinauf, wo bereits eine andere Gruppe von Robotern auf sie wartete. Je höher sie kamen, desto besser konnte Redhorse die Halle überblicken.

Dann sah er das Tier.

Es lag inmitten der Halle in einem konischen Riesenbehälter, in einer überdimensionalen Wanne, die mit einer grünlichen Flüssigkeit gefüllt war. Der gewaltige, rosafarbene Körper des Tieres glich einem ungeheuren Schwamm. Es war eine pulsierende Masse mit verkrümmten Beinen und kaum noch sichtbaren Augen.

Von allen Seiten führten Rohrleitungssysteme und Kabelstränge in den monströsen Körper. Dutzende von Robotern beschäftigten sich an Schaltanlagen rund um den Behälter.

Redhorse hörte Belchman aufstöhnen, und Sanchon sagte mit erstickter Stimme: „Das ist ja furchtbar."

Mit einem Ruck kam die Plattform zum Stehen. Die fünf Männer mußten sich auf die Empore schwingen, wo sie von sieben Robotern empfangen wurden.

„Was ist das dort unten?" fragte Losar.

„Eine Mutation – wahrscheinlich", erwiderte Redhorse. „Man kann noch Beine und Augen erkennen. Alles andere ist verwuchert."

„Glauben Sie, daß das Ding lebt?" fragte Belchman.

Redhorse schaute überlegend auf den zuckenden Körper und wünschte, er hätte diese Frage mit einem klaren *Nein* beantworten können.

„Ob es intelligent ist?" fragte Losar.

Redhorse schüttelte den Kopf. „Undenkbar", gab er zurück. „Kein intelligentes Wesen könnte das überstehen, ohne wahnsinnig zu werden. Es ist ein Tier, das für irgendwelche Zwecke in diesen Zustand gebracht wurde."

Er verfolgte die Rohre, die vom Körper des Monsters wegführten. Ausnahmslos verliefen sie in Richtung auf das Festungsinnere. Ab und zu kamen Roboter bis zum Rand des Behälters und schütteten aus großen Schalen ein helles Pulver in die Flüssigkeit.

Redhorse und seine Begleiter gelangten über die Empore auf die andere Seite der Halle.

Wozu, fragte sich der Captain, wurde dieses Ungeheuer von den Festungsbewohnern am Leben erhalten? Er begann zu bezweifeln, daß die Roboter die Herren dieser Stadt waren.

Llalag mußte von anderen Wesen beherrscht werden. Redhorse nahm an, daß sie in absehbarer Zeit mit ihnen zusammentreffen würden.

Da blieb unmittelbar vor ihnen einer ihrer sieben Wächter ruckartig stehen. Redhorse wäre fast gegen ihn geprallt. Sofort wurde der Roboter von den anderen Maschinen umringt. Gespannt verfolgten die Männer, wie der Kopf des Roboters behutsam aus der Halsmulde gelöst wurde. Einer der Kräne glitt heran. Die Roboter befestigten den nutzlosen Körper ihres Artgenossen an der Magnethalterung, und der Kran fuhr wieder davon. Redhorse sah, wie der Robotkörper ohne Kopf in einen Behälter abgeladen wurde. Der Schädel selbst wurde von einem anderen Roboter getragen.

Zum erstenmal kam Captain Don Redhorse auf den Gedanken, daß Kopf und Körper dieser Maschinen zwei völlig verschiedene Dinge waren. Die Metallkörper wurden rücksichtslos behandelt, während man den Köpfen eine beinahe ehrfürchtige Vorsicht entgegenbrachte.

Dem Größenverhältnis nach hätte es eigentlich umgekehrt sein müssen.

Sie erreichten das Ende der Empore und mußten auf einer anderen Plattform nach unten fahren. Wieder warteten einige Roboter auf sie. Sie mußten auf die Ladefläche eines Elektrowagens steigen, der offenbar ferngesteuert wurde. Kaum saßen sie, als der Wagen mit einem Ruck losfuhr. Ein zweites Fahrzeug folgte mit acht bewaffneten Robotern im Abstand von zehn Metern.

„Alle Bequemlichkeit für die Gefangenen", sagte Belchmann mit Galgenhumor.

Die Terraner fuhren durch ein Flügeltor in einen großen Hof. Hier waren keine Anzeichen von Verfall festzustellen. Der Boden war befestigt, die Mauern der einzelnen Gebäude machten einen sauberen Eindruck. Nur wenige Roboter waren zu sehen. Überall führten Rohrleitungssysteme von Gebäude zu Gebäude. Die Geräuschkulisse glich der einer großen Fabrik.

Sie fuhren an einer offenen Halle vorbei. Redhorse sah, daß hier einige tausend Robotkörper gelagert wurden, die zum größten Teil schon angerostet waren. Nirgends konnte er Köpfe entdecken.

„Der Roboter-Friedhof", bemerkte Sanchon trocken. „Vielleicht wird man uns demnächst auch hierherbringen."

Lope Losar schaute grimmig zum nachfolgenden Wagen. Er klopfte gegen seinen Stiefel, wo er seine Pistole versteckt hatte.

„Irgend etwas stimmt hier nicht", sagte er. „Alles scheint zu funktionieren. Ich frage mich, wozu das alles, wenn es doch nur diese Roboter gibt?"

„Das sind überhaupt keine Roboter", sagte Aybron ruhig.

Die Gefährten blickten ihn verblüfft an.

„Wie meinen Sie das?" fragte Redhorse den bisher so schweigsamen Astronomen.

Aybron fragte: „Würden Sie *mich* als Roboter bezeichnen, weil ich einen stählernen Rücken habe?"

„Niemand denkt daran", sagte Redhorse ruhig.

Das Fahrzeug stoppte. Aybron kam nicht mehr zu einer Antwort, denn der nachfolgende Wagen hatte ebenfalls angehalten. Durch den

Ruck war einer der unbeholfenen Roboter von der Ladefläche gefallen.

Sein Körper überschlug sich. Der Kopf prallte schwer auf den harten Boden und sprang auf. Scheinbar gelähmt vor Entsetzen verharrten die anderen Roboter auf dem Elektrowagen.

Aus dem aufgesprungenen Robotkopf quoll eine graue Masse. Redhorse schauerte. Er hörte Belchman aufstöhnen.

„Verstehen Sie jetzt, was ich meine?" erkundigte sich Aybron.

„Wir können mit großer Sicherheit annehmen, daß die von Redhorse gesteuerte Maschine hinter den Bergen abgestürzt ist", sagte Perry Rhodan. „Das bedeutet, daß der gesamte Talkessel von einem der Gipfel aus kontrolliert wird. Die Aussendung eines weiteren Oldtimers ist im Augenblick zu gefährlich."

„Vielleicht konnten sich die Männer durch Absprung retten", vermutete Oberst Rudo. „Wenn es auch bisher noch nicht gelungen ist, Funkkontakt zu ihnen herzustellen, dürfen wir sie nicht aufgeben. Wenn sie noch am Leben sind, wird es einige Zeit dauern, bis sie wieder auf dieser Seite des Gebirges sind. Dann erst wird mit unseren jetzigen Möglichkeiten wieder ein Funkverkehr hergestellt werden können."

Also gab es sie doch noch, dachte Rhodan. Und ausgerechnet hier mußten die Menschen auf die Nachkommen der *Oberen* oder deren technisches Erbe stoßen.

Atlan stellte die nächstliegende Frage: „Was sollen wir jetzt tun?"

„Im Augenblick wäre es sinnlos, einen zweiten Testflug durchführen zu lassen. Wir müssen warten, bis wir erfahren haben, was sich dort oben ereignet hat." Rhodan machte eine Handbewegung. „Irgendwo wartet man offenbar nur darauf, daß sich hier im Tal etwas bewegt. Dabei ist es gleichgültig, ob es sich ebenfalls um verkleinerte Wesen handelt, die den Kessel beherrschen."

„Die Besatzung wird immer unruhiger", sagte Mory. „Drei Männer sind bereits mit schweren Depressionen in Behandlung."

„Ihre Zahl wird sich noch erhöhen", prophezeite Melbar Kasom. „Das Bewußtsein, nur noch knapp zwei Millimeter groß zu sein, kann auf die Dauer von keinem menschlichen Gehirn ertragen werden. Wir müssen froh sein, daß es im Augenblick keine Vergleichsmöglichkeiten gibt. Sobald jedoch Überwesen hier auftachen, die in Wirklichkeit nichts als normale Menschen sind, wird sich die Lage zuspitzen."

Rhodan wußte, daß der Ertruser recht hatte. Er erinnerte sich noch gut an seine Verzweiflung, als Atlan, Tolot und Shenon wie Ungeheuer über die Berge gekommen waren. Welches Chaos mußte in den Gedanken der einzelnen Männer herrschen. Gewiß, sie waren es gewohnt, dem Unglaublichen ständig gegenüberzustehen, aber für alles gab es eine Grenze.

Dann war da noch die bohrende Ungewißheit, ob die Verkleinerung endgültig aufgehört hatte. War es nicht möglich, daß der Einfluß der Südpolstation die Gegenstände und Lebewesen noch kleiner werden ließ?

Wo, so fragten sich die terranischen Raumfahrer, gab es in einem unendlichen Universum überhaupt ein Ende?

Konnte ein Mensch kleiner werden, bis er nur noch ein Nichts war?

Und war die Bezeichnung *Nichts* für ein Wesen zutreffend, das denken und fühlen konnte?

Perry Rhodan spürte, wie das Entsetzen mit kalten Krallen in sein Inneres griff. Er blickte auf und sah die mächtige Gestalt Icho Tolots vor sich stehen.

Die Ruhe des Haluters war etwas, woran man sich festklammern konnte.

Und nach langer, langer Zeit fühlte Rhodan wieder, daß auch er nur ein Mensch war, der ab und zu einen Halt benötigte.

23.

Die Veränderung im Verhalten der Roboter trat unmittelbar nach ihren ersten Bewegungen ein, mit der sie sich aus der Starre lösten, die sie nach dem Unfall jählings überfallen hatte.

Während Redhorse noch wie betäubt auf die Gehirnmasse blickte, die aus dem aufgeplatzten Robotschädel quoll, sprangen die Roboter vom Wagen.

„Achtung!" schrie Belchman mit sich überschlagender Stimme.

Redhorse fuhr herum, er fühlte, wie die Verwirrung in seinem Innern gespannter Aufmerksamkeit wich. Die Waffen der Roboter schwenkten herum, fast wie im Zeitlupentempo, aber mit unabänderlicher Präzision. Sanchon stieß ein tiefes Grollen aus, wie ein in die Enge getriebenes Tier – und dann entlud sich Lope Losars Pistole in einem rollenden Donnern. Redhorse sah die Hand des Waffenmeisters vom Rückschlag hochfliegen. Dann warf er sich mit einem mächtigen Sprung hinter den Elektrowagen. Etwas zischte über ihn hinweg und schlug jaulend in die Wand der nächsten Halle.

Zwischen den Rädern sah Redhorse die Roboter; ihre Körper schimmerten im Licht der Horror-Sonnen. Seine Hand tastete sich zum Stiefel hinab. Gleich darauf fühlte er den Kolben der Pistole zwischen den Fingern. Hinter ihm huschte jemand vorüber – es war Belchman, der im Laufen eine Serie von Schüssen aus seiner Waffe jagte. Redhorse lachte befriedigt, als einer der Roboter nach hinten kippte. Die plumpen Arme des Festungsbewohners griffen ins Leere.

Die Explosionen der Minirakgeschosse dröhnten in Redhorses Ohren.

Sie machen uns für den Unfall verantwortlich, dachte er wütend.

Ihre eigene Sicherheit mißachtend, kamen die Roboter auf den Wagen zu. Redhorse sah nur ihre Beine – und er zielte darauf, sehr sorgfältig, als hätte er alle Zeit des Universums zur Verfügung. Neben ihm warf sich ein keuchender Mann auf den Boden. Es war Sanchon, mit schweißbedecktem Gesicht und einem überheblichen Zug um die Mundwinkel. Redhorse hätte nie gedacht, daß der Techniker sich so schnell bewegen könnte.

Aber wo, zum Teufel, war Aybron?

Vor Redhorse zerfetzte ein Schuß das rechte Vorderrad des Wagens. Ein Splitter bohrte sich über ihm in die Ladefläche. Es begann nach verbranntem Holz zu stinken. Die Roboter verschwanden in einer Rauchwolke.

Redhorse schob sich rückwärts unter dem Fahrzeug hervor. Er schlug Sanchon auf die Schulter, damit dieser ihm folgte.

Zantos Aybron lehnte an der Wand des gegenüberliegenden Gebäudes. Rings um ihn sah Redhorse das wirre Muster von Querschlägern und Splittern, die tiefe Risse in das Material gerissen hatten.

251

Aybron konnte seine Arme nicht zum Zielen anheben. Er mußte mit hängenden Armen feuern, die schwere Pistole nach vorn gesenkt.

Daran hätte ich denken müssen, schoß es Redhorse durch den Kopf, während er auf Aybron zurannte.

„Hierher!" schrie Belchman, der sich inzwischen hinter die schützende Abschlußmauer des Gebäudes zurückgezogen hatte. Redhorse lief durch einen Geschoßhagel. Er wunderte sich, daß er nicht getroffen wurde, doch dann fiel ihm ein, daß ein Mann, der mit weiten Srüngen durch Rauchwolken stürmte, für diese schwerfälligen Halbroboter ein schwer zu treffendes Ziel darstellte.

Redhorse riskierte einen Blick über die Schulter. Zu seinem Entsetzen sah er, daß Lope Losar seelenruhig hinter dem Fahrzeug der Roboter kauerte. Es war dem Captain ein Rätsel, wie der Waffenmeister dorthin gekommen war.

Das nächste, was Redhorse sah, beunruhigte ihn jedoch weitaus mehr. Aus der Richtung, aus der sie mit den beiden Fahrzeugen gekommen waren, näherte sich eine starke Gruppe von Robotern. Redhorse machte sich nicht die Mühe, die Angreifer zu zählen.

Er kam neben Aybron an. Mörtel und Steine regneten auf ihn herab, als er sich gegen die Wand preßte. Aybron atmete ruhig und gleichmäßig, seine Augen blickten auf die Roboter, als sei er erstaunt, daß so etwas geschehen konnte.

„Weg hier!" rief Redhorse warnend. Sein ausgestreckter Arm wies Aybron die Richtung.

Widerwillig verließ der Astronom seinen Platz und rannte auf Belchmans Deckung zu.

„Losar!" schrie Redhorse, aber seine Stimme ging im Rattern einer schweren Waffe unter, die von den Robotern herangebracht wurde. Der Waffenmeister jagte in weiten Sprüngen auf den vorderen Wagen zu. Vor seinen Beinen spritzten schwarze Fontänen hoch.

Neben Redhorse zerbarst die Wand. Ein heißer Luftstrom fauchte über ihn hinweg, als sich der Druck aus dem Kessel entlud, der offenbar unmittelbar hinter der Wand gestanden hatte. Redhorse schaute benommen durch das Loch. Er machte einige Schritte an dem Gebäude entlang. Das rettete ihm das Leben. Einer der beiden Wagen explodierte, die Batterie verströmte ihre Energie in einem langanhaltenden Zischen, das wie der Ton einer Dampfpfeife klang.

Als Redhorse wagte, nach Losar zu sehen, war der Waffenmeister gerade in der Mitte des freien Platzes zwischen den Gebäuden angekommen.

Er bot ein unwirkliches Bild, wie er in einer Hand die Waffe schwang, während er mit der anderen seine Jacke zu löschen versuchte, die irgendwie Feuer gefangen hatte. Von Oleg Sanchon war überhaupt nichts mehr zu sehen. Belchman und Aybron tauchten abwechselnd an der Ecke des Gebäudes auf und schossen auf die Verfolger.

Die Trümmer des explodierenden Wagens brannten. Eine Flammenkaskade schoß daraus hervor. Ein einzelnes Rad, wie durch ein Wunder unversehrt, rollte über den Boden, bis es sich zur Seite neigte und in immer flacher werdenden Kreisen niedersank.

Ein Schuß streifte Redhorses Arm. Er taumelte. Die Umwelt schien im Rattern und Dröhnen der Waffen zu versinken, im Knistern der Flammen und im Schreien Belchmans, der wie ein Verrückter die Arme in die Luft warf, um Redhorse zu größter Schnelligkeit anzutreiben.

Eine Serie von Querschlägern heulte am Haus entlang.

Lope Losar kam neben Belchman an. Redhorse sah, daß der Waffenmeister humpelte und mehr in die Deckung hineinfiel, als er ging.

Dann war auch Redhorse am Ende des Gebäudes angelangt.

Wie aus weiter Ferne hörte er das regelmäßige *Tack-Tack* von Minirakgeschossen.

Das war Sanchon.

Und Sanchon war noch irgendwo auf dem freien Platz. Die Tatsache, daß er schoß, bewies, daß er noch am Leben war.

Redhorse schaute sich aufmerksam um. Sie befanden sich jetzt zwischen zwei langen Gebäuden. Auf der linken Seite sah der Cheyenne ein großes Tor, das etwas offenstand. Von dort schien keine Gefahr zu drohen. Es widerstrebte Redhorse jedoch, jetzt dorthin zu fliehen – solange Sanchon noch nicht in Sicherheit war.

Lope Losar riß seine Hose auf. Seine linke Wade war blutverkrustet.

„Diese üblen Bunkerköpfe!" sagte er.

Damit hatte er den Namen für die Bewohner Llalags geprägt. Redhorse zog einen kleinen Notverband aus seiner Universaltasche. Dann desinfizierte er die Wunde.

253

„Sie werden nicht gehen können", sagte Redhorse und versuchte seine Stimme sorglos klingen zu lassen.

„Ich *kann* gehen", erklärte der Waffenmeister. „Ich kann sogar rennen."

„Wir müssen uns beeilen", sagte Belchman von der Ecke her. „Sie kommen rasch näher."

„Wo ist Sanchon?" fragte Redhorse.

„Auf dem Dach des flachen Gebäudes dort drüben", sagte Belchman.

Redhorse blickte in die angegebene Richtung. Oleg Sanchon lag auf dem Dach einer kleinen Halle. Er hatte sich an den Lianen einer Schlingpflanze hochgearbeitet.

Sanchon schoß nicht mehr. Unter ihm standen drei Roboter und warteten offenbar darauf, daß sie ihren Gegner zu sehen bekamen.

Redhorse fragte bedrückt: „Ob er tot ist?"

„Dieser Elefant?" Belchman grinste.

„Machen wir uns keine Sorgen um ihn. Im Augenblick scheinen sich die Bunkerköpfe mehr für uns zu interessieren."

Plötzlich hob Sanchon den Kopf und blickte zu ihnen herüber. Redhorse winkte ihm zu. Der Techniker gab ein kurzes Zeichen mit der Hand. Redhorse versuchte, dem abgeschnittenen Mann begreiflich zu machen, wohin sie sich wenden würden. Schließlich nickte Sanchon verstehend.

Da schlugen die ersten Geschosse vor ihnen ein.

„Es geht los!" rief Belchman.

Wie wenig hat er von einem Mediziner an sich, dachte Redhorse verwundert, und wieviel von einem Kämpfer.

Dann rannten sie gemeinsam auf das Tor am Ende des Gebäudes zu. Auch Losar rannte, obwohl sein Gesicht vor Schmerzen verzogen war. Kaum waren sie hinter dem Tor, als die ersten Verfolger kamen.

Redhorse und seine Begleiter gelangten in eine halbdunkle Halle, die als Lagerraum zu dienen schien. Im ungewissen Licht sah Redhorse einige quadratische Gegenstände.

Lope Losar stöhnte leise. Unverhofft brach eine Flut unklarer Empfindungen über Redhorse herein. Ausgelöst durch Losars schmerzvolles Stöhnen hämmerte unaufhörlich der Gedanke in sein Bewußtsein: *Du bist zwei Millimeter groß! Du bist zwei Millimeter groß!*

Jener Teil von Redhorses Verstand, der mit der üblichen Schärfe arbeitete, begriff bestürzt, daß er diese Erkenntnis bisher gewaltsam in seinem Unterbewußtsein niedergedrückt hatte, daß sie dort nur auf einen günstigen Moment geistiger Unachtsamkeit gelauert hatte, um mit dämonischer Heftigkeit hervorzubrechen.

Einen Augenblick lang – während ein fürchterlicher Kampf in ihm tobte – glich der Cheyenne einer Statue, die seit Äonen Wache hielt.

„He, Captain!" Das war Belchmans Stimme, die aus der Dunkelheit kam.

Redhorse schwankte etwas – und dann ließ er das Wissen um seine schreckliche Kleinheit in sein Bewußtsein einfließen – sorgsam dosiert von einer mächtigen Willensanstrengung. Wild vor Stolz, daß der jetzt gegen alle Angriffe des Wahnsinns gewappnet war, löste er sich aus seiner Starre. Er vermochte von nun an furchtlos mit der Tatsache seiner Winzigkeit zu leben.

Yatahay! dachte er. Alles ist gut.

Er ging zur Tür zurück und spähte ins Freie.

Mindestens dreißig Roboter waren im Anmarsch. Eine Gruppe von vier Bunkerköpfen zog eine größere Waffe hinter sich her. Von Sanchon war nichts zu sehen.

„Vorwärts!" rief er den anderen zu.

Sie rannten los, im Halbdunkel den überall aufgestapelten Gegenständen ausweichend. Aybron stolperte und prallte gegen Belchman. Sie hielten sich gegenseitig fest und setzten die Flucht fort. Als Redhorse zurückblickte, war das halboffene Tor ein strahlend heller Einschnitt, in dem jede Sekunde die Silhouetten der Roboter auftauchen mußten.

Redhorse schlug sich das Schienbein irgendwo an, der Schmerz zuckte durch seinen Körper. Sie gelangten an einen Stapel kesselähnlicher Gebilde und mußten durch schmale Röhren kriechen. Das Schleifen der Körper in den metallenen Rohren hörte sich gespenstisch an. Er schwang sich aus dem Kessel, ließ die Beine auspendeln und sprang. Als er auftrat, gab es einen hallenden Ton. Neben ihm landete Belchman. Losar schonte sein Bein, indem er die Röhrenenden als Leiter benutzte. Er fluchte bei jedem Schritt, den er machte. Durch die Rohre sah Redhorse die ersten Roboter auftauchen, wie durch die Linse einer Kamera.

255

Geduckt rannten sie weiter.

Ein einzelner Schuß fiel. Redhorse hörte den Aufschlag wie das überlaute Klirren splitternden Kristalls, dann strich ein Querschläger miauend davon.

Weiter vorn war eine helle Stelle, ein torloser Durchgang mitten durch die Halle, der jedoch überdacht war. Genau unterhalb des Durchgangs hing ein Kran, der von einem Bunkerkopf besetzt war. Der Bewohner der Gebirgsfestung verfügte über keine Schußwaffe, aber als die vier Terraner näher kamen, ließ er die Magnettrosse herab und brachte sie durch schnelles Vor- und Zurücksteuern zum Pendeln. Die schweren Trossen donnerten gegen einen Röhrenstapel. Die unteren Röhren rutschten weg. Wie eine schwarze Flut rollten die darüberliegenden nun los. Redhorse schluckte krampfhaft.

Er schoß zum Kranstand hinauf, doch der Roboter – oder was immer es war – bildete nur einen undeutlichen Schatten hinter der Schutzverkleidung.

Belchman wurde von einem heranrasenden Rohr an den Beinen erfaßt und umgeworfen. Er wurde zu einer zappelnden Gestalt, von der nur noch die Beine zu sehen waren.

Eines der Rohre überschlug sich und hieb gegen Aybrons Rücken. Es gab ein knirschendes Geräusch, das Redhorse einen Schauder über den Nacken jagte. Der Kran schoß heran. Die Trosse schwang weitausholend auf Redhorse zu. Der Offizier duckte sich. Die Trosse durchschnitt pfeifend die Luft und brach drei Streben unmittelbar hinter Redhorse in mehrere Stücke. Dann kam sie zurück, wie ein Raubvogel im tödlichen Sturzflug. Belchman, der sich mühevoll wieder aufgerichtet hatte, zerrte seine Pistole hervor und gab eine Serie von Schüssen ab.

Da feuerte Losar auf den Kranstand. Das Echo der Explosion drohte Redhorse zu betäuben.

Die Trosse kam heran. Redhorse war zwischen den rollenden Röhren eingeklemmt. Verzweifelt warf er sich zur Seite. Etwas streifte ihn am Oberarm und wirbelte ihn herum.

Er fiel, und während er zurückstürzte, sah er den Bunkerkopf über sich mit ausgebreiteten Armen aus dem Kranstand fallen. Es gab ein klatschendes Geräusch, als der Roboter aufschlug. Etwas glitt über Redhorses Arm. Verbissen kämpfte er sich zwischen den Rohren hoch. Mit einer beinahe nachlässigen Bewegung steckte Losar seine Waffe in den Stiefel des unverletzten Beines zurück. Aybron war bei Belchman und tastete die Brust des Mediziners ab. Redhorse ging zu den Männern.

„Schlimm?" erkundigte er sich bei Belchman.

Der Raumfahrer versuchte ein Lächeln.

„Nein, Captain", erwiderte er.

Die Magnettrosse schwankte immer noch, und der Motor des Krans summte, als der Schienenwagen gegen die Widerstände lief.

Da klang unmittelbar vor ihnen das *Tack-Tack* von Minirakgeschossen auf. Im Durchgang zwischen den beiden Hallen erschien eine dicke Gestalt mit rußgeschwärztem Gesicht.

„Sie haben uns eingekreist!" schrie Oleg Sanchon zu den vier anderen Raumfahrern herüber.

Redhorse glaubte, die Roboter, die hinter Sanchon her waren, förmlich zu sehen, wie sie mit steifen Schritten über den Platz kamen. Er überlegte fieberhaft, was sie nun tun konnten.

„Hier herüber!" schrillte Sanchons Stimme, dann warf er sich zur Seite, um einem Geschoßhagel zu entgehen. Redhorse sah die korpulente Gestalt des Technikers über den Boden kriechen – auf die andere Halle zu. Er blickte zurück und stellte fest, daß die Verfolger immer näher kamen. Die Metallfüße der Roboter hämmerten gegen die überall gelagerten Kessel.

Sanchon verschwand im Halbdunkel der gegenüberliegenden Halle.

Einen Augenblick lag der Durchgang leer vor ihnen und bot einen friedlichen Anblick. Der Captain winkte seinen drei Begleitern. In kurzen Abständen stürmten sie Sanchon nach. Unmittelbar vor dem Durchgang stoppte Redhorse und beugte sich vorsichtig nach vorn. Von links kamen die Angreifer.

Es waren sechs Bunkerköpfe. Die Läufe ihrer Waffen zeigten alle in die Richtung, in der Sanchon verschwunden war. Die Roboter waren nur noch zwanzig Meter entfernt. Redhorse zog sich zurück und erklärte den anderen mit Handzeichen, was er gesehen hatte. Auf sein Kommando sprangen sie auf den sonnenüberfluteten Durchgang. Losar begann als erster zu schießen, sein Gesicht wirkte unheildrohend. Als die Waffen der Bunkerköpfe herumflogen, feuerten auch Aybron

257

und Belchman. Drei der Roboter knickten ein, taumelten zurück und krochen hastig davon.

„Auf die Köpfe zielen!" brüllte Redhorse.

Er riß die Pistole hoch, als sengende Glut über seine Wange strich. Er drückte ab. Seine freie Hand tastete zur Wange hoch. Noch einmal hatte er Glück gehabt. Der Streifschuß hatte nur die Haut aufgerissen.

Sanchon begann ebenfalls wieder zu schießen. Dann war der Weg zur anderen Halle frei. Die jetzt hoch am Himmel stehende Sonne stach einen Augenblick in Redhorses Augen, dann war er im Schatten des gegenüberliegenden Gebäudes. Irgendwo knackte es, sonst war es still.

Keuchend lehnte sich Redhorse gegen einen Kessel. Mit einer Hand stützte er sich an einem warmen Rohr ab. Sanchon trat aus der Dunkelheit. Er schnaubte und prustete, als sei er gerade aus einem Fluß aufgetaucht. Losar humpelte heran, von Belchman beim Überklettern größerer Rohre unterstützt. Zuletzt kam Aybron, und seine Uniform sah noch immer so korrekt aus, als sei sie gerade dem Schrank entnommen worden.

Redhorse lauschte angespannt.

„Es sieht so aus, als hätten sie im Augenblick die Lust an einer Verfolgung verloren", sagte er.

„Sobald ihre Verstärkung eintrifft, werden sie wiederkommen", vermutete Belchman.

Redhorse wandte sich an den Waffenmeister. „Was macht Ihre Verletzung?"

„Es geht", sagte Losar. „Niemand muß Rücksicht auf mich nehmen."

Der Cheyenne-Indianer blickte sich um. „Hier können wir nicht bleiben. Vielleicht gibt es irgendwo eine Zentrale. Diese müssen wir zu erreichen versuchen."

Sanchon hob den Arm. „Ich glaube, daß die Zentrale dort drüben liegt. Vom Dach aus habe ich den oberen Teil eines großen Gebäudes gesehen, das offenbar den Mittelpunkt der Festung bildet."

Redhorse straffte sich. Auf seiner Stirn erschien eine steile Falte.

„Das ist unser Ziel!" rief er.

Die Zentrale – wenn sie es war – bestand aus zwei Teilen. Das Hauptgebäude war ein würfelförmiger Klotz mit dunklen Mauern. Auf seinem Dach ruhte ein kugelförmiges Gebilde, aus dem unzählige Antennen ragten. Es gab nirgends Fenster oder Sichtluken. Architektonisch gesehen, war dieser Teil der Festung ausgesprochen häßlich.

„Es scheint keine Eingänge zu geben", stellte Lope Losar fest, als sie, im Schatten eines Torbogens geduckt, die Zentrale beobachteten. Ringsum herrschte totale Stille. Von den Verfolgern war im Augenblick nichts zu sehen.

„Vielleicht ist es nicht die Zentrale", vermutete Belchman nachdenklich. „Es kann ebensogut eine Kraftstation oder ein Energiespeicher sein."

„Wir werden es herausfinden", sagte Redhorse ruhig.

Aybron stieß sich von der Wand ab, gegen die er sich gelehnt hatte.

„Sobald wir den Torbogen verlassen, kann man uns von der Zentrale aus sehen", sagte er. „Wenn es irgendwo Schießscharten gibt, brauchen wir uns über unsere Zukunft keine Gedanken mehr zu machen."

„Vielleicht sollten wir nicht alle zusammen gehen", schlug Sanchon vor. „Was halten Sie davon, wenn ich den Anfang mache, Captain?"

„Nichts", erwiderte Redhorse knapp. „Die Bunkerköpfe wissen, daß wir zu fünft sind. Sie werden warten, bis wir alle auftauchen."

Losar tätschelte seine Pistole, als sei die Waffe ein alter Freund.

„Ich traue mir zu, jeden Bunkerkopf zu treffen – egal hinter welcher Deckung er sich verbirgt."

Wenn Losar das sagte, klang es nicht überheblich – eher wie eine Feststellung. Redhorse blickte in die Gesichter seiner Begleiter.

„Je länger wir hier warten, desto größer wird die Gefahr, daß die Verfolger eintreffen", sagte er.

Er kam sich wie eine Zielscheibe vor, als er an der Spitze der kleinen Truppe aus dem Torbogen trat. Er wartete darauf, das Donnern einer Explosion zu hören – oder einen Lichtblitz zu sehen, der das letzte sein würde, was er in seinem Leben wahrnahm. Doch nichts geschah. Ohne behindert zu werden, bewegten sie sich über einen schmalen Weg auf die Zentrale zu. Links von ihnen wucherten ungepflegte Hecken, auf der rechten Seite wurde der Weg von einer Mauer begrenzt, die stellenweise eingefallen war.

Selbst das Knarren ihrer Stiefel schien Redhorse verräterisch zu klingen. Er setzte die Füße behutsam auf, um jedes Geräusch zu vermeiden.

Belchman, der hinter ihm ging, klopfte ihm leicht auf die Schulter. Redhorse blieb stehen und schaute zur Seite. Am Ende der Hecke führte ein Bündel von Rohrleitungen aus der dreiteiligen Halle, die sie bereits von innen gesehen hatten, zu dem häßlichen Gebäude hinüber, das Sanchon für die Zentrale hielt.

„Sehen Sie die Leitungen?" fragte Belchman leise.

Redhorse blieb stehen. „Es kann also doch eine Energiestation sein", flüsterte er.

Belchman zupfte nervös an seiner zerknitterten Uniform. Mit der anderen Hand strich er glättend über den spärlichen Haarkranz, der ihm noch geblieben war.

„Die Leitungen können auch Material von den Fabrikationshallen zur Zentrale fördern", sagte er.

Unschlüssig blickte Redhorse zum Torbogen zurück. Die plötzliche Stille gefiel ihm nicht. Wo blieben die Verfolger? Hatten sie aufgegeben, oder waren sie sicher, daß die fünf Fremden in ihr Verderben liefen?

„Wir könnten umkehren und versuchen, aus der Festung zu fliehen", sagte er bedächtig. „Doch damit vergeben wir unsere einzige Chance, die Bunkerköpfe daran zu hindern, ein weiteres Testflugzeug abzuschießen."

„Niemand spricht davon, daß wir umkehren wollen, Captain", kam es von Lope.

Redhorse nickte ihnen zu und ging weiter. Obwohl er seine Augen anstrengte, konnte er noch immer keinen Eingang zu der vermeintlichen Zentrale entdecken. Vielleicht lagen die Zugänge auf der anderen Seite.

Redhorse war das düstere Gebäude unheimlich.

Sie erreichten das Ende der Hecken. Der Cheyenne kauerte sich unter den Rohrleitungen nieder. Verschiedene Rohre waren so heiß, daß die Wärme durch Redhorses Uniform drang. Der Offizier legte seinen Kopf gegen ein Leitungsstück. Zunächst hörte er nur ein schwaches Schleifen, dann vernahm er ein Gurgeln und Plätschern. Es war jedoch schwer festzustellen, ob in den Rohren eine Flüssigkeit transportiert wurde oder das Geräusch nur vom Metall weitergeleitet wurde.

„Hm!" machte Sanchon. „Wenn wir unter den Rohren entlangkriechen, kommen wir ins Innere des Gebäudes."

Die Leitungen mündeten nebeneinander in die Seitenwand des Bauwerkes. An jener Stelle, wo sie in die Zentrale führten, war die Öffnung so groß, daß ein Mann hindurchkriechen konnte.

Redhorse beobachtete, daß aus dem Loch Schwaden hellen Dampfes hervorquollen. Sofort dachte er an giftige Gase. Einmal mehr bedauerte er, keine bessere Ausrüstung bei sich zu haben.

„Die Bunkerköpfe!" flüsterte Belchman.

Redhorses Kopf flog herum. Aus dem Torbogen kam eine Gruppe von über zwanzig Robotern. Alle waren bewaffnet. Redhorse biß die Zähne aufeinander. Das Erscheinen der Verfolger gab den Ausschlag.

„Schnell!" befahl er. „Wir versuchen, in die Zentrale einzudringen."

Noch bevor er das letzte Wort ausgesprochen hatte, war er bereits auf die andere Seite der Leitungen gekrochen. Die Männer folgten ihm. Sie rannten auf das große Gebäude zu. Ohne Zweifel wurden sie von den Bunkerköpfen gesehen, doch keiner der Verfolger schoß.

„Sie haben Angst, daß sie die Röhren treffen könnten", rief Redhorse. „Das bedeutet einen Zeitgewinn für uns." Er setzte sich an die Spitze der Gruppe. Je näher er an die Außenwand der Zentrale kam, desto stärker fühlte er die Drohung einer nahen Gefahr.

Der Rohrdurchlaß stieß ununterbrochen Dampf aus. Die Leitungen waren feucht von Kondenswasser. Prüfend sog Redhorse die Luft ein, als er neben dem Loch ankam. Der Qualm war geruchlos.

„Wasserdampf!" stellte Losar lakonisch fest und rieb sein verletztes Bein. „Hoffentlich ist es kein Hochdruckkessel, in den wir einsteigen wollen."

Entschlossen zwängte Redhorse seinen Oberkörper durch die Öffnung. Im ersten Augenblick machte ihn der heiße Dampf benommen. Hustend fuhr er zurück. Seine Augen tränten. Ohne etwas zu sagen, unternahm er einen zweiten Versuch. Diesmal gelang es besser. Er arbeitete sich zwischen den Rohren weiter. Sein Körper lag eingebettet zwischen den Rohrpassagen.

Belchmans Stimme kam merkwürdig dumpf von außen.

261

„Können Sie etwas sehen?"

Redhorse nieste. „Nein", gab er zurück. „Es ist alles finster. Die Luft scheint jedoch erträglich zu sein."

An seinen Füßen entstand eine Bewegung. Redhorse schloß daraus, daß zumindest einer der Männer ihm folgte. Innerhalb weniger Sekunden war seine Kleidung von Feuchtigkeit durchtränkt. Seine Haare klebten ihm im Gesicht. Trotzdem kroch er weiter durch die Dunkelheit. Seine Füße erzeugten dumpfe Geräusche, wenn er seitlich wegrutschte und mit den Stiefelabsätzen gegen eines der Rohre schlug.

„Donnerwetter!" rief Sanchon irgendwo hinter ihm. „Das ist wie eine Sauna, gerade das Richtige für meine Figur."

Redhorse mußte lächeln. Im gleichen Augenblick rutschte er ab und glitt zwischen zwei Rohren hindurch. Verzweifelt suchten seine Hände nach Halt, doch das nasse Metall bot keinen Widerstand. Er schlug hart mit dem Rücken auf.

„Was ist passiert, Captain?" rief Belchman.

„Wo sind Sie?" schrie Losar von oben.

„Ich bin ausgerutscht", erwiderte Redhorse. „Hier unten ist es nicht ganz so dunkel. Man kann aufrecht stehen."

„Wir folgen Ihnen", kündigte der Waffenmeister an.

Redhorse hörte sie rumoren, vier zu allem entschlossene Männer, die ihm überallhin folgen würden.

„Es ist heiß", bemerkte Sanchon.

Redhorse sah eine Gestalt aus dem Qualm auf sich zukommen.

„Losar?" fragte er.

„Ich bin es", sagte Aybron und blieb neben Redhorse stehen. „Dort drüben scheint es noch heller zu werden."

Auch Redhorse sah die Stelle, wo sich der Dampf langsam aufzulösen schien. Es dauerte nicht lange, bis auch Belchman und Sanchon auftauchten. Losar erschien zuletzt, er humpelte schwerfällig heran.

Redhorse schaute sich um. Überall ragten dunkle Schatten aus dem Wasserdampf, doch es war unmöglich, nähere Einzelheiten zu erkennen. Von allen Seiten kam das Geplätscher von Wasser.

Der Captain zog die Pistole aus dem Stiefel und ging weiter. Nach wenigen Metern stieß er auf ein Netz. Fast wäre er hineingefallen. Das Netz war ein unregelmäßiges Geflecht aus weichem Stoff, der unter Redhorses Händen nachgab. Es hing frei von oben herunter. Es

262

tropfte vor Feuchtigkeit. Redhorse zog es erst leicht, dann fester, um die Festigkeit des Materials zu prüfen. Neben ihm untersuchte Belchman den eigenartigen Vorhang.

„Was kann das sein?" fragte Sanchon. „Eine Falle?"

„Das glaube ich nicht", antwortete Redhorse. Er ging einige Schritte weiter, doch das Netz war überall. Die einzelnen Löcher waren etwas größer als Redhorses Hand. Der Captain bückte sich und stellte fest, daß das Geflecht fest im Boden verankert war. Redhorse zog sein kleines Messer aus der Tasche, um einige Stränge durchzuschneiden, doch das Material widerstand seinen Bemühungen. Es ließ sich auch nicht vom Boden lösen.

Der Cheyenne überlegte. Wozu das Netz auch war, es hinderte sie an einem weiteren Vorwärtskommen. Sanchon zerrte wütend daran herum.

„Ich nehme an, daß es eine Sperre ist", sagte Belchman. „Was es allerdings aufhalten soll, werden wir wahrscheinlich nie erfahren."

Redhorse klammerte sich mit beiden Händen fest und zog sich einige Meter in die Höhe. In diesem Augenblick dachte er nicht daran, daß es in Wirklichkeit nur Millimeter waren, die er überwand. Das Netz schwankte, gab jedoch nicht nach.

„Wir werden versuchen, es zu überklettern", sagte er.

Er klomm weiter in die Höhe. Je höher er kam, desto dunkler wurde es. Endlich erreichte er einen Querträger, an dem das Netz aufgehängt war. Er schwang sich auf die andere Seite und wartete, bis die anderen neben ihm angekommen waren. Der Träger war so naß, daß Redhorse Mühe hatte, nicht abzurutschen. Jeder falsche Schritt mußte einen tödlichen Sturz in die Tiefe zur Folge haben.

Die fünf Männer kletterten auf der anderen Seite des Netzes wieder auf den Boden zurück. Nachdem sie einige Schritte weitergegangen waren, stießen sie auf eine Wand, die leicht gewölbt war und überall nischenartige Vertiefungen aufwies. Redhorse ging in unmittelbarer Nähe der Wand weiter. Es wurde jetzt immer heller. Überall wogte der graue Nebel. Mehr als einmal riß der Captain schußbereit die Waffe hoch, wenn eine Dampfwolke heranwirbelte und ihn einhüllte.

Plötzlich brach die Wand ab. Abrupt blieb Redhorse stehen. Er blickte in eine ausgedehnte Halle, die trotz des vorhandenen Nebels gut beleuchtet war.

In der Mitte sah Redhorse eine gewaltige Wanne, die mit einer kochenden Flüssigkeit gefüllt war. Daraus stiegen Dämpfe auf. Rund um diesen Behälter standen unzählige Kabinen von ovaler Form. In jede einzelne führten Röhren verschiedener Durchmesser. Am Rande der Wanne lagen die Köpfe von Robotern dicht nebeneinander. Einige Bunkerköpfe bewegten sich behutsam zwischen den Köpfen hin und her. Redhorse sah, daß die Schädel mit Rotlicht bestrahlt wurden. Es gab mindestens tausend dieser Köpfe – und genausoviel Lampen.

Irgendwie versetzte der Anblick Redhorse einen Schock. Er fühlte instinktiv, daß hier etwas vorging, was noch außerhalb seines Begriffsvermögens lag. Er schaute sich weiter um. Hinter den Kabinen erblickte er eine Reihe größerer Maschinen, die alle in Tätigkeit zu sein schienen. Auch dort sah er einige Roboter. Schließlich erfaßten seine Augen ein Regal mit Schädelhälften. Wie hohle Schalen lagen die Kopfhälften nebeneinander. Keiner der Bunkerköpfe schien etwas von der Anwesenheit der fünf Fremden zu ahnen. Redhorse zuckte zusammen, als an einer der Kabinen eine Tür aufsprang und ein Bunkerkopf herauskam. Der Roboter verschwand im Nebel. Gleich darauf betrat ein anderer die Kabine.

„Phantastisch", meinte Belchman, der direkt neben Redhorse stand. „Was halten Sie davon, Captain?"

„Das muß ich mir aus der Nähe ansehen", erklärte Redhorse. Er befahl den anderen, an ihrem Platz zu bleiben.

„Für Sie allein ist das zu gefährlich", protestierte Losar.

„Gehen wir zusammen weiter, vergrößert sich die Möglichkeit einer Entdeckung. Wenn Sie mich von hier aus beobachten, besteht immerhin die Chance, daß Sie mir helfen können, wenn die Bunkerköpfe auf mich aufmerksam werden."

Er wartete nicht darauf, daß die vier Männer weitere Einwände erhoben, sondern huschte in geduckter Haltung davon. Der Nebel legte sich als feuchter Schleier auf sein Gesicht. Die Kabinen waren halbkreisförmig um den Behälter angeordnet. Redhorse hielt sich zwischen den Maschinen. Sobald er einen Roboter sah, ließ er sich zu Boden sinken und wartete, bis dieser verschwunden war.

Als Don Redhorse noch zehn Meter von der nächsten Kabine entfernt war, kauerte er sich neben einem Sockel zusammen. Zwischen ihm und seinem Ziel gab es keine Deckungsmöglichkeit. Nur der aufsteigende Dampf würde ihn vielleicht gegen Sicht schützen, wenn er auf die Kabine zurannte. Sichernd blickte er nach allen Seiten. Keiner der Fremden war in seiner unmittelbaren Nähe.

„Also los!" sagte Redhorse leise zu sich selbst.

Lautlos schlich er voran. Jeden Augenblick wartete er auf einen Angriff, doch er kam unbehelligt bei der rückwärtigen Kabinenwand an. Durch einzelne Schlitze und Luken fiel Licht heraus. Redhorse drehte sich um die eigene Achse und blickte ins Innere des ovalen Gebildes. Was er sah, ließ seinen Magen zusammenschrumpfen. Nur durch die Wand von ihm getrennt, hockte ein Roboter auf einem flachen Sitz. Er trug seinen Kopf nicht in der Halsmulde. Der Schädel lag aufgeklappt in einer Vertiefung inmitten des kleinen Tisches, angestrahlt von beiden schalenförmigen Kopfhälften pulsierte eine graue Masse. Von der anderen Seite der Kabinenwand führten einige Schläuche direkt in diese Masse hinein.

Alles deutete darauf hin, daß diese Substanz organisch war und im Augenblick Nahrung zu sich nahm, die durch die Rohrleitungen in die Kabine befördert wurde. Redhorse mußte gewaltsam seine Blicke von dem offenen Schädel losreißen.

Eine Amöbe, dachte er entsetzt. Im gleichen Augenblick sagte ihm sein Verstand, daß das nicht möglich war. Zweifellos war diese organische Substanz der wichtigste Teil der Bunkerköpfe. Es war ihr Gehirn. Was der Captain bisher an Maschinen gesehen hatte, bestätigte ihm, daß innerhalb Llalags nie jemand in der Lage gewesen war, einen Roboter zu bauen, der – ähnlich wie bei den Posbis – Plasma in sich trug. Die Masse, die pulsierend unter der Lampe lag, mußte etwas anderes sein. Mit einem Male wurde sich Redhorse der Tatsache bewußt, daß die Bunkerköpfe die einzigen Bewohner Llalags waren. Was sie in ihren Schädeln mit sich herumtrugen, waren die organischen Überreste jener Wesen, die einmal in der Festung gewohnt hatten. Das Volk, das an der Oberfläche des Planeten Horror gelebt hatte, war degeneriert. Um eine Fortbewegungsmöglichkeit zu erhalten, hatten vorausschauende Wissenschaftler irgendwann diese primitiven Roboter geschaffen, deren einzige Aufgabe es war, die wichtigen Köpfe mit dem lebenden Inhalt zu transportieren.

Die mechanischen Transportkörper durften schon deshalb nicht kompliziert sein, damit die Möglichkeit vieler Fehlerquellen ausgeschlossen wurde. Je einfacher die Konstruktion – desto geringer die Wahrscheinlichkeit eines Versagens.

Die Relikte eines unbekannten Volkes lebten in Metallschalen. Wahrscheinlich handelte es sich nur noch um die mutierten Gehirne, die sich die Möglichkeit erworben hatten, auf irgendeine Weise ihre Existenz durch Zufuhr von Nährflüssigkeit zu erhalten.

In Redhorse stieg Übelkeit hoch, als er an das riesige Tier dachte, das er in der großen Werkshalle gesehen hatte. Eine dumpfe Ahnung sagte ihm, woher die Bunkerköpfe ihre Nahrung bezogen.

Durch Redhorses Entdeckung gewann der Name, den Losar für die Wesen geprägt hatte, eine makabre Bestätigung. Es war vorstellbar, wie die Bewohner der Festung ursprünglich ausgesehen hatten.

Der Captain sah, wie sich die beiden Schädelhälften langsam schlossen. Die Schläuche glitten aus der organischen Substanz heraus. Die Lampe erlosch. Der kopflose Robotkörper streckte beide Arme aus und hob den Schädel in die Höhe der Halsmulde. Behutsam legten die metallischen Hände den Bunkerkopf dort nieder. Das war wahrscheinlich die einzige Bewegung, die die Körperprothesen ohne ihr denkendes Gehirn ausführen konnten. Sobald sie jedoch ihren Kopf wieder trugen, entstand eine Verbindung zwischen Gehirn und Maschine.

Redhorse vermutete, daß es sich um einfache elektronische Steuerung handelte. Es war durchaus vorstellbar, daß die Gehirne ihre Träger durch elektrische Impulse steuerten.

Trotz der Abneigung, die Redhorse empfand, wurde Mitleid in ihm wach. Was mußte dieses Volk durchgemacht haben, welche verzweifelten Existenzkämpfe hatten sich hinter den Mauern Llalags zugetragen? Hunderttausende waren gestorben, bevor sich ein Rest dieser Wesen in der Bergstadt verkrochen hatte, um in unzulänglichen Robotkörpern ihr Leben zu fristen.

Mit großer Sicherheit nahm Redhorse an, daß viele der noch lebenden Gehirne wahnsinnig waren, da sie diesen unnatürlichen Zustand nicht mit wachem Verstand ertragen hatten.

Erschüttert wandte sich Redhorse ab.

Ein Schatten sprang aus dem Dampf auf ihn zu. Noch unter dem Eindruck des Gesehenen stehend, reagierte Redhorse viel zu langsam. Etwas landete mit voller Wucht auf seinem Hinterkopf. Er gab einen ächzenden Laut von sich und sank in die Knie. Sein Kampf gegen die Bewußtlosigkeit dauerte nur wenige Augenblicke, dann begann sein Oberkörper zu schwanken und schlug schwer auf.

24.

Einer von uns wird bald überschnappen, dachte Oleg Sanchon gereizt.

Erbittert schaute er in die wallenden Dampfwolken. Wie lange war der Captain jetzt eigentlich schon verschwunden? Niemand konnte Redhorse nachsagen, daß er tollkühn war oder unnötige Risiken einging. Bei Redhorses Abstammung hatte Sanchon damit gerechnet. Doch bald hatte er festgestellt, daß seine Sorgen unnötig waren.

„Die Roboter, die uns verfolgt haben, wissen inzwischen, daß wir in dieses Gebäude eingedrungen sind", klang Belchmans Stimme auf. „Warum wird nicht nach uns gesucht? Etwas stimmt nicht."

Aybron lachte spöttisch. „Man könnte fast glauben, daß Sie einen Angriff der Bunkerköpfe herbeisehnen."

„Immer noch besser als diese Ungewißheit", gab Belchman gereizt zurück.

„Ich wünschte, Redhorse käme endlich wieder", mischte sich Sanchon ein. „Wir hätten einen Zeitpunkt für seine Rückkehr ausmachen sollen. Inzwischen ist ihm vielleicht etwas zugestoßen, ohne daß wir es wissen."

„Ich denke, dazu ist Redhorse zu umsichtig", erklärte Lope Losar. „Das ist ein Mann, der genau weiß, was er zu tun hat. Ich bin froh, daß er der Chef unserer Gruppe ist."

„Dieses verdammte Geplätscher der kochenden Brühe übertönt jedes andere Geräusch", schimpfte Belchman. „Redhorse müßte schreiben, wenn er sich mit uns verständigen wollte."

Sanchon fühlte Ärger in sich aufsteigen. Warum mußte Belchman ständig nörgeln? Wenn er so weitermachte, würde er sie alle noch mit seiner Nervosität anstecken.

„Seien Sie endlich ruhig!" fuhr er den Mediziner an.

Die Zeit verstrich, ohne daß Redhorse zurückkam. Sanchon begann sich ernsthafte Sorgen zu machen. Was sollten sie tun, wenn dem Captain etwas zugestoßen war? Nebeneinander kauerten die vier Besatzungsmitglieder der CREST II an der Wand. Auch Belchman schwieg jetzt. Das einzige Geräusch, das aus ihren Reihen kam, war ein rhythmisches Klopfen, das immer dann ertönte, wenn Losar mit dem Kolben seiner Pistole auf den Boden schlug.

Plötzlich gab es einen trockenen Knall. Sanchon zuckte zusammen. Er sah Belchman langsam nach vorn kippen, die Augen weit aufgerissen und die Arme ausbreitend.

„Deckung!" schrie Losar, der sich zuerst von der Überraschung erholte. Da erst begriff Sanchon, daß ein Schuß gefallen war. Sanchon ließ sich flach auf den Boden gleiten. Sich nach allen Seiten umblickend, robbte er auf den bewegungslosen Belchman zu. Aybron war hinter der Wand verschwunden. Der Waffenmeister hatte sich mit einigen Sprüngen hinter einer Maschine in Deckung gebracht.

Sanchon streckte die Hand aus und berührte Belchmans Arm. Der Kopf des Mediziners fiel zur Seite. Sanchon arbeitete sich noch ein Stück näher an den Getroffenen heran. Belchmans Lippen bebten.

Der Techniker kauerte in ohnmächtiger Wut neben Belchman. Er hatte das Gefühl, irgend etwas sagen zu müssen, aber er konnte nur daliegen und den Arm des anderen festhalten.

„Ich bin getroffen", flüsterte Belchman.

Er wälzte sich herum, so daß Sanchon die Einschußstelle in der Brust sehen konnte. Einen Augenblick schloß Sanchon entsetzt die Augen.

„Wir bringen Sie hier heraus", sagte er grimmig. In diesem Moment glaubte er an das, was er sagte, obwohl ein anderer Teil seines Bewußtseins schon davon überzeugt war, daß der Mediziner sterben würde.

Wieder fiel ein Schuß. Sanchon zog den Kopf ein. Er spähte an Belchman vorüber, ohne einen Gegner zu Gesicht zu bekommen. Der Roboter, der auf sie schoß, mußte in sicherer Deckung liegen.

„Verschwinden Sie", sagte Belchman matt.

„Hier können Sie nicht bleiben", antwortete Sanchon entschlossen. „Ich bringe Sie in Sicherheit."

Er schob sich unter die Beine des Mediziners. Der Boden war so glatt, daß er den leichten Belchman ohne große Anstrengung davonziehen konnte. Belchman stöhnte. Sanchon erreichte mit seiner Last die Wand und hielt an.

Belchman zerrte mühevoll seine Pistole heraus. Er war so schwach, daß er die Waffe auf seine Oberschenkel fallen ließ. Sein hageres Gesicht war blaß, die Augen glänzten wie im Fieber.

Der nächste Schuß schlug unmittelbar neben Sanchon in die Wand ein. Mit einem Ruck riß Belchman die Waffe hoch und drückte ab. Dann fiel er gegen Sanchon. Als der Techniker ihn wegschob, merkte er, daß Belchman tot war. Einen Augenblick löschte der Schmerz jedes anderes Gefühl in ihm aus. Er kauerte sich neben dem Toten an die Wand. Von dem heimtückischen Schützen war nichts zu sehen. Beinahe zögernd griff Sanchon nach Belchmans Waffe. Mit einem Satz sprang er auf und rannte zu Losar hinüber. Zwei Geschosse pfiffen über ihn hinweg. Das Blut hämmerte gegen seine Schläfen. Der Dampf legte sich wie ein dumpfer Druck auf seinen Kopf.

Losar sah mitleidig zu Belchman hinüber.

„Er ist tot", sagte Sanchon, um zu verhindern, daß Losar ihn danach fragte. Er wollte nicht über Belchmans Ende sprechen. Der Waffenmeister schien das zu spüren.

Schließlich fragte Losar: „Wo ist Aybron?"

Sanchon machte eine unbestimmte Geste. „Ich habe ihn hinter der Wand verschwinden sehen."

„Wir müssen zusammenbleiben", murrte Losar. „Einzeln haben wir keine Aussichten, die Roboter zurückzuhalten."

Warum war Redhorse nicht zurückgekommen? überlegte Sanchon. Er mußte die Schüsse gehört haben, daran bestand kein Zweifel. Oder hatte ihn das gleiche Schicksal ereilt wie Belchman?

Mit dem Rücken gegen die Maschine gelehnt, beobachtete Losar den Platz zwischen dem Ende der Wand und dem großen Behälter. Kein einziger Bunkerkopf war zu sehen. Sanchon hätte sich sicherer gefühlt, wenn die Bewohner Llalags in einer geschlossenen Reihe auf sie zumarschiert wären. Das hätte ihm die Möglichkeit gegeben, sich zu verteidigen. Statt dessen lag er hilflos da und mußte damit rechnen, von einem Schuß aus dem Hinterhalt getroffen zu werden.

„Wir müssen Redhorse suchen", sagte Losar. „Wir werden versuchen, von hier aus zu den Kabinen vorzudringen."

269

„Was geschieht, wenn der Captain hierher zurückkommt und uns nicht antrifft?" gab Sanchon zu bedenken.

Lope Losar nickte schweigend zu Belchman hinüber. „Redhorse wird sich denken können, was geschehen ist, wenn er wirklich hier auftaucht."

In Sanchons Entschlossenheit, die Bergfestung lebend zu verlassen, mischten sich Zweifel, ob Losars Vorhaben durchführbar war. Überall konnten Roboter lauern, die nur darauf warteten, daß sich einer der Gegner offen zeigte.

Auf der anderen Seite der Wand fielen rasch hintereinander mehrere Schüsse. Sanchon schaute zu Losar.

„Aybron!" stellte der Waffenmeister lakonisch fest.

Beinahe gleichzeitig sprangen sie auf und verließen ihre Deckung. Unmittelbar neben einer weiter entfernten Kabine glaubte Sanchon eine Bewegung zu erkennen. Er gab einen Schuß ab, ohne zu wissen, auf was er feuerte.

Als sie um die Wand bogen, sahen sie Aybron am Rand des Behälters knien. Der Astronom wurde von sieben Robotern angegriffen, die durch den Behälter auf Aybron zugewatet kamen. Die kochende Flüssigkeit schäumte auf. Faustgroße Blasen zerplatzten an ihrer Oberfläche. Immer wieder duckte sich Aybron unter den Rand der Riesenwanne, um nicht getroffen zu werden.

Da trat aus der Kabine unmittelbar hinter Aybron ein Bunkerkopf. Er trug keine Waffe bei sich, aber er rannte mit ausgestreckten Armen auf den ahnungslosen Astronomen zu. Sanchon beobachtete die Szene wie gelähmt. Losar gab einen Schuß auf den neu aufgetauchten Gegner ab, doch er traf nur den Hals des Bunkerkopfes.

Der Roboter war schneller, als Sanchon erwartet hatte. Er packte Aybron an den Hüften und riß ihn hoch. Sanchon wagte nicht zu schießen, denn jetzt, da er sich von seiner Überraschung erholt hatte, mußte er befürchten, Zantos Aybron zu treffen.

In Aybrons Gesicht zeigte sich weder Erschrecken noch Furcht, eher eine nicht zu bändigende Hartnäckigkeit. Die Metallarme des Bunkerkopfes hoben Aybron über den Rand der Wanne.

Wenige Sekunden später mußte der Astronom in die kochende Flüssigkeit stürzen. Wieder schoß Losar. In diesem entscheidenden Augenblick besaß er genügend Nervenkraft, um sorgfältig zu zielen.

270

Der Roboter, der Aybron hochstemmte, begann zu taumeln. Aybron zappelte in seinen Greifhänden, ohne sich befreien zu können. Die sieben Roboter, die vorübergehend stehengeblieben waren, kamen mit erhöhter Geschwindigkeit heran.

Da stürzte Aybron. Einen schrecklichen Augenblick lang rutschte er über den Rand des Behälters, dann landete er unsanft außerhalb auf dem Boden. Der Bunkerkopf dagegen brach endgültig zusammen.

Da spürte Oleg Sanchon ein leichtes Prickeln auf dem Kopf. Er legte den Kopf in den Nacken und schaute nach oben. Eine übelriechende Flüssigkeit rieselte auf ihn herab. Sie erzeugte das Prickeln auf der Haut. Sanchon begriff, daß eines der unzähligen Rohre durch einen Schuß leckgeschlagen war.

Losar war neben Aybron angelangt und zog ihn auf die Beine. Sanchon flüchtete aus dem Bereich des Sprühregens. Er wunderte sich, daß die Bunkerköpfe nicht auf ihn schossen. Zögerten sie, weil er sich unmittelbar neben einer Kabine aufhielt?

Sanchon vernahm ein lautes Klatschen. Fast gleichzeitig legte sich ein Netz über ihn und warf ihn durch sein Gewicht zu Boden. Er schrie auf und kämpfte um seine Freiheit, doch er verstrickte sich immer stärker innerhalb des Geflechts. Es gelang ihm jedoch, sich hinter der Kabine in Deckung zu bringen. Gleich darauf tauchten Losar und Aybron neben ihm auf und zerrten an den Fesseln.

„Es wird mich zerschneiden", krächzte Sanchon. Panik überfiel ihn. Seine Muskeln spannten sich an, aber auch damit konnte er der Verengung des Netzes nicht entgegenwirken. Völlig eingeschnürt lag er da, während Losar und Aybron ihn mit den bloßen Händen zu befreien versuchten.

Das Atmen fiel Sanchon immer schwerer. Das Blut konnte nicht mehr richtig zirkulieren. Das Material, aus dem das Netz bestand, war unglaublich zäh und widerstand allen Bemühungen Losars und Aybrons.

„Bringt mich in eine Kabine", sagte Sanchon keuchend. Er wußte nicht, wie er auf diesen Gedanken kam, er wußte nur, daß er in wenigen Minuten tot sein würde, wenn nicht etwas geschah, was das Netz aufhielt.

Lope Losar war kein Mann, der lange diskutierte. Er ergriff den schweren Sanchon unter den Schultern und schleifte ihn auf den

Kabineneingang zu. Aybron machte sich am Verschluß der Tür zu schaffen, doch erst, als er ihn zerschoß, sprang die Tür auf. Ein Roboter ohne Kopf torkelte ihnen entgegen.

Losar zerrte Sanchons verschnürten Körper ins Innere. Der Techniker sah, wie Aybron die untere Schädelhälfte eines Roboters von einem Tisch stieß.

„Schließt die Tür", brachte Sanchon hervor.

Losar ließ ihn behutsam zu Boden gleiten. Sanchon rang nach Atem. Da spürte er, wie sich die Fesseln lockerten. Das Netz zerfiel in kurzer Zeit in einzelne Teile, die sich nicht mehr bewegten. Sanchon versuchte zu grinsen. Während er allmählich die Kontrolle über seine Glieder zurückgewann, wurde die Tür aufgerissen.

Vor der Kabine, eingehüllt in Schwaden von Dampf, drängte sich eine Horde bewaffneter Bunkerköpfe.

Redhorse kam so plötzlich wieder zu sich, daß ihm die Wiedererlangung seines Bewußtseins wie das Erwachen aus einem Alptraum vorkam.

Mit dem Ende der Ohnmacht setzten die Schmerzen in seinem Hinterkopf ein. Als er die Augen aufschlug, blickte er in ein Meer farbiger Kreise, die langsam zu rotieren schienen. Er brauchte einige Sekunden, um zu begreifen, daß diese Kreise Wirklichkeit waren. Sie gehörten zum Teil eines beweglichen Bildes, das sich, sobald Redhorse den Kopf bewegte, als ovale Leinwand entpuppte, die etwa zehn Meter vor ihm eine Wand bedeckte. Die Kreise veränderten sich und nahmen andere Formen an. Don Redhorse stöhnte. Seine tastenden Hände fühlten, daß er auf einer weichen Unterlage ruhte, den Kopf so hochgestützt, daß er die Leinwand sehen konnte. Die heftigen Schmerzen ließen Redhorses Verstand nur langsam arbeiten. Die Erinnerung kehrte zurück. Er befand sich nicht in der CREST II, wie er im Augenblick seines Erwachens geglaubt hatte, sondern im Innern einer Bergfestung, der er den Namen Llalag gegeben hatte.

Mit einem Ruck fuhr Redhorse hoch – nur um zu entdecken, daß er an das Lager gefesselt war. Ein netzartiges Gebilde hing so über ihm, daß seine Bewegungsfreiheit eingeschränkt war.

Redhorse stellte fest, daß er sich in einem quadratischen Raum befand. Über ihm schwebten zylinderförmige Kapseln unter der Dekke. Sie drehten sich um ihre eigene Achse, alle in der gleichen Richtung. Über den Zylindern hingen Deckenleuchten, die das Zimmer erhellten. Redhorse sah zwei Eingänge, einer davon befand sich direkt neben der eigenartigen Leinwand.

Redhorse sank zurück und entspannte sich. Er spürte keine Furcht, denn wer immer ihn hierhergebracht hatte, schien nicht zu beabsichtigen, ihn zu töten – jedenfalls jetzt noch nicht. Auf der Leinwand veränderte sich das Bild. Aus schattenhaften Umrissen formte sich etwas, das Don Redhorse bekannt vorkam. Er erkannte, daß er eine Landschaft auf der Oberfläche Horrors vor sich hatte. Die Kamera war über weite Täler hinweggeschwebt und hatte das Panorama großer Städte eingefangen. Redhorse sah weiße Gebäude, ausgedehnte Parkanlagen und in der Sonne glitzernde Seen. Das alles existierte nicht mehr. Es war vergangen, lange bevor die Terraner hier erschienen waren.

Sprunghaft wechselte das Bild und zeigte Krieg, Vernichtung und Chaos. Der Schauplatz war nun nicht mehr nur die Oberfläche, sondern auch die dritte Etage von Horror. Redhorse wurde Zeuge, wie ganze Städte pulverisiert wurden. Atompilze schossen in die Atmosphäre, leuchtende Wolken huschten über das Land und schleuderten feurige Blitze hinab. Die Städte versanken in Schutt und Asche. Der gigantische Krieg zwischen den Oberflächenwesen und den Denkern von der dritten Etage hatte seinen Anfang genommen. Das Ergebnis dieser Auseinandersetzung war dem Captain bekannt: Die beiden Völker hatten sich gegenseitig praktsich ausgerottet.

Die unbekannten Kameraführer hatten Szenen von den Polstationen gefilmt, die während des Krieges entstanden waren. Redhorse begriff. Die Denker hatten im letzten Stadium des Krieges eine fürchterliche Waffe gegen die Oberflächenbewohner eingesetzt: den Potential-Verdichter. Das bedeutete, daß nicht die Meister der Insel für die Verkleinerung verantwortlich waren, sondern die Denker, die mit den beiden Polstationen im letzten Augenblick den Krieg zu ihren Gunsten entscheiden wollten. Ob sie sie allerdings auch errichtet hatten, blieb sehr zweifelhaft. Dazu reichte ihre Technologie nicht aus. Redhorse dachte eher daran, daß die fliegende Festung sie hier installiert haben könnte – im Auftrag der Beherrscher Andromedas.

273

Weitere Aufnahmen machten Redhorse deutlich, was nach dem Krieg geschehen war. Wie er bereits vermutet hatte, waren die wenigen Überlebenden der *Oberen* auf der Oberfläche degeneriert. Durch fortlaufende Mutation hatten sie sich schließlich so verändert, daß sie nur noch in Schutzhüllen lebensfähig waren, die von einfachen Robotern transportiert werden mußten.

Redhorse versuchte zu verstehen, warum man ihm diese Bilder zeigte. Suchte man nach Verständigungsmöglichkeiten oder – Redhorse lächelte traurig – erwartete man Hilfe von ihnen? Für Redhorse war es schwierig, sich auch nur eine schwache Vorstellung von der Mentalität jener Wesen zu machen, die jetzt als unselbständige Degenerationsprodukte in Metallschalen lebten. Einem Terraner war es unmöglich, geistige Reaktionen einer solchen Lebensform zu begreifen. Selbst der Film, den der Captain gesehen hatte, gab keine Aufschlüsse über die Bunkerköpfe, denn jene, die die Aufnahmen gemacht hatten, waren wahrscheinlich völlig anders gewesen.

Konnten die Bunkerköpfe überhaupt verstehen, woher Redhorse und seine Begleiter kamen? Wußten zwei Millimeter große Geschöpfe noch etwas von Weltraumfahrt oder Astronomie? Nein, dachte Redhorse, das alles hatten sie bestimmt vergessen. Die Tragik des Untergangs dieses Volkes kam dem Offizier schmerzhaft zum Bewußtsein.

Redhorse wurde aus seinen Gedanken gerissen, als sich die Tür neben der Leinwand öffnete und drei Bunkerköpfe hereinkamen. Unmittelbar neben seinem Lager blieben sie stehen. Ihre Köpfe besaßen keine Augen, aber Redhorse war sicher, daß diese Wesen ihn durch einige der vielen Linsen beobachten konnten. Es war unangenehm, nicht zu wissen, von welcher Seite man angestarrt wurde.

Einer der Bunkerköpfe zeigte zur Leinwand.

Redhorse nickte heftig. Ja, er hatte verstanden. Er hob seine Hand, legte den Daumen in die Innenseite und streckte den Wesen vier Finger entgegen. Vielleicht begriffen sie, daß er nach seinen Begleitern fragte.

Einer der Bunkerköpfe sprühte etwas Flüssigkeit über das Netz, das Redhorse gefangenhielt. Gleich darauf war der Captain frei. Er richtete sich langsam auf, um die drei Fremden nicht zu einer unbedachten Handlung zu veranlassen. Seine Pistole war verschwunden, es war also sinnlos, daß er sich zur Wehr setzte.

274

Die drei Roboter führten Don Redhorse aus dem Raum. Sie gelangten in ein düsteres Gewölbe, das nur von wenigen Lampen erhellt wurde. Redhorse vermutete, daß sie sich tief unter der Gebirgsfestung befanden. Überall sickerte Wasser von der Decke. Die Luft war schlecht. Redhorse glaubte das Stampfen einer Maschine zu hören, vielleicht handelte es sich um eine Pumpe. Vor einem Metallgitter blieben die Bunkerköpfe stehen. Das Gewölbe verbreiterte sich an dieser Stelle und mündete in einen trichterförmigen Schacht. Aasgeruch schlug Redhorse entgegen. Einen fürchterlichen Augenblick lang dachte er, daß man ihn in den Schacht stoßen würde, doch dann öffneten die Bunkerköpfe das Gitter und gingen vor Redhorse auf das Loch zu.

Zögernd folgte ihnen der Captain. Sie warteten geduldig, bis er neben ihnen stand. Da ertönte ein Brüllen, das die Erde erzittern ließ. Redhorse wich halb betäubt zurück. Die Bunkerköpfe warfen sich auf den Boden und ruderten mit den Armen. Verwirrt näherte sich Redhorse dem Schachtrand. Sein Puls jagte. Er reckte sich weit vor, um einen Blick in die Tiefe zu wagen.

Die Bunkerköpfe gebärdeten sich wie toll. Redhorse begann zu ahnen, daß sie durch ihr Verhalten Ehrfurcht ausdrücken wollten. Der Captain glaubte einen bösen Traum zu erleben. Zunächst sah er nur die graue Wand auf der anderen Seite des Schachts. Dann erblickte er das Ungeheuer. Es war so gewaltig, daß der Captain nur einen Teil von ihm sah. Es lag auf dem Grund des Schachts, halb in einer grünen Flüssigkeit versunken. Für Redhorses Begriffe war es über zehn Meter groß. Es besaß vier Beine mit scharfen Krallen. Sein Fell war zum größten Teil ausgefallen, so daß die nackte Haut sichtbar wurde. In Redhorse stieg eine böse Ahnung auf. Hier hatte er den Nachfolger jenes bedauernswerten Geschöpfes vor sich, das er und die anderen Männer in der großen Werkhalle gesehen hatten. Nahrung für die Bunkerköpfe. Organisches Leben war so selten geworden, daß die Bewohner Llalags ihm beinahe mit Verehrung begegneten. Doch das hinderte sie nicht daran, zu verspeisen, was sie als Gottheit zu betrachten schienen.

Mit einem Schlag wurde Captain Don Redhorse klar, warum man ihn hierhergeführt hatte. Die Bunkerköpfe wollten leben. Und proteinreiche Nahrung war knapp.

Oleg Sanchon spürte, wie sich Losars Hand beruhigend auf seinen Arm legte.

„Lassen Sie die Waffe unten", raunte ihm der Waffenmeister zu. „Oder wollen Sie, daß man uns zusammen mit dieser Kabine in die Luft jagt?" Aus Losars Stimme klang keine Resignation. Im Gegenteil: Sanchon spürte die Entschlossenheit des Mannes, die richtige Gelegenheit zum Zuschlagen abzuwarten.

Einer der Bunkerköpfe kam herein und holte den Kopf, den Aybron auf den Boden geworfen hatte. Sanchon erwartete jeden Augenblick, von einem Schuß getroffen zu werden.

„Wir sitzen in der Falle", sagte er. „Die Burschen haben allen Grund, uns unsanft zu behandeln."

In Losars großporigem Gesicht war keine Regung zu erkennen. Auch dann nicht, als ein weiterer Gegner hereinkam und ihnen die Pistolen abnahm.

Schließlich machte man ihnen klar, daß sie den kleinen Raum verlassen sollten. Als sie aus der Kabine gingen, stellten sie fest, daß sich mindestens dreißig Bunkerköpfe versammelt hatten. Die Roboter waren ausnahmslos bewaffnet.

Sanchon bemerkte, daß Losars Wunde wieder blutete. Der Waffenmeister zog das verletzte Bein etwas nach, doch er gab durch nichts zu erkennen, daß er Schmerzen hatte.

Die Menge der Bunkerköpfe bildete eine Gasse. Den drei Terranern blieb nichts anderes übrig, als weiterzugehen. Als Sanchon zurückblickte, sah er, daß ihnen drei Bunkerköpfe folgten. Die Waffen der Gegner waren drohend auf die Rücken der Raumfahrer gerichtet.

Sie kamen an einer Reihe von Maschinen vorbei. Hier war der Dampf nicht so dicht. Sanchon konnte erkennen, daß sie sich einer Wand näherten. Die drei Bunkerköpfe überließen es den Terranern, das Tempo zu bestimmen. Sie erreichten die Wand und gingen einige Zeit daran entlang. Als sie vor einer Tür ankamen, mußten sie anhalten. Der Eingang wurde von einem Bunkerkopf geöffnet, dann stieß man sie in einen dunklen Raum. Die Tür wurde zugeschlagen. Sanchon trocknete sich das schweißnasse Gesicht ab. Die Luft, die er atmete, roch nach Moder und Verwesung. Er wünschte, er hätte etwas sehen können. Er hörte, wie sich Losar und Aybron in der Dunkelheit bewegten.

Sanchon tastete sich dorthin, wo er den Eingang vermutete. Seine ausgestreckten Hände berührten die feuchte Wand. Von verschiedenen Stellen hörte er das Tropfen von Wasser. Der Techniker war entschlossen, einen Ausweg aus diesem Gefängnis zu finden. Er fragte sich jedoch, ob Entschlossenheit allein dazu genügen würde.

„Ich habe die andere Wand erreicht", sagte Zantos Aybron in diesem Augenblick. „Der Raum ist genau sieben Meter breit."

Kurz darauf stellte Lope Losar fest, daß ihr Gefängnis neun Meter lang war. Die Höhe konnten sie nicht messen. Auch als Sanchon auf Losars Rücken kletterte, vermochte er die Decke nicht zu berühren. Der Raum war vollkommen leer. In der Nähe des Eingangs war der Boden nicht so feucht wie im übrigen Raum. Dort ließen sich die drei Männer nieder. Sanchon aß etwas von den Nahrungskonzentraten, die er bei sich hatte. Er bot Losar und Aybron davon an, doch die beiden Männer lehnten ab.

Sanchon hatte das Gefühl, daß ihn Belchmans gebrochene Augen aus der Finsternis heraus anstarrten. Der Boden, auf dem sie saßen, schien leicht zu vibrieren, das konnte bedeuten, daß unter ihnen ein Raum mit großen Kraftanlagen war.

Je länger sie warteten, desto schneller schwand Oleg Sanchons Zuversicht dahin. Er war sich darüber im klaren, daß sie ohne technische Hilfsmitel keine Chance zur Flucht hatten.

Sanchon wußte nicht, wieviel Zeit verstrichen war, als Zantos Aybron sagte: „Losar, schrauben Sie meine Rückenplatte ab."

Redhorses Gehirn wurde zu einer präzis funktionierenden Maschine, die jede gefühlsmäßige Beeinflussung unterdrückte. Der Grund, weshalb man ihn in dieses Gewölbe gebracht hatte, war so ungeheuerlich, daß der Captain sich zum sofortigen Handeln entschloß.

Redhorse wußte, daß ihn jedes weitere Zögern dem Verderben aussetzen mußte. Ohne die drei Bunkerköpfe aus den Augen zu lassen, zog er sich einige Schritte zurück. Die drei Fremden lagen nur einen Meter vom Rande des Schachts entfernt. Wieder erscholl das Brüllen und ließ die Wände erbeben.

Don Redhorse sprang mitten unter die drei Bunkerköpfe, die noch immer in wilder Verzückung mit den Armen um sich schlugen. Der

Captain machte der Zeremonie ein Ende, indem er einen der drei an den Beinen packte und mit einem Ruck in den Schacht stieß. Mit einem dumpfen Klatschen landete der Körper in der Tiefe. Das Monstrum begann zu toben. Wasserfontänen spritzten über den Rand des Schachtes. Unerträglicher Gestank breitete sich aus. Redhorse hatte den zweiten Bunkerkopf an den Beinen umklammert. Dieser war jedoch gewarnt und stemmte sich mit den Armen verzweifelt gegen den Boden. Redhorse wußte, daß er verloren war, wenn der dritte Gegner in den Kampf eingriff. Er drückte mit aller Kraft, um den schweren Metallkörper in den Schacht zu stoßen. Der Bunkerkopf wollte sich herumwerfen. Redhorse verlor sein Gleichgewicht und stürzte. Dabei mußte er seinen Widersacher loslassen. Unmittelbar neben dem Schacht gelang es Redhorse, einen Arm des Roboters zu fassen. Da war der dritte Gegner heran und wollte sich auf Redhorse werfen. Redhorses einziger Vorteil war seine Schnelligkeit – und diese nutzte er aus. Blitzschnell wich er zur Seite, am Rande des tödlichen Abgrundes. Die beiden Metallkörper krachten aufeinander. Redhorse warf sich auf den Rücken und stemmte beide Füße gegen die ineinander verschlungenen Bunkerköpfe.

So stieß er sie in die Tiefe.

Er hörte sie aufprallen und lag eine Weile zitternd da, gegen Übelkeit und Atemnot ankämpfend. Wäre er in diesem Augenblick angegriffen worden, er hätte sich nicht wehren können. Er war sich bewußt, daß er gegen Wesen kämpfte, die verzweifelt um jede Existenzmöglichkeit rangen. Das um so mehr, weil sie ein unnatürliches Dasein führten, das kaum noch als Leben zu bezeichnen war. Die Bunkerköpfe waren eine schreckliche Monstrosität, eine Lebensform, die unter normalen Umständen längst ausgestorben wäre. Die Bewohner Llalags klammerten sich jedoch mit aller Macht an ihr Leben, obwohl sie dazu verdammt waren, sich von primitiven Robotern herumtragen zu lassen.

Redhorse hatte nur noch den Wunsch, Llalag so schnell wie möglich zu verlassen. Er fror, als er sich schließlich erhob, obwohl es innerhalb des Gewölbes ebenso heiß wie in anderen Teilen der Festung war. Er wußte, daß er hier nicht bleiben durfte, denn früher oder später würden andere Bunkerköpfe auftauchen. Die Frage, warum man ihm den Film gezeigt hatte, würde wohl unbeantwortet bleiben. Wollte man ihn, bevor man ihn seiner entsetzlichen Bestimmung übergab, noch informieren? Redhorse ahnte, daß man auch ihn verehrt hätte, wenn es den Bunkerköpfen gelungen wäre, ihn irgendwo zu konservieren. Vielleicht gehörte die Vorführung dieser Filme bereits zu der Zeremonie.

Voller Sorge dachte der Captain an seine vier Begleiter. Er mußte unter allen Umständen zu ihnen zurückfinden. Sie mußten gewarnt werden, damit ihnen nicht ein Schicksal bereitet wurde, dem Redhorse nur mit knapper Not entronnen war.

Vorerst entronnen, dachte der Captain grimmig, denn noch war er nicht in Sicherheit.

Allmählich gewann er seine ruhige Überlegung zurück. Im Schacht war es ruhig geworden. Redhorse spürte kein Verlangen, noch einmal hinabzublicken. Er kehrte in das Gewölbe zurück. Da er nicht wußte, in welchem Teil der Festung er sich jetzt befand, mußte er sich vorsichtig bewegen, um nicht den Bunkerköpfen in die Hände zu fallen. Es war müßig, darüber nachzudenken, wohin man ihn geschleppt hatte, nachdem er ohne Bewußtsein gewesen war.

Redhorse gelangte wieder in den Raum, in dem er erwacht war. Zu seiner Erleichterung fand er ihn leer. Er schloß die Tür hinter sich. Aber auch hier konnte er nicht bleiben. Er mußte versuchen, durch den anderen Eingang zu entkommen.

Mit langen Schritten erreichte der Terraner die zweite Tür. Sie ließ sich leicht öffnen. Vorsichtig spähte Redhorse hinaus. Er blickte in eine ausgedehnte Halle voller Maschinen. Kühle Luft schlug ihm entgegen. Nirgends gab es Spuren von Dampf oder Feuchtigkeit. Redhorse schloß daraus, daß diese Halle von besonderer Wichtigkeit war. Vielleicht hatte er die Steuerzentrale Llalags vor sich.

Zwischen den Maschinen bewegten sich einzelne Bunkerköpfe. Redhorse traute sich zu, unbeobachtet auf die andere Seite zu gelangen. Seinen wachsamen Augen blieb nichts verborgen. Über verschiedenen Anlagen hingen leuchtende Bildschirme. Eines der Geräte war so nahe, daß Redhorse deutlich eine Berglandschaft auf der Mattscheibe erkennen konnte. Das Bild wechselte. Der Captain blickte jetzt in den Talkessel, in dem auch die CREST II stand. Redhorse unterdrückte einen Ausruf. Seine Vermutung, die Befehlszentrale vor sich zu haben, schien sich zu bestätigen. Von hier aus konnten die

279

Bunkerköpfe das Tal beobachten. Redhorse nahm an, daß von dieser Halle aus auch die Waffen bedient wurden, mit denen man den Oldtimer abgeschossen hatte. Diese Erkenntnis änderte die Pläne des Terraners.

Redhorse war kein Mann, der seine Fähigkeiten überschätzte. Er wußte, daß er allein nicht viel auszurichten vermochte. Nur zusammen mit seinen Begleitern hatte er eine Chance, sein Ziel zu erreichen. Redhorse vergewisserte sich, daß der Ausgang des Filmraumes von keinem Bunkerkopf beobachtet wurde, dann hastete er auf zwei steil aufragende Säulen zu. Als er dort ankam und zurückblickte, mußte er feststellen, daß er einen schweren Fehler begangen hatte. Die Sohlen seiner Stiefel waren noch mit feuchtem Schlamm bedeckt gewesen. Auf dem sauberen Boden zeichnete sich jetzt eine deutliche Spur ab.

Doch jetzt hatte er keine Zeit, sich Vorwürfe zu machen. Er mußte von hier verschwunden sein, bevor ein Bunkerkopf die Abdrücke entdeckte und den richtigen Schluß daraus zog.

Schnell zog Redhorse die Stiefel aus und wischte die Sohlen an seiner Hose ab. Er mußte verhindern, daß die Gegner einfach seinen Spuren nachgingen. Erst, als er überzeugt sein konnte, daß die Stiefelsohlen ihn nicht mehr verraten konnten, zog er die Schuhe wieder an. Auch jetzt überstürzte Redhorse nichts. Wenn man ihn entdeckte, war es immer noch früh genug für eine ziellose Flucht. Der Captain zwängte sich zwischen den Säulen hindurch. Unmittelbar vor ihm erhoben sich zwei schwere Maschinen. Dahinter sah Redhorse eine Schalttafel mit unzähligen Kontrollen. Er mußte dem Wunsch widerstehen, die Kabelstränge einfach herauszureißen. Dadurch hätte er nichts gewonnen. Die Zerstörung mußte ausreichen, um die Bunkerköpfe für längere Zeit daran zu hindern, das Tal unter Beschuß zu nehmen. Dazu genügte es nicht, blindlings einige Kontrollen funktionsunfähig zu machen.

Redhorse beherrschte die Kunst der lautlosen Fortbewegung vollendet. Nicht nur das, sein sicherer Instinkt konnte blitzschnell die Bedeutung eines Geräusches erklären, so daß er in jedem Fall zweckentsprechend reagieren konnte. Durch das Training auf der Raumakademie waren die alten Fähigkeiten seines Volkes in Redhorse wieder geweckt worden. Don Redhorse galt als tollkühner Draufgänger. Er hätte jedoch nie Offizier werden können, wenn er es nicht verstanden hätte, sein Draufgängertum nur dann einzusetzen, wenn es angebracht war. Auch für Redhorse kam das Einschätzen einer Gefahr vor dem Handeln. Selbst dann, wenn er losschlug, arbeitete sein Verstand unbeeinflußt von allen Geschehnissen weiter. Dabei war der Captain alles andere als gefühlsarm.

Auch jetzt, als Redhorse zwei Bunkerköpfe neben der Stellwand auftauchen sah, wußte er im gleichen Moment, daß er abwarten mußte, bis sie sich zurückgezogen hatten, selbst auf die Gefahr hin, daß man inzwischen seine Spuren entdeckte.

Dicht an die Rückwand einer Maschine gepreßt, wartete Redhorse, daß die beiden Trägerkörper von ihren organischen Herren in eine andere Richtung gesteuert wurden. Die Geräusche, die bis zu Redhorse klangen, genügten ihm, um genau zu wissen, was die beiden Bunkerköpfe taten. Endlich wurde es in seiner nächsten Umgebung ruhig. Redhorse schlüpfte aus der Deckung hervor. Es gelang dem Terraner, bis in die Mitte der Halle vorzudringen. Dann mußte er sich abermals verstecken, weil vor ihm einige Bunkerköpfe auftauchten. Er kroch unter die Bodenwanne eines Getriebekastens, während die Roboter in der Nähe vorbeigingen. Redhorses Gedanken beschäftigten sich mit der CREST und ihrer Besatzung. Hoffentlich beging Perry Rhodan nicht den Fehler, schon jetzt ein zweites Flugzeug abzuschicken. Das konnte für einige Männer den sicheren Tod bedeuten.

Die Vorstellung, daß die metallischen Geräusche von Aybrons Rükken herrührten, ließ Oleg Sanchon erschauern. Der Waffenmeister schien keine solche Hemmungen zu kennen, denn Sanchon hörte ihn mit sicheren Griffen arbeiten.

„Vielleicht verraten Sie uns, was das zu bedeuten hat", sagte Losar.

„Sobald Sie die Platte abgenommen haben, können Sie in einen Hohlraum greifen", erklärte Aybron. „Ihre Hände werden ein kleines Gerät spüren. Entfernen Sie alle Anschlüsse, die in meinen Körper führen, und nehmen Sie das Ding heraus."

Sanchon hörte Losar einen Pfiff ausstoßen.

„Sie brauchen dieses Maschinchen zum Leben", sagte er grob.

Aybron lachte trocken. „Sie denken, daß ich Sie verleiten will, meinem Leben ein Ende zu bereiten", stellte er fest. „Natürlich haben

Sie recht, wenn Sie sagen, daß ich dieses Gerät benötige. Ich versichere Ihnen jedoch, daß uns der Brightor helfen wird."

„Das Ding kann vielleicht die Tätigkeit einiger Ihrer Organe überwachen und anregen", gab Losar zu. „Das ist aber auch alles." Sanchon hatte einen Mann noch nie so teilnahmslos vom Tode sprechen hören.

„Als Waffenmeister sollten Sie verstehen, wie ein Brightor funktioniert", sagte Aybron, ohne die Stimme zu erheben. „Wäre es nicht möglich, ein solches Gerät so zu bauen, daß es auch als Bombe funktioniert?"

„Ohne weiteres", gab Losar zu. „Doch dazu sind wir außerstande."

„Mein Brightor", erwiderte Aybron ruhig, „ist bereits eine Bombe."

Diesen Worten folgte Stille. Sanchon hörte nur Losars schweres Atmen. Sanchon hätte gern gewußt, worum es ging. Er verstand nur, daß in Aybrons Silberrücken eine kleine Maschine eingelassen war, die nicht nur Leben erhalten, sondern auch als Bombe benutzt werden konnte.

„Zum Teufel mit Ihrem Brightor!" rief Losar erregt. Zum erstenmal schien der mürrische Mann seine Fassung verloren zu haben. „Ich glaube nicht, daß Sie ihn für einen doppelten Zweck konstruieren ließen. Warum sollten Sie eine Bombe mit sich herumschleppen?"

„Ich bin ein todkranker Mann", erwiderte Aybron mit einer Gelassenheit, als erkläre er eine mathematische Formel. „Ich müßte früher oder später unter fürchterlichen Schmerzen sterben. Die Schmerzen würden mich in ein hilfloses, wimmerndes Geschöpf verwandeln. Soweit will ich es nicht kommen lassen. Deshalb wird der Brightor explodieren, bevor dieser Zeitpunkt gekommen ist."

Sanchon schluckte krampfhaft. Was war das für ein Mann, der eine Bombe mit sich herumschleppte, um sich irgendwann einmal in die Luft zu sprengen?

„Wie lange könnten Sie ohne den Brightor leben?" fragte Losar.

„Das weiß ich nicht", gab Aybron zurück. „Vielleicht könnte ich es schaffen, die CREST noch zu erreichen."

„Nein!" Losar schrie das Wort heraus. „Das werde ich nicht tun, Zantos Aybron. Ich werde Ihr Leben nicht opfern, um uns zu befreien."

Aus der Dunkelheit kam ein spöttisches Lachen.

„Haben Sie Angst, Waffenmeister?"

Eine solche Frage an Lope Losar zu richten, war so absurd, daß Sanchon am klaren Verstand des Astronomen zu zweifeln begann. Sanchon kniff die Lippen fest zusammen. Oder war diese Frage gar nicht so absurd? Diente sie nur dazu, Losar zu provozieren?

Sanchon hörte, daß Losar wieder an der Rückenplatte zu hantieren begann.

„Ich verschließe die Platte", sagte Losar. „Hören Sie, Aybron, ich verschließe sie."

„Diesmal werden Sie Ihren Dickschädel nicht durchsetzen", versicherte Aybron. „Wenn Sie den Brightor nicht herausnehmen, gehe ich zur Tür und zünde die Bombe."

Er würde es tun, dachte Sanchon benommen. Dieser Wahnsinnige würde sich vernichten, nur um ihnen einen Weg aus diesem Gefängnis zu öffnen.

„Ich bin noch nie auf Drohungen hereingefallen", sagte Losar mit schwankender Stimme.

Zantos Aybron stand auf. Sanchon glaubte die großen Augen in der Finsternis leuchten zu sehen.

„Wirklich nicht?" fragte er ironisch.

Dann ging er auf den Eingang zu. Sanchon hörte es deutlich an den unregelmäßigen Bewegungen, mit denen sich Aybron der Tür näherte. Der Astronom hatte sich, bedingt durch sein Silberstahlkorsett, einen ruckartigen Gang zugelegt.

„Machen Sie keinen Unsinn!" schnaubte Losar.

„Ich bin jetzt am Eingang", verkündete Aybron. „Sobald ich den Zünder betätige, gibt es kein Zurück mehr. Entscheiden Sie sich."

Sanchon begann zu schwitzen. Er hoffte, daß einer der beiden nachgeben würde. Fast gleichzeitig hörte er sich sagen: „Kommen Sie zurück, Aybron. *Ich* werde den Brightor entfernen."

„Das können Sie nicht", stellte Aybron fest. „Losar muß es tun, wenn das Gerät nicht beschädigt werden soll."

„Das ist nur ein Bluff!" schrie Losar.

Von Aybron kam keine Antwort. Sanchon erwartete jeden Augenblick, von einem Lichtblitz geblendet zu werden.

Lope Losar atmete schwer.

283

„Nun gut", brachte er hervor. „Kommen Sie zu mir, Aybron."

„Sie sind ein trickreicher Mann, Waffenmeister", meinte Aybron sarkastisch. „Sie haben sich ausgedacht, wie Sie mich überlisten können."

„Was wollen Sie noch?" erkundigte sich Losar erbost.

„Ich will Ihnen sagen, daß ich den Finger am Drücker habe, solange ich in Ihrer Nähe bin. Wenn Sie versuchen, gegen meinen Willen den Retter zu spielen, werde ich nicht zögern, die entscheidende Bewegung zu tun."

Sanchon hätte nie geglaubt, daß der wortkarge Aybron jemals soviel sprechen würde. Er wagte nicht, sich zu bewegen, als der Astronom zu Losar zurückkehrte. Losars Gelenke knackten. Dann hörte Sanchon das Rascheln von Stoff.

„Fangen Sie an", sagte Aybron ruhig.

Losar begann schweigend zu arbeiten. Sanchon war froh, daß es vollkommen dunkel war, so daß er Aybron nicht sehen mußte.

„So, die Platte ist ab", sagte Losar nach einer Weile. „Werden Sie nicht nervös, Aybron, wenn ich nach dem Brightor greife."

„Keine Sorge", erwiderte Aybron. „Wenn Sie die Kabel herausziehen, müssen Sie schnell sein."

Gleich darauf hörte Sanchon den Astronomen aufstöhnen. Losar fluchte wild.

„Haben Sie das Ding?" fragte Aybron mit verzerrter Stimme.

„Ja", brummte Losar. „Ich wünschte, ich hätte es nicht getan."

„Bringen Sie es zum Eingang", sagte Aybron. „Sie müssen die beiden oberen Kabelenden mit den unteren verbinden. An einer Seite des Brightors ist eine kleine Taste. Drücken Sie sie nach unten. Die Explosion wird fünf Sekunden später erfolgen."

„Wie hätten *Sie* die Taste erreichen wollen?" erkundigte sich Losar.

Aybron versuchte ein Lachen. Er mußte starke Schmerzen haben.

„Eine bestimmte Bewegung mit einem Rückenmuskel und . . ."

Lope Losar ging zum Eingang. Sanchon zog sich in den äußersten Winkel des Raumes zurück. Da die Decke hoch über ihnen war, hoffte er, daß der Luftdruck nicht zu stark sein würde.

„Verwechseln Sie die Kabel nicht", mahnte Aybron. Schwerfällig kam er zu Sanchon und lehnte sich mit dem Rücken gegen die Wand.

Lope Losar benötigte nur wenige Minuten. Im gleichen Augenblick, da Sanchon ihn vom Eingang wegrennen hörte, begann der Techniker im stillen zu zählen.

Eins, dachte er. Zwei, drei...

Into Belchman lag in einem offenen Metallkasten. Redhorse war so plötzlich auf den Toten gestoßen, daß er fast einen Schrei ausgestoßen hätte.

Der Kasten mit Belchman stand vor einer riesigen Maschine, hinter der Redhorse hervorgekommen war.

Stumm stand der Captain vor Belchman. Im Augenblick hatte er die Bunkerköpfe vergessen. Er zweifelte nicht daran, daß man Belchman erst nach seinem Tode hierhergebracht hatte. Der Raumfahrer war an anderer Stelle gestorben. Wo, das wußte er nicht.

Redhorse hob den Kopf. Er erwartete unbewußt, irgendwo in der Nähe seine anderen Begleiter zu sehen, ebenfalls erschossen. Es war unmöglich, Belchman aus dem Kasten zu holen und ihn irgendwo zu beerdigen.

Ich habe ihn ausgesucht, dachte Redhorse bekümmert.

Gleichzeitig sagte er sich, daß ein anderer hier liegen würde, wenn er an Belchmans Stelle einen anderen Mann für den Testflug ausgewählt hätte.

Er löste seinen Blick von dem Toten.

Don Redhorse war jetzt nur noch wenige Meter von einem großen Tor entfernt, das den Hauptzugang zu der Halle bildete. Wenn er sich orientieren wollte, mußte er zunächst einmal ins Freie. In keinem der Gebäude, die Redhorse bisher gesehen hatte, befanden sich Fenster. Redhorse glaubte zu wissen, daß die Bunkerköpfe aus unbekannten Gründen nur sehr ungern mit Tageslicht in Berührung kamen. Vielleicht waren sie so empfindlich, daß ihnen die Strahlung der drei gelben Sonnen schadete.

Unangefochten kam Redhorse neben dem Haupttor an. Es war verschlossen.

Redhorse beabsichtigte nicht, es zu öffnen, denn das hätte mit großer Wahrscheinlichkeit zu einer sofortigen Verfolgung geführt. Als er noch in der Mitte der Halle gestanden hatte, war das Tor einmal aufgeglitten. Redhorse rechnete fest damit, daß sich dieser Vorgang in

285

regelmäßigen Abständen wiederholen würde. Eine solche Gelegenheit mußte er benutzen, um die Halle zu verlassen.

Vorerst jedoch blieb ihm nichts anderes übrig, als sich unmittelbar neben dem Eingang zu verstecken.

Der Brightor detonierte in einem grellen Lichtblitz. Die Gewalt der Explosion ließ Sanchon taumeln. Er hatte den Eindruck, daß das gesamte Gebäude über ihnen zusammenbrach. Die Tür flog nach draußen. Im Licht, das jetzt hereinfiel, wirbelte dichter Staub.

Sanchon war vollkommen betäubt. Hustend begann er sich auf den Eingang zuzubewegen. Plötzlich verdunkelte sich die gewaltsam geschaffene Öffnung. Sanchon begriff nur langsam, daß es Losars breite Gestalt war, die sich vor ihn geschoben hatte. Vor ihnen lagen verstreut die Trümmer der Tür. Lope Losar kletterte ohne Zögern darüber hinweg. Sanchon blickte zurück und sah Zantos Aybron dicht hinter sich. Das Gesicht des Astronomen wirkte im einfallenden Licht geisterhaft bleich, der Staub schien einen Schleier davor zu bilden.

Das erste, was er wieder hören konnte, war das Knistern von Flammen und Losars ungeduldige Stimme, die von außerhalb des Loches kam: „Kommen Sie endlich heraus, Sanchon!"

Sanchon griff hinter sich und fand Aybrons Hand. Er schob den Astronomen vor sich aus dem raucherfüllten Raum. Beinahe dankbar registrierte er, daß Aybron das Loch in seinem Rücken mit den Kleidern wieder verdeckt hatte. Als er durch die herausgesprengte Öffnung kroch, rieselte Mörtel auf ihn herab. Hinter ihm polterten einige Steine auf den Boden. Ein Teil der Trümmer war nach draußen gefallen.

Lope Losar bestimmte die Richtung, die sie einschlugen. Jeden Augenblick mußten Bunkerköpfe eintreffen, um nach der Ursache der Explosion zu suchen. Sanchon nahm an, daß sie jetzt keine Gnade mehr erwarten durften. Losar führte sie zwischen zwei Reihen plump aussehender Maschinen hindurch. Die Dampfschwaden aus dem großen Behälter drangen bis hierher. Sanchon atmete auf, als sie in einen schmalen Seitengang eindrangen, der nicht danach aussah, als würde man ihn häufig benutzen.

Aybron litt unter Atemnot. Sanchon sah deutlich, daß der Astronom keuchend nach Atem rang. Der Verlust des Brightors begann bereits Folgen zu zeigen. Sanchon fragte sich, ob Aybron die Wahrheit gesprochen hatte, als er versichert hatte, den Zeitpunkt nicht zu kennen, da das Fehlen des Brightors zu ernsthaften Schwierigkeiten führen würde.

Der Gang machte einen scharfen Knick. Gleich darauf sah Sanchon Tageslicht durch ein offenes Tor hereinfallen. Sie konnten in einen Hof der Bergfestung sehen. Losar hob warnend den Arm.

„Warten Sie hier!" sagte er leise. „Ich werde mich erst einmal umsehen, bevor wir den Gang verlassen."

Nachdem Aybron durch den Verlust des Brightors geschwächt war, hatte Lope Losar die Führungsrolle übernommen. Der Waffenmeister ging bis zum Tor. Dort blickte er sich um und trat in den Hof hinaus. Aybron lehnte sich gegen die Wand. Sanchon betrachtete ihn mitfühlend.

„Werden Sie noch einige Zeit durchhalten?" fragte er.

„Natürlich", erwiderte Aybron. „Ich muß mich nur darauf umstellen."

Die Silhouette von Losars massigem Körper zeichnete sich wieder im hellen Rechteck des Tores ab. Er winkte den beiden anderen Männern zu. Sanchon und Aybron setzten sich in Bewegung. Der Techniker war froh, daß sie wieder ins Freie gelangten.

Lope Losar erwartete sie neben dem Eingang.

„Wir befinden uns jetzt auf der anderen Seite des Gebäudes", sagte er. „Dort drüben liegt die Außenmauer der Festung. Sie ist zu hoch, als daß wir sie übersteigen könnten. Wir müssen an jene Stelle zurück, an der man uns hereingebracht hat."

Sanchon nickte und schaute sich im Hof um. Er konnte die Außenmauer bis zu einem Eckturm verfolgen. Der Hof war T-förmig angelegt. Die drei Männer befanden sich im unteren Bereich.

„Wir müssen versuchen, durch die Hecken zu kriechen, die zwischen der Außenmauer und diesem Gebäude wachsen", erklärte Losar und zeigte in die entgegengesetzte Richtung des Eckturms. „Dann müßten wir den Weg erreichen, über den wir uns diesem Bauwerk genähert haben."

Skeptisch schaute Sanchon zu den Hecken. Sie waren so dicht, daß man nicht hindurchblicken konnte. Die verkrüppelten Wurzeln waren ineinander verschlugen. Losar schien an Sanchons Gesichtsausdruck die Gedanken des Technikers zu erkennen.

„Wir müssen eine Stelle finden, wo die Büsche weniger dicht stehen", verteidigte er seinen Plan. „In der Nähe des Eckturms haben wir keine Chance zum Durchkommen – und in das Gebäude wird keiner von uns zurückkehren wollen, solange wir keine Waffen haben."

„Sie haben recht, Waffenmeister", sagte Aybron. „Es gibt nur diesen Weg."

Als sie bei den Hecken ankamen, stellte Sanchon fest, daß die einzelnen Äste von Dornen übersät waren. Er folgte Losar, der gebückt neben den Büschen entlangging, um eine Möglichkeit zum Durchschlüpfen zu finden. Endlich blieb der Waffenmeister stehen.

„Hier", sagte er knapp.

Sanchon blickte sich nach Aybron um, doch der Astronom war verschwunden. Losar bemerkte es im gleichen Augenblick.

„Aybron ist weg!" rief er aufgeregt. „Was hat das zu bedeuten?"

„Die Bunkerköpfe", vermutete Sanchon.

Ärgerlich schüttelte Losar den Kopf. „Nein, sie hätten uns alle drei angegriffen. Der Bursche hat sich einen verrückten Plan ausgedacht und ist in das Gebäude zurückgekehrt."

Sanchon biß sich auf die Unterlippe. Jetzt war er froh darüber, daß Lope Losar der Mann war, der die Entscheidungen traf.

„Werden wir ihm folgen?" fragte er den Waffenmeister.

Zum erstenmal schien Losar ratlos zu sein. Seine Augen verschwanden unter den dicken Lidern.

„Nein", sagte er dann. „Wir folgen ihm nicht."

Er drang mit vorgestreckten Armen in die Hecken ein. Den Kopf zwischen die Schultern gezogen, folgte ihm Sanchon. Bereits nach einem Meter war er vollkommen zerstochen. Losar schob sich wie ein Tank durch das dichte Buschwerk. Äste krachten unter seinem Gewicht. Sanchon hob beide Arme schützend vor das Gesicht. Vor ihm ließ sich Lope Losar zu Boden sinken, um zwischen den Wurzeln weiterzukriechen. Das Geflecht der Äste wurde immer dichter. Sanchon begann Losars Einfall zu verwünschen. Ohne zu wissen, wie breit die Heckengruppe war, hatten sie den Vorstoß in diese natürliche Mauer gewagt. Die Dornen durchstachen mühelos die Uniformen der beiden Männer.

Losar gab keinen Laut von sich. Verbissen stemmte er seine massigen Schultern zwischen den einzelnen Wurzeln hindurch. Seine Uniform bestand nur noch aus Fetzen. Sanchon betrachtete den Waffenmeister und grinste. Losar fuhr sich mit den Handflächen über das Gesicht.

„Wir sehen prächtig aus", sagte Sanchon. „Die Solare Flotte kann stolz auf uns sein."

Losar schien jeden Humor verloren zu haben. Er hob eine Hand vor die Augen, um sie vor der Helligkeit der jetzt am Himmel stehenden Sonne zu schützen.

„Dort verlaufen die Rohrleitungen, zwischen denen wir in das Gebäude eingedrungen sind", sagte er zu Sanchon. „Jetzt wissen wir, wo wir uns befinden. Hoffentlich hält uns auf dem Weg zum Ausgang kein Bunkerkopf auf."

Sanchon sah ihn verblüfft an.

„Sie wollen Llalag verlassen?" fragte er ungläubig.

„Natürlich", sagte Losar. Er zog einige Dornenspitzen aus seinen Oberschenkeln und schnippte sie mit den Fingern davon.

„Aber . . .", begann Sanchon. Er schluckte und fügte hinzu: „Was ist dann mit Redhorse und Aybron?"

Der Waffenmeister spreizte die Hände. Der Blick, mit dem er Sanchon musterte, war alles andere als freundlich.

„Wir besitzen keine Waffe", sagte er geduldig. „Was sollen wir tun? Mit bloßen Händen irgendwo eindringen und nach dem Captain schreien?"

Sanchon konnte sich nicht erinnern, jemals so müde gewesen zu sein. Er wußte, daß Losar recht hatte. Sie konnten für Redhorse und Aybron nichts tun. Im Augenblick war es noch nicht einmal sicher, ob Losar und ihm die Flucht aus der Festung gelingen würde. Der Techniker schloß die Augen. Als er sie wieder öffnete, sah er etwas, was nur einem Traum entspringen konnte.

Zwischen den Rohren, in deren unmittelbarer Nähe sie in das Gebäude eingedrungen waren, kroch eine Gestalt hervor. Sanchon öffnete den Mund, aber er brachte keinen Ton heraus. Er beobachtete, wie sich Zantos Aybron vor den Rohrleitungen mühevoll aufrichtete. Über seiner verkrüppelten Schulter hingen zwei Waffen der Bunkerköpfe.

Sanchon hob den Arm und zeigte in Aybrons Richtung. Losar wandte sich um.

„Zantos Aybron!" schrie der Waffenmeister.

Da wußte Oleg Sanchon, daß er nicht träumte.

Das große Tor öffnete sich. Zwei Elektrowagen, jeder von einem Bunkerkopf gesteuert, rollten in die Halle. Wachsam verfolgte Don Redhorse jede Bewegung der beiden Trägerkörper. Er spannte seine Muskeln, um im geeigneten Moment loszuspringen.

Die Wagen verschwanden zwischen den Maschinen. Fast gleichzeitig glitt das Tor wieder zu. Redhorse kam mit einem Satz aus seinem Versteck heraus und jagte auf den Eingang zu. Es war ein Wettlauf mit den Gleitrollen des Tores. Als er noch wenige Meter von seinem Ziel entfernt war, befürchtete er, daß er zu langsam sein könnte. Mit beängstigender Schnelligkeit wurde die Öffnung kleiner.

Dann war Redhorse heran. Mit einem letzten Sprung warf er sich durch den verbliebenen Spalt. Die Wucht, mit der das Tor herankam und ihn an der Schulter traf, schleuderte ihn fast zu Boden. Hinter ihm donnerten die Fassungen ineinander.

Redhorse fand das Gleichgewicht wieder und drückte sich sofort in den Schatten der Außenwand, um von eventuell in der Nähe weilenden Bunkerköpfen nicht entdeckt zu werden. Der Hof lag jedoch verlassen vor ihm.

Redhorse glitt an der Wand entlang. Jetzt durfte er kein Risiko mehr eingehen. Da er Belchman tot gefunden hatte, glaubte er nicht, daß die anderen Männer noch am Leben waren. Redhorse hatte beschlossen, die Festung zu verlassen und sich zur CREST durchzuschlagen. Dann konnte er mit einem entsprechend ausgerüsteten Stoßtrupp zurückkehren und die Raketengeschütze der Bunkerköpfe unschädlich machen. Er war sich darüber im klaren, daß zwischen seinem Plan und dessen Ausführung einige unüberwindliche Hindernisse lagen. Es war vor allem zweifelhaft, ob er die CREST jemals erreichen würde.

Redhorse kam am Ende des Gebäudes an. Er konnte jetzt jenen Teil des Hofes überblicken, den er bereits von der anderen Seite aus gesehen hatte. Rechts vor ihm führte eine Treppe zu unterirdischen

Räumen. Einige Meter weiter begrenzte eine flache Mauer den Hinterhof des Gebäudes, aus dem Redhorse gerade kam.

Als der Captain zwischen Treppe und Mauer war, hörte er abermals das leise Surren eines Elektrowagens. Er schnellte hervor, und seine Hände griffen nach dem Mauersims. Mit einem Ruck zog er sich hoch. Da schlugen neben ihm die ersten Explosivgeschosse ein. Sie hatten ihn entdeckt. Redhorse nahm sich nicht die Zeit, einen Platz auf der anderen Seite auszusuchen, sondern ließ sich einfach von der Mauer gleiten. Kaum berührten seine Füße den Boden, als er auch schon auf ein flaches Gebäude zustürmte. Hinter ihm schlugen die Schüsse in die Steine. Im Augenblick bestand keine Gefahr. Redhorse achtete darauf, daß die Mauer zwischen ihm und den unsichtbaren Schützen blieb. Er umrundete die flache Halle und konnte auch den Weg zu jenem Gebäude einsehen, das Belchman fälschlicherweise für die Zentrale gehalten hatte.

Redhorse spürte wenig Verlangen, sich wieder in dieses Gebiet abdrängen zu lassen. Doch dann geschah etwas, was schlagartig seine gesamten Pläne änderte.

Zwischen den Rohren am Ende des Weges erschienen drei zerlumpte Gestalten. Für Redhorse jedoch bildeten sie den schönsten Anblick, den er sich im Augenblick vorzustellen vermocht hätte.

Lope Losar hielt zwei fremdartige Waffen in seinen Händen. Aybron sah aus, als würde er jeden Augenblick zusammenbrechen. Sanchon hielt sich neben dem Astronomen, bereit, ihn zu stützen.

Langsam kam Redhorse hinter der Halle hervor.

Und während hinter ihm die ersten Schüsse der Verfolger in den Boden einschlugen, lief er im Zickzack den drei Männern entgegen.

25.

Der Blick zur Uhr fiel Perry Rhodan jedesmal schwerer. Mit jeder Sekunde, die verstrich, wurden die Chancen für eine Rückkehr von Captain Don Redhorse und seinen Männern geringer. Dadurch wurde

Rhodan zu einer folgenschweren Entscheidung gezwungen. An ihm lag es, ob ein weiteres Testflugzeug starten würde.

Inzwischen stand fest, daß irgendwo auf den Berghöhen im Norden Raketenstellungen existierten, die fast jeden Punkt des Talkessels erreichen konnten. Damit war die Ausschleusung weiterer Raumfahrer ein Risiko.

Icho Tolot hatte sich angeboten, einen Gewaltmarsch zum Gipfel zu unternehmen, doch Rhodan zögerte, den Haluter gehen zu lassen. Sie wußten nicht, welche Gefahr dort oben lauerte. Ohne Tolot hätte sich die Lage der Mikromenschen weiter verschlechtert. Rhodan war sich darüber im klaren, daß allein Tolots Anwesenheit an Bord viel dazu beitrug, eine Panik unter der Besatzung zu verhindern.

Vierzehn Stunden waren seit dem Start der Testmaschine vergangen. Der Oldtimer war irgendwo auf der anderen Seite der Berge zerschellt. Die Frage war, ob den fünf Männern zuvor der Absprung gelungen war. Unter Umständen waren die Freiwilligen getötet worden, als sie am Fallschirm dem Boden entgegengeschwebt waren. Ebensogut konnten sie jetzt in Gefangenschaft geraten sein. Was Rhodan kaum noch zu hoffen wagte, war, daß Redhorse aus eigener Kraft zur CREST II zurückkehren würde.

Rhodan ließ die Berge mit scharfen Geräten ununterbrochen beobachten, doch nirgends zeigte sich ein Hinweis für eine Rückkehr der fünf Raumfahrer.

Der Talkessel hatte sich zur Falle für das Flaggschiff des Solaren Imperiums entwickelt. Jeder Schritt über den toten Winkel hinaus wurde beobachtet. Außerdem lag die Vermutung nahe, daß die Beherrscher der Gipfel früher oder später ins Tal steigen würden, um die CREST II anzugreifen.

Die Untätigkeit belastete nicht nur Rhodan schwer: Obwohl es innerhalb des Schiffes ruhig war, fühlte Rhodan die Spannung unter der Besatzung. Weitere Männer waren der nervlichen Belastung zum Opfer gefallen und mußten in der Krankenstation behandelt werden. Rhodan wußte, daß er die Geduld der Mannschaft bis zum äußersten strapazierte. Ihrer schrecklichen Winzigkeit bewußt, wollten die Männer endlich handeln, um das Schicksal zu ihren Gunsten zu wenden.

„Vierzehn Stunden, Barbar!" klang Atlans Stimme in Rhodans Gedanken. „Wir können nicht ewig warten. Der größte Teil der Männer wäre lieber tot, als in diesem Zustand weiter leben zu müssen."

„Wir warten noch eine Stunde", sagte Rhodan beherrscht. „Danach wird mit der Ausschleusung eines zweiten Oldtimers begonnen."

„Das bedeutet, daß eine neue Mannschaft frühestens in fünf Stunden starten könnte", stellte Mory Rhodan-Abro fest. „Immerhin, während dieser Zeit haben die Leute etwas, womit sie sich beschäftigen können."

„Haben Sie schon überlegt, wer den zweiten Oldtimer fliegen wird, Sir?" erkundigte sich Captain Sven Henderson, einer der besten Freunde des vermißten Redhorse.

„Natürlich", sagte Rhodan.

„Ich hoffe, Sir, daß Sie mich berücksichtigt haben", sagte der Captain.

„Ja", bestätigte Rhodan. „Sie werden mich begleiten."

Wie eine Horde unbeholfener Bären stürmten die Bunkerköpfe hinter der Mauer hervor. Lope Losar hatte eine der fremden Waffen Sanchon gegeben, der sie jetzt an Redhorse weiterreichte.

Den Männern blieb keine Zeit für viele Worte. Erst als Redhorse sie hinter einen kleinen, aber massiv gebauten Schuppen geführt hatte, fand Losar Zeit, dem Captain hastig den Mechanismus der Waffe zu erklären.

„Wie sind Sie zu den beiden Dingern gekommen?" fragte Redhorse.

Losar deutete auf den blassen Aybron.

„Er hat sie uns beschafft. Doch er behauptet, daß er im Augenblick zu schwach ist, um uns zu erklären, woher er sie hat." Losar senkte die Stimme. „Aybron trug einen Brightor, Sir. Das ist eine kleine Ma . . ."

„Ich weiß darüber Bescheid", unterbrach ihn Redhorse.

„Er hat uns gezwungen, mit dem Gerät eine Tür aufzusprengen", berichtete Losar. „Jetzt geht es ihm schlecht."

Redhorse stellte keine Fragen. Er konnte sich ungefähr vorstellen, was geschehen war. Im Augenblick war auch wenig Zeit, um miteinander zu sprechen. Redhorse wußte, daß sie jetzt einen schnellen Vorstoß in die Zentrale wagen mußten, wenn sie noch Erfolg haben wollten. Ihr einziger Vorteil war im Augenblick, daß die Bunkerköpfe

293

bestimmt nicht damit rechneten, daß die Flüchtlinge ausgerechnet zur Zentrale zurückkehren würden. Redhorse hoffte, daß die Bunkerköpfe den größten Teil der zur Verfolgung eingesetzten Trägerkörper in der Nähe des Eckturmes zusammenziehen würden, der gleichzeitig Ein- und Ausgang Llalags darstellte.

In knappen Worten berichtete Redhorse den drei Männern von seinen Entdeckungen und Plänen. Er verschwieg jedoch, daß er Belchman gefunden hatte.

Am hinteren Ende des Schuppens brach Zanto Aybron zusammen. Vergeblich bemühte er sich, wieder auf die Beine zu kommen. Sanchon und Redhorse hoben ihn auf. Das Gesicht des Astronomen war vor Schmerzen entstellt.

Losar beobachtete die Vorderfront des Schuppens, wo in wenigen Augenblicken die ersten Verfolger auftauchen würden.

„Ohne den Brightor ist es schwieriger, als ich gedacht hätte", sagte Aybron mit zusammengebissenen Zähnen. Als Redhorse und Sanchon ihn vorwärtsziehen wollten, schüttelte er den Kopf.

„Ich werde hier zurückbleiben und dafür sorgen, daß die Roboter Sie nicht bei der Arbeit stören", sagte er. „Geben Sie mir eine Waffe, Losar."

Der Waffenmeister schaute Redhorse, der den Sterbenden nachdenklich betrachtete, fragend an.

„Geben Sie ihm die Waffe", befahl Redhorse.

Aybron nahm das fremde Gewehr mit zitternden Händen entgegen. Die ersten Bunkerköpfe erschienen am anderen Ende des Schuppens. Redhorse ließ Aybron zu Boden gleiten. Der Astronom feuerte einen Schuß ab, der die Bunkerköpfe veranlaßte, sich hinter die Schuppenwand zurückzuziehen.

Aybron grinste und kauerte sich dicht an den Boden.

„Er hat gewußt, daß er ohne den Brightor nicht länger leben kann", sagte Losar. Seine Erbitterung klang nicht überzeugend, der mürrische Mann schien irgendein anderes Gefühl damit verbergen zu wollen. Mit einer Handbewegung bedeutete Redhorse dem Waffenmeister, daß er zusammen mit Sanchon hinter die Schuppenwand gehen sollte. Dann ließ sich der Captain neben Aybron nieder.

„Worauf warten Sie noch?" fragte Aybron gereizt.

Redhorse legte seine Hand auf den verkrüppelten Rücken des

anderen. Er spürte die Öffnung, in der der Brightor sich befunden hatte. Aybrons Rücken war kalt und hart, ein Rücken aus Silberstahl.

Der Astronom schoß auf einen Bunkerkopf, der sich hervorgewagt hatte.

„Gehen Sie endlich!" zischte Aybron. „Oder glauben Sie, daß Ihre Indianergötter Sie unverwundbar machen?"

Redhorse lächelte sanft.

„Leben Sie wohl, *Häuptling*", sagte er und schnellte hoch.

Als er um die Ecke des Schuppens bog, gab Aybron wieder einen Schuß ab. Weder Losar noch Sanchon stellten eine Frage. Redhorse schaute zur flachen Mauer hinüber. Wenn sie sie an dieser Stelle überkletterten, mußten sie in der Nähe der unterirdischen Räume herauskommen, die Redhorse bereits gesehen hatte. Der Captain hoffte, daß die Treppe nach oben nicht von Bunkerköpfen besetzt war.

Aybron schoß zweimal hintereinander.

Redhorse blickte auf seine eigene Waffe. „Wieviel Schuß kann man mit diesem Ding abgeben?" fragte er Losar.

„Ungefähr vierzig", entgegnete der Waffenmeister. „Ich kann jedoch nicht sagen, wie oft aus Aybrons Waffe bereits geschossen wurde, bevor er sie in die Hände bekam."

Redhorse zuckte mit den Schultern.

„Wir versuchen über die Mauer zu kommen", ordnete er an. „Auf der anderen Seite führt eine Treppe neben der Zentrale hinauf." Er verschwieg den beiden anderen, daß sie mit großer Wahrscheinlichkeit vor einem geschlossenen Tor stehen würden.

Zwischen Schuppen und Mauer lagen knapp zehn Meter freies Gelände. Redhorse hoffte, daß die Verfolger so mit Aybron beschäftigt waren, daß sie diese offene Stelle nicht beobachteten.

Gemeinsam drangen die drei Männer bis zum äußersten Ende des Schuppens vor. Die Mauer schien direkt vor ihnen zu liegen – und doch war sie unendlich weit entfernt, wenn der Captain daran dachte, was auf der kurzen Strecke alles geschehen konnte.

„Jetzt!" befahl Redhorse. Für Lope Losar war es wegen seines verletzten Beines besonders schwierig, die gefährliche Strecke schnell zu überwinden. Trotzdem blieb er fast mit Sanchon auf gleicher Höhe. Redhorses Kopf flog herum, als er hinter dem Schuppen hervorkam. Oberhalb des Gebäudes war kein einziger Bunkerkopf zu sehen. Jetzt

295

feuerten mehrere Waffen auf einmal. Redhorse war schon auf der Mauer, sah, daß der Boden auf der anderen Seite fast zwei Meter tiefer war, und ließ sich fallen. Elastisch fing er den Aufprall ab. Die Bunkerköpfe schienen zum Generalangriff auf Aybron überzugehen, denn mindestens zehn Waffen schossen ununterbrochen. Sanchon erschien auf dem Mauersims, dann der Waffenmeister. Sanchon zögerte, als er erkannte, wie tief der Boden unter ihm lag. Dann sprang er. Als er aufprallte, hätte er fast das Gleichgewicht verloren. Losar schwang sich über die Mauer und ließ sich am Sims herunterhängen, so daß er über zwei Meter gewann. Redhorse und der Techniker stellten sich bereit, um ihn abzufangen, doch Losar landete sicher neben ihnen.

„Die Treppe!" befahl Redhorse.

Nebeneinander rannten sie den betonierten Hang hinauf. Die Löcher, die im Beton eingelassen waren, konnten unmöglich für die metallischen Füße der Roboter geschaffen worden sein. Redhorse nahm an, daß diese Treppen noch für die Zwecke einer Generation bestimmt waren, die mit den Bunkerköpfen nur die Vorfahren gemeinsam hatten.

Gespannt lauschte Redhorse auf das Krachen der Explosion. Solange die Bunkerköpfe noch schossen, war Zantos Aybron am Leben.

Da glitt über ihnen, am Ende der Treppe, ein leerer Elektrowagen vorbei. Redhorse schaltete blitzartig. Diese Maschine würde mit Sicherheit in die Zentrale fahren.

„Wir müssen den Wagen einholen!" rief er atemlos. „Schnell jetzt."

Losar fiel etwas zurück, als Redhorse und Sanchon das Tempo verschärften. Sie erreichten das Ende der Treppe. Der Wagen war bereits zwanzig Meter weiter und näherte sich dem großen Tor. Redhorse schaute zurück und bemerkte, wie die Bunkerköpfe hinter dem Schuppen verschwanden. Aybron hatte gerade im richtigen Augenblick aufgehört zu schießen, aber wahrscheinlich nur, weil er nicht mehr schießen konnte. Mit zusammengebissenen Zähnen rannte Redhorse weiter. Sie kamen näher an das Elektrofahrzeug heran, das von irgendwo ferngesteuert wurde.

Die Stiefel der Männer schlugen gegen den festen Boden. Die Rückfront des Wagens kam näher. Redhorse zwang seinem übermüdeten Körper die letzten Kraftreserven ab. Als das Tor aufschwang, war er noch drei Meter hinter dem Fahrzeug. Mit weitausholenden Sprüngen kam er neben der Ladefläche an und schwang sich hinauf. Die Räder summten, als sie ihre Richtung änderten und auf das sich öffnende Tor zurollten. Da war Oleg Sanchon heran und zog seinen schweren Körper zu Redhorse hinauf. Er keuchte angestrengt. Die Kleiderfetzen, die an ihm herunterhingen, gaben den Blick auf seinen schweißnassen Körper frei. Gemeinsam zogen sie Losar auf die Ladefläche, gerade als der Wagen in die Zentrale fuhr. Redhorse beobachtete das Tor. Bedächtig hob er die fremde Waffe und zielte auf eine der großen Leitrollen. Zu seinem Erstaunen traf er beim ersten Schuß. Knirschend kam das Tor zum Stehen. Damit war der Weg für den Rückzug frei – wenn sie es jemals schaffen sollten, dieses Gebäude wieder zu verlassen. Die Explosion des Schusses mußte alle Bunkerköpfe innerhalb der Zentrale alarmieren.

Das Fahrzeug hielt. Die drei Terraner sprangen herunter und gingen hinter einer Maschine in Deckung. Redhorse nahm sich einen Augenblick Zeit zur Orientierung.

„Ungefähr in der Mitte der Halle laufen alle Kontrollen zusammen", erklärte Redhorse den beiden anderen. „Wir werden versuchen, möglichst viel zu zerstören."

Sie arbeiteten sich zwischen den einzelnen Maschinen hindurch. Ein Bunkerkopf erschien hinter einem Gestell. Bevor er sich von seiner Überraschung erholt hatte, war Sanchon neben ihm und stieß ihn zur Seite. Der empfindliche Kopf kippte aus der Halsmulde, und der Trägerkörper taumelte orientierungslos umher.

Die drei Raumfahrer hasteten durch einen schmalen Gang, der an einer Reihe von Maschinen entlangführte. Drei unbewaffnete Bunkerköpfe zeigten sich am Ende des Ganges. Sie waren offenbar ratlos, was sie unternehmen sollten. Redhorse zögerte, auf sie zu schießen, denn er wollte die übrigen Gegner nicht auf sich aufmerksam machen.

Unmittelbar vor den Stellwänden mit den Kontrollen hatten sich zwei Bunkerköpfe postiert, um die Terraner abzuwehren. Redhorse sah die Beine der Robotkörper durch Löcher in einer Maschinenplatte. Lautlos bewegte sich der Captain voran. Sanchon und Losar umrundeten die Kontrollen, um von der anderen Seite anzugreifen. Geduldig wartete Redhorse, bis seine Begleiter ihr Ziel erreicht hatten, dann kam er hinter seiner Deckung hervor. Die beiden Bunkerköpfe hatten keine Schußwaffen, da sie anscheinend fürchteten, sie könnten ihre eigenen Maschinen beschädigen. Doch sie waren nicht unbewaffnet. Redhorse erkannte sofort die Gefährlichkeit der Netze, die seine Gegner in den Greifhänden hielten. Er erinnerte sich, daß man ihn mit einem ähnlichen Netz gefesselt hatte, bevor er aus seiner Ohnmacht erwacht war.

Das erste Netz flog heran. Es lag flach in der Luft, als sei es mit unvorstellbaren Kräften geschleudert worden. Redhorse fuhr herum und ließ sich gegen die Vorderwand einer Maschine fallen. Er riß die Waffe hoch, doch als er abdrückte, löste sich kein Schuß. Das Netz klatschte neben ihm gegen das Metall und sank zu Boden. Dann begann es auf den Captain zuzukriechen. Es sah aus, als bewegten sich hundert Schlangen auf Redhorse zu. Im gleichen Augenblick begannen Sanchon und der Waffenmeister mit ihrer Zerstörungsarbeit. Krachend löste sich eine Stellwand aus ihrer Verankerung. Tausende von Kabelenden wurden herausgerissen. Stromentladungen knatterten. Der größte Teil aller Schaltungen verschmorte.

Mit einem Satz sprang Redhorse über das Netz hinweg. Die Bunkerköpfe kümmerten sich nicht länger um ihn, sondern beeilten sich, auf die andere Seite zu kommen.

„Vorsicht vor dem Netz!" schrie Redhorse den beiden anderen zu.

Er schlug gegen die Waffe und versuchte abermals zu schießen. Wieder erfolgte keine Explosion. Hastig kroch das Netz hinter ihm her, über die Trümmer der Kontrollen hinweg.

Da kippte die zweite Stellwand um. Sie traf die beiden Bunkerköpfe, die nicht mehr ausweichen konnten und unter den Kabelbergen begraben wurden. Unter Hochspannung stehende Drähte kamen mit den Robotern in Berührung. Das war das Ende der beiden Wesen. Aus den Metallschädeln sprühten Lichtkaskaden. Überall kam es zu Kurzschlüssen. An weiter entfernten Stellen der Halle hörten Maschinen auf zu arbeiten. Fast alle Bildschirme wurden dunkel.

Redhorse wich einem frei in der Luft pendelnden Kabelstrunk aus. Sanchon und Losar beschäftigten sich mit mehreren großen Schaltkästen.

Der Captain rief Losar zu sich und übergab ihm die Waffe.

„Sie funktioniert nicht", sagte er. „Versuchen Sie, sie wieder in Ordnung zu bringen."

Der Waffenmeister kümmerte sich um den fremden Karabiner. Redhorse half Sanchon dabei, die Schaltkästen aufzubrechen und umzustürzen. Über den zerstörten Stellwänden schlugen blaue Flammen hoch. Es stank nach verschmorter Isolation.

Da schlug unmittelbar neben Redhorse ein Explosivgeschoß ein. Sanchon und er lagen fast gleichzeitig auf dem Boden. Mehrere Bunkerköpfe kamen im Eiltempo zwischen den Maschinen hervor. Auch Losar war in Deckung gegangen. Redhorse sah, daß aus den Trümmern der Stellwände eines der Netze auf den Waffenmeister zukroch. Er rief Losar eine Warnung zu. Unschlüssig verhielten die Bunkerköpfe vor den Überresten ihrer Kontrollanlagen. Redhorse wußte, was die Zerstörung für die Fremden bedeuten mußte, doch er war nicht hier, um sich über den Fortbestand dieser Lebensform Gedanken zu machen. Sein Ziel war es, der zweitausend Mann starken Besatzung der CREST II Aktionsfreiheit zu verschaffen. Die Bewohner Llalags hatten den Kampf begonnen, als sie den Oldtimer abschossen. Es bestand kein Zweifel daran, daß sie jeden weiteren Flugkörper, der in den Bereich ihrer Waffen kam, ebenfalls vernichten würden. Noch schlimmer war für Redhorse der Gedanke, daß einige Besatzungsmitglieder der CREST lebend in die Hände dieser Wesen fallen könnten. Ein solches Schicksal war schlimmer als der Tod. Diese Gefahr war für Losar, Sanchon und ihn noch nicht gebannt.

Als die Bunkerköpfe sich wieder in Bewegung setzten, um die Überreste der Kontrollen zu umgehen, hatte Losar den Grund für das Versagen der fremden Waffe gefunden. Ununterbrochen feuernd, zog er sich bis neben den Captain und Sanchon zurück.

Redhorse deutete auf die großen Bildschirme, die ringsum über den Maschinen standen. Losar nickte verstehend. Schnell hintereinander gab er eine Serie von Schüssen ab. Wütendes Feuer der Verfolger war die Antwort, doch die Geschosse wurden von der Maschine abgehalten, die die Terraner als Deckung benutzten. Die Bildschirme zerbarsten, die implodierenden Vakuumröhren vollendeten die Zerstörung.

„Das muß genügen", schrie Redhorse, um den Lärm zu übertönen. „Jetzt wird es Zeit, daß wir versuchen, hier wegzukommen."

Lope Losar gab das Gewehr an Redhorse zurück. Ein Blick in die Gesichter der beiden Männer genügte dem Cheyenne, um festzustellen, daß sie sich der Grenze ihrer Leistungsfähigkeit näherten. Wahrscheinlich waren sie schon viel länger als zehn Stunden in der Bergfestung. Die wenigen Nahrungskonzentrate, die sie mit sich geführt hatten, reichten nicht aus, um die verbrauchten Energien zu ersetzen. Redhorse fiel es schwer, seine Gedanken in geordnete Bahnen zu lenken.

„Der direkte Weg zum Tor ist uns versperrt", sagte er. „Wir umgehen die zerstörten Kontrollen."

Jetzt erwies es sich als Vorteil, daß die Maschinenanlagen der Bunkerköpfe so dicht beieinander standen. So konnten sich die drei Raumfahrer von der CREST immer in guter Deckung halten. Das würde sich erst ändern, wenn sie die Halle verlassen wollten.

Die Bunkerköpfe hatten aufgehört zu schießen und warteten offenbar darauf, daß sich die Flüchtlinge zeigen würden. Der Lärm der brennenden Anlagen war noch immer so stark, daß Redhorse nicht hören konnte, ob außerhalb der Halle noch geschossen wurde.

Redhorse führte seine Begleiter auf großen Umwegen dem Tor entgegen. Die Bunkerköpfe konnten unmöglich alle Verstecke beobachten, die es in der Halle gab. Der Captain achtete darauf, daß sie immer in unmittelbarer Nähe der Maschinen blieben. Immer wieder klangen Schüsse auf. Die Bunkerköpfe schossen jetzt anscheinend auf alles, was sich bewegte. Redhorse war entschlossen, seine Munition zu sparen, bis sie den entscheidenden Ausbruchsversuch wagen konnten.

Als sie noch dreißig Meter vom Eingang entfernt waren, mußte sich Sanchon erschöpft gegen einen Betondeckel lehnen. Sein Gesicht leuchtete gelb, die dicken Wangen sahen wächsern aus. Auch Losars Augen lagen in tiefen Höhlen. Dennoch erkannte Redhorse befriedigt, daß der Wille der Männer ungebrochen war.

In ihrer unmittelbaren Nähe suchten einige Gegner die Rückfront eines Maschinenblocks ab. Dann verschwanden sie zwischen hohen Blechverkleidungen. Der Brand, der an den Kontrollen begonnen hatte, schien sich weiter auszubreiten. Inmitten der Halle stiegen dunkle Rauchwolken in die Höhe.

Redhorse schlich aus der Deckung heraus, um den Eingang zu beobachten. Er atmete auf, als er sah, daß nur fünf Bunkerköpfe am Tor Wache hielten. Die übrigen waren entweder damit beschäftigt, den Brand zu löschen, oder sie suchten die Eindringlinge. Redhorse kehrte zu Losar und dem Techniker zurück.

„Um hier herauszukommen, müssen wir fünf dieser Burschen unschädlich machen", sagte der Captain und hob eine Hand. „Sie sind alle bewaffnet, doch ihre Aufmerksamkeit gilt mehr den Dingen, die im Mittelpunkt des Gebäudes im Gange sind." Nachdenklich setzte er hinzu: „Wahrscheinlich rechnen sie überhaupt nicht damit, daß wir hier noch einmal auftauchen."

Deprimiert schaute Losar auf ihre einzige Waffe, die Redhorse in der Hand hielt. Der Captain las im Gesichtsausdruck des Mannes in diesem Augenblick wie in einem Buch. Er brachte ein Lächeln zustande.

„Sie werden überrascht sein, wenn wir plötzlich erscheinen", sagte er.

„Ich glaube, wir haben es Aybron zu verdanken, wenn wir hier herauskommen", bemerkte Sanchon.

Der Waffenmeister nickte zustimmend. „Das stimmt. Die Roboter bewegen sich so langsam, daß wir eine Chance haben."

Redhorse strich über sein blauschwarzes Haar, das ihm jetzt in wirren Strähnen im Gesicht hing. Natürlich hatte Losar recht, wenn er behauptete, daß sich die robotischen Trägerkörper verhältnismäßig unbeholfen bewegten. Der Waffenmeister vergaß jedoch, daß auch die Reaktion eines erschöpften Mannes nicht mehr die beste ist.

Mit beiden Händen umklammerte Redhorse die Waffe, die einmal einem Gegner gehört hatte. Er konnte jetzt damit umgehen, als wäre sie in einer terranischen Fabrik hergestellt worden.

„Wir brechen aus", entschied er. „Ich mache den Anfang und nehme die fünf Bunkerköpfe unter Feuer. Ich weiß nicht, ob es gelingen wird, alle auszuschalten. Sobald ich zu schießen anfange, müssen Sie beide den Eingang zu erreichen versuchen. Keiner darf sich darum kümmern, wenn einer von uns zurückbleibt. Es ist wichtig, daß wenigstens einer bis zur CREST durchkommt, um Perry Rhodan einen genauen Bericht zu geben."

„Einverstanden", erklärte Sanchon. Losar nickte nur.

Redhorse hob eine Hand.

„H'gun", sagte er. „Nur Mut."

Als Redhorse aufgerichtet aus der Vertiefung hinter der Maschine hervorkam, drehten sich die großen Köpfe der Roboter fast gleichzeitig, als seien sie Teilnehmer einer gespenstischen Pantomime. In dem Cheyenne waren alle Gewissensbisse gegenüber den Bewohnern der Bergfestung erstorben. Er kämpfte nicht nur für sich, sondern stellvertretend für alle Menschen, die in dieser schrecklichen Falle des Kunstplaneten Horror gefangen waren. Es ging hier um eine Auseinandersetzung in viel größerem Rahmen. Wenn die Menschheit sich nicht einer bislang noch völlig unabsehbaren Bedrohung aussetzen wollte, dann war sie gezwungen, die Hindernisse auf der Straße nach Andromeda zu überwinden.

Jede einzelne dieser Transmitterfallen stellte eine ungeheure Herausforderung dar. Dieser Herausforderung konnte man nicht begegnen, indem man untätig die nächsten Schritte des Gegners abwartete. Den gewaltigen kosmischen Kampf konnte nur der gewinnen, der entschlossen um sein Recht kämpfte.

Die Meister der Insel – der einzige Name, den man im Augenblick für die Herren von Andromeda kannte – hatten allein durch die Errichtung des Ringes von Wachstationen bewiesen, daß sie nicht bereit waren, Besuchern aus der Milchstraße friedlich zu begegnen. Und mit großer Wahrscheinlichkeit würden sie früher oder später auch Aktionen gegen die Galaxis starten, aus der die ungebetenen Fremden gekommen waren.

Die Wesen, gegen die Redhorse jetzt zu kämpfen gezwungen war, glichen unwissenden Sklaven, die nichts mehr von ihren Herren wußten. Zorn erwachte in Redhorse, wenn er daran dachte, daß die Meister der Insel rücksichtslos ganze Völker für ihre Zwecke eingesetzt hatten. Denn für den Captain stand außer Zweifel, daß alle Bewohner Horrors nach Errichtung der künstlichen Hohlwelt von den Meistern der Insel hierhergeschafft worden waren.

Diese Gedanken schossen durch Redhorses Kopf, als er auf die fünf Wächter am Tor zu feuern begann. Gleichzeitig dachte er noch an Zantos Aybron, der sein Leben eingesetzt hatte, um ihnen zu helfen.

Redhorse feuerte zwischen kurzen Sprüngen. Hinter ihm rannten Losar und Sanchon dem Eingang entgegen. Der Captain schaltete zwei Gegner aus, bevor diese überhaupt begriffen hatten, woher der Angriff kam. Die ersten Schüsse, die die drei verbleibenden Bunkerköpfe abgaben, waren ungezielt und trugen nur dazu bei, die Zerstörung innerhalb der Halle zu vergrößern.

Redhorse traf den dritten Gegner, bevor Sanchon aufschrie und seine rechte Schulter mit der linken Hand umklammerte. Aus den Augenwinkeln sah Redhorse, daß Sanchon nicht stehenblieb, sondern mit schmerzverzerrtem Gesicht auf den Eingang zustürmte.

Zwei, drei Geschosse jaulten über den Captain hinweg, dann fiel der vierte Bunkerkopf. Sie waren jetzt so dicht am Tor, daß Redhorse nicht mehr zielen mußte. Trotzdem stand der letzte Widersacher noch sicher auf den Beinen. Redhorse spürte, wie ihn zwei Geschosse knapp verfehlten, dann kippte der Kopf des letzten Wächters plötzlich zur Seite, als sei er völlig gewichtslos. Der Trägerkörper torkelte den Männern entgegen.

Redhorse nahm sich Zeit, nach Sanchon zu blicken. Die Schulter des Technikers blutete und hing nach unten.

Trotzdem brachte Sanchon soviel Energie auf, sich nach einer Waffe zu bücken. Auch Losar versorgte sich mit einem Bunkerkopfgewehr. Vor der Halle war kein einziger Roboter zu sehen. Den organischen Überbleibseln mußte die Fähigkeit für koordiniertes Handeln völlig verlorengegangen sein. Das – und die Langsamkeit der Trägerkörper – erhöhte die Aussichten der drei Männer, lebend aus Llalag herauszukommen.

Als Redhorse, Losar und Sanchon beim Eckturm ankamen, durch den sie die Festung betreten hatten, war es ihnen gelungen, den größten Teil der Verfolger abzuschütteln. Nachdem sie alle drei wieder bewaffnet waren, mußten die Bunkerköpfe vorsichtiger sein. Die große Werkhalle hatten sie getrennt durchquert, so daß sich die arbeitenden Bunkerköpfe nicht konzentriert an der Jagd nach den drei Männern beteiligen konnten.

Sanchon und Losar hatten unter ihren Verwundungen zu leiden, doch Redhorse konnte sicher sein, daß seine beiden Begleiter nicht aufgaben. Als sie zusammen das Innere des Eckturms betraten, fühlte Redhorse, daß er von neuen Kräften belebt wurde. Die Nähe der Freiheit ließ ihn seine Müdigkeit vergessen.

Sanchon beobachtete den Gang, durch den sie gekommen waren,

während Losar zum Ausgang rannte, um festzustellen, ob die Tür verschlossen war. Der Waffenmeister konnte sie öffnen. Er spähte hinaus und winkte den beiden anderen zu.

„Der Vorhof des Turmes ist leer!" rief er.

Sanchon kam von seinem Beobachtungsposten zu Redhorse.

„Ich konnte die Verfolger bereits hören", sagte er. „Sie scheinen sich jetzt zu einer größeren Gruppe zusammengeschlossen zu haben."

„Redhorses Gesicht verdüsterte sich. Er hatte bisher angenommen, daß die Bunkerköpfe nur ungern ins Freie kamen. Jetzt sah es so aus, als würde man sie auch noch verfolgen, wenn sie Llalag schon längst verlassen hatten.

Lope Losar hatte bereits den Vorhof überquert, als die beiden anderen aus dem Turm kamen. Die ersten Schüsse fuhren neben der Tür in die Wände. Redhorse drückte den Eingang zu. Er schaute zum Turm hinauf.

Sanchon nickte verstehend. „Wenn sie auf den Gedanken kommen, uns von dort oben unter Beschuß zu nehmen, wird es gefährlich", sagte er.

„Allerdings", gab Redhorse zu. „Während ein paar Gegner uns von dort oben in Schach halten, brauchen uns die anderen nur zu umgehen."

Losar erwartete sie bereits ungeduldig außerhalb der Mauer.

„Das Tor zur Hölle", fluchte der Waffenmeister. „Lebend bekommt man mich nicht wieder hinein."

Redhorse blickte an der schmutzigen Außenmauer entlang. Die Spuren des allgemeinen Zerfalls waren überall deutlich zu sehen. Trotzdem konnten noch Jahrhunderte vergehen, bis die Mauern von Llalag einstürzen würden. Zu diesem Zeitpunkt, vermutete Redhorse, würde es keine Bunkerköpfe mehr geben. Wenn sie nicht an Nahrungsknappheit starben, würden sie an der Unfähigkeit zugrunde gehen, ihre Handlungen aufeinander abzustimmen.

Ein schmaler Pfad führte auf die ersten Felsformationen zu. Früher war er viel größer gewesen und hatte zu einer ausgebauten Straße gehört. Nun war alles verschüttet und zugeweht. Als die Bunkerköpfe die abgesprungenen Männer gefangengenommen hatten, waren sie vielleicht seit Jahrzehnten zum erstenmal wieder aus ihrer Festung herausgekommen.

Die drei Raumfahrer hatten kaum die vorderen Felsen erreicht, als hinter ihnen geschossen wurde. Die Terraner verließen den Weg und setzten ihre Flucht zwischen den Felsen fort, wo sie bessere Deckungsmöglichkeiten hatten. Redhorse blieb etwas zurück, um die Verfolger zu beobachten. Er stellte fest, daß sie von über zwanzig Bunkerköpfen verfolgt wurden. Die robotischen Trägerkörper kamen nicht so schnell voran wie die Männer, doch Redhorse ahnte, daß sie ausdauernder sein würden. Die nur acht Meter hohen Hügel der Sandkuchenberge bildeten für die Menschen gewaltige Achttausender. Redhorse war sich darüber im klaren, daß ihnen noch große Strapazen bevorstanden, bevor sie den Talkessel erreichen würden. Er rechnete zwar damit, daß sie keine schwierigen Hindernisse überwinden mußten, aber die Verletzungen Losars und Sanchons verhinderten, daß sie ununterbrochen marschieren konnten. Redhorse mußte auf die beiden anderen Rücksicht nehmen.

Sie kamen gut voran und konnten den Abstand zwischen sich und dem Gegner ständig vergrößern. Sanchon und Losar machten zuversichtliche Bemerkungen. Die schmerzverzerrten Gesichter der beiden Männer sprachen jedoch eine andere Sprache. Der Zeitpunkt würde kommen, da sie eine längere Pause einlegen mußten.

Nur noch vereinzelte Schüsse klangen auf. Die Bunkerköpfe hatten eingesehen, daß sie im Augenblick die Entflohenen nicht ernsthaft gefährden konnten. Redhorse widmete jedoch der nachfolgenden Gruppe weiterhin seine Aufmerksamkeit und orientierte sich über den Weg, den sie nahm. Er wollte nicht von Gegnern überrascht werden, denen es gelungen war, ihnen den Weg abzuschneiden.

Brütende Hitze lastete über den Felsen. Sie trug nicht dazu bei, den Zustand der erschöpften Männer zu verbessern. Redhorse sehnte sich nach einem kühlen Luftzug, doch es sah nicht so aus, als sollte sich sein Wunsch erfüllen. Noch immer kamen sie gut voran. Es gab keine steilen Abhänge zu überwinden. Die Felsen waren so beschaffen, daß die Männer wie auf Treppen absteigen konnten.

Redhorse trug alle drei Waffen, um den Verwundeten etwas Erleichterung zu verschaffen. Er schätzte, daß sie bereits einen Vorsprung von über zweihundert Metern gegenüber den Verfolgern hatten. Die Gebirgsfestung lag etwa tausend Meter zurück – alles vom Standpunkt eines zwei Millimeter großen Mannes gerechnet.

Dann stolperte Losar über einen Stein und blieb liegen. Sofort waren Sanchon und Redhorse neben ihm.

„Das verletzte Bein!" rief der Waffenmeister und stöhnte.

Sanchon blickte zur Festung zurück. Losar versuchte zu grinsen, als er erriet, was der Techniker befürchtete.

„Ruhen Sie sich aus!" befahl Redhorse barsch. „Ich werde versuchen, die Wunde zu verbinden."

Sanchon zog sich widerspruchslos zurück und hockte sich auf einen Felsbrocken. Redhorse untersuchte die Wunde in Losars Wade. Die Durchschußstelle blutete wieder. Getrocknetes Blut klebte am gesamten Bein. Redhorse löste den schmutzigen Verband und zog einen neuen aus seiner Tasche. Das würde Losars Schmerzen nicht lindern, aber es konnte ihn moralisch aufrichten.

Als der Captain mit dem Verband fertig war, begannen die Verfolger wieder zu schießen. Sie waren bis auf fünfzig oder sechzig Meter herangekommen. Sanchon erwiderte das Feuer.

Redhorse zog den Waffenmeister hoch.

„Werden Sie gehen können?"

Er hörte, wie Losar mit den Zähnen knirschte.

„Ja", sagte der Waffenmeister.

Redhorse hob die beiden Waffen vom Boden und ließ sich von Sanchon die dritte geben. Sie setzten die Flucht fort. Losar kam nur noch langsam voran. Redhorse mußte ihn bei jedem größeren Felsen stützen, den zu überklettern sie gezwungen waren. Das Echo des Gewehrdonners hallte in ihren Ohren wider. Im Augenblick konnten sie jedoch nur von einem Zufallstreffer aufgehalten werden.

Die Hartnäckigkeit, mit denen die Bunkerköpfe hinter ihnen blieben, erstaunte Redhorse. Er hatte nicht damit gerechnet. Es war unwahrscheinlich, daß die Bewohner Llalags von Rachegefühlen angetrieben wurden. Redhorse nahm an, daß sie allein wegen ihrer Ernährungsprobleme hinter ihnen her waren.

Nachdem sie weitere dreihundert Meter zurückgelegt hatten, sagte Lope Losar: „Ich glaube, ich muß zurückbleiben."

Redhorse erkannte, daß nun der kritische Zeitpunkt gekommen war, den er befürchtet hatte. Losar war so müde und erschöpft, daß er nicht mehr gegen seine Schmerzen ankämpfen konnte. Im Augenblick wollte der Waffenmeister lieber gegen eine zwanzigfache Übermacht kämpfen, als den Abstieg fortsetzen. Redhorse wußte, daß es nur ein Mittel gab, Losar zu einer letzten, übermenschlichen Anstrengung zu bewegen. Er fixierte den Waffenmeister verächtlich.

„Ich wußte, daß Sie es nicht schaffen würden", sagte er mit gespieltem Spott. „Von Anfang an rechnete ich damit, daß Sie der schwächste Mann der Gruppe sind."

Der schmerzliche Ausdruck in Losars Gesicht verschwand und machte grenzenloser Überraschung Platz. Wäre Losar nicht so erschöpft und eines klaren Gedankens fähig gewesen, er hätte den psychologischen Trick Redhorses sofort durchschaut. Doch Losar war ein Mann, der das Äußerste gegeben hatte, der in keiner Sekunde die geringste Schwäche gezeigt hatte – bis zu diesem Augenblick.

„Das dürfen Sie nicht sagen, Captain!" rief er erregt. Auch Sanchon protestierte. Redhorse wußte nicht, ob die Empörung des Technikers echt war oder ob sie ihn bei seinem Vorhaben unterstützen sollte.

„Sie haben überhaupt nicht die Absicht, gegen die Bunkerköpfe zu kämpfen", erklärte Redhorse gelassen. „Sie wollen sich ergeben, nur um sich die Strapazen des weiteren Abstiegs zu ersparen."

Losar humpelte auf Redhorse zu. Sein Gesicht war vor unbeherrschter Wut entstellt. Er holte aus, um nach Redhorse zu schlagen, doch der Captain duckte sich. Ohne sich noch weiter um Losar zu kümmern, ging er weiter. Er wagte nicht, sich umzudrehen. Er konnte nur hoffen, daß Losar und Sanchon ihm folgten.

Die Bunkerköpfe begannen wieder zu schießen. Bestürzt erkannte Redhorse, daß Losar und Sanchon zurückgeblieben waren. Nun blieb ihm nur noch eine Möglichkeit. Er ließ alle drei Waffen zu Boden fallen und setzte die Flucht unbewaffnet fort. Mit voller Absicht bewegte er sich langsamer. Er wußte genau, was er riskierte, aber als er neben sich Steine nach unten rollen sah, unterdrückte er nur mit Mühe ein Lächeln. Kurz darauf hatten Sanchon und Losar ihn eingeholt.

„Sie können sicher sein, daß ich unten ankomme", krächzte Losar erbittert. „Ich gehe noch tausend Meilen weiter als Sie, Redhorse."

„Hookahey, wasicum!" sagte Redhorse ruhig. „Gehen wir, weißer Mann."

Die Eile, mit der Captain Sven Henderson in die Zentrale kam, ließ Perry Rhodan sofort vermuten, daß sich irgend etwas ereignet hatte. Er trat dem Offizier erwartungsvoll entgegen.

„Die Beobachter haben in der Nähe der nördlichen Bergkämme Lebewesen festgestellt", berichtete Henderson aufgeregt. „Durch die Beobachtungsgeräte sieht es so aus, als nähere sich jemand von dort oben dem Talkessel."

„Konnten schon Einzelheiten ausgemacht werden?" fragte Rhodan.

„Es scheint sich um zwei Gruppen zu handeln", sagte Henderson, während sich auch die anderen Offiziere um ihn drängten. „Drei einzelne Gestalten bewegen sich etwa hundert Meter vor einer größeren Gruppe, die über zwanzig Einzelwesen umfassen soll."

Rhodan dachte einen Augenblick nach.

„Der Start des zweiten Oldtimers wird aufgeschoben, bis diese Angelegenheit geklärt ist", entschied er dann.

Atlan kam an seine Seite.

„Glaubst du, daß die CREST angegriffen werden soll?"

„Dann würde es sich um eine recht dürftige Streitmacht handeln", erwiderte Icho Tolot an Rhodans Stelle. „Logischer scheint es zu sein, die drei Gestalten an der Spitze als Flüchtlinge zu bezeichnen, die von der stärkeren Gruppe verfolgt werden." Der Haluter wandte sich an Rhodan. „Was halten Sie davon, wenn ich jetzt in die Berge gehe und mich dort umsehe?"

Die Frage war drängend gestellt. Rhodan war dankbar, daß Tolot ihm die Entscheidung überließ. Wenn die drei unbekannten Wesen, die man entdeckt hatte, zu Redhorses Gruppe gehörten, dann benötigten sie zweifellos Hilfe.

„Gehen Sie, Tolot", sagte der Terraner. „Ich bitte Sie jedoch sofort umzukehren, wenn Sie feststellen, daß ein Angriff bevorsteht."

„Einverstanden", gab Tolot zurück und verließ die Zentrale. Henderson sah bedauernd hinter ihm her. Rhodan vermutete, daß der Captain dem Haluter gern gefolgt wäre.

Rhodan gab den Befehl, alle noch vorhandenen Maschinenkarabiner unter der Besatzung aufzuteilen. Mehrere Wachen wurden aufgestellt. Auch im Innern der CREST wurden alle Vorkehrungen getroffen, um einen eventuellen Angriff zurückschlagen zu können.

Die Beobachtungsposten wurden verstärkt. Allerdings waren die Unbekannten noch viel zu weit entfernt, als daß man Einzelheiten hätte feststellen können.

Die Spannung, die durch das Auftauchen der Gestalten an den nördlichen Hängen entstanden war, nahm Rhodan im Augenblick die Sorge um die geistige Gesundheit der Besatzung. Endlich hatten die Männer etwas, womit sie sich beschäftigen konnten. Ihre Gedanken würden sich wieder um andere Dinge drehen, als um das Problem der fürchterlichen Verkleinerung.

„Drei Flüchtlinge", sinnierte Mory. „Das bedeutet unter Umständen, daß zwei Männer aus Redhorses Gruppe nicht mehr am Leben sind."

Rhodan schaute sie schweigend an.

Captain Don Redhorse war so erschöpft, daß selbst die Feststellung, daß die Bunkerköpfe die Verfolgung aufgegeben hatten, ihn nicht mehr zu einer Gefühlsregung bewegen konnten.

Er ging einfach weiter. Es war kein eigentliches Gehen mehr, sondern ein stumpfsinniges Vorwärtstaumeln, ohne Gefühl für Raum oder Zeit. Er nahm die beiden anderen Gestalten, die Kameraden, die irgendwo hinter ihm von Felsformation zu Felsformation schwankten, kaum noch wahr. Alle drei hatten jenen Zustand erreicht, da ein Mensch aufhört, Schmerzen zu empfinden. Sie würden jetzt weitergehen, bis sie bewußtlos zusammenbrachen. Und danach würden sie nicht wieder aufstehen.

Ein winziger Teil von Redhorses Verstand arbeitete noch. Ein verborgener Instinkt half ihm, unüberwindbare Felsen zu umgehen oder sicher auf die andere Seite eines Spalts zu gelangen.

Die geschwollene Zunge des Captains konnte seine rissigen Lippen nicht mehr befeuchten. Redhorse glaubte, anstelle eines Körpers ein ausgehöhltes Etwas mit sich zu schleppen, in dem jeder einzelne Schritt Erschütterungen verursachte.

Plötzlich blieb er stehen und hob die Hand über seine entzündeten Augen. Tief unter ihm ragte der obere Teil einer Metallkugel über die Felsen. Redhorse begriff, daß er ein Stück der CREST II sah. Sie war immer noch so weit entfernt, daß Redhorse sie nie erreichen konnte.

Er fühlte keine Trauer, noch nicht einmal Enttäuschung. Neben ihm machten die beiden anderen halt.

„Das Schiff!" brachte Sanchon hervor. Im gleichen Augenblick schien er zu begreifen, wie schrecklich weit es noch entfernt war, und er gab ein eigenartiges Geräusch von sich – wie ein verwundetes Tier. Da erschien eine mächtige, dunkle Gestalt unter ihnen zwischen den Felsen. Es war der Haluter Icho Tolot, der mit unglaublicher Geschwindigkeit auf sie zustürmte.

Redhorses schlanker Körper straffte sich. Er blieb stehen, als Sanchon und der Waffenmeister an ihm vorbeitaumelten, um dem Haluter entgegenzugehen.

„Woyuonihan!" Redhorses linke Hand glitt zur Stirn, um den uralten indianischen Gruß zu unterstreichen.

„Hun-hun-he!" brachte er über die ausgetrockneten Lippen. „Ich bin zu meinem Volk heimgekehrt."

26.

Fast zwei Wochen waren seit der Rückkehr von Captain Don Redhorse und seinen beiden Begleitern vergangen. Da von der Bergfestung Llalag keine Gefahr mehr ausging, hatte man in dieser Zeit einige Testflüge mit den Oldtimern vorgenommen. Dabei hatten sich Tolots Theorien bestätigt. Die Maschinen waren in der Lage, die Südpolstation zu erreichen.

Nachdem die Auswertungen der Tests abgeschlossen und die Expedition zur Südpolstation vorbereitet worden waren, berief Perry Rhodan eine Besprechung in der Zentrale der CREST II ein.

Fünfundzwanzig Mann trafen sich zur Einsatzbesprechung.

Perry Rhodan stand abseits, neben dem leise summenden und klickenden mathelogisch-positronischen Gehirn.

Dr. Hong Kao hatte seine Berechnungen noch nicht abgeschlossen. Der kleine, schwarzhaarige Sinoterraner tippte mit flinken Händen immer neue Angaben in den Eingabesektor der Maschine. Wenn man ihm zusah, glaubte man unwillkürlich, einen modernen Hexenmeister an seinem Gerät hantieren zu sehen, so unsagbar schnell waren seine Bewegungen und so unglaublich die Wendigkeit seines Geistes.

Für einen Augenblick hob der Chefmathematiker den Kopf. Ein flüchtiges Lächeln huschte über das gelbe Gesicht.

„Nur noch wenige Minuten", flüsterte er entschuldigend.

„Wir haben Zeit!" meinte Rhodan ruhig.

Doch das hörte Dr. Kao schon nicht mehr.

Perry Rhodan wandte sich ab und ließ seinen Blick über die Versammlung gleiten. Die Männer unterhielten sich leise.

In Rhodans Brust krampfte sich etwas zusammen. *Wer würde nach dem Einsatz nicht mehr dabei sein?*

Icho Tolot und Cart Rudo redeten heftig gestikulierend aufeinander ein. Atlan schien zu versuchen, dem riesigen Ertruser Melbar Kasom etwas zu erklären. Kasom lauschte schweigend, sich dabei von Zeit zu Zeit große Stücke kalten Bratens in den Mund stopfend, die er aus den unergründlichen Taschen seiner Kombination hervorholte.

Nicht weit davon beschrieb Captain Sven Henderson mit beiden Händen offenbar ein Raumjägerduell. Captain Don Redhorse stand neben ihm und hörte sachverständig zu, nur ab und zu ein Wort einwerfend. Rhodan mußte lächeln. Der Cheyenne war von Dr. Artur, dem Chefarzt der CREST II, voll einsatztauglich geschrieben worden. Zwar hatte Rhodan es im stillen gehofft, aber nicht daran geglaubt. Der Indianer mußte eine unwahrscheinliche Kondition und Zähigkeit besitzen. Wenn er bedachte, in welchem Zustand er aus Llalag zurückgekehrt war . . .

„Fertig, Sir!" meldete Dr. Kao.

Rhodan nickte dem Chefmathematiker zu und schritt voran, der Gruppe wartender Männer entgegen. Die Gespräche verstummten bei seinem Eintreffen. Ein Halbkreis formierte sich. Man mußte stehen, denn in der Zentrale der CREST gab es nicht so viele zusätzliche Sitzplätze.

Rhodan faßte sich kurz.

„Die Aufgabe ist bekannt. Wir starten mit zehn Maschinen. Ziel ist die Station am Südpol. Die Tests haben ergeben, daß die Düsenmaschinen zwar nicht ihre nominelle Leistung von Mach 3,2 bringen, wohl aber Mach 2, also doppelte Schallgeschwindigkeit. Dr. Kao nannte dieses Phänomen ‚relative Überlappungsleistung'. Dadurch werden die relativen 10,8 Millionen Kilometer bis zum Südpol wieder auf den tatsächlichen Normalwert reduziert, nämlich auf 10 841 Kilometer. Die Kuppeln sind dadurch wieder in unserem Aktionsradius.

Fünf Maschinen dienen ausschließlich dem Transport chemischer Sprengstoffe. Die restlichen fünf Maschinen laden Treibstoff. Irgendwo, meine Herren, werden wir dann noch ein Plätzchen für uns finden müssen. Mit dem Treibstoffvorrat und fünf Maschinen werden wir nach dem Einsatz zurückkehren. Ich verrate Ihnen sicher kein Geheimnis, wenn ich sage, daß unser Unternehmen einem Selbstmordkommando gleichkommt. Doch das nur nebenbei.

Dr. Kao, ich bitte um die Berechnungen über die Wirksamkeit des chemischen Sprengstoffes, den wir mitführen können!"

Der Chefmathematiker räusperte sich verlegen.

„Ich muß Sie, fürchte ich, enttäuschen. Bei höchstmöglicher Auslastung der Transportkapazität und unter Berücksichtigung der Tatsache, daß der Sprengstoff die letzten Kilometer getragen werden muß, ist es nicht möglich, mehr als ein Kilogramm – ich rechne hier mit ‚Normalkilogramm' – hochbrisanten Sprengstoffes mitzunehmen. Damit einen entscheidenden Erfolg zu erzielen, setzt die Anbringung der Ladungen an der empfindlichsten Stelle der Südpolstation voraus."

„Vielen Dank, Doktor", sagte Rhodan. Er sah die Männer des Einsatzkommandos ernst an. „Ich denke, Sie haben begriffen, was das für uns bedeutet. Es genügt nicht, die Südpolstation zu erreichen; wir müssen hinein. Was von dem Erfolg unserer Mission abhängt, ist Ihnen sicherlich auch klar.

Haben Sie noch Fragen?"

Niemand stellte eine Frage. Perry Rhodan sah den Gesichtern der Männer an, daß sie zu allem entschlossen waren, um die teuflische Maschinerie am Südpol auszuschalten.

„Captain Henderson!"

Der Leiter des Pilotenteams blickte auf.

„Sir . . .?"

„Sind die Flugzeuge beladen und startbereit?"

„Flugzeuge beladen und startbereit."

„Alsdann . . .!" Perry Rhodan hob die Hand. „An die Maschinen!"

Als der vorletzte Mann in seine Maschine kletterte, wandte Perry Rhodan sich zu seiner Frau um.

Er drückte ihre Hand.

„Auf Wiedersehen, Mory! Bleib tapfer!"

Ohne sich noch einmal umzudrehen, schritt Perry Rhodan auf das Flugzeug mit der Bezeichnung O-1 zu – „Oldtimer 1". Captain Sven Henderson lächelte ihm fast übermütig entgegen. Atlan, der sich ebenfalls an Bord der O-1 befand, half Rhodan in die enge Kabine.

Alle Sitzgelegenheiten, außer dem Pilotensitz, waren entfernt. Rhodan hielt sich an einem Griff fest und kniete sich nieder, als das Kabinendach zuglitt. Indem er das Kinn gegen die Wandung preßte, schaltete er seinen Funkhelm ein.

„Alles klar, Captain Henderson?"

„Aye, aye, Sir!"

„Okay! Start und anschließend Flug in besprochener Höhe!"

Henderson bestätigte. Danach erteilte er den anderen Piloten Starterlaubnis. Kurz danach begannen die um neunzig Grad geschwenkten Strahltriebwerke zu heulen. Draußen, auf dem kleinen Flugplatz, wurde das kniehohe Gras zu Boden gepeitscht. Völlig ruckfrei hob die O-1 senkrecht ab. Zu ihrer Rechten folgte, wie mit dem Lineal gezogen, die Kette der übrigen neun Maschinen.

Rhodan wandte sich nach links.

Am Rande des Platzes stand immer noch Mory. Der Düsenwind spielte mit ihren Haaren und zerrte an ihrer Kombination. Rhodan preßte die Handfläche gegen die durchsichtige Kanzelwandung. Mory winkte heftig mit beiden Armen zurück. Dann vollführte die gesamte Staffel eine Schwenkung, und Mory verschwand aus dem Blickfeld.

Rasch wurde die blitzende Kugel der CREST II kleiner. Der Talausgang schoß heran. Links und rechts glitten die Steilwände der Sandkuchenberge vorüber.

In nur zwanzig Metern Höhe jagten die Düsenmaschinen, ständig beschleunigend, dem südlichen Talausgang zu. Kurz bevor sie offenes Gelände erreichten, kam der gewaltige, fünf Kilometer breite Strom in Sicht, den man Südfluß genannt hatte. Die von Schaumkämmen und gurgelnden Strudeln bedeckte Oberfläche des Stromes wurde vom Fahrtwind der Maschinen aufgepeitscht. Plötzlich durchzogen breite, glasige Streifen die Oberfläche nach allen Seiten. Gleichzeitig verstummte das Tosen der Triebwerke. Die Flugzeuge hatten die erste „Schallmauer" durchstoßen. Im Steilflug erreichten sie eine Höhe von 12 000 Metern – nach den Maßstäben der Mikromenschen gerechnet.

Perry Rhodan richtete sich etwas auf und blickte über Hendersons Schulter in Fahrtrichtung. Er erlebte ein eigenartiges Phänomen. Die vereinzelten Hügelgruppen der Ebene rasten wie Geschosse heran, die Konturen der Landschaft verwischten sich immer mehr, während gleichzeitig der ohnehin dunkel erscheinende Himmel fast schwarz wurde. Einzig und allein die beiden gerade am Himmel stehenden Horror-Sonnen glühten wie gelbe Raubtieraugen unverändert herab.

„Was ist das?" flüsterte Atlan erschrocken. „Hier stimmt doch etwas nicht. Was fliegen wir denn?"

Wie zur Antwort schüttelte sich die Maschine ein wenig, dann lag sie wieder ruhig.

„Soeben haben wir Mach zwei überschritten, Sir", meldete sich Henderson über Sprechfunk.

„Bei allen Göttern Arkons!" Atlan ächzte. „Mir kommt es vor, als flögen wir mit halber Lichtgeschwindigkeit."

Perry Rhodan hatte bereits die ganze Zeit über das Phänomen nachgedacht. Jetzt atmete er auf.

„Irrtum. Wenn es so wäre, hätte der Luftwiderstand uns längst zu glühendem Staub zerrieben. Wir fliegen nicht viel schneller als Mach zwei. Nur haben sich unsere eigenen Dimensionen und damit die Vergleichsmöglichkeiten im Verhältnis eins zu tausend verschoben. Für unsere Augen bewegen wir uns mit Mach zweitausend!"

„Du lieber Himmel!" Atlan lachte gepreßt. „Haben Sie davon etwas geahnt, Henderson?"

„Nein. Ich hatte es mir lediglich ausgerechnet. Schließlich habe ich eine Spezialausbildung genossen."

Atlan wurde blaß.

„Perry, ich fürchte, die ehemaligen Barbaren haben soeben den ältesten Vertreter der ehemals haushoch überlegenen Arkonidenrasse überflügelt."

Rhodan lachte.

„Keine Sorge, sie haben nur ihren Kopf zum Denken benutzt, Arkonide!"

314

Perry Rhodan spürte kribbelnde Nervosität in allen Gliedern. Die mit unvorstellbarer Relativ-Geschwindigkeit vorüberrasende Landschaft erzeugte im Verein mit den fast unverändert am Himmel stehenden Sonnen ein Gefühl der Irrealität und der eigenen Nichtigkeit. Längst war der Funkkontakt zur CREST abgebrochen, doch unter den zehn Maschinen funktionierte er einwandfrei.

In das Rauschen der permanenten Verbindung mischten sich ab und zu kratzige Laute, wenn ein Pilot sich räusperte. So wie jetzt. Dann klang eine Stimme auf, in der nur mühsam unterdrückte Erregung mitschwang.

„Hier O-3, Leutnant Nosinsky an O-1! Captain, ich bitte um Zeit-vergleich!"

„Hier O-1, Captain Henderson", rief der Staffelführer zurück. „Es ist jetzt 18.34 Uhr Terrazeit. Bitte Uhrenvergleich!"

„Teufel! Bei mir auch!" fluchte Nosinsky unbeherrscht.

„Ich bitte um exakten Uhrenvergleich, Leutnant Nosinsky!"

„Ich melde: Keine Zeitabweichung." Nosinsky stieß keuchenden Atem aus. In den Kopfhörern ertönte ein rasselndes Geräusch. „Da stimmt doch etwas nicht. Wir können doch nicht erst eine Stunde unterwegs sein, Captain!"

Henderson antwortete mit vorwurfsvollem Hüsteln. Dann rief er die anderen Piloten und bat um gemeinsamen Uhrenvergleich. Es blieb bei 18.34 Uhr.

„Sind Sie nun beruhigt, Nosinsky?"

„Verzeihung. Mir kommt es vor, als wäre ich schon einen ganzen Tag lang unterwegs."

„Bitte entschuldigen Sie die Einmischung!" ließ sich eine tiefgrol-lende Stimme vernehmen. In den Kopfhörern schnarrten die Mem-branen. „Hier spricht Tolot. Diese Sinnestäuschung hängt mit der relativen Überlappungsleistung der Flugzeugtriebwerke zusammen. Sie wissen ja, daß die Schubkraft sich nur um ein Drittel verringert hat, wohlgemerkt die relative Schubkraft – relativ zu der jetzigen Größe der Flugzeuge. Im Gegensatz dazu unterliegt jedoch alles, woran das menschliche Auge sich zu orientieren gewohnt ist, der Wirkung des Verdichtungsfeldes. Jeder Grashalm, jeder Hügel und jede Dunstwol-ke ist tausendfach verkleinert. Das merken wir nicht, weil wir eben-falls tausendfach kleiner sind. Für uns ist ein Grashalm eben immer

315

noch ein Grashalm, ein Hügel von zwanzig Metern Höhe ein Hügel von zwanzig Metern Höhe, und eine Strecke von einem Hügel zum anderen beträgt beispielsweise für unsere Augen noch immer zehn Kilometer. Das trifft für die Geschwindigkeit der Flugzeuge nicht zu. Zwei Hügel, die für uns zehn Kilometer voneinander entfernt sind, sind für die Geschwindigkeit der Flugzeuge nur noch zehn Meter entfernt, und hundert Kilometer rasen an unseren Augen in weniger als einer Sekunde vorüber. Das Ganze ist lediglich ein psychologisches Problem, möchte ich sagen."

Die Krise trat nach etwas über fünf Stunden Gesamt-Flugzeit auf.

Nacheinander meldeten die Piloten, daß die Treibstoffanzeigen ihrer Tanks sich unaufhaltsam der Nullstellung näherten. Das war zu erwarten gewesen, denn der Aktionsradius der Maschinen betrug unter Normalverhältnissen nur 13 400 Kilometer, und 10 800 Kilometer waren bereits zurückgelegt worden – unter Verhältnissen, die kein Mensch mehr als normal zu bezeichnen wagte. Über diese Meldung also regte sich niemand auf.

Etwas ganz anderes war der Grund der allgemeinen Erregung.

Schon vor einigen Minuten waren am südlichen Horizont seltsame Leuchterscheinungen beobachtet worden. Perry Rhodan hatte sich nicht dazu geäußert, wenn er auch der von allen anderen geäußerten Meinung, es müsse sich dabei um etwas dem irdischen Polarlicht Vergleichbares handeln, sehr skeptisch gegenübergestanden hatte.

Unmittelbar nach der Treibstoff-Meldung jedoch sprachen die Ortungsgeräte der Maschinen ebenfalls auf diese eigenartigen Erscheinungen an. Sekundenlang herrschte auf der Funksprechfrequenz beklemmendes Schweigen. Dann ertönte ein vielstimmiger Entsetzensschrei.

Die Leuchterscheinungen waren stärker geworden. Gleichzeitig damit wurde offenbar, daß es sich – was auch aus den Ortungsmeldungen hervorging – keinesfalls um Polarlichter handelte. Vielmehr fanden die Lichtblitze und sonnenhellen Fleckenerscheinungen auf einer massiven Fläche statt, einer Fläche, die sowohl den ganzen Horizont überspannte als auch weit hinaus in den Weltraum zu reichen schien – genau zehntausend Kilometer, wie die Ortungsgeräte anzeigten.

Und genau darauf rasten die zehn Düsenmaschinen zu – mit einer Geschwindigkeit, die ihren Besatzungen als halbe Lichtgeschwindigkeit erschien.

Selbst Perry Rhodan, der im gleichen Moment wußte, was er vor sich hatte, überlief es eiskalt. Das Herz zog sich schmerzhaft zusammen. Sein Mund stand weit offen. Alles Blut war aus seinem Gesicht gewichen.

Die Mauer, die das Ende der Welt zu markieren schien, war nichts anderes als die Wandung einer der vier Kuppeln, die zur Südpolstation gehörten.

Rhodan wußte, daß die einzelne Kuppel „nur" zehn Kilometer hoch war, eine glockenförmige Gestalt besaß und daß die kreisrunde Bodenfläche ebenfalls zehn Kilometer durchmaß. Natürlich hatte er sich vorzustellen versucht, wie groß eine solche Kuppel auf Menschen von höchstens zwei Millimeter Größe wirken mußte. Nun erkannte er, daß ein derartiger Versuch über die Aufnahmefähigkeit des menschlichen Hirns hinausging. Man hatte etwas Gigantisches erwartet, aber man war nicht darauf gefaßt gewesen, sich gegenüber einem Bauwerk *so* winzig vorzukommen.

Als Perry Rhodan sich von seinem Schock erholt hatte, schaltete er seinen Helmsender auf volle Leistung und sprach auf der Gemeinschaftsfrequenz:

„Wie Sie alle bemerkt haben, taucht vor uns eine der südpolaren Kuppeln auf. Sie erscheint genauso groß, wie nach den Berechnungen zu erwarten war. Wir alle hatten uns diese relative Größe leider nicht vorstellen können. Leider konnten wir deshalb auch nicht dem psychischen Schock vorbeugen. In den nächsten Minuten werden wir landen. Dann brauchen wir nur Menschen, die sich wieder in der Gewalt haben. Alle anderen würden unser Unternehmen gefährden. Aus diesem Grund bitte ich um sofortige Meldung, wer sich nicht in der Lage fühlt, diesen und kommende Schocks zu verdauen. Die Betreffenden kehren nach der Landung mit einem der auszuladenden Flugzeuge der CREST zurück. Also nochmals: Ich bitte um Meldung!"

Die Meldungen kamen sehr rasch. Nachdem der Pilot der zehnten Maschine Fehlmeldung erstattet hatte, meinte Atlan kopfschüttelnd:

„Da sieht man wieder einmal, wie hitzköpfig ihr Barbaren seid. Zuerst gibt es ein großes Geschrei, und danach kommt die allgemeine

317

Ernüchterung. Seelische Unausgeglichenheit nennt man das, mein Freund."

Rhodan wandte sich dem Freund zu und kniff die Augen zusammen.

„So! Du willst mir also weismachen, Arkonide, daß dich das Auftauchen der Kuppel kaltgelassen hat?"

„Genau das! Ich habe nämlich inzwischen immer stärkere Zweifel an unseren Chancen gegen diese Mammutstation bekommen. Oder glaubst du im Ernst, mit einem Kilogramm chemischen Sprengstoffs eine zehn Kilometer hohe Kuppel bezwingen zu können?"

Rhodan biß sich auf die Lippen.

„Es kommt darauf an, wo man ansetzt, Arkonide. Es sind schon ganze Planeten-Dynastien gestürzt worden – allein durch die Kraft des Wortes. Aber wenn du nicht an einen Erfolg glaubst, warum bist du dann überhaupt mitgekommen?"

Atlan lächelte müde und wissend zugleich. „Weil ich weiß, wie hitzig ihr Barbaren sein könnt, Perry. Vielleicht behält ein alter, illusionslos gewordener Mann soviel Überblick über die Lage, daß er seinen Freunden die Achillesferse der Station zeigen kann."

„Ortungsgeräte zeigen keine Schutzschirme um die Station an, Sir", meldete Captain Henderson.

„Siehst du!" Atlan nickte Rhodan zu. Ihre Mikrophone hatten sie beide ausgeschaltet. „Da ist schon die erste Achillesferse. Wir sind so winzig geworden, daß wir auf den automatischen Ortungsanlagen der Station nicht mal mehr einen Reflex erzeugen."

„Du hast eine Art, einem Mut zu machen!" gab Rhodan gepreßt zurück. „O ja, mir ist völlig klar, was du ausdrücken wolltest. Gegen die Station sind wir nicht mehr als zehn vom Wind herangewehte Bakterien, und ..."

„Und Bakterien, mein Freund, können tödlich sein!" beendete Atlan den Satz.

Perry Rhodan bemühte sich, kalten Blutes an dem stählernen Gebirge emporzuschauen, das näher und immer näher kam und dabei den Eindruck hervorrief, als würde es jeden Augenblick nach vorn überkippen und die zehn winzigen Maschinen unter sich begraben.

318

Es gelang ihm nicht.

Doch wenigstens konnte er das Gefühl der Panik niederhalten. Das nervöse Kribbeln, vor allem in der Wirbelsäulengegend, aber blieb. Dazu gesellte sich eine depressive Anwandlung von Mutlosigkeit, als von der Südpolstation nicht im geringsten auf die Annäherung der Flugzeuge reagiert wurde.

Dennoch wurde Perry Rhodan nicht unvorsichtig. Er befahl Captain Henderson, unter Schallgeschwindigkeit zu gehen und den Abstand zum Boden auf fünf Meter real zu verringern.

Anschließend stellte er sich vor, wie zehn Mücken ein Superschlachtschiff der Solaren Flotte angreifen würden.

Er äußerte diesen Vergleich in einer Anwandlung von Galgenhumor Atlan gegenüber.

Der Arkonide lächelte wissend. „Du hast es erfaßt, Barbar. Nun eine Frage: Würden die Ortungsgeräte eines terranischen Superschlachtschiffes, die du ganz gewiß nicht als minderwertig abtun willst, die Annäherung von zehn Mücken registrieren?"

„Noch nicht einmal, wenn sie ihnen direkt auf den Tasterantennen herumtanzten", erwiderte Rhodan ironisch.

Atlans Augen funkelten.

„Was wollen wir mehr, Perry! Ob nun die Südpolstation von Robotern – wie anzunehmen ist – oder von organischen Wesen besetzt ist, sie wird die Landung der Flugzeuge überhaupt nicht registrieren. Noch weniger dürften Wesen auffallen, die aus diesen ‚Mücken' aussteigen, denn sie sind ja noch bedeutend winziger. Wir können ihnen also praktisch in die Luftschächte kriechen, ohne uns einer Gefahr auszusetzen. Was wollen wir mehr?"

„Eine ganze Kleinigkeit. Wir wollen einige ‚Eier' ablegen, und zwar dort, wo sie den meisten Schaden anrichten können. Kannst du mir verraten, wo das ist?"

„Wuriu Sengu!"

„Hoffen wir, daß Sengu uns helfen kann. Aber jetzt können wir landen, wie ich sehe."

Henderson mußte den gleichen Gedanken gehabt haben. Die Maschinen schwebten bereits auf der Stelle. Senkrecht gingen sie zwischen zwei Hügeln hinunter und landeten mitten auf einer blühenden Wiese.

„Wir warten noch fünf Minuten!" befahl Rhodan. „Wenn sich dann bei der Kuppel immer noch nichts rührt, beginnen wir mit dem Ausladen."

Captain Henderson klappte den Funkhelm zurück. Er wandte sich um und blickte Rhodan mit verlegenem Lächeln an.

„Ich fürchte, ich habe den Landebefehl zu früh gegeben. Aber die Kuppel erschien mir so nahe, als würden wir jeden Augenblick dagegenprallen müssen. Dabei weist die Tastermessung noch eine Entfernung von zehn Kilometern aus."

„Diese zehn Kilometer sind in Wirklichkeit nur zehn Meter", sagte Atlan.

Henderson schüttelte sich.

„Der schlimmste Alptraum kann nicht so schlimm sein wie die Wirklichkeit auf Horror. Ich fürchte, davon werde ich noch in meiner Sterbestunde verfolgt werden."

„Ich fürchte, ich ebenfalls", sagte Atlan so leise, daß nur Rhodan ihn verstand, „und dabei könnte ich noch Tausende von Jahren leben . . ."

Fünfundzwanzig Elitesoldaten des Solaren Imperiums kletterten schweigend aus ihren Maschinen.

Würziger Duft blühender Wiesenblumen und frisches Gras empfing sie. Ein leichter Wind strich sanft über die Halme und ließ sie sich in vorgetäuschten Wellenbewegungen hügelauf und hügelab bewegen. Winzige Insekten flogen summend von Blüte zu Blüte, einige von ihnen glichen den auf Terra und in einigen anderen Welten der bekannten Galaxis verbreiteten Honigbienen. Eine der drei gelben Sonnen stand im Südwesten und verbreitete lebenspendende Wärme.

Und dennoch froren die fünfundzwanzig Mann des Einsatzkommandos.

Es nützte nichts, daß sie ostentativ nach Norden starrten. Sie wußten, wie es hinter ihrem Rücken aussah, daß sich dort kalt und stumpfglänzend, und gefahrdrohend wie ein böses Omen, eine metallene Mauer weit, weit über den Himmel hinausreckte.

Und noch etwas fachte die Unruhe in ihnen immer wieder von neuem an.

Unablässig wankte und zitterte der Boden unter ihren Füßen. Es war, als stünden sie am Rande einer von überschweren Panzerfahrzeugen befahrenen Rollbahn. Dazu lag gleichmäßig dumpf bohrend ein tiefes Brummen in der Luft.

Alles das erinnerte sie daran, daß sie sich am Fuß eines Giganten der Technik befanden, in dessen Innerem eine Maschinerie des Schrekkens existierte, die alles, Oberflächenformen, Pflanzen und Tiere mit brutaler, die Jahrtausende überdauernde Gewalt, in tausendfach kleinere Gestalt zwang.

Leutnant Finch Eyeseman bückte sich, sah einer davonsummenden Biene nach und zupfte eine rosa Kugelblume ab.

Er roch daran, dann warf er sie mit einem abgrundtiefen Seufzer von sich.

„Schmeckt sie Ihnen nicht?" grollte es hinter ihm.

Eyeseman fuhr herum.

Melbar Kasom, der riesenhafte Ertruser, stand hinter ihm und grinste über das ganze Gesicht. Wenn Eyeseman genauer hingesehen hätte, ihm wäre nicht entgangen, daß Kasoms Grinsen nichts war als mühsam aufrechterhaltene Tarnung der wirklichen Gefühle.

Eyeseman stieß unwillig die Luft durch die Nase.

„Für Sie gibt es nur zwei Eigenschaften, was? Entweder etwas schmeckt oder etwas schmeckt nicht...!"

Kasom leckte sich die Lippen.

„Hm! Wenn ich an ein kleines, gebratenes Rinderviertelchen denke...!" Er seufzte genießerisch.

„Ich wollte, ich könnte Ihnen jetzt ein *richtiges* Rinderviertelchen vorsetzen, Sie Vielfraß!"

Kasom schien die besondere Betonung nicht zu bemerken.

„In zehn Minuten würden Sie nur noch die Knochen sehen, Eyeseman."

„Gar nichts mehr würde ich sehen, Kasom – von Ihnen meine ich. Sie würden sich in ihrer Gier in die Haut hineinfressen wie eine Made in den Speck. Und nach vier Wochen fehlten höchstens einige Gramm. Mehr würden Sie nämlich nicht schaffen – bei einem *normalen* Rinderviertel."

Kasom stutzte, dann lachte er.

„Das ist mal eine Idee, Eyseman. Du meine Güte! Wenn ich mir das vorstelle: Eine Milliarde Rinderviertelchen in einem einzigen vereinigt! Davon werde ich in hundert Jahren noch träumen!"

„Vom Essen träumt er schon sein ganzes Leben lang", mischte sich eine andere Stimme ein.

Melbar Kasom wandte sich um.

„Verzeihung, Sir", sagte er zu Atlan. „Ich frage Sie: Was bleibt mir anderes übrig, wenn ich unter Menschen dienen muß, die von den Bratenresten aus meinem hohlen Backenzahn noch Ragout fin für sämtliche Offiziere der CREST machen?"

„Jetzt geraten Sie aufs unfeine Gleis, Kasom!" warnte Atlan mit erhobenem Zeigefinger.

Er stolperte fassungslos einige Schritte vorwärts, als hinter ihm brüllendes Gelächter ertönte. Eyseman dagegen hielt sich nur krampfhaft die Ohren zu.

Icho Tolot schlug seine vier Arme zusammen und schüttelte sich vor Lachen.

„Ihr Terraner seid köstlich! Da stehen sie als mikrobengroße Zwerge vor einer unüberwindlichen Stahlwand – und was tun sie? Sie machen Scherze über ihre Verkleinerung! Nein! Nein, ihr seid wirklich das unverwüstlichste Volk, das mir jemals begegnete!"

„Na und?" warf der dazukommende Conrad Nosinsky kaltschnäuzig ein. „Zweifelten Sie jemals daran?"

„. . . und das hochmütigste Volk", ergänzte Tolot.

Ein Befehl Perry Rhodans beendete die menschliche Szene am Rande des grauenhaften Geschehens. Jeder der fünfundzwanzig Mann kannte seine Aufgabe.

Melbar Kasom, der Umweltangepaßte von Ertrus, der Epsaler Cart Rudo und Icho Tolot, der Nichtmenschliche von Halut, die Giganten im Vergleich zu den anderen Menschen, hatten ihre Gewichte, die ihren Körpern anstatt der ausgefallenen Mikro-Gravitatoren das gewohnte Schwerkraftgefühl ersetzt hatten, schon vor dem Start der Flugzeuge abgelegt. Jetzt bepackten sie sich bis zur Grenze ihrer körperlichen Leistungsfähigkeit mit Sprengstoffpaketen.

322

Perry Rhodan und Atlan beteiligten sich unterdessen am Ausladen des restlichen Sprengstoffs. Die wasserdicht verpackten Ladungen wurden auf zwölf kleinen Gerätewagen verstaut, die aus verschiedenen Abteilungen der CREST stammten. Es waren ganz leichte, aus Leichtstahlrohr konstruierte Gestelle mit vorzüglich federnden Gliederachsen und wartungsfreien Fluorplastiklagern.

Als alles fertig war, ließ Captain Henderson den Stoßtrupp antreten. Unterdessen begab sich Perry Rhodan zusammen mit Atlan noch einmal zu den neun Mann, die unter dem Kommando Leutnant Orsy Orsons zurückbleiben sollten.

Orson war ein gemütlicher Typ. Trotz seiner einundzwanzig Jahre lebte er bereits nach der Devise: Hauptsache, uns geht es gut. Er schien sich nicht allzuviel aus der bedrohlich wirkenden Nähe der Kuppel zu machen. Nur den scharfen Augen Rhodans entging das leichte Zittern des Unterkiefers nicht, als Orsons mit strahlendem Gesicht Meldung erstattete.

„Sie kennen Ihre Aufgabe, Leutnant?"

„Die fünf Flugzeuge, die für die Rückkehr bestimmt sind, aus den Reservetreibstofftanks aufzutanken und technisch zu überprüfen."

„Unterschätzen Sie diese Arbeit nicht", mahnte Rhodan. „Von der schnellen und einwandfreien Ausführung kann unter Umständen unser aller Leben abhängen. Solange wir uns innerhalb der Kuppel befinden, werden kaum Gefahren auftreten, aber sobald wir unsere Ladungen gezündet haben, wird es Großalarm für die Station geben. Dann haben Sie sich startbereit zu halten, so daß wir nur noch einzusteigen brauchen, wenn wir zurückkommen. Und . . . was die Kuppel anbetrifft, Leutnant: Denken Sie gelegentlich daran, daß wir vier vollkommen gleichartige Kuppeln auf dem Nordpol mit einem einzigen Feuerschlag der CREST vernichtet haben."

Orson seufzte.

„Da waren wir und die CREST auch noch ein wenig größer!"

Rhodan nickte ernst.

„Aber unser Verstand arbeitet noch genausogut wie zuvor, mein Junge; und darauf wird es schließlich ankommen."

„Jawohl, Sir!"

Rhodan wandte sich ab und ging auf die abmarschbereite Einsatzgruppe zu.

323

„Meinst du, daß das ‚Baby‘ die Nerven behält?" fragte Atlan.

Rhodan blickte ihn schräg von der Seite her an.

„Er ist Leutnant einer Elitemannschaft der Flotte. Vergiß das bitte nicht, Arkonide. Was seine Nerven angeht, so glaube ich, daß es sich erst dann zeigen wird, was er aushält, wenn es hier hart auf hart geht."

Inzwischen waren sie bei der Einsatzgruppe angekommen.

„Kommando abmarschbereit!" meldete Henderson.

Perry Rhodan musterte noch einmal jeden einzelnen der Raumfahrer.

Icho Tolot, Melbar Kasom und Cart Rudo standen ein wenig abseits. Sie waren über und über mit fertigen Sprengstoffladungen bepackt, Ladungen, die vor dem Zünden nur aneinandergekuppelt zu werden brauchen.

Captain Don Redhorse stand als erster in der angetretenen Reihe der übrigen neun Mann. Der Cheyenne wirkte wie ein steinernes Standbild seiner indianischen Vorfahren; nur das lange, blauschwarze Haar wehte im Wind.

Der nächste war Leutnant Ray Burdick, ein magerer Mann, der nur aus Knochen, Sehnen und Haut zu bestehen schien. Dann kam Leutnant Finch Eyseman. Seine braunen Augen blickten verträumt wie immer, und der Mund stand halb offen, als wundere er sich über das Groteske der Situation. Daneben wirkte der bullige Anatol Kyöfy bissig und verkniffen, seine sinnlichen Lippen waren augenblicklich fest zusammengepreßt. Acter Burrol und Haduy Lam standen in der üblichen lässigen Haltung daneben. Man nannte die beiden Leutnants die „Horcher", wegen ihrer großen, abstehenden Ohren, die allerdings nur ein Zeichen der gemeinsamen Abstammung von der Siedlerwelt „Naésdnik" waren. Es wäre unmöglich gewesen, nur einen von ihnen mitzunehmen, denn die „Horcher" hielten zusammen wie Pech und Schwefel.

Neben ihnen wirkte der kleine, rundliche Japaner Taka Hokkado wie die ewig lächelnde Verkörperung der Gemütlichkeit. Man sah dem Sergeanten nicht an, welche Kraft und Geschmeidigkeit in ihm verborgen war. Hokkado war seit sechs Jahren unbezwungener Bordmeister in Karate und Dagor, der altarkonidischen Nahkampftechnik. Den Abschluß der Reihe bildete der stämmige, dunkelhaarige Leutnant Conrad Nosinsky, dessen grobgeformtes Gesicht wie üblich zu

324

einem arroganten Lächeln verzogen war; eine Maske, die allerdings den fanatischen Glanz der Augen nicht verbergen konnte.

Mit Captain Henderson, Atlan, Wuriu Sengu und Rhodan zusammen zählte das Einsatzkommando fünfzehn Mann.

Rhodan lächelte kühl.

„Schöne Worte kann ich mir bei Ihnen sicher ersparen. Ich erwarte, daß jeder von Ihnen alles an Kraft und Mut hergibt und zugleich eiserne Selbstbeherrschung und Disziplin übt. Keiner hat aus der Reihe zu tanzen, auch nicht, um seinen Opfermut etwa unter Beweis zu stellen. Das wäre alles. Captain Henderson, führen Sie die Gruppe zum Einsatzort!"

Henderson lief nach vorn. Er war ebenso bepackt wie die anderen Männer, einschließlich Rhodan und Atlan. Und ebenso ergriff er jetzt die Zugstange seines kleinen Transportkarrens.

Ein scharfer Zuruf; die Gruppe setzte sich im Gänsemarsch in Bewegung.

Rhodan und Atlan hatten sich inzwischen ebenfalls ihre Sprengstoffpäckchen umgehängt und angeschnallt. Auch sie nahmen ihre winzigen, zweirädrigen Karren. Dann folgten sie der Gruppe in kurzem Abstand. Hinter ihnen schritten die am schwersten bepackten drei Giganten Tolot, Kasom und Rudo.

Und vor ihnen wuchs die Wand aus Stahl in den Himmel...

27.

Das tiefe, unterirdische Brummen war stärker geworden. Wenn einer der Männer seinen Fuß von einer kahlen, grasfreien Stelle des sandigen Bodens nahm, konnte man die Sandkörner tanzen sehen, als schüttelte ein Riese sie auf einem Sieb.

Unwirklich war das friedliche Schwärmen der Insekten und das Nicken und Sichaufrichten der bunten Blumen. Noch unwirklicher aber wirkte das graue Etwas, das im Süden die Welt abschloß, soweit das Auge reichte.

Perry Rhodan mußte sich immer wieder vor Augen führen, daß sie nur eine einzige Kuppel sahen. Und nicht einmal diese eine von insgesamt vier Kuppeln konnten sie überschauen.

Wenige Schritte vor Rhodan hüpfte der Karren Taka Hokkados über die Unebenheiten des Bodens. Davor schritt der rundliche Japaner mit kurzen, gleichmäßigen Schritten. Die mit Nylonschnüren verbundenen Sprengstoffpäckchen rutschten auf seinem breiten Rücken hin und her, das letzte klatschte bei jedem Schritt gegen die fleischige Kehrseite des Sergeanten. Ein leichter Schauder rieselte Rhodans Rücken hinab, als er daran dachte, daß jede einzelne Sprengladung ausgereicht hätte, um die kleine Gruppe zu Staub zu zerblasen – und als er sah, wie sorglos Hokkado an dem Zugriff zerrte.

Die schwarzen Haare des Japaners klebten feucht und strähnig an dem runden Kopf. Beständig rannen Schweißtropfen über den muskulösen Nacken.

Es war sehr warm, etwa dreißig Grad Celsius.

Schweigend marschierten die Männer auf die Kuppel zu. Mit jedem Schritt kamen sie dem technischen Ungetüm ein ganz klein wenig näher. Und nach etwa zwei Stunden, nachdem man einen dreihundert Meter hohen Hügelkamm überwunden hatte, trennten nur noch zwei Kilometer die winzigen Wesen von der Kuppel.

Niemand mehr konnte den Anblick länger ertragen. Mit gesenkten Köpfen marschierten sie, stumm und verbissen, auf die Verkörperung des Wahnsinns zu, von der ein eiskalter Hauch auszugehen und nach ihren Herzen zu greifen schien.

Die letzten hundert Meter wurden zur Qual.

Obwohl jeder wußte, daß diese hundert Meter für normale Wesen nur hundert Millimeter waren, und daß eine Entdeckung, war sie bisher nicht erfolgt, nunmehr fast unmöglich sein mußte, blieben Panikreaktionen nicht aus.

Immer wieder geschah es, daß ein, zwei oder auch drei Mann sich zu Boden warfen und die Maschinenkarabiner in Anschlag brachten.

Rhodan zitterte bei dem Gedanken, was geschehen mochte, falls jemand so wahnsinnig sein sollte, den Abzug durchzuziehen. Die Maschinenkarabiner waren mit Minirakgeschossen geladen. Jedes

326

Trommelmagazin faßte sechzig Schuß der normal sieben Zentimeter langen Geschosse. Damit konnte man einen Betonbunker zu Staub zerblasen.

Erst hinterher fiel Rhodan ein, daß infolge der Verkleinerung die Ortung der Kuppel wahrscheinlich einen Beschuß mit chemischen Karabinergeschossen entweder nicht wahrnehmen oder nicht als Angriff einstufen würde.

Dennoch atmete er erleichtert auf, als die Kuppelwandung erreicht war.

Während ihres Marsches hatten sie nichts entdeckt, was einer Falle gleichgekommen wäre. Sie hätten mit den Flugzeugen ohne weiteres direkt neben der Kuppel landen können. Dennoch hielt Rhodan es auch jetzt noch für besser, daß sie die Sicherheitsentfernung eingehalten hatten. Niemand vermochte tatsächlich auszuschließen, daß die verhältnismäßig größeren Flugzeuge nicht doch noch von irgendeiner Überwachungsanlage entdeckt worden wären.

Von hier, so stellte er fest, wirkte die Kuppel gar nicht mehr so deprimierend. Man durfte nur nicht daran denken, wie weit sie sich in den Himmel erstreckte. Sehen konnte man es nicht mehr. Überhaupt glich die aus der Ferne wie poliert erscheinende Wandung aus unmittelbarer Nähe mehr einem Kratergelände als einer Metallhülle. Glatte Flächen waren überhaupt nicht zu entdecken.

Atlan stöhnte unterdrückt.

„Das hätte ich mir niemals träumen lassen, Barbar, niemals! Wenn ich bedenke, daß wir uns etwa in der Lage einer Mikrobe befinden, die in den Rostporen eines für unsere Begriffe glattpolierten Blecheimers emporklettert..."

„Denk nicht daran, Freund!" flüsterte Rhodan. „Ich versuche schon die ganze Zeit über, nicht an so etwas zu denken."

Er befahl eine Erholungspause von zwanzig Minuten. Diese Zeit sollte den Männern Gelegenheit geben, etwas Abstand von den Eindrücken des Marsches zu gewinnen und sich mit dem neuen Problem vertraut zu machen: Wie man in die Kuppel hineingelangen könne.

„Nun", Tolot ließ sich einfach neben Rhodan fallen, so daß der ohnehin ständig vibrierende Boden noch mehr erbebte, „was haben Sie als nächstes vor?"

Atlan atmete tief.

„Ich an deiner Stelle würde mir solche naiven Fragestellungen verbitten, Perry."

Rhodan seufzte.

„Ich bin nicht mehr fähig, mich über solche Kleinigkeiten aufzuregen, Arkonide." Er blickte den Haluter prüfend an. „Ich schlage vor, Sie nehmen einen Anlauf von hundert Metern, Tolot, und rasen einfach in vollem Lauf durch die Wandung hindurch. Wenn Sie Ihren Metabolismus der Festigkeit von Terkonitstahl angleichen, dürfte das eine Kleinigkeit für Sie sein."

„Geschieht mir nur recht, daß Sie über mich spotten." Tolot lachte verhalten. „Ein Anlauf von hundert Metern . . .! Wissen Sie, daß das relativ zur Kuppel zehn Zentimeter sind? Und außerdem: Mit dem größten Schwung – und selbst wenn das Material der Kuppel weicher wäre als Terkonit – würde ich mich bereits in der Korrosionsschicht totlaufen. So sind die Realitäten."

„. . . sagte der Floh, als er den Elefanten in die Fußsohle stach!" bemerkte der hinzugetretene Melbar Kasom.

Perry Rhodan beschattete die Augen mit der Hand und blickte mit zurückgelegtem Kopf an der von mannstiefen Trichtern übersäten Wand empor. Die Strahlen der untergehenden Sonne mischten sich mit dem Licht der am anderen Horizont aufgehenden zweiten Sonne und zauberten ein sinnverwirrendes, farbiges Spiel von Licht und Schatten in die senkrechte Kraterlandschaft. Dafür allerdings hatte Rhodan augenblicklich keinen Sinn. Er schloß die Augen, schüttelte den Kopf und öffnete die Augen erneut.

„Ich weiß nicht", sagte er zögernd, „aber mir kommt es vor, als würde dort oben Dampf aus einer Öffnung quellen."

„Ganz recht, Sir!" erklärte Kasom vergnügt. „Die Öffnung ist der Pfeifenkopf von Leutnant Burdick, und der ‚Dampf' der Rauch seines stinkenden Tabaks. Dieser Kerl aus Haut und Knochen hat sich ausgerechnet die Bergsteigerei als Hobby gewählt. Bedenken Sie: Ein Raumfahrer . . .! Jedenfalls sah ich ihn vorhin von Rostpore zu Rostpore klimmen. Es gibt eben noch Menschen mit Sinn für Romantik."

Rhodan stand auf und reckte sich.

„Kasom, dem Mann dort oben sollte man einen Orden verleihen. Und wissen Sie, warum?"

„N . . . nein."

„Aber ich weiß es", sagte Tolot. „Weil seine Haltung Symbol der menschlichen Haltung gegenüber der allmächtig erscheinenden Natur ist."

Sie schraken zusammen, als ein dumpfes Grollen ertönte.

Melbar Kasom wurde verlegen.

„Ich bitte um Verzeihung. Mein Magen knurrt."

Wuriu Sengu stand mit ausdruckslosem Gesicht vor Perry Rhodan. Er beherrschte sich ausgezeichnet.

„Sengu!" sagte Rhodan eindringlich. „Dies ist Ihre Stunde. Von Ihren Fähigkeiten hängt es ab, ob wir die Achillesferse der Station finden."

„Wenn sie sich überhaupt ausgerechnet in dieser einen Kuppel befindet, Freund", fügte Atlan mit ernster Stimme hinzu.

Rhodan preßte die Lippen aufeinander.

„Arkonide", sagte er mit Unmut in der Stimme, „wir brauchen jetzt keine pessimistischen Voraussagen."

Atlan legte ihm die Hand auf die Schulter.

„Schon gut, junger Mann. Ich wollte niemanden mutlos machen."

„Das wäre Ihnen auch nicht gelungen!" sagte Sengu. Ein stolzes Lächeln trat in seine Augen. „Wir wären nicht hier, wenn wir uns so leicht geschlagen gäben."

Atlan trat einen Schritt zurück. Scheinbar angestrengt blickte er an der zerklüfteten Stahlwand empor.

Nur Rhodan bemerkte das wissende Lächeln, das die Mundwinkel des Arkoniden umspielte. Da wußte er, daß Atlan wieder einmal einen seiner psychologischen Tricks angewandt hatte, um den Siegeswillen der Männer des Kommandos noch unbeugsamer werden zu lassen.

„Soll ich zuerst allein aufsteigen, Sir?" fragte Sengu. „Oder kommen Sie sofort mit?"

„Von hier aus können Sie nicht viel sehen, wie?" fragte Rhodan.

„Überhaupt nichts."

Rhodan nickte nur, ohne sich seine Enttäuschung anmerken zu lassen. Der Späher-Mutant vermochte normalerweise auch aus größerer Entfernung durch feste Materie „hindurchzusehen". Doch das

329

Verdichtungsfeld hemmte ja alle paraphysikalischen Mutantenfähigkeiten, bei den anderen Mutanten sogar hundertprozentig, und es wäre zuviel des Glücks gewesen, wenn Sengu überhaupt nicht darunter zu leiden gehabt hätte.

„Leutnant Burdick!"

Ray Burdick trat heran. Er hatte griffeste Handschuhe angezogen und sein Nylonseil bereits nach Bergsteigerart um Leib und Schulter geschlungen, wie es für eine sachgemäße Schultersicherung erforderlich war. In seinen Kniekehlen baumelte die für eine Selbstsicherung geknüpfte Doppelschlinge.

Rhodan mußte unwillkürlich lächeln.

„Sie betreiben die Bergsteigerei als Hobby, habe ich gehört?"

„Jawohl, Sir."

„Sagen Sie: Wo finden Sie denn überhaupt Gelegenheit zum Klettern, wenn Sie monate- oder jahrelang mit der CREST unterwegs sind?"

Burdick errötete. Mit verlegenem Blick streifte er Oberst Cart Rudo.

„Sir, die Wände der Beiboot-Hangars haben eine Menge Unebenheiten: Reparatur und Wartungsbühnen, Prüframpen, Spanten, Sprossenzahnstangen und so weiter. Wenn ich Freiwache hatte ..."

„Leutnant ...!" rief Rudo entrüstet. „Sie haben ohne meine Erlaubnis ..."

„Bitte, klammern Sie die Bordvorschriften einstweilen aus, Oberst!" Rhodan blickte den Kommandanten der CREST beschwörend an. „Mir ging es jetzt nur darum, zu erfahren, ob Leutnant Burdicks Kondition zur Führung unserer Bergsteigeetappe ausreicht. Das scheint der Fall zu sein. Leutnant Burdick, Sie erhalten hiermit den Auftrag, dem Einsatzkommando als Bergführer zu dienen. Sorgen Sie dafür, daß jeder Mann sich sachgemäß anschnallt und während des Weges sichert! Haben wir uns verstanden?"

„Jawohl, Sir! Darf ich sofort meine Anweisungen erteilen?"

„Ich bitte Sie darum."

Zufrieden blickte Rhodan sich zu Cart Rudo um, als Leutnant Burdick ohne jede Hemmung begann, die Leute des Einsatztrupps zu kommandieren und ihnen Verhaltensmaßregeln zu geben.

Ray Burdick gab sich wirklich die größte Mühe, und er verstand etwas von Klettertechnik, wie sich schnell herausstellte. Als es „die Wand", wie er von nun an die Kuppelwandung nannte, hinaufging, bewegte er sich so leicht und sicher wie mancher andere Mensch, wenn er auf einer waagerechten Fläche geht. Höchstens Icho Tolot war ihm über. Aber Tolot war kein Terraner, und er hätte die Männer nie so gut anleiten können wie Burdick, da er ihre Schwierigkeiten einfach nicht voraussehen konnte.

Wie die Fliegen an einer Zimmerwand! dachte Rhodan, als er nach zehn Minuten hinabsah.

Tolot, Kasom und Rudo bedurften glücklicherweise der Hilfe Burdicks nicht, ebensowenig wie Don Redhorse, der es grundsätzlich ablehnte, sich anzuseilen. Taka Hokkado dagegen hatte zwar die ersten fünfzehn Meter sehr schnell zurückgelegt, aber danach, als er keinen neuen Anlauf mehr nehmen konnte, versagte er völlig. Dagegen konnte Leutnant Eyseman, nachdem er sich zuerst immer dicht an Burdick gehalten hatte, bald als dessen Assistent wirken. Am hinderlichsten waren natürlich die Sprengstoffpakete, und zwar sowohl die, die von jedem einzelnen am Körper getragen werden mußten, wie auch die auf den Transportkarren verstauten und angeschnallten Ladungen. Die Räder waren abmontiert worden. Dennoch blieben die Gestelle oft genug an schartigen Gesimsen, Rissen und in Klüften hängen und mußten mühsam abgelöst werden, damit keine Ladung aufgerissen wurde.

Endlich kam Sengus erlösender Ruf. Rhodan hatte schon lange darauf gewartet und gab sofort das Zeichen zum Sammeln.

Nacheinander kamen die Männer in gleicher Höhe an und hingen sich an die Vorsprünge und Risse innerhalb der Rostporen. Wuriu Sengu stand in einer besonders tief eingefressenen Pore und preßte das Gesicht gegen die Wand.

Tiefe Stille trat ein. Ray Burdick brannte sich eine Pfeife an und genoß sitzend, die Beine baumelnd über eine Kante in den mehrere hundert Meter tiefen Abhang gehängt – einen Abhang, der in Wirklichkeit nur nach Zentimetern gemessen werden konnte.

Endlich, für Rhodan wurden die Minuten zur Qual, drehte Sengu sich wieder um. Sein Gesicht war grau.

„Nun . . .?" fragte Atlan atemlos.

Sengu lächelte ein unendlich müdes, resigniertes Lächeln.

„Ich habe hineinsehen können, aber . . .“, er holte tief Luft „. . . ich weiß nicht, was ich gesehen habe. Für meine Augen sind die Maschinen innerhalb der Kuppel zu gigantisch. Normalerweise vielleicht nur zehn Meter hohe Aggregate kann ich nicht einmal mehr zu einem Bruchteil überschauen. Ich habe etwas gesehen, das ein Schauglas für das Innere eines leitungsfreien Stromverteilers sein könnte. Es füllte mein Blickfeld völlig aus, obwohl es *normal* vielleicht zehn Zentimeter Durchmesser hatte. Rechts davon sah ich den Beginn einer flimmernden Energiewand; wahrscheinlich handelte es sich um den Anfang eines Freiluft-Feldleiters.“

Er ließ die Schultern hängen.

Rhodan nickte nur, dann wandte er sich wieder an alle.

„Wie Sie sehen, erwarten uns immer neue Überraschungen. Die menschliche Phantasie lebt praktisch nur von den Erfahrungen der Menschheit und kann sich deshalb etwas, das außerhalb dieser Erfahrungen liegt, nicht ausmalen. Deshalb erleben wir in dieser Situation immer wieder Überraschungen, obwohl das Grundproblem uns allen bekannt ist. Hat jemand einen Vorschlag, wie wir trotz unserer Kleinheit und unserer unzureichenden Mittel das Unternehmen zum erfolgreichen Abschluß bringen können?“

„Darf ich reden?“ hallte Tolots Stimme über das in der Wand herrschende dröhnende Geräusch der Kuppelmaschinen von oben.

„Beim Aufstieg auf die Kuppel habe ich einige Löcher gesehen, die eigentlich nur der Belüftung dienen können. Sie verlaufen in relativ kleinen Abständen rings um die Kuppel herum. Diese ‚Ringe‘ setzen sich nach oben hin fort. Meiner Meinung nach sollten wir in irgendeine dieser Luftöffnungen einsteigen und versuchen, drinnen einen wichtigen Reaktor zu finden, unter den wir dann unsere Ladungen legen.“

„Also uns auf einen glücklichen Zufall verlassen“, bemerkte Atlan.

„Ich denke“, sagte Rhodan bedächtig, „der Plan Tolots ist unter den gegebenen Umständen der einzig realisierbare. Wenn schon Tolots Planhirn keine bessere Möglichkeit errechnen kann, dann, meine Herren, können wir es auch nicht. – Tolot, in welcher Höhe verläuft der erste Ring der Luftöffnungen?“

„Ich schätze“, erwiderte der Haluter ungewöhnlich gedämpft, „für die Begriffe normal großer Wesen in drei Meter Höhe . . .“

Takka Hokkado stieß einen langgezogenen Seufzer aus.

„Sie haben auch allen Grund dazu", bemerkte Rhodan sarkastisch und nicht ohne Bitterkeit. „Drei *Kilometer* Steilwand – und wir haben bisher höchstens vierhundert Meter geschafft . . .!"

In zwei Kilometern Höhe wurde die fünfte Rast eingelegt.

Die Männer wollten einfach in den tiefsten Winkel der Rostpore kriechen, in der sie gerade standen, und schlafen. Rhodan ordnete jedoch an, daß die Rast höchstens zu einem Imbiß genutzt werden durfte. Er fürchtete, daß ein längeres Verweilen – und vor allem eine völlige Entspannung – den weiteren Aufstieg in Frage gestellt hätte.

Ray Burdick nickte ihm auf seinen fragenden Blick hin stumm zu. Er, als erfahrener Bergsteiger, teilte Rhodans Bedenken.

So brach die Gruppe nach zehn Minuten wieder auf. Kaum einer wagte es, in die gähnende Tiefe zu schauen. Es war doch ein gewaltiger Unterschied, ob man bei einem Test oder einer Übung schwerelos allein im Weltraum schwebte oder unter der Einwirkung der Schwerkraft an einer Steilwand hing, zweitausend Meter über dem Boden.

Längst waren die Gespräche verstummt. Mit verbissener Wut zogen die Männer sich Meter um Meter empor, der Erschöpfung nahe und noch dazu wissend, daß jeder Meter in Wirklichkeit nur ein Millimeter war. Selbst Kasom und Rudo atmeten hastiger und lauter als sonst.

Allein Icho Tolot schien der Aufstieg nichts auszumachen. Der Haluter zog inzwischen vier Wagen und hatte Hokkado einen Teil seines Rückengepäcks abgenommen. Rhodan wünschte sich, er könnte ebenfalls einen seiner Leute entlasten. Doch auch er mußte sich immer wieder zusammenreißen, um nicht einem Schwächeanfall zu erliegen und einfach loszulassen. Das Blut hämmerte heiß und schmerzhaft in seinen Schläfen.

Und das Dröhnen und Vibrieren wurde stärker und stärker.

„Noch fünfzig Meter!" meldete Tolot nach einer Ewigkeit.

„Letzte Rast!" befahl Rhodan. Er wußte, daß es unklug war, so kurz vor dem Ziel noch einmal auszuruhen, aber er konnte einfach nicht weiter. Rote Nebel wallten vor seinen Augen.

Zehn Minuten später, gerade wollten sie wieder aufbrechen, erkannte Rhodan, daß ihre physische Schwäche ihnen das Leben gerettet hatte.

Jählings schwoll das Dröhnen an, wurde zu ohrenbetäubendem Orgeln und Brausen – und dann brach ein Höllenlärm los, als würde in unmittelbarer Nähe ein Raumschiff seine Triebwerke auf Vollast schalten.

Die Luft erhitzte sich. Rhodan klammerte sich mit den Fingern in einem Korrosionsriß fest. Mühsam rang er um Atem. Ein Regen heißer Splitter stürzte wirbelnd an ihm vorbei in die Tiefe – winzige Rostpartikelchen, die durch den Orkan abgelöst worden waren.

Die Kante des Risses, die ihm Halt gab, brach ab, als ein schwerer Körper von oben auf seine Arme prallte. Das Seil der Selbstsicherung gab nach. Rhodan spürte, wie er unaufhaltsam in die Tiefe glitt. Er spuckte, hustete und keuchte, als eine warme Flüssigkeit ihm in den Mund lief. Es roch nach Schweiß, nach Staub, Rost und Blut.

Und dann gab es einen heftigen Ruck.

Wie aus weiter Ferne vernahm Rhodan Stimmen. Das orkanartige Tosen war verstummt. Aber es schien dunkel geworden zu sein.

„Hier! Greifen Sie zu!" vernahm er Eysemans Stimme.

Es wurde wieder hell. Ruckweises Zerren und Ziehen beförderte Rhodan Zentimeter um Zentimeter höher, bis er wieder in seiner Rostpore kauerte. Erst da merkte er, daß er zuvor frei über dem Abgrund geschwebt hatte. Er wischte sich über das Gesicht und betrachtete verwundert seinen rotgefärbten Handschuh.

Neben ihm knirschte ein Schritt.

„Na, hast du dir die Nase aufgeschlagen, Freund?" fragte Atlans besorgte Stimme.

Erst jetzt konnte Rhodan wieder klar sehen. Er erkannte Leutnant Finch Eyseman, Atlan und einen reglosen Körper, der an zwei Seilen nach oben gezogen wurde.

„Wer ist das?" fragte er.

„Redhorse", erwiderte Atlan knapp. „Er wurde von Rostsplittern getroffen. Er fiel aus vier Metern Höhe auf dich, sonst läge er jetzt drei Kilometer tiefer."

Rhodan schauerte zusammen.

„Ist er schwer verwundet?"

„Haduy Lam untersucht ihn gerade", entgegnete Atlan. „Aber du würdest mit ihm zusammen unten liegen, wäre Eyseman nicht gewesen. Er befand sich zwei oder drei Schritte neben dir, als Redhorse auf

334

dich stürzte und dein Seil sich löste. Geistesgegenwärtig schwang er sich an seinem eigenen Seil herüber und hielt euch an deinem Seil, bis wir heran waren."

Rhodan erhob sich schwankend.

„Ich muß mich bedanken. Wo ist er?" Verblüfft starrte er dorthin, wo eben noch der junge Leutnant gekauert hatte.

Atlan lachte rauh.

„Er hat es geahnt, deshalb machte er sich aus dem Staub, mein Freund."

Rhodan wischte sich das restliche Blut von den Lippen. Dabei bemerkte er, daß sie zerschlagen waren. Die Nase fühlte sich ebenfalls geschwollen und taub an.

Er schüttelte seine Schwäche ab.

„Komm, Lordadmiral! Sehen wir nach, was Redhorse macht, und dann kümmern wir uns um die Ursache des Orkans."

Redhorses Verletzungen erwiesen sich glücklicherweise nicht als lebensgefährlich. Zwar steckten Schultern und Oberarme des Captains voller winziger Rostsplitter, aber die größeren Splitter hatte der Sanitäter der Gruppe, Haduy Lam, entfernen können. Allerdings hatte der Blutverlust den Cheyenne stark geschwächt. Er würde nicht mehr aus eigener Kraft gehen können.

Lam hatte eben die Wunden Redhorses provisorisch versorgt, als Icho Tolot eintraf. Rhodan fiel erst jetzt die lange Abwesenheit des Haluters auf.

„Was gibt es Neues?" fragte er.

„Nichts Erfreuliches. Die Luftöffnung dient nicht der Belüftung, wie ich angenommen habe, sondern der Entlüftung. Anscheinend arbeitet die Entlüftung nicht ununterbrochen, sondern in bestimmten Zeitintervallen wird glühend heiße Luft durch den Abluftkanal geblasen. Als es losging, befand ich mich etwa fünf Meter darunter. Wäre ich ein Mensch gewesen..." Er sagte nichts weiter, aber jeder, der ihm zugehört hatte, wußte, was gemeint war.

„Das ist tatsächlich unerfreulich", meinte Rhodan nach einigen Sekunden.

„Ich schlage vor", sagte Atlan, „wir warten die nächste Entlüftungsphase ab, damit wir wissen, wie lange eine Ruhepause dauert."

Rhodan schüttelte den Kopf.

„Unter Umständen müssen wir einen ganzen Tag warten. Da wir während des ganzen Aufstiegs die Begleiterscheinungen der Entlüftung nur ein einziges Mal wahrgenommen haben, sollten die entsprechenden Abstände recht groß sein. Wir brechen sofort auf!"

Die Überwindung der letzten fünfzig Meter Steilwand glich einer Flucht – einer Flucht vor dem Grauen des drei Kilometer tiefen Abgrundes und zugleich vor dem deprimierenden Eindruck, wie Mikroben in den Rostporen der Station umherzuklettern, die man bezwingen wollte.

Aber Tatsachen muß man zur Kenntnis nehmen. Zwar vermochte die Öffnung des Abluftkanals für kurze Zeit die Illusion zu nähren, sich als normale Menschen in einem lediglich sehr großen Tunnel zu befinden; aber die etwa zehn Meter weiten Maschen drei Meter dicker Stahlsäulen bekamen zu starke Ähnlichkeit mit einem Gitter, je weiter man sich davon entfernte.

Und damit kehrte auch das Gefühl innerlicher Hohlheit und des seelischen Ausgebranntseins zurück.

Ein Abluftkanal von einem Viertelmeter Durchmesser, mit Maschendraht von drei Millimeter Stärke gegen grobe Pflanzen- und Insektenreste abgesichert und drei Meter hoch über dem Boden – es war für die auf grauenhafte Weise verkleinerten Menschen ein zweihundertfünfzig Meter durchmessender gigantischer Tunnel, mit einer wabengleichen Konstruktion von drei Meter starken Stahlsäulen verkleidet und dreitausend Meter über dem relativ sicheren Boden . . .

Und dazu kam der Lärm entfesselter Atome . . .

Mit letzterem hatte man gerechnet. Die mitgenommenen schalldämpfenden Ohrenschützer aus den Maschinenräumen der CREST schluckten einen ganzen Teil des infernalischen Getöses. Dennoch blieb genug übrig, um die Nerven der Männer, die ohnehin bis zum Zerreißen gespannten Violinsaiten glichen, noch mehr zu strapazieren.

Aber es ging nicht mehr senkrecht von Rostpore zu Rostpore, sondern einmal wieder auf relativ ebenem, waagerecht verlaufendem Gelände. Die von Zeit zu Zeit ausgeblasenen Abgase einer gigantischen Energieerzeugungsanlage hatten jegliche Korrosion verhindert.

Nur winzige, gradlinige, aber blanke Rillen durchzogen die unmerklich gewölbte Wandung.

Und mit dem Mute der Verzweiflung, im Aufbegehren gegen die physische Ohnmacht, stürmten die fünfzehn Männer des Kommandos in den Tunnel hinein.

Nur eine Viertelstunde später standen sie dicht über dem Fußboden der ersten Kuppeletage und schauten beklommen in einen Kraftwerksaal, der sich bis in die Unendlichkeit zu erstrecken schien.

Zehn Kilometer durchmaß der Hohlraum, und die zehn Kilometer waren für die Menschen zehntausend Kilometer – ein Viertel des Erdumfanges...

Es war eine fremde, unheimliche Welt aus Stahl, grauenhaftem Lärm und sonnenhellen Freiluftleitern sowie Funkentladungen, die unablässigen Wechsel von Halbschatten und grellweißer, von explosionsartigem Getöse begleiteter Helligkeit erzeugten.

Hatte Perry Rhodan in der ersten Sekunde noch geglaubt, er könne eine Suchaktion großen Stils durchführen lassen, um eine empfindliche Stelle der Station zu finden, so begrub er diesen Plan bereits in der nächsten Sekunde.

Diese Welt war unübersichtlich. Meterhohe Staubflocken tanzten im Stakkato der Vibrationen einen wirbelnden, undurchsichtigen Schleiertanz auf dem Boden der Halle. Die Lichtblitze blendeten die Augen und ließen sie tränen. Nur mit Mühe vermochten die Menschen sich überhaupt auf den Beinen zu halten.

Doch das Schlimmste war der Lärm. Nicht nur, daß er eine Verständigung durch akustische Signale schlechterdings unmöglich machte und innerhalb weniger Sekunden völlige Taubheit hervorrief – die Schallschwingungen griffen wie mit bohrenden, glühenden Nadeln nach den zerbrechlichen Körpern und vor allem nach den dafür empfindlichsten Körperteilen: den Gehirnen.

Es war, als explodierten Atombomben in rascher Folge.

Rhodans Erstarrung hielt einige Sekunden an. In diesen Sekunden machte er mehr seelische Qualen durch als normalerweise in Jahrzehnten. Er begriff, daß sie, die winzigen Menschlein, einfach zu klein und nichtig waren, um den tobenden Gewalten dieser Kuppelwelt ernstlich etwas anhaben zu können.

Und dennoch: Hinter den Erwägungen der Vernunft loderte immer noch die heiße Flamme der Hoffnung, doch noch etwas gegen die Unabwendbarkeit des Schicksals tun zu können.

Mit Handzeichen verständigte er die Leute des Einsatzkommandos. Dann sprang er die zwei Meter in den wogenden und tanzenden Staub hinunter.

Sofort danach begann er zu laufen. Das Herz trommelte wie ein Schmiedehammer gegen seine Brust. Er rang in den dichten Staubwolken nach Luft, wurde von den Bebenwellen des Bodens vorwärtsgestoßen, emporgeschleudert und zurückgeworfen, stieß mit anderen Männern der Einsatzgruppe zusammen, umklammerte die zuckende Zugstange eines Lastkarrens und verlor innerhalb einer Minute die Orientierung fast völlig.

Tränen der Wut rannen über seine Wangen. Er sah die gleichen Tränen in Atlans Gesicht, das für einen Herzschlag schemenhaft aus dem zitternden Grau auftauchte und wieder verschwand.

Und dann prallte er gegen einen Fels in der Brandung des Lärms, Staubes und Lichts.

Eine eisenharte Faust umklammerte seinen Arm. Er fühlte sich zu anderen Menschen hingeschoben – und als er unter Tränen wieder einmal einen Blick erhaschen konnte, entdeckte er, daß Tolot die Einsatzgruppe sammelte.

Der Haluter dirigierte die ganze Gruppe mitsamt ihrem Sprengstoffvorrat – ausgenommen Don Redhorse, den man am Ausgang zurückgelassen hatte – zu einem unüberschaubaren Inferno von in Feldleitern zuckender hin- und herwogender Energie.

Rhodan vermutete, daß es sich um eine gigantische Energieverteilungsanlage handelte, um einen Freiluft-Feldschalter, der die Energieerzeugung eines Teils der Kuppel mit vielfältigen Energieabnehmern verband oder den Energiefluß abschaltete, je nach Bedarf. Wenn es gelang, diese Anlage zu beschädigen oder zu sprengen, dann konnte dies unmittelbare Auswirkungen auf die Energieerzeuger haben und möglicherweise zu einer Kettenreaktion führen, die schließlich die gesamte Kuppelanlage erfaßte und auch zu den anderen Kuppeln übersprang.

Die Blendung ließ etwas nach, als die Eindringlinge unter einem flachen Dach anlangten, das eine etwa zehn Meter hohe, unübersehbare Halle innerhalb der großen Halle bedeckte. Aber wahrscheinlich, sagte Perry Rhodan sich gleich darauf, handelte es sich nur um die Grundplatte des Aggregates, und der Abstand zum Kuppelboden kam durch zentimeterdicke Dämpfungsauflagen zustande.

Als die Sicht besser wurde, erkannte Rhodan neben Tolot auch Kasom und Rudo, die dem Haluter halfen, die Gruppe zusammenzuhalten.

An ihren offenen Mündern und den blaurot angelaufenen Gesichtern sah er aber auch, daß sie das schier übermenschliche Anstrengung kostete. Er suchte in dem Durcheinander nach Acter Burrol, dem Mann, der die Sprengstoffpakete fertiggemacht hatte und sie nun auch zusammenkuppeln sollte.

Der Naésdniker wurde schließlich durch Atlan entdeckt, der über ein Hindernis stolperte und das Hindernis als Burrols Körper erkannte. Die Befürchtung, ihr Sprengmeister könnte ohnmächtig sein, erwies sich zu aller Erleichterung als grundlos. Acter Burrol hatte es nur vorgezogen, auf allen vieren zu kriechen. Im Handumdrehen taten die anderen Leute es ihm nach. Rhodan fand, daß die Vibrationen sich so tatsächlich etwas leichter ertragen ließen.

Endlich war Burrol fertig – bis auf die Endeinstellung des Zeitzünders.

Durch Gesten erkundigte er sich bei Rhodan nach der einzustellenden Zeit.

Rhodan hob die Rechte und spreizte die Finger. Er beobachtete, wie Burrol die Zeitzündung auf fünf Stunden einstellte und ihn dann erneut fragend ansah. Rhodan nickte heftig.

Im nächsten Augenblick verschwand Burrol aus seinem Blickfeld. Was mit dem Mann geschehen war, begriff Rhodan erst, als er selbst sich fortgezogen fühlte. Jemand – wahrscheinlich Tolot und die anderen beiden Giganten – hatten in der Zwischenzeit alle Gruppenmitglieder durch die Nylonseile verbunden. In Gedanken nannte Rhodan den Betreffenden einen rettenden Engel, denn ihm wurde klar, daß anders eine gemeinsame Flucht kaum möglich gewesen wäre.

Und von nun an konnte jede Verzögerung den Tod bringen . . .

Halb rannten die Männer, halb schleiften sie sich gegenseitig weiter. Unhörbar keuchend in dem tosenden, brüllenden, donnernden, blitzenden und bebenden Inferno einer Welt, die in ihren Dimensionen und Relationen nicht die ihre war, kämpften sie sich, zu Tode erschöpft, enttäuscht und von Angst gepeitscht, von qualvollen physischen und psychischen Schmerzen gepeinigt, dem Ausgang zu.

Irgendwo, unter dem Montageboden eines Aggregats, tickte die Uhr eines Zeitzünders. Unerbittlich näherte sich der Zeitpunkt der Explosion.

28.

Mann auf Mann tauchte aus dem Meer der tanzenden Staubflocken auf, wurde emporgezogen und gesellte sich zu den anderen.

Gesichter, in denen der Schmerz und das Entsetzen ihre unauslöschlichen Spuren hinterlassen hatten, zogen geisterhaft an Perry Rhodan vorbei. Offene Münder zeugten von den verzweifelten Schreien, die von bis aufs Blut gepeinigten und gefolterten Kreaturen ausgestoßen wurden.

Rhodan wandte sich ab und beugte sich zu Haduy Lam hinab, der zusammen mit Ray Burdick den immer noch bewußtlosen Don Redhorse zu einem transportfähigen Bündel Mensch verschnürte.

Fragend näherte er sein Gesicht dem staubüberkrusteten Gesicht Lams. Rotunterlaufene Augen sahen ihn an, dann nickte Haduy Lam schwach.

Ja, Redhorse lebte noch!

Tolot war der letzte, der aus dem Staubmeer des Fußbodens auftauchte. Wild gestikulierend trieb er die Männer zur Eile an.

Im Laufen, an einem Ende die aus zwei Transportkarren provisorisch gefertige Bahre Redhorses tragend, schaute Rhodan rasch auf seine Uhr.

Eine reichliche halbe Stunde war vergangen.

Nur noch viereinhalb Stunden...

Allmählich, während die Beine mechanisch ihren Dienst versahen, ließ der betäubende Lärm nach. Und dann mußten sie ihren rasenden Lauf abstoppen. Das Abschlußgitter, und damit das Ende des Tunnels, war erreicht.

340

Ray Burdick, der bisher unverwüstlich erscheinende Freizeit-Bergsteiger, trat als erster an den Rand des dreitausend Meter tiefen Abgrundes, winkte mit der Hand – und brach, von einem Weinkrampf geschüttelt, zusammen.

Es war Leutnant Finch Eyeman, der braunhaarige, sonst wie ein großer Junge wirkende, verträumte Idealist, der allgemein als zu human galt, um sich durchsetzen zu können, der Burdick festhielt, dicht an sich heranzog und mit seinem Seil verband.

Keiner der Männer zweifelte Eysemans Autorität an, als er sich anschickte, die Einsatzgruppe in Kletterteams aufzuteilen. Ohne daß ein Wort fiel, hatte Eyseman Burdicks Aufgabe übernommen.

Icho Tolot, Melbar Kasom und Cart Rudo kletterten allein. Sie, die noch die meisten Kraftreserven besaßen, schwärmten zwischen den Kletterteams aus, um überall dort einzuspringen, wo jemand versagte.

Nach und nach, der schlimmste Lärm war längst hinter ihnen zurückgeblieben, erlangten die Fliehenden ihr Gehör zurück. Dennoch wurde kaum gesprochen. Niemand hatte mehr den Atem für ein überflüssiges Wort.

Zusammen mit Haduy Lam, Acter Burrol und Atlan seilte Rhodan Don Redhorse ab. Das Gesicht des Cheyenne wirkte zum Erbarmen. Einst von glänzendem Bronzeton, war es jetzt blaß und durchscheinend wie chinesisches Porzellan.

Verkrustetes Blut klebte überall an der Kombination, an den Fetzen der zerrissenen Jacke, in den langen, blauschwarzen Haaren und an den Händen. Hätte die Brust Redhorses sich nicht ganz schwach gehoben und gesenkt, Rhodan würde geglaubt haben, einen Toten zu transportieren.

Ein einziges Mal nur sah Rhodan während des Abstiegs auf seine Uhr. Er stellte fest, daß ihnen noch zweieinviertel Stunden verblieben. Der Rest des Abstiegs verging wie ein böser Fiebertraum.

Und als er den Boden erreichte, brach er zusammen.

Tolots Brüllen trieb sie alle wieder hoch.

„Noch anderthalb Stunden!" schrie der Haluter. Rhodan sah wie durch einen rötlich flimmernden Schleier, daß Tolot sich Redhorse und Burdick unter seine beiden Greifarme geklemmt hatte. „Lauft! Lauft, so schnell euch eure Beine tragen!"

„Ein Kilo Sprengstoff!" rief Atlan keuchend, während er mit Rhodan Schritt zu halten versuchte. „Wir werden die Explosion nicht einmal hören."

„Sie nicht", schrie Kasom. „Aber das, was durch sie erst ausgelöst werden soll!"

Von scheinbar überall herkommendes, gleichmäßiges Brummen, Tappen vieler Füße, Rascheln des Sandes und hämmernder Pulsschlag in den Schläfen: Fünfzehn verdreckte, von Grausen und Strapazen gezeichnete Männer, zwei von ihnen bewußtlos unter den Armen eines „Ungeheuers", befanden sich auf der Flucht.

Und dann, als sie etwa drei Kilometer zurückgelegt hatten, flammte plötzlich der Südhorizont in grellem, blauweißem Feuer auf.

Blitze zuckten Schlag auf Schlag hinauf in den blauen Himmel.

Perry Rhodan, der sich genau wie die anderen Männer zu Boden geworfen hatte, sah hinter halbgeschlossenen Lidern, wie ein Teil der finsteren Stahlwand blutrot glühte, zuerst nur ein kleiner Fleck, dann immer mehr. Feurige Kaskaden ergossen sich von dort hinab in die Ebene. Der riesengroße rote Fleck wölbte sich vor – und barst in unzählige glühende Bruchstücke.

Und zur selben Sekunde war es, als blies ein Riese seinen heißen Atem aus. Zuerst kräuselte sich der Sand auf dem Hügelkamm, schraubte sich in Spiralen empor, doch dann wischte die erste heftige Druckwelle wie eine massive Wand über den Hügel hinweg, preßte die Menschen an den Boden und raubte ihnen den Atem. Das anschwellende Brüllen entfesselter Elemente rollte Welle auf Welle heran. Glühende Trümmerstücke rasten geschoßgleich über die Talsenke hinweg, verbogenes, aufgeweichtes Metall bohrte sich zischend in den Boden.

Als alles vorüber war, klaffte ein für die Augen der winzigen Menschen viele hundert Kilometer großes Loch in dem Stahlvorhang, der den südlichen Horizont abdeckte.

Einer nach dem anderen erhob sich wieder. Schweigend starrten sie sich gegenseitig an. Atlan war der erste, der das Schweigen durchbrach.

„Das war es dann wohl", sagte er mit leiser Stimme zu Rhodan. „Ich glaube nicht, daß unsere Aktion ein durchschlagender Erfolg war. Der

342

Explosionskrater ist zwar für unsere Begriffe riesig groß, tatsächlich sind es aber nur wenige hundert Meter."

„Du hast recht, Atlan", erwiderte Rhodan beherrscht. „Ich rechnete insgeheim damit, daß sich die Explosionswelle fortpflanzen und auch die anderen Kuppeln in Mitleidenschaft ziehen würde. Wie es nun aussieht, dürfte dies nicht der Fall sein. Die Explosion war auf einen räumlich eng begrenzten Teil dieser Kuppeln beschränkt."

„Es bleibt uns aber der Trost, daß wir noch am Leben sind", gab Tolot zu verstehen. „Denn wenn der Plan tatsächlich funktioniert hätte, wie wir es erhofft hatten, wären wir jetzt wahrscheinlich alle tot."

„Ein schwacher Trost", erwiderte Rhodan bitter. „ich weiß nicht, was jetzt weiter geschehen soll. Sie sehen mich ratlos."

„Nur nicht den Kopf hängen lassen", versuchte Tolot zu trösten. „Ich bin davon überzeugt, daß wir einen Teilerfolg errungen haben. Wenn es auch offensichtlich ist, daß wir den Potentialverdichter nicht in seiner Gesamtheit vernichten konnten, so hoffe ich doch, daß es uns gelungen ist, seine Wirkungsweise zu beeinträchtigen, obwohl wir natürlich nicht in der Lage sind festzustellen, wie sich diese Beeinträchtigung bemerkbar macht."

Rhodan und Atlan wechselten einen stummen Blick. Wenn Tolot etwas behauptete, dann konnte man sicher sein, daß er sich auf die Auswertungen seines Planhirns stützte. Es bestand also die geringe Chance, daß der Potentialverdichter soweit beschädigt worden war, daß er für die ANDROTEST II nicht mehr die befürchtete Gefahr darstellte und das erwartete Stufenschiff nicht der Verkleinerung zum Opfer fiel.

„Wir haben getan, was wir tun konnten", sagte Rhodan schließlich mit fester Stimme. „Alles, was uns jetzt noch zu tun bleibt, ist zur CREST zurückzukehren. Wenn die ANDROTEST die Oberfläche Horrors nach uns absucht, müssen wir versuchen, sie mit aller uns zur Verfügung stehenden Sendeenergie zu warnen, und darauf hoffen, daß sie die Warnsignale empfängt und sich dementsprechend verhält."

Niemand antwortete ihm, denn in diesem Augenblick wurde das Land von einem schauerlichen Geheul erfüllt. Die Station gab Alarm!

Das nervenzermürbende Heulkonzert der Alarmsirenen schien kein Ende nehmen zu wollen.

Die Männer des Einsatzkommandos wurden von Panik erfaßt.

Das, was jetzt einsetzte, war kein geordneter Rückzug mehr, sondern eine kopflose Flucht vor der eigenen, triebhaften Angst.

Selbst Perry Rhodan mußte die Panik gewaltsam unterdrücken. Keuchend rang er mit den Urinstinkten, die jedem lebenden Wesen innewohnen. Endlich siegte doch die Vernunft. Er blickte sich um.

Er sah genau in Atlans verzerrtes Gesicht. Der Arkonide ballte und streckte die Hände abwechselnd, seine Unterlippe war blutig gebissen, und die Augen waren geschlossen.

Von einem Augenblick zum anderen veränderte sich sein Gesichtsausdruck. Mit starren Augen sah er Rhodan an. Dann erschlafften die vorher krampfhaft zuckenden Gesichtsmuskeln.

„Das war hart, Barbar!" Atlans Stimme klang geisterhaft hohl. „Beinahe hätte ich mich vor dir blamiert."

„Vor einem ‚Barbaren'?" Rhodan versuchte ein Lachen. Er erschrak vor dem klirrenden Vibrieren seiner Stimme.

Von weitem konnten sie erkennen, daß der anscheinend unverwüstliche Tolot die Einsatzgruppe zusammenhielt wie ein Schäferhund die Herde. Die Panik schien abzuklingen.

Aber alles war nur ein Vorspiel gewesen.

Die Raumfahrer hatten eine Strecke von fast acht Kilometern zurückgelegt und mußten in wenigen Minuten bei den Flugzeugen sein. Rhodan und Atlan hatten sich wieder in Bewegung gesetzt, da flammte es erneut im Süden auf. Diesmal überspannte sich der ganze Himmel lückenlos mit einer hautähnlichen, knisternden und flimmernden Glutwand.

„Der Schutzschirm!" schrie Atlan. „Die Station hat ihren Schutzschirm eingeschaltet!"

Rhodan nestelte an seinem Funkhelm. Es dauerte einige Sekunden, bis er das verrutschte Mikrophon an seinen Platz gebracht und eingestellt hatte.

„Rhodan an Einsatzgruppe. Volle Decku...!"

Der Rest des Befehls ging in urweltlichem Aufbrüllen unter. Die Männer wurden wie welkes Laub davongewirbelt, als die Druckwelle der vom Schutzschirm verdrängten und erhitzten Luft sie erreichte.

344

Gleich glühenden Schlangen ringelten sich die Metallfäden der Rangabzeichen von den hitzefesten Kombis.

Schwarze Asche hüllte die Männer ein. Dann drückte ein Sandsturm sie zu Boden.

Perry Rhodan rang verzweifelt nach Luft. Er fühlte, wie heißer Sand seinen Körper überschwemmte, wie die Körner gleich Hagelkörnern gegen seinen Funkhelm prasselten.

Dann wurde es schwarz vor seinen Augen.

Es war Icho Tolot gewesen, der sie mit bloßen Händen aus dem Sand gescharrt hatte.

Als sie die Augen wieder aufschlugen und zur Kuppel zurückblickten, erlebten sie ihre nächste Überraschung.

Der Schutzschirm war verschwunden!

Sie sahen sich erstaunt an.

„Kannst du das verstehen, Perry?" fragte Atlan schwach. Rhodan schüttelte nur den Kopf.

„Ich glaube, daß die Generatoren, die den Schirm mit Energie versorgen, zusammengebrochen sind", meldete sich Tolot zu Wort.

„Wie kommen Sie darauf?" erkundigte sich Rhodan.

„Das Energiefeld stand kaum zehn Sekunden, dann begann es zu flackern und verschwand schließlich endgültig. Das Flackern deutete darauf hin, daß die Energieversorger überlastet waren und ihren Dienst einstellen mußten. Die von uns verursachte Explosion dürfte also auch dort wichtige Aggregate so stark beschädigt haben, daß sie nicht mehr in der Lage waren, den Schirm zu stabilisieren."

Die Erklärung klang einleuchtend.

„Was ist mit den anderen?" wechselte Rhodan das Thema. „Sind sie wohlauf?"

Tolot nickte und deutete zu einer Gruppe, die nur wenige Meter von ihnen entfernt am Boden saß. Burdick hatte sich inzwischen wieder erholt. Nur Redhorse lag noch regungslos auf der Tragbahre.

„Wir sollten aufbrechen", drängte Tolot. „Bis zu den Flugzeugen sind es nur mehr wenige Minuten."

Rhodan und Atlan nickten und setzten sich in Bewegung. Die anderen erhoben sich ebenfalls und schlossen sich ihnen an. Tolot kümmerte sich wieder um Redhorse. Vorsichtig hob er die Tragbahre auf und setzte sich an die Spitze des Zuges.

Nach wenigen Minuten tauchte vor ihnen ein Hügel auf. Mit monotonen Bewegungen setzten die Menschen einen Fuß vor den anderen. Dann waren sie auf der Kuppe des Hügels, der ihnen bisher die Sicht auf die wartenden Maschinen genommen hatte. Rhodan erschrak. Er sah das Skelett einer allmählich ausglühenden Maschine und eine mittendurch gebrochene zweite Maschine.

Glücklicherweise entdeckte er sofort danach die mit laufenden Triebwerken hin- und herrollenden fünf wichtigsten Flugzeuge. Icho Tolot hatte bereits damit begonnen, die einzelnen zurückkehrenden Männer des Einsatzkommandos auf die fünf Maschinen aufzuteilen.

Rhodan lief auf Leutnant Orson zu, der mit verbundener Schulter neben Tolot stand.

„Alles klar bei Ihnen, Orson?"

„Jawohl, Sir. Nur etwas ungemütlich wurde es."

„Sagen Sie ihm", grollte Tolot, „er soll das Rollen der Maschinen unterlassen. Wir vergeuden nur kostbare Zeit damit."

„Die Fahrgestelle sind verschüttet worden!" rechtfertigte Orson sich empört. „Wenn wir starten, ohne daß sie freigelegt sind, verlieren wir womöglich einige Räder!"

„Als ob es darauf ankäme!" Tolot blickte immer wieder in den Himmel, als erwarte er von dort etwas. „Notfalls fliegen wir eben auch ohne die Fahrgestelle ab."

„Tun Sie, was Tolot sagt!" befahl Rhodan dem Leutnant. „Obwohl...", er wandte sich wieder an den Haluter, „...ich weiß nicht, warum Sie es so eilig haben."

„Sie werden es schon noch sehen!" Mit diesen Worten entfernte Tolot sich.

Atlan lachte. „Jetzt ist er eingeschnappt, Perry."

„Ich kann mir nicht helfen", meinte Rhodan, „aber Tolot hat mich mit seiner Unruhe angesteckt. Ich bin tatsächlich froh, wenn wir von hier verschwinden können."

„Obwohl wir mit nahezu leeren Händen zurückkehren...?"

Rhodans Gesicht verdüsterte sich. Er mußte an Mory denken und daran, daß die ganze Besatzung der CREST II das Kommandounternehmen als ihre letzte Chance betrachtet hatte.

„Fertig, Sir!" meldete Orson. „Die Männer sind untergebracht. Für Sie ist wieder Nummer eins reserviert worden."

„Danke, Orson." Erst dann blickte er auf. „Nun machen Sie schon, daß Sie in Ihre Maschine kommen. Was haben Sie überhaupt gegen Ihre Schulter gekriegt?"

Orson sagte gequält:

„Ein Seitenleitwerk. Es war ziemlich ungemütlich hier."

„Wenn das alles war . . .!" sagte Atlan verächtlich.

Orson zuckte zusammen und lief davon.

Erst dann kletterten auch Rhodan und Atlan in ihre Maschine. Captain Henderson saß bereits im Cockpit. Als Rhodan und Atlan eingestiegen waren, ließ er die Haube zugleiten, packte mit der Rechten den Steuerknüppel und mit der Linken den Schubhebel.

Rhodan nickte ihm zu.

„Start frei für alle Maschinen!"

Die Instrumente begannen zu klirren, als die um neunzig Grad geschwenkten Triebwerke aufbrüllten. Captain Henderson sprach unablässig in das Mikrophon des Sprechfunkgerätes, das ihn mit den Piloten der anderen Flugzeuge verband. Er korrigierte immer wieder die Steiggeschwindigkeit der einzelnen Maschinen, bis sich alle zum Kettenflug formiert hatten.

Als die Formation zum Geradeausflug überging, ertönte Tolots Stimme in allen Kopfhörern.

„Es wurde aber auch langsam Zeit. Meiner Meinung nach ist es ein Wunder, daß wir bisher unbelästigt blieben."

„Er soll es nur nicht beschreien", bemerkte Atlan unwillig.

Henderson fluchte.

„Schon passiert!"

Perry Rhodan wollte fragen, was denn passiert sei, da sah er es selbst.

Das Licht der Sonne wurde von einem gigantischen Gebilde verdunkelt, von einem den Himmel zu einem Drittel überspannenden fliegenden Rad, dessen Achse senkrecht zum Boden wies und das langsam rotierend auf die Südpolstation zuflog.

Rhodan vernahm Atlans unterdrücktes Stöhnen und Zähneknirschen. Er ahnte, welche Gefühle den Freund bewegten. Atlan und Tolot waren, als die CREST II vor der Vernichtung der Nordpolsta-

347

tion vom Potentialverdichter erfaßt worden war, mit einer Space-Jet unterwegs gewesen.

Vielleicht hätten sie die CREST mitsamt der Besatzung noch retten können, wenn nicht die radförmige Raumstation aufgetaucht wäre und die Space-Jet abgeschossen hätte.

Damals allerdings war sie für Atlans Augen, da er noch nicht in die Mikroform gezwungen worden war, nur ein normaler Raumflugkörper gewesen, mit einem zweihundert Meter langen und fünfzig Meter durchmessenden Nabenzylinder in der Mitte und acht fünfzig Meter langen „Speichen" mit jeweils zehn kugelförmigen Kuppeln von zwei Metern Durchmesser.

Jetzt war die Nabe auch für ihn ein zweihunderttausend Meter langer Zylinder, fünfzigtausend Meter durchmessend. Ihre Speichen hatten eine Länge von fünfzig Kilometern, und die Kuppeln waren ungeheuerliche Kugeln von zwei Kilometern Durchmesser...

„Captain", wandte Rhodan sich an Henderson, „geben Sie an alle Piloten durch, daß sie im Falle eines Angriffs nach verschiedenen Richtungen fliegen sollen. Nur die Richtung nach dem Landeplatz der CREST ist tabu!"

Während Henderson den Befehl weitergab, sah Rhodan mit kalkweißem Gesicht und zusammengepreßten Lippen zum Himmel.

Er wußte genau, daß niemand von ihnen mehr eine Überlebenschance hatte, sobald aus den Waffenkuppeln dort oben die ersten Energiestrahlen herabschossen.

Alles, was von ihnen übrigblieb, würde eine rasch verwehende winzige Gaswolke sein...

Wieder trat das Phänomen auf, das während des Hinfluges zu den ersten psychologischen Schwierigkeiten geführt hatte.

Infolge des Verkleinerungsprozesses wurden von den Menschen die zwei Mach Geschwindigkeit ihrer Flugzeuge wie halbe Lichtgeschwindigkeit empfunden.

Wie ein Damoklesschwert hing die gigantische Konstruktion der Raumfestung über den dahinrasenden Maschinen, drehte sich langsam um sich selbst und glitt scheinbar nur zentimeterweise auf die Südpolstation zu.

„Gott sei Dank!" seufzte Henderson. „Sie hat es wohl nicht auf uns abgesehen."

„Wir sind ihr anscheinend zu winzig!" Atlan knirschte mit den Zähnen. Er, der uralte Arkonide, der einstmals regierender Imperator über ein gewaltiges Sternenimperium gewesen war und jetzt als Lordadmiral der „United Stars Organisation" ebenfalls über eine große Machtfülle verfügte, konnte es offenbar nicht überwinden, geringer als der Staub an seinen Schuhen geachtet zu werden.

„Alles hat eben seine Licht- und Schattenseiten", philosophierte Rhodan. Dröhnend näherten sich die Maschinen dem Äquator, während hinter ihnen die Kuppeln und die fliegende Festung zurückblieben und hinter den Horizont verschwanden.

29.

Langsam, sehr langsam senkten sich die fünf Düsenmaschinen auf den Boden des Talkessels. Durch das Donnern der Triebwerke hindurch drangen hin und wieder die plärrenden, quäkenden Satzfetzen eines überlasteten Lautsprechers.

Perry Rhodan erkannte den Grund dafür nach einem ersten Blick über den Kanzelrand.

Rings um den Landeplatz hatte sich fast die gesamte Mannschaft der CREST II versammelt.

Jetzt wichen die Männer zurück. Stolz erfüllte Rhodan. Sie wichen nicht etwa zurück, weil sie mit Gewalt zurückgedrängt wurden; nein, nur die Durchsage des Lautsprechers bewog sie dazu. Alles durchstandene Grauen, alle Enttäuschungen – und auch die letzte Enttäuschung über die offenbar mißlungene Mission hatten der Disziplin der Besatzung nichts anhaben können.

Rhodan hielt nach Mory Ausschau. Er fand sie nicht. Rings um das Landefeld waren Erste-Hilfe-Stationen errichtet worden, die sich sofort um die Ankommenden kümmern sollten. Oberstleutnant Brent Huise, der während Rudos Abwesenheit das Kommando übernommen hatte, konnte sich denken, daß die Heimkehrer ärztliche Hilfe benötigten. Deshalb hatte er die Medostationen errichten lassen, um keine Zeit zu verlieren, bis die erschöpften Männer in die CREST gebracht werden konnten. Wenige Augenblicke später setzten die fünf Maschinen auf dem Landefeld auf.

Perry Rhodan hatte die „Erste Hilfe" geduldig über sich ergehen lassen. Ein Sanitäter war ihm mit einem nassen, nach Desinfektionsmittel riechenden Schwamm über das Gesicht gefahren und hatte die Blutkrusten entfernt.

Nachdem alle Expeditionsmitglieder ärztlich versorgt worden waren, hatte Rhodan über die im Freien aufgestellte Lautsprecheranlage eine kurze Ansprache gehalten und die Besatzung über den Verlauf ihres Unternehmens informiert. Schweigend hatten die zweitausend Menschen zugehört, und wohl jeder von ihnen stellte sich die Frage, wie es nun weitergehen sollte. Würde es ihnen gelingen, die ANDRO-TEST II, deren Ankunft unmittelbar bevorstehen mußte, rechtzeitig zu warnen, obwohl die ihnen zur Verfügung stehende Sendeenergie für das Normalfunkgerät kaum in der Lage war, auf größere Distanz zu funken? Und wenn es gelang, was würde dann weiter geschehen? Welche Möglichkeiten gab es, die gestrandete CREST von der Oberfläche Horrors zu bergen?

Sicher, die ANDROTEST konnte sie, wenn sie den genauen Standort der CREST herausgefunden hatte, aus dem Weltraum mit einem Traktorstrahl zu sich holen, aber würde die fliegende Festung dies zulassen? Rhodan wußte auf diese Fragen vorerst keine Antworten. Er war müde und innerlich ausgebrannt und hatte nur noch das Bedürfnis zu schlafen.

Gemeinsam mit Mory begab er sich schließlich an Bord der CREST und suchte die Intensivstation der Krankenabteilung auf, um sich nach dem Befinden von Don Redhorse zu erkundigen. Nachdem man ihm versichert hatte, daß Redhorse bereits außer Lebensgefahr war und sich auf dem Weg der Besserung befand, zog er sich mit seiner Frau in ihre Gemeinschaftskabine zurück.

Dort angekommen, streckte er sich auf seinem Bett aus und war Augenblicke später eingeschlafen.

350

30.

Wochen zuvor in der Milchstraße:
Anfang Dezember 2400...

Fast zur selben Zeit, als auf Horror der Transportstrahl entstand, kam es, mehr als 900 000 Lichtjahre entfernt, im galaktischen Zentrum, zu einer unheilvollen Entwicklung.

Einheiten der Solaren Flotte, die die Umgebung des Sonnensechsecks überwachten, registrierten starke Energieausbrüche, die aus dem Innern des Transmitters kamen. Die Aktivität der Sonnen war insofern unerklärlich, als aus dem Transmitter nichts Materielles zum Vorschein kam. Die Flotte hatte dafür gesorgt, daß sich kein Neugieriger dem Sechseck allzu weit näherte, also ließ sich der Ausbruch nicht damit erklären, daß von dieser Seite her etwas in den Wirkungsbereich des Transmitters gelangt war.

In den ersten Augenblicken der Verwirrung beschränkte man sich darauf, Stärke und energetische Struktur der Eruptionen zu messen. Dann kam eine eilig zusammengerufene Konferenz von Wissenschaftlern und Technikern auf die Idee, der Transmitter arbeite in diesem Falle nur als Zwischenstation. Man erinnerte sich an die Theorie über die Funktion des Planeten Kahalo. Die Regelmechanismen des Sechsecks befanden sich dort. Die Pyramidenanlage besaß wahrscheinlich die Fähigkeit, Transportobjekte dem Sonnensechseck direkt zuzuleiten. Die Sonnen beförderten das Objekt ans Ziel, ohne daß eine Zwischenrematerialisierung stattfand. Nur die Energieausbrüche, die den Transportvorgang begleiteten, konnten von außen her wahrgenommen werden. Der Vorgang konnte natürlich auch in umgekehrter Richtung ablaufen.

Diese Hypothese führte zu dem Schluß, daß im Augenblick auf Kahalo große Dinge geschahen. Entweder fand ein großmaßstäblicher Abtransport statt, oder es wurden zahlreiche Objekte nach Kahalo befördert.

In beiden Fällen handelte es sich um einen Vorgang, der wegen der damit verbundenen Energieentwicklung aus großen Entfernungen angemessen werden konnte. Das bedeutete, daß es *jetzt,* in diesem

Augenblick, leichter als je zuvor sein müsse, Kahalo zu finden. Die Suchschiffe brauchten nur ihre Energietaster spielen zu lassen. Die Fachleute rechneten, daß die Entladungen, die den Transportvorgang begleiteten, über tausend Lichtjahre hinweg angemessen werden könnten.

Die Hypersender begannen zu arbeiten. Spruch um Spruch raste aus den Antennen, wurde von Relaisschiffen aufgefangen und weitergeleitet. Ein ganzer Milchstraßensektor befand sich plötzlich im Alarmzustand, und in den Meßräumen der Suchschiffe wurden die Energietaster doppelt oder dreifach besetzt.

Die Aufregung war allgemein. Kahalo war das große Ziel, das Eldorado der Raumfahrer, von denen sich manche schon ein halbes Jahr lang unterwegs befanden, um den sagenhaften Planeten zu finden.

Jetzt schien das Ziel nahe.

Die MOHIKAN war ein 800 Meter durchmessendes Schlachtschiff der Solaren Flotte. Genauso wie 20 000 andere Einheiten, war sie seit Monaten unterwegs, um eine Welt zu finden, über die so gut wie nichts bekannt war. Man wußte nur, daß sie der dritte von sechs Begleitern einer gelben Normalsonne mit dem Namen Orbon war und Kahalo hieß. Der Planet sollte erdähnliche Bedingungen aufweisen.

Dieses System sollte irgendwo im Bereich des galaktischen Zentrums liegen.

Oberst Ferro Kraysch, der plophosische Kommandant der MOHIKAN, saß hinter seinem Schaltpult in der Kommandozentrale des Schiffes.

Die MOHIKAN befand sich im Anflug auf das mittlerweile achtzehnte System seit dem Beginn ihrer Suche.

Ferro Kraysch hatte keine allzu deutliche Vorstellung darüber, warum nach Kahalo seit mehreren Jahren so verbissen gesucht wurde. Er wußte aber, daß sich vor etwa 70 Jahren Perry Rhodan, Atlan und Reginald Bull auf dieser Welt aufgehalten hatten. Sie waren nach Kahalo verschlagen worden, nachdem sie Iratio Hondro, dem machthungrigen Obmann von Plophos, mit Mühe und Not entkommen waren. Infolge der merkwürdigen Umstände war es Rhodan und

352

seinen Begleitern jedoch nicht gelungen, die Position Kahalos festzustellen. Sie waren mit einem rätselhaften Schiff dorthin gebracht worden, hatten den Bigheads gegen die Invasion unbekannter Aggressoren aus den Tiefen der Milchstraße Hilfe geleistet und waren anschließend mit demselben Schiff wieder gestartet. Das Schiff war vollautomatisch gesteuert gewesen, so daß die drei Männer keine Gelegenheit hatten, sich die Weltraumkonstellationen einzuprägen.

Das Bemerkenswerteste an Kahalo war das Pyramidensechseck. Die degenerierten Bigheads, die sich selbst Kahals nannten, waren nicht in der Lage gewesen, die einfachsten technischen Zusammenhänge zu verstehen. Sie bedienten sich lediglich der hochentwickelten vorhandenen Anlagen, und selbst hier beschränkten sie sich nur auf nebensächliche Dinge. Das Pyramidensechseck wurde von ihnen als eine Art Heiligtum verehrt, dem sich niemand nähern durfte. Das Sechseck war von einer kreisförmigen Todeszone umgeben, die jeden tötete, der die Grenze dieser Zone überschritt. Die Pyramiden selbst waren rötlich-metallische Gebilde von 500 Metern Höhe und ebensolchem Basisdurchmesser. Das regelmäßige Sechseck, dessen Eckpunkte sie bildeten, hatte einen inneren Durchmesser von zwei Kilometern.

Als die Terraner vor einigen Monaten das galaktische Sonnensechseck entdeckten, wurden Vermutungen laut, daß sich der Steuerungsmechanismus dieses Sonnentransmitters auf Kahalo befände. Zu deutlich waren die Parallelen. Deshalb wurde die Suche nach dem Planeten in verstärktem Ausmaß fortgesetzt.

Wenn man Kahalo fand, war man in der Lage, den Sonnentransmitter nach eigenen Wünschen zu handhaben und einer möglichen Invasion aus Andromeda vorzubeugen, sagten die Wissenschaftler.

Das alles war sehr beeindruckend, und Kraysch war bereit zu glauben, daß der Aufwand der Suche ein Nichts war im Vergleich zu dem, was die Menschheit durch die Auffindung Kahalos gewinnen konnte.

Ferro Kraysch riß sich gewaltsam von seinen Überlegungen los und widmete sich wieder der Umgebung. Auf dem großen Bildschirm sah er die Konstellation des Systems, dem sich die MOHIKAN näherte. Auf anderen Geräten wurden die ersten Fernauswertungen eingeblendet.

Das System besaß sechs Planeten, von denen sich der dritte innerhalb der Biosphäre befand, die die Entwicklung organischen Lebens im menschlichen Sinn ermöglichte. Die Sonne hatte etwa die Größe Sols und leuchtete gelblich.

Kraysch fühlte plötzlich sein Herz schneller schlagen. Die bisherigen Daten stimmten mit jenem des gesuchten Systems überein. Sollte das Unwahrscheinliche nun doch eingetreten sein?

Er gab Befehl, näher heranzugehen.

Als die MOHIKAN nach einer kurzen Linearetappe auf der Höhe des fünften Planeten in den Normalraum zurückkehrte, lief die Fernbeobachtung wieder an.

Während die MOHIKAN mit sechzig Prozent Lichtgeschwindigkeit Kurs auf den dritten Planeten nahm, wurden auf dem großen Bildschirm die ersten Ausschnittsvergrößerungen sichtbar. Der Planet wies, den Analyseergebnissen zufolge, erdähnliche Bedingungen auf. Als schließlich sechs riesige Pyramiden sichtbar wurden, war man sicher, Kahalo gefunden zu haben.

Der Jubel der Zentralebesatzung wollte kein Ende nehmen. Oberst Kraysch konnte den Jubel verstehen, denn *sie* waren es, die Kahalo gefunden hatten.

„Was sagen die Mentaltaster?" fragte er die Ortungsabteilung. „Dort unten muß es unzählige Intelligenzen geben."

„Mentaltaster sprechen nicht an", erwiderte ein Offizier nach einer Weile. „Dort unten gibt es *kein* intelligentes Leben!"

Kraysch wurde blaß. Was bedeutete dies? Wo sollten die Bigheads geblieben sein? Der Kommandant der MOHIKAN war viel zu verwirrt, um einen klaren Gedanken fassen zu können. Für einen Moment überkamen ihn Zweifel.

Noch ehe er sich aus der Schreckensstarre gelöst hatte, heulte die Alarmsirene auf. Dann rief die Stimme des Ortungsoffiziers dazwischen:

„Energieausbruch undefinierbarer Struktur unmittelbar über Kahalo!"

Kraysch schüttelte die Gedanken über die Bigheads von sich und blickte auf den Bildschirm. Der Energieausbruch über dem Planeten hatte inzwischen die Form eines blutroten Glutballs angenommen, der sich aus der Schwärze des Weltraums schälte. Niemand wußte, was dort vor sich ging.

354

Die MOHIKAN hatte ihre Fahrt aufgehoben und kam auf der Umlaufbahn des vierten Planeten endgültig zum Stillstand. Die Ortungsgeräte, die bis zum Auftauchen des Energieorkans einwandfreie Ergebnisse erzielt hatten, funktionierten jetzt nur noch mangelhaft, zweifellos eine Folge der n-dimensionalen Störfelder, die der rote Glutball produzierte. Wollte man die Ereignisse über Kahalo besser erkunden, mußte man wohl oder übel näher an den Planeten herangehen.

Ferro Kraysch zögerte keine Sekunde. Er konnte es sich nicht leisten, mit dem ganzen Schiff in den Brennpunkt einer unbekannten Gefahr vorzustoßen. Er mußte erkunden. Er brauchte Informationen, bevor er etwas Entscheidendes unternahm.

Er gab Captain Diamond den Auftrag, sich zwei Leute auszusuchen und mit einer Space-Jet die Vorgänge in der Umgebung Kahalos zu untersuchen. Er trug Diamond auf, sich auf keinen Fall auf irgendwelche riskanten Manöver einzulassen. Seine Aufgabe war es einzig und allein, herauszufinden, was sich auf Kahalo ereignete.

Diamond nahm den Auftrag unbewegt entgegen und meldete zehn Minuten später Startbereitschaft. Kurz darauf hatte die Space-Jet die MOHIKAN verlassen. Die MOHIKAN selbst würde an ihrem derzeitigen Standort verbleiben und die weitere Entwicklung der Dinge abwarten.

Der rote Glutball in der Nähe des geheimnisvollen Planeten war weiterhin deutlich zu sehen. Der Energieorter empfing nach wie vor Anzeichen gigantischer Energieausbrüche. Die MOHIKAN war gefechtsbereit.

Ferro Kraysch machte sich nichts vor. Die Leute in Terrania hatten zwanzigtausend Schiffe aufgeboten, um Kahalo zu finden. Kahalo war von enormer Wichtigkeit. Es war logisch, daraus zu folgern, daß die Gefahren in Kahalos Umgebung von der gleichen Größenordnung waren wie die Bedeutung des Planeten. Ein einzelnes Raumschiff war zu schwach, um mit ihnen fertig zu werden. Ferro Kraysch war ein verantwortungsbewußter Offizier. Er besaß nichts von dem Ehrgeiz, der zahllose Figuren der Geschichte in ihrer Sucht, alles allein zu vollbringen, ins Verderben gestürzt hatte.

Mit höchster Sendeleistung berichtete er über die Entdeckung Kahalos und die seltsame Entwicklung, die sich rings um den Planeten in den letzten Minuten angebahnt hatte, und bat um sofortige massierte Unterstützung.

Wie sich später herausstellte, hatte er damit das einzig Richtige getan.

Captain Richard Diamond war ein Mann von dreißig Jahren und Durchschnittsgröße, mit einem hübschen Gesicht, das ständig ein leises, spöttisches Lächeln trug. Aus irgendeinem Grund haftete Diamond der Ruf an, er sei ein Abenteurer, und unter wessen Kommando er auch immer flog – sobald es brenzlig wurde, gab man ihm einen Auftrag, der seinem Ruf entsprach.

Er haßte dies, denn im Grunde seiner Seele war er alles andere als das, was die Leute in ihm sahen. Trotzdem behielt er sein spöttisches Lächeln auf dem hübschen Gesicht.

Die Space-Jet nahm Fahrt auf und näherte sich mit ständig wachsender Geschwindigkeit der blutroten Flamme, die über Kahalo brannte. Trotz der Kürze der Zeit, die ihm zur Verfügung stand, hatte Diamond seine Männer mit Bedacht ausgewählt.

Da war Sergeant Romney „Doc" Kimble, ein Riese und in vielen Einsätzen bewährt. Der zweite Mann war Leutnant Earl Rifkin, ein junger, verwegener Typ.

Unter Diamonds Führung schoß die Space-Jet durch den Raum. Die rote Feuerkugel über Kahalo wuchs zusehends. Die Orter waren aktiviert, aber auch aus geringer Entfernung ließen sich die merkwürdigen Impulse, die von der Leuchterscheinung ausgingen, nicht deuten.

Diamond wandte sich an seine beiden Begleiter.

„Ich möchte, daß ihr wißt, worauf wir uns da einlassen", sagte er trocken. „Wir hatten nicht viel Zeit, darüber zu sprechen. Auf dem Planeten dort vorne gibt es Überreste einer fremden, hochentwickelten Technik. Im Augenblick sieht es danach aus, als hätten jene, denen diese Technik gehört, sich dieser Überreste wieder erinnert. Das rote Energiefeld hat zweifellos damit zu tun. Sie sind uns weit überlegen. Ich möchte, daß ihr euch das einhämmert. Wenn wir uns mucksmäuschenstill verhalten, haben wir vielleicht eine Chance, ungeschoren davonzukommen. Sobald wir uns bemerkbar machen, sind wir verlo-

356

ren. Ist das klar? Also – bleibt auf dem Posten und erinnert euch an den Auftrag... erkunden!"

Als die Entfernung zu Kahalo bis auf wenige Millionen Kilometer geschrumpft war, erzielte Doc Kimble das erste greifbare Ortungsergebnis. Über Kahalo wimmelte es von fremden Objekten, wahrscheinlich Raumschiffen. Die größte Konzentration herrschte im Innern der roten Leuchterscheinungen, aber eine ganze Reihe von Reflexen kam auch von außerhalb des Glutballs. Keiner der Fremden hatte sich jedoch bis jetzt weiter als eine halbe Million Kilometer von Kahalo entfernt. Doc Kimble schätzte die Gesamtzahl der Objekte auf fünfzehn und behauptete, es würden ständig mehr.

Die Taktik der Fremden war Diamond ein Rätsel. Es schien nahezu sicher, daß ihre Pläne sich auf Kahalo beschränkten. Keiner der Orterreflexe zeigte eine Tendenz, sich weiter von dem Planeten zu entfernen. Diamond schloß daraus, daß es den Fremden um dieselben Dinge gehen müsse, deretwegen Kahalo von zwanzigtausend terranischen Raumschiffen gesucht wurde. Wenn das so war, dann konnte er seinen Auftrag nur ausführen, wenn er sich so dicht wie möglich an die Oberfläche des Planeten heranwagte.

Richard Diamond war ein Mann kühler und rascher Entschlüsse. Am sichersten war die Space-Jet dort, wo die Dichte der fremden Fahrzeuge am größten war. Er hielt also auf geradem Weg auf die roten Leuchterscheinung zu und behielt die hohe Geschwindigkeit so lange bei, wie er es sich erlauben konnte, ohne das Boot beim Abbremsen zu überlasten.

Mittlerweile waren die Orterreflexe deutlicher geworden. Bei den fremden Objekten handelte es sich um stabförmige Gebilde von tausend Metern Länge und rund hundert Metern Durchmesser, die in grüne Schutzschirme gehüllt waren. Diamond erinnerte sich der Beschreibung, die Perry Rhodan von dem fremden Raumschiff gegeben hatte, dem er im Twin-System begegnet war, und die von Oberst Kotranow dem Flottenhauptquartier auf Opposite übermittelt worden war. Er zweifelte nicht daran, daß es sich bei den Gebilden, die er vor sich hatte, um dieselben handelte, mit denen Perry Rhodan sich draußen im Leerraum zwischen den Galaxien herumzuschlagen hatte. Eine merkwürdige Art von Jagdfieber packte ihn. Er war der erste, der die Fremden innerhalb der eigenen Galaxis zu sehen bekam.

Der rote Ball verlor an Leuchtkraft, je mehr die Space-Jet sich ihm näherte. Doc Kimble hatte inzwischen festgestellt, daß es zwanzig der bleistiftförmigen fremden Schiffe gab. Der Nachschub schien aufgehört zu haben, die Zahl vergrößerte sich nicht. Statt dessen begannen die Fremden, sich im Raum über Kahalo zu verteilen.

Das Boot bremste mit Höchstleistung und glitt mit einer Fahrt von weniger als 15 km/sec in den Brennpunkt der roten Kugel. Der Energieorter registrierte eine Menge unverständlicher Impulse, aber das Boot schien nicht gefährdet. Das nächste fremde Schiff war rund achttausend Kilometer weit entfernt und schien die Space-Jet nicht bemerkt zu haben. Keiner der Fremden hielt sich im Augenblick mehr im Innern des roten Leuchtballs auf. Diamond drückte das Boot nach unten und tauchte unter dem fremden Raumschiff hindurch auf die Oberfläche von Kahalo zu.

Die Spannung wuchs ins Unerträgliche. Die fremden Schiffe standen fast reglos in tausend Kilometer Höhe über den grünen Ebenen und blauen Meeren der geheimnisvollen Welt. Etwas bahnte sich an, das wußte jeder an Bord der Space-Jet. Es war nicht zu erkennen, die Fremden das kleine terranische Boot nicht orteten oder ob es ihnen zu harmlos erschien, um es anzugreifen.

Es gibt eine dritte Möglichkeit, überlegte Richard Diamond. Sie kommen nicht in feindlicher Absicht.

Er glaubte allerdings selbst nicht so recht daran. Die Ereignisse draußen im intergalaktischen Leerraum waren den meisten Flottenoffizieren durch den Bericht von Pawel Kotranow bekannt. Es gab keinen Anlaß, die Absichten der Fremden für friedlich zu halten.

In dreihundert Kilometern Höhe glitt das Boot in rascher Fahrt über die Weiten des fremden Planeten dahin. Diamond veranlaßte, daß charakteristische Daten wie Gravitation, atmosphärische Zusammensetzung und Rotationsperiode gemessen wurden. Unbehindert von den Fremden umrundete die Space-Jet die erdähnliche Welt. Richard Diamond faßte den Entschluß, die Funkstille zu brechen und der MOHIKAN einen kurzen Lagebericht zu geben, falls das Schweigen noch ein paar Minuten länger anhielt. Er hatte das Mikrophon schon in der Hand, da tauchte über dem gewölbten Horizont ein merkwürdiges Gebilde auf.

Zuerst war es nur ein runder, weißer Fleck, der das eintönige Grün der Grassteppe unterbrach. Aus der Mitte des Flecks stieg ein dünner, roter Leuchtstrahl, der die Atmosphäre durchstach und sich hoch über dem Planeten zu jener rot leuchtenden Ballung formte, die man bereits von Bord der MOHIKAN beobachtet hatte. Der rote Ball leuchtete jäh auf, um wenige Minuten später wieder zu verblassen. Diamond ahnte, was dies bedeutete. Das Pyramidensechseck war nichts anderes als ein Transmitter. Und das Energiefeld über dem Planeten war das Transmissionsfeld, in dem die Bleistiftschiffe materialisiert waren.

Die Leuchtkraft des Energieballs hing mit dem Energieausstoß des Pyramidentransmitters zusammen und deutete darauf hin, daß der Transportvorgang abgeschlossen war. Solange der Ball nicht neuerlich aufleuchtete, würden keine weiteren Bleistiftraumer mehr über Kahalo erscheinen. Diamond drückte das Boot weiter nach unten, und nach kurzer Zeit erkannte er eine Serie von Bauwerken, die sich wie die Eckpunkte eines regelmäßigen Sechsecks dunkel gegen den hellen Hintergrund abhoben.

Das Pyramidensechseck . . . !

Die Space-Jet schwang zur Seite. Diamond kannte die Gefahr, die von der fremdartigen Anlage ausging. Der weiße Kreis folgte in seiner Geometrie einem tödlichen Schirmfeld, das jegliche Art von Materie bei Kontakt vernichtete und in einer Art Leuchterscheinung nach oben hin abstrahlte. Niemand wußte, wie hoch das Schirmfeld reichte.

Während das Boot das Pyramidensechseck vorsichtig in weitem Bogen umging, machte Richard Diamond einen erneuten Ansatz, die MOHIKAN anzurufen. Er hatte das Rufsignal schon ausgelöst, als Doc Kimble plötzlich losbrüllte:

„Da kommt einer auf uns zu!"

Diamond ließ das Mikrophon fallen. Auf dem Bildschirm vor sich sah er eines der bleistiftförmigen Schiffe. Es hatte sich aus dem Verband der übrigen Schiffe gelöst und stieß auf die Oberfläche von Kahalo herunter. Die Geschwindigkeit war beträchtlich. Diamond brauchte nur zwei oder drei Sekunden, um zu erkennen, daß der Fremde hinter seinem Boot her war.

Er hatte nicht die Absicht, sich in ein Gefecht einzulassen. Er mußte die schützende Masse des Planeten zwischen sich und den Fremden bringen, wenn er sich keiner Gefahr aussetzen wollte. Die Space-Jet tauchte tief in die Atmosphäre hinunter und setzte in fünfzig Kilometer Höhe ihren Kurs mit unverminderter Geschwindigkeit fort. Der Aufprall der Schirmfelder ionisierte die dünnen Gasmassen. Das Boot zog einen leuchtenden Schweif hinter sich her, als es mit rasendem Tempo versuchte, dem Fremden zu entkommen.

Der Fremde durchschaute das Manöver sofort. Anstatt dem terranischen Jet auf dem geraden Weg zu folgen, schoß er wieder in die Höhe, um sein Schußfeld zu erweitern. Für Richard Diamond gab es keinen Zweifel, daß seine Waffen denen des Bleistiftschiffs bei weitem unterlegen waren. Das einzige, worauf er hoffen konnte, waren die Schirmfelder. Wenn sie lange genug aushielten, um das Boot sicher durch das Sperrfeuer des Fremden zu bringen, dann war alles gerettet.

Diamond verwarf seinen ursprünglichen Plan. Er vergeudete Generatorleistung, wenn er den Wettlauf um den Planeten fortsetzte. Im Vakuum des Weltraums hatte das Boot gegenüber dem Bleistiftschiff den Vorteil der größeren Beweglichkeit. In einer scharfen Kurve zog er das Boot nahezu senkrecht nach oben und gewann unter Höchstschub blitzschnell an Höhe.

Für Sekunden schien der Fremde ratlos. Er wich ein Stück zur Seite, als fürchtete er einen Angriff. Richard Diamond ließ kein Auge von dem leuchtenden Strich auf seinem Bildschirm. Er sah, wie der Fremde seine Fehleinschätzung korrigierte und den Kurs änderte. Es war unglaublich, wie hoch er beschleunigen konnte. Von einer Sekunde zur anderen wuchs der Strich zu einem dicken, mattglänzenden Balken, der dicht vor den Linsen der Fernsehkameras vorbeizuschießen schien.

Plötzlich änderte sich das Bild. Das All war auf einmal nicht mehr schwarz. Eine hauchzarte, filigranartige Struktur durchbrach die finstere Eintönigkeit. Wie eine Spirale aus sanftem Licht zog sie sich vom Leib des fremden Raumschiffs auf die Space-Jet zu.

Die Erscheinung war so fremdartig, daß Diamond sie einen Atemzug lang fassungslos betrachtete. Dann zuckte draußen ein Blitz auf. In allen Farben des Spektrums zuckte er grell über die Bildfläche. Ein schmetternder Ruck traf das Boot. Krachend lösten sich Aggregate aus ihren Halterungen und stürzten zu Boden. Mit schneidendem Heulen mischten sich die Alarmsirenen des Triebwerkraums in den Lärm.

Diamond handelte sofort. Er wußte, daß es ihnen nicht mehr möglich war, weiter in den Weltraum vorzustoßen. Dort oben lauerte der Gegner, der sowohl zahlenmäßig als auch waffentechnisch der Space-Jet weit überlegen war. Die einzige Chance, der Vernichtung zu entgehen, war, auf Kahalo zu landen und dort nach einem geeigneten Versteck zu suchen.

Diamond riß die Space-Jet in einem spitzen Winkel herum und näherte sich mit hoher Geschwindigkeit wieder dem Planeten. Wie ein glühender Komet drang die Jet in die Lufthülle Kahalos ein. Der glänzende Balken des fremden Schiffs war ein Stück zur Seite gerutscht.

Dann tauchte ein zweites Mal die nebeldünne Spirale auf dem Bildschirm auf. Instinktiv duckte sich Diamond. Ein donnernder Krach durchfuhr das Boot. Diamond wurde von dem Ruck nach vorne geschleudert und schlug mit der Stirn auf die Kante seines Pults.

Benommen ließ er das Boot einen weiteren Haken schlagen. Durch die Schleier vor den Augen sah er die Zeiger der Kursmeßgeräte träge über die Skalen kriechen. Dumpf und schmerzhaft wurde ihm klar, daß die Triebwerke Schaden erlitten hatten. Die Reaktion auf seinen Befehl zur Kursänderung war weitaus langsamer als sonst.

Irgendwo brannte es. Graublauer Qualm begann den Kommandoraum zu erfüllen.

Wie ein Automat führte Diamond die Schaltungen durch, die für den Notfall vorgesehen waren. Einer der Generatoren nach dem anderen wurde auf Notleistung geschaltet. Zwei rote Lampen leuchteten auf und zeigten an, daß zwei Aggregaten auch die Notschaltung nicht mehr helfen konnte. Die Space-Jet befand sich nur noch wenige Kilometer über der Planetenoberfläche. Um zu verhindern, daß sie sich mit unverminderter Geschwindigkeit in den Boden Kahalos bohrte, mußte die Fahrt abgebremst werden, um wenigstens eine halbwegs erträgliche Notlandung bauen zu können.

Diamond arbeitete fieberhaft. Aus den Augenwinkeln sah er, daß auch Rifkin und Kimble die Sachlage richtig erfaßt hatten und versuchten, das Unheil von der Space-Jet abzuwenden. Wenige Sekunden später erfolgte der Aufprall.

Die Space-Jet riß durch die Restgeschwindigkeit eine mehrere hundert Meter lange, tiefe Furche in den Boden.

Einen ewig langen Augenblick lang hatte Diamond das Gefühl, das wäre das Ende. Eine unwiderstehliche Macht hob ihn mitsamt dem Sessel vom Boden und beförderte ihn quer durch den Raum. Irgendwie brachte er es fertig, die Haltegurte zu lösen. Der Sessel bremste seinen Sturz, und das federnde Polster schleuderte ihn zur Seite. Rings um ihn schrien die metallenen Schalenwände unter der mörderischen Belastung.

Er sah, wie seine beiden Begleiter durch die Kanzel geschleudert wurden, dann schlug er mit dem Kopf gegen einen harten Gegenstand und verlor das Bewußtsein.

Als Richard Diamond mit der damals noch unbeschädigten Space-Jet auf das Pyramidensechseck zustieß, hatte er die MOHIKAN anrufen wollen, war jedoch nicht dazu gekommen. Nur sein Rufsignal hatte das wartende Raumschiff erreicht.

Das Signal wurde sofort beantwortet. Oberst Kraysch selbst wollte das Gespräch entgegennehmen. Außer dem Signal kam jedoch nichts. Das Beiboot schwieg. Kraysch ließ eine Minute verstreichen, dann rief er von sich aus die Space-Jet an. Doch Diamond meldete sich nicht.

Ferro Kraysch zog den Schluß, der Space-Jet sei etwas zugestoßen.

Die Sachlage schien klar. Die Warnungen der Wachflotte in der Nähe des Sonnensechsecks hatten sich bestätigt. Auf Kahalo ging etwas vor. Es sah so aus, als ob die terranische Flotte Kahalo gerade in dem Augenblick entdeckte, in dem sie einsehen mußte, daß der eigentliche Besitzer des Planeten zu mächtig und zu unnahbar war, als daß man mit ihm hätte verhandeln können.

Ferro Kraysch faßte den einzigen Entschluß, der für einen Mann seiner Mentalität in einer Lage wie dieser in Frage kam. Fünf Minuten nach dem Eintreffen des Rufsignals teilte er seiner Mannschaft mit: „Wir stoßen weiter auf Kahalo vor. Es ist damit zu rechnen, daß wir in der Umgebung des Planeten auf gegnerische Streitkräfte treffen. Das Schiff befindet sich ab sofort in höchstem Alarmzustand. Alle Geschützstände erhalten doppelte Besetzung. Alle Leitoffiziere melden sich sofort im Kommandostand."

Die MOHIKAN begann ihre Fahrt ins Verderben. Ferro Kraysch steuerte den Flug mit eigener Hand.

31.

„Die Zeit verstreicht viel zu schnell!"

Diese philosophischen Worte sprach, seiner sonstigen Art ganz unangemessen, Reginald Bull voller Ernst und mit einem Anflug von Niedergeschlagenheit. Sie waren an Julian Tifflor und den Hyperphysiker Arno Kalup gerichtet. Die Aussprache, die Reginald Bull derart schwermütig einleitete, fand in einem mäßig großen Raum hundert Meter über dem Rand des Raumhafens Hondro auf Opposite statt. Unmittelbar am Rand des Landefeldes war hier in den vergangenen Wochen ein stattliches Bauwerk errichtet worden, von dem aus Reginald Bull mit einem zahlreichen Stab von Mitarbeitern die Geschehnisse lenkte, die sich in der Umgebung des Sonnensechsecks und auch weiter draußen, im intergalaktischen Raum, abspielten.

Durch das breite Fenster fiel gedämpft der grünliche Schein der Sonne Whilor. Der Raum war spartanisch eingerichtet. Es gab einen ovalen Tisch, sechs Stühle und einen hüfthohen, zwei Meter langen Schrank, in dem Reginald Bull, wie die Teilnehmer seiner engsten Besprechungen wußten, geistige Getränke verwahrte.

Arno Kalups mächtiger Schädel fuhr in die Höhe. Wie üblich zog er die buschigen Augenbrauen zusammen, als hätte er die Absicht, einige Grobheiten von sich zu geben. Die feinen blauen Adern auf seinen Wangen schienen zu zucken.

„Wir stehen einer völlig neuen, unglaublich weit entwickelten Technik gegenüber", erklärte er mit seiner vollen Stimme und, wie üblich, mit unerschütterlicher Ruhe. „Niemand kann erwarten, daß wir alle ihre Geheimnisse sofort verstehen."

Reginald Bull winkte ab.

„War nicht gegen Sie gerichtet, Kalup", meinte er beruhigend. „Mehr eine private Bemerkung – sozusagen an mich selbst."

Er versuchte ein Lächeln und fuhr fort:

„NATHAN, die lunare Inpotronik, hat die Informationen ausgewertet, die Kotranow mitbrachte. NATHAN ist durchaus Rhodans Ansicht, daß wir auf dem schnellsten Weg das Twin-System besetzen sollten. Er sieht dabei weiter keine Schwierigkeiten, falls es uns gelingt, das Sonnensechseck für die Dauer des Unternehmens so zu justieren, daß der Transmitter eindeutig auf Twin ausgerichtet ist. Wir haben keine Möglichkeit, die Ausrichtung des Sonnentransmitters zu beeinflussen, wie Sie wissen. Bislang wurde alles, was sich in seine Nähe wagte, nach Twin geschleudert. Professor Kalups Ermittlungen besagen, daß sich das in jeder Sekunde ändern kann. Welches das neue Ziel des Transmitters sein wird, wissen wir nicht.

Wir sind der Ansicht, daß sich die Steuerorgane des Sonnentransmitters auf Kahalo befinden. Gelingt es uns, das Pyramidensechseck in die Hand zu bekommen und seine Technik zu verstehen, dann sind alle Probleme gelöst. Aus diesem Grunde betreiben wir seit einiger Zeit mit zwanzigtausend Schiffen eine intensive Suche nach dem mysteriösen Planeten.

Mittlerweile hat der Sonnentransmitter angefangen, sich zu rühren. Kalup, Sie vermuten, daß ein Transportvorgang entweder von Twin nach einem unbekannten Ort oder von einem unbekannten Ort nach Twin stattfindet, in dem das Sonnensechseck nur als Zwischenstation benutzt wird. Wir glauben, daß es sich bei dem unbekannten Ort um Kahalo handelt.

Es kann sein, daß die ‚Meister der Insel‘ ", er schüttelte den Kopf, als bereite ihm der Name Unbehagen, „von unseren Bemühungen Wind bekommen haben und nun versuchen, Kahalo selbst in die Hand zu nehmen. Wenn ihnen das gelingt, müssen wir das ganze Unternehmen wahrscheinlich abblasen. Es besteht kein Zweifel daran, daß der Gegner uns in jeder Hinsicht weit überlegen ist."

Er schwieg einen Augenblick und sah nachdenklich zum Fenster hinaus. Weit in der Ferne, aber selbst auf diese Distanz noch ein Riese, erhob sich das zweite Vierstufenraumschiff, die ANDRO-TEST II, die die Verbindung mit Perry Rhodan im intergalaktischen Leerraum aufrechterhalten sollte. Das Schiff war am vorigen Tag fertiggestellt worden.

„Icho Tolot, der Haluter", fuhr Bully fort, „bestätigte Kotranow gegenüber die Vermutungen mit Nachdruck. Kahalo *ist* die Welt, von der aus der Sonnentransmitter reguliert werden kann. Ich persönlich vermute, daß Icho Tolot nicht nur über die Rolle des Planeten genau Bescheid weiß, sondern auch seine Position genau kennt. Sie kennen jedoch das Gebot seiner Rasse, sich auf die Rolle des Beobachters zu beschränken und in Entwicklungen der galaktischen Politik auf keinen

Fall einzugreifen. Es ist erstaunlich, daß der Haluter sich dazu hinreißen ließ, unsere Vermutung zu bestätigen.

Sei dem, wie..."

Er wurde unterbrochen. Ein schrilles Signal klang auf, und der Raum bewies, daß er nicht ganz so spärlich möbliert war, wie es zunächst den Anschein erweckt hatte. In der Platte des Tisches öffnete sich eine Klappe, und ein Visiphongerät wurde ausgefahren. Reginald Bull griff nach dem Empfänger. Der kleine Bildschirm leuchtete auf.

Julian Tifflor und Professor Kalup sahen, wie Bully nachdenklich auf den Schirm blickte. Sein Gesicht bewegte sich kaum, und er sagte kein Wort außer „Danke", als er das Gespräch beendete. Er legte den Empfänger auf und sah seine beiden Zuhörer der Reihe nach an.

„Merkwürdige Nachrichten bekommt man manchmal", sagte er gelassen, obwohl er soeben eine Nachricht erhalten hatte, die seit langer Zeit sehnsüchtig erwartet worden war. „Kahalo ist gefunden. Die MOHIKAN unter Oberst Kraysch hat den Planeten entdeckt. Er ist 51 222 Lichtjahre von Terra entfernt und steht, von der direkten Linie Terra–Kahalo aus gesehen, 1124 Lichtjahre hinter dem Sonnensechseck.

Aber...", er hob abwehrend beide Hände, als Tifflor und Kalup von ihren Sesseln aufsprangen, „...der Gegner ist schon an Ort und Stelle. Die MOHIKAN ruft um Hilfe. Offensichtlich befindet sie sich in höchster Gefahr. Drei Schlachtkreuzer sind auf dem Weg nach Kahalo, um Kraysch beizustehen."

Sein ruhiger Blick haftete auf Tifflor.

„Tiff – was schlagen Sie vor?"

„Wir stellen einen Flottenverband zusammen und hauen Kraysch aus der Klemme", antwortete Tifflor.

Reginald Bull stand auf.

„Ganz Ihrer Meinung, Marschall!"

Mit hoher Geschwindigkeit raste die MOHIKAN auf Kahalo zu. Aus einer Entfernung von mehreren hunderttausend Kilometern erfaßten die Ortungsgeräte die bleistiftförmigen Raumschiffe, die scheinbar regungslos über dem Planeten standen. Wie viele es waren, konnte nicht ermittelt werden.

Kraysch zweifelte nicht daran, daß diese Schiffe für das Schweigen der Space-Jet verantwortlich waren.

Kraysch wußte aus den Berichten Pawel Kotranows, wie gefährlich die Bleistiftraumer waren, die sich in ihren grünen Schutzschirmen als nahezu unangreifbar erwiesen und selbst den Transformkanonen eines Fragmentraumers standgehalten hatten. Dennoch fühlte er in diesem Moment, daß er etwas unternehmen mußte. Deshalb ließ er die MOHIKAN auf zwei der fremden Schiffe Kurs nehmen, die etwas abseits von den anderen standen.

Kraysch war fest entschlossen, diese beiden anzugreifen, obwohl ihm eine innere Stimme sagte, daß die MOHIKAN keine Chance hatte, diese Aktion erfolgreich zu beenden.

In starrer Ruhe, als bemerkten die den Angriff gar nicht, warteten die dunklen Bleistiftschiffe. Auf Ferro Krayschs Schaltpult meldeten grüne Lichtsignale, daß die Zielautomatik ihre Opfer erfaßt hatte und die Geschütze feuerbereit waren.

Da geschah es. Durch den finsteren Raum, über mehrere tausend Kilometer Entfernung hinweg, züngelte ein phantomhaftes Gebilde, eine Spirale wie aus weißlichem, dünnem Nebel. Bevor der Verstand den Eindruck noch verarbeiten konnte, glühten die Schirmfelder auf und entfachten ein blendendes Feuerwerk rings um das Schiff. Die MOHIKAN erhielt einen kräftigen Stoß. Ferro Kraysch wurde nach vorn geschleudert und landete mit der Brust auf dem Schaltpult. Alarmsirenen heulten. Das Raumschiff schlingerte und stampfte wie ein Dampfer in schwerer See.

Ferros Gedanken überschlugen sich im Fieber der Erregung. Die Waffe der Fremden war von unheimlicher Kraft. Ein einziger Treffer hatte ausgereicht, um die Schirmfelder bis an den Rand ihrer Kapazität zu beanspruchen. Er durfte die MOHIKAN diesen fürchterlichen Waffen nicht länger aussetzen, als es unbedingt nötig war. Ferro zog das Schiff in eine scharfe Kurve. Das Leuchten der Schirmfelder erlosch. Auf dem Rundsichtbildschirm erschien eine zweite Phantomspirale. Sie zog weit hinter der MOHIKAN vorüber und verlor sich in der Tiefe des Alls.

Ferro atmete auf. Sein Manöver war gerade noch zur rechten Zeit erfolgt. Der Himmel mochte wissen, wie die MOHIKAN einen zweiten Treffer überstanden hätte.

Ferro orientierte sich. Das Schiff stieß schräg auf Kahalo zu. Vorab standen in etwa zweihundert Kilometern zwei weitere Feindschiffe. Die Kontrollampen der Zielautomatiken leuchteten nach wie vor. Ferro löste zwei rasch aufeinanderfolgende Salven aus. Eine grellweiße Lichtwolke hüllte die beiden Bleistiftschiffe ein. Ferro vollzog einen neuen Kurswechsel und lenkte die MOHIKAN von Kahalo weg in den freien Raum hinaus.

Er glaubte sich in Sicherheit. Mit grimmiger Ironie hatte sich der Gegner ausgerechnet diesen Augenblick ausgesucht, um ihm klarzumachen, daß er die Lage völlig falsch eingeschätzt hatte. Mitten aus der Lichtwolke hervor brachen zwei nebelweiße Spiralen. Zielgeräte, von denen man annehmen sollte, daß die Wucht der Transformbomben sie wenigstens aus dem Gleichgewicht gebracht hätte, lenkten die Salven mit solcher Genauigkeit, daß die MOHIKAN unter dem Aufschlag zweier nahezu gleichzeitiger Treffer bis zu den innersten Schalenwänden erbebte, noch bevor Ferro über den Anblick der beiden Spiralen erschrecken konnte.

Die Hölle brach auf. Über die Bildschirme zuckte das wabernde Feuer der überbeanspruchten Feldschirme. Das Schiff torkelte hin und her. Der Antigrav war nicht mehr in der Lage, die rasch aufeinanderfolgenden Schocks zu absorbieren. Der riesige Kommandostand verwandelte sich in ein Trümmerfeld. Durch das Heulen der Sirenen gellten die Schreie Verwundeter. Ferro Kraysch selbst war aus seinem Sitz geschleudert worden und kam nur mühsam wieder auf die Beine. Blut lief ihm übers Gesicht und blendete ihn.

Das war das Ende. Ferro empfand keine Furcht, nur Zorn und Enttäuschung darüber, daß er übereilt gehandelt hatte. Er hatte trotz besseren Wissens geglaubt, mit einem Überraschungsangriff etwas erreichen zu können. Nun mußte er mit der bitteren Erkenntnis fertig werden, daß sein Angriff nicht die geringste Wirkung gezeigt hatte. Er, der Kommandant, hatte die Besatzung seines Schiffes in Lebensgefahr gebracht. Und dieser Schock saß tiefer als der mißlungene Angriff und vernebelte seine Sinne für logische Überlegungen. Für die Fremden war die MOHIKAN nicht gefährlicher als ein Ball, mit dem sie nach Belieben spielen konnten. Ferros Zorn steigerte sich zu rasender Wut. Sie hatten ihn in der Zange. Soeben erschütterte ein neuer Treffer den riesigen Leib des Schiffes.

367

Über schaukelnden Boden gelangte er zu seinem Pult zurück. Von unten her drangen geschriene Befehle durch den Lärm des Gefechts. Auf Ferros Interkomleitungen warteten zahllose Gespräche. Ferro achtete nicht darauf. Er brauchte sich mit niemand mehr zu unterhalten. Die MOHIKAN war erledigt. Die Kontrollen funktionierten noch, das war alles, was er zu wissen brauchte.

Für Sekunden zerriß der wabernde Lichtvorhang auf den Bildschirmen. Die Trefferserie hatte den Kurs des Schiffes verändert. Die MOHIKAN trieb jetzt wieder auf den Planeten zu. Die beiden Feindschiffe, die die Salven der Transformgeschütze anscheinend unbeschädigt überstanden hatten, hingen ein paar hundert Kilometer voraus.

Ferro zögerte nicht. Mit grellen Blitzen entluden sich die schweren Geschütze. In Sekundenbruchteilen verschwand der Gegner hinter den Glutbällen der nuklearen Explosionen. Ferro arbeitete wie ein Berserker. Er wußte nicht mehr, was um ihn herum vorging. Es kümmerte ihn nicht, wohin die MOHIKAN trieb. Die rüttelnden, krachenden Treffer der Phantomspiralen spürte er nur im Unterbewußtsein. Salve auf Salve fegte aus den Trichtern seiner Transformgeschütze, und hoch über Kahalos Ebenen begann eine neue Sonne zu strahlen.

Jemand rüttelte ihn an der Schulter. Ferro achtete nicht darauf. Eine neue Serie von Blitzen schoß aus den Geschützluks.

„Sir...", schrie jemand. „Bitte...!"

Ferro sah auf. Neben ihm stand Major Wesson, sein Erster Offizier. Wesson taumelte und hatte die Arme zur Seite gestreckt, als wäre er betrunken. Ferro kam zu Bewußtsein, daß das Schiff in raschem Rhythmus hin und her schwankte.

„Wir laufen in unser eigenes Feuer, Sir!" schrie Wesson durch den Lärm. „Der Rand der Explosionszone liegt knapp hundert Kilometer vor uns!"

Ferro winkte ab.

„Na und?" brüllte er zurück. „Wir sind sowieso..."

Das Wort wurde ihm vom Mund gerissen. Unter dem Aufprall eines neuen Treffers vollführte die MOHIKAN einen wilden Satz. Wesson wurde von den Beinen gerissen, in die Höhe geschleudert und verschwand hinter der Brüstung des Kommandopults. Ferro kehrte zu seiner Schalttafel zurück. Er zuckte zusammen, als er sah, daß nur eines der grünen Kontrollichter noch brannte. Ferro drückte den Schalter.

Der Leistungsmesser zeigte an, daß das Geschütz sich entlud. Dann erlosch auch das letzte Licht. Die MOHIKAN war waffenlos. Ferro warf sich nach vorn und hämmerte mit beiden Fäusten auf den Kontrollschaltern herum. Er erreichte nichts. Er hatte nichts weiter mehr zu tun, als zu warten, bis der nächste Treffer der Phantomspiralen die MOHIKAN vollends vernichtete.

Er lehnte sich zurück. Seine Begriffe für Zeit und Raum hatten sich infolge der unmenschlichen Anstrengung verwirrt. Aber schließlich kam es ihm doch so vor, als ließen sich die Fremden ein wenig zuviel Zeit. Schließlich konnten sie nicht wissen, daß seine Transformgeschütze ausgefallen waren.

Etwas war geschehen!

Ferro erwachte aus dem Zustand der Trance. Er sprang auf. Rings um das Kommandopult dehnte sich eine Wüste aus zertrümmerten Instrumenten und den Leibern der Verwundeten. Zwei Sektoren des Panoramaschirms arbeiteten noch und zeigten einen Ausschnitt aus der Planetenoberfläche und den Rand der sonnenheißen Glutwolke, die die Transformbomben erzeugt hatten. Vom Gegner war nichts zu sehen. Die beiden Feindschiffe verbargen sich wahrscheinlich hinter der Lichtwolke, und die anderen waren ihrer Sache so sicher, daß sie sich um die Geschehnisse überhaupt nicht kümmerten.

Auf schwachen Knien stieg Ferro die paar Stufen von seinem Pult hinunter. Im Hintergrund der weiten Halle waren schattenhafte Gestalten dabei, Ordnung in das Durcheinander zu bringen. Ein einziger Offizier saß nach wie vor an seinem Pult und nahm seine Aufgaben wahr.

Die MOHIKAN schwankte nicht mehr. Das künstliche Schwerefeld vermittelte nach wie vor den Eindruck normaler Erdgravitation. Ferro schüttelte verwundert den Kopf. Was war los?

„Sir! Ein . . . ein Spruch!"

Verwundert und voller Aufregung gellte der Schrei durch die verwüstete Halle. Ferro sah den Offizier von seinem Pult aufspringen und auf ihn zueilen.

„Jemand ruft uns!" schrie er. „Ich glaube . . ."

Ferro winkte ab. Plötzlich war sein kühler Verstand wieder da.

„Ich nehme das Gespräch an meinem Pult", rief er zurück.

Er stieg wieder hinauf. Auf dem Hyperkomschirm flackerte das rote Rufzeichen. Ferro schaltete das Gerät ein. Der Bildschirm flimmerte eine Zeitlang, dann klarte er auf und zeigte ein lächelndes Gesicht, das Ferro nicht kannte.

„Oberstleutnant Jan Vernik vom Schlachtschiff HALON", meldete sich der Mann. „In unserer Begleitung befinden sich außerdem die Schlachtschiffe HORVE und SCOTT. Wir wären um ein Haar zu spät gekommen."

Diamond wußte nicht, wie lange seine Bewußtlosigkeit gedauert hatte. Als er endlich die Augen aufschlug und seine Sinne wieder funktionierten, stellte er fest, daß es ungewöhnlich ruhig war. Er versuchte sich zu orientieren.

Die Space-Jet war abgestürzt, soviel stand fest. Die Bruchlandung hatte das Schiff in ein Wrack verwandelt. Was die unheimlichen Waffen des Bleistiftschiffes heil gelassen hatten, war durch die Landung endgültig zu Bruch gegangen.

Mühsam stemmte sich Richard Diamond in die Höhe. Da die Space-Jet eine schräge Lage eingenommen hatte, war es schwierig, auf dem Boden Halt zu finden.

Seine Blicke suchten nach Rifkin und Kimble. Er fand sie auf der anderen Seite der Zentrale am Boden liegen. Kimble begann sich bereits zu regen.

Diamond ging so schnell er konnte hinüber und half Kimble auf die Beine. Schweigend kümmerten sie sich danach um Earl Rifkin. Beide waren sichtlich erleichtert, als sie feststellten, daß Rifkin lebte. Sie betteten den Bewußtlosen so gut es ging auf ein weiches Lager.

Eine rasche Überprüfung der Anlagen der Space-Jet ergab, daß kein einziges Gerät heil geblieben war. Sie hatten keine Möglichkeit, Hilfe herbeizurufen. Aber wenigstens waren sie noch am Leben.

Durch die Sichtkuppel, die seltsamerweise die vorangegangenen Torturen heil überstanden hatte, sahen sie die untergehende Sonne Orbon. Weit dehnte sich die Grassteppe, in der die Space-Jet heruntergekommen war. Im Norden leuchteten in einem eigenartig goldenen Schimmer die Spitzen der Pyramiden.

Inzwischen war die Sonne endgültig untergegangen, und am Himmel waren die Sterne des galaktischen Zentrums sichtbar. Plötzlich machte Sergeant Kimble eine merkwürdige Beobachtung.

Zwischen dem Gewimmel der Sterne sah er schwache Lichter aufblitzen. Entweder hatten die Fremden dort oben eine neue rätselhafte Tätigkeit begonnen, oder jemand schlug sich mit ihnen herum. Richard war nicht bereit zu glauben, daß Ferro Kraysch verwegen genug wäre, um sich mit der feindlichen Übermacht in einen Kampf einzulassen. Er mußte seine Ansicht jedoch ändern, als die Lichtbälle der ersten Transformsalve wie neue Sonnen mitten im Nachthimmel erschienen.

Kein Zweifel – die MOHIKAN war zum Angriff übergegangen!

Richard Diamond hielt sich für einen unsentimentalen Menschen. Es war für ihn eine völlig neue Erfahrung festzustellen, daß ihm der Kampf dort droben ans Herz ging. Er versuchte, sich die MOHIKAN vorzustellen, wie sie sich in einem aussichtslosen Kampf mit den Fremden herumschlug. Er versuchte auszurechnen, wie lange sie den fürchterlichen Waffen des Gegners standhalten könnte. Die Erkenntnis, daß er weder Ferro Kraysch, noch irgendeinen von seinen Kameraden an Bord des Schlachtschiffs jemals wieder zu sehen bekäme, stimmte ihn melancholisch. Seiner Natur entsprechend, blieb es dabei nicht lange. Seine Traurigkeit schlug in lodernde Wut um. Er nahm sich vor, alles zu tun, was in seiner Macht stand, um die MOHIKAN und ihre Besatzung zu rächen.

Hinter ihm erklang eine matte Stimme:

„Was ist los? Wo sind wir?"

Earl Rifkin war zu sich gekommen.

Die MOHIKAN war noch manövrierfähig. Die drei Schlachtschiffe HALON, HORVE und SCOTT eskortierten sie aus dem Bereich unmittelbarer Gefahr. Fünf Millionen Kilometer von Kahalo entfernt brachte Ferro Kraysch sein Schiff zum Stillstand und ließ die notwendigsten Reparaturarbeiten in aller Eile durchführen. Während dies geschah, beriet er sich mit den Kommandanten der drei Schlachtschiffe, die zu einer Lagebesprechung an Bord der MOHIKAN gekommen waren. Die Beratung fand in Ferros Kabine statt. Das Gefecht hatte sie in einem Zustand hinterlassen, als wäre sie seit drei Jahren nicht mehr aufgeräumt worden.

Ferro kam sofort zur Sache. Er berichtete von der Entdeckung des Planeten Kahalo und dem plötzlichen Auftauchen der Fremden. Er ging auf das Schicksal der Space-Jet ein und schilderte den Angriff auf die feindlichen Raumschiffe. Als er auf die Pyramiden und den rotleuchtenden Ball zu sprechen kam, zog er, ohne es zu ahnen, die gleichen Schlüsse wie Richard Diamond.

„Die Absicht des Gegners ist es", schloß er dann, „uns an der Erforschung und Benutzung der Pyramidenanlage zu hindern. Ich nehme an, daß er das Sechseck für den eigenen Rückzug braucht – nachdem er die Einrichtungen derart umgepolt hat, daß sie für uns wertlos sind."

Er sah die drei Offiziere der Reihe nach an. Es mußte ihm von den Augen abzulesen sein, was er auf der Zunge hatte. Jede Bewegung erstarb, und lähmende Stille legte sich über den kleinen Raum.

„Wir müssen das verhindern", sagte er dann. Die Schuldgefühle die ihn gequält hatten, waren nun vollständig verschwunden. Nachträglich betrachtet, hielt er den Angriff der MOHIKAN für richtig, denn er ahnte, daß jede Minute, in der man den Gegner von seinem eigentlichen Vorhaben abhielt, kostbar war. „Es bleibt uns nur eine Möglichkeit: Angreifen. Und zwar so lange, bis Hilfe von der Flotte eintrifft. Wir müssen den Gegner daran hindern, daß er sein Werk – wie immer dieses beschaffen sein mag – vollenden kann."

Die Lage war klar. Es gab keinen Widerspruch. Ferro Kraysch war der ranghöchste Offizier – und außerdem der einzige, der Erfahrung in der Kampftechnik des Gegners hatte. Seine Vorschläge wurden fast ohne Diskussion angenommen. Die Streitmacht des Gegners bestand im Augenblick aus zwanzig Bleistiftschiffen. Ferro war dafür, mit der HORVE und der MOHIKAN durch leichtes Geplänkel die Aufmerksamkeit des Gegners auf eine bestimmte Stelle zu richten, und mit den beiden anderen Schiffen dann von völlig unerwarteter Seite her anzugreifen.

Die Reparaturen der MOHIKAN nahmen drei Stunden in Anspruch. Danach war das Innere des Schiffes zwar immer noch einer Rumpelkammer ähnlicher als einem terranischen Raumschiff, aber das Fahrzeug war gefechts- und manövrierfähig.

Ferro Kraysch zögerte nicht, seinen Plan in die Wirklichkeit umzusetzen. Es gelang der MOHIKAN und der HORVE tatsächlich, die Aufmerksamkeit des Gegners durch eine Finte soweit zu erregen, daß er mehr als die Hälfte seiner Streitmacht an der Stelle zusammenzog, an der der Angriff der beiden terranischen Einheiten erwartet wurde. Nach Ferros Rechnung befanden sich auf der abgewandten Seite des Planeten nur noch sieben Bleistiftschiffe. Die SCOTT und die HALON hatten Kahalo inzwischen in weitem Bogen umgangen und griffen auf Ferros Signal hin blitzartig an.

Das Resultat war beeindruckend. Unter dem massiven Punktfeuer der beiden Schlachtschiffe wurde ein gegnerisches Schiff zerstört. Die Absorberkapazität der Schutzschirme mußte zweifellos schwächer sein als jene, mit denen es die CREST II im Twin-System zu tun gehabt hatte. Während man den planetaren Schutzschirmen damals mit Transformkanonen nicht beikommen konnte, hatte man hier Erfolg, wenn man in entsprechender Stärke ein Punktfeuer eröffnete. Die SCOTT und HALON waren schon längst wieder in der Finsternis des Weltalls verschwunden, als der Gegner sich von der Überraschung zu erholen begann.

So imposant jedoch dieser Erfolg war, die Terraner wurden bald gezwungen einzusehen, daß es ihr einziger bleiben würde. Der Gegner änderte seine Taktik. Anstatt untätig auf weitere Angriffe zu warten, ging er selbst zur Offensive über. Die Bleistiftschiffe entwickelten eine erstaunliche Beschleunigung, und ehe die MOHIKAN und die HORVE sich noch in Sicherheit bringen konnten, fanden sie sich im Kreuzfeuer von drei Feindeinheiten. Allerdings erkannten die SCOTT und die HALON die Lage richtig, änderten sofort den Kurs und stießen mitten in das Getümmel der kämpfenden Schiffe hinein, wobei sie weitere fünf Feindeinheiten hinter sich herzogen. Die Transformsalven der beiden Schlachtschiffe packten den Gegner von der Flanke her und vernichteten ein weiteres Bleistiftschiff. Der Feuerhagel, der auf die MOHIKAN und HORVE niederging, wurde sekundenlang unterbrochen. Ferro Kraysch benutzte die Augenblicke der Verwirrung, um sein Schiff in Sicherheit zu bringen. Der Kommandant der HORVE folgte seinem Beispiel auf der Stelle. HALON und SCOTT brachten es ebenfalls fertig, sich vom Gegner zu lösen. In breiter Front drangen die vier terranischen Schiffe in die äußeren Regionen des

Planetensystems vor. Der Gegner setzte zur Verfolgung an. Etwa zehn Astronomische Einheiten von Kahalo entfernt verlor er jedoch das Interesse an der Jagd und schwenkte ab. Ferro Kraysch versammelte seine kleine Streitmacht hoch über der Ebene der Planetenbahnen, etwa vier Milliarden Kilometer von Kahalo entfernt. Er stellte eine Hyperkomverbindung mit den drei Schlachtschiffen her und erklärte den Kommandanten:

„Das war erst der Anfang. Lassen Sie die dringendsten Reparaturen durchführen. In einer Stunde greifen wir wieder an."

„Wie fühlen Sie sich?" fragte Richard.

Earl Rifkin sagte kläglich:

„Miserabel. Aber ich kann auf meinen zwei Füßen stehen – und gehen, wenn's sein muß."

Richard nickte und klärte ihn über ihre Situation auf. Danach besprachen die drei Männer, welche Möglichkeiten ihnen zur Verfügung standen, in die Auseinandersetzung einzugreifen, die oben im Raum stattfand. Sie kamen zu dem Schluß, daß ihre einzige Möglichkeit darin bestand, sich um die Pyramiden zu kümmern.

„Wir brechen am besten gleich auf", sagte Diamond. „Je früher wir dort ankommen, desto besser."

Es gab nichts mitzunehmen. Sie entledigten sich der Raumanzüge und vergewisserten sich, daß ihre Waffen in Ordnung waren. Dann brachen sie auf. Die Nacht war warm und ruhig. Der rote Lichtstrahl über den Pyramiden wies ihnen den Weg. Richard schätzte, sie würden etwa sechs Marschstunden brauchen, um das Ziel zu erreichen.

Er hing seinen Gedanken nach, während sie hintereinander durch das kurzgeschnittene Gras stapften. Die Lage war alles andere als rosig. Er zweifelte nicht daran, daß die MOHIKAN vernichtet worden war.

Es war nicht vorhersehbar, wann Hilfe von der Flotte eintreffen würde und ob diese Hilfe noch rechtzeitig erscheinen konnte, um die Bleistiftraumer an ihrer Tätigkeit zu hindern.

Diamond blickte um sich. Kahalo war eine schöne Welt mit großen Wäldern und ausgedehnten, gepflegten Grünflächen. Sie erinnerte an einen künstlich angelegten Park. Und doch schien sie tot zu sein. Die

Bigheads waren verschwunden, und niemand konnte eine Erklärung finden. Alles auf dieser Welt sah so aus, als ob ihre Bewohner sie erst vor kurzer Zeit verlassen hätten. Nirgends gab es Spuren einer gewaltsamen Auseinandersetzung, in deren Folge die Kahals untergegangen sein könnten. Kahalo machte einen friedlichen Eindruck, und doch schwebte ein Hauch des Todes über dieser Welt. Dieser Todeshauch wurde durch die Anwesenheit der Bleistiftschiffe nur noch verstärkt.

Diamond fragte sich, ob zwischen dem Auftauchen dieser Raumschiffe und dem Verschwinden der Kahals ein Zusammenhang bestand. Er verwarf diesen Gedanken wieder. Die Bigheads waren bereits fort gewesen, bevor der Pyramidentransmitter in Tätigkeit getreten war. Es mußte eine andere Ursache geben.

Er erinnerte sich an die Beschreibung dieser Wesen, mit denen Rhodan, Atlan und Bull vor mehr als 70 Jahren Kontakt gehabt hatten. Demnach hatte es sich um etwa neunzig Zentimeter große humanoide Geschöpfe gehandelt, deren riesige Köpfe etwas mehr als die halbe Körperlänge einnahmen, kugelrund und kahl waren. Aufgrund dieser riesigen Schädel erhielten sie auch den Beinamen Bigheads. Ihre Kultur und ihr körperliches Erscheinungsbild wiesen alle Anzeichen der fortgeschrittenen Degeneration auf. Sie besaßen zwar noch eine uralte Technik, deren sie sich teilweise bedienen konnten, aber sie waren nicht in der Lage, sie zu verstehen. Damals hatten Rhodan, Atlan und Bull angenommen, daß diese Technik von den Vorfahren der Bigheads stammte. Angesichts der neuesten Erkenntnisse durfte dies bezweifelt werden. Alles deutete darauf hin, daß die Meister der Insel hinter der Supertechnologie von Kahalo standen.

Der Lebensinhalt der Bigheads war es gewesen, den Planeten zu einem blühenden Garten umzugestalten, wobei sie sich der Hilfe von Robotern bedienten. Bezeichnenderweise waren sie nicht einmal mehr in der Lage gewesen, die relativ simplen Programme der Arbeitsmaschinen zu begreifen, geschweige sie verändern zu können.

Diamonds Gedanken kehrten wieder zum eigentlichen Problem zurück. Er stellte insgeheim fest, daß ihre Aussichten nicht gerade rosig waren, die Ankunft der Flotte zu erleben. Es war anzunehmen, daß sich die Fremden nicht um die drei gestrandeten Terraner, die sich zu Fuß durch die Landschaft bewegten, kümmern würden. Aber sicher konnte man sich dessen nicht sein.

Etwa so weit war Richard mit seinen Gedanken gekommen, da wuchs vor ihm plötzlich ein Schatten auf. Mit einer blitzschnellen automatischen Bewegung riß er den Blaster hervor und brachte ihn in Anschlag.

„Bitte nicht schießen, ja?" sagte eine merkwürdige Stimme auf Interkosmo.

Eine Handlampe leuchtete auf. In ihrem Lichtkegel erschien eine seltsame Gestalt. Im großen und ganzen bestand sie aus einer meterdicken Tonne, die auf drei gelenkigen Stützen ruhte und von einem quaderförmigen Aufbau gekrönt war, der einer altmodischen Zigarrenkiste ähnlich sah.

Das Gebilde bestand aus Metall oder doch einer metallähnlichen Substanz.

Ein Roboter! durchfuhr es Richard.

„Was tust du hier?" wollte er wissen.

„In der Nacht laufen die Prypach herum", erläuterte der Robot. „Nur in der Nacht. Sie glauben, ich kann sie nicht sehen. Ich sehe sie doch. Fange sie und schneide ihnen die Schwänze ab."

„Die Schwänze!" schnaufte Doc.

„Ja. Sie haben lange, dünne Schwänze, die ihnen oft gefährlich werden, weil die Kerotl sie daran packen und fortschleppen. Der Schnitt ist schmerzlos."

Diamond blickte seine Begleiter an. Sie waren zweifellos mit einem jener Roboter zusammengetroffen, die damals die Bigheads bei ihrer Tätigkeit tatkräftig unterstützt hatten. Die Tatsache, daß er Interkosmo sprach, deutete darauf hin, daß er mit Rhodan, Atlan und Bull zusammengetroffen war.

„Was weißt du über das Schicksal deiner Herren", fragte Diamond.

„Nichts", antwortete der Roboter. „Sie sind vor einigen Sonnenumläufen verschwunden. Ich weiß nicht wohin. Meine Aufgabe ist, die Prypach zu behandeln, und diese Aufgabe will ich fortführen."

Diamond stellte noch einige andere Fragen, ohne jedoch eine befriedigende Antwort zu erhalten. Schließlich gab er auf.

„Wir sind auf dem Weg zu den Pyramiden", machte er noch einen letzten Versuch. „Willst du mit uns kommen?"

„Natürlich, ja", antwortete der Robot. „Das ist auch mein Gebiet, und es gibt überall Prypach."

Sie nahmen den Marsch wieder auf, und der Robot stapfte auf seinen drei gelenkigen Metallbeinen neben ihnen her.

Als der Horizont sich zu röten begann, ließ Richard eine halbstündige Pause einlegen. Es wurde rasch hell, und die aufsteigende Sonne beleuchtete die roten Pyramiden, deren südlichste noch knapp acht Kilometer entfernt sein mochte. Richard Diamond nahm sich Zeit, die Umgebung zu beobachten. Nirgendwo rührte sich etwas. Der Himmel über ihm war klar und leuchtete im tiefen Violett des frühen Morgens. Er sah keine Spur eines feindlichen Raumschiffs. Es gab keinen Grund, den Marsch zu den Pyramiden länger als für eine kurze Rast zu unterbrechen. Die Männer und der Robot machten sich wieder auf den Weg, nachdem die Männer aus den mitgenommenen Vorräten ein frugales Frühstück verzehrt und der Robot einen Prypach gefangen und ihm den Schwanz gestutzt hatte. Der Prypach war ein eidechsenähnliches Tier. Die Natur hatte da eine Art Unikum geschaffen, das ohne die Fürsorge der Bigheads zweifellos schon vor Jahrtausenden ausgerottet worden wäre. Der eigentliche Echsenkörper war nicht länger als eine Handspanne. Der kahle, wurmähnliche Schwanz jedoch war fast einen Meter lang. So flink sich die Prypach auch bewegen mochten, ihr Schwanz war ihnen ein stetiges Hindernis. Unter unkontrollierbaren Nervenimpulsen bewegte er sich auch dann noch, wenn das Tier einen Gegner erspäht hatte und in Ruhepose verhielt, um nicht bemerkt zu werden. Aus diesem Grund wurden die Prypach das leichte Opfer ihrer Feinde. Der Robot, den Doc Kimble inzwischen aus handgreiflichen Gründen auf den Namen Schneider getauft hatte, erklärte, der Schwanz eines Prypach benötigte nach einem Schnitt etwa ein planetarisches Jahr, um wieder auf die frühere Länge zu wachsen. Den größten Teil des Jahres hindurch befand er sich, von seiner Achillesferse befreit, in völliger Sicherheit vor seinen zahlreichen Feinden.

Richard hielt nicht viel von dem Geplapper des Roboters, aber weil er nichts anderes zu tun hatte, hörte er zu. Er hatte keine Ahnung, wie wichtig die Prypach noch für ihn werden würden.

Er dehnte die Pause auf eine Stunde aus. Dann jedoch bestand er darauf, daß sie sich wieder auf den Weg machten. Die Pyramiden wuchsen jetzt bedrückend schnell in die Höhe, und zwei Stunden nach dem Aufbruch standen Richard und seine Begleiter nur noch wenige hundert Meter von der Basis des südlichsten Pyramidenriesen entfernt. Die weißgraue, glatte Fläche des Todeskreises war deutlich zu sehen. Richard hatte keine Ahnung, wo der Feldschirm begann und ob sein Rad tatsächlich genau auf den Rand der glatten Fläche fiel. Während er langsam vorrückte, hob er Steine vom Boden auf und schleuderte sie vor sich her. Solange sie ungehindert zu Boden fielen, war er in Sicherheit.

Sie näherten sich der Basis der Pyramide bis auf dreißig Meter, ohne daß etwas geschah. Mit erdrückender Wucht ragte das glatte, rote Bauwerk vor ihnen in die Höhe, schweigsam und geheimnisvoll, Hüter einer Technik, die so fremd war, daß sich ihr Verständnis dem menschlichen Geist entzog.

Richard Diamond fragte sich, was er eigentlich hier wollte. Hier stand er – mit zwei Mann und einem Robot, dessen einzige Aufgabe es war, wilden Tieren Nägel, Krallen und sonstige Extremitäten zu schneiden. Vor ihm hatten Perry Rhodan und so hervorragende Geister wie Atlan und Reginald Bull, des Großadministrators Stellvertreter, das Geheimnis zu ergründen versucht. Es war ihnen nicht gelungen. Was konnte *er* erwarten?

Er wog den Stein in der Hand, den er eben aufgehoben hatte, und betrachtete nachdenklich die glatten Wände der Pyramide. Plötzlich stand Earl Rifkin neben ihm.

„Ein bißchen benommen, wie?" fragte er leise.

Richard nickte.

„Und Sie?"

Earl wischte sich mit dem Handrücken über den Mund.

„Mit Verlaub, ich spüre ein seltsames Drücken im Magen. Ich glaube . . ."

Richard lachte gezwungen.

„Vergiß die Etikette, Earl. Wir müssen da hinein! Es sieht nicht so aus, als könnten wir's schaffen. Aber es steht in keinem Buch geschrieben, daß wir's nicht wenigstens versuchen können. Bis jetzt sehe ich noch kein Hindernis."

Er riß den Arm in die Höhe und schleuderte den Stein. Das Geschoß beschrieb einen steilen Bogen und senkte sich über den Gipfelpunkt der Bahn auf die Fläche des Todeskreises hinab. Es war noch zehn Meter über dem Boden, da zuckte ein bunter Blitz in die Höhe.

Für Sekundenbruchteile versanken die Pyramiden und alles, was dahinter lag, in einem Lichtgewitter.

Dann war wieder Ruhe. Der Stein war verschwunden. Die grauweiße Platte des Todeskreises lag makellos wie zuvor.

32.

Plötzlich war die starre, finstere Leere des Weltraums von Leben erfüllt. Aus dem Nichts erschienen die metallenen Leiber kugelförmiger Raumschiffe – kleine, große und riesengroße, alles, was Solarmarschall Julian Tifflor in der Eile des Aufbruchs hatte auftreiben können. Bewundernswert war die straffe, zentral gesteuerte Ordnung, mit der der terranische Verband in den inneren Regionen des Orbon-Systems auftauchte – um so bewundernswerter, als manche Kommandanten in der Hast des Vorstoßes noch nicht einmal erfahren hatten, worum es ging.

Von der NAPOLEON aus dirigierte Reginald Bull die Aktionen der Flotte. Die NAPOLEON, ein Schlachtschiff der Superklasse, war als erste aus dem Linearflug aufgetaucht. Ihre Instrumente arbeiteten fieberhaft, und eine halbe Minute später hatte Bull sich einen Überblick über die Lage verschafft.

Die Geräte registrierten die Anwesenheit von vier terranischen Schlachtschiffen, die den Bleistiftraumern einen verzweifelten Kampf lieferten. Reginald Bull zögerte nicht, die gesamte Streitmacht in den Kampf zu werfen, um den vier bedrängten Schiffen zu Hilfe zu kommen.

Die Transformkanonen eröffneten das Punktfeuer auf die grünen Schirme der Bleistiftraumer und trieben diese in die Flucht. Innerhalb von vierzig Minuten gab es in der Umgebung Kahalos kein einziges Bleistiftschiff mehr.

Zurück blieben die vier terranischen Einheiten, die man kurz darauf als die MOHIKAN, HALON, HORVE und SCOTT identifizierte.

379

Jedes einzelne Schiff war schwer angeschlagen. Reginald Bull wies vier Schlachtkreuzer der Solar-Klasse an, sich um die HALON, SCOTT und HORVE zu kümmern. Zur Rettung der MOHIKAN detachierte er vier Korvetten der NAPOLEON. Höchste Eile war geboten. Die MOHIKAN war im Begriff, auf Kahalo abzustürzen.

Nachdem er die Rettungsaktion in Gang gebracht hatte, rief er Julian Tifflor und Arno Kalup zu sich. Tifflor war sofort zur Stelle, Kalup erschien erst nach der zweiten Aufforderung. Sein Gesicht war gerötet, und Schweiß stand ihm auf der Stirn. Er befand sich im Zustand höchster Erregung.

„Die Sache ist völlig klar", polterte er, als er Reginalds Kabine betrat. „Das Pyramidensechseck ist die unmittelbare ,Verlängerung' des Sonnensechsecks und ermöglicht den Transport von und zu jeder Transmitterstation der Meister der Insel."

„Danke", antwortete Bully bissig. „Es kommt mir so vor, als hätte ich das schon einmal gehört."

„Natürlich", gab Kalup zu. „Aber jetzt *wissen* wir's."

Reginald Bull winkte ab.

„Tut mir leid, Professor. Im Augenblick gibt es wichtigere Dinge. Wir haben den Gegner in die Flucht geschlagen. Wir bergen die Überlebenden der vier Schiffe, die vor uns hier waren, aus ihren Wracks und bringen sie zum Teil hier an Bord.

Wir nehmen alle an, daß der Gegner hier auf Kahalo eine wichtigere Aufgabe zu erfüllen hat. Ich glaube nicht, daß das schon geschehen ist. Die Stabschiffe werden also zurückkehren – wahrscheinlich mit Verstärkung. Ich..."

„Das ist unmöglich", polterte Kalup los. „Sie sind in Richtung auf Orbon hin verschwunden. Sie befinden sich noch innerhalb dieses Systems. Verstärkung könnten sie nur durch den Transmitter bekommen..."

„Eben", unterbrach ihn Bully. „Der Gegner muß eine Nachricht durch den Transmitter abgestrahlt haben. Wäre er nicht sicher, Verstärkung zu bekommen, dann hätte er sich gänzlich davongemacht, anstatt sich nur aus unserer Reichweite zu verziehen. Ich bin sicher, daß in aller Kürze neue Feindeinheiten auftauchen werden. Bis dahin muß die Rettungsaktion abgeschlossen sein. Ich habe Oberst Kraysch von der MOHIKAN..."

Er wurde unterbrochen. Der Bildschirm des Hyperkom-Empfängers leuchtete auf. Ein rotes Rufzeichen zuckte. Bully schaltete ein. Das ernste Gesicht eines jungen Offiziers erschien.

„K-vier-sieben-null-fünf an Flottenkommando, Sir. Plan A ist durchführbar."

Reginald Bull nickte dankend und schaltete aus.

„Das war's, was ich Ihnen gerade erklären wollte", wandte er sich an Kalup und Tifflor. „Ferro Kraysch steht am dichtesten an Kahalo. Plan A sieht vor, daß die MOHIKAN, wenn ihre Maschinen wenigstens noch zum Teil zu gebrauchen sind, in der Nähe des Sechsecks landet und durch den Todeskreis zu dringen versucht. Alle Verwundeten werden zuvor von den Korvetten geborgen und nach hier gebracht. Der Rest..."

Er wandte sich ab und schaute auf den Bildschirm, der nach Art eines großen Fensters in die Wand eingelassen war. Kahalo war ein grünschimmernder Ball in der Ferne. Hoch über dem Planeten erhob sich die rote, nebelhafte Leuchterscheinung, die seit dem Auftauchen der stabförmigen Raumschiffe den größten Teil ihrer Leuchtkraft verloren hatte und weiterhin zu verblassen schien.

„Ich glaube, das ist klar", erklärte Bully. „Wir werden hier warten, bis die Rettungsaktion abgeschlossen ist. In der Zwischenzeit, Professor, können Sie sich weiter um Ihre wissenschaftlichen Probleme kümmern. Versuchen Sie, die eigentliche Schaltstation im Innern des Sechsecks so genau wie möglich zu lokalisieren. Sobald Ferro Kraysch sich mit seinen Leuten etabliert hat, werden wir ihm die beiden Teleporter Ras Tschubai und Tako Kakuta zuschicken. Vielleicht können sie ihm helfen."

Er wandte sich um und sah die beiden Männer an.

„Das wär's", erklärte er ruhig und freundlich. „Solange Sie bei Ihrer Arbeit eine Hand frei haben, nutzen Sie die Gelegenheit, den Daumen zu drücken. Ziemlich viel an unserem Plan hängt davon ab, daß die feindliche Verstärkung nicht zu früh eintrifft."

Arno Kalup nickte gedankenverloren. Julian Tifflor salutierte. Bully dankte flüchtig, dabei sah er, wie Kalup zusammenzuckte. Alle Farbe schien aus dem groben Gesicht zu weichen, und die Augen weiteten sich in jähem Entsetzen.

„Mein Gott...", rief er erregt und sah über Bullys Schulter.

Bully wirbelte herum. Das Bild auf dem Empfängerschirm hatte sich verändert. Ruhig wie zuvor schwebte Kahalos grüne Kugel in der schwarzen Tiefe. Aber die rote Lichtwolke über dem Planeten leuchtete jetzt mit greller Farbkraft. Als sei dort eine neue Sonne entstanden, blähte sich die rote Ballung und gewann von Sekunde zu Sekunde an Leuchtdichte.

Bull fing an zu fluchen.

Im gleichen Augenblick zerriß das Heulen der Alarmsirenen die Stille.

„Du und ich", sagte Richard Diamond und packte Doc Kimble am Arm, „wir werden jetzt einen Prypach fangen."

Doc betrachtete ihn verwundert.

„Sir . . ."

„Das war klar genug, denke ich. Los, komm mit!"

Er hatte Doc beiseite gezogen, um ihm den Auftrag zu geben, ohne daß Schneider, der Robot, etwas davon hören konnte. Earl Rifkin war schon informiert und hockte dort, von wo Richard den letzten Stein geworfen hatte, im Gras. Schneider stand steif und reglos neben ihm. Da er keine sichtbaren Sehorgane hatte, war nicht zu sagen, in welche Richtung er schaute. Richard war jedoch sicher, daß er die kurze Unterredung mit Doc nicht hatte hören können.

Doc und er verschwanden hinter einer Buschinsel.

„Was soll das?" fragte Doc hartnäckig. „Wozu brauchen wir . . ."

„Später", winkte Richard ab. „Du weißt, wie die Viecher aussehen. Sie reißen vor dir aus, aber wenn sie sich verstecken, guckt ihr langer Schwanz ins Freie. Pack ihn – und du hast den ersten Prypach deines Lebens gefangen."

Doc Kimble hatte fünfzehn Dienstjahre hinter sich. Er konnte es sich erlauben, unterdrückt vor sich hinzufluchen, als er auf der Suche nach dem kahlen Schwanz eines Prypach am Rand des Buschgeländes entlangging.

Richard Diamonds Plan war nichts weiter als ein Griff nach dem rettenden Strohhalm. Richard wußte, daß sie bis in alle Ewigkeit am Rand des Todeskreises warten könnten, ohne daß der Feldschirm dadurch weniger gefährlich würde. Die eigenartige Tierliebe der Bigheads, die sie dazu veranlaßte, Armeen von Robotern über die weiten Ebenen zu schicken, damit sie die Tiere von allen möglichen Hindernissen, Handikaps und Auswüchsen befreiten, gab ihm schon seit einiger Zeit zu denken. Er war sich darüber im klaren, daß sein Plan, der das Problem mit terranischer Logik zu lösen versuchte, nicht mehr als eine unter hunderttausend Chancen auf Erfolg hatte. Trotzdem mußte der Versuch gemacht werden.

Er blieb stehen und horchte. Doc war in die entgegengesetzte Richtung gegangen und befand sich außer Sicht. Die Morgensonne lag prall und warm auf dem Boden, und die Stille wirkte einschläfernd. Richard erinnerte sich an die durchgestandenen Strapazen und fühlte plötzlich eine abgrundtiefe Müdigkeit. Er empfand ein unwiderstehliches Verlangen, sich in den Schatten der Büsche zu legen und zu schlafen.

Da raschelte es vor ihm auf dem Boden. Im Nu war er hellwach. Der kleine, graue Körper eines Prypach schoß durch das Gras und verschwand in der Deckung der Büsche. In der Art des irdischen Straußes fühlte das Tier sich sicher, sobald es selbst nichts mehr sah. Es hielt an, und sein nackter, wurmähnlicher Schwanz ragte unter dem Busch hervor, fast einen Meter weit ins Freie.

Richard schlich sich so an, daß sein Schatten nicht über den Busch fallen konnte. Er bückte sich, visierte das wurmähnliche Gebilde sekundenlang an und öffnete die Hände, um es sicher in den Griff zu bekommen.

Das Schicksal gab dem Prypach eine zusätzliche Chance. Richard spannte die Muskeln zum Sprung, da zuckte ein grelles, rotes Licht durch den Himmel. Von einer Sekunde zur andern schien die Umwelt völlig verändert. Blendende, bunte Blitze tauchten das Land in rasch wechselnde, unnatürliche Farben. Die Helligkeit des lautlosen Gewitters übertraf die des Tageslichts bei weitem. Richard warf sich instinktiv zu Boden und schlug die Arme über den Kopf, um sich zu schützen.

Sekunden später wurde ihm klar, daß keine unmittelbare Gefahr bestand. Der Sechsecktransmitter hatte wieder angefangen zu arbeiten, das war alles. Er richtete sich vorsichtig auf. Zwischen zusammengekniffenen Lidern hervor sah er das Schirmfeld der Pyramiden in wilden, grellen Farben glühen. Das Licht wob einen zuckenden Vorhang, hinter dem die Pyramiden völlig verschwanden. In nie gesehener Leuchtkraft stieg der rote Lichtstrahl senkrecht in die Höhe. Dort, wo er durch das Blau des Himmels zu brechen schien, tobten mächtige, lautlose Lichtentladungen.

Im unsicheren, wabernden Licht tauchte Doc Kimbles massige Gestalt hinter den Büschen auf. Was Doc seit seiner Rekrutenzeit nicht mehr getan hatte, das tat er jetzt – er rannte. Er stolperte auf Richard zu und keuchte:

„Was . . . was ist das?"

„Verstärkung", fluchte Richard. „Der Gegner zieht neue Streitkräfte heran." Er sah in den Himmel. Die Augen fingen an, sich an die unstete Beleuchtung zu gewöhnen. „Entweder ist da oben etwas los, von dem wir hier unten keine Ahnung haben . . . oder der Himmel sei uns gnädig!"

Sie kehrten zu Earl zurück. Earl hatte nonchalant die Beine untergeschlagen und beobachtete interessiert das flackernde Leuchten des Feldschirms. Schneider hatte, soweit Richard das beurteilen konnte, seine Position nicht geändert und schien von den Vorgängen gänzlich unberührt.

Sie hockten sich auf den Boden. Es gab im Augenblick nichts zu tun. Sie mußten warten, bis das Schauspiel vorüber war. Richard erinnerte sich später, daß er bald jeden Sinn für Zeit verloren hatte und sich darauf beschränkte, mürrisch vor sich hinzustieren. Das Farbenspiel war in seiner Wildheit und Leuchtkraft von unbeschreiblicher, exotischer Schönheit. Es waren die Hintergründe des Vorgangs, die Richard den reinen Genuß dieser Schönheit versagten.

Plötzlich war es zu Ende. Die Welt ringsum schien in Dunkelheit getaucht. Richard sprang auf. Die Augen hatten sich so auf die rasch wechselnden Farben eingestellt, daß das Gras jetzt eintönig braun zu sein schien. Die Pyramiden waren wieder sichtbar. Ruhig und als wäre nichts geschehen, lagen sie unter dem matten Licht der Sonne. Aus der Mitte des Todeskreises stieg der rote Leuchtfaden nach wie vor in den Himmel hinauf.

Richard war sicher, daß bei Ausbruch des Lichtsturms alles Getier schleunigst das Weite gesucht hatte. Sein Plan schien wenigstens vorerst unerfüllbar. Ohne Hoffnung, nur um sich zu vergewissern, kehrte er zu der Buschinsel zurück und schritt an dem von den Pyramiden abgewandten Rand dahin.

384

Das erste, was er sah, war der nackte Schwanz eines Prypach, der unter einem Busch hervorragte und nervös hin und her zuckte. Richard schlich sich an, wie er es beim vorigen Mal getan hatte. Diesmal gelang sein Vorhaben. Sekunden später hielt er das zappelnde, ängstlich pfeifende Tier in beiden Händen. Das Pfeifen störte ihn. Schneider mußte es hören, und Schneider war darauf trainiert, den Tieren beizustehen.

So rasch wie möglich machte Richard sich auf den Rückweg. Er hatte sich nicht getäuscht. Der Robot war plötzlich wieder zum Leben erwacht. Auf seinen drei Knickbeinen kam er mit beachtlicher Geschwindigkeit auf Richard zu, um ihm den Prypach abzunehmen.

Die Lage wurde bedenklich. Richard sah, daß Earl und Doc zu ihm herüberschauten. Er gab ihnen einen kurzen Wink. Eine Sekunde lang hielt er das zappelnde Tier nur mit einer Hand. Diese Zeitspanne genügte dem Prypach, um sich freizustrampeln. Mit triumphierendem Quieken sprang er auf den Boden und huschte davon, geradewegs auf Schneider zu.

Richard fluchte. Plötzlich sah er das Tier einen Haken schlagen. Es schien zu dem Robot kein Zutrauen zu haben. Es bewegte sich jetzt noch schneller und rannte auf den Todeskreis zu.

Schneider reagierte blitzschnell. Es war unglaublich, wie rasch er sein beachtliches Gewicht herumschwenken und nach einer anderen Richtung hin in Bewegung setzen konnte. Sein Verhalten deutete darauf hin, daß er die dem Tier drohende Gefahr erkannte.

Der Prypach schoß zehn Meter seitwärts an Doc und Earl vorbei. Schneider bewegte sich jetzt schneller als das Tier, aber der Vorsprung des Prypach war zu groß. Schneider sah ein, daß er ihn nicht mehr einholen konnte und verlangsamte das Tempo.

Das war der Augenblick, auf den Richard gewartet hatte.

„Hinter ihm her!" schrie er Doc und Earl zu.

Doc gehorchte sofort. Earl blinzelte Richard fragend an, aber als er Richard selbst mit weiten Schritten hinter dem Prypach herlaufen sah, fing auch er an zu rennen. Schneider sagte etwas, aber niemand hörte auf ihn.

Das Tier war jetzt noch sieben oder acht Meter von der Basis der südlichen Pyramide entfernt. Der Todeskreis begann dicht vor ihm. Aus brennenden Augen beobachtete Richard das kleine, graubraune

Wesen, wie es zielbewußt weiter auf die Pyramide zuhüpfte. Erst im letzten Augenblick besann es sich anders, schlug sich nach links und rannte am Fuß der Pyramide entlang bis zur südwestlichen Ecke. Es bog um die Ecke herum und sprang mit einem kräftigen Satz auf den glatten, weißgrauen Belag des Todeskreises.

Nichts geschah. Der Prypach hatte den Feldschirm durchdrungen. Das Experiment war gelungen!

Earl und Doc brauchten jetzt keine Anweisungen mehr. So rasch sie konnten, stürmten sie hinter dem Prypach drein. Richard, von seiner Begeisterung getrieben, holte sie ein, als sie über den Rand des Todeskreises liefen.

Sie rannten noch fünfzig Meter weiter, dann hielten sie an. Keuchend und schwitzend sahen sie sich um. Gravitätisch watschelnd, ganz ohne Eile, kam Schneider hinter ihnen her.

Richard fragte sich, ob der Robot sich dessen bewußt war, was sich eben hier ereignet hatte. Schneider besaß eine Notschaltung, die ihm ermöglichte, den Feldschirm rings um das Pyramidensechseck wenigstens an einer eng begrenzten Stelle unwirksam zu machen, sobald sich eines der von ihm betreuten Tiere auf den Todeskreis zu bewegte. Richard hatte die Tierliebe, die der Programmierung des Roboters steckte, geahnt.

Earl war schweißüberströmt.

„Verdammt, das war knapp", rief er schweratmend. „Wenn das Schirmfeld nun nicht verschwunden wäre . . ."

„Dann hätten wir's rechtzeitig gesehen", unterbrach ihn Richard. „Der Prypach war vor uns. Ruhig jetzt!"

Schneider kam heran.

„Das arme Tier", erklärte er in unbeteiligtem Tonfall. „Sein Schwanz – viel zu lang, ja?"

Er watschelte an Richard vorbei und nahm die Verfolgung des Prypach auf. Richard winkte seine Leute zur Seite.

„Wir müssen weiter. Ich nehme an, daß es irgendwo in der Basis der Pyramide einen Eingang gibt. Das Sechseck ist durch den Todeskreis genügend gesichert. Ich glaube nicht, daß jemand sich die Mühe gemacht hat, den Eingang zu tarnen. Wir müssen ihn finden!"

Earl Rifkin sah an der steilen, roten Wand der riesigen Pyramide in die Höhe.

386

„Viel Vergnügen", brummte er. „Das bedeutet wenigstens eine halbe Stunde Marsch."

„Na und...?" knurrte Doc und setzte sich in Bewegung, den Blick fest auf die Pyramidenwand gerichtet.

Richard hatte seine eigenen Ideen darüber, wo der Eingang zu suchen sei. Die ganze Anlage besaß eine dem Zentrum zu gerichtete Symmetrie. Wenn die Fremden nicht in gänzlich anderen Bahnen dachten als Erdmenschen, dann befand sich der Eingang, wenn es überhaupt einen gab, auf der dem Mittelpunkt des Todeskreises zugewandten nördlichen Seite. Er trieb Doc und Earl an und schenkte der westlichen Pyramidenseite nur oberflächliche Beachtung.

Das Lichtgewitter über dem Sechseck hatte mehrere Stunden gedauert. Die Sonne stand jetzt im Südsüdwesten. Sobald sie die nordwestliche Kante der gigantischen Pyramide umrundet hatten, befanden sie sich im Schatten. Die willkommene Kühle beflügelte ihre erschöpften Lebensgeister. Mit neuem Mut drangen sie am Nordrand des riesigen Bauwerkes vor und fanden den Eingang schließlich genau an der Stelle, an der Richard ihn zu finden erwartet hatte, nämlich in der Mitte der Basis.

Es handelte sich um eine einen Zentimeter breite und vielleicht halb so tiefe Fuge, die senkrecht zum Boden an der Wand der Pyramide in die Höhe stieg, nach zwei Metern einen rechtwinkligen Knick beschrieb, nach weiteren zwei Metern abermals einen und danach wieder zum Boden zurücklief. Earl und Doc waren zögernd stehengeblieben. Richard trat auf das von der Fuge umschriebene Quadrat zu, und als er bis auf einen Meter herangekommen war, da trat das Quadrat ins Innere der Pyramide zurück, wich zur Seite und gab einen geräumigen Eingang frei. Zur gleichen Zeit leuchteten weit im Hintergrund Leuchtkörper auf. Richard sah einen sanft geneigten Gang, der sich weiter, als er sehen konnte, in die Pyramide hinein erstreckte.

Er blieb unter der Öffnung stehen – bereit, jeden Augenblick zurückzuspringen, falls sich der Eingang wieder schließen sollte.

„Ich möchte, daß ihr beide die Lage richtig versteht", sagte er ernst. „Ich gebe keine Befehle mehr. Wir handeln auf eigene Faust, und jeder hat genausoviel Recht wie der andere. Ich gehe jetzt hier hinein, und wer mitkommen will, ist eingeladen. Wer nicht will, braucht sich nicht zu genieren."

387

„Ach, Quatsch", brummte Earl und zwängte sich an Richard vorbei in den Gang hinein.

„Doc...?"

„Augenblick, da kommt einer!"

Richard war so überrascht, daß er unter der Öffnung hervorkam. Die Gleittür rührte sich nicht. Der Eingang blieb offen. Drinnen untersuchte Earl Rifkin die spiegelglatten Wände.

Über den weißen Belag des Todeskreises kam Schneider mit unglaublicher Geschwindigkeit. Richard war sicher, daß er, wenn er sich anstrengte, wenigstens achtzig Kilometer pro Stunde laufen konnte. Er schien es ungeheuer eilig zu haben, aber als er schließlich bis auf Sprechweite herankam, sagte er nichts weiter als:

„Das Tier ist in Sicherheit. Wir können weitergehen."

Ohne weiteren Kommentar schritt er in den Pyramideneingang hinein. Drinnen sah ihn Earl erstaunt an.

„Wo kommst du auf einmal her?"

Schneider erklärte die Lage. Er hatte dem Prypach den Schwanz abgeschnitten und das Tier am Rand des Todeskreises wieder abgesetzt. Danach war er zurückgekehrt, um weiter bei den Terranern zu bleiben.

Richard drängte zum Aufbruch. Doc und er setzten sich an die Spitze der kleinen Gruppe. Earl und Schneider bildeten die Nachhut. Ohne Zögern drangen sie durch den geräumigen Gang vor, bis sie den Anfang der Deckenlichterkette erreichten.

Richard prüfte die Lampen. Es handelte sich um Fluoreszenzleuchten, wie sie auch auf der Erde verwendet wurden. Sie waren leuchtstark, und jede glänzte in einer anderen Farbe. Das Resultat war ein Lichteffekt, der von Schritt zu Schritt wechselte, je nachdem, unter welcher Lampe man gerade stand.

Fast unabsichtlich drehte Richard sich um und blickte durch den Gang zurück. Bis jetzt hatte er den Lichtfunken sehen können, der durch den Eingang am Fuß der Pyramide hereinfiel. Jetzt war er verschwunden. Die Tür hatte sich geschlossen. Richard fühlte sich auf einmal unbehaglich, obwohl er damit gerechnet hatte. Er fühlte sich in einer Falle. Als er sich Earl und Doc wieder zuwandte, gab er sich Mühe, von seinem Unbehagen nichts merken zu lassen.

Die bunten Lampen waren von nun an ihre ständigen Begleiter. Der

Gang führte schnurgerade und mit sanfter Neigung ins Innere der Pyramide hinein. Die Wände waren glatt und fugenlos, und Richard machte sich zunächst keine Mühe, sie näher zu untersuchen.

Nach zehn Minuten allerdings begann er sich zu fragen, welchem Zweck der Gang diente. Wohin führte er? Das Ziel schien in beachtlicher Entfernung zu liegen. Die Fremden, die diese Pyramiden erbaut hatten, waren Meister einer unvergleichlichen Technik. Es war schwer zu verstehen, warum sie einen solchen Gang gebaut haben sollten, durch den man zu Fuß gehen mußte, anstatt wenigstens ein Transportband zu installieren oder sich überhaupt eine andere Möglichkeit der Beförderung auszudenken.

Er besprach sich mit Earl. Earl hatte sich über diesen Punkt ebenfalls Gedanken gemacht.

„Wir sehen vielleicht am Nächstliegenden vorbei", antwortete er. „Vielleicht gibt es hier ein Transportband, nur halten wir es für unbeweglichen Fußboden. Außerdem wissen wir nicht, wie man es einschaltet. Und drittens haben wir an . . ."

Er kam nicht weiter. Das Licht erlosch. Richard blieb so plötzlich stehen, daß Earl auf ihn prallte.

„Ruhe . . .!"

Jede Bewegung erstarb sofort. Totenstille herrschte in dem finsteren Gang. Wenigstens schien es so im ersten Augenblick. Als die Ohren sich an die plötzliche Ruhe gewöhnt hatten, hörten sie das leise, metallische Klappern, das aus der Tiefe des Ganges kam.

Das Geräusch wurde lauter, als die Zeit verstrich. Doc Kimble hielt es nicht länger aus und flüsterte erregt:

„Zum Donnerwetter . . . was *ist* das?"

„Macht euch bereit", befahl Diamond ruhig. „Was da auf uns zukommt, hat bestimmt keine friedlichen Absichten."

Nachdem Ferro Kraysch das Wrack der MOHIKAN, so sicher es ging, fünf Kilometer nördlich des Pyramidensechsecks gelandet hatte, verlor er das Bewußtsein. Die Strapazen machten sich bemerkbar.

Ferro nahm in seine Ohnmacht die Gewißheit mit sich, daß der größte Teil der Besatzung gerettet war. Das allerdings war alles, was auf der Habenseite zu Buch schlug. Die MOHIKAN war ein Wrack.

Die Ringwulsttriebwerke funktionierten nicht mehr. Ferro hatte das Schiff mit Hilfe der Korrekturdüsen gelandet. Das optische System bestand nur noch aus einem einzigen Bildschirm. Interkom und Hyperkom waren ausgefallen. Die Geschütze waren tot oder verschwunden, mitsamt einem guten Viertel des Schiffsrumpfes.

Die Verluste der Mannschaft schätzte Ferro auf dreißig Prozent. Von den restlichen siebzig waren die meisten mehr oder weniger schwer verwundet. Sie waren in Sicherheit gebracht worden. An Ferro Krayschs Seite befanden sich im Augenblick nicht mehr als fünfzig Mann.

Das Wrack von Diamonds Space-Jet war Ferros Aufmerksamkeit entgangen. Erstens hatte Ferro alle Hände voll mit der Landung zu tun, und zweitens kam er von Norden, während das Boot fünfunddreißig Kilometer weit im Süden lag. Ferro war überzeugt, daß er und seine Leute im Augenblick die einzigen intelligenten Lebewesen auf Kahalo seien. Die Bigheads waren auf rätselhafte Weise verschwunden, und von den Fremden hatte man keinen auf dem Planeten landen sehen.

Als Ferro wieder zu sich kam, standen eine Menge Leute um ihn herum. Ein Arzt war dabei, sich um ihn zu kümmern. Ferro schob ihn beiseite und richtete sich auf.

„Ich brauche einen Lagebericht", verlangte er wütend.

Sein Erster Offizier trat vor.

„Die Landung hat dem Schiff endgültig den Garaus gemacht, Sir", begann er. „Bei dem Aufprall wurden zwei Männer schwer verletzt. Wir sind jetzt, Sie eingeschlossen, nur noch vierundvierzig Mann."

„Weiter", drängte Ferro. „Wie sieht's ringsum aus?"

„Bei den Pyramiden hat sich etwas verändert. Das durchsichtige Schirmfeld wurde durch ein grünes, halbkugeliges Feld ersetzt. Die Pyramiden sind jetzt nicht mehr sichtbar."

Ferro fluchte unterdrückt vor sich hin.

„Sonst", schloß der Erste, „wirkt die Gegend sehr ruhig. Von dem Kampf, der dort oben tobt, ist hier unten nichts zu bemerken."

Ferro kreuzte die Arme auf dem Rücken und senkte den Kopf. Er ging ein paar Schritte über den schrägen Boden. Das Geräusch seiner Stiefel klang hohl und dumpf. Die Männer wichen zurück und öffneten Ferro eine Gasse.

390

Plötzlich blieb er stehen und sah auf.

„Ich soll in das Sechseck eindringen", begann er. Der Gedanke allein schien ihn in Wut zu versetzen. Er hob die Fäuste und schrie: „Kann mir jemand sagen, wie ich das machen soll?"

Einen Augenblick lang herrschte betretenes Schweigen. Dann antwortete eine klare, ruhige Stimme:

„Es besteht kein Grund zur Aufregung, Oberst!"

Ferro fuhr herum. Neben der Liege, auf der er seine Ohnmacht verbracht hatte, stand die hochgewachsene Gestalt eines Mannes in einer Dienstmontur, die so fleckenlos war, daß sie inmitten des Durcheinanders und der zerrissenen Monturen der anderen fehl am Platze wirkte. Der Mann war Afroterraner. Er trug keine Rangabzeichen, aber Ferro hätte ihn auch ohne das Zeichen des Mutantenkorps an seinem Kragenaufschlag sofort erkannt.

„Ras . . . Tschubai . . .!" rief er überrascht.

Ras lächelte.

„Nicht nur", antwortete er. Er streckte den Arm aus, und als könne er durch das unerfindliche Medium des Hyperraums greifen, erschien vor seinen Fingerspitzen der nebelhafte Umriß einer zweiten Gestalt. Von einer Sekunde zur anderen wurden die Konturen deutlicher und erstarrten. Der zweite Mann war kleiner als Ras, unzweifelhaft Asiate, trug die gleiche Art von Uniform und hielt einen zylinderförmigen Gegenstand unter dem Arm.

Ferro fiel eine Last von den Schultern.

„Willkommen, Mr. Kakuta", begrüßte er den Ankömmling. „Mit dieser Art von Unterstützung sieht die Sache ein wenig besser aus."

Tako Kakuta verneigte sich leicht.

„Wie ist es dort oben?" fragte Ferro und stieß mit dem Zeigefinger in die Höhe.

„Wir ziehen weitere Verstärkungen heran." Ras Tschubai gab die Erklärung. „Die letzte Aktion des Transmitters hat fünfzig gegnerische Schiffe über Kahalo abgesetzt. Ihre Phantomspiralen sind jeder unserer Waffen überlegen. Aber wir sind in der Übermacht. Wir werden uns lange genug halten können."

„Lange genug . . . wofür?"

„Wir beobachteten, daß das Sechseck sich mit einem grünen Schirmfeld umgab. Die Eigenheiten dieses Feldes sind aus Oberst

Kotranows Bericht bekannt. Bekannt ist außerdem die Lage der Generatorstation im Innern des Sechsecks, die den Schirm mit Energie versorgt. Wir haben eine Gravitationsbombe bei uns." Tschubai wies auf den Zylinder, den Tako Kakuta mit sich trug. „Wir wissen, daß die fünfdimensionalen grünen Schutzschirme nicht so ohne weiteres neutralisiert werden können. Bei den Schutzschirmen, die die Bleistiftschiffe verwenden, hatten wir bisher Erfolg, wenn mindestens zwei Großschiffe mit ihren Transformkanonen ein Punktfeuer eröffneten. Diese Methode können wir hier nicht anwenden. Das Schutzfeld, das die Pyramiden einhüllt, dürfte um einiges leistungsfähiger sein als jenes der Bleistiftraumer, so daß ein Erfolg nur dann gegeben wäre, wenn wir mit einem Dutzend Schiffen das Punktfeuer eröffneten. Dabei würde aber der Planet unweigerlich in Mitleidenschaft gezogen, und das wollen wir verhindern. Es bleibt uns also nur die Möglichkeit, mit Hilfe der Gravitationsbombe einen kleinen Sektor des Schirmes derart umzupolen, daß er mit den vereinten Kräften zweier Teleporter durchdrungen werden kann.

Wohlgemerkt, der Schutzschirm wird durch die Explosion der Gravobombe nicht beseitigt, sondern erfährt an der betreffenden Stelle nur eine zeitlich begrenzte Strukturveränderung, die für Teleporter durchdringbar wird. Diese zeitliche Begrenzung dauert nur wenige Sekunden an, danach erhält der Schirm seine ursprüngliche fünfdimensionale Struktur zurück. Es besteht also kein Grund zur Annahme, daß man den Bleistiftschiffen mit Gravitationsbomben besser zu Leibe rücken könnte als mit den Transformkanonen. Lediglich für unsere Zwecke ist ihr Einsatz zielführend. Auf diese Art gelangen Tako und ich in das Innere des Sechsecks und können die Generatorstation, die den Schirm mit Energie versorgt, ausschalten."

Tschubai hielt einen Augenblick inne und musterte Ferro Kraysch und seine Männer. Dann wechselte er einen raschen Blick mit Kakuta, dessen Gesichtsausdruck über seine Gefühle keinen Aufschluß zuließ. In der typischen Art eines Asiaten hatte er sich hinter ein undefinierbares Lächeln zurückgezogen, doch Ras wußte, daß sich Tako innerlich auf die bevorstehende Aufgabe konzentrierte.

Schließlich wandte sich Ras wieder an Kraysch und fuhr fort: „In dem Augenblick, wo der Schutzschirm zusammenbricht, beginnt die eigentliche Aufgabe, zu der wir Ihre Unterstützung benötigen. Wir müssen das Hauptschaltwerk des Transmitters finden und besetzen, ehe es dem Gegner gelingt, dies zu verhindern. Die Auswertungen Arno Kalups haben ergeben, daß mit dem Zusammenbruch des grünen Schutzschirmes auch die Todeszone unwirksam wird, da beide Kraftfelder von derselben Generatorstation gespeist werden. Ihnen droht also keine Gefahr beim Betreten des weißen Kreises."

Tschubai machte abermals eine kurze Pause und stellte dann die abschließende Frage.

„Haben Sie irgendwelche Einwände oder Vorschläge?"

„Nein", stellte Kraysch mit heiserer Stimme fest.

„Gut", erwiderte Ras befriedigt. „Dann lassen Sie uns sofort beginnen."

Er gab Tako einen Wink, und Augenblicke später waren die beiden Teleporter verschwunden. Sie materialisierten unmittelbar vor dem Schutzschirm, der sich über dem Pyramidensechseck wölbte und sich unter dem Boden fortsetzte. Auf diese Weise wurde die gesamte Anlage hermetisch abgeschlossen.

Tako deponierte die Gravobombe wenige Zentimeter vor dem Schirm auf dem Boden und aktivierte den Zünder. Danach teleportierten die Mutanten wieder zur MOHIKAN zurück, um aus sicherer Entfernung auf die Explosion zu warten.

Zwei Minuten später erschien an jener Stelle, an der die Bombe gewesen war, ein greller Lichtblitz. Die Teleporter zögerten keinen Augenblick. Sie entmaterialisierten, ehe noch die Wirkung der explodierenden Gravobombe nachließ.

Oberst Kraysch beobachtete den Vorgang. Zehn Sekunden nach der Explosion erloschen die gewitterartigen Erscheinungen, die von der Gravobombe verursacht worden waren. Die Explosion hatte, wie vorhergesehen, keinen nennenswerten Schaden an der Oberfläche Kahalos hinterlassen. Nur an der Explosionsstelle selbst dürfte ein größerer Krater entstanden sein.

Nichts deutete darauf hin, daß der Schutzschirm Schaden genommen hatte, und doch waren die beiden Teleporter verschwunden. Es war ihnen gelungen, in das Pyramidensechseck einzudringen.

Von da an blieb den Männern der MOHIKAN nichts anderes übrig, als zu warten. Alles kam jetzt darauf an, ob die beiden Mutanten die Generatorenstation finden und ausschalten konnten. Niemand konnte vorhersagen, wie die Aussichten waren. Es mochte Sicherheitsvorkehrungen geben, denen selbst die Teleporter nicht gewachsen waren.

Minuten vergingen und reihten sich zu einer Stunde. Als die zweite Stunde zur Hälfte um war, begann Ferro zu glauben, daß der Versuch fehlgeschlagen war. Doch dann, völlig übergangslos, erlosch der grüne Schirm.

Ein kurzes Experiment mit einem Stein brachte den endgültigen Beweis. Die Todeszone existierte nicht mehr. Ohne Behinderung betraten Ferro Kraysch und seine Leute die grauweiße, glatte Fläche, die kreisförmig das Pyramidensechseck umgab.

Die beiden Mutanten hatten inzwischen ermittelt, daß jede Pyramide in der dem Zentrum zugewandten Seite einen leicht zu öffnenden Eingang besaß. In rasch aufeinanderfolgenden, kurzen Teleportationssprüngen stellten Ras Tschubai und Tako Kakuta fest, daß es unterhalb des ehemaligen Todeskreises ein vieletagiges Gewirr von Gängen und Räumen gab, das sich offenbar weit über die oberirdischen Grenzen des Kreises hinaus erstreckte.

Bei einem seiner Vorstöße war Tako Kakuta einer robotähnlichen Maschine begegnet. Sie hatte ihn sofort angegriffen, und Tako hatte sich nur durch einen schnellen Rückzug retten können. Es stand damit fest, daß der Gegner seine Schaltstation den Terranern nicht ohne Widerstand überlassen wollte.

Diese Erkenntnis bestimmte die künftige Taktik. Die beiden Teleporter konnten rascher vordringen als Ferro Krayschs Männer. Andererseits aber brauchten sie Unterstützung. Sie würden durch kurze Teleportationssprünge den Weg erkunden, aber stets in Kontakt mit Ferros Gruppe bleiben. Als Ansatzpunkt wurde die nördlichste Pyramide gewählt – aus dem einfachen Grund, weil sie am nächsten lag. Die Generatorenanlage, die den Feldschirm mit Energie versorgt hatte, befand sich in rund fünfzig Metern Tiefe unter dem Mittelpunkt des Sechsecks. Ras Tschubai war zunächst der Überzeugung gewesen, die Schaltstation des Transmitters müsse sich in unmittelbarer Nähe befinden. Diese Vermutung hatte sich jedoch nicht bestätigt. Vor Beginn des Unternehmens kehrte Tako Kakuta mit einem raschen Sprung an Bord der NAPOLEON zurück. Jeglicher Funkverkehr war untersagt. Die beiden Minikoms der Mutanten durften nur im äußersten Notfall benutzt werden. Der Japaner kehrte nach weniger als zehn Minuten zurück. Die Auseinandersetzung, berichtete er, stand unentschieden. Die überlegene Bewaffnung des Gegners wurde durch die Zahl der terranischen Schiffe wettgemacht. Reginald Bull rechnete in jeder Sekunde mit dem Auftauchen feindlicher Verstärkungen. Tako Kakuta überbrachte seine Anweisung, die Schaltstation so rasch wie möglich zu finden, ehe sich der Gegner dort einnisten konnte. Tako brachte darüber hinaus eine wichtige Nachricht mit. Arno Kalup hatte, während die erste Serie der feindlichen Verstärkung eintraf, eine Reihe von Messungen gemacht. Er glaubte, die Streustrahlung der Schaltstation empfangen zu haben, und setzte seinen Orter darauf an.

Das Ergebnis: Die Schaltstation lag mit hoher Wahrscheinlichkeit in westlicher Richtung vom Mittelpunkt des Sechsecks, und zwar rund zwei Kilometer außerhalb des Todeskreises.

In welcher Tiefe die Station zu finden war, das allerdings konnte auch Arno Kalup nicht sagen.

Innerhalb einer Stunde verschafften sich die beiden Teleporter einen ausreichenden Überblick über das System der unterirdischen Anlagen. Der Gang, der in der nach Süden weisenden Seitenfläche der nördlichen Pyramide begann, führte zunächst mehrere Kilometer schnurgerade nach Norden, dann beschrieb er eine weite Kurve und führte schließlich nach Süden zurück. Nach einem Marsch von mehr als fünf Kilometern befand sich Ferro Krayschs Gruppe, wie Tako Kakuta aus dem sanften Gefälle des Gangs errechnete, etwa einhundertundfünfzig Meter unter dem Boden. Der augenblickliche Standort lag nach grober Schätzung etwa unter dem Westrand des Todeskreises.

Zu beiden Seiten des Ganges fand sich nichts als solider Boden. Ras Tschubai nahm an, daß der Stollen früher Kontrollzwecken gedient hatte.

Verborgene Geräte untersuchten jeden, der sich durch den Gang bewegte. Je länger der Gang, desto sorgfältiger die Kontrolle. Dennoch gab es wahrscheinlich einen Transportmechanismus, der ein schnelleres Vordringen ermöglichte. Sie hatten ihn jedoch nicht finden können. Die Tatsache, daß ihr Vorstoß bislang noch nicht behindert worden war, legte Ras so aus, daß entweder die Kontrollorgane nicht mehr funktionierten oder es niemand gab, der ihre Anzeigen zur Kenntnis nahm.

Mit dieser Annahme beging er einen Fehler, der ihm und seinen Begleitern um ein Haar zum Verhängnis geworden wäre.

Der Gang mündete schließlich in eine lange Serie von hell erleuchteten Hallen, die die beiden Mutanten schon im voraus erkundet hatten. Sie waren voll von Maschinen fremdartiger Konstruktion. Ein großer Teil der Geräte befand sich in Tätigkeit. Ras Tschubai nahm an, daß es sich hier um die Generatoren handelte, die den Riesentransmitter mit Energie versorgten. Es war jetzt sicher, daß die Schaltstation nicht mehr weit entfernt sein konnte. Ihr Standort stimmte jetzt bis auf wenige hundert Meter mit Arno Kalups Ortungsergebnissen überein.

Ras entschloß sich zu einem letzten Sprung. Die Halle, die vor ihm lag, konnte er auf zweihundert Meter Länge übersehen. Die gegenüberliegende Wand enthielt einen ungeschützten Durchgang von der gleichen Sorte, wie sie ihn seit dem Verlassen des Ganges schon mehrere Male gesehen hatten. Ras nahm an, daß dahinter eine weitere Maschinenhalle lag. Im Anschluß daran jedoch mußte die Schaltstation folgen – oder Arno Kalup hatte sich ganz gewaltig verrechnet.

Der Mutant ließ Ferro und seine Leute anhalten. Er trat ein paar Schritte nach vorne, schloß die Augen und... verschwand. Ferro wollte aufatmen, aber ein schriller, markerschütternder Schrei ließ ihn zusammenfahren. Vor ihm auf dem Boden wälzte sich Ras Tschubai, offenbar in fürchterlichen Schmerzen. Er warf sich hin und hämmerte mit den Fäusten auf den Boden, bis die Haut aufriß und die Schrammen zu bluten begannen. Es dauerte länger als eine Minute, bevor er wieder soweit zu sich kam, daß er aufstehen konnte.

„Dort...", keuchte er und deutete auf den schattenhaften Durchgang in der gegenüberliegenden Wand, „...der mörderischste Schutzschirm, den ich je erlebt habe."

Ferro verstand. Der Feldschirm war für Teleportationssprünge undurchlässig. Ras war gegen den Schirm geprallt, und eine Wechselwirkung, die nur in mathematischen Formeln ausgedrückt werden konnte, hatte ihn wieder zurückgeschleudert, halbtot und am Rande seiner Kräfte.

Ferro begriff die Lage. Die Mutanten waren von hier an so gut wie nutzlos – es sei denn, es wollte einer verrückt genug sein, um in der Enge dieser Hallen eine Gravitationsbombe zu zünden und damit Strukturlücken in den Schirm zu reißen.

Es mußte einen anderen Weg geben. Ferro ließ seine Männer weiter vorrücken. Zwei von ihnen stützten den Mutanten, bis seine Kräfte soweit wieder zurückgekehrt waren, daß er sich auf eigenen Füßen bewegen konnte. Sie durchstießen die Trennwand und fanden, wie Ras vorhergesagt hatte, eine weitere Halle, in der Hunderte von merkwürdigen Maschinen geräuschlos, jedoch von blitzenden Kontrollampen umspielt, auf Höchsttouren arbeiteten.

Die Halle war kleiner als alle vorhergehenden, nur etwa hundert Meter lang und vielleicht sechzig breit. Was sie jedoch weitaus deutlicher von allen anderen Räumlichkeiten unterschied, war die leuchtendgrüne Wand an der gegenüberliegenden Seite. Das grelle Deckenlicht beeinträchtigte die Leuchtkraft des grünen Feldschirms. Was die Männer sahen, war mehr eine fahle, unstetige Lumineszenz, wie die von der Sonne beleuchtete Wolkenwand eines rasch heraufsteigenden Gewitters.

Der Anblick war so unheimlich, daß selbst Ferro Kraysch sich zusammenreißen mußte, um keine Furcht zu empfinden.

Dort sollte er hindurch! Unauffällig und rasch musterte er seine kleine Schar. Die Männer standen unter dem deprimierenden Eindruck der fremden, überlegenen Technik. Ihr Angriffsgeist war gebrochen. Sie wußten, daß sie nicht gewinnen konnten. Übrigens gab es nichts, worauf sich ein Angriff gelohnt hätte. Niemand wäre so einfältig, mit Blastern allein gegen ein Schirmfeld vorzugehen, gegen das selbst Mutanten machtlos waren.

Die Maschinen, dachte Ferro. Wahrscheinlich versorgten die Maschinen in dieser oder einer der anderen Hallen das Schirmfeld mit Energie. Wenn sie sie ausschalten konnten, waren alle Probleme beseitigt. Ferro gab sich keinen großen Hoffnungen hin. Die Fremden verstanden ihren Transmitter zu schützen. Sie würden die Schirmfeldgeneratoren nicht da aufgestellt haben, wo jeder sie leicht finden konnte.

Aber es war der einzige Ausweg. Ferro wandte sich um, um Ras Tschubai seinen Plan zu unterbreiten. Er hatte kaum das erste Wort gesprochen, da wurde es ringsum lebendig. Lärm sprang auf. Infernalisches Heulen und Quietschen erfüllte die Halle. Ferro sah sich um. Er traute seinen Augen nicht.

Die Maschinen hatten sich in Bewegung gesetzt!

Überall rollten sie von ihren Plätzen, bis vor den Terranern ein dreißig Meter breiter und ebenso tiefer freier Raum entstand. Etwa vierzig Maschinen standen am anderen Ende des Quadrats, Ferro Kraysch und seinen Männern gegenüber. Ihre Absicht war deutlich. Sobald sie sich formiert hatten, begannen sie vorzudringen. In breiter Front rückten sie auf die vor Schreck erstarrten Terraner zu.

Ferro war der erste, der die Panik überwand. „Deckung...!" schrie er.

Die Männer stoben auseinander. Im Hintergrund der Halle gab es noch ein paar mächtige Aggregate, die sich nicht vom Platz gerührt hatten. Wahrscheinlich waren sie fest im Boden verankert. Ferro warf sich im Hechtsprung hinter eine halb mannshohe Sockelplatte aus Metallplastik. Ein fauchender, glühendheißer Energiestrom schoß dicht über ihn hinweg, traf die Rückwand der Halle und erzeugte einen vulkanartigen Ausbruch glühenden Gesteins.

„Feuer...!" schrie Ferro.

Er wußte, was er seinen Leuten zumutete. Sie kämpften gegen Roboter. Die Leute mußten die Köpfe hinter den Deckungen hervorheben, um zielen zu können. Für einen Robot mit seiner positronischen Reaktionsfähigkeit war ein zuckender Schädel ein ebenso gutes Ziel wie eine sitzende Ente für einen menschlichen Schützen. Von seiner Position aus sah Ferro, wie zwei seiner Leute bei dem Versuch, auf die vordringenden Roboter zu schießen, unter Strahlschüssen vergingen.

Jemand rüttelte ihn plötzlich an der Schulter. Ferro wandte den Kopf. Neben ihm lag Ras Taschubai, der Mutant.

„Es hat keinen Zweck", sagte er keuchend. „Lassen Sie die Leute sich langsam zurückziehen. Tako und ich versuchen, die Roboter von hinten anzugreifen."

Ferro nickte, aber es war niemand mehr da, der es sehen konnte. Ras Tschubai war verschwunden, sobald er das letzte Wort gesagt

398

hatte. Ferros Befehl zum Rückzug wurde prompt befolgt. Kriechend und springend, schießend und fluchend zogen sich seine Leute auf den Durchgang zur nächsten Halle hin zurück. Der Kampfeseifer der Roboter schien nachzulassen, als sie bemerkten, daß der Gegner sich auf der Flucht befand.

Ferro Kraysch bildete die Nachhut. Hinter einem kleinen Aggregat dicht gegen den Boden gepreßt, beobachtete er, wie der Vormarsch der Roboter langsamer wurde. Das quietschende Geräusch wurde erträglicher. Ferro hörte das metallische Klicken der unsichtbaren Gliedmaßen, auf denen sich die Maschinen vorwärtsbewegten.

Plötzlich erwachte die Szene zu neuem Leben. Weit im Hintergrund zuckten grelle Lichtblitze auf. Ohne zu zögern, wandten die Roboter sich um und gingen den Gegner an, der so unerwartet in ihrem Rücken aufgetaucht war.

Ferro sah seine Stunde gekommen. Mit einem wilden Schrei führte er seine Männer erneut zum Angriff. Das Blasterfeuer der Terraner riß weite Lücken in die Reihen der Maschinen. Diesmal schien es länger zu dauern, bis die Roboter sich auf die neue Lage einstellten. Eine halbe Minute lang hatten Ferros Männer freies Schußfeld. Erst dann drehte ein Teil der Maschinen um und zwang die Terraner wieder in Deckung.

Eine Zeitlang sah es so aus, als könnte die Schlacht zugunsten der Eindringlinge entschieden werden. Ras Tschubai und Tako Kakuta wechselten ihre Standorte blitzschnell und mit unermüdlichem Eifer. Wo immer sie auftauchten, kostete es einen Roboter das Leben. Und wenn die Maschinen sich auf die beiden Mutanten konzentrierten, brachen Ferros Leute aus dem Hinterhalt und eröffneten ein vernichtendes Feuer.

Die Halle füllte sich mit stinkendem, heißem Qualm, und die Zahl der feindlichen Roboter schmolz auf zehn zusammen. Schon war Ferro Kraysch dabei, zum letzten, entscheidenden Schlag auszuholen, da geschah das, womit niemand gerechnet hatte.

Aus dem Durchgang zur nächsten Halle ergoß sich eine Flut kleiner, wieselflinker Maschinen. Mit hohem, singendem Kreischen stürzten sie sich von hinten auf die Terraner und trieben Ferros Leute in wilde, unkontrollierte Flucht. In der ersten Minute nach dem Auftauchen der feindlichen Verstärkung verlor Ferro fünfzehn Mann. Das entschied die Lage. Wenn von der Gruppe überhaupt noch jemand am Leben bleiben sollte, dann mußten sich die Leute so rasch wie möglich zur nächsten Halle durchschlagen und flüchten.

Ferro kauerte sich in seine Deckung und versuchte, ein Bild der Lage zu gewinnen. Die kleinen Maschinen waren überall. Die Mutanten schienen nicht mehr viel auszurichten. Gegen die flinken kleinen Robots waren auch sie machtlos.

Ferro wollte sich aufrichten, um seinen Leuten einen Befehl zuzurufen, da glitt ein Schatten über ihn hinweg. Instinktiv duckte er sich. Etwas streifte ihn an der Schulter. Er hörte eine ruhige, zuversichtliche Stimme: „Keine Sorge, Sir! Wir werden es schaffen."

Ferro blickte auf. Was er sah, verschlug ihm den Atem. Er öffnete den Mund, um etwas zu sagen, aber erst nach langer Zeit brachte er einen hauchenden Laut zustande:

„Richard...!"

33.

Richard Diamond richtete sich auf. Mit lauter Stimme nannte er seinen Namen und befahl den Männern, ruhig in Deckung zu bleiben. Die kleinen Robots nahmen seine Stellung unter Feuer, aber Richard blieb unverletzt.

Da erstarb plötzlich alles Geräusch. Die Stille war so ungewohnt, daß sie Ferro fast wie ein Keulenschlag traf. Ungläubig sah er sich um und stand schließlich auf.

Die Maschinen waren zur Ruhe gekommen. Sie standen still, und ihre Kontrollampen waren erloschen. In kuriosem Durcheinander erfüllten sie die Gänge zwischen den größeren Aggregaten und den freien Platz, den die erste Robotserie geschaffen hatte. An einer Stelle lag einer von Ferros Leuten dicht vor einem der kleinen Robots, die Augen in wilder Todesangst aufgerissen und beide Arme wie zu einer Geste der Kapitulation in die Höhe gereckt. Der Robot war stehengeblieben, bevor er den tödlichen Schuß abfeuern konnte.

Noch etwas anderes sah Ferro Kraysch. In der Seitenwand der Halle gähnte eine dunkle Öffnung. Vor der Öffnung standen zwei Männer, in denen er Sergeant Kimble und Leutnant Rifkin erkannte. Seitlich von Rifkin befand sich ein merkwürdiges Gerät, das wie eine Tonne auf drei Beinen aussah. Oben auf der Tonne lag eine graue Zigarrenkiste.

„Das ist Schneider, unser bester Freund", erklärte Richard Diamond lächelnd. „Wir hatten zuerst keine Ahnung, wie wertvoll er ist. Kurz nachdem wir in die südlichste Pyramide eindrangen, begegneten wir einer Schar von Robotern, die uns aufhalten wollten. Wir wehrten uns, so gut wir konnten, aber gegen zwanzig Maschinen haben drei Mann natürlich nicht viel Aussichten. Wir waren so ziemlich am Rand der Verzweiflung, da griff Schneider plötzlich ein. Er schaltete die Dinger einfach ab. Wir haben keine Ahnung, wie er das macht. Er will es auch nicht erklären. Er sagt nur, er wäre unser Freund und müßte uns beschützen."

Ferro Kraysch musterte den Robot mißtrauisch.

„Wie kommen Sie eigentlich hierher?" fragte er dabei, ohne Richard anzusehen.

„Durch ein paar Hallen und Gänge, wahrscheinlich genauso wie Sie, nur aus einer anderen Richtung. Dies hier scheint der Punkt zu sein, in dem alle Zufahrtwege zusammenfinden."

Ferro schenkte ihm einen anerkennenden Blick.

Aus dem Nichts tauchte Ras Tschubai auf. Richard wich erschrocken einen Schritt zurück.

„Wir haben keine Zeit zu verlieren", drängte der Mutant. „Das Schirmfeld steht nach wie vor!"

Er wies auf die Rückwand der Halle. Das fahle Leuchten des schützenden Feldes schien stärker geworden. Richard betrachtete den grünen Feldschirm nachdenklich.

„Das . . . ist es also?" fragte er zögernd.

„Die Schaltstation des Transmitters", bestätigte Ras Tschubai. „Gelingt es uns, das Feld zu durchdringen, dann ist die gesamte Anlage in unserer Hand – und damit die Verbindung nach Twin."

Richard nickte.

„Das mag schon sein", meinte er. „Aber wie wollen Sie es anstellen, den Schirm zu durchdringen?"

401

Er dachte an sein Experiment mit dem Prypach. Wenn er ein zweites Tier hätte, ob Schneider hier unten ebenso reagieren würde wie oben? Er schickte sich schon an, dem Mutanten einen weiteren Versuch zu empfehlen, da erfuhr er, daß der Teleporter schon einen Plan parat hatte.

„Die Generatoren des Schirmfelds müssen irgendwo in diesen Hallen zu finden sein", erklärte Ras Tschubai.

„Wenn wir sie vernichten oder ausschalten, verschwindet das Feld. Ich habe eine ungefähre Vorstellung davon, wie ein solcher Generator aussieht."

Er brachte einen kleinen Block Schreibfolien zum Vorschein und zeichnete mit raschen Strichen die Umrisse einer fremdartigen Maschine. Das Blatt reichte er Ferro.

„So sahen die Generatoren aus, die den Todeskreis speisten", sagte er. „Wir haben guten Grund anzunehmen, daß die Maschinen, nach denen wir suchen, sich nicht wesentlich von ihnen unterscheiden. Zeigen Sie dieses Blatt Ihren Leuten und schicken Sie sie . . ."

Mit einer mechanischen Handbewegung reichte Ferro das Blatt an Richard weiter. Richard warf nur einen einzigen Blick darauf, da wußte er, was die Stunde geschlagen hatte.

„Einen Augenblick", unterbrach er den Mutanten. „Solche Maschinen habe ich gesehen. Sie stehen in der Halle dort hinter dem seitlichen Durchgang." Er wies auf die Öffnung, durch die er mit seinen Begleitern gekommen war. „Ich bin ganz sicher", fügte er mit Nachdruck hinzu.

„Das erleichtert die Sache", sagte Ras Tschubai aufatmend. „Alles, was noch zu tun bleibt . . ."

Ein stechender Schmerz fuhr ihm plötzlich durch den Schädel. Er zuckte zusammen und blinzelte verwundert. Er sah, wie Ferro Kraysch totenblaß wurde und sich stöhnend an die Stirn griff. Eine Sekunde später sank er bewußtlos zu Boden. Ras wollte auf ihn zuspringen und ihm Hilfe leisten, aber eine unerklärliche Kraft bannte ihn an Ort und Stelle. Er konnte sich nicht mehr bewegen. Der Sektor des Gehirns, der die Bewegung der Muskeln kontrollierte, stand nicht mehr unter seinem Kommando.

Der Kopfschmerz verdichtete sich. Ras glaubte, das Blut in den Adern rauschen zu hören. Der Puls war ein dumpfes, hallendes Hämmern irgendwo im Hintergrund des Bewußtseins. Ras schloß die Augen, um sich zu konzentrieren, und öffnete sie wieder. Mit stumpfer Verwunderung nahm er wahr, daß außer Ferro noch eine Zahl anderer Männer bewußtlos zu Boden gegangen waren. Er spürte, wie seine eigene Kraft rapide schwand. Noch ein paar Minuten und er würde selber umfallen.

Ein knacksendes, klapperndes Geräusch näherte sich. Ras fühlte den Boden rhythmisch zittern. Er zermarterte sich das Gehirn, um herauszufinden, was da geschah. Es gelang ihm nicht, aber die Frage wurde trotzdem beantwortet.

„Das bin ich, ja", sagte eine unbeholfene Stimme, „der Robot. Ihr werdet den Kontrollraum nicht erreichen. Eines nach dem anderen werden eure Gehirne aufhören, eigene Gedanken zu denken. Ihr werdet alle sterben. Die Meister der Insel dulden es nicht, daß Fremde sich in ihre Angelegenheiten mischen."

Ras Tschubai schloß die Augen und konzentrierte sich auf die Worte des Roboters. Er wußte, daß es Schneider ernst war. Mit Hilfe eines fremden Mechanismus, der wahrscheinlich in den metallenen Körper eingebaut war, wirkte er auf die Gehirne der Terraner ein. Mancher war schon dem ersten Ansturm erlegen. Aus den Augenwinkeln konnte Ras Richard Diamond neben sich stehen sehen. Diamonds Gesicht war schmerzverzerrt. Wahrscheinlich würde auch er es nicht mehr lange aushalten.

Ras spürte, wie sein eigenes Gehirn immer träger wurde und die Gedanken sich verwirrten. Die bewußte Anstrengung zur Konzentration verzögerte den Vorgang, aber abwenden konnte sie ihn nicht.

„Vor langer Zeit wurde diese Anlage errichtet", begann der Roboter zu erklären. „Meine Herren hatten diese Welt auserwählt, weil sie günstig lag und das Volk der Kahals, damals noch in der Hochblüte seiner Zivilisation, sich als willfähriger Diener erwies, die Anordnungen der Meister der Insel auszuführen. Innerhalb kurzer Zeit entstand auf Kahalo das Pyramidensechseck mit dem dazugehörenden Todeskreis. Die Kahals wurden dazu befähigt, in gewissen Abständen die Todeszone unbeschadet zu überschreiten, um im Inneren der Pyramidenanlage Wartungsarbeiten durchzuführen.

Lange Zeit erfüllten sie die ihnen übertragene Aufgabe als Wächtervolk zur vollen Zufriedenheit meiner Herren. Doch vor einigen Jahrtausenden eurer Zeitrechnung mußten die Meister erkennen, daß die technischen Einrichtungen, die den Kahals zur Verfügung gestellt wurden, um ihnen alle Lebensbereiche zu erleichtern, zur fortschreitenden Degeneration des Wächtervolkes führten.

Die Kahals verloren immer mehr ihre Fähigkeiten und begannen ihre Aufgabe zu vernachlässigen. Statt dessen widmeten sie sich zunehmend der Umgestaltung ihrer Welt. Sie entwickelten eine Vorliebe für die Flora und Fauna und fühlten sich dazu berufen, sich zum Schutzherren der tierischen und pflanzlichen Umwelt aufzuschwingen. Sie änderten die Programme der ihnen zur Verfügung gestellten Roboter und setzten diese zweckentfremdet zur Pflege der Tier- und Pflanzenwelt ein.

Als meine Herren die Konsequenzen dieser Entwicklung in ihrem vollen Umfang erkannten, waren sie gezwungen, eine Änderung ihrer Pläne vorzunehmen.

Sie statteten viele von uns Robotern mit Zusatzprogrammen aus, die es uns ermöglichten, die ursprüngliche Aufgabe der Kahals fortzuführen. Ab diesem Zeitpunkt waren nicht mehr die Kahals die Herren dieser Welt, sondern wir, die Roboter.

Den Kahals, die von dieser Manipulation nichts wußten, wurde fortan jeder Zutritt zu den Pyramiden verwehrt. Das Zusatzprogramm, über das wir nun verfügten, war so angelegt, daß es die Grundprogrammierung nicht außer Kraft setzte. Die Kahals waren also weiterhin in der Lage, uns in ihrem Sinn einzusetzen, ohne daß dadurch das Zusatzprogramm betroffen wurde.

Schließlich nahm die Degenerierung der Kahals immer größere Dimensionen an. Sie waren nicht einmal mehr fähig, simple Programmschemas im positronischen Gefüge ihrer Roboter und Computer zu erfassen, geschweige denn sie zu verändern. Die Pyramiden entrückten in ihrem Bewußtsein zu Mythen, und schließlich betrachteten sie sie als eine Art tabuisiertes Heiligtum.

All diese Zeit über waren wir es, die mit den Zusatzprogrammen ausgerüsteten Roboter, die sich um die Bewachung und Wartung des Pyramidensechsecks kümmerten. Währenddessen verfielen die Kahals immer weiter. Die Meister sahen keinen Grund, diese Entwick-

404

lung einzudämmen, da sie erkannt hatten, daß wir die Aufgabe besser zu erfüllen imstande waren als die ursprünglichen Wächter.

Doch eines Tages, vor etwas mehr als 70 Jahren eurer Zeitrechnung, kam es zu einer unerwarteten Entwicklung. Eine Gefahr aus dem Weltraum tauchte auf. Die Kahals, denen seit dem Beginn der Degeneration jede Art von Gewalt fremd war, reagierten mit Panik. Wir waren nicht in der Lage, dieser Situation Herr zu werden, zumal die Meister auf unsere Meldungen nicht reagierten. Ehe wir es verhindern konnten, hatten sie eines der Raumschiffe, die auf dieser Welt stationiert waren, in den Weltraum geschickt, damit es Hilfe herbeiholen sollte. Es handelte sich dabei um ein Schiff, welches – ohne daß wir es wußten – auf die verbalen Befehle der Kahals reagierte, denn zu mehr waren diese Wesen nicht mehr fähig.

Das Schiff kehrte kurze Zeit später zurück und brachte drei Männer aus eurem Volk mit. Wir standen nun einer Situation gegenüber, die dazu führte, daß eine in uns vorhandene Sicherheitsschaltung aktiviert wurde. Diese Schaltung bewirkte, daß unser Zusatzprogramm in einen scheinbar inaktiven Zustand versetzt wurde und nur unser Basisprogramm, das uns Dienst an der Umwelt Kahalos verrichten ließ, an die Oberfläche drang. Dies war eine reine Vorsichtsmaßnahme, die in unserem Zusatzprogramm verankert war und uns dazu zwang, unsere eigentliche Funktion zu verschleiern. Tatsächlich wären wir durchaus in der Lage gewesen, ohne fremde Hilfe mit dem unbekannten Aggressor fertig zu werden. Doch die überstürzte Entwicklung zwang uns ein scheinbar passives Verhalten auf. Unsere Wahrnehmungssensoren erkannten, daß die drei Fremden, die mit dem Raumschiff nach Kahalo gekommen waren, von unbändigem Wissensdurst erfüllt waren. Diesem Wissensdurst galt es entgegenzuwirken, indem ihnen unsere wahren Fähigkeiten und Aufgaben verborgen bleiben mußten.

Aus dieser Situation heraus begannen wir zu handeln. Es war uns zwar nicht möglich, direkt in den Kampf gegen die unbekannten Aggressoren einzugreifen, dennoch gelang es uns, den drei Menschen, ohne daß diese es merkten, wertvolle Hilfe bei der Abwehr des Feindes zu leisten. Während des Kampfes drangen einige von uns in das Raumschiff ein, das die Menschen hierhergebracht hatte, und nahmen eine Umprogrammierung des Schiffscomputers vor. Uns war von Anfang an klar, daß die Terraner, sobald die Gefahr aus dem Weltraum nicht mehr bestand, Kahalo wieder auf dem schnellsten Weg verlassen mußten, ehe sie sich näher um das Pyramidensechseck kümmern konnten. Ebenso war uns klar, daß das Schiff sie nicht zu ihrer Heimat bringen durfte, damit sie keine Gelegenheit erhielten, es in ihren Besitz zu bringen und aufgrund der Flugroute die Position Kahalos zu erfahren. Wir programmierten die Positronik um, so daß sie die Terraner auf einer unbewohnten Welt im galaktischen Ostsektor absetzte.

Der Plan ging auf, und die galaktische Position Kahalos blieb verborgen.

Nachdem die drei Terraner Kahalo wieder verlassen hatten, wurde die Inaktivitätsphase unserer Zusatzprogramme wieder aufgehoben. Unsere erste Maßnahme war es, sämtliche noch vorhandenen Raumschiffe zu vernichten. Eine Situation, wie sie durch die panikartige Reaktion der Kahals entstanden war, durfte es nicht mehr geben.

Tatsächlich schien es, als ob damit die Situation bereinigt gewesen wäre. Doch wir hatten die Hartnäckigkeit der Terraner unterschätzt. Ihr gabt keine Ruhe und entdecktet das galaktische Sonnensechseck, durch das ihr in den intergalaktischen Leerraum vordrangt. Erst jetzt begannen die Herren zu reagieren. Dennoch, diese Reaktion wäre fast zu spät gekommen, denn inzwischen war es euch sogar gelungen, Kahalo zu finden. Ich weiß nicht, warum meine Herren so lange gezögert haben, doch nun haben sie Schiffe zu unserer Unterstützung geschickt, um Kahalo vor eurem Zugriff zu schützen.

Leider muß ich eingestehen, daß es dreien von euch gelungen war, mich mit Hilfe meines Basisprogrammes zu überlisten. Ich mußte feststellen, daß das Basisprogramm sich in dieser speziellen Situation als stärker erwies als mein Zusatzprogramm und mich dazu zwang, einem Tier durch das Schirmfeld der Todeszone nachzujagen und das Feld an der betreffenden Stelle zu neutralisieren. Auf diese Weise gelangten diese drei Terraner in das Innere der Pyramidenanlage. Nachdem das Tier gerettet war, setzte sich wieder mein Zusatzprogramm durch, und ich wußte von da an, was ich zu tun hatte.

Ihr durftet die Schaltstation nicht erreichen! Im Innern der Pyramiden gibt es Robotkonstruktionen, deren Aufgabe es ist, mehr oder weniger wichtige Untereinheiten des Transmitters zu bewachen und zu schützen. Ihr Programm ist nicht so umfangreich wie das meine. Sie

406

haben keinen Überblick. Sie kämpfen, sobald ihnen etwas Fremdes in den Weg kommt. Ich rechnete damit, daß ihr erster Angriff ausreichen würde, die Eindringlinge, bei denen ich mich befand, wieder zu vertreiben. Aber die drei Terraner leisteten verbissenen Widerstand. Ich war gezwungen einzugreifen. Diese Anlage enthält empfindliche Instrumente und Geräte. Die Entladungen der Strahlwaffen können sie beschädigen und die Anlage außer Betrieb setzen. Ich hatte keine Möglichkeit, die Terraner zu beeinflussen, aber ich konnte die Roboter stillegen und dadurch den Kampf beenden. Das tat ich. Ich tat es noch mehrere Male auf dem Weg hierher, und schließlich auch hier in der Halle. Die ganze Zeit über verfügte ich nicht über genügend Energie, um euch unschädlich zu machen. Dort aber, im Raum nebenan, befinden sich die Generatoren, die das grüne Schirmfeld mit Energie versorgen. Ich stehe mit ihnen in Verbindung. Die Leistung, die sie mir zuführen, ist mehr als genug, um eure Gehirne zu vernichten. Ihr seid am Ende eures Weges angelangt, Terraner."

Schneider deutete eine Bewegung an, dann zögerte er noch einmal.

„Aber zuvor will ich euch noch etwas verraten. Von dem, der sich Diamond nennt, wurde ich gefragt, was aus den Kahals oder Bigheads, wie ihr sie nennt, geworden ist. Nun, die Erklärung ist einfach. Ich hatte euch erzählt, daß die Degeneration dieser Wesen schon vor vielen Jahrtausenden begonnen hat und in zunehmendem Tempo fortgeschritten ist. Die Degeneration beschränkte sich nicht nur auf die geistigen Fähigkeiten der Kahals, sondern griff natürlich auch auf ihre physische Erscheinungsform über. Anatomische Veränderungen waren die Folge. Als damals der Kampf gegen die Fremden aus dem Weltraum aufgenommen wurde, befand sich der Degenerationsprozeß bereits in seinem Endstadium. Mit der allmählichen körperlichen Veränderung der Kahals stellte sich auch die Unfähigkeit ein, Nachkommen zu zeugen. Im Laufe der Jahrtausende sank die Bevölkerungsdichte des Planeten immer mehr, bis schließlich etwa zwei Jahre vor dem Auftauchen der drei Männer von eurer Welt das letzte Neugeborene zur Welt kam. Als die Gefahr aus dem Weltraum akut wurde, gab es auf dem Planeten lediglich eine erwachsene und zum Großteil völlig überalterte Bevölkerung. Eure Freunde haben diesen Umstand jedoch nicht erkannt, und die Kahals selbst waren unfähig, die Tragweite der Entwicklung zu begreifen. Da die durchschnittliche Lebenserwartung eines Kahals durch die Degeneration immer weiter nach unten sank, betrug sie zuletzt nur noch etwa fünfzig Jahre eurer Zeitrechnung. Ich selbst war es, der vor nahezu fünfzehn Jahren den letzten Kahal begrub. Seither leben wir auf dieser Welt allein und verhalten uns auch jetzt noch nach unseren beiden Programmen, die uns einerseits zu Wächtern der Pyramiden, andererseits zu Hegern und Pflegern der Tier- und Pflanzenwelt Kahalos machen."

Wie Hammerschläge drangen die Worte in Ras Tschubais schwindendes Bewußtsein. Mit letzter Kraft riß er sich noch einmal zusammen. Er mußte etwas tun, sonst war alles verloren. Er hatte noch Energie genug für *einen* Sprung, das war alles.

Plötzlich kam ihm ein Gedanke. Für den Bruchteil einer Sekunde zuckte er auf und wies den einzigen Weg zur Rettung. Ras Tschubai verlor keine Zeit. Über die Folgen wollte er nicht nachdenken. Er sprang...

Richard taumelte und suchte nach Halt, da wich plötzlich der teuflische Druck von seinem Gehirn. Torkelnd fand er das Gleichgewicht wieder. Der Nebel vor den Augen klärte sich, und Richard konnte wieder sehen.

Was er erblickte, war so unglaublich, daß er an seinem Verstand zweifelte. Schneider, der Robot, hatte sich zur Seite geneigt und war dabei, langsam zu Boden zu sinken. Aus der Zigarrenkiste oben auf der langen Tonne kam ein häßliches Zischen. Im Innern des Robotkörpers rumorte es. Einer der gelenkigen Arme löste sich aus der plastimetallenen Halterung und fiel herab. Im gleichen Augenblick schlug Schneider zu Boden. Das Zischen in der Zigarrenkiste erstarb.

Richard schaute auf die dunkelhäutige Hand, die sich zuckend durch das leere Armloch schob. Einen Augenblick war er zu verwirrt, als daß er sich hätte bewegen können. Dann begriff er plötzlich und stürzte sich mit einem heiseren Schrei auf den reglosen Robot.

„Helft mir!" schrie er mit überschnappender Stimme. „Wir müssen ihn aufschneiden!"

Fünf Minuten später hatten sie Ras Tschubai befreit. Der Afrikaner war mehr tot als lebendig. Beide Arme schienen gebrochen, und die Haut war mit Brandwunden bedeckt. Er hatte das Bewußtsein verloren. Daß er überhaupt noch am Leben war, verdankte er der Tatsache, daß die Inneneinrichtung des Robotkörpers aus flexiblen Schalteinheiten bestand, die die Wucht des wiederverstofflichten Körpers auseinandergerissen und beiseite gedrängt hatte. Immerhin waren Kurzschlüsse entstanden und hatten mörderische Hitzemengen erzeugt. Der Generator in der Zigarrenkiste hatte, als die Schalteinrichtungen durcheinandergerieten, einfach den Dienst aufgegeben. Wäre er explodiert, was auf Grund irgendeiner Sicherheitsvorrichtung durchaus möglich gewesen wäre, niemand der Umstehenden hätte Ras Tschubais todesverachtenden Vorstoß überlebt.

Gedankenverloren betrachtete Richard Diamond den schlaffen Körper des Mutanten. Wie sehr, fragte er sich, muß ein Mann von seiner Sache überzeugt sein, um sehenden Auges in den Tod zu gehen? Denn mit dem Tod hatte er rechnen müssen. Die Kette glücklicher Zufälle, die ihm das Leben rettete, konnte er unmöglich vorausgesehen haben.

Ferro Krayschs heiserer Schrei schreckte Richard aus dem Brüten.

„Das Schirmfeld . . .!"

Er sah auf. Ferro stand nicht weit von ihm und wies mit ausgestrecktem Arm auf die Rückwand der Halle. Richard verstand zuerst nicht, was er meinte. Auf den ersten Blick schien die Halle genauso auszusehen wie vorhin.

Dann dämmerte es ihm.

Das grüne Schirmfeld war verschwunden. Durch eine Öffnung in der Wand konnte man in einen mächtigen, runden Raum hineinsehen, an dessen Peripherie fremdartige Schaltpulte Seite an Seite standen.

Der Weg zur Schaltstation stand offen . . .

Mitten in einem Verband von mehr als hundert terranischen Einheiten stieß die NAPOLEON auf eine Gruppe von acht gegnerischen Schiffen zu. Reginald Bull erwartete in jedem Augenblick das Aufflammen der tödlichen Phantomspiralen, da geschah etwas Unerklärliches.

Die Stabschiffe der Fremden drehten ab und ergriffen die Flucht. Reginald Bull war so perplex, daß er wertvolle Sekunden verlor, bevor er den Befehl zur Verfolgung gab.

Der Befehl kam zu spät. Die Stabschiffe schossen auf die rote Leuchterscheinung zu. Der rote Lichtball, der seit dem Auftauchen der Verstärkungen wieder an Leuchtkraft verloren hatte, flammte von neuem auf. Innerhalb von wenigen Sekunden waren die acht gegnerischen Einheiten verschwunden.

Von da an überstürzten sich die Dinge. Überall löste sich der Gegner aus dem Kampf und eilte auf die Leuchtblase zu. Zuckend verschlang das glühende Gebilde ein Stabschiff nach dem anderen. Die Terraner waren vor lauter Überraschung noch nicht zum Luftholen gekommen, da gab es weit und breit kein einziges feindliches Raumschiff mehr. Der rote Leuchtball und der Energiefinger von den Pyramiden erloschen nur Sekunden später.

Reginald Bull gab den Befehl zum Sammeln. Vom Kommandopult der NAPOLEON aus leitete er selbst die Manöver des riesigen Flottenverbandes. Er schickte sich an, das Mikrophon des Hyperkoms zu ergreifen und den Kommandanten des Verbands die nächsten Schritte zu erläutern, da tauchte aus der Luft Tako Kakuta neben ihm auf.

Tako gab mit hastigen Worten einen Abriß der Dinge, die sich unter dem Pyramidensechseck abgespielt hatten. Es war von höchster Wichtigkeit, daß Ras Tschubai sofort ärztliche Pflege erhielt. Demgegenüber verlor die Tatsache, daß der Weg zur Schaltstation nun offen war, wenigstens aus Takos Gesichtswinkel völlig an Bedeutung.

Bully gab die nötigen Anweisungen. Einer der Bordärzte klammerte sich an den Mutanten und kehrte mit ihm nach Kahalo zurück. Die NAPOLEON und rund ein Dutzend Begleitschiffe setzten zur Landung auf dem geheimnisvollen Planeten an. Der Rest der Flotte blieb in Gefechtsbereitschaft. Noch wußte niemand, welche Pläne der Gegner hatte.

Arno Kalup schaute ehrfürchtig auf den glänzenden Sternenhimmel über ihm. Auf einer halbkugelförmigen Kuppel von hundert Metern Höhe leuchteten gegen samtschwarzen Hintergrund die galaktischen Konstellationen des Universums. Auf wenigen Quadratmetern Fläche waren hier mit einer Natürlichkeit, die den Atem stocken ließ, die gewaltigen Schöpfungen des Weltalls nachgebildet, die in Wirklichkeit Millionen von Lichtjahren überspannten.

In der Nähe des Zenits standen die heimatliche Galaxis und der Andromeda-Nebel. Die 2,2 Millionen Lichtjahre, die die beiden

Milchstraßen voneinander trennten, waren zu weniger als zwei Metern zusammengeschrumpft. Trotzdem waren selbst kleine Einzelheiten, wie zum Beispiel die beiden Magellanschen Wolken, deutlich zu erkennen. In der Finsternis zwischen den beiden Galaxien blitzten einzelne Lichtpunkte. Ein in grüner und roter Farbe leuchtender Lichtbalken verband einen dieser Punkte, bei dem es sich zweifelsfrei um Twin handelte, mit der Milchstraße. Die Bedeutung dieses Lichtbalkens war offensichtlich. Der grüne Teil verriet, auf welchen Zielort der Sonnensechseck-Transmitter, der von Kahalo aus gesteuert wurde, einjustiert war. Der rote Balken hingegen wies darauf hin, daß auch der Empfangstransmitter Twin auf die Koordinaten des Sendetransmitters, Sonnensechseck, eingestellt war. Damit hatte man die Bestätigung, daß die Bleistifttraumer durch den Twin-Transmitter nach Kahalo gelangt waren, indem sie die ursprüngliche Vektorierung, die auf Horror ausgerichtet war, wieder geändert hatten. Die Verbindung Twin – Sonnensechseck konnte wahlweise in beiden Richtungen benutzt werden. Ein Stück weit von Twin entfernt, auf einer Linie, die parallel zum Rand der Milchstraße dahinlief, leuchtete ein weiterer Punkt. Aber bei genauerem Hinsehen entdeckte man, daß er aus drei Lichtpünktchen bestand. Das war Horror.

Benommen senkte Arno Kalup den Blick und sah gedankenvoll auf das Rund der Schaltpulte, die sich an der Unterkante der Kuppel entlangzogen. Im Hintergrund, am Durchgang zur nächsten Halle, wartete Reginald Bull. Arno Kalup schritt auf ihn zu.

„Wir sind am Ziel", sagte er bedeutsam. „Dies hier ist die Schaltstation, und der Transmitter ist nach wie vor auf Twin eingestellt. Die Einstellung wird ohne Zweifel von diesen Pulten aus getätigt. Sobald wir verstehen, wie sie funktionieren, können wir den Transportvektor auf jeden Punkt einrichten, an dem es einen Empfänger gibt."

Reginald Bull machte eine weitausholende Geste.

„Bedienen Sie sich, Professor. Die ganze Anlage gehört Ihnen. Wieviel Mitarbeiter Sie auch immer brauchen – man wird sie auf dem schnellsten Weg hierherbringen. Wieviel Geräte auch immer Sie wünschen . . ."

„Das ist nicht meine Sorge", unterbrach ihn Kalup. „Was ist mit dem Schirmfeld? Wenn es eines Tages wieder aufleuchtet und uns abriegelt . . ."

„Oh, keine Angst", fiel Bully ein. „Wir haben die Generatoren gefunden und einstweilen lahmgelegt. Das heißt, lahmgelegt waren sie schon. Captain Diamond hörte den Robot sagen, er habe sich selbst mit den Generatoren gekoppelt, um die nötigen Energiereserven zu erhalten. Die Zerstörung des Roboters muß automatisch auch die Generatoren außer Betrieb gesetzt haben. Wir wissen mittlerweile, wie wir sie in diesem Zustand erhalten können."

Arno Kalup nickte.

„Ich vermute, Sie werden sich auch der Roboter annehmen, die sich hier unten zu schaffen machen?"

„Mit zehntausend Mann Wachpersonal, ja", bestätigte Bully.

Arno Kalup grinste, was seine blaugeäderten Wangen noch deutlicher hervortreten ließ. In der polternden Art, die man von ihm gewohnt war, rief er:

„Sie sind der Organisator unter den Organisatoren, Sir. Wenn wir Sie nicht hätten . . ."

Danach machte sich Arno Kalup an die Arbeit. Es war anzunehmen, daß sich irgendwo in der Justieranlage eine Vorrichtung befand, die eine Transmittersteuerung durch Hyperimpulse ermöglichen konnte. Es galt daher, nach dieser Vorrichtung zu suchen und sie unbrauchbar zu machen. Kalup setzte ein ganzes wissenschaftliches Team auf diese Aufgabe an, und schließlich hatte man Erfolg. Dicht unter einer Schalttafel fand man einige Kabel und Stromleiter, die auf Hyperfunkimpulse zu reagieren begannen und einige Kontrollen in Betrieb setzten. Mit wenigen Handgriffen war die Verbindung unterbrochen und waren die dazugehörigen Schaltkreise und Relaisblöcke entfernt. Nun konnte man sicher sein, daß es den Meistern der Insel und ihren Helfern nicht mehr möglich sein würde, die Transmitterjustierung durch Fernimpulse zu verändern.

Inzwischen waren die Männer des Einsatzteams bereits unterwegs nach Opposite, wo sie für einige Zeit ihre wohlverdiente Ruhe finden würden. Auch Ras Tschubai befand sich auf dem Weg dorthin. Er war längst nicht mehr in Lebensgefahr und würde mit den Mitteln der modernen Medizin bald wieder auf den Beinen sein.

Dreißig Stunden später hatte Kalup die Bestätigung für seine früheren Vermutungen. Aufgrund verschiedener Berechnungen und Analysen stellte er fest, daß der eigentliche Transmitter nicht das galaktozentrische Sonnensechseck, sondern die Pyramidenanlage auf Kahalo war. Das Sonnensechseck fungierte lediglich als Zwischenstation, die das zu transportierende Gut direkt an die Empfangsstation weiterleitete.

Dies bedeutete, daß alles, was für den Transport zum Sonnensechseck vorgesehen war, von diesem automatisch nach Kahalo weitergeleitet wurde (falls die Sendestation auf Kahalo einjustiert war). Durch die dabei auftretenden n-dimensionalen Impulse wurde im Zielgebiet über den Pyramiden ein Transmissionsfeld aufgebaut, in dem der transportierte Körper wieder verstofflicht werden konnte. In der umgekehrten Richtung galt dasselbe Prinzip. Die Pyramiden errichteten das Transmissionsfeld, und der betreffende Körper wurde in diesem entmaterialisiert und zum Sonnensechseck befördert. Dort wurde der Transmitterimpuls verstärkt und an die einjustierte Empfangsstation weitergeleitet.

Die Erbauer der Transmitterstraße hatten also das Sonnensechseck und die Pyramidenanlage auf Kahalo als eine auf Wechselwirkung beruhende Einheit konzipiert, in der das Sonnensechseck lediglich als Zwischen- und Verstärkerstation arbeitete. Der Umstand, daß man das Sonnensechseck auch auf direktem Weg – unter Umgehung Kahalos – benutzen konnte, lag in der Tatsache begründet, daß im Zentrum zwischen den sechs Sonnen ein ständiges Transmissionsfeld vorhanden war, welches alle von der Gravitation der Sonnen eingefangenen Objekte automatisch an jene Station abstrahlte, auf die die Pyramidenanlage justiert war.

Trotz dieser nun gesicherten Erkenntnis wagte man es nicht, die terranische Flotte, die in absehbarer Zeit das Twin-System besetzen sollte, auf dem regulären Weg durch den Pyramidentransmitter nach Twin zu schicken. Zu groß war das Risiko, daß es den Meistern der Insel und ihren Helfern gelingen könnte, Mittel zu finden, den Transportvorgang auf diesem Weg zu sabotieren.

Hinzu kam noch der Verdacht, daß die geflohenen Bleistiftschiffe nicht über das Sonnensechseck in das Twin-System zurückgekehrt waren. Terranische Beobachtungsschiffe hatten keine Energieausbrüche des Sonnensechsecks feststellen können, als die Bleistifttraumer im Transmissionsfeld über den Pyramiden verschwanden. Die Vermutung lag nahe, daß sie die Möglichkeit besaßen, den Pyramidentrans-

413

mitter soweit zu beeinflußen, daß er sie trotz vorgegebener Justierung an einen anderen Ort abstrahlen konnte. Wo dieser Ort sich befinden mochte, konnte nicht festgestellt werden.

Diese Beobachtung war auch der Grund für den Entschluß, den Pyramidentransmitter vorerst nicht zu benutzen. Solange die Terraner die technischen Einrichtungen der Anlage noch nicht eindeutig beherrschen konnten, war dies zu risikoreich.

Deshalb hatte sich Reginald Bull dazu entschlossen, den direkten Weg durch das Sonnensechseck zu nehmen, da sich dieser bereits bewährt hatte.

Doch bevor die Flotte zum Twin-System aufbrach, mußte erst sichergestellt sein, daß sie auch jederzeit wieder durch den Transmitter in die Galaxis zurückkehren konnte.

Dies war die Situation, als man die nächste Etappe zur Realisierung des Planes, das Twin-System zu besetzen, in Angriff nahm.

ANDROTEST

Allgemeines:

Die mehrstufigen ANDROTEST-Schiffe dienten als Nachschubtransporter, als Perry Rhodan in den Fallen der MdI zwischen unserer Galaxis und Andromeda festgehalten wurde. Flugkapazität etwa 1 000 000 Lichtjahre, jede Stufe mit autarken Triebwerken. Jede Stufe enthält ein Kugelschiff von 300 Meter Durchmesser und einem Hyper-Lineartriebwerk mit einer Reichweite von 500 000 Lichtjahren. Besatzung: 50 Mann. Zentrale in der vierten Stufe. Gesamthöhe: 1200 Meter. Durchmesser: 300 Meter.